El eunuco del Rey

El eunuco del Rey

Vicenta María Márquez de la Plata

Ediciones B
GRUPO ZETA

Barcelona • Bogotá • Buenos Aires • Caracas • Madrid • México D.F. • Montevideo • Quito • Santiago de Chile

1.ª edición: mayo 2007

© Vicenta M.ª Márquez de la Plata y Ferrándiz, 2007
© Ediciones B, S. A., 2007
    Bailén, 84 - 08009 Barcelona (España)
    www.edicionesb.com

Printed in Spain
ISBN: 978-84-666-3188-4
Depósito legal: B. 10.315-2007

Impreso por LITOGRAFÍA S.I.A.G.S.A.

Todos los derechos reservados. Bajo las sanciones establecidas en las leyes, queda rigurosamente prohibida, sin autorización escrita de los titulares del *copyright*, la reproducción total o parcial de esta obra por cualquier medio o procedimiento, comprendidos la reprografía y el tratamiento informático, así como la distribución de ejemplares mediante alquiler o préstamo públicos.

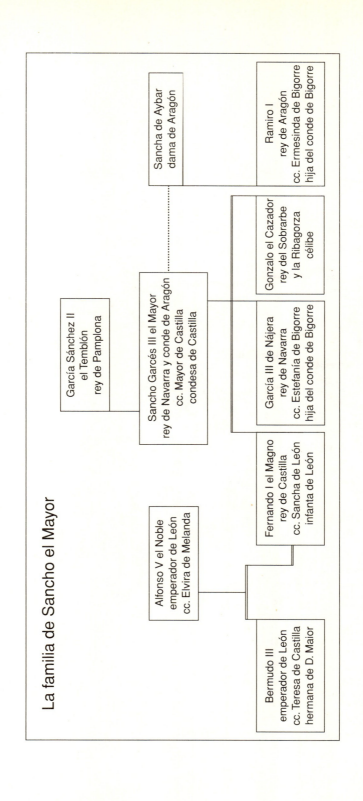

España antes de Sancho III el Mayor

España después de Sancho III el Mayor

Dramatis personae

Aaron, conocido como El Maestro que lo es de los esclavos de la Escuela de Pamplona.
Alexania, conocida también como La Coruxa o vieja madre, curandera, partera, orante de Santa Comba de Bande.
Al-Hurr, Gran Eunuco de la corte de al-Mutadid de Sevilla.
Don Alvito, monje santo y erudito. Abad de Sahagún y obispo de León, amigo del mahometano Yusuf ben Yusuf.
La Bermeja, llamada también Julita. El amor imposible de Doroteo.
Don Bermudo III, el último rey-emperador de la casa de Pedro de Cantabria. Casado con doña Urraca Tersa, a quien llama Teresica, hermana de doña Maior.
Doroteo, eunuco protagonista de la historia. Criado como servidor y casi hermano de los infantes en la corte de Sancho el Mayor. Escribiente de don García el de Nájera. Disfruta de una memoria prodigiosa. A veces se ha hecho llamar Said ben Said.
Doña Ermesinda, esposa de don Ramiro de Aragón, y por ello reina. Hija de los condes de Bigorre y hermana de doña Estefanía.
Doña Estefanía, hermana de la anterior, casada con García el de Nájera. Reina de Navarra.
Don Fernando, hijo segundo de Sancho el Mayor y de doña Maior de Castilla, primer rey de Castilla, conocido en la historia como Fernando el Magno. Casado con doña Sancha, hermana pequeña de Bermudo III.
Don García, (el de Nájera) hijo primogénito de Sancho el Mayor y de doña Maior de Castilla. Heredero de la Corona de Navarra, rey violento y apasionado, dueño de Doroteo, a quien aprecia sobre todas las cosas.

Don Gonzalo, el menor de los hermanos reales, apodado El Cazador. Rey del Sobrarbe y de la Ribagorza.

Señor de Gavín, joven guerrero de la casa real de los Abarca.

Doña Maior, madre de todos los reyes, viuda de Sancho el Mayor. Es la que ha concitado las maldiciones de La Coruxa.

Don Odilón, abad de Cluny.

Don Orbita, sacerdote mozárabe de Sevilla.

Don Ramiro, primer rey de Aragón. Hijo de la relación de Sancho el Mayor con doña Sancha de Aybar. Medio hermano de los otros reyes y esposo de doña Ermesinda de Bigorre.

Doña Sancha, esposa de don Fernando de Castilla, emperatriz de León por herencia de su hermano don Bermudo III.

Yusuf ben Yusuf, hácese llamar con este nombre el hermano del háchib de Almería. Príncipe, sabio, filósofo, erudito y médico. Maestro de la madrasa, amigo de don Alvito y de Doroteo. También se le nombra como el Príncipe Ciego.

Libro I

¡A ENTERRAR AL REY DON SANCHO!

1

Muerte de Sancho el Mayor

Si la fiziste en Pajares, pagarte ha en Campomanes.

Proverbio del siglo XI

Por el fragoroso Paso de Pajares transitan, casi en fila, doscientos cincuenta hombres bien armados. Hacía un día espléndido el 18 de octubre del año del Señor de 1035. El otoño era tibio y dorado, marchaban sin cuidado por tierras amigas. O al menos eso creían. Doscientas cincuenta lanzas de lo más granado del reino acompañaban a los reyes de Navarra y a los de Castilla, pues con don Sancho y doña Maior, su esposa, viajaban su hijo don Fernando y su nuera, doña Sancha. Esta región que atravesaban había sido de León, mas Sancho de Navarra, habiéndola tomado por las armas, se atribuía ahora su dominio. Sus nuevos súbditos se resistían a reconocerle como su rey. Los leoneses no le querían como a su señor. Sólo acataban al joven Bermudo, el rey-emperador. No deseaban pagar impuestos a rey desconocido.

Don Fernando cabalga junto a su esposa, la infanta leonesa, hermana de Bermudo, Sancha. Es la primera ocasión que tiene, desde hace mucho, de viajar con ella. Hace un año que parió una niña, y quedó tan débil y desmejorada que las parteras le instaron a reposar al menos un año, sin traer al mundo a otro infante pues su cuerpo no lo resistiría.

Hoy está completamente repuesta. Luce colores como rosas en las mejillas y está disfrutando del viaje a caballo. Conoce estos parajes, pues fueron de su padre, y se le esponja el corazón al verlos otra vez. La infantita se quedó en Santa Justa con el aya y las damas. Está tranquila, pues sabe que las monjas le malcrían a todas horas consintiéndole que les tire de las tocas y otros muchos caprichos. Los de Castilla cabalgan juntos y de vez en cuando se toman de la mano como jóvenes enamorados. Sin duda vendrá muy pronto otro heredero. ¡Pluga al cielo que sea varón!

El rey Sancho, inquieto, espolea su caballo y se une a los ojeadores que van en cabeza. No ve la hora de llegar a Oviedo. Está impaciente por venerar las santas reliquias de su catedral. Se acerca a quien va en primer término; éste se sobresalta al ver al monarca.

—Señor —le dice—. No es una buena idea que os adelantéis. Este Paso de Pajares es peligroso. Es abrupto y perfecto para una encerrona. Volveos atrás con los demás. —Estas palabras sulfuran al valiente rey don Sancho.

—No seáis pusilánime, joven amigo. Siempre fui el primero, en la guerra... y en el amor —añade en voz baja, como si quisiese que doña Maior no lo oyese.

—Señor —insiste el hombre—, aquí no hay guerra ni lance amoroso. Sí peligro. No olvidéis que los leoneses no os ven con buenos ojos. Y no sería la primera vez que se ataca a la vanguardia. —Se molesta abiertamente el de Navarra.

—¿Y quién creéis sería tan necio como para atacar a Sancho el Mayor? Todo el mundo sabe que voy a Oviedo a rezar en la catedral. Si alguien sale a mi encuentro será para pedir clemencia o favores. En todo caso, soy responsable de mí mismo. Iré en cabeza, tanto si os gusta como si no. Yo ya he cruzado por aquí varias veces y deseo mirar el paisaje sin ser molestado por la turba de lanzas y clérigos. Además, conozco un paso que nos permitirá ahorrar algunas horas y así no se cansarán tanto las damas. —Disgustado, asiente el ojeador mayor.

—¡Como gustéis, alteza! —Hace una seña a sus hombres y éstos, procurando no molestar al monarca, se colocan en lugares estratégicos, miran a todos lados, pero la vegetación oculta muchas cuevas y las rocas se proyectan a veces justo por encima de ellos. No van tranquilos los ojeadores. Pero no parece pasar nada. Doña Maior sueña con una paz duradera para todos y glorias para Castilla; don Fernando y doña Sancha no se enteran de nada que no sea ellos mismos y sus planes inmediatos; los hombres del rey atisban preocupados las altas rocas que de vez en cuando los dominan. Se sienten amenazados.

Una trompa de caza rompe la mañana con un sonido agudo.

—¡Alto la partida! —grita una voz.

—¿Quién osa dar el alto al rey? —Es don Sancho el que grita la respuesta.

—¿Qué rey? —inquiere el hombre invisible.

—¡Vuestro rey, Sancho el Mayor!

—¡No reconozco otro rey que don Bermudo III! —vuelve a gritar la voz desde los riscos, pero no se ve a nadie—. ¡Si no queréis morir, volveos atrás en vuestro camino! No hay paso si no mostráis carta franca del rey don Bermudo.

—¿Y quiénes sois vosotros, que así os oponéis, con peligro de vuestra vida, a la comitiva de don Sancho?

—Soy de la familia de los Valdeses, señores de Campomanes. Guardamos este paso desde siempre en nombre de nuestro señor el rey-emperador. Nadie puede pasar a menos que tenga carta franca de él. ¿La tenéis?

Don Sancho se siente ultrajado. Él ha conquistado este territorio no hace mucho y se intitula rey de León. Inclusive ha tomado la vieja ciudad, capital del imperio, mientras que el joven Bermudo y su reina están huidos, escondidos, en algún lugar de los bosques de Galicia, y ahora, este individuo proclama que él guarda este paso en nombre del de León. Encolerizado grita a todo pulmón:

—¡Dejaos de sandeces, no hay otro rey en León que Sancho Garcés de la casa de los Abarca! —El otro se lo piensa un momento y responde:

—Mientras Bermudo viva, es mi rey. ¡Venid por mí! —Una certera flecha se clava en el tronco de un árbol justo encima de la cabeza del rey. El grito ahogado del cortejo le hace ver a don Sancho el peligro que ha corrido. Esto provoca su furia, es un desafío a su autoridad. Aprovechando el intercambio de palabras, los hombres del rey han trepado por detrás del atrevido representante de los Valdeses y con sorpresa han constatado que es un solo hombre. Nadie le acompaña. Seguramente es un loco, uno de los fideles de Bermudo.

Sin mucho problema los de don Sancho han tomado al solitario arquero. Intentó resistirse forcejeando con ellos pero el mayor número de éstos pronto venció al hombre solo.

A empellones lo bajaron de las peñas y lo trajeron a la presencia del rey. Éste estaba furioso por el espectáculo que había dado la real comitiva deteniéndose por un solo hombre. La reina doña Maior, doña Sancha, don Fernando y los hombres de armas se acercaron a ver el desenlace del incidente. Tranquilo, el hombre de los Valdeses mira con desafío al rey don Sancho.

—¿Por qué habéis detenido a vuestro rey, mal caballero? —le pregunta, lleno de ira.

—Rey de Navarra, con todos los respetos, no sois mi rey. De antiguo los Valdeses con nuestros hombres hemos guardado este lugar para impedir que el moro volviese adonde solía. Durante doscientos años hemos sido los guardianes del paso. Hoy la mayoría de nuestros hombres ha muerto en las guerras de León contra Navarra, pero aún quedamos algunos Valdeses y pocos hombres, niños y viejos, amén de mujeres en Campomanes. Mientras uno solo quede vivo, cuidaremos del Paso de Pajares, mejor que si fuese un paso honroso.

—¡Vive el cielo, que sois atrevido. Moriréis por esto!

—Quizá, señor de Navarra, pero nunca os reconoceré como rey de León. Podéis darme muerte, pero eso no os dará la razón. Sois un usurpador. —Cuchichean los hombres del séquito, asombrados del valor del de Campomanes. ¿Tendrá razón el solitario hidalgo y su señor de Navarra es el usurpador del trono de León?—. Ante la muerte se suele decir la verdad.

La reina doña Maior ve el peligro e intenta hablar con su marido: «Señor —intenta decirle—, señor, soltadle, es lo mejor. Dejadle por loco. No hagáis un héroe, no nos conviene.» Pero no puede hacer el razonamiento, el rey don Sancho tiene ese defecto, se vuelve loco de furor y en esos momentos ni oye, ni ve, ni atiende a razones. Al ver a doña Maior aproximarse a él, intuye que va a solicitar clemencia.

—¡No quiero oír nada —grita fuera de sí—, y vos, doña Maior, es mejor que os retiréis, no es esto cosa de mujeres y dueñas! ¡A ver, vosotros, los saeteros, poned a este bellaco contra un árbol! —Al ver la ira del rey nadie se atreve a rechistar. Hacen prontamente lo ordenado. El hombre dice en alta voz:

—Antes de morir quiero que sepáis mi nombre, soy Pero Valdés, de los Valdeses de Campomanes, leales de siempre y por siempre al rey de León. Estoy listo a morir.

—¡No deseo que muráis tan fácilmente, Pero Valdés! —grita el rey cada vez más alterado—. Vosotros, saeteros, deseo que le disparéis tantas flechas como pueda aguantar su cuerpo sin que muera. Quiero ver un acerico. El que dispare la flecha que lo mate recibirá veinte azotes aquí mismo. —Así se hizo. Fue un terrible espectáculo aun para hombres curtidos en la batalla. Una cosa es matar y morir y otra cosa es ensañarse con un hidalgo que cumple su deber atento a la fidelidad jurada. Una muerte honorable hubiese sido suficiente. Todos lo hubiesen comprendido. Pero esto, convertir a un noble hijodalgo en un San Sebastián, era algo terrible. Aguantó bien el de los Valdeses, ni se quejó ni pidió misericordia; al contrario, miró al rey a los ojos hasta que la pérdida de sangre le robó el conocimiento.

Doña Maior se puso junto a su marido y aguantó impertérrita la visión de la terrible agonía. Doña Sancha se tapó los ojos y se escabulló detrás de las filas de los que disparaban. Sin expresión, don Fernando no dejaba adivinar sus sentimientos. Por fin murió don Pero Valdés. Ninguna flecha le mató, sí lo hicieron todas y cada una de ellas. No satisfecho, el rey de Navarra le hizo desatar y prohibió que se le enterrase como debe hacerse con los cristianos; al contrario, gritó por si había alguien mirando desde la espesura:

—¡Eh, vosotros, si algunos de los Valdeses o de los de Campomanes estáis por ahí, sabed que ésta es la justicia de Sancho el Mayor. Ahí os dejo vuestro perro! —Con gesto brusco inició la marcha—. ¡Vámonos ya de este maldito lugar!

Partieron sin mirar atrás. Cada uno rumiaba sus propios pensamientos. Después de ajusticiar a Pero Valdés parecía que se hubiese oscurecido el sol. Un gélido viento empezó a soplar. El recuerdo del cadáver abandonado sin cristiana sepultura, acribillado de flechas, pesa en la mente de los hombres. Creen que les traerá mala suerte, alguno recuerda cómo al reiniciar la marcha salieron volando por la izquierda una bandada de cornejas. Los augurios no podían ser peores. Los cristianos abandonados sin oraciones ni sepultura persiguen por las noches a sus matadores y su recuerdo los tortura en su vejez. Matar está en las posibilidades del mismo vivir, pero hay que seguir unas reglas, ellas organizan el universo e impiden que éste se rebele, y una de las primeras es que a un cristiano hay que proveerle de auxilios espirituales antes de matarlo, y luego hay que darle sepultura para evitar que su alma vague vengativa por los siglos de los siglos.

No siente preocupación alguna el rey de Navarra, por el contrario, se siente restaurado en su honor. ¡Le han llamado usurpador, a él, que lo ha ganado todo en buena lid, con la fuerza de su espada y la sangre de sus hombres! Todavía siente la furia que le hace hervir la sangre. ¡Tamaña osadía la del hombre de Campomanes! Desea venganza. Que este maldito pueblo no olvide su nombre. Ahora pasará por allí, y como encuentre a uno solo se van a acordar de él. Cuchichea algo con doña Maior. Ella niega con la cabeza, él insiste, por fin asiente la reina.

Entran en un pasaje particularmente estrecho, casi no pueden avanzar más que de uno en uno. Encabezando la comitiva va el rey, inmerso en sus pensamientos y rumiando su desquite. De pronto, surgido de la nada, aparece un hombre joven, un doncel, sobre una peña que domina el camino.

—¡Matasteis a mi hermano! —grita la aparición—, ¡miradme, bastardo! —Sorprendido por lo súbito del grito, alza la mirada el rey, al tiempo que vuela una saeta certera que se le clava en un ojo. Casi simultáneamente el joven regicida cae víctima de las flechas de los saeteros reales. Se organiza un revuelo tremendo, los soldados corren por todas partes intentando unos ponerse a salvo para repeler una posible emboscada y otros acuden a guardar a las damas. Pero no aparece nadie más. Una vez más es obra de un solo hombre. Un vengador del muerto, otro de los Valdeses. El último hermano.

No murió enseguida don Sancho; la herida, aunque espantosa y mortal de necesidad, no era lo suficientemente desgarradora para matar. Todavía viviría algunas horas terribles. La venganza de los Valdeses era completa. Con cuidado, los hombres del rey intentaron ponerle lo más cómodo posible, aunque no había ninguna postura que pudiese aliviar su tormento. Don Fernando consulta con su madre qué es lo mejor que se puede hacer en esas circunstancias.

—Madre y señora, mientras viva el rey mi padre, sois la reina; decidme qué queréis que se haga y lo obedeceré como hijo y vasallo.

—Rey de Castilla, hay algo que debe ser hecho ahora mismo, tomad la mitad de los hombres, que os bastarán para lo que tenéis que hacer, y dirigíos a Campomanes, que está a pocos minutos de aquí. Volad antes de que huyan, como suelen hacerlo, y desaparezcan. Llegando allí, es voluntad del rey, me lo dijo, y mía, que la ciudad sea totalmente destruida. No deben quedar vivos ni hombres ni mujeres ni niños. No se puede matar impunemente a un rey. Él se puede equivocar, y rendirá cuentas a Dios, pero los súbditos no pueden matar al rey, ni negarle obediencia, cualquiera que sea su culpa. Matándolo matan al reino y lo sumen en el caos. Id pues sin pérdida de tiempo antes de que sufra la honra del reino.

—Madre y señora, dejadme perdonar a las mujeres, no es propio de un caballero cristiano el matar inocentes.

—No hay ningún inocente.

—Acordaos, señora, que Dios por un inocente estaba dispuesto a perdonar a una ciudad.

—No hay ningún inocente —repite doña Maior—. Así lo quiso mi esposo, y es también mi voluntad. Rendiré amargas cuentas al Creador. La corona tiene muchas servidumbres.

—Señora, los niños no son culpables de nada. Veo a mi hija en ellos. ¿No veis vos a vuestros nietos?

—No, don Fernando —contestó la reina con voz seca—. Idos presto, el tiempo apremia.

—A pesar de todo, señora, es una felonía matar mujeres y niños. No puede reinar en Castilla un rey felón. Haré lo que decís, reina y señora, pero renuncio aquí mismo a la corona de Castilla, que tan generosamente me cedisteis. La matanza la hará vuestro hijo, no el rey de Castilla. —Le mira la reina pensativa. Se siente orgullosa de él.

—Haced pues lo que vuestra conciencia os dicte, don Fernando, he sido injusta, no puedo mandar dentro de vuestros pensamientos. Vos también sois rey. Id y vengad cumplidamente a vuestro padre, él lo quiso así, pero sois vos el brazo.

Con los hombres de la escolta se dirige raudo hacia Campomanes. Allí ya se sabía del regicidio y la gente ha comenzado despavorida a huir por todas partes. Siguiendo las órdenes del de Castilla se persigue por los riscos y hondonadas a los hombres, jóvenes y viejos. Se perdona a las mujeres y niños y a los muy jóvenes que huyan con niños en los brazos. Los demás todos son muertos. De vuelta en la villa, se queman las casas, los corrales y las trojes. No escapan ni los animales. Todo es destruido. Campomanes es borrada para siempre de la faz de la tierra. Se reúne a los supervivientes en un mísero grupo de gentes que lloran.

—Por la generosidad de doña Maior, la reina, habéis sido perdonados. No por vosotros, sino por vuestros hijos. Idos inmediatamente de Campomanes. Nadie puede tomar nada de aquí. Ni volver jamás. Cada año vendrá un grupo de soldados; si encontrase a alguien en Campomanes será muerto sin más. Ahora idos.

Una mujer vieja habla al de Castilla; es tan vieja y ha visto tantas cosas, vivido tantas miserias, perdido tantos amores, que no teme a la muerte. Alzando su faz arrugada como un pergamino amarillo, mira a los ojos al temible guerrero que arriba, en su caballo tordo, domina el campo anegado de sangre:

—Señor, bastante daño nos habéis causado ya, ¿queréis también matarnos sin manchar vuestras manos? Si nos vamos sin tomar nada, mañana o pasado estaremos muertos, sobre todo los niños. ¿Con qué los alimentaremos en nuestro vagar hasta que encontremos algún lugar para nuestros pobres huesos? —Se compadece don Fernando de la mísera grey y consiente en que tomen lo que puedan de lo quemado, muerto y destruido, pero deben partir ese mismo día. Así lo hacen después de recoger alguna cabra que había salido huyendo, algún retal de tela, un poco de cebada. Tristes restos de su patrimonio. Los que no han muerto lo han perdido todo, hasta la esperanza. Abandonan sus muertos y lo que ha sido su vida.

—Señor —la vieja se acerca al rey y le habla mirándole de abajo arriba—, no tengo a nadie, ni hijo, ni padre, ni nieto. Nadie me necesita ni a nadie necesito. Iré con vos, creo que os puedo ser útil.

—¡Útil, vos, al rey de Castilla! Deliráis, abuela. Id con Dios. —El rey la rechaza, pero no con dureza; siente que esta vieja es la historia de la desgracia que sufre el pueblo a manos de los poderosos como él. Y él tampoco es libre de no hacer lo que les hace sufrir, le parece que ambos están uncidos a una rueda infernal de la que ninguno puede zafarse.

—Señor —insiste la abuela—, conozco, conocía, bien al joven Florián Valdés, sé qué clase de puntería tenía con las saetas. Sin duda ha hecho certero blanco, pero vuestro padre es posible que aún no haya muerto. Él sabía cómo herir de muerte sin matar. Dejadme que os ayude, por vuestra generosidad habéis salvado a algunos, aquellos que pudisteis, me lo dijo el vuelo de las aves. Deseo hacer algo por vos.

—¿Y qué sería ello, abuela?

—Tengo algunas pócimas, quitan el dolor, hacen dormir. Provocan la muerte. ¿Qué preferís, joven amo? —Le habla como si le hubiese conocido de toda la vida, como si hubiese envejecido al servicio del rey de Castilla. Él también la acepta del mismo modo:

—Venid, pues, abuela, quitad el dolor al rey de Navarra y hacedlo dormir. —Al resto de los hombres dice—: Enterrad cristianamente a estos muertos. Enviaré a un clérigo para que bendiga el terreno en donde descansen y para que rece por sus almas. —Coge al vuelo a la vieja y la coloca como un saco en su caballo. Apenas pesa la mujer, como una bolsa de paja. Se sorprende el rey pero no dice nada. ¿Estará vacía por dentro? ¿Será de aire? ¿Es acaso sólo una ficción, un espejismo, un espíritu, una bruja? Poco le importa, lo importante es que pueda hacer algo por su padre.

Al volver al campamento, horas más tarde, se encuentran todo como lo dejaron. Doña Maior está junto a su esposo, sujeta la mano del moribundo, y espera. Al regio agonizante le sube la fiebre y se queja entre sueños. No se atreven a quitarle la flecha y yace sin poder cambiar de postura con la flecha clavada en la cara. Su faz, que hace unas horas tenía una cadavérica palidez, ahora está roja y congestionada. Los clérigos que le acompañaban a Oviedo le han dado la extremaunción y rezan ahora a su alrededor: *Miserere mei, Domine, quoniam infirmus sum: sana me, Domine. Conturbata sunt omnia ossa mea, et anima mea.* [«Apiádate de mí, Señor, porque soy débil. Cúrame, Señor. Hasta mis huesos tiemblan, y mi alma se ve turbada.»]

No se sabe si el agonizante rey oye las oraciones, se mueve inquieto ardiendo en fiebre. Al llegar Fernando se produce un pequeño revuelo. Su madre le mira interrogante, él asiente levemente, luego se acerca con la vieja:

—Madre, traigo aquí una mujer que dice que puede aliviar al rey. —Doña Maior le mira con desconfianza. ¿Le hará aún más daño al doliente?, pero la mujer parece leerle el pensamiento.

—No temáis, mi señora, le hará bien. —Saca de sus andrajos una especie de botellita de vidrio tapada con un corcho—. Ya no importa la cantidad —masculla la vieja. Vierte entre los dientes del moribundo un líquido espeso y azulado. El rey lo rechaza al sentir su sabor, pero algo debe de haber tragado pues se le ve deglutir. A los pocos minutos cambia su expresión. Una serena placidez se refleja en su cara. Pierde el color rojo congestionado y toma una palidez cercana ya a la muerte. Respira tranquilo.

—Doña Maior —dice al fin trabajosamente—, doña Maior, ved cuántas palomas blancas. —Su rostro era totalmente pacífico. Corría el mes de octubre, día 18 del año del Señor de 1035, dobló la cabeza el rey de Navarra, Sancho Garcés III, llamado Sancho el Mayor, y dejó este mundo para entrar en otro desconocido. Le acompañaban miles de blancas palomas.

A la muerte del rey se quedaron sobrecogidos. ¿Y ahora qué? Era la pregunta que se hacían todos, hombres llanos, guerreros y personas reales. Había sido tan imprevista su muerte que les cogía totalmente por sorpresa. No estaban preparados para ello. Levantaron tiendas para pasar la noche ya que no tenía ningún sentido seguir avanzando con el cadáver del rey en medio de la oscuridad en un sitio tan abrupto como el Paso de Pajares. Doña Maior pidió que erigiesen la tienda real y quiso pasar la noche velando a su marido y rezando por su alma. Ella sabía cuánta necesidad de oraciones tenía el alma del muerto. Los clérigos que con ellos viajaban rezaron y cantaron durante toda la noche los oficios de difuntos. Se volverían a entonar estos oficios solemnemente en Oviedo en el entierro real ante el catafalco cubierto con crespones, pero ahora en medio de la noche, alumbrados con lúgubres hachones, era más apocalíptico si cabe el canto de los monjes.

Tuba mirum spargens sonum
Per sepulcra regionum
Coget omnes ante thronum

[«La trompeta al esparcir su atronador sonido por la región de los sepulcros reunirá a todos ante el trono de Dios.»]

Imbuidos de su propia importancia, los monjes resonaban en la noche con sus terribles cánticos, los soldados se encogían en sus tiendas no atreviéndose a dormir. Pensaban en la muerte que habían dado al hidalgo de los Valdeses. La venganza divina había comenzado a cumplirse. Tenían visiones del cuerpo lacerado de Pero Valdés, abandonado en una quebrada cualquiera, sin oraciones cristianas ni tierra que le cubriese en su sueño eterno. ¿Estaría por allí el alma en pena del asaetado? ¿Tomaría sus nombres de uno en uno, para vengarse de ellos a lo largo de su vida? Los monjes no paraban en sus cánticos. Era la noche oscura. No lejos aullaba el lobo y ululaba la lechuza. Los centinelas creían ver sombras por todas partes.

Quid sum mires tunc dicturus?
Quem patronus rogatorus,
Cum vix justus sit securus?

[«¿Qué he de decir entonces, yo miserable? ¿A qué valedor acudiré cuando aun el justo apenas esté seguro?»] Todos comprenden y conocen las palabras. Les parece que son para ellos y tiritan de miedo. Pasada la medianoche, cesaron los lúgubres cánticos.

Poco a poco llegó el amanecer. En el cielo que clarea se van apagando las estrellas. Se retiran los lobos, callan los búhos y las lechuzas. Los pájaros madrugadores comienzan a entonar su algarabía de siempre. Los árboles van cobrando color, dejan de ser fantasmas oscuros y recobran su corporeidad. Son sólo árboles, plantas, pájaros, insectos. Ya no hay fantasmas, sombras, venganzas. Han callado los monjes hace horas. Todos duermen cansados por la jornada anterior. Sólo velan los centinelas, doña Maior y Fernando, que no ha interrumpido los pensamientos de su madre durante toda la noche. Ella le hace una señal, él se acerca cuidando de no hacer ruido. Es vana la precaución. El muerto no despertará.

—Fernando —la madre le dispensa el tratamiento— habrá que llevar al rey, tan pronto como podamos, al pudridero en Oviedo. Él me dijo que quería ser enterrado para siempre en el monasterio de San Salvador de Oña, y me place, pues ese monasterio lo fundó mío padre, Sancho García el de los Buenos Fueros, hace ahora veinticinco años, para que en él profesase como abadesa mi hermana, doña Tigridia. Advertid de la voluntad de don Sancho a doña Tigridia, me refiero a mi hermana, la abadesa, no a vuestra hermana, mía hija, que sabéis también es monja allí. Como os digo, primero llevaremos a vuestro padre a Oviedo.

Cuando sus huesos sean mondos, lo llevaremos a Oña. Se le harán al rey funerales regios en Oviedo. En cuanto salgamos de Pajares quiero que enviéis mensajeros a vuestros hermanos dándoles noticias de lo sucedido. Mandad también mensajeros a León y al hombre de Dios don Alvito, que viene de camino a Oviedo; pueden interceptar su marcha en Las Omañas, por donde vendrá. Deseo también que se haga llegar noticia a don Leandro, el viejo aitán, hoy monje, de vuestro hermano Ramiro; a Nájera, al monasterio dúplice del Eire. No creo que todos vuestros hermanos puedan venir, pero esperaremos en Oviedo lo más que podamos, si encontramos a alguien que pueda preparar al rey para que no se corrompa demasiado pronto.

—Madre, en los emisarios ya he pensado, y tengo en mente quiénes pueden ir con toda celeridad hacia los cuatro vientos. —Fuera, un poco lejos de la real tienda, se oye un carraspeo. Enseguida se escuchó una conversación lejana. Doña Maior y don Fernando, que hablaban en voz muy baja, oyeron el carraspeo y las voces ahogadas que hablaban fuera. Se asoma don Fernando por ver quién osa acercarse a la tienda donde yace su padre. Con sorpresa ve a la mujercita vieja, la bruja o curandera que le dio la pócima al herido. Casi se había olvidado de ella.

—Madre, ahí fuera está la mujer que le dio la pócima al rey, parece que quiere entrar, está hablando con el centinela. —La curiosidad acucia a doña Maior. Aun en estas circunstancias la curandera puede tener algo que decir.

Se arregla la reina viuda un poco los cabellos, se coloca una toca y dice:

—Decidle que pase, deseo al menos agradecerle su servicio. El rey murió tranquilo.

Despuntaba el día, claro y fresco. Salió don Fernando de la tienda y se acercó a la vieja y al centinela.

—Señor —dijo éste pesaroso—, señor, esta mujer insiste en veros. Le he dicho que es imposible, que veláis al muerto de gloriosa memoria, pero insiste.

—Está bien, dejadla entrar, doña Maior quiere verla. —Entró la mujeruca en la tienda real. Aunque humilde en apariencia, se dirige con soltura a la enlutada dama.

—Mi señora reina, ayer hice lo que pude por vos y el difunto de gloriosa memoria. Sé que hoy me necesitaréis de nuevo. Vengo antes de que mandéis a por mí. Hay que ganar tiempo al tiempo. —Doña Maior se queda estupefacta ante tamaña desenvoltura. Ni las más encopetadas damas se atreven a dirigirse a ella con tal seguridad. No puede decirse que la vejaruca le haya faltado al respeto, al contrario, le ha hablado inclinada, casi rozando el suelo y con palabras breves y en voz baja. Decide no molestarse con la abuela, al fin y al cabo no conoce los usos de palacio ni el protocolo. Sabe doña Maior que la vieja es una superviviente de la masacre de Campomanes, una matanza necesaria que ella ordenó perentoriamente y, sin embargo, no parece guardarle rencor. Como si nada hubiese sucedido.

—Venid aquí, junto a la luz, vieja madre —dice doña Maior—, ayer os vi poco y mal. Deseo ver vuestra cara para daros las gracias. Mío esposo sufrió menos gracias a vos. Ahora yace muerto, por la voluntad de Dios. ¿Cómo os llamáis?

—¡Ay, señora, casi no lo recuerdo! Me han llamado siempre La Abuela, La Curandera o La Coruxa. Creo que mi verdadero nombre, hace mucho, mucho tiempo, era Alexania.

—¿Cómo preferís que os llamen?

—Da igual, señora. Preguntad a don Fernando, soy suya.

—¿De don Fernando? —pregunta incrédula la reina—. ¿Y cómo viene a ser eso?

—Sí, señora, somos de aquel que nos da la vida. Ayer él salvó mi vida, y las de otros muchos pues que yo se lo pedí; en agradecimiento seré suya para siempre. Lo poco que me quede de vida, puede mandarme lo que quiera. Sé muchas cosas. Yo soy, doña Maior, la que arreglaba a los muertos para ser enterrados. He enterrado a tantos que he perdido la cuenta. Primero los míos, padres, abuelos, hermanos, nietos, hijos. Muchos, muchos, muchos. —Mira la vieja en lontananza, como si esperase ver surgir del infinito una procesión de parientes que se habían ido hacía muchísimos años—. Luego los vecinos, amigos y, por último, los desconocidos. También soy partera. He traído al mundo a muchos de los que enterré. Venía, señora, tan temprano, por si queríais que preparase al rey, nuestro difunto de gloriosa memoria, para que llegase en buen estado hasta donde se le diese cristiana sepultura.

—¿Podríais, buena madre, hacerlo aquí, sin medios?

—Podría, señora, si me autorizáis a volver a Campomanes y recoger lo que necesito. Aunque todo ha sido arrasado —¿había una sombra de reconvención?—, las yerbas no se rompen, ni desaparecen. Mi cueva es tan mísera que no fue incendiada, sólo aventada.

—¿Qué podéis hacer por el mío señor difunto?

—Lavarlo y ungirlo. Quitarle la saeta que tanto lo afea. Vendarle el rostro. Raerle la barba. Llenar sus cavidades de sal y otras cosas que yo sé. Al menos os durará unos días, los que necesitáis, creo yo. Luego, señora, si os place, lo vestís como un rey, o yo lo haré asistida por quien digáis. Lo cubriremos convenientemente y así llegaremos con dignidad a donde tengamos que llegar.

Hablaba La Coruxa como si el difunto fuese también de ella, «lo cubriremos», «llegaremos». Lo nota doña Maior pero no se ofende, la vieja es tan humilde y parece saber lo que se hace.

—Sea, idos a Campomanes, que os acompañe un peón a caballo. Traed lo que necesitéis para vuestros fines. —Parece que la reina piensa un poco—. Mirad si hay algún superviviente. Hombre, mujer o niño; si lo hay, que lo traigan y lo curen. La venganza ya está completa. Es hora de misericordia. Volved presto.

Tan pronto como regresó, Alexania se puso manos a la obra. Antes de medio día les hizo saber que el rey don Sancho estaba listo para iniciar viaje hacia su destino. Y en verdad La Coruxa debía de haber amortajado muchos cuerpos pues hizo una obra maestra. Limpio y curado, afeitado y bien vestido, el rey don Sancho, de gloriosa memoria, yacía tranquilo como si durmiese pacíficamente. De su cuerpo salía una especie de perfume como incienso y romero. El rey de Castilla observaba entre pesaroso y admirado el trabajo de la vieja.

—Habéis realizado una obra de misericordia, abuela. Ahora que todo está resuelto, partiremos enseguida hacia Oviedo. Ya no verá el rey la Cámara Santa, pero pediré a los monjes que lo velen allí. ¡Era tanta su ilusión por venerar las sagradas reliquias! ¡En marcha!

Se puso en movimiento la comitiva. Cuatro lanceros portaban al difunto en unas parihuelas, cubierto con su manto real. Contrasta la tristeza de hoy con la alegría y la despreocupación de ayer. Han transcurrido muchas horas desde que partieron los emisarios hacia los cuatro vientos con la aciaga nueva: ha muerto el rey de Navarra. Corren tan raudos como pueden hacia sus destinos. Portan cartas de don Fernando y de doña Maior para que se les preste toda la ayuda que necesiten a lo largo del camino. Van a Navarra, Castilla, Aragón, Sobrarbe, Barcelona, a los monasterios de Santa María, de San Pacomio de Dosatalayas, del Eire, de Oña y otros muchos. Todo el reino se estremece. Todos piensan lo mismo: ¿ahora qué?

2

Los que fueron a enterrar al rey don Sancho

Ançianos cavalleros, e notables perlados,
Buenos hombres maduros, dotores e letrados,
Estén cabe a su estrado, todos bien asentados.

Pero López de Ayala, 1332-1407

Los mensajeros enviados por doña Maior y su hijo don Fernando atravesaron tan raudos como pudieron las tierras de Spania. A cualquier sitio que llegasen, la gravedad de la noticia hacía que se multiplicasen los mensajeros. No hubo ni villa ni monasterio, condado o mandación, que al enterarse de la terrible nueva, no enviase a su vez a otros informadores a sus vecinos, encomendados, oblatos o deudos. No era para menos: el que se había intitulado a sí mismo REX TOTIUS SPANIAE, había sido asesinado. Podía suceder cualquier cosa. El terror se extendió sobre la tierra. La muerte violenta de los poderosos no augura nada bueno.

En Ramiro es el hijo mayor de Sancho de Navarra, no es hijo legítimo, sino *hijo de ganancia*, pero doña Maior ha adoptado al joven y lo ha tratado como hijo propio. Todos saben que lo hizo porque don Sancho amaba mucho al joven, también había amado a la madre de Ramiro, a quien repudió para hacer un matrimonio más ventajoso con la hija del conde de Castilla: doña Maior. Ramiro ha crecido como de *prole regis*, y se le atribuyó el rango que correspondía a un príncipe. En estos momentos se halla comisionado por su padre para impulsar la rápida construcción del monasterio de Loarre. Allí, gracias a sus continuados esfuerzos, la magna edificación está ya habitada por monjes y soldados. Su enorme sombra amenaza al Waliato de Huesca.

En Ramiro ha sido siempre un joven piadoso. Por un tiempo consideró la posibilidad de profesar en religión. Ser un monje más, rezar por la salvación de su alma, servir totalmente a Jesús el Todopoderoso; y aunque ahora ha abandonado esa idea, aún reza todos los oficios en la capilla junto con los monjes. Lo hace gustosamente y con ejemplar piedad. Cae la tarde. En el oratorio los monjes entonan Vísperas.

—*Fiat voluntas tuas, sicut in caelo et in terra.* —Eso reza Ramiro. Hágase Tu voluntad en el cielo y en la tierra. Siempre se ha entregado en manos de Dios. A veces piensa que no reza lo suficiente, que debe agradecer a Dios tantos dones: su nacimiento real, el amor del rey y de su madre adoptiva, doña Maior, el afecto de sus hermanos. Agradecer que nunca le considerasen como un hijo espurio sino un verdadero príncipe. Le atormenta su futuro. ¿Qué será de él? Sólo Dios lo sabe. *Fiat voluntas tua.* ¡Hágase Tu Voluntad! Se entrega a Él completamente. Sucederá lo que Dios quiera, como ha sido siempre. Está tan concentrado en su meditación que al principio no oye el estruendo. La puerta del oratorio está cerrada, como pide la Santa Regla, durante las preces. Jamás se oyó decir que fueran interrumpidos los rezos a menos que hubiese fuego en la iglesia u otra fuerza mayor.

El prior queda desconcertado. Callan los rezos. Por segunda vez se oye vociferar algo fuera del recinto, mientras golpean la puerta con fuerza. Llegan murmullos como de una multitud, voces y exclamaciones. ¿Habrá arribado hasta allí algún enemigo desde los valles altos de la montaña? Hace tiempo que los moros no llegan hasta aquí. Desde los tiempos horrendos del maldito Almanzor. ¿Habrán ahora venido para tomarlos por sorpresa? Los cristianos aragoneses, aunque bravos, son tan pocos que no podrán resistir mucho. ¿Tendrán tiempo para subir a los montes y defenderse como siempre hicieron? La puerta es aporreada de nuevo, hay que abrir antes de que la echen abajo. Corre el prior seguido de algunos monjes. Todos se han recogido el halda de sus túnicas para mejor correr.

Ramiro vuelve violentamente como de un sueño. Mientras se pone de pie, reza de nuevo, ahora por todos esos hombres que le han sido encomendados por su padre. *Libera nos quaesemus, Domine, ab omnibus malus, praeteritis, praesentibus et futuris.* [«Te rogamos, Señor, que nos libres de todos los males, pasados, presentes y venideros.»] Mientras reza con intensidad corre más que el prior y que los monjes. Es él el que debe abrir esa puerta. Él es el señor, el protector, el hijo del rey Sancho. Para él el peligro si lo hay, para él la gloria si la hubiere, para él la muerte si está allí. Como señor de la plaza va armado a todas horas, inclusive en la capilla. Quita el tablón que cruzando la puerta la mantiene cerrada. Desnuda su espada y abre de par en par la puerta del oratorio.

—¿Por qué osáis interrumpir la meditación de vuestro señor y los monjes? ¿Qué pasa aquí? —No ve enemigo alguno. Sólo una gran muchedumbre, parece que las gentes de los valles se han reunido y las de la llanura, los vecinos de las sobrecullidas. Personas venidas de lejos que llegan cansadas e hirsutas, como después de una agotadora marcha. Inclusive han vuelto a aparecer los trabajadores de la fortaleza, que ya habían terminado su jornada. Hombres y mujeres, viejos y niños. Los legos que no estaban en la oración. Todos.

Se maravilla *En* Ramiro. También están sus fideles, sus amigos y sus consejeros. Los magnates y los mínimos, los *meskinos*. Diríase que han vaciado las tierras de Aragón, tantos son, llegados a pie y a caballo, no sabe cómo.

—Señor —le dice un hombre—, señor, hay noticias.

—Noticias decís. ¿Qué noticias?

—Noticias terribles, señor, vuestro padre, el rey Sancho Garcés III, ha muerto.

—¿Que ha muerto mi padre? No puede ser. Estaba muy sano e iba camino del Bóreas a visitar a nuestro deudo, el obispo don Ponce. No iba a excursión guerrera, ni a algarada, ni fonsado. Quería venerar la Cámara Santa en Oviedo. No es tiempo de aceifas e iba con muchas lanzas, en compañía de mía madre, doña Maior, y mío hermano, *En* Fernando y de la esposa de éste: la reina doña Sancha. ¡No es posible, estáis mal informado!

—No, señor, ha sucedido. Por lo que sabemos le han muerto en una emboscada en el Paso de Pajares. Murió de un certero flechazo. Vuestro hermano, *En* Fernando, y doña Maior, vuestra madre, os envían llamar para que asistáis a los funerales del rey en Oviedo. No sabemos más. —El príncipe mira a la multitud.

—¿Y qué hacen todas esas gentes, Guillem?

—Señor, vienen por vos. —Hinca la rodilla en tierra y habla Guillem—: Señor, yo como hombre de Aragón y en nombre de todos los que aquí están y de otros que no están, vengo a deciros que, muerto el rey de Navarra, os hemos elegido como nuestro rey. —Un rumor inmenso sube desde la multitud. Le aclaman a gritos.

—¡Ramiro, Ramiro, rey, rey! —Los seniores y los humildes, todos se acercan. Traen un escudo grande de palo. Allí colocan de pie a Ramiro y lo alzan sobre sus cabezas. Ya está. Han levantado a Ramiro como primer rey de Aragón. Elegido por los aragoneses, sin esperar al testamento de Sancho de Navarra.

—¡Ramiro, Ramiro. Rey, rey!

Fiat voluntas tuas [«¡Hágase Tu Voluntad!»] El primer pensamiento de Ramiro I es acudir a enterrar a Sancho, de gloriosa memoria, su difunto padre. Reunirá un grupo de fideles y partirá inmediatamente.

Aunque *En* Ramiro es en puridad el hijo mayor, no es él el heredero de la realeza, ésta corresponde al hijo mayor legítimo y éste es don García, hijo de don Sancho y de doña Maior. Él es el continuador de la estirpe de los Abarca, el verdadero y legítimo heredero del reino. Don García era hombre ambicioso. Había soñado desde su niñez con heredar Navarra y los reinos acaptos, los conquistados por su padre: Sobrarbe, Ribagorza, León, Galicia, el condado de Aragón, e inclusive Castilla, llegado Sancho el Mayor a través de su esposa, doña Maior. Don García, en su corazón deseaba también para sí la tierra castellana. Y reclamaría el vasallaje que hasta ahora habían rendido a su padre los condados de Barcelona y los transpirenaicos Gascuña y Bigorre y otros. ¡Un futuro esplendoroso para una ambición sin límites!

Al igual que Ramiro trabajaba por orden de su padre en el monasterio de Loarre, García había sido enviado a Roma para visitar al Papa Teofilacto, y para que lo sondease (mejor dicho a su tío que era el verdadero poder en el solio) en cuanto al verdadero alcance de la reforma iniciada por Cluny. El Papa presionaba con la introducción de la liturgia romana, el de Navarra desea saber el alcance exacto de pretendida reforma. Don García residía casi siempre en Nájera, ciudad de sus amores. En todo caso, García no se hallaba en Navarra para recibir las nuevas de la muerte de su padre. Pero no se quedará sin saberlo. Su hombre fidelísimo, amigo, secretario y casi hermano, el eunuco Doroteo, recibió la noticia e inmediatamente, y, mediante palomas mensajeras, le hizo saber lo sucedido; la carta, necesariamente breve, decía así: «Señor: por la Voluntad de Dios, nuestra hora ha llegado. Vuestro padre ha hallado la muerte en el Paso de Pajares. Salgo enseguida hacia Oviedo en donde se enterrará al rey. Seré vuestros ojos y oídos. Volved enseguida.» Doroteo hizo un pequeño cilindro con el mensaje así escrito, lo aseguró a la pata del ave y lanzó la primera paloma al aire. Dos más tomarían el relevo hasta Roma. El eunuco y don García estaban desde siempre preparados para tomar el poder.

El jovencísimo don Gonzalo gobierna, en nombre y representación de su padre, el pequeño territorio del Sobrarbe. Un reino de juguete para un niño. Don Sancho provee con todo: alimentos, soldados, guardia real, e inclusive le hizo construir un pequeño palacio que es más bien un gran pabellón de caza. Para proporcionarle compañía adecuada hizo traer a varios jóvenes de una edad aproximada a la del príncipe y a los tutores y *aitanes* necesarios, pues nada ha de faltar en la educación de un príncipe hijo de tan gran rey. Aunque obligado a seguir las indicaciones del aitán, el joven sólo se interesa por la caza, de modo que es conocido en toda la tierra como Gonzalo el Cazador. Por sobre todas las cosas aprecia y disfruta del ejercicio, las artes cinegéticas en todas sus manifestaciones y el aire libre, al tiempo que se distrae escuchando a augures, encantadores, echadores de cartas, brujos y otros seres que manifiestan tener poderes adivinatorios. Suele invitarlos a su mesa y junto con sus amigos disfruta no sólo de sus palabras herméticas, sino de placenteras sesiones en las que se invoca a los espíritus. También gusta de la adivinación, de juglarías, contorsionismo, cantares y diversiones en que se mezcla el más allá con las pasiones profanas y terrenales. Desearía encontrar un brujo o bruja que siempre estuviese en su pequeña corte y en el que pudiese confiar para interrogarle sobre el incierto porvenir.

Aquella mañana don Gonzalo había cazado un gran oso pardo y estaba exultante; además contaba a la hora de la cena con la compañía de un juglar y adivino de nombre Veremundo. Decía éste venir de tierras muy lejanas del Bóreas, de las Islas Verdes y ser druida; aunque el joven no sabe qué es ello, le parece muy exótico y apetecible; sin duda, el yantar de la tarde promete ser muy interesante. Está contento, la cabeza del oso pronto se unirá a los otros trofeos que adornan las paredes de palacio.

Están reunidos todos, jóvenes y juglares, pues Veremundo viaja con un grupo de cantores y bailarinas. Han comido con buen apetito, sobre todo los artistas, que no saben si encontrarán mañana mesa y mantel y, por si acaso, hacen acopio de comida llenando sus estómagos todo lo que éstos pueden albergar.

—¡Eh, Veremundo —llama el joven señor al juglar—, cuando os contraté me dijisteis que erais adivino! ¿No creéis que es un buen momento para leernos el porvenir? —El nigromante sabe que tiene que ganarse la vida y agradar a su anfitrión. Si los hados participan buenas nuevas, decirlas, agrandándolas; si malas o nefastas, hablar como el oráculo oscureciéndolas. Veremundo es un verdadero adivino, debe de entrar en trance y ello no puede hacerse entre el bullicio y los hachones de luz, necesita soledad y concentración.

—Señor, ya os advertí que mi saber no es espectáculo como el de un charlatán de feria. Vos y yo debemos retirarnos. —El joven Gonzalo está dispuesto a cualquier cosa, es curioso, desea saber su destino.

—¡Vamos, pues, a mi cuarto, allí me diréis qué me espera! —Al rato volvió el joven meditabundo. Parecía como ido.

—¿Qué os pasa, don Gonzalo? —Están listos a reírse de los temores del valiente cazador.

—Nada —dice meneando la cabeza—, nada, los hados le han dicho a Veremundo que nunca seré más de lo que soy. ¿Acaso seré un príncipe para siempre? ¿Moriré joven sin conocer la corona y sin saber del amor? —La reunión pareció ensombrecerse. Nadie se atreve a hacer comentarios. El cazador es crédulo y al menos por ahora nadie osa hacer cábalas. También don Gonzalo fuese a dormir. A media noche el aitán aporrea la puerta de su pupilo y luego entra presuroso sin esperar a que el joven dé su permiso. Se arrodilla en el suelo y sin más besa la mano del joven.

—¡Señor —le dice—, señor, tenéis que salir de viaje enseguida! —El joven tiene sueño.

—Ahora no, decídmelo mañana. —Se arrebuja e intenta volver a dormir.

—No tiene espera, don Gonzalo, tenéis que partir enseguida.

—¿A estas horas? —Se incorpora medio dormido—. ¿Hay sublevaciones? ¿Llegan los moros? ¿Dónde está el ejército? —De pronto recapacita—. ¡Pero si casi no tenemos ejército! Si hay peligro resistiremos en los montes. Mientras, mi padre, el rey don Sancho, nos mandará lo que nos haga falta, como siempre ha hecho... —El aitán meneó la cabeza.

—No es nada de eso, señor, han llegado mensajeros de vuestra madre. El rey don Sancho ha muerto hace días en el Paso de Pajares. Dudo que podáis llegar a los funerales. En todo caso os esperan en Oviedo. Salimos ahora mismo. Doña Maior nos dice que allí se leerá el testamento de vuestro padre. Querréis saber vuestra situación, ¿verdad? Ahora que ha desaparecido el rey, quizá vuestro hermano mayor, García, quiera que le devolváis el mando del Sobrarbe y la Ribagorza. O quizás os acepte como Baylío de su autoridad. —El aitán ama al príncipe y quiere acompañarle cualesquiera que sea su destino.

Don Gonzalo se cambia el vestido de dormir poniéndose otro más acorde a un largo y duro viaje. No oye lo que le dicen, sólo recuerda la voz de Veremundo: «Nunca seréis más de lo que sois ya.» Entonces es que será príncipe para siempre. ¿O quizás es que ya entonces era rey? No sabe qué ha pasado, las noticias son confusas, sólo sabe que ha de partir enseguida a enterrar a su padre, el rey don Sancho, de gloriosa memoria.

Las noticias enviadas por doña Maior y don Fernando a todos los hermanos han llegado a su destino, pero no son sólo los príncipes los que se sienten impulsados a llegar a Oviedo para entregar al pudridero el cuerpo del difunto de gloriosa memoria. También hay otros personajes del reino a quienes se ha convocado, e inclusive otros que sin ser llamados acuden presurosos. Todos tienen sus razones para asistir a la magna asamblea de poder que se reunirá en Oviedo.

El hombre de Dios, don Alvito, viaja hacia el Bóreas con una comitiva multicolor. Con él lleva, siguiendo la ley del camino, a varios comerciantes que le han pedido protección ya que él, como gran personaje del reino, va acompañado por un cortejo de monjes-soldados y por varios guerreros; muchos son sus pupilos, pues la educación de éstos ha sido encomendada al monasterio de San Pacomio de Dosatalayas, de donde él es abad. Completada ésta, ahora aprovechará para devolver los donceles a sus padres. No sólo han sido aleccionados en las verdades de la fe, sino que además saben escribir, firmar con su nombre en bellas *fojas xatibíes*, hablan latín y romance, a más de un correcto árabe, y un aitán les ha hecho ejercitar sus cuerpos día y noche, hasta transformar a los niños que llegaron en hombres, en guerreros que hoy se van del monasterio. Son soldados hechos y derechos, a despecho de su juventud. Alguno no ha cumplido aún los quince años.

Acompañan al abad los hombres de la milicia concejil de Fontanera de la Sierra, los Caballeros Pardos. Don Alvito lleva carta franca del rey Bermudo y ésta les obliga a darle escolta hasta el próximo pueblo. En conjunto hacen una fuerza formidable pues los mercaderes y comerciantes, en caso de peligro combatirían al menos por sus vidas y sus mercadurías.

Un extraño personaje viaja también acogido a la protección de don Alvito: un hombre que, elegantemente vestido, se aparta ostentosamente de los cristianos. Es un moro, un hombre sabio que viene a curar a uno de los Castro. Una hermana de este señor, doña María, había casado con el háchib de Almería; hoy se llama Perla de la Mañana. Sabedora del mal de su señor hermano, ha rogado con lágrimas en los ojos a su esposo que envíe a un médico que vea de curarle. El sultán ama a su Perla de la Mañana, por ello envió al más sabio de los hombres, el director de la madrasa, para que viese qué podía hacer por el doliente cristiano. Se llama Yusuf ben Yusuf. No habla con los cristianos y don Alvito no le molesta con una invitación difícil de rechazar. Se ignoran cortésmente. Junto a don Alvito cabalga un jovencito, un niño más bien, que apenas tendrá unos ocho años. A las claras se nota que es de origen moro. Su pelo negro y lleno de caracolillos, así como sus ojos profundos y su piel aceitunada lo proclaman. Se ve que el monje ama al chiquillo y lo mantiene cerca de sí porque es travieso y desea evitar que se meta en líos. Fulgencio, que así se llama el niño, fue comprado junto con su madre en pública *sub hasta*. Los vendían en el mercado de León. Compadecido de la madre y del hijo, y no deseando que fuesen separados, el monje los compró, llevándoselos luego a San Pacomio. Fátima, la madre, rehusó saber nada del Dios de los politeístas, pero el niño ha sido bautizado y el monje lo educa para que sea un destacado guerrero. Tiene grandes planes para él, será noble, rico y honrado. Él le comprará un caballo y armas y será armado Caballero a Fuero de León. El monasterio es poderoso y puede permitírselo y, además, don Alvito es amigo del rey-emperador, don Bermudo. No le negará este favor para su protegido.

Don Rodrigo y don Nuño, los ojeadores, que marchan un trecho adelante, han detectado algo sospechoso, un silencio ominoso que no augura nada bueno. Hasta hace poco cantaban las aves, volaban los pájaros, zumbaban los insectos. De pronto se ha callado la naturaleza toda. Una bandada de avecillas han abandonado, todas a la vez, la frondosa umbría por donde transitaba la comitiva de don Alvito. Luego nada. Un silencio pavoroso. Ni las hojas se movían.

Don Rodrigo hace una señal imperceptible a otros jinetes que cabalgaban detrás, uno abandona la partida y se dirige a todo correr hacia la retaguardia para ponerlos sobre aviso.

Surgiendo repentinamente de la fraga aparece una docena larga de personas, hombres todos ellos de aspecto al tiempo feroz y miserable. Montan caballerías variadas. Unas viejas y maltratadas, otras de bella estampa que parecen reclamar otro dueño. Alguno inclusive monta en mula o pollino. Los de los buenos caballos usan también buenas sillas, los demás serones o mantas. Uno de ellos, quizás el jefe de la partida, se adelanta hacia los jóvenes, su expresión no augura nada bueno; socarrón y sonriente muestra al hablar algunos dientes negros y rotos. Saluda levantando la mano derecha, con la izquierda agarra un cuchillo de regulares dimensiones mientras que se sujeta al arzón.

—¡Alabado sea Dios, hermano!

—¡Alabado sea por siempre su Santo Nombre! —La respuesta, cortés y pausada, viene de Rodrigo. Su expresión no denota temor o sorpresa, si acaso tenue curiosidad—. ¿Deseáis algo?

El de los dientes rotos contesta:

—Somos unos pobres pedigüeños, hermanos. Carecemos de todo y ya que os hemos encontrado nos preguntamos si podíais socorrernos. —La voz del recién llegado rezuma falsa humildad y aun sin ser muy observador se nota una amenaza clara. Continúa su charla el jefe con algo así como una pregunta cortés que es claramente burlona—: Y ¿adónde vais tantos jóvenes, tan galanes y tan bien puestos a través de nuestros bosques?

—Viajamos en son de paz, hermano, y viendo vuestra necesidad os socorreremos con lo que podamos a nuestro alcance. Aunque vamos de viaje y no llevamos gran cosa de buen grado lo compartiremos con vosotros. Sólo llevamos queso y vino. Tomad, si tenéis hambre y sed, os servirán de algo.

Los bandidos, pues eso eran, tomaron lo ofrecido, pero al parecer no estaban dispuestos a contentarse con tan mísera participación. Miraban los caballos con ojos codiciosos. En un momento la bota pasó de mano en mano, se bebieron todo, hasta la última gota.

—¡Dadnos más vino! —reclama el jefe con los ojos brillantes.

—No hay más, hermano, ni tenemos tiempo para más. Debe de ser pasada la hora tercia, pedidnos lo que falta os haga y veremos si darlo podemos. El tiempo apremia.

—Y apremia más para vosotros mis jóvenes hijosdalgo, se os ha agotado la vida.

—No es de cristianos, buen hombre, pagar el bien con el mal. ¿Qué deseáis? ¿Pensáis acaso matarnos?

—Lo queremos todo, caballos, ropa, armas y lo que tuviereis, amén de la vida.

—Bien, bien, hermanos, venid entonces a tomarlas. —Descabalgaron a una los jóvenes guerreros.

—¿Quién sois vos, joven imberbe, que así despreciáis la poca vida que os queda? ¡Vamos, decidme quién sois y quizá nos mereciese la pena pedir rescate por vos!

—¡Me conocéis, bribón! —dijo el joven Nuño—. Soy Nuño, hijo de Arias de Omaña, vuestro señor, y yo también os conozco, sois Payo *el Negro*, que huyó de las Omañas tras haber causado arsina. Fue grande el fuego, pero mi padre os hubiese perdonado. ¡Borracho! Yo no os perdono, ni antes ni ahora.

Por un momento dudó Payo *el Negro*. Se le vio un instante aterrado al reconocer a uno de los Omañas, el hijo de don Arias, pero ello sólo sirvió para que en su incipiente borrachera se irritase más, gritando: «¡Muere, Omaña maldito!» Se abalanzó sin pensarlo dos veces, enarbolando su cuchillo cachicuerno. El de Omaña le espera avisado y la mayor envergadura y furia de Payo *el Negro* se encuentra con la flexibilidad y juventud de Nuño. Ni siquiera forcejean, el joven hace un quiebro y el hombre pasa como una exhalación por su lado empuñando el arma; aún no ha tenido tiempo de volverse cuando ya la espada de Nuño le ha cercenado la cabeza.

Se agruparon los jóvenes espalda contra espalda presentando con decisión sus espadas en una mano y el filoso puñal en la otra. No eran ya los donceles amables y casi bobalicones de minutos antes, sino soldados floridos. La edad les hacía despreciar el riesgo y ello los hacía mortalmente peligrosos. Combatieron con denuedo contra los bandidos que les estrechaban el cerco lentamente esperando abatirlos por la fuerza del número. Pero de pronto, surgidos de la espesura caen sobre los atacantes, violentamente y por sorpresa, muchos hombres armados hasta los dientes. La primera noticia que tienen de ellos los confiados bandidos es una andanada de dardos que los diezma, seguidamente se traban en combate cuerpo a cuerpo, pero los Caballeros Pardos luchan como ellos y saben sus trucos, con palos, espadas, mazas, hachas y hoces pronto terminan la batalla. Alrededor yacen los muertos, junto con cabezas, brazos, manos o dedos. Algunos heridos se quejan, dos supervivientes se enroscan en el suelo aterrados.

—¡Bravo, muchachos! —saluda don Nuño, tan pronto como hubieron todos recuperado el aliento. Con un puñado de yerba limpia su espada—. Creía ya que no llegaríais, por lo menos no a tiempo de salvar nuestras cabezas. Casi me temí que recogeríais las nuestras junto con las de estos bergantes.

—Vinimos enseguida, don Nuño, mas tuvimos que dar un rodeo para no ser vistos. Percataos de que entre la avanzadilla y nosotros había un claro excesivamente grande como para ser cubierto sin arriesgar vuestras vidas. Nos temimos que si veníamos a campo través, nos verían y os matarían antes de que hubiésemos llegado y habrían huido con vuestros caballos aprovechando su conocimiento de la fraga.

—Muy bien, lo hicisteis muy bien, capitán. Os agradecemos nuestra vida. ¡Os debemos una! Y ahora, ¿qué hacemos con estos que nos han sobrado? —Se refería a los supervivientes, sanos o heridos.

Un coro de voces hace oír sus pareceres: ¡Ahorcadlos!», opinan los infanzones. «¡Colgadlos!», sugieren los Caballeros Pardos. «¡Matadlos!», dicen los clérigos santiguándose piadosamente. Los heridos, en su dolor, casi no se enteran. Los dos que milagrosamente yacen ilesos, se encogen aún más. En alegre camaradería se abrazan los vencedores, contentos de estar ilesos. Se dan golpecitos en la espalda y discuten y comentan los lances que son la salsa del guerrero. Secan sus frentes sudorosas y limpian sus armas con mimo y cuidado. No oyen las lamentaciones de los heridos y no les molesta la vista de los despojos sangrientos de los muertos. Pudieran haber sido ellos mismos, y lo serían de haber vencido los asaltantes. No hay cuartel ni compasión. Vida o muerte. Matar o morir. Mejor matar.

Terminada la limpieza de las armas, preparan con presteza la ejecución de los restantes. Los dos infelices supervivientes yacen espantados, más muertos que vivos, mientras los Caballeros Pardos e infanzones preparan alegremente las sogas para colgarlos. Entre tanto los clérigos, que habían luchado con sus largas túnicas arremangadas y sujetas al cinturón, se las bajan de nuevo, recuperan su compostura y se agrupan algo distantes. Empiezan a rezar.

—*De profundis clamavi ad te Domine, Domine, exaudi vocem meam.* —[«Desde lo profundo clamo a ti, Señor, Señor oye mi voz.»] Es el salmo 129 del oficio de difuntos. Rezan por los que están muertos y por los que en breve lo estarán.

Ya está todo listo para la ejecución, apenas han transcurrido cinco minutos desde el fin de la escaramuza y todo parece llegar a su fin, limpiamente. El resto de la comitiva, constituida por el abad Alvito, algunos clérigos muy jóvenes a quienes no se autoriza aún a entrar en combate, Fulgencio, los dos comerciantes y el moro, llegan ahora. Enseguida don Alvito de una ojeada vio muertos y heridos por doquier, cabezas, brazos y manos, y aunque era hombre esforzado y en la plenitud de sus fuerzas, se le encogió el ánimo. Su corazón compasivo se dolió de tanta miseria y tanta muerte. Al punto los hombres de armas se acercaron a él para participarle gozosamente lo sucedido. Pero él los detuvo con la mano.

—Luego me lo contáis todo. Bendito sea el Señor de las Victorias, pero ahora dejadme atender a estos miserables corderos del Señor Jesús. —Y bajando de su cabalgadura se acercó al herido más cercano. Éste, que al parecer no estaba tan malherido como la sangre que lo cubría hacía prever, al ver que alguien se le acercaba supuso que no sería para nada bueno y, haciendo un esfuerzo supremo, sacó fuerza de flaqueza y blandió un puñal dispuesto a defender su precaria vida. El abad, veloz como una serpiente, le tomó del brazo y se lo retorció hasta que los huesos del infeliz crujieron. Se quejó el hombre con un gruñido y dejó caer el cuchillo. Con infinita compasión Alvito puso la cabeza del moribundo en su regazo.

—Hijo —le susurró casi al oído—, hijo mío, quizás estáis a punto de encontraros con Nuestro Señor. ¿No queréis recuperar su amistad? Él os ama y me ha enviado a mí a decíroslo antes de que muráis para que os arrepintáis. ¡Es tan fácil! Sólo tenéis que pensar: «Señor, ojalá no hubiese sido tan felón. Me arrepiento de todo el mal que hice.» Y yo, en nombre del Señor Jesús, os perdonaré con todo amor.

El hombre abrió sus ojos ya vidriosos.

—¿Sois por ventura sacerdote?

—Lo soy, sacerdote *in aeternum*, para toda la eternidad. Arrepentíos, no queda tiempo.

—Me arrepiento de lo hecho, perdonadme, padre mío. —Con postrer rasgo de humor añadió—: También me arrepiento de no haberme quedado con mi mujer, aunque no sé qué hubiese sido peor.

—*Ego te absolvo,* en nombre del Padre, del Hijo y del Espíritu Santo. —Y trazó la señal de la cruz sobre la frente del hombre cuando éste ya había muerto.

Así de uno a otro, ayudado por sus clérigos, que recordaban ahora su oficio, fue el abad Alvito perdonando los pecados de los asaltantes. Confesó a los que podían hacerlo, absolvió a los moribundos y aun a los muertos por si tenían aún un soplo de vida. Sentía que se le escapaban sus corderos. Todos eran suyos. ¡Suyos! Se los habían encomendado cuando se consagró como sacerdote. Todas las ovejas del Señor eran su responsabilidad, aun las más negras. Y alguna iba a huir del redil celestial, perdida, hacia el Tártaro. No podía sufrirlo, lágrimas de dolor se le escapaban por sus corderos y le caían por el rostro. Disimuladamente se las secaba con las manos. Mientras iba de uno a otro rezaba internamente: «Señor, esperad un momento, un momento, qué más Os da si tenéis toda la eternidad. No me habréis traído hasta aquí para dejar que se condenen.» Así razonaba Alvito con su Señor Jesús.

Pronto entre Alvito y sus clérigos terminaron de dar auxilios espirituales a los vencidos. Algunos más habían muerto por sus graves heridas, pero otros tres parecía que podrían sobrevivir si se les curaba. Don Alvito reparó en que, atados como fardos, había también dos hombres sanos esperando la soga.

Un acre olor a sangre comenzó a elevarse de la tierra según el sol iba calentando el aire. Enjambres de mosquitos y moscas hicieron su aparición llamados por los efluvios que les prometían un rico festín. Cientos de moscones verdes y zumbadores rodearon, pegajosos, a vivos y muertos. Muy arriba, en el cielo, negros pajarracos volaban en círculos. Respetuosamente se le acercó al abad el capitán de los Caballeros Pardos.

—Colguemos ya a estos dos rascales y hagámoslo asimismo con los heridos que aún queden vivos, padre mío. Ya habéis asegurado su salvación, que es más de lo que merecen. ¡Ojalá pudiese yo decir otro tanto de la mía! Y vayámonos, señor abad. Ha pasado ya el sol de la hora tercia y tenemos mucha jornada por delante y aún hemos de yantar.

—Hermano, Froila, pues que es ése vuestro nombre, ¿verdad? ¿Por qué correr tanto? No vivimos para el tiempo, todo se andará. Vos, valiente capitán, habéis cumplido bien vuestra obligación, y os lo agradecemos pues que os debemos nuestras vidas y bienes, dejadnos también cumplir con la misma meticulosidad la nuestra, que ahora es enterrar a los muertos y consolar al triste, es decir, curar a los heridos si aún es posible.

—Señor abad —insistió Froila algo incómodo—, ved que no es ésa la costumbre en estos pagos. La ley de nuestro señor rey don Bermudo, es que a estos hombres, vivos y muertos, se les cuelgue de los árboles, y allí queden, para escarmiento de otros que puedan tener la misma idea y para que se vea que los caminos están protegidos por la justicia del rey, nuestro señor a quien Dios guarde.

—Amigo Froila, las leyes de los hombres no son más perfectas ni más obligatorias que la ley de Dios. Ya dimos al César lo que es del César defendiendo nuestras vidas, demos ahora a Dios lo que es de Dios teniendo caridad con los vivos. En cuanto a la ordenanza del rey Bermudo, pronto lo veré y le diré lo bien que habéis cumplido vuestro cometido, y cómo os afanáis por cumplir su mandato. Le diré que fui yo quien impidió que se colgara a los vivos. No temáis, buen amigo. Hacedme aún otro favor. Traedme al galeno, al médico sarraceno que viaja con nosotros, que venga enseguida.

—¿Médico? —se admira el bueno de Froila—. No sabía que lo fuera. Voy enseguida, señor abad. —Recibido el mensaje, el moro obedece de mal humor los requerimientos del abad. No puede negarse, si pudiese lo haría de buena gana, pero viaja en la escolta del clérigo y es imposible desatender su requerimiento, so pena de ser abandonado con su criado en medio de terreno desconocido y, como acaba de constatar, peligroso. Viene de mala gana, él no es sirviente de nadie. Es un sabio, un conocedor de los hombres, un filósofo y un médico. Sólo ha venido a requerimientos del háchib de Almería. Por ello está aquí el médico sarraceno. Los guerreros del háchib le dieron escolta hasta el *tugur*, de la Frontera Media. Desde que pasó a tierra de cristianos, marcha con un acompañante enviado por el de Castro, un cristiano que le hace las veces de traductor y criado. Este hombre porta también carta salva del rey Bermudo para atravesar libremente el reino de León. Viajaron con escolta armada tres cuartas partes del viaje, y luego se unieron a la comitiva del abad Alvito. Éste ha sido gentil con él, no le ha impuesto su compañía ni le ha invitado a su horrible comida. Ahora le llama y tiene que acudir.

El viaje ha cansado al señor sarraceno. Tiene una edad aproximada a la del abad don Alvito. Quizás inclusive algún año más. Es hermoso y moreno, largas las pestañas, rectas las cejas, ondulado el cabello castaño y, sorprendentemente, sus ojos son grises como el cielo en día de tormenta. Su cuerpo es fuerte y ágil, diríase que ha sido, o es, un guerrero más que un médico. Va elegantemente vestido, casi con afectación. Al llegar a presencia del abad junta las manos y se inclina en gentil reverencia sin decir nada. Luego le mira interrogante. El hombre de Dios corresponde a su saludo con igual cortesía. Al fin le habló así:

—Alá el Misericordioso os bendiga, Yusuf ben Yusuf.

—Que el Todopoderoso Jesús haga lo mismo contigo, señor. —Cada uno ha hablado en su lengua. Terminadas las salutaciones don Alvito entra enseguida en materia.

—Cuando tomé cuidado de vos, hace ya jornadas, me comprometí a llevaros hasta vuestro destino, sano y salvo. Tomé sobre mí esta petición ya que portabais carta franca de don Bermudo, y porque él os aprecia y así me lo pidió hace tiempo. Lo he hecho con gusto y de buen grado, sin pedir nada a cambio; nuestra compañía y nuestros hombres os han brindado seguridad, y no ha sido en vano, como habéis visto por la trifulca de hace poco. Ahora tengo algo que pediros por nuestro servicio y por vuestro Alá, que es el Dios único, y es también Misericordioso. Curad, señor Ben Yusuf, en lo que podáis a estos miserables heridos, que Dios, tenga el nombre que tenga, nos lo agradecerá a los dos.

El sarraceno le mira con sus ojos grises y brillantes como canicas de cristal, no tiene expresión alguna. Como si no pensase nada. Es hermoso el sarraceno, parece su rostro tallado en madera de olivo, duro y bien proporcionado. A simple vista se ve que es hombre rico y de noble estirpe, pulcro, elegante y hasta exageradamente limpio y acicalado. Su acompañante o sirviente, que ambas cosas es, habla al abad:

—Señor abad, perdonad a mi señor Yusuf ben Yusuf, que aunque ha contestado a vuestro saludo, no habla con nadie, si no es conmigo. Con certeza no sé si habla nuestro román paladino o el latín culto. A mí me enviaron como intérprete y eso vengo haciendo desde que le sirvo por indicación de mi señor don Eulogio, de la Casa de los Castros, así que le pasaré vuestras palabras. —Seguidamente traslada al moro el deseo de don Alvito, pero ya está el médico preparando su equipo sin esperar traducción alguna.

Mientras mira sus lancetas, sondas y agujas, dice a su traductor:

—Decid al buen abad, mi señor don Alvito, que trasladen enseguida a los heridos lejos de aquí, que hay muchas moscas, hasta ese arroyo cuyo sonido nos llega. Debemos irnos al menos unas cien o doscientas yardas para huir de la pestilencia y la infección, si no los heridos morirán aunque los curemos. ¡Deprisa! Yo os sigo. —En cuanto se enteran de las órdenes del moro, las cumplen sin cuestionarlas. Pronto encuentran un trozo de terreno plano junto a un arroyo en donde pueden tender a los maltrechos supervivientes—. Decid a los cristianos que corten yerba fresca y hagan unas como camas o yacijas para los pacientes. Sobre éstas, que echen capas limpias. Antes de poner a los heridos en ellas quiero que los laven perfectamente, inclusive las heridas. Tomad, Bernardino, dadles estos cuadradillos y que con ellos los refrieguen y los laven. Se llama jabón y es curativo. Luego que los enjuaguen bien. Si sangran mucho que les aten fuertemente el miembro herido. ¡Vamos, deprisa, no hay tiempo que perder!

Con prontitud y meticulosidad hace don Alvito que se cumplan las órdenes del médico. Mientras éste se afana ayudado por algunos cristianos, Alvito reanuda su actividad organizadora. Ha decidido llevarse a los que no mueran. Su número máximo puede ser de cinco: los tres heridos supervivientes y dos presos sanos. Así que ordena que se vayan haciendo tres angarillas con ramas y hojas. Don Alvito es abad en un monasterio de casi cien hombres, y dependen de su monasterio dos docenas largas de otras ermitas, monasteriolos y varias casas menores. A su modo es un capitán que organiza sus soldados. Todos han de tener faena útil, por eso, ahora, antes de que el médico termine su cura, tiene todo organizado. Las angarillas serán llevadas por las caballerías de los propios bandidos muertos.

—Aún nos queda algo por hacer —dice don Alvito dirigiéndose al capitán de los pardos—, id, amigo Froila, y enterrad a los muertos.

—¡Pero, padre mío, dejad al menos a los muertos en señal de la justicia del rey! Salvaremos a los vivos, si es vuestro deseo, pero qué más da la suerte de los muertos. Al menos prestarán un servicio al rey testificando su justicia. ¿Cómo sabrán los viajeros que los caminos están protegidos si no ven testimonio alguno de ello?

—Capitán, dejadme a mí decidir. Pero haremos algo, pues tenéis razón. Colgad a uno a la vera del camino, donde sea más visible. A los otros, cortadles las manos y las ataréis a los troncos de los árboles en una larga fila, sólo una mano por tronco, para que cundan más. Así se verá que eran muchos los muertos. A los cuerpos les daréis sepultura junto al camino, con túmulos visibles, encima pondréis una cruz de palo sobre cada uno. La sombra sagrada velará su muerte hasta la resurrección final. Que os ayuden todos los que estén ociosos en este momento. Llamad también a Fulgencio, a ver si entra un poco de sentido común en esa cabeza. Le veo trasteando con los muertos y sus cosas como si fuese un juego. ¡Hacedle trabajar, que corte él las manos! Eso le repugnará bastante pues es muy melindroso.

Mientras, el médico, que ha terminado sus curas cosiendo luego las heridas con aguja e hilo, se lava con cuidado las manos. Aún tiene una orden que dar con relación a los heridos:

—Antes de ponerlos en las angarillas que les rapen pelos, barbas y otras pilosidades, tienen piojos y ladillas. Una vez rapados que los vistan con ropas limpias y podemos partir. Creo que vivirán. Decídselo así al abad, Bernardino. —Se hizo tal y como pedía el médico islamita. Cosidos, curados, rapados y bien fregados, los supervivientes heridos se colocaron en angarillas para ser transportados.

Con tanto quehacer corría el tiempo, era ya la hora sexta: es decir mediodía. Apresuradamente se prepararon reparadoras sopas de pan y ajo y se reanudó el camino, dejando atrás, clavadas en los troncos de los árboles, las manos de los asaltantes y, colgando de una rama, la cabeza de Payo *el Negro*.

Fulgencio cabalga, como de costumbre, junto al abad don Alvito. No quiere éste perder de vista al chico pues lo sabe enredador y travieso.

La tarde va cayendo mansamente. La naturaleza muestra el tenue color verde-dorado del otoño que se va tornando amarillo según se acaba el verdor y la montaña va quedando pelada de toda vegetación. Asoman unas piedras desnudas. Rocas viejas como la tierra se levantan fingiendo formas como torres o castillos, como monstruos, aves deformes, mujeres que duermen, pesadillas de piedra.

Los heridos se balancean en sus angarillas, la fiebre les impide sentir el bamboleo. Mejor así, el dolor es más soportable. El médico les ha dado un bebedizo que les ayuda a dormir. La comitiva sigue su camino imperturbablemente, igual que ayer, que antier, de hace tres días, siete, diez... Ya han perdido la cuenta. Emprendieron camino hacia Oviedo para acudir al sínodo episcopal que se celebra una vez al año y en donde los obispos y abades han de recibir el Santo Crisma para la administración del viático a los enfermos. Este año se celebra fuera del plazo previsto, pero los graves acontecimientos del reino no les han dejado celebrarlo antes. Los reyes don Bermudo de León y don Sancho de Navarra no han cesado de luchar, estorbando que se organizase la caravana de hombres de Dios.

Hay que llegar a pernoctar en Pola de Santa María, la behetría del señor de Omaña, el padre de don Nuño. Éste se quedará allí, con su padre si está, o solo, en su tierra, como señor en nombre del de Omaña. Pero el incidente les ha retrasado y no es posible llegar antes de que caiga la oscuridad, así que cuando don Nuño les anunció que cerca había una rotonda bien situada, con agua y leña, deciden vivaquear.

Tal y como había dicho el joven Nuño, pronto llegaron a un claro o explanada que era como un verdadero oasis en medio del áspero paisaje, una pequeña vertiente de agua se remansaba formando un ojo límpido. No llegaba a ser ni tan siquiera menguado lago, pero daba agua suficiente para aprovisionar a la comitiva. Una falla semicircular en el terreno proporcionaba algo así como una muralla contra la cual resguardarse de cualquier peligro y del viento. Su altura era respetable, de tal manera que era imposible para hombre o bestia saltar desde allí para sorprender a los durmientes. Al menos por ese lado no había nada que temer. Los centinelas habrían de apostarse por el otro lado. Estos hombres, guerreros como eran, vieron de una ojeada las ventajas que ofrecía el lugar y se sintieron complacidos.

Pronto el olor de la comida alegró el campamento. Los hombres se reunieron en grupos para revisar sus armas o para cantar. El capitán de las milicias concejiles organizó las guardias y a no tardar, aunque en aparente desorden, el campamento estuvo organizado al milímetro. En el perímetro del vivac se levantaron unos montones de leña, raíces, hojarasca y brezos que por allí crecían, para encender en la noche las imprescindibles hogueras, se hizo el acopio necesario para alimentarlas durante varias horas y todo estuvo preparado para dormir. Don Nuño decidió acercarse a Pola, pues conocía bien el camino y no le arredraba la oscuridad; le acompañó su amigo Rodrigo.

—Don Alvito —dijo el joven—, si no llegamos hoy, como nos esperan, pensarán que hemos sufrido un accidente. Es mejor que vaya a tranquilizarlos.

—Tenéis razón, hijo, id con mi bendición. —Así fuéronse ambos amigos y con ello un buen hombre de los Pardos apodado Lupo, porque olía como un lobo. Antes de partir el joven de Omaña sorprendió a todos con una petición insólita.

—¡Necesito un almirez!

—¿Un almirez? —Increíble. Un guerrero demandando un almirez. Él no se inmuta.

—Sí, un almirez de bronce con su mano. —Obtenido el útil, partió sin más demora.

Don Alvito en persona visitó a los heridos, para los que se levantó también una tienda y vio que estaban «cristianamente aposentados». En la misma tienda, pero atados como morcillas, pusieron a los prisioneros, dos personas ilesas, de quienes no se fiaban, aunque éstos juraban por la salvación de su alma que no intentarían nada contra sus captores. Los creyeran o no, no por ello les quitaron sus ataduras, es más, con una cadena que apareció entre los bastimentos, los encadenaron el uno al otro. A todos se les dio sopa, y pan a los que podían comerlo. De los tres heridos uno estaba muy mejorado y dos recobraban color muy lentamente. Don Lope, caballero hijodalgo, de la casa de los Álvarez, conocidos también como «de las Asturias», se ofreció para hacer guardia allí, convenciendo a don Alvito de que no era necesario que se quedase a cuidar él mismo a los heridos como pretendía.

También el señor sarraceno, antes de retirarse a pasar la noche, visitó a los heridos y asistió, mudo, a la oferta de don Lope. Una vez que hubo revisado a los heridos, era hora de cenar y de retirarse cada uno a su tienda, pero don Alvito pareció intuir que el médico deseaba hablarle.

—Mi señor Yusuf ben Yusuf —dijo el abad—, ¿tenéis por ventura algo que decirme?

—Mi señor don Alvito Bermúdez, desearía invitaros a mi humilde tienda y compartir con vos la colación. Podríamos platicar un poco, puesto que es temprano y la noche será tranquila. Mañana la jornada es corta, ya que Pola de Santa María, según he oído, está cerca y bien podemos trasnochar un poco, si os parece.

—Con gusto acepto vuestra oferta, mi señor sarraceno, pero decidme, ¿hemos de platicar en latín, como ahora, en árabe, si gustáis, en griego, que bien sé que es como vuestra segunda lengua o acaso en la lengua de Oc? ¿Preferís, por ventura, el román paladino? ¿Os place el arameo?

Rió con ganas el sarraceno viendo en las palabras de don Alvito una velada y bienhumorada reconvención a su obstinado silencio.

—Hablaremos en lo que podamos, mi señor, también yo sabía que erais políglota, aunque no supuse que tanto. ¿Cómo sabéis de mí? —Hablando, hablando, anduvieron hacia la lujosa tienda de Yusuf ben Yusuf.

—Gobierno, para mi bien o para mi mal, sobre muchos hombres, amigo Yusuf. Del monasterio de San Pacomio de Dosatalayas dependen varios otros, hasta veinte monasterios grandes y pequeños, algunos dúplices, y su bienestar depende de mi información. He de saber muchas cosas. No es por mi gusto, creedme, que me veo de abad, preferiría, con mucho, ser copista o pendolista. Pasar las horas en oración, estudio, meditación y escritura, sin ambiciones ni responsabilidades, nada más que las del trabajo bien hecho ante Dios. El roce con magnates y reyes sólo trae dolores de cabeza, como ya sabéis por experiencia, Yusuf ben Yusuf.

Asintió con la cabeza el moro pensando para sí; como que por decisión de su medio hermano el háchib de Almería se veía obligado a emprender este viaje. ¿Sabría el cristiano que él, Yusuf, era de la familia gobernante de Almería? Quizá no, era un secreto que deseaba guardar. Decidió cambiar de conversación:

—Lástima que seáis cristiano, lo digo sin ánimo de ofenderos, mi señor don Alvito, si gustáis tanto del estudio y la lectura, es más bien que vuestros libros son pocos y malos. Nosotros, perdonad la petulancia, tenemos libros nuevos, no recopilaciones, sino libros nuevos, originales, cosas que se escriben todos los días, de sabios que investigan, que crean. Aunque no completamente nueva en su teoría, por ejemplo. ¿Habéis leído los libros del médico cordobés Abul Casim al Zarahuí? —Habían llegado a la tienda del sarraceno y se sentaron sobre unos cojines.

—No todos, lo confieso —responde don Alvito—, pues su obra está algo dispersa, pero he leído con gran placer su *Tasrif*, que colijo es su obra fundamental en sus treinta secciones. Son interesantes sus métodos para la preparación de drogas por medio de la destilación y la sublimación, pero para vos, como médico, quizá sean más importantes los tres libros finales que se refieren a la cirugía, ojos, oídos y dientes. Son curiosos los dibujos de sus instrumentos de cirugía. ¿Son así vuestros instrumentos? Si tenéis paciencia para ello, me gustaría verlos. Confieso que no tenemos nada equiparable. No es de admirarse que el califa Alhaquem II tuviese en tanta estima al médico Abul Casim. Hará casi veinticinco años que murió y aún no ha sido superado, ni creo que lo sea, por cierto tiempo. —Así, el abad Alvito Bermúdez y

Yusuf ben Yusuf, el sabio musulmán, medio hermano del háchib de Almería, entablan una animada conversación y una amistad que les duraría toda la vida. Corría el otoño del año de Nuestro Señor de 1035 o lo que es lo mismo el año 1073 de la era romana.

Aún estaban hablando a despecho de la hora, cuando un jinete cubierto de polvo y pálido de fatiga pidió ser llevado ante el abad de San Pacomio. Al ver su aspecto los vigilantes supusieron que algo grave debía de suceder, llegaron hasta la lujosa tienda en donde don Alvito y el señor sarraceno platicaban:

—Don Alvito, un mensajero desea veros.

—¿Un mensajero? Que pase. —Se alarma el abad. ¿Se habrá declarado la guerra? ¿Habrá estallado la temida aceifa? Entra el mensajero tambaleándose y cubierto de polvo.

—¿Sois don Alvito? —Asiente éste—. Os traigo un mensaje de parte de doña Maior de Navarra y de don Fernando de Castilla. El rey Sancho el Mayor ha muerto. —El moro y el cristiano cambiaron una mirada atónita, incrédula.

—¿Muerto? —preguntan al unísono.

—Sí, señor abad, muerto asesinado. La reina os requiere para que vayáis a Oviedo tan pronto como os sea posible. Debéis saberlo todo para explicarlo luego a los clérigos del reino. Eso me dijo.

—Partiremos mañana temprano, pero debo antes dejar a mis pupilos en sus casas. Iré luego inmediatamente. Descansad esta noche. Mañana enviaré a doña Maior a otro hombre con mi respuesta.

Es noche cerrada cuando Nuño, Rodrigo y el hombre llano conocido como Lupo coronaron una pequeña cima, desde allí miraron hacia abajo el paisaje que alumbra la luna.

—Ved —dice uno de ellos—, ved, qué hermoso es desde aquí. —Y es verdad, bajo la luna pálida se extiende una pequeña llanura, por ella discurre un río, como una cinta de plata que riela deslumbradora. Se extiende divagando por la llanura y de pronto un meandro describe un círculo casi completo y se aleja de nuevo buscando el lejano mar. En el centro del círculo que protegen las aguas se divisa una población no muy grande cuyos detalles borran las sombras azules.

—Ésa es Pola de Santa María —explica el joven Nuño a sus acompañantes—, behetría de Arias de Omaña. No creo que mi padre esté allí. La gente de esta behetría es buena gente, pero algo bruta. Bajemos con cuidado y haced lo que os digo o moriremos de un ballestazo.

Con cautela bajan los tres dejando que los caballos busquen con su certero instinto el sendero más seguro. Es casi medianoche y de vez en cuando se oye el aullar de lobos lejanos. Los han oído durante todo el camino, pero las fieras no se han dejado ver. Sin duda no tenían demasiada hambre. Los grandes fríos no han comenzado aún. Ahora ya están casi a la entrada de la villa y sienten la impaciencia propia del viajero que divisa su destino. El poco trecho que falta se les antoja más cansado que todo el camino recorrido antes. Una media hora más tarde ven a derecha e izquierda las aguas del río. La lengua de tierra es el único paso que se puede tomar para entrar en la población.

—¡Alto, aquí, amigos, no os mováis! —Es Nuño quien así habla—. Ahora saca el almirez que tuvo la precaución de traer y con la mano del mismo golpea tres veces su borde. Su sonido es como un tañido fino, como una aguda campanita que rompe el silencio. Espera un poco y bate otra vez, esta vez dos golpes. Nueva pausa y luego uno, que se extiende como una onda de plata hasta que muere.

De pronto se encienden varias luces, son hachones de resina, cinco, diez, veinte. Una partida de vigilantes, diez por cada lado, se aproximan. Una voz de hombre bronca y viril rompe la noche:

—¿Quién va ahí?

—Somos tres, el hombre llano, conocido como Lupo. Don Rodrigo, mi amigo, y cuyo padre es de la Curia Regia, y yo a quien vos, Diego llamado El Crespo, conocéis bien. Me llamo Nuño y soy hijo de Arias de Omaña, vuestro señor.

Dando una voz de sorpresa se acercó el llamado Diego con un hachón que acercó a la cara del joven. Lo mira y se sorprende. Viste como los Caballeros Pardos, un tosco sayal, bragas a media pierna y capa aguadera. En una mano lleva la luz y en la otra esgrime una hoz afilada.

—¿Cómo, señor, a estas horas? Os esperamos todo el día y al ver que no llegabais hemos armado una partida para salir mañana en vuestra busca. Pensando en que algo os había sucedido hemos reforzado la guardia de la villa. Dejadme que mande recado para que coloquen los tablones que tapan el foso. —Así lo hizo el llamado Diego. De vez en cuando abrazaba a su joven señor. Con la emoción le apea el tratamiento—. ¡Ay, Nuño, mi niño! ¡Qué grande estáis! Ya no querréis a este pobre viejo que os llevó sobre sus hombros tantas veces y que os enseñó a pescar truchas...

—Buen padre, me acuerdo de vos y de todos vosotros. Pensando en vuestra angustia he venido en medio de la noche a avisaros que estoy bien. Ahora, necesitamos dormir, fue duro el día y nos aprieta el sueño.

—Os hemos preparado, señor, casa y yantar, os encenderemos el fuego para daros calor.

—Ya hemos cenado, buen padre. Alojad a mis amigos en la casa preparada y ved que no les falte nada. Yo, si me dejáis, quedaré con vosotros. Quiero ver a madre Roser y preguntarle por muchas cosas. Le traigo un pequeño peinador de plata.

—Señor, sois en vuestra casa. Roser se llevará una gran alegría si os quedáis con nosotros. Reza por vos todos los días y deja por la noche una lamparilla de aceite para que no os olviden las ánimas.

—Vamos, vamos, Diego, no me llaméis de vos, ni me tratéis de señor, no lo hacíais cuando yo era niño. —Y así platicando se fueron para Pola de Santa María aquel hombre llano pechero y su señor. Durmieron todos con sosiego y tranquilidad. Diego y su mujer Roser contentos de ver a Nuño y tenerlo bajo su techo. Durmió ella apretando entre sus manos un pequeño peine de plata cincelada, como no había visto otro igual.

Fue voluntad de doña Maior que el conde Leandro fuese también avisado del luctuoso suceso. Ella le conocía desde hacía mucho tiempo y tenía algo importante que decirle. *En* Leandro fue el *Comes Stabulorum* y hombre de confianza del difunto rey de Navarra. Fue por eso que cuando se decidió que el príncipe Ramiro había de permanecer con los otros infantes de *prole regis*, el leal *Comes* fuese nombrado su maestro y aitán de las artes marciales. Ahora *En* Leandro era un venerable anciano y se había retirado a la vida contemplativa y monástica. Junto con su familia había fundado un monasterio pactista en donde todos convivían en vida ascética y de oración preparando sus almas para el definitivo encuentro con el Creador. Sin embargo, a pesar de todo, don Sancho y doña Maior había seguido confiando en él, le habían solicitado un último e importantísimo servicio: vigilar a un rehén regio, Suleymán ben Muhammad ben Hud. Más conocido como Suleymán ben Hud.

La carta recibida por el piadoso *En* Leandro no conminaba al anciano conde a que acudiese a Oviedo para enterrar a difunto de gloriosa memoria, sino que le enviaba instrucciones precisas en cuanto a lo que debía hacer con el rehén. Doña Maior había sido reina más de veinte años y el dolor no le nublaba el entendimiento.

El rehén era pieza valiosa en las manos de los príncipes cristianos. La taifa de Zaragoza estaba gobernada por un tío del muchacho. Todos sabían que el tío deseaba la muerte o desaparición de Suleymán. En teoría el chico había de ser devuelto a su deudo para que éste le entregara el trono de su padre, obviamente el trono jamás volvería a manos de Suleymán, al menos no sin ayuda externa.

Cuando se entregó al rehén se había pactado su devolución cuando el joven cumpliese la mayoría de edad. Ésta era llegada. Había que tomar una decisión. Doña Maior parece que ya la ha tomado.

En su apresurado camino a Oviedo, *En* Ramiro cruzaba por una estrecha llanura a los pies del Pirineo, cuando a lo lejos oyó tañir una campana. Asombrado de oír campanas en tan inhóspita lejanía, miró a su alrededor. Una campana era instrumento muy valioso y sólo las grandes iglesias disfrutaban de alguna, y, ciertamente, por allí no había iglesia o abadía de importancia. Más sorprendido aún se quedó cuando vio que el llamado provenía de una modesta edificación que a todas luces era un monasterio familiar. Supuso el nuevo rey de Aragón que si habían repicado era porque deseaban llamar su atención. O bien estaban cercados por bandidos o un fuego se había declarado en la casa, o por último —¡Dios no lo quisiese!— la peste se había declarado allí y les advertían que no se acercasen.

Prudentemente el joven hizo una señal para que la comitiva se detuviese.

—¿Qué creéis que quieren de nosotros, amigo Fortún? —preguntó el de Aragón. El llamado Fortún movió la cabeza dubitativamente.

—No sé, alteza. No veo humo, ni señales de caballos ni de violencia. Dudo que estén sitiados. —Obviamente Fortún había tenido las mismas ideas que su señor—. En todo caso esperaremos un momento por ver qué hacen los que así llaman. —No tuvieron que aguardar mucho, al punto salieron unos hombres montados a caballo haciéndoles señas. La comitiva del rey de Aragón esperó pacientemente. Ellos eran guerreros y jóvenes y los que venían, por su aspecto desde lejos, parecían clérigos y viejos. Pero en previsión de una emboscada, se desplegaron y los ojeadores se apresuraron a recorrer el terreno buscando hombres ocultos o lugares propicios para un encuentro armado.

—¡Señor, señor! —gritó un hombre levantando un brazo, tan pronto como calculó que podía ser oído—. ¡Señor, esperadnos! —Los jóvenes de Ramiro se echaron a reír. Ellos no pensaban en salir corriendo una vez que los monjes estaban ya cerca. Parecen venir desarmados, pero los aragoneses no se confían. Ellos tampoco hacen patentes sus armas y van armados hasta los dientes.

—*Pax vobiscum* —saluda al llegar, levantando la mano, el que parecía de más edad en la pequeña partida. Va vestido de estameña y pardas ropas. Un cordón nudoso, a manera de cilicio, le ciñe la cintura, un crucifijo de palo le cuelga de una correílla sobre el pecho—. No temáis de nosotros, hermanos, ni vos, *En* Ramiro, hermano de nuestro rey *En* García. Perdonad que hayamos interrumpido vuestro paso hacia Oviedo.

—Paz, hermano. ¿Quién sois? —Está Ramiro admirado de que el monje conozca su nombre y su destino.

—Somos, señor, una comunidad de hombres legos que adoramos a Dios y hacemos penitencia en estos riscos. Doña Maior, esposa del rey Sancho, nos hizo merced de estos terrenos que cultivamos con algunos oblatos. Somos hombres que otrora disfrutamos de poder y riqueza y que en nuestra edad anciana nos retiramos a pensar en Dios Nuestro Hacedor y en su Santísima Madre. Yo fui, señor, en mis años mozos, *Comes Stabulorum* de vuestro padre, y luego con otro cargo os conocí de niño.

—¡Pero cómo, si sois *En* Leandro, mío primer aitán! —Se baja Ramiro del caballo y pretende besar la mano del viejo. Éste no se deja.

—Señor, señor, no estaría bien que el rey de Aragón besase la mano de un viejo lego. —Aumenta la admiración de Ramiro al oír cómo el anciano le nombra rey. ¿Cómo lo sabrá el viejo? Apenas hace unos días que sucedió todo.

—No beso la mano de un viejo lego, que ello me honraría, sino la de mi viejo preceptor, mi primer maestro, el que llegó antes que *En* Jimeno Garcés, mi último educador. Vos me enseñasteis a disparar la saeta y la honda, a nadar, a montar y moverse sin ruido. Decidme pues qué os ha movido a parar nuestra comitiva, sabiendo como sabéis que tenemos poco tiempo pues nos empuja la premura hacia Oviedo.

—Al grano, señor. —El viejo tiene ahora aires de autoridad y firmeza—. Aunque viejos y penitentes y retirados del poder del mundo, no hemos perdido del todo las mañas que adquirimos en nuestro paso por allí. Sabíamos hace días que venías hacia aquí, tenemos un buen servicio de información, para protegernos, ¿sabéis? Os han observado cuidadosamente. Cada peña y cada risco era un par de ojos. Si no hubieseis cruzado por aquí, habríamos salido a vuestro encuentro en otro lugar.

—¿Y bien? —Se impacienta levemente *En* Ramiro. El monje señala al joven que había venido con él y que permanecía algo apartado.

—Señor —susurra el aitán—, este joven que conmigo viene fue confiado a mí para su educación. Se llama Suleymán ben Muhammad ben Hud, de la noble familia de los Beni Hud; viajará, si os place, con un acompañante, uno de mis monjes. El joven moro fue entregado como rehén a vuestro padre por su deudo de la casa de los Tochibíes, el rey de la taifa de Zaragoza, Al-Mundir. He recibido orden de doña Maior de enviarlo a Oviedo, ya es mayor de edad y en esa reunión de reyes se decidirá su destino. Quizás es el momento apropiado para canjearlo o entregarlo. —Baja aún más la voz—. O inclusive para desaparecer, conforme lo demande el interés de los reinos. Aprovechando vuestro paso por aquí, quería pediros que lo escoltarais hasta la presencia de doña Maior. Si luego ha de volver como prisionero, yo lo vigilaré el resto de mi vida. En todo caso, *En* Ramiro, respetadle mientras viva, es un príncipe, y hasta hoy un rehén valioso. Recordad que su religión es la musulmana. Nos comprometimos a no estorbar sus oraciones, así que advertid a vuestra gente. Id con Dios, *En* Ramiro. ¡Ah, mis monjes os traen pan fresco, queso y vino!

—Os lo agradezco, buen padre, nuestras raciones de galleta van ya expirando, y estamos aún muy lejos de nuestro destino. Mi intención es ir por tierra hasta que veamos el mar por donde el río Bidasoa se une a él y de allí ir bordeando la costa en barco. Ganaríamos mucho tiempo si podemos hacerlo. Como quiera que sea llevaré al príncipe Suleymán con nosotros.

—Hijo, creo que puedo ayudaros; un amigo, el conde de Bigorre, don Bernardo Roger, hace la peregrinación a visitar a Nuestro Señor Santiago, viaja con su mujer, la condesa doña Guarsinda y sus hijas Ermesinda Gisberga y Beatriz Estefanía. Él tiene sitio en su barco, os llevará con gusto hasta donde pueda.

—Quizá tenga sitio, pero ¿cómo sabéis que querrá llevarme? —El monje le mira entrecerrando los ojos. ¿Se ríe acaso?

—Fácilmente, hijo, el barco es mío. Le enviaré recado de que os espere.

—*En* Leandro, el mensaje llegará después que yo mismo. —Se aflige el joven.

—¿No os acordáis de nuestro pasatiempo?

—¡Sí, por cierto. Palomas, palomas mensajeras! ¡Entonces vuestro recado llegará a tiempo! Adiós, buen padre, pasaré a saludaros cuando vuelva, si vuelvo, y os daré razón del destino de vuestro pupilo.

Todos estos personajes hacen con premura camino a Oviedo, a entregar al pudridero los restos del que ha sido hasta ayer mismo el mayor rey de la cristiandad. Sus hijos, las potestades del reino, y hasta sus enemigos tienen intereses que solventar. Falta un personaje, que si no es de estirpe regia, ni manda en guerreros ni monjes, tiene un puesto privilegiado junto a los reyes. Me refiero a mí mismo: Doroteo, quien esto escribe para vosotros y a la postre para mí mismo. Yo también acudí con mucha prisa al entierro del rey Sancho, quien había sido, casi, mi padre adoptivo.

Fui esclavo, aunque hoy soy libre, liberto del rey García. Los captores de esclavos me trajeron de muy niño de algún lugar del centro de Europa. De mi madre sólo recuerdo unos dulces cabellos rubios y unos brazos amorosos, nada más. Los captores, o al menos los compradores de los seres humanos, eran judíos, como lo son todos los que trafican con hombres y mujeres. Fui educado con toda premura y con perfección. Con la edad se pierde rápidamente valor en el mercado. Para mi desgracia, enseguida los expertos maestros detectaron en mí grandes cualidades. Me enseñaron a leer y a escribir, no sólo en hebreo, sino en árabe y en latín, amén del romance. Pero lo que fue mi perdición fue lo que ellos llamaron una portentosa memoria. Pronto se percataron que el Aprendiz de Escribiente (ése era yo, así, sin nombre) era capaz de recordar todo lo que oía y de repetirlo, palabra por palabra, aunque hubiese transcurrido mucho tiempo, nada era olvidado u omitido. ¡Qué gran negocio podían hacer los propietarios de la Escuela de Esclavos con tal espécimen!

No se equivocaban. No habría cancillería de la Spania mora que no estuviese dispuesta a adquirir, a cualquier precio, a alguien que no sólo escribía correctamente en varios idiomas (y los hablaba sin acento alguno), sino que además podía recordar. Ello era de la mayor importancia. Un esclavo que pareciese dormitar en un rincón y que lo entendiese todo, que lo recordase todo, era el espía perfecto. El escribiente soñado. Pero había un problema, los lugares en donde se cavilan casi todas las traiciones y encerronas, donde se habla de poder y muerte, en donde todo se vende y se compra, están vedados a la mayoría de los hombres, sean libres o esclavos: ese lugar es el harem. Para entrar en él sólo hay dos caminos: ser el sultán o ser eunuco. Naturalmente, a mí me tocó el segundo camino.

De cada tres muchachos sometidos a ese proceso, sólo uno sobrevive. A veces resultan seres con voces aflautadas y cuerpos deformes llenos de redondeces. Sus mentes suelen ser retorcidas y su ambición inextinguible. No sé por qué, pero a mí no me sucedió eso. Crecí hermoso y bien proporcionado. Mi voz nunca tuvo esos tonos odiosos. Técnicamente, era el eunuco perfecto. Pero en fin, no debo hablar más de mí.

Me eduqué en Pamplona. Allí estaba la Escuela de Esclavos más famosa de la cristiandad y allí era el señor de la plaza el obispo. Este señorío implicaba el cobro legal de una moneda, o su equivalente, por cada res que entraba o salía de la ciudad, y por cada esclavo, hombre, mujer o niño. Este tributo era pagado puntualmente a cambio de que el obispo permitiese la existencia de esa escuela que ya tan conocida era. Un año al maestro no le fue posible pagar el arbitrio debido al obispo, es por ello que, con gran dolor de su corazón, le propuso pagar en especie, bien una linda doncella de largos cabellos, que tañía la cítara y bailaba como una serpiente o un joven escribiente de portentosa memoria y que hablaba varios idiomas. El obispo se decantó por el joven, una doncella-serpiente le pareció demasiado. Pero tampoco el buen obispo tenía lugar para un joven de tantas dotes, así que, deseoso de congraciarse con el rey de Navarra, llevó al joven a presencia de los reyes.

Estaban los soberanos en sus habitaciones, junto con sus hijos, Ramiro, García, Bernardo, Gonzalo y Tigridia. (Hoy ya no vive ninguno, por ello no importa lo que yo cuente, a nadie dañará.) Me hicieron algunas pruebas y quedaron maravillados de mis dotes. A decir verdad, yo mismo no veía nada especial en lo que hacía. Recordar era para mí tan natural como para otros mirar o respirar. Me pidieron traducir algunas frases y ello pareció satisfacerles. Por fin, con ingenuo orgullo hice algo que sabía impresionaba más que ninguna cosa a los que me oían: repetí un largo párrafo de atrás hacia delante. Los reyes, el obispo y hasta los infantes se quedaron sin palabras.

—¡No podemos dejar que este portento se vaya con los infieles! —dictaminó don Sancho—. Señor obispo, aceptamos vuestro obsequio y lo agradecemos. Será escribiente en Navarra... cuando tenga la edad suficiente, aún es un niño. —Entonces sucedió algo que cambió mi vida, a veces para bien y a la postre para mal.

—¡Padre —dijo una voz menuda—, padre! ¿Puedo quedármelo? —Era don García, el príncipe heredero. Los reyes se miraron y su mirada fue de inteligencia.

Don Sancho habló:

—Sea. Os lo llevaréis con vos y seréis educados juntos. Él será vuestro escribiente cuando heredéis el reino. Tenéis una edad similar y así tendrá tiempo de crecer y conocer los reinos cristianos. —Se dirigió a mí—. ¿Cómo os llamáis, hijo? —Su voz era bondadosa.

—Señor, no tengo nombre. Corresponde al amo, sea islámico, judío o cristiano, dar nombre a su esclavo. Hasta hoy he sido Escribiente de Tercera, sin más.

—¡Malditos judíos —farfulló el rey—, un hombre sin nombre no es un ser humano, es un animal!

—Señor —argüí débilmente—, el maestro me dijo que ser eunuco, sin nombre, podía ser mi fortuna.

—¿Ah, sí? ¿Y por qué no buscó así su fortuna el muy redomado?

—Dejadlo estar —intervino la reina doña Maior—. Sus penas han terminado. Se criará como un servidor de palacio y será propiedad de don García. Es mi voluntad que sea bautizado como Doroteo: regalo de Dios. Es Él quien nos lo ha enviado.

Así crecí en palacio, los aitanes de los príncipes fueron mis aitanes; lo que ellos aprendieron, lo aprendí yo, pero yo les llevaba años de ventaja y ellos nunca aprenderían todo lo que yo aprendí en la Escuela de Esclavos. Mi amo don García, no sé por qué, me tomó en gran estima. Con él compartí sus secretos deseos, supe de su magnífica ambición, de los abismos insondables de la traición, el engaño y el disimulo. Tenía todas las cualidades para ser un gran rey. Yo le amaba. Nunca permitió que se riesen de mí, ni que me llamasen con nombres odiosos, como castrado y otros no menos malvados. Cuando él reine, sé que su gloria será mi gloria, y yo le seré de gran ayuda. No puedo ser jefe de cancillería, pues es oficio de honor y es preciso ser infanzón para ello, pero yo le organizaré todo de acuerdo a sus deseos. Por eso, en cuanto supe de la muerte de don Sancho, a pesar de que había sido como un padre para mí, me alegré; la hora de mi señor había llegado, y yo estaría con él. Tan pronto como pude salí hacia Oviedo. Yo sería sus ojos y oídos, se lo contaría todo, lo oiría todo, espiaría a todos. Esa misma noche salí de viaje con una veloz escolta.

3

Bermudo III de León también va a Oviedo. Ramiro de Aragón conoce a Ermesinda

> *Descienden por línea rrecta,*
> *De la noble Casa Antigua.*
>
> TIRSO DE AVILÉS, 1560

Ya os lo dije, no sólo los deudos y poderosos del reino fueron apresuradamente al entierro del rey Sancho, también sus enemigos hacen camino a Oviedo con toda celeridad. ¿Se habrán terminado sus males? Con la muerte del belicoso monarca, ¿cesarán todas las guerras? ¿Sus hijos, serán tan guerreros como el padre? ¿Quién es ahora el nuevo árbitro de Spania? El rey de León, escondido como estaba en la fraga gallega, ha oído la increíble noticia y ha vuelto a toda prisa a León, a su palacio. Necesita hablar con sus *fideles*.

El rey-emperador, Bermudo III, es el más afectado por la súbita desaparición de Sancho el Mayor, su cuñado, competidor y enemigo. Bermudo está casado con Urraca Teresa, infanta de Castilla, la hermana menor de doña Maior, esposa del difunto Sancho. Bermudo ama mucho a su esposa. Al volver a su viejo palacio, han pasado ambos la noche en amor y compañía como dos enamorados, contentos de verse de vuelta en León después de permanecer huidos muchos meses, perseguidos por el rey de Navarra, quien inclusive llegó a intitularse *Rex Totius Spaniae* e *Imperator*, título que sólo corresponde al legítimo rey de León: don Bermudo. Pero ahora que su enemigo ha muerto, los auténticos poseedores han regresado a su palacio tan pronto como caballos pudieron traerlos de regreso. ¡Qué noche tan hermosa la pasada! Si por él fuese, no habría abandonado la habitación de su esposa, pero la etiqueta palatina exige que el rey deje la estancia antes del amanecer. Por eso, él, Bermudo, se dirige por los fríos corredores de piedra hacia los aposentos de la *Regina-Emperatrice*, doña Urraca Teresa.

Por culpa de don Sancho, él y su esposa han perdido no sólo parte de su prestigio y casi la vida, sino también al ansiado heredero. Huyendo por la fraga le nació a la reina un niño enclenque y débil que murió enseguida. Don Bermudo se sopla los dedos. El palacio está frío pues el abandono de tantos meses lo había tornado inhóspito. Pero aunque plagado de ratones y lleno de verdín, era el símbolo de su realeza y debían ocuparlo cuanto antes.

Ahora que don Sancho ha muerto, los leoneses han de reclamar enseguida las tierras entre el Cea y el Pisuerga, tierras que les fueron arrebatadas a la fuerza por ese rey para dárselas a Castilla, mientras que la parte nordeste de Castilla fue a manos de Navarra. Esas tierras leonesas fueron como una compensación para Castilla, pero son de León; los leoneses no cejarán hasta recobrarlas.

Todo esto pensaba el rey cuando llegó a presencia de la reina Urraca Teresa. Él se fía mucho del juicio de su esposa, además ella es hija del difunto conde de Castilla, Sancho García el de los Buenos Fueros. Desea preguntarle por el sentimiento previsible de los castellanos si León intentase recobrar las tierras en disputa, pues en teoría él, Bermudo, las había otorgado como dote de su hermana Sancha, cuando ésta casó con Fernando el ahora rey de Castilla. Todo el mundo sabe que Sancho el Mayor le obligó a otorgar esta dote para dar una cierta legalidad al expolio.

La dulce Urraca Teresa confirma sus peores sospechas. Los castellanos no devolverán nada, y menos ahora que están crecidos y tienen un rey, que no un conde, como gobernante. Además, la reina viuda, la hermana de Teresa, doña Maior, no lo consentirá, y aún tiene mucho poder. Es ella la que ha encumbrado Castilla a la categoría de reino poniendo a su hijo favorito en el trono. Si desean las tierras entre el Cea y el Pisuerga, sólo habrá un camino: guerra total. Suspira el rey Bermudo, él no es belicoso, es un hombre tranquilo y soñador, pero es el *Imperator* y se debe al reino

Durante todo el día llegan apresuradamente los fideles de Bermudo, es la costumbre que en caso de necesidad acudan a dar *auxilium* y *consilium*. Bermudo les pide su parecer. Ahora que Sancho ha muerto, todos se sienten muy valientes. ¡Seguro, dicen, que los cachorros no serán tan guerreros y afortunados como el padre! Además, el nuevo rey de Navarra, don García, ni siquiera está en Spania. Si se ha de ir a la guerra, sea. No obstante, el rey y la reina solicitan un poco de tiempo, desean entrar en contacto con el rey de Castilla, don Fernando, por si él fuese asequible a su petición y al tiempo hablar con doña Maior por ver de arreglar el peliagudo asunto entre parientes sin convocar el *fonsado*.

Las conversaciones se extienden hasta la hora de la cena. Los reyes han dado órdenes para que todo estuviese preparado. Inclusive algunos fieles han de pernoctar en palacio, pues han venido desde muy lejos. Los servidores se han ocupado de limpiar todo precipitadamente y brillan el cobre y el latón a la luz del día. Se han sacudido los tapices y oreado los muebles. La cena se ha preparado lo mejor posible. Por la premura de la convocatoria, no se puede hacer más. Al menos se servirá en vajilla de plata y se ofrecerán servilletas de color carmesí después del agua de rosas.

Cuando avisa la campanilla, es hora de pasar al comedor. De las paredes penden las inferturias, mensorios, frixorios, cúcumas y tareos. Una abigarrada visión de la rica vajilla de plata que habla del poder y refinamiento de la corte de León y que está puesta allí para advertir al invitado de que como esto, hay mil riquezas y tesoros en el palacio de León.

Los magnates van entrando en el refectorio, ya conocen sus sitios pues de antiguo siguen un orden y un ritual. Se alegran de volver, después de tanto desorden, a la rutina de las reuniones con el rey; llámese Alfonso o Bermudo, le serán fieles hasta la muerte. Los Vimaraes, los Froila, los Álvarez y Adnares, los Osorios, los Omañas, los Luaces, los Márquez, los Munion Can y otros muchos se han reunido para hacerle saber al rey que están allí y que le son incondicionales. Se alegran los reyes de hablar con ellos después de tantas vicisitudes pasadas.

Unas truchas con jamón alegran la vista de los convidados. Viene luego el lomo adobado, manjares picados y envueltos en hojas. Aves asadas, huevos rellenos, para terminar: dulces de miel, quesillos cuajados con semillas, flanes, bolitas de ajonjolí; en fin satisfecho el estómago se levantan y vuelven al salón en donde los siervos han preparado las sillas de los magnates y los tronos de los reyes. El rey ha de partir mañana temprano y desea una última oración junto con los magnates y clérigos. Solicita del obispo de Compostela que rece por el éxito de su viaje a Oviedo, que Dios le ilumine para evitar la guerra y recobrar el territorio perdido. Se lo pide así por respeto a su edad, su categoría y para halagar su desmedido orgullo. Todo el reino sabe que el obispo está muy satisfecho de su hermosa voz.

—Vuestra Alteza honra a este humilde sacerdote pidiéndole que rece en tal alta ocasión. Mejor pedirlo a otros de mayor santidad y dotes que yo mismo. Cualquiera de mis hermanos puede hacerlo mejor que yo, el obispo de Oviedo, o el de León, o el abad de San Pacomio de Dosatalayas. —Lo dice sin ninguna convicción. Ni siquiera se ha fijado en que el abad de San Pacomio no está presente.

—No, mi señor obispo, don Payo Cresconio Vimaraes. Proceded vos —insiste el rey. El obispo es en verdad excesivamente ingreído y lo es por su alto cargo, por su casta y linaje, de los más altos de Galicia, pero también porque tiene una voz muy hermosa y le gusta lucirla. Tiene hartas ocasiones en Santiago de cantar en el altar mayor todos los oficios divinos y es de justicia decir que lo hace maravillosamente. Su voz es famosa en la cristiandad a través de los relatos de los peregrinos. Se concentra un momento cerrando los ojos y empieza con voz poderosa:

Veni, Sancte Spiritus,
Et emitte caelitus
Luces tua radium.

[«Ven, Espíritu Santo, y envía desde el cielo un rayo de tu luz.»]

El resto de los clérigos le sigue inmediatamente, luego se unen el rey y la reina; piadosamente imploran las luces del Paráclito Consolador, todos cantan como pueden, y por sobre las voces devotas pero ramplonas se levanta el torrente de voz de Payo Vimaraes. Es verdaderamente un regalo del cielo. Los sirvientes que están fuera de la estancia abandonan su trabajo y escuchan maravillados casi creyendo que algo milagroso sucede tras esas paredes vedadas para ellos. Hasta las almas toscas se sienten transportadas a otro lugar, alto, bello, sonoro y diáfano donde todo es perfección y tranquilidad. Hombres y mujeres cesan sus labores hasta que se oye la última estrofa:

Da tuis fidelibus
in te confidentibus,
Sacrum septenarium
Da virtutis meritum,
Da salutis exitum,
Da perenne gaudium.
Amen. Alleluia.

Terminan pues con la sagrada invocación: «Concede a tus fieles que en Ti confían tus siete sagrados dones, dales el mérito de la virtud, dales el puerto de la salvación, dales el eterno gozo. Amén. Aleluya.» Ha terminado la oración de Payo Vimaraes. Los círculos concéntricos de la perfección van muriendo lentamente hasta que los que han oído esa voz vuelven poco a poco a la seca realidad. Luego todos salen en silencio. Pronto las campanas sonarán a Completas y se ha de hacer quietud en todos los hogares cristianos, pallozas o palacios.

El rey y la reina están en las habitaciones de doña Urraca Teresa. Mientras se ponen las ropas de dormir, comentan la actitud de los magnates y otros aspectos de la reunión.

—Hemos planteado nuestras intenciones y no hemos decidido nada precipitado. Partiré muy pronto por la mañana y por el camino discutiré con los nobles los detalles de nuestro plan. Esperad dos días y partid vos luego. Yo, según vaya pasando por los lugares, os dejaré organizado el viaje, cambio de caballos, aposentos, guardianes y soldados. Con ello tardaréis menos e iréis mejor. Os esperará en Oviedo alojamiento adecuado. Ahora, Teresica, recemos al Altísimo, se nos aproximan tiempos difíciles para nosotros y para el reino, y luego vayámonos a dormir. Antes, Teresica, si bien te parece, intentaremos convocar un infante, que tanta falta nos hace. —Y así los reyes, enamorados y contentos, se retiraron para una larga noche, que se les hizo corta. Quizás ahora la reina, con tranquilidad pueda concebir un infante, que ya va siendo hora. Y no es estéril la reina, ni desamorado el rey, pero el peligro y la huida han malogrado el primer hijo de los reyes. Quiera Dios mandarles pronto otro.

Rompía la luz plateada de la aurora la negrura del horizonte, apenas poniendo un toque rosa sobre las nubes, cuando ya la comitiva del rey Bermudo abandonaba el palacio de León. No menos de trescientas lanzas acompañaban al soberano. Una multitud a pie y a caballo le seguía. Caracoleaban impacientes los corceles echando vapor por las narices como si fuesen animales fabulosos, resonaban las relucientes armaduras al chocar con las adargas y las espadas. Una larga recua pacífica de pollinos llevaba una impedimenta varia. Los obispos y abades montaban sus mulas blancas en blancas sillas, pero de repuesto llevaban todos palafrenes por si acaso. Delante van los ojeadores. Suena la trompa y la larga comitiva inicia la marcha. «¡A Oviedo, a enterrar al rey don Sancho!»

A la orilla del Bidasoa, allí donde el agua dulce se mezcla con la sal marina, una partida de hombres polvorientos, cansados y barbudos se encuentran con un lugareño.

—Dios os guarde, buen hombre. ¿Sabéis dónde está el campamento del conde Bernardo Roger?

El hombre les mira dubitativamente. Mira despreciativo a estos hombres enjutos y de aspecto famélico. Al fin decide presumir un poco y fantasea:

—Claro que lo sé. Acampa bajo los árboles no lejos de aquí. Espera con paciencia a unos nobles, gente importante, no como vosotros... —Señala con un dedo grueso y algo sucio—. Por allí, enseguida veréis a su escolta. —La partida después de agradecer la información se va en la dirección indicada. La guardia del conde los ve aproximarse y un soldado se dirige a los polvorientos jóvenes.

—Seáis bienvenidos al campamento del conde don Bernardo Roger. Si lo que buscáis en descanso y comida os lo daremos de buen grado, pero antes: decidme vuestros nombres y el motivo de haberos acercado hasta aquí.

—Daré mi nombre al conde. —Es la respuesta de don Ramiro—. Conducidme ante él. Mis hombres esperarán retirados bajo vuestra vista hasta nueva orden.

Mientras esto hablaban, unos perrillos se han acercado a todo correr ladrando con insistencia. Ya se sabe, los perrillos, cuanto más pequeños, más alborotadores. Detrás de ellos aparece una jovencita. Tendrá unos trece años, es linda y lleva el pelo recogido, alta para su edad y vestida como un pajecillo más que como una dama.

—¡Aquí, *Castaña*, *Goda*! —les llama mientras corre tras de ellos e intenta cogerlos. Es obvio que teme que los caballos pisen a sus perritos. De pronto se paró en seco—. ¡Toma, hombres armados! ¿Quién sois, caballero? ¿Sois acaso el tal don Ramiro que espera mi padre? —Le mira con curiosidad, no exenta de descaro.

—Lo soy, joven señora. Y vos, ¿sois por ventura doña Beatriz Estefanía? —Ella le mira algo enfurruñada. Ramiro, divertido, adivina que ella es la hija mayor, Ermesinda Gisberga. Al verse confundida con su hermana pequeña, se siente mohína.

—¡No, no soy Estefanía. Ella es más chica que yo! —De pronto le acomete una súbita timidez, y tomando en brazos a los perritos, sale corriendo y se pierde de vista. Ramiro y los suyos no pueden por menos de echarse a reír por la repentina reacción de la muchacha. Ella aún oye las risas cuando se aleja.

—Bien, ya veis que me espera el conde, llevadme a él —se dirige don Ramiro al soldado. Éste hace un gesto para que el joven aragonés le siga. Ahora Ramiro ve las tiendas del campamento. Se dirigen a la más grande y lujosa, la que está adornada con gallardetes rojos y verdes, gules y sinople. A la puerta está colocado un escudo de forma poco usual, en lugar de ser redondo es almendrado y de madera. Se pregunta el joven para qué sirve tamaño disparate. ¡Un escudo de madera! Una extravagancia, sin duda. En ese momento salen de la tienda lujosa un grupo de gente, unos caballeros y algunas damas, entre las que ve a Ermesinda Gisberga; otra jovencita debe de ser Beatriz Estefanía, una dama de más edad que está obviamente embarazada debe de ser la condesa Guarsinda. Antes de que don Ramiro identifique a los hombres, éstos han llegado hasta él. El que parece de más respeto se ha detenido y lo observa, lo está sopesando. Ramiro se da cuenta de que está calculando su valía, su linaje y su importancia. Nadie ha osado jamás mirar así al hijo del rey Sancho. Cortésmente, pero con frialdad, se dirige al mirón.

—Mi señor, conde de Bigorre, pues supongo que lo sois, ya que bien me habéis mirado a la cara y a los pies, ¿deseáis que me dé media vuelta y así miráis también mi espalda? —Los acompañantes del conde se miran aterrados. ¿Cómo osa este polvoriento recién llegado hablar así al poderoso conde de Bigorre? Algunos inician el gesto de desenvainar la espada. El conde les detiene con un gesto, al tiempo que suelta una gran risotada:

—¡Muy bien, don Ramiro, tocado! También os he reconocido. Tenéis razón, no es cortés mirar así a un caballero, pero perdonadme, venís vestido como un guerrero montaraz.

—Señor conde, *soy* un guerrero montaraz, mando sobre una tierra el doble que la vuestra, toda de montañas, valles y ríos bravíos. Tengo que ser montaraz, si fuese delicada y mansa oveja, no estaría aquí, ni siquiera habría sobrevivido. Me sobran las lindezas.

—Bueno, don Ramiro, he vuelto a decir una tontería, aceptad mis excusas. Sed bienvenido, vos y vuestros hombres, ellos están invitados a unirse en el yantar con los míos, si os place. —Haciendo señal con la mano inicia la marcha—. Tenemos ya tienda preparada para vos mismo, os llevarán ahora para refrescaros y cambiaros si tenéis por costumbre. Os esperamos a la mesa, pero antes dejadme que os presente: mi señora condesa, doña Guarsinda, mis hijas: Ermesinda Gisberga y la pequeña Beatriz Estefanía. Ellas comerán con nosotros.

Fuese don Ramiro satisfecho a lavarse y ponerse ropas algo más cómodas que las de viaje. Enseguida se unió a los condes para comer.

Tenía hambre, por el camino sólo han comido galleta, pan duro y alguna pieza de caza. Terminado el yantar, el conde don Bernardo le dice al joven aragonés:

—Mi señor don Ramiro, las damas se retirarán ahora a dormir la siesta o descansar, ya veis que la mía condesa está en estado de buena esperanza y tiene que reposar todo lo que le sea posible, y más si hemos de emprender luego un largo viaje. Gracias a vuestro valedor, don Leandro, tenemos un barco muy marinero y ello nos ahorrará incomodidades. Sugiero que también vos descanséis después de vuestro largo periplo a pie y a caballo. Os mandaré llamar a la caída de la tarde, deseo hablar con vos sin la presencia de las damas.

Así es como horas más tarde ambos hombres se encuentran en la tienda del conde.

—*En* Ramiro —dice ceremoniosamente el conde—, deseo hablar con vos en privado. He retirado la guardia lo suficientemente lejos como para que no oigan nuestras palabras, no obstante os ruego que hablemos quedo, en los sitios abiertos la voz viaja muy lejos. —Asiente, curioso, el rey de Aragón. Continúa el de Bigorre—. Supe enseguida de la muerte de vuestro padre, el rey don Sancho. Cuando me enteré, ya había iniciado la peregrinación y pensé en volver a casa pues nunca se sabe qué desórdenes pueden seguir a la muerte de un rey de tantas tierras. *En* Leandro me animó a continuar y me facilitó transporte por mar, más seguro que por tierra, en donde pueden haber levantamientos. Tenía un asunto delicado que tratar con don Sancho. Ahora ha muerto y debo hablarlo con vos, alteza. —Se admira el rey de Aragón. El conde de Bigorre sabe su secreto—. Sí —continúa el conde—, sé que sois el rey de Aragón, para nuestro negocio era imprescindible que lo supiera, *En* Leandro me lo comunicó.

—¿Y qué asunto es ése, señor conde?

—Vuestra boda, alteza.

—¿Mi boda? —Se maravilla el joven. Hasta ahora no se había planteado unas bodas. Confiaba en que su padre, el rey don Sancho, le buscaría la esposa más apropiada.

—Estaba arreglada con vuestro padre. Sirvió de intermediario vuestro aitán, el viejo *En* Leandro. Él os podrá decir que lo que aseguro es cierto.

—¿Y quién es mi novia? —pregunta perplejo el de Aragón—. ¿Tenéis alguna hermana?

—No, alteza, la novia es Ermesinda. —Don Ramiro se queda atónito.

—¿Ermesinda? ¿La niña de los perritos? —Ahora el turno de sorprenderse es para don Bernardo.

—¿Qué «niña de los perritos»?

—Nada, nada, yo me entiendo. Y decidme, conde, yo soy rey, qué beneficio me reportaría un matrimonio con vuestra hija, la condesita, que dicho sea de paso —añade galantemente—, es una hermosa joven. —Suspira el conde y se pasea por la estancia antes de decidirse a hablar.

—Os puedo nombrar heredero del condado de Bigorre. O en su defecto del de Foix o Carcassona. Ermesinda es, en este momento, la heredera de todo ello. Además, haríais un buen negocio con ese matrimonio. Vuestro hermano García tiene derecho a vuestro reino, como hijo mayor de don Sancho. Si queréis conservarlo, quizá tengáis que ir a las armas. Ya veis, yo tengo frontera con Aragón y Navarra, mi ayuda a uno u otro puede ser decisiva.

Don Ramiro medita las palabras del astuto conde.

—¿Y qué ganáis vos, conde, si todas las ventajas son para mí?

—En primer lugar, tener un yerno poderoso al otro lado de la frontera. Foix y Carcassona son herencias que nos vienen por mi esposa, la condesa Guarsinda. Sus tíos no están satisfechos con que pase a una línea femenil, quizá tengamos que defenderlas por las armas. Un yerno poderoso puede disuadir a los revoltosos, y si no, quizás el yerno poderoso nos ayudase. Por otro lado deseo informaros de que, como habréis oído, yo tengo un hijo varón, pero que en este momento está apartado de la sucesión porque está excomulgado.

—¿Excomulgado? ¿Es quizá disidente religioso? ¿Hereje? ¿Arriano, monofisita, monotelita, priscilianista?

—No, no —dice con fastidio el conde—, nada tan grave como eso. Una futesa. Se enamoró de una novicia y la persiguió hasta su convento, las damas se negaron a entregarla y él, loco, enamorado al fin y al cabo, incendió el convento. Una nadería, pero la abadesa era hermana del obispo, el cual protestó ante el Papa y éste le ha excomulgado. Por ahora se ha negado ya tres veces a levantar la excomunión. Veremos qué se puede hacer.

—Pero si Ermesinda no es la heredera en el futuro, ¿qué ganaría yo entonces con esta boda? Agrandar el reino y protegernos mutuamente me parece bien. Pero si el reino no se agranda, vuestra Ermesinda no tiene tanto valor. Aunque es bella —se apresura a añadir.

—Alteza, si Ermesinda no hereda, en ese caso me comprometo, mediante documento, a que los mencionados condados de Bigorre, Foix y Carcassona os sean enfeudados, durante vuestra vida y la de

Ermesinda. Aunque mi hijo llegue a gobernar, está de acuerdo en ser vuestro enfeudado. Ello os reportará prestigio, y dinero, alteza, mucho dinero. Somos muy ricos...

—Bien, conde, quedo enterado de vuestro proyecto. Lo pensaré detenidamente. Pero, una última pregunta: ¿no es Ermesinda demasiado joven?

—¿Demasiado joven? ¡No, por cierto! El mes que viene cumplirá catorce años. Si esperamos un tiempo prudencial a que vuestra situación se estabilice, ella tendrá ya quince. Una edad perfecta. Quizás —añade, como pensativo— vos sois demasiado mayor para ella. Pero, claro, no se puede ser exigente con un rey. —Ramiro se siente mortificado. Acaba de cumplir veintidós años. En verdad debería ya estar casado. Su padre no lo juzgó oportuno. Ahora le reprochan ser demasiado viejo para la niña Ermesinda.

—Bien, repito que lo pensaré —dice de malos modos—. Quedad con Dios. —Y se va dando grandes zancadas. Cuando el joven sale, el conde de Bigorre lo mira ir pensativo. Luego sonríe para sí.

A última hora de la tarde recibe un mensaje del conde, zarparán a la mañana siguiente, tan pronto como la marea sea alta. Le ruega reducir su escolta al mínimo pues el barco es de capacidad restringida. El rey de Aragón le envía por mismo conducto el nombre de los hombres imprescindibles, añade el de Suleymán ben Hud y el del monje-ayo.

Ramiro, con la excitación del viaje por mar despierta temprano. Aún faltan dos horas, o más, para que la marea termine de subir. Sale al aire libre y respira con fruición el olor marino. Hace un día propicio para la navegación. Las olas, que a veces son bravías, jirones furiosos agitados por las parcas, eran un espejo tranquilo, ensoñador. Se acordó don Ramiro de su niñez, cuando su aitán *En* Leandro le impartía clases no sólo de equitación o uso de las armas, sino que también le enseñaba a nadar. No había muchas oportunidades de hacerlo en Aragón. Los ríos eran heladores, pero el mar prometía estar tibio. Decidió nadar un rato. Caminó hacia la playa, estaba solitaria; despojándose de sus vestiduras entró en el agua.

Nadaba con grandes brazadas aguas adentro respirando acompasadamente. Después de tantos días a caballo el agua era una delicia para sus músculos entumecidos por jornadas interminables. Gustaba Ramiro de cuidar su cuerpo. Quizá porque los monjes le habían dicho que el cuerpo era la morada del Espíritu Santo. Quizá por una sensualidad aún no completamente descubierta. Aunque él creía que le gustaría ser monje, quizás era sólo la soledad la que le había convencido de que como mejor se estaba era en el convento. En verdad, *En* Ramiro no se conocía a sí mismo demasiado. Era devoto muy sinceramente, pero aparte de ello, no sabía mucho de sí mismo.

La orilla estaba ya lejos. Flotó don Ramiro boca arriba descansando de su ejercicio. El sol era agradable y el agua de otoño, tibia. Con los ojos cerrados se dejaba mecer por las olas. De pronto se hundió. Sintió que alguien le tiraba de los pies y no tuvo tiempo de reaccionar, se hundió y tragó agua. Pero no en balde era un buen nadador, enseguida hizo un giro dentro del agua e impulsándose hacia arriba volvió a sacar la cabeza, instintivamente miró a ver quién era el atrevido que le había tirado de los pies, y con sorpresa vio que una cara casi infantil le miraba ahogada de risa.

—¡Buen día nos dé Dios, don Ramiro! —Era Ermesinda, con los cabellos pegados a la cara por donde le corrían regueritos de agua como de luz. En cada pestaña había una gota salobre. Los ojos reidores eran verdes, o azules o violetas. Todo esto pensó don Ramiro mientras inspiraba una bocanada de aire. Como un relámpago recordó sus estudios de los clásicos. Ella era una nereida, una sirena, un hechizo. Era una aparición y se llamaba Ermesinda.

—¡Por el amor de Dios, doña Ermesinda! ¿Qué diablos hacéis aquí en medio del mar? —Sin querer le había hablado en tono áspero.

—Lo mismo que vos, don Ramiro, nadar un poco mientras arreglan todo para partir. Me han dicho que no molestase y me he venido a pasar el rato. Nadaba tranquilamente y os he visto, no he podido resistir la tentación de tiraros de los pies. Es lo que dicen que hacen los fantasmas por la noche, ¿no?

—Maldita criatura, ni es de noche, ni vos sois un fantasma. ¿Sabéis que estamos muy lejos de la playa?

—Sí, lo sé. Así no nos verá nadie.

—¡Y qué más da que nos vean! —farfulló él, a medias enfadado y a medias divertido—. No hacemos nada malo.

—No, dulce amigo, excepto bañarnos desnudos.

Don Ramiro se quedó sin aliento. No se había dado cuenta, allí estaban los dos, desnudos como peces en medio del agua. Se sintió repentinamente incómodo. Habría deseado desaparecer. No podía cubrirse con nada y eso le embarazaba en grado sumo. Ella, sin embargo, se mantenía a flote con brazadas lentas y acompasadas y no parecía turbada en lo más mínimo. Parecía encontrarse muy a gusto y no le importaba que su carne fuese visible a través del agua. Le miraba llena de regocijo.

—Dulce amigo —dijo otra vez—, dulce amigo, habéis enrojecido.

¿Por mí o por vos? Os advierto que a mí no me importa. Tengo un lindo cuerpo, buena cintura, pechos hermosos, piernas derechas y otras cosas. ¿Queréis que os las enumere?

—No, condenada criatura, no enumeréis nada, ya sé lo que tienen las mujeres. Pero una casta doncella no tiene que andar por el mundo hablando de ello. Es para su esposo.

—¡Puaf, don Ramiro! Habláis como un sacerdote predicador. Dios nos hizo como somos. ¿Por qué, pues, avergonzarnos? Además vos seréis mi esposo, ¿o no? —Por un momento pareció que lo preguntaba con ansiedad.

—¿De dónde habéis sacado esa idea, chiquilla maleducada? No hay nada fijo en cuanto a mi matrimonio. Ni sé nada del vuestro. —Ella le miró con expresión tormentosa, sus ojos se tornaron oscuros y su expresión era reconcentrada y caprichosa.

—No sé si quiero ahora casarme con vos, infanzón ingreído de tierras bárbaras —estalló la joven—. Pero como hemos de compartir barco durante muchos días, al final del viaje os aseguro que os arrastraréis ante mí, me pediréis llorando que me case con vos y entonces yo no querré. Será vuestro castigo por ser tan desdeñoso con Ermesinda, condesa de Bigorre.

Estaba furiosa y ello hizo que Ramiro recuperase su buen humor. Lanzó una alegre carcajada y luego dijo en son de chanza:

—Bien, bien, mi nena prometida, ya veremos de lo que sois capaz. Os agradecería que me hicierais enamorarme de vos. Yo, en verdad, no tengo ganas de desposarme con una jovencita flaca y medio rubia. Me gustan gorditas y morenas. ¿Podéis, al menos, engordar algo? ¡Os lo agradecería tanto!

—¡Idos al diablo, majadero! —Con fuerte impulso ella empezó a nadar hacia la playa alejándose de él. Tenía mucha vitalidad y nadaba bien. Contra su voluntad, don Ramiro admiró su estilo y la furia que la llevaba como en alas del viento.

«¿Será posible, niña Ermesinda, que seáis algún día mi esposa?» Hablaba sin palabras para sí mismo. Por un momento recordó sus encuentros con otras mujeres. Aventuras rápidas de las que luego, mohíno, iba a confesarse. Es verdad que disfrutaba en esas ocasiones con mozas deseosas de agradar, pero nunca había sentido esa punzada dulce, mezcla de risa, protección, deseo y rabia. Rabia porque dentro de sí no quería ceder su corazón totalmente libre, el que por unos días había pensado en dedicar por entero a su reino. Un corazón que, había pensado, era sólo para amar a Dios, con un amor que tendría su perfección después de la muerte. Y esta niña, Ermesinda, le prometía algo en esta vida, ahora. Hoy mismo.

Él también nadó de vuelta, ya no notaba el agua tibia, ni el sol brillante. Sólo notaba su corazón galopar con tanta fuerza que creyó por un momento que moriría antes de llegar a la playa. Pero, naturalmente, no murió. Su corazón todavía tendría que galopar muchas otras jornadas. De amor, de desesperación, de rabia, de emoción, de pena, de gloria. Aún había mucho que hacer para el corazón de don Ramiro.

Mientras esto sucedía, el aitán de Suleymán ben Hud, don Alderedo, con muchas precauciones, pues conoce el natural violento del pupilo, le hace saber a éste algo que hasta hoy le han ocultado: que don Ramiro no es sólo un bastardo del rey don Sancho, y su Baylío, sino que ahora es el nuevo rey de Aragón, que ha de tratarlo como tal y ver de sacar provecho del viaje que iniciarán en breve.

Cuando don Ramiro retornó a su tienda, vio que en ella le esperaba don Alderedo.

—Señor —dijo éste sin preámbulos—, he venido temprano a hablaros de mi pupilo, el príncipe Suleymán.

—Es verdad, don Alderedo, amigo y aitán de nuestro rehén. Debí ocuparme anoche de esos asuntos, pero no lo he olvidado. Decid, pues, lo que os atormenta.

—Como bien sabéis, y yo os lo recuerdo, Suleymán fue entregado a vuestro padre en prenda o garantía del pago de las parias. Si hasta ahora han pagado lo estipulado, no ha sido por salvar su vida, sino por miedo a la invasión. De hecho, nada complacería más al háchib de Zaragoza que un accidente terminara con la vida de mi pupilo. Si no ha enviado asesinos es porque no sabía dónde estaba. Intentó averiguarlo, enviando emisarios con regalos, pero don Sancho, astutamente, recibió siempre sus presentes en el palacio de Pamplona, de ahí se reexpedían al monasterio. Suleymán es el legítimo heredero del trono y ahora es mayor de edad. Si se lo propone, y tiene suerte, destronará a los Tochibíes y será el próximo rey de Zaragoza. Os conviene tenerlo de cara. No le hagáis desprecio ni por omisión, es muy orgulloso y ve afrentas en donde no las hay. Nada os cuesta reuniros con él y comunicarle vuestros propósitos. Este muchacho es oro puro para nosotros. Hay que cuidarlo y procurar que nos mire con simpatía.

—Os agradezco el recordatorio, aitán. Soy rudo por naturaleza, y a veces prescindo de las cortesías que tanto allanan el camino. Anunciad al príncipe mi visita y decidle que anoche estábamos todos tan cansados que no juzgué cortés importunarle con detalles. Enseguida estaré con él. —Con una inclinación de cabeza, fuese el bueno de don Alderedo a notificar al príncipe moro la inminente visita de don Ramiro. Con paso rápido llegó a la tienda del joven. Saludó con afecto a su pupilo bromeando con la confianza que dan años de convivencia:

—Buenos días, príncipe. ¿Habéis descansado bien en la yacija del conde de Bigorre? —El príncipe moro estaba de buen humor, sonríe mostrando unos dientes blancos como la nieve y afilados como los de un lobo. Su expresión era, sin embargo, simpática. Un joven orgulloso, lleno de vida y de curiosidad.

—¡Menuda yacija la del conde, buen padre, duermen cómodos como putas de ciudad! —El «buen padre» no se inmutó por la metáfora.

—Príncipe, vos no sabéis cómo duermen las putas de ciudad, ni las del campo. No sabéis cómo duerme nadie, más que los monjes de don Leandro. Camas de madera, colchones de paja para los más viejos; para los más jóvenes: nada. El suelo y un saco. Dad gracias a vuestro alto linaje que os hizo merecedor de cama, cobertores y colchón de plumas al estilo de León, y no al montañés. Ahora, joven, preparaos que don Ramiro viene a veros.

—Entonces, aitán, ayudadme a recibirlo como mejor pueda en estas circunstancias. Dadme mi caftán color sangre con hilos de oro, mis babuchas de damasco y mi turbante blanco. —El aitán aprueba esta muestra de cortesía. En el equipaje, aunque menguado, ha traído ropas de ceremonia para la entrevista con los reyes. Apenas ha terminado de vestirse, cuando ya entra don Ramiro. Si se admira de verlo tan elegante, no demuestra nada.

—Que Alá el Misericordioso sea con vos, príncipe.

—*Et cum spíritu tuo* —responde el joven moro. Sus ojos intentan penetrar en las intenciones del rey. Pero éste no deja entrever nada más que una cordial cortesía.

—Mi señor Suleymán, perdonad que ayer no os participase nuestro plan para hoy. No me comunicó don Bernardo hasta muy tarde que saldríamos hoy mismo de viaje. Era ya anochecido y no quise molestaros, vengo hoy temprano a deciros que hagáis el equipaje y que vos y vuestro aitán vendréis con nosotros hasta donde el barco del conde de Bigorre nos lleve. Luego seguiremos por tierra hasta Oviedo. ¿Os place?

—¡Qué remedio, don Ramiro! ¡He de ver a los reyes! Ya soy mayor de edad y he de volver a Zaragoza. De eso quiero hablar con el nuevo rey de Navarra. En lo que a comodidades respecta, ya vi cómo compartíais incomodidades con vuestros hombres, obligado por las circunstancias. Haré lo mismo, no os preocupéis por mí. He aprendido que un rey lo es más cuando pide a sus hombres lo mismo que él sufre o disfruta. —Se admira don Ramiro de oír al moro. No sabe que es taimado y que odia a los cristianos. Ha pasado toda su vida como prisionero, desprovisto de todos los lujos y poderes que da la realeza. Sin ejército, sin palacios, sin harem. No lo perdonará nunca. Si puede, empujará a los cristianos hasta el mar. Fundirá sus campanas para hacer collares de bronce para sus eunucos. Pero mientras, finge. Lo importante es salir de sus manos. Intercambian aún algunas cortesías mientras se estudian mutuamente. Tampoco Ramiro se ha dejado engañar.

«Bravo, mozo —piensa—. Calcula mucho, disimula mejor. Orgullo y disimulo. ¡Vaya mezcla, vive el cielo! ¡No os perderé de vista, joven Suleymán, ni ahora ni nunca!»

Un mensajero viene a advertirles de que antes de que se acabe una clepsidra, habrán de estar embarcados.

4

Justicia en la behetría. Suleymán cae al mar

Quod fas facere, debuit, et feci.

[«Lo que estaba bien que hiciera, debía hacerlo, y lo hice»]

Avisado de la muerte de don Sancho, el abad y hombre sabio, don Alvito Bermúdez, se apresura cuanto puede para llegar a tiempo al entierro del difunto. Había pensado descansar algún día en Pola de Santa María, en donde debía dejar al joven Nuño con los suyos. Ahora no tiene tiempo, ha de quemar etapas si quiere cumplir la petición de doña Maior. Sabe que la reina viuda le tiene en gran estima, así como su hijo, el rey de Castilla. Sin duda le necesitan en los difíciles tiempos que se aproximan. Negros nubarrones se ciernen sobre Spania. ¿Podrán entre todos evitar lo que los musulmanes llaman la *fitna*? El desorden, el caos, la guerra civil.

Don Alvito, la última vez que habló con don Arias, se había comprometido a llevar a Nuño a la behetría de Santa Pola y, en caso de que don Arias no se hallase allí, impartir justicia en su nombre. El joven Nuño presidiría el tribunal, pero don Alvito tendría la última palabra, ello sin contradecir al adolescente, quien debía consultarlo, en público o en secreto, antes de emitir su dictamen. No quería el abad dejar sin cumplir su promesa, así que por ello, con gran premura, levantaron el campamento al romper el alba, tomaron una parca colación y emprendieron inmediatamente el camino de Pola. Muy pronto encontraron a don Nuño y a un grupo de labriegos que venían en su busca.

Se han alegrado los lugareños de la venida del joven al que vieron crecer, sobre todo, su ayo Pedro *el Crespo* y su mujer Roser. ¡Parece mentira que el rapaz ya pueda juzgarles! Hace poco aún andaba a cantazos por los cotos con otros chicos.

Tan pronto como el abad y don Nuño llegaron, suena la campana que llama a los hombres a la puerta de la iglesia. Es la hora de impartir justicia y no se puede dilatar más, pues lo que ha de tratarse puede tomar todo el día y los viajeros han de continuar su camino cuando aún haya luz. En primer lugar los lugareños manifiestan su agrado por que sea el joven Nuño de Omaña quien vaya a impartir justicia, asistido, eso sí, por el hombre sabio y su tutor, don Alvito. Enseguida, el pueblo en pleno se dispone a escuchar las querellas y las soluciones y condenas que pronuncien el sabio o el joven amo. El alcalde de los pecheros manifiesta que el difunto tío Blas deja sus terrenos sin heredero. ¿Qué desea el hijo del dueño que hagan los lugareños?

El mercader Cucufate, llegado con la comitiva de don Alvito, sorprende a todos y manifiesta ante la asamblea que desea establecerse allí si don Arias lo permite. ¿Puede él beneficiarse de que haya un terreno vacante? Sorprendido agradablemente, el joven Nuño hace explícita su conformidad. Siempre es bueno adquirir un nuevo par de brazos. Y más si es hombre trabajador y capaz de comprar por sí mismo la simiente y los aperos. El mercader es persona solvente, no pedirá semillas, ni préstamos. Cucufate manifiesta, también, que pagará la infurción de buen grado, cosa que hace inmediatamente, presentando vaso de agua a don Nuño. Está de acuerdo en pagar la onceava parte de todo lo que cultive o crezca. Se le notificará a don Arias.

Ahora se presentan los problemas de verdad:

—Señor, tenemos un problema como otros años —manifiesta con pesar el alcalde de los pecheros—. El Verrugas pega a su mujer y a sus hijos, se emborracha y no cultiva su terreno.

—¿Cuántas veces viene sucediendo esto? —pregunta don Alvito.

—Señor —responde azorado el alcalde—, de siempre, pero últimamente es peor. Casi mata a su mujer esta vez. —Cuchichean el abad y el joven señor. Parecen ponerse de acuerdo.

—Que aparezca el acusado. —Se presenta un individuo mal encarado, desaseado y con la mirada torva. Si el rostro es el espejo del alma, entonces la de El Verrugas debe de ser tenebrosa.

—¿Tenéis algo que añadir a las acusaciones? —pregunta como es preceptivo don Nuño.

—Mi familia es perezosa —dice con voz estropajosa—, por eso no puedo cultivar el terreno. Ella es de mal natural y me obliga a pegarla, por su bien. —Se levantan voces que aseguran que él es un mal sujeto.

—¡Calma, calma! —pide el joven amo—. ¿Alguien desea hablar en su favor? —Una persona se presenta, es una mujer flaca y esmirriada.

—¿Quién sois?

—Ana, conocida como La Larga. Soy su mujer. Deseo decir que era un buen esposo y que tuvimos y criamos cinco hijos, alguno ha muerto. Él, ahora, es un desconocido; bebe y eso le ha convertido en un mal hombre, pero era bueno. Si vuestra merced lograse que no bebiese. —Lo dice como esperanzada. Don Alvito le mira compasivo y el joven con curiosidad.

El abad pide permiso al señor de Omaña y le pregunta de sopetón:

—¿Os maltrata?

Ella enrojece y contesta en voz baja:

—Sí, mi señor.

—¿Y a vuestros hijos?

—También, señor. Pero más a mí —añade, como si eso fuera disculpa.

—¿Hace mucho?

—Desde hace unos seis años, lo sé porque empezó a empeorar cuando nació el pequeño que tiene ahora unos seis años.

El joven de Omaña ha oído muchas veces en su casa hablar de este sujeto pendenciero y borrachín. Es un problema para su padre, que así y todo no se había decidido a despedirlo. Reconvenido, El Verrugas parecía arrepentirse, pero luego volvía a las andadas. Siempre se saldó el asunto con unos azotes en el rollo y ése era el fin de todo. Ahora don Nuño decide cortar por lo sano. Un hombre que pega a su familia es un mal ejemplo para todos, además hay que hacer justicia a los débiles. El joven Nuño sentencia:

—Ya sé que os llamáis Antonio, que es nombre de cristiano, que no el de Verrugas. Así pues, Antonio, estamos hartos de vos y de vuestro carácter. Mi padre, en su ausencia, me encargó hacer justicia en ésta su behetría y lo que yo diga es lo que dice él. De ahora en adelante quedáis desnaturado, no tenemos obligación con vos, ni vos con nosotros, tomaréis lo que podáis llevar de lo vuestro, todo si queréis, y os lo llevaréis. El terreno queda aquí para que lo trabajen vuestros hijos cuando lleguen a una edad apropiada. Vuestra mujer es libre de seguiros o quedarse. Vuestro hijo mayor pronto podrá cultivar el predio, mientras tanto toda la familia irá a trabajar en el castillo de mi padre, en Las Omañas, en donde se les dará de comer a todos. Antes de iros recibiréis veinte azotes en el rollo, para que no olvidéis la justicia de don Arias. ¿Tenéis algo que decir?

—Ya no beberé, señor.

—Es demasiado tarde, lo habéis prometido ya muchas veces. Que se le den los azotes enseguida y que se vaya esta misma noche. —Pier-

de interés en El Verrugas—. ¿Algo más? ¿Hay algo más pendiente?
—Los lugareños murmuran algo entre ellos, esperan curiosos el fin de ese asunto. Lo han comentado sin llegar a ninguna conclusión. Quieren saber cómo terminará el caso que se va a exponer.

—Decid, pues. —El joven Nuño y don Alvito notan la expectación. No pueden evitar una leve curiosidad.

—Es el caso de una de nuestras muchachas. Está preñada y se niega a decir quién es el padre.

—Que venga la cuitada al tribunal de don Arias de Omaña. —Aparece, empujada por algunas manos, una muchacha alta y delgada con un raído manto apretado en torno al cuerpo. Se cubre de la cabeza a los pies con el manto. A pesar de todo, su embarazo es muy evidente.

—Que comparezcan sus padres.

El alcalde se apresura a explicar:

—No tiene padres, don Nuño. La criaron sus padrinos, ahora sólo vive su madrina, pero al saberla preñada, le ha echado de casa. De momento duerme en el pajar del ayuntamiento y vive de la generosidad de las gentes. —Don Alvito la mira compasivo. Es muy joven y está extremadamente delgada. Su pelo, del que sólo se ven unos mechones, es rojo como el fuego. Cuando vislumbra algo de su cara, ve que tiene pecas en el rostro.

—¿Cómo os llamáis? —pregunta don Nuño.

—¿Acaso importa? —refunfuña ella—. Me llaman La Bermeja, por mi pelo —explica, como si no fuese obvio. A don Nuño le molestan los malos modales de la muchacha. No le desea mal, al contrario, quiere un padre para el niño y un marido para ella, pero don Alvito interviene antes que él.

—¿Nos queréis contar qué pasó? —Hace la pregunta con voz bondadosa.

—No —contesta ella con decisión—, no deseo dar ninguna explicación. —Don Alvito habla con el joven señor. Éste asiente. Don Alvito se dirige de nuevo a la joven.

—Si yo os prometiese arreglar vuestro caso, ¿me lo contaríais a mí solo? ¿Sin testigos? —Ella se lo piensa un poco y luego asiente con la cabeza.

—A vos y al joven amo. Sin que nadie nos oiga. —Abandonaron el estrado de justicia y se retiraron dentro de la iglesia. Así vinieron en saber que la joven Bermeja había sido forzada por un sujeto, cuyo nombre, no obstante, no quiso dar. Pronto volvieron a salir para seguir el juicio público.

—¿Vos amáis al padre del niño? —Quiso saber el abad.
—No, le odio.
—Entonces no debéis casaros con él. —El monje determinó que lo que tenía que decir era un secreto para todos, excepto para el joven señor de Omaña. Con esa decisión los lugareños quedaron chasqueados. Ellos querían saber qué se hacía con una buena pieza como ésa. Soltera, preñada y mal genio.

Esa tarde don Alvito llamó a La Bermeja y le dijo:
—Tengo la solución para vos. No os podéis quedar aquí, donde todos os conocen y os señalarán como madre soltera y donde ese sujeto puede volver a las andadas. Os enviaré a un lugar en el que seréis para todos una joven viuda. Se os dará trabajo y bautizaréis al niño como buen cristiano. Pasado el tiempo os casaréis. Os dispenso de decir al marido que consigáis otra cosa más que sois viuda. Hoy mismo os daré una carta que llevaréis a todas partes con vos. ¿Sabéis leer? —Negó ella con la cabeza—. No importa. En nuestro camino pasaremos por algún monasterio, a través de monjas y monjes os enviaré a Pamplona. Allí tengo un amigo, se llama Doroteo, buscadlo en palacio, él os protegerá. Haced vuestro equipaje, que venís con nosotros hasta que os debáis separar para hacer camino de Pamplona.
—¿Está esa Pamplona lejos? —pregunta ella con curiosidad infantil.
—Muy lejos, muchacha. Pero es mejor así, jamás llegará por allí alguien que os conozca.

Solucionado el asunto de la muchacha, después de despedirse del joven Nuño, y visto que no había más problemas en la behetría, los hombres de don Alvito recogieron toda su impedimenta y reanudaron su camino a enterrar al rey don Sancho. Aún dejarían a algún otro mozo en su ruta hacia Oviedo.

Embarcados el conde de Bigorre y don Ramiro se distraen hablando de naderías. El tiempo, que empezó siendo bueno, se va cerrando poco a poco. Negros nubarrones se arrastran cada vez más bajos en el horizonte y el viento empieza a soplar. A ellos no les importa. La costa está cerca y a ambos les gusta la mar. El barco de don Leandro es muy marinero y aunque navega algo inclinado por la fuerza del viento, ello mismo hace que surque las aguas a toda velocidad. Acodados en la borda, ven pasar raudas las olas coronadas de espuma.

Además de don Ramiro y de sus acompañantes, viaja también el joven Suleymán y su fiel don Alderedo. Los más jóvenes de la partida son doña Ermesinda Gisberga, doña Beatriz Estefanía y el príncipe moro. Éste parece haber hecho muy buenas migas con Ermesinda, ambos son de una edad parecida y hablan y retozan todo el día, ignorando al resto de los viajeros. Don Bernardo parece observar los juegos de la joven con gesto indulgente. Por el contrario, Ramiro no puede disimular su disgusto. Le parece mal que su prometida se muestre en desvergonzada conversación con el infiel. Pero no se atreve a decir nada, aún no se ha estipulado nada con el conde y espera que éste vuelva a ofrecerle la mano de la joven, mas el conde se abstiene de hacer ninguna alusión. Por el contrario, como distraído pregunta a don Ramiro:

—¿Creéis que el joven Suleymán llegará a reinar algún día? —No espera respuesta—. Parece llevarse muy bien con Ermesinda —continúa. Don Ramiro no dice nada pero decide interrumpir pronto las tonterías de Ermesinda con Suleymán. Se consuela pensando que ella es sólo una niña que juega y se divierte, juega y corre y salta, como niña que es. Pero ante él surge la nadadora de aquella mañana. Ésa no era niña alguna. Sabía cómo volver loco a cualquiera. Su cuerpo era blanco y terso como el nácar; sus cabellos, juraría que eran verdes como las algas, sus ojos color de nomeolvides. Acaso ahora está volviendo loco también a Suleymán. ¿Se habría enamorado de él? Es hermoso el hijo de Mahoma. Sus ojos oscuros prometen quién sabe qué dulzuras oscuras y pecaminosas, cuando baja las pestañas parece que fuera a dormirse. Ramiro no sabe cómo interrumpir las risas de los dos adolescentes. Ignora que sus peores sospechas se van tornando realidad.

El conde mira sin expresión las olas rizadas, hablando como para sí mismo comenta:

—Parece que se levanta algo de viento. Es viento de tierra, nos puede alejar de la costa.

Suleymán encuentra a Ermesinda fascinante. Es agraciada y llena de vida. Retirado de la vida normal de un joven por su forzada convivencia con los monjes, la compañía de la condesita le parece un regalo del cielo. No serán más hermosas las huríes del paraíso, piensa para sí el adolescente. Si él, Suleymán, hubiese estado en libertad, ya estaría casado y en posesión de un bien surtido harem. Es consciente de que otros jóvenes de su raza son padres a su edad.

—Doña Ermesinda —pregunta con curiosidad pero con interés—, doña Ermesinda, ¿consideraríais la idea de casaros con un príncipe no cristiano?

—¿Moro, queréis decir?

—Pues bien, sí, mahometano.

—No, Suleymán. Los mahometanos, me han dicho, tienen muchas mujeres. Yo no podría compartir a mi amado con otras.

—¿Por qué no, Ermesinda?

—Porque mi amado será sólo para mí y yo para él. No habrá nadie más en el mundo. Sólo los dos. Nada de concubinas. Antes lo mato.

—Pero, señora, no es para tanto, el hombre puede amar a muchas y todas ser bienamadas. Sin faltarles nada.

—Así es como lo entienden los mahometanos, los cristianos somos personas de un solo hombre o una sola mujer. Amamos a uno para siempre.

—Son ilusiones vuestras, doña Ermesinda. Los condes y los reyes tienen amigas, amantes.

—Quizá, pero no quita que sea malo y feo. Lo vuestro además es bueno y lindo. —Se enfurruña la condesita.

—Ermesinda, si yo os jurase amor eterno, si fueseis sólo para mí y yo para vos, para siempre jamás, ¿no querríais casaros conmigo? No tendría concubina, ni harem, ni siquiera vería a las danzarinas —añade con ingenuidad el adolescente. Doña Ermesinda da un respingo. Intuye que ha ido demasiado lejos jugando con el joven Suleymán y desea dar marcha atrás sin herirle. Sabe que puede ser un mal enemigo.

—Las cristianas tenemos vedado casarnos con infieles, perdonad por la palabra; vos —coquetea ella—, amigo Suleymán, ¿os haríais cristiano por mí?

—No quiero mentiros, igual que os digo que os puedo tomar como mi única esposa, también os digo que no pienso cambiar a Mahoma por vuestro profeta Cristo; ni a Alá, el Misericordioso, por los tres dioses de los politeístas. Sin embargo, conozco bien vuestra religión, no en vano me he criado con los monjes de don Leandro. Tendré respeto para vuestras creencias y se os permitirá ejercerlas en secreto en vuestras habitaciones. —La toma tiernamente de la mano—: Ermesinda, nunca tendréis a nadie más rendido que yo. No he tenido amores ni amantes, vos seréis la primera y la única flor de mi rosal. No deseo a nadie más que a vos. Comprendo lo que hace a un hombre ser fiel: el no desear a nadie más que a su amada. Os llamaré flor de la mañana, estrella de la tarde, lucero de la noche. Lo seréis para mí todo. —Habla el doncel con el corazón en la mano. Sus ojos oscuros centellean bajo la sombra de sus pestañas. Todo él es corazón, sentimiento, verdad. El primer amor despierta arrasador para el doncel de la casa de los Beni Hud, la más noble de Zaragoza. El lobo que duerme bajo su piel es ahora una gentil paloma. El hombre, moro o cristiano, blanco o negro, está hecho así, de gentileza y crueldad, de amor y odio, de poesía y muerte. El amor despierta lo mejor del hombre. Lo hace dulce, sensible, humilde. Pero si es contrariado puede tornarse malvado, cruel, vengativo.

Ermesinda ve estrecharse el círculo que la puede estrangular. Nunca pensó en despertar tal amor. Sólo quería distraerse, coquetear un poco, jugar y reírse, molestar a Ramiro, dar que pensar a sus padres. Ahora tiene miedo. El joven Suleymán le ofrece su corazón de verdad y ella intuye, con certeza, que si es desairado se tornará en una maldición para ella y para los que ella ame. Por ello, con infinita delicadeza para no herirlo más dice a su admirador:

—Dulce amigo, no pensé en despertar estos sentimientos en vos. Yo no os dije que mis padres me tienen ya prometida. Creí que ello no os interesaría, pensé que sólo pasaríamos una travesía juntos y que podíamos ser buenos y gentiles amigos. Amigos para siempre, cuando vos reinases en algún reino de taifas y yo fuese reina... podríamos jugar un buen papel para nuestra gente gracias a esta amistad...

El joven Suleymán ya casi no le oye, sólo ha entendido una cosa, está prometida. No será para él. No tiene ninguna posibilidad. No podrá llamarla flor de la mañana, estrella de la tarde, lucero de la noche. Ni estrecharle en sus brazos, ni besarle bajo los jazmines, ni tener hijos con ella. El corazón virgen de Suleymán se rompe y sangra. Sus ojos oscuros están llenos de tormenta, sus pestañas velan su dolor. Mira hacia otro lado y una lágrima, la única de su vida, resbala por su hermosa mejilla. Nunca más volverá a llorar este joven con dientes blancos y afilados como un lobo. Pero se acordará con dolor de este momento, en que navegando hacia Poniente, el amor de su joven vida le dijo que estaba prometida a otro.

—Suleymán, Suleymán —le llama quedamente Ermesinda después de un largo silencio—. No os pongáis triste. Yo estoy prometida, y debo ser fiel a la palabra empeñada por mis padres, pero vos sois mi amigo, mi mejor amigo, mi amigo para toda la vida. ¿Sabíais que la amistad puede durar más que el amor?

—Quizá, pero ahora siento dolor, Ermesinda. ¡Ser vuestro amigo me parece ahora tan poco!

—Ya veréis que cuando pase el tiempo, ser mi amigo os parecerá mucho. Pasarán años y años y nos veremos como si nos hubiéramos visto el día anterior. Nos hablaremos de nuestras preocupaciones y alegrías sin doblez. Eso es la amistad. Eso y el desearse siempre el bien. En eso, amigo, se parece al amor.

Suleymán intenta consolarse. Oye a su amada y le parece que sus palabras son dulce música como el sonido de la lluvia sobre las hojas. Se pregunta quién será el afortunado que va a ser dueño de su Ermesinda. Pero prefiere no preguntarlo.

Mientras tanto el viento que soplaba de tierra ha arreciado amenazando con arrastrar el navío hacia el mar abierto. El conde de Bigorre ha dado órdenes de acercarse un poco a la costa que se va alejando inexorablemente. No hay que alejarse tanto, esta navegación es de cabotaje y el mar es muy traicionero. Antes de poder realizar maniobra alguna se levantan repentinamente grandes olas coronadas de espuma rugiente y es muy fácil naufragar, naufragar y ser engullido por las aguas.

Con grandes dificultades rectifican el rumbo y penosamente se acercan a la línea de la costa. Tampoco se deben acercar mucho, so pena de encallar en algunas de las rocas que la tempestad descubre cerca de la playa. Por fin hallan un lugar algo resguardado en una amplia cala y el conde don Bernardo ordena echar las anclas. Se ve que tiene experiencia en cosas de la mar y en cierto modo disfruta con este pequeño temporal que le permite medir sus fuerzas con las de la naturaleza, sus conocimientos de navegación contra el viento y las olas que los zarandean. Es él el que dirige su barco, no obstante viajan en la nave cinco hombres de la cofradía de mareantes que le dan gran confianza.

Ordena el conde de Bigorre que las mujeres y los niños vayan a sus habitaciones; sin fijarse demasiado sus órdenes incluyen entre los «niños» a sus dos hijas... y al joven Suleymán. Nunca lo hiciera. El doncel que ya se encontraba bastante mohíno por el rechazo de Ermesinda, al ver que lo incluían entre los «niños» se rebela y ello es motivo suficiente para que se niegue de plano a encerrarse en su camarote con su ayo y aitán, el monje Alderedo. Éste intenta hacerle ver que él nada puede hacer en cubierta, sino molestar a los que allí trabajan con denuedo para impedir que las olas hundan su barquichuelo. Pero el príncipe se niega.

—Si ellos se esfuerzan, yo también quiero ayudar. No soy de mazapán, puedo subir al cordaje como cualquiera.

—Sí, podéis subir, señor, pero no sabríais qué hacer allí arriba. —Le mira furioso el joven. Alderedo tiene razón, pero ahora quiere quedarse para no ser uno de los «niños» que han de permanecer en sus habitaciones.

—De todos modos, haré lo que don Ramiro me diga. Si él dice que puedo estar en cubierta, me quedaré allí. —Se marcha en busca del rey de Aragón, agarrándose a las paredes de los pasillos. Cuando por fin llegó a cubierta retrocedió asustado un momento. Grandes olas coronadas de espuma subían como si se hinchasen desde dentro y luego se precipitaban sobre la nave barriéndola, cual si algún gigante arrojase enormes cubos de agua con gran furia.

No se percata el joven, pues la espuma que vuela por todas partes se lo impide, que los hombres que trabajan denodadamente achicando agua están atados con fuertes cuerdas a distintos puntos del barco. Las velas han sido arriadas y aseguradas a los palos; aun así, algunos jirones de lienzo se agitan furiosos arrancándose de las plegadas velas.

El conde de Bigorre está en su elemento. Se ha atado él mismo al palo mayor y a voces dirige las maniobras de los hombres. Don Ramiro, que no quiere tampoco estar ausente, se mezcla con sus hombres y los del conde. Entre todos intentan, hasta ahora con éxito, impedir que el agua anegue el interior del barco. Pasado el primer susto, el joven Suleymán sale a cubierta agarrándose con fuerza de donde puede. A voces intenta llamar la atención de don Ramiro, de momento éste no le oye pues el viento le impide oír los gritos del doncel. De pronto el de Aragón ve que el conde de Bigorre le señala un punto del barco, pensando que es un lugar al que hay que acudir, se da media vuelta y aterrado ve cómo el joven Suleymán, que viaja bajo su amparo y responsabilidad, avanza hacia él sobre la cubierta mojada. Intenta Ramiro decirle que retroceda, que busque refugio dentro. Con dificultad el de Aragón avanza hacia Suleymán, pero es demasiado tarde, una montaña líquida barre el barco y lo engulle. El hermoso doncel desaparece en el mar bravo y encrespado.

El conde de Bigorre, que observaba la escena, se queda mirando incrédulamente el lugar en donde hace unos segundos estaba el joven moro, luego mira al mar hirviente. Afortunadamente el joven vestía hoy unas ropas carmesí que él mucho apreciaba encontrándose favorecido con ellas, ello hace que pueda distinguirse entre las aguas. De pronto, no lejos del barco lo ven aparecer. Grita algo el joven levantando los brazos, intenta aproximarse con fuertes brazadas pero una ola le da la vuelta y se lo traga otra vez.

No espera más Ramiro, se desata de su anclaje, se despoja de la ropa que podía molestarle y se lanza al mar. Antes de hacerlo advierte a los hombres que están en la borda:

—En cuanto me veáis con él, lanzadme una cuerda o un tablón. —No dice más y ya está en el agua. Aquí se ve qué consumado nadador es el rey de Aragón. Puede ser que no tenga modales finos, pero sabe nadar como los peces. Cuando ve las inmensas olas venir hacia él, se mete por debajo y las esquiva ahorrando así sus fuerzas. Se dirige, seguro, hacia donde vio aparecer el bulto rojo del doncel no mucho ha. De pronto lo ve otra vez, surge como si diese un salto desde dentro del agua o como si lo arrojase una fuerza que no lo quisiese allí dentro. Tose y escupe el joven. Trata de buscar el barco con la vista pero ya don Ramiro lo agarra del pescuezo.

—¡Ánimo! —le dice el joven de Aragón—. No os mováis o los dos nos ahogaremos. Ya estoy aquí y os llevaré al barco. —El de Zaragoza casi no le oye, ha tragado tanta agua que sólo tiene fuerza para respirar ansiosamente al tiempo que tose y devuelve agua salobre. Ramiro se coloca con dificultad detrás de él y toma su cabeza, como le enseñó su aitán. Lo recuerda fugazmente con agradecimiento. Mira las olas a su alrededor intentando calibrar la dificultad de la empresa. Por fortuna el barco está cerca y las olas no se los llevan de allí. Sólo parece que los suben y los bajan intentando engullirlos. Trata de no chocar con el casco de la nave y se acerca nadando con cuidado hacia el barco. Los hombres que están asomados por la borda le gritan voces de ánimo. Algún tablón ya ha sido arrojado y vuelan las cuerdas que les lanzan, pero aún están algo lejos para el corto alcance de las estachas.

Ramiro, aunque muy resistente, se cansa del doble esfuerzo, nadar con su náufrago y afrontar la tormenta. Pero no abandona ni afloja porque sabe que si lo hace, los dos están perdidos. Llega junto a él un tablón que flota, agradecido se ase a él y descansa un poco mientras sostiene la cabeza del doncel fuera del agua. Un esfuerzo más y una cuerda le es lanzada certeramente. La coge al vuelo con la mano libre mientras que con las piernas se mantiene a flote. Ata al joven por debajo de los brazos y les hace señas para que lo icen. Él se queda en el agua esperando una segunda oportunidad. El joven moro es subido a bordo a pesar de la dificultad que ofrece el oleaje que le hace resbaladizo como un pez, pero lo cogen bien y lo arrastran hacia dentro.

En la tormenta queda aún Ramiro, esperando otra cuerda para él. Con sorpresa ve que en la borda aparece Ermesinda. ¿Qué hace ella allí? Como un rayo tiene la visión de las olas llevándose a la joven. Pero enseguida alguien la quita de allí. Él, por fortuna, no ha perdido el tablón salvador, y ahorra sus fuerzas mientras espera, siempre con cuidado de que la tabla no le golpee a él mismo y sea su fin. De vez en cuando las olas lo sumergen como en una sima sin fin, en una claridad turbia y lechosa llena de burbujas, pero él es nadador experimentado y toma aire antes de hundirse y procura que le dure hasta volver a la superficie. No siempre lo logra, a veces tarda toda una eternidad en volver a surgir, entonces tose y escupe el agua salobre. Por fin llega a su alcance una fina estacha, la atrapa al vuelo y se ata convenientemente; luego hace señas de que le icen; así lo hacen y pronto se encuentra pataleando en el aire y luego cogido de la borda y por fin en el suelo mojado y frío de la nave. Muchas manos lo arrastran y lo ponen a salvo bajo techo; entonces, pierde el conocimiento. Doña Ermesinda, con la aquiescencia de doña Guarsinda, le veló toda la noche, pero él, pesadamente dormido, no se enteró de nada.

Al llegar la mañana, tanto *En* Ramiro como Suleymán estaban recuperados. Afortunadamente para ellos, pues pronto tendrían que desembarcar. El tiempo había cambiado radicalmente. El mar era una balsa tranquila y brillante. Desde muy temprano el conde Bernardo ha dado órdenes de que se vayan aproximando a tierra, en cuanto avisten Gijón habrán de desembarcar a los forzados compañeros de navegación. Un par de horas más tarde avistaban el terreno en el que debían desembarcar los hombres de *En* Ramiro. El barco del conde se acercó a la costa cuanto pudo haciendo señas a los pequeños botes de los pescadores. Éstos, en un primer momento, al ver llegar a la gran embarcación, se guarecieron en tierra, pero luego, viendo que el barco se detenía y que levantaba una enseña con la cruz denotando con ello que eran cristianos, se atrevieron a salir con precaución. El barco de don Leandro no era desconocido en aquellos mares y al identificarlo, confiadamente, se acercaron infinidad de barquichuelos a ver qué deseaba la gran nave.

El primero que llegó cerca del barco de los condes de Bigorre se colocó al pairo y gritó el dueño: «¿Os podemos ayudar en algo?» Uno de los hombres de la cofradía de mareantes de Bayona contestó con otra pregunta:

—¿Sois de la cofradía de mareantes de Gijón?

—Lo soy, ¿quién sois vos?

—Soy Tuxmaro Tuxmarez, oficial de la cofradía de mareantes de Bayona, que navega llevando a los nobles condes de Bigorre a cumplir voto de visitar a nuestro señor Santiago en Compostela.

—¿Qué podemos hacer por vosotros? —Sigue la conversación a voces.

—Algunos de los señores que con nosotros viajan deben dejar el barco aquí, van a Oviedo, a los funerales del rey Sancho, de gloriosa memoria, necesitamos que los llevéis a tierra.

—Esperad un poco, volveré al punto con algunos compañeros que me ayuden en el transbordo. ¿Cuántos son los hidalgos?

—No llegan a diez, más la impedimenta, que no es mucha. —Rema el pescador hacia la costa a dar noticia a los que se aproximaban detrás de él. No han creído prudente los del barco revelar la identidad de los viajeros y así pasan por simples hidalgos que van a cumplir un piadoso deber. Poco tardan los pescadores en volver con suficientes barcas para trasladarlos a tierra. Los hombres pertenecientes a las cofradías de mareantes son todos hidalgos, aunque de rudas costumbres, son tan nobles como el que más. Disfrutan de las exenciones, libertades y franquezas que se reconocen a todos los hombres nobles y reconocen sólo al rey por señor. Por ello no guardan mayores miramientos con los recién llegados, son sus iguales a los que ellos, voluntariamente, prestan un servicio de buena vecindad.

Se despiden los caballeros de sus anfitriones agradeciéndoles el favor que les han hecho llevándolos casi hasta su destino. Se disponen al transbordo. El que peor lo lleva es el monje Alderedo, el aitán de Suleymán. Es un aitán «de secano», no como don Leandro, que en su juventud entendía de artes marciales, caballos, barcos y natación; por ello don Alderedo tiene cierta aprensión de caerse al agua. Ha rezado con unción sus preces y hasta se ha rezado a sí mismo el oficio de difuntos, por si acaso...

Don Ramiro siente el no permanecer a bordo más tiempo por ver si rinde a la esquiva Ermesinda, pero ella lo evita. Muy temprano el rey de Aragón ha ido a hablar con el conde de Bigorre, desea decirle que está de acuerdo con la proposición que le hiciera cerca del Bidasoa. Pero éste parece que ha olvidado su anterior interés.

—Pensadlo —dice el conde—, yo también lo pensaré, no es buena la precipitación. —Antes de partir a tierra se encuentra Ramiro con la chica que por casualidad pasaba por allí,

—Ermesinda —le dice precipitadamente—, Ermesinda, vos y yo tenemos que hablar.

—¿De qué, alteza?

—¿Queréis ser mi mujer? Ermesinda...

—Señor, soy muy joven, y muy flaca, hablad con mi padre. Voy a ver si aún puedo despedirme de Suleymán. —Se da media vuelta y se va. Ramiro se siente morir, pero tiene que bajar del barco. No dejará que ella se despida a solas de Suleymán. Inmediatamente va en busca del doncel y ya no lo deja, se convierte en su sombra.

—Vamos, Suleymán, debemos abandonar el barco, nos esperan al pairo, hemos de ver que se pase nuestro magro equipaje. Vos debéis cuidar a vuestro aitán, yo he de ver a mis hombres. —Cuando Ermesinda los localiza, Ramiro maniobra para no dejarlos solos. Se despiden no obstante como dos viejos amigos y Ramiro corta sus demostraciones de afecto con precipitación.

—Adiós, señora, vuestro padre me ha prometido visita en Aragón a principios del año que viene, espero que vengáis con Beatriz Estefanía, con la condesa, vuestra madre, e inclusive el nuevo niño. —Con ansia pregunta el rey—: ¿Vendréis, señora?

—No sé *En* Ramiro. Lo que diga mi padre. Iré si aún no estoy prometida. Dios os guarde. —Se va sin mirar atrás. Transbordan los hombres, unos con más facilidad que otros, hay que atar al viejo don Alderedo que no tiene sentido del equilibrio y a quien trasladan como un fardo. Mientras lo bajan, reza con ojos cerrados: «*Miserere mei, miserere mei.*» Los demás bajan por las cuerdas y escalas con toda facilidad, inclusive el joven Suleymán, que ha recobrado sus buenos espíritus, se lanza desde la borda al agua y después de nadar un poco sube a la barca que le espera. Ramiro no quiere ser menos y hace lo mismo. El agua está fría y se arrepiente al entrar en ella, pero ya es demasiado tarde. Pronto se encuentran todos repartidos entre los barquichuelos de los mareantes. La impedimenta también va con ellos. Doña Guarsinda ha mandado un paquete para Ramiro, pero éste aún no lo sabe. Según los pescadores reman, ven los hidalgos cómo el barco que los trajo hincha sus velas y se aleja lentamente. Cuando ellos tocan tierra, la gran nave es apenas una mancha blanca en el horizonte.

No bien han llegado a la playa cuando empieza a llover. Una lluvia finísima como rocío cae insistentemente. Primero se detiene en sus cabellos, que brillan con las pequeñísimas gotas, pero pronto se encuentran calados hasta los huesos. Las capas finas que usan en ese momento no detienen esta lluvia fría y menuda. Ramiro recuerda que alguien le dijo que Suleymán tuvo fiebre ayer y se preocupa por él. Ahora que lo ha traído vivo hasta aquí, el maldito chico puede coger un mal frío y morirse.

—Señores, ¿adónde deseáis dirigiros? —preguntan los de las barcas.

—De momento sólo a tierra, amigo.

—Pues en ella estamos. ¿Sabéis adónde queréis ir? ¿Conocéis a alguien?

—Sobre todo a algún lugar en donde podamos refugiarnos. Cada vez llueve más. Luego consideraremos nuestros planes. Ahora urge guarecernos. —Cae la lluvia pertinaz. Los cofrades mareantes hablan entre ellos y al ver la situación les proponen que de momento vayan al edificio de la cofradía, mientras piensan qué van a hacer. Agradecido, Ramiro acepta. Caminan primero por la playa y luego por la aldea.

Las calles son riachuelos sucios por los que baja el agua arrastrando en ella algunos desperdicios. Restos de basura, raspas de pescado y hasta un gato muerto. Por fin llegan a la Casa de los Mareantes. Un edificio de sólida piedra con un portal de buena factura al que se accede subiendo una pequeña escalinata. Seguramente está en alto para evitar que las aguas lo inunden cuando llueve. Parece ser que ello no es raro en esta tierra. En la fachada se muestra un barco de metal como de un codo de altura, que dice a las claras a qué se dedican sus dueños y ocupantes. Allí descansarán y más tarde, si pueden obtener caballos, partirán para Oviedo.

5

El testamento de Sancho el Mayor. La huida de Suleymán

> *Los unos a los otros alterados*
> *Se miran, con mudança de colores*
> *Temiéndose que fuesen corredores*
> *Espías o enemigos desmandados.*
>
> Soneto. CRISTÓBAL
> DE CASTILLEJO, 1490

Transcurridos los protocolarios días de duelo por la muerte del rey don Sancho, reuniéronse los herederos de sus reinos. No sólo habían de estar presentes los hijos, sino también los clérigos más notables del reino, entre ellos los que eran fiadores y depositarios de sus últimas voluntades y los rico-homes de los distintos reinos a quienes afectaba directamente el contenido del testamento regio. En filas apretadas se sientan todos los poderosos y magnates de los reinos.

En la sala capitular de la basílica de Santa María de Ovieu se aposentan todos mudos y graves en las altas cátedras colocadas alrededor de los muros de piedra. Por respeto preside la asamblea doña Maior, acompañada a su izquierda por don Ponce, su deudo y obispo de Oviedo, a su derecha se sienta el rey de León, don Bermudo, y junto a él doña Urraca Teresa, su esposa, hermana de doña Maior. Asisten también don Fernando, rey de Castilla, y su esposa, doña Sancha, hermana de don Bermudo; está también presente el rey de Aragón, *En* Ramiro, con su reducido séquito. También ha llegado el régulo del Sobrarbe y la Ribagorza, don Gonzalo. En representación y para escuchar lo que allí se diga, asiste el escribiente de don García, Doroteo, que se sienta fuera del círculo regio pero en un lugar que le permite ver y oír todo, por ser los oídos del rey de Navarra. Asimismo está el obispo de Pamplona, que al viajar más despacio ha llegado hoy y que se sienta junto a don Ponce, el obispo de Oviedo, pariente de la reina y en quien ella confía. No ha llegado aún don Alvito, pero se le espera de un momento a otro.

Una vez que se ha depositado en el pudridero al difunto rey de Navarra, llega el momento de leer el testamento. En puridad habría de leerlo en alta voz su hijo mayor y heredero, don García, pero él está ausente, y su alta cátedra, vacía. ¿Quién leerá, entonces, el documento? Nadie más debe hacerlo. Hay un momento de confusión, hasta que doña Maior decide por todos.

—Doroteo fue criado como mi hijo y como hermano de don García. Es su escribiente y amigo fidelísimo y al ser esclavo no se falta al respeto debido al príncipe suplantándole con otro príncipe o prelado. Que sea él, Doroteo, quien lea el testamento de mío difunto esposo. Que lo haga de pie junto al sitial de don García. —Azorado y agradecido a la delicadeza de doña Maior, yo, Doroteo, me acerco a leer el documento. Se validan los sellos y luego se rompen.

Dice así el encabezamiento: «*Ego, rex Santius imperator in Castella, et in Pampilona, et in Aragone, et in Superarbi et in Ripacurcia.*» Aun en ese momento solemne, noto cómo el rey-emperador de León se mueve imperceptiblemente incómodo en su asiento. ¡Cómo osa don Sancho, ni aun muerto, intitularse emperador! El único emperador ha sido siempre el de León-Asturias.

—... a mi hijo Ramiro, de prole regia, dejo el condado de Aragón, que ya viene gobernando en mi nombre y representación, con la ayuda de su aitán *En* Jimeno Garcés.

»Mío hijo y de doña Maior, Gonzalo, recibe por mi voluntad el gobierno de los condados de Sobrarbe y Ribagorza...

»Mío hijo y de doña Maior, Fernando, no necesita otro dominio que el que ya tiene, que es el de Castilla, en donde gobierna como rey con su esposa doña Sancha de León. Por su parte occidental comprende las tierras del Cea y el Pisuerga, mientras que por el sur llega hasta los montes de Oca y estará disminuida en los territorios de la Bureba, la conocida como Castilla la Vieja y los territorios vascones que son ahora del reino de Navarra.

»A mi amado hijo y de doña Maior, García Sánchez, por ser el hijo mayor legítimo, es el heredero natural del mío reino de Navarra que recibí de los míos mayores de gloriosa memoria. Recibe a título de rey el reino completo, aumentado, como dije, con los territorios de la Bureba, los territorios que baña el río Oja hasta los montes de Oca. Desde las inmediaciones de Santander hasta las cercanías de Burgos. Quedan en sus dominios incluidos los países vasconizados de Álava, Guipúzcoa y Vizcaya, gobernados éstos por el *comes vizcaiensis*, que es Íñigo López. Dejo al arbitrio del nuevo rey el renovar al *comes* en su ejercicio. Las ciudades entregadas en tenencia a su hermano Ramiro se entienden como sujetas a la realeza de García Sánchez, pero no a su dominio directo. Recibe también don García las plazas fuertes de Ruesta y Petilla, sitas en territorio de don Ramiro.

»Todos los hermanos han de reconocer la realeza de García y estar sujetos a él como hermano mayor. Encarezco a mi hijo Ramiro que lo guarde y lo proteja siempre.

Con otras cuantas formalidades se terminaba el testamento: «*Signum Santius regis et imperator.*» Nadie se atrevió a hacer comentario alguno. La discordia estaba servida. El reino desmenuzado.

La *Regina-Emperatrice* doña Urraca Teresa desea hablar con su hermana, la reina viuda. Su natural tierno le hace ver como una terrible desgracia la posibilidad de una guerra entre príncipes cristianos. Ahora ya es público que las tierras entre el Cea y el Pisuerga pasan por el testamento a Castilla, esto es, a don Fernando y a su esposa, doña Sancha.

Urraca Teresa es pariente de todos los personajes. Es hermana de doña Maior, y por ello tía carnal de don Fernando; por otro lado, doña Sancha, ahora reina de Castilla, es hermana de don Bermudo III, el esposo de Urraca Teresa, así que su sobrino es al tiempo su cuñado. Ella ve con toda claridad que en una guerra si muere su esposo ella pierde lo que más ama en el mundo, pero si el que muriese fuese Fernando, ella perdería un sobrino y su hermana doña Maior, a un hijo. No puede tolerarlo. Desea de todo corazón parlamentar con su hermana Maior, quizás ella vea una salida a este embrollo. Por ello ha pedido audiencia a la reina viuda.

Sentada doña Maior, espera con cierta curiosidad lo que tenga que decir doña Urraca Teresa. Llaman a la puerta y después de ser autorizada la entrada hace su aparición una dama.

—Señora, la reina de León con su séquito pide ser recibida por vuestra alteza.

—Haced entrar a mi hermana la *Regina-Emperatrice*. Los demás que esperen fuera. —Se levanta doña Maior y avanza hacia la puerta a recibir a su hermana. Entra ésta en principio con gran dignidad, pero al ver avanzar a la de Navarra, olvida sus modales y corre hacia ella. La abraza y la besa con efusión.

—¡Oh, querida hermana Elvira, mi hermana mayor, cuánto tiempo sin vernos a solas! —Le toma de la mano y se distancia un tanto para observarla mejor—. A pesar de ser ya una reina viuda estáis muy bien, os encuentro muy hermosa. ¿Cómo lleváis la viudedad? —La reina doña Maior se siente arrebatada por la espontaneidad de su hermana Teresa. Recuerda cómo ella, quien antes se llamaba Elvira, hoy doña Maior, cuidaba de su hermanita cuando crecían en Castilla. Teresa era su muñeca. Aunque tenían alguna diferencia de edad, ello no fue óbice para que se quisiesen mucho. El destino les ha enfrentado, pero hoy una grieta en el muro de sus diferencias deja pasar un torrente de cariño entre ellas. Hablan de sus cosas, de sus recuerdos, doña Urraca Teresa comunica a su hermana su tristeza por la muerte del primer infante, el pequeño y malogrado Bermudo. Doña Maior, como mujer de experiencia, le consuela. Muchas mujeres pierden su primer hijo, eso no quiere decir nada. El próximo vendrá pronto y felizmente. Obvian decir que doña Urraca Teresa malparió por huir de las huestes del difunto.

—Mi querida hermana —por fin doña Urraca Teresa se atreve a iniciar la conversación que le trajo aquí—, hoy tenemos quizás en nuestras manos el evitar una guerra que veo preñarse en el horizonte, estallarán las discordias y morirán muchos hombres. ¡Por favor, ayudadme a evitarlo!

—Decidme, doña Teresa, mi hermana pequeña, cómo puedo yo, reina viuda y sin poder, atajar ese mal que veis aproximarse.

—Señora, el rey don Sancho, vuestro difunto esposo de gloriosa memoria, arrebató al reino de León territorios para agrandar Castilla. El reino de León no se conforma, ni se conformará con ese expolio. Deseaba saber si hay alguna posibilidad de que Castilla los devuelva pacíficamente. Al menos en parte. O quizás hacer un trueque con otros territorios menos significativos que conformen a ambas partes.

—Señora hermana y reina de León, bien veo que sois una excelente reina para León y que venís a rogar en nombre de ese reino antiguo y honorable, pero las armas de mi esposo tomaron esas tierras a cambio de mucha sangre y mucho peligro. También pudo perder territorios y vida en ello. Dios le dio el triunfo y no veo que los hombres de Castilla, ni aun los de Navarra, que ayudaron en ello, pudieran ver con buenos ojos como, nada más muerto el rey don Sancho, se avientan sus logros y se deshace su herencia. Por otro lado el reino de Navarra se agrandó a expensas de territorios de Castilla. Si Castilla entrega a León lo logrado en el Poniente, y Navarra se queda con lo que ella perdió en Levante, Castilla desaparece. Os sugiero que primero parlamentéis con don García, por si él quiere prescindir de los territorios que tiene de Castilla, entonces, sin mayor merma, podemos devolver las tierras que pedís.

Las palabras de doña Maior son un jarro de agua fría para doña Teresa. Sabe bien que don García de Navarra no prescindirá de los territorios que lo engrandecen en su parte sur y occidental, y mucho menos a cambio de nada. Intenta otra vez esgrimir su argumento.

—Pero señora, don García de Navarra no tiene límites con León, no podemos darle compensación alguna. No cederá territorios a cambio de nada. Los territorios que León pide a Castilla son de León, tomados por la fuerza, pero de León. Hay que evitar un derramamiento de sangre entre príncipes cristianos.

—Doña Urraca Teresa, mía hermana, olvidáis que el rey de Castilla, mi hijo y sobrino vuestro, don Fernando, está casado con doña Sancha, la hermana de don Bermudo, vuestro esposo. Esos terrenos que ahora pedís para León como posesión histórica del reino fueron confirmados como castellanos por vuestro esposo don Bermudo, como dote legítima de la infanta, doña Sancha. No podemos devolver la dote.

—Doña Maior, mi esposo don Bermudo se vio obligado por el vuestro a confirmar esos territorios como dote de la infanta, pero no es legal esa cesión. Los infantazgos se crean sólo para infantas solteras. No como dote de las casadas. Precisamente para evitar que salgan del reino dotes cuantiosas, se pide y se obliga que la infanta dotada permanezca soltera. No es el caso de doña Sancha.

—Señora reina de León —se ha ido enfriando la conversación—, alteza, no veo qué puedo hacer yo. Hablad con don Fernando, es el rey de Castilla, y el dueño de los territorios que pedís, quizás él sea más receptivo a vuestra solicitud. —Es una despedida. Con esto se acaba la conversación, no hay nada que hacer, doña Maior permanece sorda a la petición de su hermana.

—¿No hay pues, hermana doña Elvira, ninguna esperanza de evitar la guerra? Pensad, señora, que pueden morir o vuestro hijo o mi esposo. Son, al cabo, tío y sobrino. ¿No podemos salvarlos?

—Desgraciadamente, alteza, el bien de los reinos no conoce parentescos. Bien lo sé. Señora, sois reina y emperatriz, venís a rogar por León, yo estoy por Castilla. —Así de clara es doña Maior. Doña Urraca Teresa la admira por su entereza y su áspero valor, pero su corazón sangra por León y por su esposo don Bermudo. La guerra es inevitable. Queda aún una última esperanza, la entrevista de Bermudo con su hermana Sancha, la reina de Castilla. Se levanta para marcharse doña Teresa y lo mismo hace con respeto la reina viuda de Navarra. Aunque las espadas quedan en alto, ellas se abrazan apretadamente. Se dicen adiós, quizá para siempre.

El eunuco Doroteo ve cómo la reina Urraca Teresa se retira pensativa. Él sabe por qué. Él es «los ojos y oídos de su señor». Oídos, por eso ha escuchado escondido en un recoveco todo lo dicho. Se hace el encontradizo con la reina y la saluda gentilmente. Otra persona les ve cruzarse y dirigirse el saludo escueto y breve. Sentada en un rincón oscuro, invisible para casi todos los ojos, vigila y observa una mujercita vieja y seca como un sarmiento. Espera con paciencia que la llamen. Hay que tener paciencia con los poderosos. Mucha paciencia. Es como pescar una trucha con las manos, son muy resbaladizos. Pero ella, Alexania, tiene toda la paciencia del mundo.

Don Fernando pasea con su hermano pequeño, el joven don Gonzalo. A pesar de las preocupaciones que le embargan desde que su madre le contase la conversación con Urraca Teresa, las ocurrencias de éste le hacen reír de buena gana. Tiene Gonzalo el encanto irresponsable de la juventud. Ahora se ve confirmado como rey del Sobrarbe y aún no tiene experiencia suficiente como para ejercer de rey. Con curiosidad pregunta a su hermano:

—Decidme, hermano, ¿qué se siente cuando uno es rey? ¿Se siente algo especial, se siente uno muy importante, muy alto? Yo no siento nada. A lo mejor es que no soy rey. ¿Lo soy? Don Sancho me dejó el Sobrarbe y la Ribagorza, ¿pero soy rey, conde, qué diablos soy, hermano? —Se ríe don Fernando de la expresión del joven.

—Esperemos a que García se pronuncie. Yo estaré de vuestro lado. Si todos los hermanos vamos a ser reyes, como parece es el caso, no veo por qué vos no podáis ser rey de vuestro territorio. Don Ramiro también hablará por vos. Os aprecia de verdad, y además es vuestro vecino, así que si deseáis conquistar tierras, tenéis por fuerza que querer las tierras de Ramiro. Él verá el peligro que le representáis, hermano. —Cariñosamente le alborota el rubio cabello. Algo molesto, don Gonzalo se deja.

—No os he dicho, hermano Fernando, que varios arúspices me

habían pronosticado que sería rey, así que nadie puede oponerse, ése es mi destino.

—¡Vaya, pues para qué nos preocupamos! ¡Varios arúspices se lo han dicho! ¡Chitón entonces! —Se burla gentilmente don Fernando.

—No creéis en los encantamientos y el destino —dice mohíno el joven—, ni en los adivinos y nigromantes, pues deberíais. A mí me han dicho cosas que no podían saber, me lo han adivinado. —Al ver el entusiasmo de su hermano, don Fernando se acuerda de Alexania, la bruja y curandera que quiere ir con él a todas partes. De pronto ve la oportunidad de librarse de ella. Le recuerda la matanza de Campomanes. Tantos muertos, tanta sangre, y no fue una batalla sino una masacre. No quiere abandonar a la vieja pues sabe que no tiene a donde ir, y también le está agradecido pues le hizo a su padre un gran servicio.

—Escuchad —dice de pronto—, escuchad, Gonzalo, ¿os gustaría tener una arúspice para vos sólo? ¿Una que viviese con vos en palacio y a quien pudieseis consultar tantas veces como quisieseis y que no se fuese a ninguna parte? ¿Os gustaría?

—Me gustaría, sí, pero ¿dónde está esa paloma?

—Yo la traeré, está muy agradecida a mi persona, y sólo Dios sabe por qué. Pero en fin, es mía por voluntad propia y yo os la cedo con gusto. La lleváis con vos a la Ribagorza y me hacéis un favor. Además de adivina, según ella misma dice, es curandera y partera, aunque creo que eso no os será de utilidad, por el momento al menos —ríe divertido el rey de Castilla. Siguen el paseo y comentan diversos incidentes de días de caza ya pasados. También Fernando gusta de ella. Sólo que no tanto como don Gonzalo—. ¿Sabéis, hermano Gonzalo, lo que me ha dicho Doroteo?

—No, ni idea. ¿Algo en relación a nuestro hermano don García? Doroteo le es muy fiel.

—Ha sugerido que si hemos de juntarnos con don García para discutir algunos puntos del testamento del rey don Sancho, podemos reunirnos todos los hermanos en Nájera, en el mes de diciembre, para una magna cacería. Ése sería el pretexto, en realidad, para vernos y discutir nuestros asuntos sin levantar muchas sospechas. De todos modos es imprescindible que hablemos con García cuanto antes, así que la cacería me parece bien. ¿Qué opináis vos?

—Don Fernando, habiendo caza de por medio, ya estoy dispuesto. ¡Y más una Magna Caza! En esa reunión no tengo nada que perder y sí que ganar. Estoy dispuesto a reinar bajo la autorización de don

García, si es necesario. No le veo ninguna diferencia. Hasta le veo algunas ventajas.

—Vamos pues a decírselo a don Ramiro, él no lo sabe aún, esperemos que esté de acuerdo y que pueda acudir; si no acudimos todos, no tiene sentido la reunión. —Marchan los dos hermanos a parlamentar con don Ramiro. Antes de llegar a palacio le ven en el jardín sentado en un banco de piedra casi cubierto de hiedra y musgo, con un palito se entretiene en dibujar, quién sabe qué, sobre la tierra. En su abstracción no les oye llegar.

—¡Buen día os dé Dios, don Ramiro! ¿Dónde os escondéis, hermano, que no se os ve? Os busqué esta mañana a la hora del primer yantar y no os vi. —Es Fernando el que así habla. Don Ramiro se apresura a borrar con el pie sus dibujos, como un niño cogido en falta. Sin desearlo, don Fernando ve que lo que dibujaba eran innumerables letras, mejor dicho la misma muchas veces: «E». Se sorprende don Fernando, pero no dice nada.

—Buen día también a vosotros, Gonzalo y Fernando. En verdad que brilla el sol, pero hace mucho fresco ya. Es de apreciar que no llueva en esta tierra. Parece que toda el agua del mundo cae por aquí. Me pregunto si nevará alguna vez. —Parece que don Ramiro quiera apartar la atención de los hermanos, don Fernando lo nota y se hace el distraído.

—¿Pero dónde, dónde estabais esta mañana?

—Bueno, ya sabéis que me agrada mucho la capilla y la oración, y rezar temprano con los monjes. Fui andando hasta la ciudad para los primeros oficios, luego me quedé a misa, más tarde fui a visitar a don Alvito. Quería comentarle algún asunto. Pero ahora estoy aquí, si deseáis algo de mí, soy todo oídos. Sabed que partiré enseguida. Vine a veros a todos y a cumplimentar a doña Maior en este trance. Pero debo volver con prisa a mi Aragón. Hay que organizar el reino.

—Estaréis de acuerdo, hermano, en que sin haber llegado a un acuerdo con don García, no está completo el testamento de don Sancho. Él puede oponerse a que reinéis en Aragón. Quedan cabos por atar. Doroteo ha sugerido que acudamos en el mes de diciembre a Nájera, en teoría para una Magna Caza. Hablaríamos con García, Doroteo me ha asegurado que ya está informado de la muerte de nuestro padre.

—Así que en diciembre en Nájera. Bien, sé que habrá problemas. Don García siempre pensó que sería el único rey, como lo fue nuestro padre. Hoy se encuentra con, al menos, otros dos; vos, rey de Castilla, y yo mismo, rey de Aragón. Sin contar a Gonzalito, como rey o régulo del Sobrarbe y la Ribagorza. Yo, por nada del mundo renunciaré a mi corona. Me han elegido mis hombres y les seré fiel hasta la muerte si es preciso. Se lo diré a Doroteo para que le pase el mensaje.

—No seáis tan fervoroso en vuestras palabras, se trata sólo de organizar una cacería magna, siguiendo todos los nobles paramentos de la caza. Una gran fiesta campestre. En ella nos reuniremos fraternalmente, si es posible, para limar nuestras diferencias. Podemos llevar a nuestros séquitos de fideles con el pretexto de la partida de caza, así todos nos sentiremos seguros. Hermano Ramiro, tenéis una difícil papeleta aun sin contar con lo de vuestras ciudades insertas en el reino de Navarra, sujetas al rey navarro pero bajo vuestro poder directo. Pensad en una salida honorable, algo que le compense al rey García, o preparaos para un sinfín de problemas.

—Lo sé, lo sé, hermano Fernando, no hago más que darle vueltas en mi cabeza y no hallo salida alguna. Es como la cuadratura del círculo. Si son mías, no son de él; si son de él, no son mías. Además tengo necesariamente que pasar por su reino para atenderlas y defenderlas... de él mismo. Y si se opusiese a mi paso, en ejercicio de su derecho, ¿sería esto suficiente motivo para declararle la guerra? Si son del rey de Aragón, Aragón las tiene que defender, ¿pero a costa de qué? No creáis, que tengo en qué pensar.

»Pero ahora que caigo, don Fernando, vos también tenéis algún motivo de pleito y querella con García, pensad vos también. Algo me dice que Castilla no renunciará a las tierras entre el Cea y el Pisuerga, ni a las de la Bureba, ni a las tierras de la llamada Castilla la Vieja, hoy de Navarra. ¿Me equivoco? ¿Qué pensáis hacer?

—Ciertamente aún no lo sé, hermano. Ya nos han pedido las tierras entre el Cea y el Pisuerga. Y no creo que García devuelva pacíficamente Castilla Vétula. Está en su derecho a conservar lo que ha recibido de su padre como patrimonio de Navarra. Lo que para Navarra es patrimonio, para Castilla son acaptos. Tenemos muchos problemas por resolver. Sólo nuestro pequeño Gonzalo no tiene al presente problema alguno.

—¡Ay, don Fernando! —dice don Ramiro con un suspiro—, me temo que inclusive Gonzalito tendrá problemas pronto. En cuanto deje de ser niño, o aun ahora, si se opone a los deseos de García. Los condados de Sobrarbe y Ribagorza son harto apetecibles para un hombre con ambición y visión política. Están en un sitio estratégico, justo en el camino hacia el condado de Barcelona. García es muy ambicioso, puede querer... —Piensa un rato don Ramiro y luego dice—: No os preocupéis, Gonzalo, el reino de Aragón está entre uno y otro. García no llegará con facilidad hasta el Sobrarbe.

—Pero don Ramiro —protesta Gonzalo—, si he de reinar en nombre de don García, a mí no me parece mal. Le seré fiel. Siempre fue buen hermano para mí.

—Un rey no es hermano de nadie, Gonzalo, cuanto antes lo aprendáis, mejor para vos. —Es Ramiro el que así habla. Cambia súbitamente de tono—. Por cierto, hermanos míos, hace ya un par de días que estoy intentando que nos reunamos para otro asunto.

—Pues quizás ahora es el momento adecuado —conviene don Fernando—. ¿De qué se trata?

—Quizá ya sabéis que traje conmigo y mi pequeño séquito a un joven moro.

—Algo hemos oído, sí —dice don Fernando—, me parece recordar a ese joven cuando hace ya más de diez años se le envió a la cristiana Spania, en calidad de rehén, por parte de los gobernadores de la taifa de Zaragoza. Él era la garantía de pago. ¿No estaba al cuidado de vuestro antiguo y anciano aitán?, don Leandro, o como se llamase, que ya lo he olvidado. Por cierto, no os he preguntado por el que se fue con vos a Aragón, el aitán más joven, *En* Jimeno Garcés.

—En Jimeno Garcés está bien, aunque también es ya mayor, pues no era tan joven como os parece ahora. Quedó en Loarre por lo precipitado del viaje. Pero sigamos con el joven moro. Su nombre, como debéis saber, es Suleymán, Suleymán ben Muhammad ben Hud, de la casa de los Beni Hud. Se oyen insistentes rumores sobre la ascensión imparable de esa casa. El háchib, su pariente, Al-Mundir, de la casa de los Tochibíes, lo mandó lejos para desembarazarse de él y para que al tiempo que nos servía de rehén a nosotros, le sirviese a él también de rehén frente a sus deudos.

Ha cumplido Suleymán ya la edad en que nos comprometimos a devolverlo. Don Leandro me lo confió; antes de volver a su tierra quiere el joven tener una entrevista con los reyes, o sea nosotros. Yo se lo garanticé, así que espera la ocasión. No tiene mucha paciencia, pues desea partir cuanto antes. ¿Qué os parece a vosotros si lo citásemos esta tarde en nuestras habitaciones? Lo tengo alojado con mi séquito en casa de don Adegundo Álvarez, *el de las Asturias*, señor de Noreña. El que me facilitó generosamente el transporte desde la costa.

—Muy cumplido de su parte, hermano Ramiro, pues es un incondicional del rey Bermudo y se vio en batallas contra nuestro padre defendiendo a su rey.

—Nada me dijo de esto. Fue muy amable y gentil. Quedo obligado para con él, más de lo que ya lo estaba. En fin, ¿hablamos con Suleymán?

—Hablamos. ¿Os parece bien, Gonzalo?

—Lo que vosotros digáis. No creo que tenga interés conmigo.

—No os fiéis, don Gonzalo —dice pausadamente don Ramiro—, vine con él y creo que lo conocí algo. El Sobrarbe y la Ribagorza no están demasiado lejos de Zaragoza. Si intenta alguna conquista, cosa que creo más que probable, estáis a tiro. Aunque sois muy joven, intentad no parecerle blando. Él también es joven, pero correoso y tiene mucha ambición. Quiere evaluarnos. Sean cuales sean nuestras dificultades, hay que darle impresión de solidez. No podemos traicionarnos tontamente. No debe saber que hay divisiones y problemas por resolver. Y sobre todo hablad de García como de un poderoso rey. Navarra todavía suscita respeto a la mención de su nombre. Una cosa más. ¿Lo devolvemos o lo retenemos? *En* Leandro lo dejó a la discreción del rey de Navarra, pero como no está, tendremos que tomar una decisión.

—¿Cuál es vuestra opinión, don Ramiro? Vos lo conocéis mejor, además vuestro reino está más cerca del suyo. Seréis vos, en todo caso, el que se beneficie o perjudique con este acto. ¿Cómo lo tomará Al-Mundir?

—Al-Mundir en todo caso no puede decir nada, devolviéndolo cumplimos el trato y la palabra dada. Soy de la opinión que le molestará bastante tener a este zagal mordiéndole los tobillos. Sé que Suleymán va lleno de furia contra él por haberle desposeído todos estos años de su alcurnia y su destino. Por otro lado a los cristianos nos viene bien que haya discordia entre ellos. La taifa de Zaragoza es remisa en pagar sus parias. El hecho de tener un rehén como garante no le motiva en lo más mínimo. De hecho creo que no paga a ver si le sucede algo malo al rehén.

—Aleccionados así creo que podemos recibirlo. Una última palabra, don Ramiro, ¿debemos invitar a doña Maior a la entrevista? Doña Maior impone mucho. Es toda una reina y si tenemos a un muchacho impetuoso, nada mejor que una reina como doña Maior para bajarle los humos.

Consultada doña Maior, estuvo ella de acuerdo en que era mejor el dejar ir al joven lebrel a perseguir a su deudo, Al-Mundir.

—¿No sabéis que Al-Mundir está en graves aprietos ahora mismo? —dijo la reina viuda.

—No sabía nada de eso, madre y señora, y eso que estoy cerca de la taifa.

—Son asuntos que vienen de más lejos. El cadí de Sevilla, Abú-al-Qasim... —Durante un largo rato doña Maior explica a sus hijos la situación de Al-Mundir, y los previsibles desórdenes de la taifa de Zaragoza. No en vano ella ha sido reina durante veinte años. Lo sabe todo. Aun se dice que tiene su propio servicio de espías.

—Madre —se aventura Gonzalo—, en todo caso Suleymán necesitará un tiempo para hacerse con el poder, y otro para afianzarse, habrá conjuras y luchas intestinas. Y si no consigue su propósito generará luchas internas entre las facciones de las familias. Eso nos beneficiará, al menos por un tiempo nos dará un respiro en ese frente. ¿No creéis?

—¡Bien, joven Gonzalo, bien! —aplauden al unísono Fernando y Ramiro—. No está mal pensado. Aunque a veces los mejores cálculos fallan, puede que sea lo mejor soltarlo. En fin. Vamos a hablar con él.

Se ha preparado en el palacio cedido por don Bermudo una estancia para recibir al joven príncipe. Se han pulido lámparas y armas que cuelgan de las paredes. De algún sitio se han hecho traer instrumentos musicales pues saben que los árabes aprecian la música y admiran a quienes la cultivan. Las alfombras recién sacudidas y perfumadas, los tapices impecables, flores, esencias y bordados, todo se ha reunido para dar impresión de poder y refinamiento. El joven Suleymán aguarda en una salita a que se le autorice a entrar. Sólo espera un momento, mientras tanto en una estancia no muy lejana se toca la cítara y alguien con bella voz entona una canción. Todo es como un teatro, una representación cuidadosa. El joven no lo sabe, y mientras espera, escucha embelesado la música y a la cantante. De pronto entra un sirviente ricamente vestido que se inclina ante el príncipe y le ruega, en nombre de sus señores, que se digne seguirle. Suleymán se siente a gusto. Ésta es la clase de trato que a él le gusta. El trato que ha echado de menos tantos años de vida austera con los monjes. Viste a la moda musulmana una túnica con calzones por debajo, tahalí y turbante con rica joya que sostiene una pluma. Zapatos puntiagudos y manto que arrastra por el suelo, todo de finísima seda de Oriente. Seguramente cabe todo en un puño apretado, tal es su finura.

Yo, Doroteo, había sido llamado como escribiente, así que estaba sentado en un rincón y os cuento lo que vi y cómo lo vi. Al entrar en la habitación agradablemente caldeada, Suleymán ve a los reyes de pie, vestidos con ropas de andar por casa. Nada de atuendos guerreros o de viaje. En señal de confianza, ninguno ciñe armas. Visten túnicas sueltas ricamente bordadas con sartas de perlas y rubíes, rematados los bordes con pieles de marta o zorro blanco. Por encima de la primera túnica, cuyos bordes lujosos se ven casi arrastrando por el suelo, visten otra más corta y de color distinto, sobre ésta, en lugar de cinturón de cuero, una finísima cinta argéntea que sólo sirve para mantener los pliegues del traje en su sitio. Haciendo contraste en los colores, zapatos suaves de fieltro o ante con botonadura de piedras. De sus hombros penden ligeros mantos que se sujetan en su sitio por medio de fíbulas bien trabajadas. Fingen cabezas de animales, manos que sostienen, aros que prenden. No han querido los reyes quedar por debajo de la elegancia oriental del príncipe. Doña Maior, sentada en una alta cátedra cubierta por un paño carmesí, viste su mejor almexía. Lleva el peinado a la moda cristiana y entrelazado en su pelo, gruesas cuentas de azabache brillan suavemente. Un velo finísimo, rojo como la sangre, finge que le cubre la cabeza. Las joyas que doña Maior lleva sobre su cuerpo pueden quitar la respiración a la más rica sultana. Hoy ha escogido sólo rubíes que brillan como carbúnculos de fuego sobre su cuello y manos blanquísimas. Sus vestidos son de tonos rojos, carmesíes y violetas. Más que una reina reluce como un icono oriental.

—Entrad, don Suleymán. Os esperamos impacientes para compartir una amable conversación, la cual esperamos que al mismo tiempo sea productiva para todos. —Ha hablado doña Maior en árabe, en honor al invitado. Se inclina éste hasta casi tocar el suelo con la pluma de su cabeza.

—Señora reina doña Maior, hace muchos años que no nos vemos. Cuando os vi la primera vez era un niño y no os podía decir que sois la más bella reina de la cristiandad. Ahora, señora, si no es ofenderos, lo digo. Me acordaba bien de vos, señora, no habéis cambiado.

Doña Maior se ríe internamente de los cumplidos del mozo, pero permanece muy seria y aparentemente complacida. Y en verdad lo está, no hay mujer a quien no le guste que le digan que la reconocen bien después de más de diez años. «Es zalamero —piensa para sí—, muy zalamero. Puede ser peligroso con las mujeres. Y además es hermoso, hermoso como un sueño. Gracias a Dios ya no estoy en la edad de la tontería o correría peligro de enredarme en esas pestañas.»

—Gracias por esas amables palabras, joven príncipe. Las aprecio en lo que valen. Os doy la bienvenida en nombre de mi difunto esposo, don Sancho, de gloriosa memoria, él quiso siempre despediros cuando tuvieseis que partir. Permitidme hacerlo en su nombre, y en el nuestro. Tomad asiento, si os place, mis hijos me han hablado de vos, sobre todo don Ramiro.

—Cierto, señora, vuestro hijo don Ramiro y yo somos ya amigos.

Compartimos viajes y vicisitudes, me trajo desde donde me entregó a su cuidado don Leandro. También os habrá dicho que me salvó la vida.

La reina mira extrañada a don Ramiro, nada le ha dicho de este suceso. Él se mueve incómodo.

—No fue nada, madre, se cayó al agua en un descuido y yo le saqué. Aquí estamos los dos sanos y salvos.

—Había tormenta, señora reina, puso en peligro su vida por la mía.

—Bien, si don Ramiro no quiere hablar de ello, lo dejaremos en su modestia. Será una deuda entre vosotros dos, nada más. Contadme, buen príncipe, ¿habéis aprovechado vuestra estancia en tierras de cristianos para aprender nuestras costumbres, nuestras letras e idioma?

—He aprendido lo que los monjes me quisieron enseñar. Nada más, doña Maior. —La reina le mira pensativa. ¿Lo ha dicho con doble intención?

—Siento que no hayamos tenido más trato, príncipe, pero supongo que tendréis prisa por partir hacia las tierras del Profeta. Podríamos hablar de algún tratado antes de que nos abandonaseis.

—Señora, no soy nadie, aún. No puedo firmar nada. No represento a nadie. —La reina calibra su contestación. Es muy inteligente, piensa doña Maior, no quiere prometer nada.

—¿Qué opináis, don Ramiro, nos fiamos de su futuro político y firmamos por nuestra parte como un vale para el porvenir? Si no llegáis a nada, a nada os obliga. Pero para que lleguéis a algo, algo os podemos ayudar. —El príncipe está súbitamente interesado.

—¿Y cuál sería esa ayuda? —Don Fernando tercia en la conversación.

—Príncipe Suleymán, hablemos sin circunloquios. Estáis en nuestro poder, lo primero que podemos hacer por vos será el dejaros ir. En segundo lugar, necesitáis ayuda para llegar con bien a vuestra tierra. Vuestro pariente no os ha reclamado, ni tenéis guardia o corte que os conduzca a salvo. En tercer lugar, aunque os hayan mandado presentes, libros, sedas, joyas o perfumes, nadie os mandó oro. Oro es lo que necesitáis para moveros y llegar vivo a cualquier lugar. Nosotros tenemos todo eso. ¿Qué nos ofrecéis a cambio?

—Rey de Castilla, si queréis hablaremos claramente, que es como se entiende más rápidamente la gente, tanto reyes como plebeyos —habla el príncipe en román paladino con acento impecable que podría hacerle pasar por un castellano de pro—. Si pensáis en soltarme, es porque os conviene; si no, no me soltaríais, e inclusive podía morir, de accidente, claro. Algún proyecto tenéis para mí, y no es difícil concluir que deseáis que moleste o derroque al presente háchib de Zaragoza, mi pariente y deudo, Al-Mundir. Como ello se aviene bien con mis propósitos creo que los dos podemos llegar a un acuerdo. Ahora bien, ¿qué podéis ofrecerme por ayudaros a conseguir vuestros fines?

Ha dado la vuelta a la oferta. No es él el que tiene que ofrecer, son los cristianos los que deben hacerlo. Pero don Fernando no se arredra. Con suavidad prosigue como si no hubiese oído la interrupción.

—Tenemos algo más, príncipe. Algo que vale más que el oro y que vuestra ambición. Algo sin lo cual la libertad os valdría bien poco. Inclusive vuestra vida depende de ello. Mientras estéis en nuestra tierra y bajo nuestra protección, vuestra vida está garantizada. Sin lo que os digo, caeríais enseguida, nada más entrar, en la Spania del Profeta.

—¿Y ello es, rey de Castilla?

—Información, Suleymán. Os han podido llegar presentes, pero ninguna información. Don Sancho ya se cuidó de ello. No sabéis cuál es la situación en Toledo, en Sevilla, en Murcia, en Almería, ni tan siquiera en Zaragoza. Sin ello sois hombre muerto, príncipe. Vais como un chiquillo atolondrado hacia una muerte segura. No sabéis cuál ha de ser vuestra actitud para tener alguna posibilidad de tener seguidores. No podéis hablar a los vuestros de las cosas y asuntos que les interesan. No basta con el linaje y la ambición. —Suleymán ben Muhammad ben Hud se siente derrotado. No puede poner precio alguno a su presunta ayuda a los reyes cristianos. Una rabia sorda se despierta contra él mismo por no haber previsto esta circunstancia. Creyó haberlo pensado todo, se quedó corto o infravaloró a los cristianos.

—¿Quién de vosotros o de vuestros hombres me puede dar esa precisa información? —pregunta el príncipe—. Estudiaremos con interés las propuestas que hagáis para que yo pueda equilibradamente corresponder a ese favor.

El joven Gonzalo, que ha permanecido sentado sin decir palabra, tercia en la conversación. Se ha convenido con anticipación que él también tome parte para dar impresión de solidez y unanimidad.

—Señor, hay alguien en el reino que está mejor informado que nadie de lo que sucede en Spania toda. Durante años ha sido testigo y protagonista. Conoce y trata a reyes y embajadores. Tiene espías y parientes en tierra del Profeta.

—¿Y quién es esa persona, don Gonzalo?

—Doña Maior, príncipe. Si la convencéis de vuestra buena voluntad, ella será quien os informe mejor que cualquiera de los sucesos de vuestra tierra y de los manejos de vuestro pariente. Dónde están los ejércitos y cuáles son las facciones que se disputan el poder en las distintas taifas. Ella y su esposo, mío padre de gloriosa memoria, han sido los árbitros de Spania en los últimos veinticinco años.

Doña Maior mira atentamente al príncipe, y él la mira a ella. Por fin el príncipe baja la mirada. Doña Maior es mucha reina para tan poco mozo.

—Señora, estaré muy honrado si os dignáis ponerme al día.

—Pensad, príncipe, que esperamos de vos correspondencia.

—¿Qué deseáis de mí, si, como deseo, asciendo al trono de Zaragoza?

—En primer lugar un tratado de no agresión con los príncipes y reyes cristianos que están fronterizos con vos. Un tratado que se hará público en su momento, no secreto, para que os obligue más. En segundo lugar, la taifa pagará parias al príncipe don Ramiro, en la cantidad que vos y él determinéis conjuntamente. Y por último, no menos importante, tolerancia para los mozárabes que vivan en vuestra tierra. También la promesa de que, si desean abandonar Zaragoza para venir a tierras cristianas, se les permitirá sin cobrarles el migal ni obstaculizarlos en modo alguno. Si son un grupo, nos informaréis para mandarles escolta a través de tierra mora, para que lleguen sanos y salvos hasta tierras de cristianos. —Piensa un momento el príncipe. No le parece excesiva la petición. De todos modos ya contaba con tener que pagar parias. No le soltarían en todo caso si se negase desde el principio. La promesa de no atacar a los cristianos es papel mojado, las guerras dependen de la fuerza que se tenga para desencadenarlas con probabilidades de ganarlas. La tolerancia no le cuesta demasiado. Asiente.

—Sea, señora. Y ahora hablaremos de lo demás. Información, oro, y escolta hasta el lugar que acordemos.

—Bien, príncipe, nuestro escribano tomará nota de todo lo dicho y se os dará una copia. No sé si conocéis a nuestro hombre de confianza y del rey de Navarra, Doroteo. Él estará presente en las conversaciones.

Así se acuerda y por ello, yo, Doroteo, *home regis*, que asistí a las reuniones, escribí el tratado por encargo de doña Maior. Es seguro que ella deseaba que mi rey, don García, estuviese puntualmente informado, por eso me puso allí de testigo. De este modo también empezó para mí una aventura que, aunque contrariaba mis primeras intenciones, no dejó de ser interesante.

Cuando se hubo retirado el príncipe Suleymán preparé el documento que había de ser firmado por los reyes cristianos y por el joven moro. Cuando lo llevé a doña Maior, ella me estaba esperando. Su rostro era grave.

—Doroteo —dijo nada más verme—, necesitamos un gran servicio de vos. —Me preocupó su voz, no deseaba verme envuelto en algo que me apartase de mi amo ahora que iba a necesitarme más que nunca. No obstante, a doña Maior no podía negarle nada.

Sin comprometerme pregunté:

—¿Cuál sería ese servicio, alteza?

—Necesitamos un hombre absolutamente fiel, que sepa montar al estilo árabe, es decir con estribos cortos, y que vaya, como de incógnito, a Toledo.

—No le veo mayor dificultad, señora. Con una carta salva estaré allí y de regreso en unos pocos días. —Pero doña Maior movió la cabeza.

—Hijo —así me llamaba de chico—, hijo, no entendéis. Si fuera tan fácil, cualquiera serviría. Tenéis que salir como si fueseis el príncipe Suleymán. Es posible que corran tras vos para daros muerte. Los espías de Zaragoza, enviados por Al-Mundir, el Tochibí, están en Oviedo y tienen instrucciones de no permitir que el príncipe salga con vida.

—Yo era joven y arrebatado. La aventura se antojó hasta interesante. Yo montaba a caballo como el mejor de los jeques, no en vano me habían adiestrado para servir a príncipes y señores en la Spania islámica. Como guerrero tampoco era despreciable pues los aitanes reales me habían entrenado como a un príncipe. Además deseaba sobre todas las cosas conocer esa ciudad, en donde se escribían los mejores libros, se coleccionaban poemas y relatos y hasta tenían un museo con instrumentos científicos. ¡No dejaría escapar esa oportunidad! Quizá no se presentase otra tan a mi gusto. Mi amo y yo habíamos decidido sacar los estudios de los monasterios y llevarlos a las catedrales, en donde, por patronato real, pasaría a manos del rey. La iglesia perdería su influencia y los hombres no creyentes tendrían una oportunidad de enseñar lo que quisiesen. Deseaba ver con mis ojos las maravillas científicas para contarlas a don García. Yo, inútil es decirlo, no creía en dioses ni santos. Ellos me habían abandonado, habían permitido mi desgracia. O no estaban allí, o eran malvados. En ambos casos, mi desapego por los dioses y los hombres religiosos era el mismo. Mi amo era irreligioso porque su sensualidad le apartaba de todas las cortapisas que se oponían a sus deseos. El saber debía ser de patronato real, no de los monjes. Ambos nos entendíamos bien.

Conocer la ciencia de los infieles era un valor añadido a mi sed de conocimientos. Tanto como me habían enseñado los maestros de la escuela, y tanto o mucho más deseaba saber, conocer, leer.

—Os haré ese servicio, alteza, de todo corazón. Sólo os pido que me dejéis permanecer allí unos días para conocer esa ciudad. ¡Desearía buscar algún libro para traerlo de vuelta! —Pero ella movió la cabeza.

—Es muy peligroso. Iréis disfrazado como un vendedor de joyas e hijo de un comerciante. Y los comerciantes no persiguen libros. Si los buscáis os descubriréis. Lo siento, no será posible. —Lo comprendí, ella tenía razón. Pero yo sabía que con dinero se logra todo. Podía encargarlos a nombre de un tercero y hacer que me los enviasen luego con la promesa de una Prima. Los comerciantes *sí* compran libros para terceros si ello les reporta ganancia.

—Está bien, alteza. ¿Cuándo hay que salir?

—Esta misma noche. Vestiréis vestidos lujosos e iréis con la cara cubierta. Os acompañarán veinte lanzas completas. No deseo que corráis más peligros que los necesarios. Para protegeros allí, y acreditar una identidad, llevaréis una carta de mi parte para un judío de nombre Israel bar Abraham, es un reputado joyero. En la carta le ofreceré la venta de unas joyas, ahora que soy viuda. Es un mensaje cifrado. Una vez que lo hayáis entregado, volved sin pérdida de tiempo. Por el camino os darán más instrucciones. —Me dio su mano a besar y luego trazó una cruz sobre mi frente—. Que Dios os proteja, Doroteo. —Con porte regio se fue de la estancia.

Como había de partir, fui enseguida a mi habitación para recoger alguna cosilla. Al entrar a oscuras en mi alojamiento vi que alguien me esperaba tranquilamente sentado en mi catre. Me sorprendí, pues no esperaba a nadie. ¿Otro encargo? ¿Un peligro? ¿Un espía? Eché mano de mi puñal y avancé hacia el intruso.

—Paz y bien, Doroteo. —Enseguida reconocí al hombre de Dios, don Alvito. En vida del difunto rey don Sancho, cuando convivía con los infantes tuve ocasión de verlo varias veces. Me llegué a él e intenté besarle la mano, como era preceptivo. No me dejó y encendió una lucerna, se rió suavemente—. No hace falta la cortesía, Doroteo, que Dios os bendiga. No hay tiempo que perder, sé que salís enseguida de viaje. No, no os asombréis. Lo sé todo. Quizá soy el único que lo sabe, amén de la reina y don Ramiro, y vos, naturalmente. Si tenéis algo que hacer, hacedlo mientras hablo.

»Quiero poner en vuestras manos un asunto que me preocupa. Me podéis ayudar, y os lo pido en nombre de Dios, Él os recompensará.

—Permanecí callado. Tenía gran curiosidad, pero no pregunté nada, era obvio que me lo iba a decir enseguida. Siguió con sus palabras—. En la ruta hacia Oviedo, en nuestro camino hacia los funerales del rey don Sancho el Mayor, nos detuvimos en una villa del camino a administrar justicia en nombre del señor de Omaña. Una joven pelirroja, de sobrenombre La Bermeja, había sido forzada por un hombre del lugar. Está preñada. No deseaba casarse con el padre del niño. Ya sé que es inusitado según la costumbre, pero no es justo obligarla, y Dios lo verá así. ¿Cómo obligar a una inocente a que además tenga que soportar toda la vida a su violador? De él sabemos que es un hombre brutal. Creo, Doroteo, que vos podéis comprender mejor que nadie las consecuencias de la violencia física. Apiadaos de esta joven y dadle la oportunidad de una nueva vida sin mancha y sin infamia. No hay lugar en el mundo para una madre soltera que no ha querido casarse. Os pido algo simple, si estáis de acuerdo. Llevadla a Navarra como una joven sirvienta, viuda, que perdió a su marido, una conocida del abad Alvito. Dadle un trabajo en palacio, ella se avendrá a cualquier faena honrada. Es una buena persona, y puede aspirar a casarse cuando nazca el niño. Yo os daré treinta sueldos para que pueda tener una pequeña casa y algún cerdo. Si vos le dais trabajo y protección, su vida está resuelta.

Era en verdad algo insólito, pero no vi problema alguno, otro que yo no iba a Navarra, como parecía saber don Alvito, sino a Toledo.

—Sé lo que estáis pensando, Doroteo. No temáis, yo la haré llegar a Nájera a tiempo de vuestro regreso, ella preguntará por vos. ¿Puedo confiar en que cumpliréis mi ruego?

—Podéis, don Alvito. Lo que me habéis contado será un secreto entre vos y yo. Pasará ante todos como una joven viuda protegida vuestra que busca trabajo en Navarra. No hace falta que la dotéis, vivirá con el servicio de palacio. Yo velaré por que nadie ni nada le falte.

—Gracias, Doroteo, pero en todo caso os doy los sueldos por si prefiriese vivir fuera de palacio, o por si encuentra marido, una pequeña dote facilitará el matrimonio. En reciprocidad a este favor, si alguna vez queréis algo de mí, acudid a cualquier monasterio, yo recibiré el mensaje. Yo también puedo ser muy útil. En el cielo, Doroteo, no lo sé, pero en la tierra, por la voluntad de Dios puedo hacer muchas cosas. Adiós, Doroteo, que Dios os bendiga. —Se fue. Al instante olvidé a La Bermeja y sus problemas y me concentré en el viaje a Toledo.

—Madre —decía don Ramiro esa noche—, ¿no hemos puesto a Doroteo en un gran peligro? Mientras lo tomen por el príncipe en su huida, los enemigos le perseguirán para deshacerse de él antes de que llegue a lugar seguro.

—Probablemente, pero de eso se trata, mientras lo persiguen a él, el verdadero príncipe irá tranquilamente hacia Levante. No temáis, mandaremos seguidores tras las huellas de sus seguidores. Así será más verosímil que quien huye hacia Toledo es el príncipe, al tiempo que salvaguardamos su vida. García no nos perdonaría si lo asesinasen durante el viaje.

Libro II

LAS PALOMAS
DE SANTA COMBA DE BANDE

6

Otras conversaciones en Oviedo. El nuevo dueño de Alexania

Faber est quisque fortunae suae.
[«Cada hombre es el hacedor
de su propia fortuna.»]

Tan pronto como cayó la noche, veinte lanzas completas y veinte bridones salieron raudos como el viento en medio de las sombras, intentando no dejarse ver en las tinieblas. Entre ellos va protegido un joven vestido lujosamente y con la cara cubierta. Salieron por la puerta de San Plácido, que se abrió para ellos; tras su paso se cerró con chirrido ominoso. Empezó a llover mansamente.

Enseguida se corre la voz: el príncipe moro ha huido de la ciudad. A pesar de la hora, todos se interesan por la noticia, sobre todo los judíos. ¿Acaso esa huida signifique una guerra? Los judíos son hombres del rey, él los protege y a cambio de ello se ven obligados a hacer empréstitos al monarca. Precipitadamente se reúnen para comentar el suceso.

Naturalmente, al rey don Bermudo, que está en su territorio, le llegan las noticias de la precipitada salida de los infanzones navarros de la escolta de doña Maior. Comprende al instante la estratagema de la reina viuda y no puede por menos de admirar su idea. Por otro lado se indigna de que en su reino, aprovechándose de su hospitalidad, se tramen estas conspiraciones. Se pregunta el *Imperator* quién es el personaje que toma el lugar del príncipe. Quién arriesga su vida por doña Maior. Con estos fideles no puede intentarse el rodear a los reyes, ni pergeñar una traición. Hay que calibrar bien a los hombres. Averiguará quién toma el lugar del príncipe, sin duda un valiente y un loco al tiempo.

Tan pronto rompió el día el primer rabino se dirigió a palacio. Desea saber lo sucedido anoche. Tantos jinetes en la noche no presagian nada bueno para los suyos. Él, por su edad y posición, tiene entrada en palacio a todas horas.

Empezaba a desayunarse el rey Bermudo juntamente con doña Urraca Teresa, cuando un centinela le anunció que el primer rabino de Oviedo suplicaba humildemente al rey don Bermudo que se dignase recibirlo enseguida. Se imagina el rey el motivo de la temprana visita por lo que quiso recibir al rabino por tranquilizarlo y por saber qué tenía que decir.

—Perdonad, altezas, mi interrupción a estas horas intempestivas. —Se acerca a los reyes el viejo de Judá y hace intención de besar el borde de los vestidos reales.

—No, no hagáis tal. Tomad asiento con nosotros, buen rabino. Decidnos qué os trae tan temprano a palacio. ¿Tomaréis un pequeño refrigerio? —Lo ofrece en vano y por cortesía, pues bien sabe el rey que los judíos sólo comen y beben su comida, ni aun la leche les está permitida, si no es comida *kosher*. Tampoco comen con cristianos.

—Por favor, alteza, bebería un vaso de agua. —El rabino está algo agitado, no sabe cómo empezar, no es aconsejable meterse en los asuntos de los poderosos, ni interrogar a los reyes. Ahora no sabe si fue buena idea el venir tan precipitadamente—. Por lo demás ya he desayunado con las otras autoridades de la aljama. —El rey entiende que el rabino no sabe cómo empezar y le ayuda un poco.

—He sabido que os reunisteis anoche, ¿por qué, amigos míos? No es costumbre vuestra el reuniros fuera de los días estipulados. La corona sabe que sois muy trabajadores y que no desperdiciáis las noches con reuniones ociosas; muy importante debe de ser lo que os preocupa. Habladme, como siempre, con ingenuidad.

—Alteza, somos los judíos del reino hombres del rey, sólo del rey. No reconocemos otro señor ni otra fidelidad. Vuestros avatares nos conciernen directamente pues somos como vuestra carne, señor rey. Ayer nos pareció que había algún peligro que amenazaba al reino o al menos a la ciudad de Oviedo. Ya sabréis, señor, que veinte lanzas completas y veinte bridones salieron en medio de la noche sin que antes hubiese ningún aviso ni hubiese sido convocado apellido o fonsado. Ningún llamamiento, señor, se ha hecho a la ciudad ni a los que la defienden. Ni por los voceros reales, ni por los sayones, ni a son de campana tañida, como es la costumbre. Algo inusitado sucede, señor. La aljama pregunta si se cierne algún peligro y si necesitáis de nuestro auxilio armando hombres o con dinero.

El rey no cambia su expresión pero se divierte por dentro. Bien sabe que de haber algún peligro cierto el primer rabino estaría lamentándose del poco dinero que podrían reunir en la judería con tan poca noticia. Cuando se recurría a ellos, siempre se obtenía algo, pero después de arduo regateo. Los hombres del rey eran fieles mientras el rey les fuese útil, les protegiese y les diese seguridad. Si no, daba por cierto que cambiarían su fidelidad, como ya había sucedido con otros reyes. También comprendía el rey su actitud, rey que no protege es poco rey. Les estaba agradecido porque cuando don Sancho tenía la fuerza y se declaró rey de León, ellos no le habían retirado su apoyo. Afortunadamente los judíos no actúan con precipitación, siempre esperan a ver de qué lado se decantan las cosas. Mientras, se les ocurren razones mil para retrasar una decisión.

—Rabino, la reina y yo os agradecemos vuestro interés. No sucede nada anormal. Era un recado de la reina doña Maior el que partió anoche. Recibió una noticia que precisaba contestación inmediata, eso es todo. Ya veis que nuestros hombres están tranquilos en sus labores de rutina. —Se asoma el rey a la ventana e invita al rabino a mirar. La escena que se divisa es casi bucólica, si no fuese porque los hombres que trabajan son obviamente hombres de armas. Están cepillando a los caballos, barriendo el patio, amontonando leña. Otros desayunan apaciblemente sentados. Nada guerrero, ciertamente.

—Rey y dueño, alabado sea el Señor Jehová, que no sucede nada peligroso. —El rabino finge estar más descansado y tranquilo—. ¿Qué he de decir a la ciudad, a los *dayanes*? —Se refiere a los jueces de la ciudad de los judíos.

—Lo que os he dicho. Dadles las gracias por su pronta oferta de ayuda. —Con buen humor añade—: Decidles que espero que en el próximo problema que tengamos, quiera Abraham que tarde mucho, podáis acudir con tanta presteza en nuestra ayuda. Por ahora, rabino, os podéis ahorrar la impopular *nebda* o tributo. No tendréis que pasar vuestros decretos o *tecanas*. Hay total tranquilidad. Dad mis saludos al Bet Din, el Gran Consejo. Adiós, rabino. —Lo ha despedido gentil pero firmemente. Comprende éste que no sacará más información, se inclina profundamente y empieza a salir andando hacia atrás—. No, rabino, no hace falta tanto protocolo. Os podéis tropezar, salid andando hacia delante, por favor. Idos con nuestra bendición.

Todo parece tranquilo en palacio, el rabino no ha sacado ninguna información interesante. Al parecer no habrá derramas, ni peticiones extraordinarias, ni hombres a los que armar, ni rescates que satisfacer. Está claro que el asunto del príncipe moro no es asunto del rey de León. Cuando ha salido el anciano, habla el rey a la reina:

—Ya veis, Teresica, vuestra hermana doña Maior ha levantado los recelos de mis hombres. ¡Ojalá se vaya pronto de Oviedo con su protegido, el príncipe moro! —Coge una pieza de fruta y la mira—. Sé con toda seguridad que Suleymán está aún en casa de don Adegundo Álvarez *el de las Asturias*. Me pregunto cómo lo sacará de aquí sin que se sepa.

Don Bermudo desea hablar con su hermana, doña Sancha, hoy reina de Castilla, por ver si su esposo, don Fernando, estaría dispuesto a devolver o intercambiar las tierras entre el Cea y el Pisuerga. Se apresura en mandarle una invitación y un transporte con una guardia de honor. No abandonarán la puerta de doña Sancha hasta que ésta tenga a bien venir a ver a su hermano el rey-emperador. Recibe la reina de Castilla este mensaje y, después de consultar con su esposo, accede a visitar a su real hermano en el «Palacio de Abajo». Bien entiende doña Sancha que la invitación es una orden.

Los dos hermanos se amaban tiernamente y hace tiempo que no se ven. Después de los saludos de rigor se sientan frente a frente. Inquiere don Bermudo por la salud de doña Sancha, ya que está informado de que la reina de Castilla ha estado un año, o más, en el monasterio de Santa Justa a causa de su poca fuerza y falta de energía después del parto. ¿Está ya repuesta? Le tranquiliza la reina de Castilla. Hablan de su pasado. Son tan jóvenes que aún recuerdan su infancia como algo que sucedió ayer mismo. Tienen aún frescos en la memoria el nombre de sus perros favoritos, el de los servidores que los criaron, y las travesuras que tramaron para desesperación de sus maestros. Avanza el día y ellos no se percatan, distraídos como están en su mutua compañía. Por fin entran en confidencias:

Sondea el rey Bermudo a su hermana. ¿Estaría dispuesto su esposo a considerar un canje? ¿Devolvería las tierras que los leoneses se vieron obligados a entregar como dote de doña Sancha?

—Nada os puedo contestar, hermano, bien quisiera hacerlo. Preguntad a mi esposo. Mas tengo entendido que por nada del mundo os devolverá ni una onza de polvo, ni una encina, ni un vaso de agua. —Se entristece el rey, él no es guerrero pero no rehuirá la guerra tampoco.

—Entonces, amada hermana, habrá guerra entre León y Castilla y vos perderéis a un hermano o a un esposo. —Doña Sancha es gentil y tierna, pero también es reina.

—Bermudo, vos me entregasteis a don Fernando para que fuese su esposa y su reina y nadie me preguntó. Ahora me debo a él y a mi reino, y aunque mi corazón de hermana se rompa, el de reina no se conmueve. Hermano, entendéis que debajo de esta reina, a quien vos mismo disteis reino, está vuestra hermana. A pesar de todo os amo mucho. Siento que no seamos unos personajes sin obligaciones ni coronas. ¡A veces pesan tanto! Al hacerme reina me disteis también muchas obligaciones. Cumplí como infanta casándome con quien aún no amaba. Comprendedlo, he de cumplir ahora como reina. Tengo un reino y a él me debo. —Asiente el rey tristemente. Se levanta y abraza a su hermana, toma su carita en la mano y ve que unas lágrimas se escapan de sus ojos.

—No lloréis, Sanchica, es el destino de los reyes el tener el corazón siempre roto. Hay que aprender a vivir con ello. Como si no tuviésemos corazón. En lugar de ello hay honra, prestigio, reino, cualquier cosa. Adiós. A pesar de todo os amaré siempre. Aunque ya no os lo pueda decir nunca más.

Parten los dos. Ya no serán hermanos, sino reyes frente a frente. Mañana hablarán otra vez, revestidos de su majestad. Hoy van de la mano hasta la puerta y se abrazan como dos personas que se despiden para no verse nunca jamás.

El abad don Alvito ha pedido audiencia al rey, el *Rex-Imperator* se alegra de recibirle, al tiempo que se pregunta qué deseará el abad; no en vano es el hombre sabio más respetado de los reinos cristianos. Don Alvito se explica enseguida:

—Señor —dice—, me parece que el reino se parte cada vez en más pedazos. No creo que sea ésa la intención de Dios Nuestro Señor. Spania fue una bajo los godos, y el recuerdo de esa unidad nunca ha muerto. Ahora con la división del reino entre tantos hermanos veo que no caminamos hacia la unión, como intentaba el viejo reino de León, sino hacia la disgregación. Eso me pesa. Habrá reinos de taifas moras y taifas de cristianos.

—Decís bien, pero el impedirlo es demasiado para mí, don Alvito. León está viejo y cansado, no tenemos fuerzas suficientes. No podemos contener a los otros reinos cristianos. Rezad por nosotros. Hasta el reino de León puede que salte en pedazos, os lo digo confidencialmente. Si Dios no nos envía un heredero, el reino se desintegrará. Ni una palabra a nadie. —Asiente el abad, y con pena mira al rey.

—Os tendré siempre presente, señor, en todo momento sabré qué os está sucediendo. No ceso de rezar, y ahora, rezaré aún más para que tengáis un heredero. Para que el Altísimo os dé sabiduría y fortaleza. —Suspira don Alvito y pide licencia para sentarse. No sabe cómo continuar. Teme que sus palabras aumenten la pesadumbre del rey—. Antes de partir, debo informaros, rey y señor, que ayer los clérigos mantuvimos una reunión. —Le mira interrogante don Bermudo, pero no le interrumpe—. Hay gran inquietud entre los hombres de la Iglesia por la presunta adopción del rito romano en detrimento del nuestro, el mozárabe o visigótico, llamado también de san Leandro y san Isidoro. ¿Cuál es vuestra posición?

—En principio, don Alvito —responde con lentitud el rey-emperador, y como midiendo sus palabras—, somos contrarios a la adopción de ese rito, a esa nueva liturgia. No la conocemos y tememos que será el instrumento para que el Santo Padre, o sus familiares, como viene siendo, se inmiscuya en nuestros asuntos. Habéis venido a hablarme con mucha oportunidad. Hace tiempo que vengo pensando algo... —El rey se levanta y pasea un poco, luego vuelve a sentarse como si se decidiese repentinamente—: Cuando el obispo de León, el anciano Sampiro, deje de serlo —duda en elegir la palabra apropiada—, entonces, ¿puedo esperar que aceptéis ser vos el obispo? —Se asusta don Alvito.

—¡Ni lo mencionéis, alteza, yo soy sólo un monje!

No desea el rey ahondar en la negativa y aunque no abandona su intención, añade:

—Sólo es una idea, no os preocupéis, el obispo Sampiro, aunque anciano, está aún muy sano. —Se levanta el abad, no desea continuar la conversación. Besa la mano del rey-emperador y dice, medio en broma medio en serio:

—Me alegro que en principio no deseéis la reforma, y en cuanto a las oraciones os dije que rezaría por vos y el reino, añadiré oraciones por la salud del obispo Sampiro. ¡Quiera Dios guardarlo para nosotros por muchos años! —Besa la mano del rey y luego lo bendice. Se levantó y se fue, aún le queda otra visita antes de abandonar Oviedo, debe apresurarse, don Fernando le espera en el «Palacio de Arriba».

El de Castilla estaba avisado de la llegada del hombre de Dios. Le aguarda sentado en el jardín mirando al bosque umbroso. Medita y se pregunta qué importancia tienen los reyes y los hombres ante la naturaleza, esa inmensa riqueza y abundancia que se hace patente en el sotobosque. Siendo hermoso lo que se ve, ¿cómo será lo inefable? ¿Cómo la eternidad, cómo el amor divino? No tiene respuestas el rey, sólo preguntas. El abad ha llegado caminando suavemente sobre la mullida arena, por ello se sobresalta un poco cuando le ve a su lado.

—Buen día nos dé Dios, don Alvito. No os esperaba tan pronto.

—He de partir enseguida, alteza, cuanto antes acabe con mis recados, antes podré volver a San Pacomio, hace ya demasiado tiempo que salí. También me he entretenido, además de las obligaciones eclesiásticas, en hablar con los magnates que me habían encomendado la educación de sus hijos. Algunos ya no volverán conmigo. Nuño, el hijo del señor de Las Omañas y Rodrigo, el hijo de don Adegundo Alvarez *el de las Asturias*, se quedan con sus deudos. Ya son hombres y buenos caballeros cristianos. También me he tenido que ocupar de enviar al moro que conmigo venía bajo el nombre de Yusuf ben Yusuf camino de las tierras de los Castros. Ya veis, señor, que he tenido mil ocupaciones.

—¿Y qué os trae ante mí, buen abad? ¿A qué viene vuestro interés por verme?

—Debo preguntaros qué pensáis hacer con las tierras entre el Cea y el Pisuerga.

—¿Cómo que qué pienso hacer? —se admira el rey de la osadía del clérigo.

—Sí, alteza. Un bosque de lanzas se agita y las hojas que caigan serán aciagas. ¿Lo habéis pensado?

Con cierta frialdad responde el rey:

—Los asuntos de los reinos conciernen a los reyes. Perdonadme, don Alvito, pero no veo qué hacéis en este asunto.

Sin inmutarse lo más mínimo contesta el abad:

—Cumplo con mi deber hacia los reyes. Os brindo *consilium*. Podéis tomarlo o dejarlo, es vuestra prerrogativa pero yo tengo obligación de dároslo. —No deja el rey de admirar el temple del religioso, se dispone de buen grado a escuchar.

—Decid, pues.

—Señor, las tierras del Cea y el Pisuerga fueron de León, sus hombres no las olvidan y para recobrarlas están dispuestos a la guerra.

—No menos dispuestos que yo por conservarlas, buen abad.

—Pero fueron suyas.

—Ya no lo son. Las posesiones de los reinos cambian, por ende sus límites y fronteras. Ha sido siempre así. Ésa ha sido la razón de las guerras. El triunfo, la gloria y el acrecentamiento de territorios. Así es como vamos ganando tierras que fueron cristianas a los moros. También ellos podrían argüir que eran suyas. Y los romanos que estuvieron en Spania pueden decir que fueron suyas. No, don Alvito, ésa no es razón.

—Señor, intentad llegar a un acuerdo con vuestro cuñado don Bermudo. Sería terrible entrar en guerra.

—No empezaré yo, don Alvito. Si viene con su bosque de lanzas como me habéis dicho, encontrará otro bosque que sentirá conocer.

—Señor, se desmembra el imperio. Spania no recobrará así la unidad perdida de la patria goda.

—Quizás en eso os pueda tranquilizar algo, don Alvito, si me creéis. Tengo grandes proyectos para Castilla. Nuestro viejo y honrado imperio leonés se nos muere. Nosotros tomaremos el testigo.

—Que el Señor os ilumine, rey Fernando. Por última vez, ¿no consideraríais el dejar las tierras del Cea y del Pisuerga para León?

—Por última vez, abad, no. —Bendice el religioso al rey y se marcha pesaroso. Fernando le ve partir y queda pensativo.

Alexania marcha despaciosamente por el jardín del «Palacio de Arriba», don Fernando le ha ordenado que se presente a su hermano, el joven don Gonzalo. Ella no se ha negado.

—Si es vuestra voluntad, señor, iré con vuestro hermano. Haré lo que pueda y deba por todos vosotros. Me manda el destino comenzar con don Gonzalo.

—¿El destino, Alexania? —preguntó extrañado don Fernando—. Los guerreros y reyes no creemos en el destino. Cada uno hace su destino, con el permiso de Dios.

—Quizá sea así, señor, soy sólo una vieja y nosotras nos consolamos pensando que nuestros males y nuestra vejez fueron inevitables. Eso es para mí el destino, lo que no puede evitarse.

—Es cierto que algunas cosas como la vejez y la muerte son inevitables, pero quizás el cómo y el cuándo dependen de nosotros.

—Quizá, señor. ¿Decís que vuestro joven hermano, el rey del Sobrarbe, desea tener una curandera, una vidente, una maga, en su casa?

—Algo así. Le distraen esas cosas. Pero os advierto, abuela, nada de intentar asustar a mi hermano. No os atreváis a darle presagios nefastos. Cuesta lo mismo que sean buenos. Ceñíos a cosas sin importancia y todo irá bien. Si me entero de que intentáis influir en él, os acordaréis de mí. —Su voz es algo amenazadora y algo risueña.

—Señor, nunca puse ante los ojos de las personas que me preguntaban futuros nefastos. Si los vi, conté lo que pude y callé lo que debí. En resumen, señor, bastante amarga es la carga del ser humano para amargársela aún más con presagios.

—Bien, presentaos a él. Os espera en el jardín. Viviréis una vida tranquila y abundante en casa de mi hermano.

—Dios os bendiga, señor. Por esto pido al cielo y a santa Comba que seáis el último en morir, o al menos de los últimos. —Se ríe el rey de la extraña petición.

—Bien, Alexania, si Dios Nuestro Señor, o santa Comba os oyen, que sea yo de los últimos del mundo en morir. —Se ríe de nuevo y se aleja murmurando con buen humor—: No es mala la idea de la abuela. —Ésta lo mira marcharse. Sus pupilas son como dos bolas de acero negro.

—Santa Comba me lo conceda, yo le rezaré lo suficiente como para que no pueda negarse. —Ella también inicia pausadamente su camino para entrevistarse con su nuevo dueño. Lo encuentra haciendo blanco con sus saetas en una esterilla colocada contra un árbol. Dispara tranquilamente y con potente ritmo. Una flecha detrás de otra, limpiamente. Haciendo siempre blanco. Las flechas se unen apretadamente en un solo punto, como un haz de espigas. Hay una maravillosa belleza en el efebo disparando su arco. Esa fuerza está concentrada en el tenso arco y en el cuerpo todo, que se suelta súbitamente con un zumbido. La cabeza ladeada, los ojos fijos y esa blanda brisa que le mueve el rubio cabello. Es como una estatua de los antiguos griegos, un Adonis, un Hermes cazador.

—Veo, joven señor, que sabéis disparar como el mejor saetero —dice la vieja, como saludo.

—En efecto, siempre tuve mucha puntería —ríe el joven complacido—. ¿Quién sois, abuela?

—Vuestra más fiel sirvienta. Me envía mi dueño, vuestro hermano don Fernando, rey de Castilla. Os ha hablado de mí. Soy Alexania *la Coruxa*. Díceme el rey que vos deseáis una maga y adivina en vuestro reino. Estoy dispuesta a serviros.

—¿Y me leeréis la suerte cuando yo lo pida? ¿Y la de mis amigos? ¿Me diréis cuándo me es propicia la caza?

—Paso a paso, noble rey. La revelación de la suerte no se deja convocar a nuestro llamado. Es más bien una visión repentina, un pálpito, una intuición, una percepción. No se puede forzar ni obligar a que se dé. Si algo veo os lo diré. Es peligroso leer las entrañas de las aves o convocar a los espíritus.

—¿Por qué es peligroso, abuela?

—Porque ellos, los espíritus, pueden aficionarse a vos y no dejaros ya jamás. Poco a poco os convertís en ese espíritu, que volverá a la vida en vuestro cuerpo. No hay que jugar con ello. Es mejor concentrarse en juegos de manos y simples pasatiempos que nos ayudan a pasar el tedio con alegres falsedades. ¡Mirad! —Saca del bolsillo un pajarito, uno corriente, un pardillo. Se revuelve éste inquieto, le aprieta La Coruxa el cuerpecillo y el animalito lanza un agónico piído. Abre la mano la bruja y muestra el pájaro muerto.

—¡Qué habéis hecho! —dice disgustado el joven rey. Como todo verdadero cazador admira la vida y el movimiento. Odia ver esta muerte tan estúpida. La Coruxa no se inmuta, cierra la mano con el pájaro muerto y la vuelve a abrir, el pájaro aparece lleno de vida. Abre del todo la mano y el pájaro, antes muerto, emprende el vuelo. Se pierde enseguida en el cielo.

—¡Eso me parece mejor! —aprueba contento el joven—. No me gusta la muerte inútil, sin belleza. Por un momento pensé en no llevaros conmigo. No me gusta la crueldad. Veo que nos llevaremos bien. Haced vuestro equipaje o pedid lo que necesitéis, sois vieja y quizás una mula os lleve mejor que andando por los riscos y peñas. En fin, ved a mi mayordomo y pedid lo que os falte. Sois mi Coruxa particular. Nos haréis ese truco tan efectista en el Sobrarbe. Ahora, id con Dios, abuela.
—Ahora sí se marcha La Coruxa, lentamente, casi con parsimonia. Cuando está lejos de la vista del doncel, saca del bolsillo el pajarillo muerto y lo tira entre unas plantas.

—Sois muy incauto, doncel —dice entre dientes—. Sois presa fácil para Santa Comba. Doña Maior y toda su progenie se arrepentirán de la matanza de Campomanes, vos seréis de los primeros en las hermosas palomas blancas.

7

Un viaje accidentado y un juicio en la aljama

> *¿Qué de los mercaderes, quién podría dezir?*
> *si tienen tal oficio para poder fallir,*
> *jurar e perjurar, e en todo siempre mentir;*
> *olvidan Dios e alma, nunca cuidan morir.*
>
> PERO LÓPEZ DE AYALA. 1332-1407

«Del rey García para Doroteo. Salud y gracia. Recibí vuestro mensaje sobre la muerte de mi padre don Sancho Garcés. Ello me permitió estar preparado para noticias oficiales y tomar graves determinaciones. Demoraré aún en llegar quizás un mes. El conde de Barcelona, Berenguer *el Curvo*, se ha puesto muy grave. Me quedo a exequias. Nadie piensa en veneno. Rehusó renovar el vasallaje a Navarra, ahora mía. Apruebo la idea de esa magna cacería. Será en Nájera a fin de año. Si hay novedades seguid informando.» Éste es el mensaje que envió don García a Doroteo por medio de una paloma mensajera, el mismo medio usado por el eunuco. Pero Doroteo no está en Nájera, y naturalmente no recibe la carta enseguida. Don García no sabe que su hombre de confianza, su esclavo, está camino de Toledo.

El capitán, tal y como le indicase doña Maior, termina de darle instrucciones mientras se aproximan a su destino.

—Tomad —le dijo—. Se supone que sois hijo de un comerciante en piedras, originario de Braga. Aquí tenéis dos bolsitas con piedras no muy costosas, pero hermosas y raras en Spania. Llevaréis unas verdaderas y copias sin valor, como hacen los comerciantes precavidos. Llegando a Toledo buscaréis al hombre que os dijo doña Maior y le entregaréis la carta que autentifica vuestra identidad. Y ahora escuchad bien, no tenemos tiempo para más, llegando al *tugur*, la frontera, os abandonaremos. Debéis acicalaros enseguida como un modesto joven, pero por orden de doña Maior debéis vestir a todas horas esta fina cota de malla germana. Os puede salvar la vida. —Y uniendo la acción a la palabra, le entrega una cota de anillas finísimas cuyo trabajo maravilla al joven. Es digna de un rey, reconoce con gratitud que doña Maior no escatima en su seguridad.

Por fin llegan a un punto en que el capitán le susurra:

—Doroteo, no os podemos acompañar más allá. Idos siguiendo siempre este lecho seco. Recordadlo bien para que podáis volver. En el plazo de una semana estaremos aquí. Si no acudís, los hombres se irán sin vos. En ese caso yo os esperaré un día más, pero sabed que es muy peligroso. Si nos cogen a los dos a solas, más nos vale estar muertos. Al final de este río seco hay un pastor, Mohamed, que siempre espera. Lo reconoceréis porque lleva una sola sandalia. ¡Lo dicho, hasta dentro de una semana! —Antes de que Doroteo pudiese contestar los hombres de doña Maior desaparecieron sin hacer ruido.

Sin duda los espías de doña Maior estaban bien organizados. A poco de andar halló al pastor, y si bien se asustó un poco al verle con sus dos sandalias, él, ladinamente, dijo que una le hacía daño y la arrojó lejos de sí. Con esta sencilla acción se identificó el hombre de doña Maior. Nadie que no hubiese estado en el secreto hubiese sospechado nada. El joven dijo llamarse Mohamed, nombre por demás común, Doroteo se identificó como Said, no menos corriente.

No obstante, Doroteo era precavido y no habló directamente de su misión, sino que se conformó con comentarle al joven de la frontera que deseaba ir a Toledo pero desconocía el camino. ¿Quizá por una moneda él le podría decir cómo llegar lo más rápidamente posible?

El supuesto pastor cogió la moneda y le dio buenas noticias.

—... Mañana pasará por aquí una caravana de comerciantes judíos que van a Toledo, podréis ir con ellos hasta vuestro destino. Son comerciantes ricos, espero que no os importe la compañía de los hijos de Israel. Pasan por aquí todos los meses. Me compran queso de mis cabras, les doy agua y ellos me proveen con lo poco que necesito, galleta, alguna manta, sal.

—¡Ello me parece una bendición del Profeta! Los hijos del Libro son todos respetables para mí. Los comerciantes somos más tolerantes que los alfaquíes. —Así discurre el tiempo, hablan del campo, de las ovejas y del comercio de piedras. La caravana pasará mañana, hasta entonces hay que esperar.

Al llegar la noche se recogieron en una especie de cabaña. Encendieron un pequeño fuego y en él calentaron algo de leche que tomaron junto con unas tortas. Se envolvieron en sus mantos y durmieron al amor de la lumbre.

—Arriba, Said —le despertó al romper el día el pastor—, los mercaderes a veces pasan temprano y no quiero que pasen de largo, aunque de costumbre se aprovisionan de agua y queso, no sea que por esta vez saquen ellos mismos agua del pozo y nos dejen con un palmo de narices. —Efectivamente, acababa de salir el sol y ya llegaba a la casa del cabrerizo una pequeña caravana de judíos. Iban con sus mulas cargadas de bienes y sus esclavos y sirvientes. Los dueños, al parecer, eran unos hombres de luengas barbas y patillas largas y grises cuidadosamente rizadas.

—Salud y gracia en nombre de Alá, buen Mohamed —saludó alegremente el que parecía el más anciano. Al ver a Doroteo se sorprendió un tanto—. ¿Cómo es esto, Mohamed, otro de tus primos?

—No, mi señor Absalom, a quien Jahvé bendiga. Es un viajero que viene desde Braga, pasando por tierras de cristianos y va hacia Toledo. Viajaba con una pequeña caravana, pero ésta se dirigía a otro sitio y me preguntó ayer si sabía de alguien para continuar su viaje. Por el Bendito Profeta me acordé de vosotros y os estábamos esperando.

—Quién sois, amigo. ¿Cristiano acaso? —preguntó a Doroteo el que parecía ser el de más respeto.

—No, buen padre, soy fiel discípulo del Profeta, aunque también soy un estudioso de las religiones. No practico vuestra venerable fe, pero conozco los libros de Judá, la Torá y el Talmud. También sé vuestra fabla.

Admirose el judío de encontrar una persona tan culta en medio de aquel descampado, rodeado de cabras.

—Mientras Mohamed nos provee de agua, venid que me sentaré a la sombra y me contaréis cómo viene a ser que un infiel, perdón, un musulmán, conozca nuestros libros.

—No es difícil, venerable anciano. Me crió durante unos años un buen judío a quien encomendaron mi educación. Mi padre, acomodado comerciante, creyó una buena idea hacerme conocer los idiomas útiles del comercio: árabe, latín, romance y hebreo.

—¿Y a qué rama del comercio os dedicáis? Me parecéis harto joven aún para ser un comerciante de renombre.

—De renombre no, buen padre, aún soy aprendiz. Mi padre es comerciante en piedras. Viaja mucho para conseguirlas. Ahora debe de estar por las tierras de Bóreas consiguiendo ámbar. A mí me encarga operaciones sencillas en las que no se pueda perder mucho pero sí ganar bastante si bien hecha. Ahora mismo voy a Toledo, porto una misiva y voy encargado por mi padre a visitar a un compatriota vuestro, al menos alguien de vuestra venerable religión.

—¿Y quién es?, quizá lo conozco.

—En la calle de los joyeros, Israel bar Abraham.

—Lo conozco desde hace muchos años. Está bien establecido y tiene una pequeña tienda que hace primores. No es muy importante, pero sí de total confianza. Tiene mucho prestigio. —Los ojillos astutos del viejo judío se cerraron un instante. Piensa. El joven parece incauto, sin experiencia—. ¿Vais a comprar o vender, hijo mío? Quizás os podría ahorrar el viaje; si lo que lleváis es interesante, yo mismo lo compraría. Podríais volver hoy mismo hacia Braga.

—Os agradezco la intención, señor y padre. Pero he de llegar hasta Toledo. Ya os dije que porto una misiva, es de la reina doña Maior. Quiere vender sus joyas para entrar en religión y además me ha pagado bien por recoger un encargo que le tiene hecho a Israel bar Abraham.

—Comprendo, la palabra dada es sagrada si se quiere tener buen nombre y prestigio, hijo mío. Hacéis bien en sacrificar las ganancias a lo prometido. No obstante, si queréis podéis venderme lo que lleváis para el joyero, y yo os acompaño de todas maneras hasta Toledo para que cumpláis vuestros propósitos.

—Me es imposible complaceros, pero mi padre prometió un muestrario y eso es lo que llevo.

—Comprendo, comprendo. —Cavila el anciano un rato, disipada la esperanza de hacer una buena compra a costa del inexperto joven—. ¿Cuánto pensáis pagar por el viaje a Toledo? —Doroteo sabe que el judío no debe cobrar.

—En verdad, buen anciano, no pensaba pagar por ir en caravana alguna. No es la costumbre, ni en mi tierra ni en tierra de cristianos. Los que se acogen a una caravana, comparten el peligro y la aventura, todos se defienden unos a otros y, en casos extremos, se parte la comida. Ésa es la ley del Camino. Quizás aquí es diferente, por lo que decís.

—Os llevaré a Toledo en nuestra compañía, a cambio de vuestro caballo —propone Absalom.

—¡Ay, buen anciano, el caballo es de mi padre, y me ha dicho que antes perder la vida que el caballo! ¿Os conformáis con cinco sueldos?

—Es poco, muy poco, pero veo que sois un joven responsable que vela por los intereses de su padre. Tomaré los cinco sueldos y rezaré a Jahvé para que os los multiplique por cien o por mil. —Está contento el mercader, le ha sacado a este joven simple al menos cinco sueldos, equivalente al precio de cinco ovejas. Un pago más que espléndido.

Así fue como Doroteo se incorporó a la pequeña caravana. Se despidió el falso moro del no menos falso pastor y éste le hizo un pequeño y casi imperceptible gesto de complicidad.

Por el camino Doroteo iba charlando amigablemente con los hombres de Absalom, mientras el sol se elevaba en el cielo. El día era brillante pero el ambiente fresco. No estorbaba el manto. Pararon un momento a comer y cada uno comió de lo suyo. Los mercaderes no ofrecieron a Doroteo otra cosa que un trago de agua. La tomó éste agradeciendo el gesto y se apartó a un rincón, aparentemente a rezar sus oraciones con toda devoción, pues era la hora de rendir culto a Alá. Sacó su alfombrilla, convenientemente desgastada, y rezó en alta voz. No había ningún almuédano que llamase a oración, así que el mismo Doroteo dijo las palabras de ritual:

—*¡Allahu akbar. Ashadú an lailaha illa llah...!* —[«¡Alá es el más grande. Testifico que no hay Dios, sino Alá!»]

Siguieron su camino y llegó la noche. Estaban muy cerca de la ciudad, pero lo abrupto y quebrado del camino aconsejaba hacer la última jornada a la luz del día. Acamparon junto a la orilla del Tajo. Un desnivel de cientos de codos y allá abajo un río tempestuoso que corría dando saltos entre las piedras. Admirose Doroteo de la visión.

—¿Nunca habíais visto un río semejante? —preguntó uno de los mercaderes a Doroteo.

—Nunca, buen padre —respondió el joven—. Ríos grandes y con mucha agua he visto varios, pero con un tajo tan profundo en la tierra, ninguno, hasta hoy.

—Por eso llámase el Tajo, lo describe muy bien. Podéis disfrutar de su vista porque levantaremos tiendas aquí mismo. El sonido del agua nos arrullará. Mañana reanudaremos la marcha y antes de mediodía entraremos en Toledo por su puerta principal. Allí pararemos a pagar lo que corresponda a los recaudadores del háchib. —Se lamenta en tono triste el mercader—. Los que mandan, en todas partes, recortan nuestras ganancias, los cristianos con sus pontazgos, portazgos y derechos de roda. Los moros con sus zabazoques y recaudadores en puertas y mercados. Siempre cobrando, siempre aprovechándose de nuestro esfuerzo industrioso. Pero si nos matan por el camino, no quieren saber nada. —Así se queja el mercader. Doroteo, sin ganas de hablar, asiente gravemente. Se levantan tiendas y nadie le pregunta si quiere compartir la protección del grupo. Él no tiene tienda, pasa por un modesto joven.

Dormirá bajo las estrellas. Enojado se pregunta para sí en concepto de qué le cobraron esos cinco sueldos. Inquiere respetuosamente si puede hacer su propio fuego y se le responde que haga lo que mejor le cuadre. Quedará un vigilante durante la noche, si quiere puede acercarse a él para mayor seguridad o en busca de calor. Está enfadado y opta por no acercarse al vigilante de los mercaderes. No cumplen la costumbre del Camino. Se acomoda un poco más alejado desde donde aún ve el fuego del campamento. Junto a su propia hoguera se dispone a pasar la noche arrebujado en su manto.

—Buenas noches, Said ben Said. —Es uno de los sirvientes o acompañantes de los mercaderes.

—¿Cómo sabéis mi nombre? —pregunta desconfiado Doroteo.

—Se lo pregunté al pastor —contesta el recién llegado.

—Y quién sois vos —pregunta cautelosamente el falso moro.

—Me llamo Aarón, soy sirviente de mi amo, Absalom, con quien habéis estado hablando.

—Buenas noches, pues, Aarón, que Jahvé os bendiga. ¿Qué os trae a mi compañía?

—No puedo dormir. Estoy impaciente por ver la ciudad de Toledo. Hay allí tanta distracción, tanta posibilidad para jóvenes como nosotros. Música, bebida, danzas de bayaderas, mujeres complacientes, cuenta-cuentos. Mi amo es muy estricto y muy anticuado. Es de los ortodoxos. No consiente el esparcimiento normal de los jóvenes. Si queréis os llevaré a los lugares de diversión cuando hayamos terminado con nuestros deberes y obligaciones. Entre los otros sirvientes no tengo a nadie que quiera acompañarme. —Pregunta dubitativamente—: ¿Vendríais vos a beber un vaso de vino? —Doroteo lo piensa, hay algo no muy claro en la oferta del joven judío. ¿Qué es?

—Quizás, amigo Aarón. No conozco Toledo y he oído mucho hablar de esa ciudad, si no vino, puedo beber mosto, que no es alcohólico. Sobre todo quisiera luego conocer sus mezquitas, que creo son fastuosas. —Muy en su papel añade—: Deseo rezar a Alá en sus casas de oración igual que lo hago al aire libre. También me han hablado de la sinagoga. ¿Es posible entrar en ella sin faltar a la costumbre? —Así discurre la conversación, la noche es tranquila y brillan algunas estrellas, aumentado su fulgor por la negrura de las sombras. No hay luna. Son las estrellas las que prestan un trémulo resplandor que se refleja en las profundidades del Tajo. El agua es como un cuchillo frío que relumbra de vez en cuando, lejos, muy lejos. El sirviente hebreo sugiere de pronto:

—Como no dormimos, decidme, Said ben Said, ¿no os agradaría

que diésemos un corto paseo? Estoy entumecido. —Asiente Doroteo, él también siente el frío y la humedad. El fuego no es suficiente para calentarlos. Se levantan los dos y bajo la luz tímida de las estrellas andan un poco paseando en círculos. Sin darse cuenta han llegado al borde de la escarpadura del río. Abajo se oye el rumor del agua. Aarón se inclina a mirar:

»¡Ved, ved, cómo brilla el agua! —Se inclina también Doroteo, verdaderamente es hermoso el espectáculo. Mira con interés el brillo opaco del agua. De pronto siente en la espalda un golpe seco. Suena un ruido metálico, un empujón y se precipita hacia el abismo. Al tiempo siente que le dan un tirón a la bolsita que llevaba colgando de un cordón al cuello. Todo ha sucedido con la rapidez de un relámpago.

Ha pasado algún tiempo, no sabría cuánto, no debe de ser mucho pues la noche es igual de oscura. No asoma luz alguna en el horizonte. Doroteo no se atreve a moverse. A lo lejos oye el sonido del agua del río. Está pegado a la pared de tierra, enredado por unas plantas espinosas, tantea con las manos el lugar que lo sustenta. Es una pequeña plataforma; al moverse, unas piedras se desprenden, comprende que si no tiene mucho cuidado el suelo se desmenuzará bajo sus pies y caerá hacia ese río tempestuoso. Se maldice a sí mismo por haber sido tan incauto, se da cuenta de que todo ha sido una trampa, que el cebo de unas simples piedras, sin mucho valor, ha sido suficiente para que alguien se decidiese a matarlo. Nadie sabría nada, desaparecería sin dejar rastro. Hasta doña Maior o don García pensarían que se había quedado en tierra de moros con el pequeño capital de las piedras que portaba. Le invade un sentimiento de rabia e impotencia.

Oye en el borde de arriba a alguien que se mueve sigilosamente; decide quedarse inmóvil, sin hacer ningún ruido. Está casi seguro de que su asesino quiere saber si ha tenido éxito en su tentativa. Le llama suavemente.

—¡Said ben Said! ¿Estáis ahí? —Espera contestación. Doroteo contiene la respiración. Al oír la voz se da cuenta de que el borde está muy cerca. Ha caído apenas unos pocos codos. Si se mueve, aún quedará al alcance de Aarón, que aunque mira hacia abajo, no advierte nada. Afortunadamente no busca por el lugar adecuado. También las zarzas disimulan la blancura del traje de Doroteo. La necesidad del momento aguza el oído del eunuco, al cabo de un rato oye al hombre irse sigilosamente. No obstante, él no se mueve, por si acaso.

Pasan algunas horas angustiosas para el joven, situado como está al borde de un abismo. No se atreve a moverse por si con ello precipitase su caída. Inmóvil, no sabe qué hacer. Cuando descubran su desaparición lo buscarán, suponiendo que se ha caído accidentalmente al río. No desea que vengan a rescatarlo, pues si el que lo encuentra es Aarón, poco puede esperar. Tampoco sabe si el anciano Absalom está detrás de esto. Por fin empieza a clarear por el horizonte, una claridad lechosa e imprecisa se vierte poco a poco sobre la tierra. Sus ojos acostumbrados a la oscuridad advierten lo que le rodea. Ha caído en una pequeña plataforma formada por el saliente de una piedra gigantesca que sobresale de la pared vertical. Lo que oía por la noche caer tan pronto como él se movía eran unos cantos o guijarros que se sustentaban sobre la piedra mayor. También había una cantidad de tierra sobre la que crecen algunas plantas. De la pared surgen innumerables zarzas y otras plantas y arbolillos, que son los que impidieron que Aarón lo viese desde el borde del abismo a pesar de estar tan cerca. El único temor del joven es que la gran piedra que hace de plataforma se desprenda y él con ella. Por lo demás es relativamente fácil hacer el camino hacia arriba. Con máximo cuidado empieza a trepar, la piedra permanece firme, al menos en apariencia. La espesa vegetación le proporciona asidero suficiente. Por fin llega arriba y se tira en el suelo. Respira agitadamente, como si hubiese corrido por su vida. Descansa un poco, no demasiado, porque la noche se diluye rápidamente. Como no sabe qué esperar de los mercaderes, decide esconderse. Agradece el consejo que le dio el capitán de no desprenderse de su cota. Aunque ligera, ha probado ser efectiva. La puñalada de Aarón fue tan fuerte, que la hoja se rompió. Oyó el chasquido metálico al tiempo que caía.

Tirado en el suelo respira afanosamente, ve algo que brilla, lo coge y constata que es la hoja en la que estaba pensando, la recoge y se la guarda. Ahora ya está más tranquilo, se levanta, y busca un lugar donde ocultarse sin posibilidad de ser visto. Los alrededores son abruptos y no le es difícil hallar un escondrijo algo alejado. Estas cercanías serán las más peinadas si vienen a buscarlo y no desea ser encontrado. Efectivamente, al amanecer ve cómo los comerciantes se acercan a la orilla del abismo y le llaman por su nombre. Miran con intensidad hacia abajo. Naturalmente no ven nada. Tampoco contesta nadie. Pronto se van. No parece que estén dispuestos a perder un día por buscarlo. Doroteo se dejó anoche engañar por el llamado Aarón, pero estaba relativamente bien preparado para cualquier contingencia. La carta de doña Maior, aunque sólo es un pretexto, la lleva encima. La bolsa que le arrebató el ladrón, tampoco es la verdadera. La otra, la que tiene las piedras buenas, la lleva oculta. Es la de las piedras de imitación, la que llevaba ostensiblemente al descubierto, la que le ha arrebatado el asesino. Nada se ha perdido, sólo su autoestima y su amor propio. Nunca pensó que a la primera oportunidad le engañarían como a un tonto.

Los mercaderes aparentemente le dan por muerto y así abandonan el lugar, pronto los ve partir con su pequeña caravana. Su hermoso caballo va de la brida de uno de los sirvientes. Escondido, marcha detrás de la comitiva durante tres o cuatro horas. No van muy rápidamente, más bien al paso, lo que le permite seguirlos sin grandes problemas. Tal y como habían comentado el día anterior no era aún mediodía cuando arribaron a su destino. Ya desde antes de llegar se disfruta de una vista verdaderamente majestuosa. Doroteo, acostumbrado como está a las ciudades pequeñas de los cristianos, no podía imaginar que hubiese urbes tan populosas. La mayor que conoce es León y no puede compararse a ésta. La rodea el río Tajo en un estrecho abrazo y no contenta con esta defensa, ha levantado unas murallas poderosas que encierran una población que a Doroteo se le antoja mejor que la legendaria Samarkanda, o que el mismísimo Bagdad. Por encima de la cota defensiva ve apiñarse un conjunto de edificaciones con torres y minaretes, altas casas de varios pisos y techos a dos aguas o con cúpulas redondeadas, de tejas unos y de baldosas metalizadas otros. Fingen semiesferas de cobre, de oro, de plata. Otras, más complicadas, hacen una especie de gajos o cuadros. Mirando el espectáculo, Doroteo casi se olvida que va siguiendo a sus asesinos.

Al llegar la caravana a la entrada del puente se dirige a la caseta del vigilante, en donde se detiene. Allí se ha de pagar el peaje y el pontazgo. Aprovecha la ocasión Doroteo y se aproxima a todo correr hasta el grupo de mercaderes.

—¡Alto, alto! —grita con toda la fuerza de sus pulmones. Todos miran hacia atrás y ven a una figura sucia y polvorienta que se aproxima. Tiene el cabello revuelto y las ropas destrozadas por las zarzas.

El vigilante de la garita de entrada espera con curiosidad saber a qué vienen esos gritos:

—¿Quién sois, buen hombre, y a qué vienen esos gritos?

—Alá os bendiga y os dé muchos hijos. Soy Said ben Said, comerciante de Braga. Anoche me uní a la caravana del llamado Absalom, aquí presente —éste le observaba mudo de sorpresa— y por la noche me puse a hablar con un sirviente, ese que se esconde detrás de los caballos. Me invitó a ver el río y me empujó a él después de apuñalarme.

—Debéis de ser de una raza especial —dijo el guardián con sorna—. Apuñalado y luego empujado al Tajo y luego vivo y coleando.

No es posible que el venerable Absalom, ni nadie de los suyos, se comporte así.

El llamado «venerable Absalom» se adelanta gravemente y habla a Doroteo:

—¿Qué os proponéis con esas acusaciones? Posiblemente os caísteis al agua por la noche. No tenemos nada que ver, ni nadie os empujó. ¿Así pagáis mi hospitalidad?

—No tengo nada que pagar, bien que me sacasteis cinco sueldos por una jornada de cuatro o cinco leguas. Vuestro hombre, no sé si por indicación vuestra, trató de matarme. —El vigilante de la garita no sabe qué actitud tomar, nunca se le ha presentando un caso igual, sabe que no tiene competencias y decide quitarse el problema de encima.

—Respetable mercader Absalom, pagad lo que sea justo por peaje y las otras gabelas y entrad en la ciudad, un zabazoque os acompañará ante el cadí junto con este hombre que os acusa, haced allí mutuamente todas las reclamaciones que tengáis a bien. —Así entra Doroteo en la gran ciudad por la que tanto ha suspirado, rodeado de una multitud que va aumentando según se acercan a la casa del cadí. Van todos, mercaderes, sirvientes, esclavos, caballos, Doroteo, más toda una retahíla de curiosos.

Llegados a la casa del cadí, se encuentran con que éste, desde ayer, se ha ido a impartir justicia a unos pueblos cercanos. No volverá a tiempo esta tarde para ver su caso. Hay dos posibilidades: o bien todos pasan la noche en los calabozos, esperando al cadí, para que mientras tanto no se pierdan ni disimulen las pruebas, o se atienen a la justicia del almotacén. Este funcionario puede suplir al cadí si no hay muertes por medio.

Por ahorrar tiempo, deciden acogerse a la justicia del almotacén. Se le envía un mensajero urgentemente para que se persone en la mezquita, que es donde imparte justicia. El grupo en pleno va camino del lugar, allí se encontrarán con el anciano almotacén. Llega a la humilde casa del juez un emisario que le conmina a acudir enseguida a la puerta de la mezquita. Pregunta éste antes de salir el motivo de la llamada, se le informa de que unos mercaderes judíos son acusados de haber intentado matar a un musulmán, también mercader.

—¿Unos mercaderes judíos? —se sorprende el anciano—. ¿Sabéis si han informado al rabino? —Nadie sabe nada—. Id de inmediato a casa del venerable Bar Joseph, decidle que vamos hacia la Casa de la Justicia, junto a la Sinagoga Blanca. Vosotros volved junto a los acusados y conminadles a que vayan todos hacia la Casa de la Justicia de la aljama. Yo voy hacia allá enseguida en cuanto me vista convenientemente. Enviaré aviso a los *dayanes* y al Bet Din por medio de un mensajero. —De sobra sabe el anciano almotacén que no ha de ir a la mezquita. Tal como anunció, sale apresuradamente hacia la aljama y por el camino se va preguntando la razón por la que los mercaderes judíos no han reclamado su derecho a ser juzgados según sus propias leyes. Estos hijos de Israel tienen, como en toda Spania, el derecho a ser escuchados y juzgados por el rabino, o en casos mayores, por el Bet Din. Ostentan ese derecho y son muy puntillosos en cuanto a ello. Se les reconoce la protección de sus propias leyes, al extremo de que la sentencia del almotacén no es vinculante para ellos. Sospecha el buen anciano que si han callado y no han reclamado su justo derecho, es porque algo grave debe de haber sucedido. Basta con que se empiece un litigio sin respetar el derecho judío, para que el juicio y la denuncia sean tenidas por no válidas y la acusación sea sobreseída.

Así cavilando ha llegado el almotacén a la Puerta de Abraham, una de las que permiten la entrada a la aljama, una verdadera ciudad dentro de la otra, la de Toledo. Se hace anunciar y pide respetuosamente permiso de entrada en la ciudad. Se le inquiere el motivo de su visita, explica el anciano que va de testigo de un juicio en que están involucrados unos siervos de Jahvé y un creyente del Profeta. En realidad es lo único que puede hacer el almotacén, observar cómo imparten justicia los mismos judíos. Al haber otra parte interesada, que no es judía, esta otra parte tiene derecho a que alguien de su misma religión esté como observador. Nada más. Se le franquea la entrada con todo respeto pues el anciano es bien conocido en Toledo como hombre justo. Sabe bien su camino, no es la primera vez que tiene que asistir a tales juicios, reconoce que los judíos son justos en sus dictámenes, e inclusive severos. No representa nada para ellos que los acusados sean de los suyos. Imparten justicia en nombre de Jahvé, y Él es insobornable.

Cuando llega a la Casa de Justicia, junto a la sinagoga conocida como La Blanca por su níveo color, encuentra ya una multitud de curiosos. Todos los hombres lo son, sean cristianos, judíos o moros. Se ha corrido la voz de lo sucedido, aunque con distintas versiones: para unos, los mercaderes han asaltado a un moro; para otros, el moro ha intentado robar en la noche a los judíos; más allá dicen que se han peleado por el fruto de un robo que ambos habían cometido y así hay variedad de comentarios. El rabino, el venerable y honorable Joseph bar Joseph, que conoce bien al almotacén, como deferencia a la edad de éste, le espera en la puerta. Respetuosamente hace ademán de querer besarle el borde del vestido, le abraza el almotacén y luego se toca la frente. Cumplidas las cortesías, ambos entran en la Casa hablando en voz baja muy animadamente.

—Señor almotacén, os agradezco que me hayáis informado con tanta prontitud de este desgraciado asunto que afecta a unos de los nuestros. No comprendo bien por qué el comerciante, que conoce la ley y la costumbre, no hizo valer su derecho, convocándome él mismo. Eso es algo que tendré luego que dilucidar con él.

El almotacén guiña uno de sus ojillos traviesos y dice como en broma:
—Quizá le convenía ser juzgado por nosotros, honorable rabino.
El rabino, con gesto de disgusto, gruñe:
—Eso me temo, señor almotacén. —Entran en la sala y ven que ya han tomado asiento en bancos alrededor de las paredes los mercaderes y Doroteo. Unos guardianes están apostados junto a las puertas en previsión, improbable, de que alguno quiera escapar o se necesite hacer respetar la paz del recinto. Antes de empezar se invoca con el pensamiento el Nombre de Aquel que no puede ser nombrado. El Innombrable, el Señor Jahvé, en cuya representación se imparte justicia en esta Casa. El Bet Din se sienta en sus cátedras a ambos lados del rabino, por si su asesoramiento como conocedores del Talmud, la Torá y la Palabra Divina, fueran necesarios. No lo es generalmente, el rabino también sabe mucho de eso, pero hay que cumplir todos los requisitos para que el juicio sea válido.

Se hace contar el rabino los sucesos. Primero explica uno de los mercaderes cómo Said ben Said, comerciante que dijo ser de Braga, les pidió unirse a ellos por desconocer el camino a Toledo. Ellos estuvieron de acuerdo, nada tienen que reclamar al joven por su comportamiento. Dice el rabino al mayor y de más autoridad entre los mercaderes:

—Aunque os conocemos hace largo tiempo, debéis decir a los presentes vuestro nombre y ocupación.

—Venerable señor, soy Absalom, hijo de mi padre ya difunto de nombre también Absalom, por lo que mi nombre, según costumbre, es Absalom bar Absalom. Soy el jefe de la Casa de Mercaderes Unidos de Cachemira, aunque resido en esta ciudad, como bien sabéis.

—¿Intentó este joven hacer averiguaciones como si tuviese intenciones de saber más de la cuenta?

—No, venerable rabino, no lo hizo.

—¿Intentasteis vos hacer averiguaciones en cuanto a lo que él portaba?

—Sólo por cortesía, venerable rabino.

—Decidme ahora la verdad, ¿qué sacasteis en conclusión de sus palabras?

—Que como no portaba carga visible, debía de llevar algo de valor que le justificase el viaje.

—¿Os dio él alguna pista sobre lo que podía ser tal mercaduría?

—Venerable rabino, no hizo misterio alguno de que llevaba piedras para un joyero de nuestra comunidad, Israel bar Abraham, de la calle de los joyeros.

—¿Oyeron todos lo que él contaba?

—Sí, lo oyeron todos, no hablábamos reservadamente, sí a la vista, sin secretos.

—Bien, los miembros del Bet Din que tomen cuenta de lo manifestado por el comerciante a quien todos conocemos como jefe de la casa comercial de Cachemira, Absalom bar Absalom. Oiremos ahora a Said ben Said.

Doroteo está un poco asustado. Se pone de pie y espera a ser preguntado por el rabino.

—Acercaos, joven, y no tengáis miedo, decid la verdad. ¿Cuál es vuestro nombre y ocupación? —Le ha hablado el rabino en árabe por consideración a que el demandante es supuestamente moro, de Braga. Doroteo agradece en su fuero interno este detalle que le hace ver que el rabino quiere que se entere de lo que allí se dice, y que no está en su contra. Contesta pues al juez:

—Venerable señor, soy Said ben Said, hijo de un modesto comerciante en piedras de la lejana ciudad de Braga. Mi padre me está educando para que pueda un día heredar su comercio y, si posible fuera, su integridad y sagacidad. En alguna ocasión mi padre vendió a doña Maior, hoy reina viuda de Navarra, algunas piedras, quedando ella muy satisfecha tanto del género como de la honradez de la Casa. Al pasar por tierra de cristianos llevaba algún recado de mi padre para mercaderes, cosa que no creo que os interese. —Comprenden todos que el joven no puede revelar cosas del comercio pues la información es dinero contante y sonante para el que la tenga—. Y habiéndose enterado la reina doña Maior de que venía a Toledo con un muestrario de piedras para el respetable Israel bar Abraham, me rogó trajese una carta para él, y al tiempo recogiese un encargo.

—¿Pedisteis ayuda para llegar a Toledo, Said ben Said?

—Lo hice, venerable rabino. Era la primera vez que venía a esta vuestra hermosa ciudad.

—¿Y cómo es que no veníais con escolta, joven? Los caminos son muy peligrosos, especialmente llevando piedras. —Comprende Doroteo que el rabino es muy sagaz y que le ha pillado precisamente en su punto débil. Si no es convincente, su defensa como un joven inocente e incauto puede derrumbarse.

—Ahora comprendo que no hice bien, venerable señor. Era mi primer viaje y las piedras que llevaba no eran precisamente piedras preciosas, sino semipreciosas, son un muestrario para transacciones posteriores a mayor escala. Pensé, erróneamente, que tal gasto no estaba justificado. De todos modos viajé hasta la frontera con otros hombres. Al aproximarse al *tugur*, ellos tomaron otro camino, yo pensé en buscar tan pronto como fuese posible otra compañía honrada —ha soltado la palabra como si no la hubiese pensado— y —continúa— casi enseguida encontré a un pastor que me indicó que pasaría hacia Toledo una caravana de personas honorables. A éstos pedí me trajesen con ellos según la ley del Camino. Absalom bar Absalom fue generoso y me tomó bajo su protección. —Un murmullo recorrió la sala. ¡Pobre joven, se creyó bajo la protección de un anciano honrado! Dejó Doroteo que se extinguiese el rumor y añadió—: No tengo nada que reclamar de su comportamiento.

—¿Cómo, no reclamáis que intentaron mataros?

—Sí, venerable señor, pero no todos; uno, llamado Aarón, se unió a mí por la noche, y me invitó a ver el río Tajo, al acercarme a la orilla no sospeché nada, él me apuñaló por la espalda y me empujó al abismo. También me robó una bolsita que llevaba colgando al cuello y él creyó con las piedras.

—¡Mentira, yo no apuñalé a nadie! Miente y no sé por qué. Es cierto que hablamos, pero luego yo me fui. Probablemente perdió o vendió las piedras de su padre y ahora me culpa a mí de robo.

—¿Qué tenéis que responder a estas razones, Said ben Said?

—Es él el que miente, venerable señor. En primer lugar yo no perdí, ni vendí las piedras a mí confiadas. Las llevo conmigo y están aquí —las sacó de una faltriquera—. Las que él robó eran simples imitaciones de poco valor que me fueron dadas para casos como éste. —Un murmullo de admiración recorrió el recinto, una raza de comerciantes y mercaderes apreciaba estas cosas. Doroteo, como si no lo hubiese oído, continuó—: De la puñalada que me dio tengo señal, vedla. —Se dio la vuelta y enseñó un desgarro en su túnica—. Yo mismo no me la haría en tal lugar, y si os preguntáis cómo no estoy muerto, miradlo vosotros mismos. —Se despojó de su túnica y enseñó bajo ella una finísima cota de anillos de hierro—. Muchos se levantaron para ver mejor, no era pieza común y había que tener mucho dinero para poseerla.

—¿Y cómo viene que estuvieseis tan preparado Said ben Said?

—Venerable señor, si tenéis hijos sabréis que no se preparan los hijos, sino los padres. Esto lo usa mi padre cuando va a tierras de germanos, a comprar piedras. Es allí donde la adquirió y es él el que insistió en que la usase a todas horas. Gracias a mi padre estoy ahora vivo.

—Ya vemos que estáis vivo, pero ¿tenéis alguna prueba de que fue Aarón el que os intentó matar y no otro? No conocíais a los integrantes de la caravana. Bien pudo otro en la oscuridad presentarse y daros un falso nombre.

—No, venerable señor, fue él. Pedidle que os muestre su puñal. —El rabino mira interrogante al llamado Aarón. Palidece éste y finge que busca su puñal.

—No lo tengo, venerable rabino —musita—, quizá lo perdí mientras lo llamábamos por la orilla del río.

—Ved si esta hoja es vuestra. —De sus ropas saca Doroteo la hoja que recogió del suelo y que encontró al amanecer caída en la yerba.

—No es mía, no la había visto nunca —grita ya descompuesto el acusado—. Es su palabra contra la mía. Nos odia porque somos judíos y ricos y él es moro y muy modesto.

—Deseo ver esa hoja. —Se levanta el viejo mercader cuyo nombre es Absalom bar Absalom y dice gravemente—: Yo he provisto de puñales a todos los de mi caravana. Son todas hojas finas de Toledo, todas distintas en su labor. Yo sabré de quién es e inclusive si no es de ninguno de los míos. —Se le da la hoja que enseñaba Doroteo, la mira durante un momento y luego dice mirando al rabino—: Es de Aarón, yo la compré y yo la pagué en la Alfaquería. Las hicieron para mí. Todas distintas, pero con el sello de la Casa: la flor de Cachemira. —Un silencio sigue a estas palabras. El anciano mercader está también abrumado. En su caravana se ha atentado contra un honrado joven que les pidió protección. La ley del Camino es muy estricta, el quebrantarla supone la deshonra, y más para un mercader para quien el primer capital es su credibilidad. Esto puede ser la ruina para la Casa de Cachemira. Se extenderá la noticia y se contará en todos los corrillos que la caravana de Absalom bar Absalom intentó matar a un joven comerciante de piedras por un mísero botín. También la comunidad judía está impresionada. Cosas como ésta sólo traerían el odio hacia los suyos, injustamente. El crimen de uno se reflejaba en todos. Aunque sin poder para castigarlos, el cadí les haría saber su desagrado. El mismo háchib no es muy amigo de la aljama y les llamará la atención.

—Queda probado el crimen de Aarón, servidor de Absalom bar Absalom. ¿Queréis pedir alguna pena en especial para el reo? Si está dentro de la ley, se considerará vuestra petición. —Esto dice el rabino con pesadumbre. Él también comprende que les ha caído un baldón del que será difícil lavarse. El buen nombre de su comunidad está en entredicho.

—Venerable rabino —dice en hebreo el joven Doroteo—, aprecio el esfuerzo que habéis hecho para encontrar la verdad e impartir la justicia de vuestro Jahvé. Si es posible y lo consiente la costumbre, deseo hablar en privado con vos y el mercader llamado Absalom Bar Absalom. —Oyéndole hablar en perfecto hebreo se levanta una vez más un murmullo y esta vez de admiración, y no es que sea raro oír hablar distintos idiomas a los mercaderes, pero a menudo son sólo interpretaciones muy personales de los idiomas, una especie de *lingua franca* hecha de retazos de distintos lenguajes, pero el lenguaje que ha usado Doroteo puede competir en pureza y elegancia con el del gran rabí de Jerusalén, por decir algo. Es sin duda un joven instruido, y quizá mucho más rico de lo que aparenta en su humildad. Asiente el rabino.

—Venid pues, joven Said, y hablemos antes de pasar sentencia. —Siente curiosidad por oír al joven. Entran en una pequeña habitación adjunta al gran salón de justicia.

—Venerable señor y padre, soy consciente de que el hecho es grave y de que el nombre de la honorable comunidad judía quedará en entredicho así como de que lo sucedido se llegará a saber en otras aljamas, sirviendo de comidilla. Ello no es bueno para la ciudad de Toledo, ni yo lo intento. Ha sido la mala acción de un solo hombre, así que me contento con que se le castigue a él. —No en vano Doroteo ha sido criado entre príncipes y reyes y ve más allá de lo que lo haría cualquier joven en su situación; intenta capitalizar a su favor lo sucedido, por si le fuera de ayuda para cualquier otra cosa que pueda surgir.

—¿Qué sugerís, pues? —pregunta el rabino que no se atreve a esperar lo que adivina.

—Castigar al culpable. A cambio yo retiro mi acusación y reconozco que todo fue un malentendido. Un accidente. —Un suspiro de agradecimiento sube al rabino, que se siente aliviado.

—No deseamos ser injustos con el asesino, ni por salvar a la comunidad. Es la justicia de Jahvé. Os diré cuál es la máxima pena por su falta, por si os satisface. Como no hay asesinato, aunque sí intento, la pena es destierro de por vida de la aljama de Toledo. Con la próxima caravana que parta hacia África, a vender esclavos o a comprar oro, saldrá Aarón y será confiado a la autoridad de la primera aljama que se encuentre. No podrá volver jamás a Spania. Tendrá que vivir el resto de su vida en tierras de África. ¿Os parece ajustado el fallo?

—Me parece y me satisface. Retiro todos los cargos, siempre y cuando se cumpla la sentencia, aun sin los cargos. —Añade como un buen joven—: Mi padre me aconsejó siempre ser justo, no cruel. —El rabino piensa que el padre del joven debe de ser un buen hombre y un mercader honorable. No sabe que Doroteo puede ser tan cruel como las circunstancias demanden para su provecho o el de su señor, don García, rey de Navarra.

Se ha terminado todo. Sorpresivamente para los espectadores se anuncia que el joven Said retira su demanda y se acoge a la justicia del rabino y del Bet Din. Todos se sienten encantados. No se arrastrará el nombre de la aljama de Toledo por los corrillos de los mercaderes, ni se hablará de ellos como posibles asesinos de los que se acojan a sus caravanas. Todo ha terminado bien. El rabino está contento, el Bet Din también y más aún Absalom bar Absalom. Salen todos de la casa de justicia. Cuando van andando por la aljama, buscando la salida, le alcanza en su camino el almotacén. Empareja con algún esfuerzo su paso al del joven y le habla:

—Habéis obrado bien, hijo mío, no es bueno producir heridas que tarden en curar, hemos de procurar vivir en armonía. Habéis hecho gala de sabiduría, muy escasa estos días. ¿Adónde vais ahora?

—Tengo que visitar a Israel bar Abraham, de la calle de los joyeros. ¿Sabéis dónde está?

—Sí por cierto. Un buen artesano; os acompañaré allí antes de abandonar la aljama. No está lejos de aquí. —Caminan los dos amigablemente por las calles empedradas. Una modernidad que le es bastante nueva a Doroteo. Él ha visto, cómo no, calles empedradas, pero no tantas y tan bien. La totalidad de la aljama está bien y apretadamente empedrada. Todo está limpio como si barriesen todos los días, luego se entera de que es así. Por fin llegan a su destino, una casa modesta pero sólida. Un portalón con arco visigótico habla de la antigüedad del edificio. Una puerta de madera maciza con gran aldaba parecería vigilar la entrada, pero está abierta y dentro se adivina actividad. Desde fuera el almotacén llama alegremente al artesano.

—Viejo joyero, Israel. ¿Estáis ahí? ¡No estaréis bebiendo vino! ¡Está prohibido! —Sale el «viejo joyero», en verdad no es viejo en modo alguno. Tendrá, si acaso, unos treinta o cuarenta años.

—Cómo os he de decir, viejo almotacén, que esa ley no me concierne. Nosotros respetamos la ley verdadera, la de Jahvé. Él no prohíbe el vino. ¡A Dios gracias! ¿Y quién es este joven que os acompaña? Pero pasad, pasad, y tomad un vaso de limonada y unas pastas. —Entraron todos en la morada. Era agradable el obrador del joyero. Algunos aprendices se afanaban en sus trabajos respectivos, alguno se inclinaba sobre el tas intentando reproducir una filigrana en una ajorca de plata. Todo estaba arreglado como para una exposición. Alineadas junto a las paredes, sobre paños usados pero de buen aspecto, se hallan piezas de plata: adornos, platos, bandejas, zarcillos y candelabros, que de todo se ve. Nada parece de gran valor pero sí de buen gusto. Quizá las mejores piezas estén en el interior de la casa. Las piedras preciosas, alhajas de precio y otras maravillas sólo se muestran a compradores acreditados y solventes.

Se sientan todos en un patio interior a la sombra de un árbol cuyas hojas exhalan un agradable perfume.

—Es laurel —explica el joyero al ver que Doroteo husmea el aire—, espanta a las moscas y mosquitos y sirve para aliñar la comida, somos muy ahorrativos, todo sirve para muchas cosas. —Se ríe de su ocurrencia—. Decidme ¿qué os trae a visitar tan amablemente a este artesano? Señor almotacén, ¿necesitáis acaso plata?

—No, buen amigo, os traigo a este joven que es portador de un recado para vos desde tierra de cristianos. Ha pasado por aventuras en su camino, que os contará luego, si os place saber cosas. —El joyero no parece muy sorprendido, está acostumbrado a recibir noticias de todas partes donde haya un rico o un poderoso. Su taller, si no aparentemente muy importante, sí está muy acreditado por el primor de su trabajo y por la honradez de los orfebres. Inclusive se da el caso de que le aporten la materia prima que él no puede adquirir y se le encargue sólo la confección. Tal es su prestigio como orfebre exquisito.

—Decidme, pues, joven amigo, quién sois y qué traéis para mí.

—Soy Said ben Said, de Braga. He pasado por tierra de cristianos y he sido llamado por la reina viuda doña Maior para que os entregue una carta. También quería la reina saber qué sucedió con su encargo. Por último os traigo un muestrario de piedras de parte de mi padre, a quien vos conocéis de nombre.

—El encargo de la reina, sí. Esperad un momento —fuese el joyero y apareció con una cajita pequeña—, aquí está, mirad qué labor tan extraordinaria. —Enseña a los dos hombres un anillo roto formado por delgados lebreles de tamaño minúsculo, que entrelazados forman el cuerpo del anillo. Los ojos son piedrecitas de colores, como chispas minúsculas, y en la boca portan, como cazados por ellos, una piedrecita roja—. Siento decir a la reina que no tiene arreglo. Puedo reproducir uno igual o semejante, pero arreglar éste, no. No es de plata, ni de oro. Debe de ser de factura germana, es de metal, no sabemos de qué metal. Imposible reproducir una parte. Sólo lo podríamos hacer si supiésemos de qué está hecho. He sacado un molde, por si quiere que le haga otro. Devolvedle su anillo roto, por si lo quiere conservar.

Doroteo está seguro de que el hombre que busca es el que habla con él. La reina le habló de esta astuta contraseña. Satisfecho saca la carta que trae como cebo para parecer todo legal.

—La reina me encargó que entregase esto en vuestras manos. Tomad. —Le alarga el pliego sellado con cera. Israel bar Abraham lo toma con respeto de sus manos y lo abre.

—Os dejamos por si deseáis leerlo a solas.

—No, no. No creo que sea algo tan reservado. —Rasga el joyero la envoltura y lanza una exclamación de admiración

—¡Una carta bermellona! ¡Cómo se ve que viene de una reina! —La lee y luego la cierra pensativo—. No creo que pueda complacer a la reina. Dadme un día o dos para ver si junto con otros joyeros puedo pasar una oferta. ¿Cuánto tiempo os podéis quedar?

—Unos dos o tres días, amigo Israel, no más. Mientras tratáis de solucionar vuestro problema yo intentaré conocer un poco la ciudad. Tomad ahora las piedras que envía mío padre. —Saca las piedras de su saquito y las vuelca sobre una mesa. El joyero las mira con su mirada experta.

—Dentro de su categoría son muy bellas —dice por fin—, pero las joyas y aderezos con esta clase de piedras, para tener algún valor, deben de tener abundancia de las mismas; ¿puede vuestro padre abastecer en cantidad?

—Sabiendo que las queréis puede traerlas del Bóreas la próxima vez que vaya en caravana hacia allí.

—Bien, hablaremos más tarde de negocios, ahora hacedme el favor de quedaros a yantar conmigo. Vos también, almotacén, si os place. —Pero el almotacén declina la invitación. Doroteo y el joyero se quedaron solos. Ahora el hombre de doña Maior se lleva a Doroteo a una habitación interior y privada. Le interroga en voz baja.

—Decidme, ¿tenéis algún otro recado de parte de la reina?

—No, he venido a veros porque la reina me lo pidió. Visitándoos hago mi personalidad creíble. Aquí termina mi obligación. Pero para hacer las cosas completas, ¿deseáis que lleve algún recado para la reina?

El joyero se lo piensa un momento.

—Hay gran trasiego de personas importantes debido a la muerte del rey de Navarra, pero eso no es noticia, no se podía esperar menos. Se sabe que el príncipe Suleymán tiene muchas posibilidades de derrocar a su pariente si puede llegar sano y salvo al lugar correcto. Los Tochibíes están alborotados y dispuestos a todo. El háchib de Toledo tiene cada vez más relaciones con el de Valencia. Puede gestarse algo para el futuro. Pero no hay nada en concreto. Ahora, mientras comemos, contadme las aventuras a las que se refería el almotacén. Un buen hombre, por cierto.

En pocas palabras le relata el joven todo lo sucedido. Israel bar Abraham se admira grandemente de la astucia del joven.

—Lo habéis hecho muy bien, os habéis ganado la buena voluntad del rabino y de la aljama y eso vale mucho. También os está obligado Absalom, ese viejo pillo. Tiene un gran capital y siempre necesita más. Pero su principal activo es su buen nombre. Es avaro y no desprecia ni un sueldo, pero es honrado. El verse en la picota debe de haber sido casi la muerte para él. Pero vamos, salgamos ya de la habitación. ¿En dónde os alojaréis?

—No lo sé aún.

—Escuchad, hay gran cantidad de casas de huéspedes, escoged bien. Las hay que son verdaderas casas de lenocinio. Aunque aquí somos tolerantes, no conviene que arruinéis vuestra nueva fama de hombre formal en una de esas casas. Visitarlas es aceptable, alojarse allí, no. Pedid consejo al almotacén, él os alojará bien por unos días. Debo, para cubrirme, hacer algunas indagaciones para pasar una oferta conjunta por las joyas de doña Maior, ya que de eso habla la carta. Luego ella puede aceptar las condiciones, o no, según le convenga. Adiós, os espero dentro de dos días. Salid entonces de Toledo, es más seguro, no hay que tentar la suerte. —Le condujo a la puerta para despedirlo como pedía la cortesía. Allí, con sorpresa, Doroteo se encuentra un carruaje que le aguarda.

—Mi amo, Absalom bar Absalom, os espera, noble joven. Si os dignáis venir tengo instrucciones de llevaros a su casa. —Tales fueron las palabras que le dirigió el hombre del pescante. Conviene Doroteo en acompañarle.

—Llevadme pues con vuestro amo. —Tras un recorrido no muy

largo llegan a casa del mercader judío. Se le ofrece asiento junto a una mesa en la que hay delicados manjares y platos de frutas frescas.

—Os habréis quizá sorprendido de mi llamada. —Doroteo no contesta nada y espera. —Bien, veo que sois prudente y no hacéis preguntas. El caso es que me siento en deuda con vos. No os traté con generosidad, os dejé dormir a la intemperie, teniendo sitio en mi tienda. También os saqué cinco sueldos, que no me hacían falta. Comprendedlo, no puedo evitarlo, la vista de cualquier ganancia me dispara. Bueno, siempre que no sea deshonesta. En fin, me habéis hecho un gran favor retirando vuestros cargos contra mi sirviente y mi caravana. Mi nombre no sufrirá desdoro ni la Casa de Cachemira tampoco. Si no hubieseis hecho lo que hicisteis, mi cargo en la Casa era cosa perdida, no se puede tener por representante a un protector de asesinos. Por eso quiero daros una noticia que quizás os alegre.

—¿Y qué es ello, buen padre? —Le habla como a un anciano, con deferencia.

—El bellaco que os apuñaló ha sido condenado a abandonar Toledo y también cualquier aljama de Spania. Tiene que irse en cuanto una caravana parta para tierras de África, que será dentro de pocos días. Puede llevarse su dinero, si lo tiene, y equipaje, pero sus bienes han sido confiscados. Tendrá que comenzar desde abajo como humilde sirviente, así aprenderá. Pero el caso es que las autoridades de la aljama están agradecidas con vos, y se preguntan si querríais aceptar en señal de nuestra buena voluntad la casa que fue de Aarón. Si no es así, se subastará. —Siente Doroteo una gran alegría, desde que llegó a esta bella ciudad ha tenido la vaga idea de que le gustaría tener alguna propiedad. Quizá pasado el tiempo pudiera venir a vivir aquí. O simplemente viajar de incógnito y pasar temporadas en Toledo. También es famosa la ciudad por sus estudiosos y eruditos. ¡Si pudiese entrar en contacto con ellos!

—Os agradezco esa muestra de confianza, buen padre, no sé si debo...

—Nada, nada, si os place, se harán las escrituras hoy mismo y se llevarán al registro de la ciudad.

—¿Puedo pediros, entonces, un servicio?

—Pedid, hijo mío, que si está en mi mano...

—No deseo, por el momento, tener bienes a mi nombre en Toledo. ¿Podéis ponerla al vuestro de mi parte y ocuparos de administrarlo en mi nombre? Yo os haré llegar de vez en cuando dinero por vuestro servicio. Sé que sois seguro como una roca. —Se siente halagado el anciano.

—Así es, hijo mío. Entonces lo pongo a mi nombre, con un codicilo que dice que el verdadero nombre del dueño aparecerá luego cuando él quiera. Me mandáis un recado cuando queráis que lo registre a nombre de cualquiera, hombre o mujer. —Lo dice con picardía el anciano. Sabe que los jóvenes son muy generosos...

Doroteo se siente algo molesto.

—Bien, vamos a ver mi nueva casa, si os parece. Me hace ilusión, es la primera vez que tengo algo. Algo en verdad mío, quiero decir, todo es de mi padre —añade precipitadamente.

En eso quedan como dos buenos amigos. Doroteo se felicita de los contactos hechos, todo le ha salido bien, ahora se dispone a visitar la ciudad y luego ir a ver al almotacén. La vida le sonríe.

Y esto que aquí os he escrito es lo que me pasó a mí, Doroteo, en la ciudad de Toledo. Salí de ella unos días mas tarde y sin problemas encontré mi camino de vuelta hasta la frontera. Los hombres de doña Maior me esperaban para llevarme con toda celeridad a Nájera, adonde confiaba que mi amo y amigo estaría por llegar. En cuanto arribé leí su carta y me dispuse a organizar todo para mi señor.

8

Don García de Navarra organiza una Magna Caza

> *Gar, ¿que fareyo?*
> *¿cómo vivreyo?*
> *Est, al-habib espero,*
> *por él murreyo.*
>
> Anónimo.
> Jarcha, siglo XI

Desde que don García se enteró por Doroteo de que su padre había muerto, no ha hecho más que cavilar cuál será su situación. Como se hallaba en Roma por mandato de don Sancho y en este viaje le acompañaba el conde de Barcelona, don Berenguer Ramón I, (apodado El Curvo por la rotundidad de su cintura), le comunicó al conde la nueva situación. Éste, que se había visto obligado a la fuerza prestar vasallaje a don Sancho, le hizo saber enseguida que no renovaría el pacto. En mala hora lo hiciera. Unos impensados ataques de pujos le llevaron a la tumba en el viaje de regreso. El astuto García firmó nuevo pacto con la condesa Ermesindis, abuela del nuevo conde-niño: Ramón Berenguer.

Arreglado a su satisfacción el asunto del conde de Barcelona, con toda celeridad inició el regreso a Navarra, quemando etapas y reventando caballos. Se teme que en su ausencia algunos condados hayan sido otorgados a sus hermanos, detrayéndolos así a su justa herencia.

No sabía don García aún los términos del testamento, pero se figuraba que cada infante sería nombrado régulo o conde de lo que venía administrando en nombre de don Sancho.

Tiene ganas de llegar y preguntar a Doroteo por todo lo sucedido en Oviedo. Sin duda le contará fielmente todo, no sólo lo dicho, sino sobre todo las actitudes. Quiere saber con quién puede contar, y a quiénes hay que descartar o simplemente hacer desaparecer. Más difícil parecía desembarazarse del conde de Barcelona, y está bien muerto. Él, García, también tiene mucho que comentar con Doroteo, entre ambos encontrarán el modo de allanar dificultades y engrandecer al reino de Navarra.

Por fin llega el joven rey a Nájera, la ciudad de sus amores. Ha visto muchas cosas desde que salió de allí. Inclusive la Ciudad Santa: Roma y la hermosísima Barcelona, pero a ninguna la cambia por su Nájera, él la hará crecer y prosperar. Será su capital, será mas importante que Pamplona. Si Dios quiere, y él mismo acierta a desembarazarse de los obstáculos.

Al enterarse don García de los términos exactos del testamento de su padre, cayó en un ataque de furia que al final le produjo una verdadera enfermedad. Postrado en el lecho, delira, grita y se revuelve. Maldice a todos y sólo me soporta a mí, Doroteo, y yo con paciencia le doy de beber y le pongo paños de vinagre hasta que consigo que le baje la fiebre.

No le dejé solo en ningún momento pues no deseaba que se supiese su condición:

—Está muy cansado del viaje —digo a todos los que preguntan—, muy cansado y tiene fiebre, necesita descansar. Durante tres días y tres noches he velado a mi señor. En cierto modo me alegra su ira. Eso quiere decir que aún tenemos esperanzas de recuperar, por las buenas o por las malas, lo que debía ser de Navarra. Cuando por fin cede la fiebre, se despierta y ya no quiere hablar de lo sucedido. Pero sé que no lo olvida y lo rumia en su interior.

Como si nada hubiese pasado, me cuenta su viaje, la hermosura de Roma, lo animado de sus burdeles y la belleza de sus mujeres. Otro tanto hace describiendo Barcelona. No sé por qué, tiene la manía de detallarme y comentarme las supuestas bondades de todas y cada una de las casas de lenocinio que visita, como si eso le recrease y complaciese. Parece no considerar mi condición de eunuco, o quizá lo hace por eso mismo y le divierte. Por último me habla del Papa y de su intención de introducir en Spania el rito de Cluny.

—Por cierto, Doroteo, si triunfa esa liturgia os vais a ver de lo más buscado, debéis de ser de los pocos del reino que entendéis su letra, esa que llaman caroliana o carolingia o carolina, o yo qué sé. La de la

Curia Romana. No será mala idea que la vayáis enseñando, por si acaso.

A pesar de su charla insustancial y a veces burda, el rey no dejaba de pensar en las necesidades del reino. Tomo nota de ello, tiene razón el rey, hay que estar preparados por si triunfasen los Monjes Negros. Entonces el mundo entero cambiaría a la letra carolina. Moriría nuestra bella letra visigótica, y con ella una parte de nosotros mismos. Pero no puedo seguir con mis pensamientos, ya está el rey preguntando con impaciencia:

—Y vos, Doroteo, ¿qué hicisteis cuando mi astuta madre doña Maior os mandó a Toledo? Contádmelo con detalle, que antes no os hice demasiado caso. —Repito al rey lo sucedido, excepto la posesión de la casa en Toledo. Él se ríe mucho de mis aventuras.

—¿Sabéis que yo me enteré de todo antes de que lo contaseis? —Me maravillo de ello pero él continúa—. Y no sólo eso, sino que mientras vos corríais peligro haciéndoos perseguir como si fueseis el príncipe Suleymán, él hacía tranquilamente su camino a Lérida. Al día siguiente de vuestra partida hacia Toledo salía un joven monje en una caravana con un grupo de ancianos clérigos, que, atravesando el condado de Barcelona, llegó luego a la frontera de Lérida, allí, con oro y una escolta de los Beni Hud, se halla a salvo. ¿Qué os parece? No ha ido a Zaragoza, está en Lérida.

Se ríe alegre. Su expresión es de satisfacción, como la de alguien enterado de cosas que yo ignoro. Es digno hijo de doña Maior, su astucia nos llevará a ambos muy lejos, y yo le ayudaré.

—Bien, señor, veo que estáis muy bien informado. Mientras yo hacía el tonto, me parece que vos os enterabais de todo sin moveros.

—Bueno, Doroteo, no os molestéis. Yo soy el rey de Navarra y tengo información que no tienen otros. Vos lo hicisteis por traerme nuevas de las intenciones de mi madre y yo os lo agradezco; fue la anciana doña Ermisindis la que me informó de que Suleymán estaba cruzando su condado. Pero dejemos eso, Doroteo, es agua pasada. ¿Cómo van los preparativos de la magna cacería? Quiero ver a mis hermanos. —Me complace el sesgo de la conversación.

—Van bien, señor. Estamos convocando a los secretarios y mayordomos. Los conocedores de la zona y los ojeadores. Gente con trompas y cuernos de caza. Las rehalas de perros adiestrados. Médicos y curadores para los accidentados. Caballos navarros, *ginetes*, experimentados en cazar, armas de repuesto para los que estropeen o rompan las suyas, o simplemente para los que no vengan provistos de ellas. Acomodo para trescientos caballeros en tiendas, pues no todos caben en palacio. Naves para los acompañantes y alimentos para los que acudan, ropas y conducho para los llanos. Todo para un pequeño ejército que viene a divertirse.

—A divertirse, sí, y también a que yo le pase revista. Sobre todo veré a mis hermanos, ya que no pude estar en la lectura del testamento de mi padre de gloriosa memoria. ¿Creéis que doña Maior acudirá?

—Cualquiera sabe, señor, está invitada, pero doña Maior es muy independiente. No dice sus planes a nadie. Lo último que supe es que pensaba retirarse a San Salvador de Oña, donde reposan los restos de los condes de Castilla, junto a su deuda y hermana, la abadesa Tigridia y a su única hija, vuestra hermana del mismo nombre. Dijo la reina que deseaba tener cerca los restos de don Bernardo, vuestro difunto hermano. Y a su hermano, aquel *infant* García, vuestro tío, asesinado. Al menos, alteza, eso es lo que dijo a todos.

—Sí, puede ser ésa su intención. Irse a vivir junto a los huesos de sus sombras queridas. ¡Ojalá sea cierto que quiere retirarse! Si lo hace, yo la dotaré regiamente si es necesario. Sabe demasiado y es muy entrometida. ¡Vaya mujer! ¡Quisiera yo encontrar una reina como ella!

Sin saber por qué, por un momento pienso en mi pequeña casa en Toledo. En cierto modo se la debo a doña Maior. Es mi secreto. No puede el príncipe enterarse. Ni siquiera está a mi nombre y no creo que la aljama quiera contar nada de esa historia. Nunca le oculté nada a don García, ni él a mí, pero por esta vez decido mantener en secreto esa casa, será algo sólo para mí.

—¡Eh, Doroteo, estoy aquí! —La voz de don García rompe el hilo de mis pensamientos—. ¿Qué pensáis? ¿Estáis acaso enamorado? —Se ríe con malicia de su ocurrencia. Por esta vez me molesta su velada alusión.

—No, señor, no estoy enamorado, pero puede que alguna vez lo esté.

—¡Oh, oh, qué ambiciones las del eunuco del rey! ¡Vamos a ver, tonto de algarroba! ¿Qué creéis que es el amor? ¿Cómo podríais satisfacer a la menos exigente de las mujeres? Enteraos ¡No tenéis instrumento! —Sé que no lo ha dicho con mala intención, pero me ha molestado igualmente. Se hace un silencio espeso—. ¡Bueno, bueno, Doroteo, admito que he tenido poco tacto! Perdonadme, sólo quería bromear. Ahora vayamos a ver los preparativos de la caza. Asistirá lo más granado de Aragón, Navarra, Castilla, el Sobrarbe y la Ribagorza, sobre todo mi hermano El Cazador, gran conocedor de estas lides. No deseo que quedemos como burdos gañanes que cazan para comer. Deseo que en todo se sigan las indicaciones del antiguo libro *Los Paramientos de la Caza*, con toda su complicada etiqueta.

—Así se está haciendo, señor.

—Bien, Doroteo, sé que puedo confiar en vos. Por favor, repasad conmigo los lances y las cortesías. Quiero que todos queden como ignorantes de la cortesía y la etiqueta. Deseo seguir todo el protocolo paso a paso. Quiero que hasta las perdices y el jabalí caigan según las reglas de las antiguas formas. Que se ensayen las llamadas de las trompas. Hay que saber cómo se empieza y se termina cada lance. —El rey está entusiasmado. Desea que hablen del poder y riqueza del nuevo rey de Navarra. Su entusiasmo es contagioso, también yo me siento muy animado y trabajo incansablemente.

De día en día nos llegaban peticiones de condes y magnates extranjeros que deseaban asistir, para cazar, decían, y para presentar sus respetos al nuevo rey de Navarra. Ello complacía a don García, que veía como su nombre ya sonaba y quería extender su prestigio. Se ampliaron las construcciones para albergar a los condes francos, el de Gascuña y el de Bigorre, don Bernardo, que ha escrito manifestando su deseo de acudir. Vendrá gente de Bearn y de otros lugares menos conocidos. Don Bernardo advirtió que deseaba venir con las dos jóvenes condesas «que nunca han asistido a una magna cacería y desean hacerlo». Así que para él se acondiciona un pabellón especial pues ha advertido que vendrá con multitud de dueñas y señoras de respeto.

—Doroteo —me consultó don García—, ¿creéis que don Bernardo viene con alguna idea?

—Posiblemente a enseñaros a su hija mayor, doña Ermesinda, y ver si os la coloca. La condesa madre no viene porque está preñada y a punto de dar a luz, según creo. A propósito, sé que vuestro hermano don Ramiro hizo parte del viaje a Gijón, en su camino a Oviedo, con los condes de Bigorre, que entonces iban en peregrinación a Santiago de Compostela; supongo que ya conoce a doña Ermesinda.

—¿Cómo, coincidieron para viajar juntos?

—No lo sé con certeza. Sé que en Bayona cogieron el mismo barco. Suleymán llegó con vuestro hermano, no sé quién se lo confió. —Silba don García.

—Caray con mi hermano, habrá que tener mucho cuidado con él. Quizá tiene contactos que yo ignoro y a los que no conviene enojar, al menos no abiertamente. —En esto entró un sirviente anunciando que habían llegado unos hombres con muchos canes. Deseaban los perreros ser recibidos por su alteza. ¿Quería el rey verlos ahora o luego?

—¡Doroteo, son las jaurías y los *costieros*! —se alegra el rey—. ¡Esto ya va tomando color! Pedí que trajesen las dos jaurías reales que están siempre en Pamplona. No sabía si llegarían a tiempo, pero veo que se han esmerado. Mejor, así pueden descansar los lebreles y estar a punto. También he pedido a través del montero mayor que traigan otras dos jaurías de otros lugares. —Se levanta impaciente—. ¡Vamos a verlas! —Salimos al gran patio de palacio y allí encontramos a los canes. Iban todos en traíllas conducidas por servidores vestidos de pardo y con boina, como pide la etiqueta de la montería. Estaban los perros sanos y contentos, si bien algo flacos y llenos de polvo. Pide el rey que los cepillen cuidadosamente y que se les dé de comer en abundancia. Mañana que descansen, pero a partir de pasado que se entrenen como de costumbre. Deben conocer el terreno y a los hombres que circularán por allí.

Las jaurías son de unos cuarenta perros cada una, van en traíllas de cuatro, es decir, unas diez traíllas con sus correspondientes *costieros*. Al haber llegado dos jaurías completas hay, por lo tanto, veinte *costieros* de primera y otros tantos de segunda, que hacen de ayudantes de los más experimentados. Sin duda es un espectáculo alegre y al parecer caótico. Tanto perro vivaracho y ladrador, tanto servidor uniformado, tanto ayudante. Se acerca a los canes don García que los conoce bien y acaricia en la cabeza a algunos de los perros, les llama por sus nombres y sin miedo alguno va entre los que parecen feroces animales.

—Llamadme al montero mayor. —Aparece éste al punto y, durante un rato, don García le da precisas instrucciones. Por fin termina—: Además haced previsión para las otras dos jaurías que llegarán pronto. Si los servidores, o los *costieros*, no vienen apropiadamente vestidos, que tengan preparados lo que necesario fuese para que todos cumplan el reglamento de la caza en Navarra. Trajes, guantes y boinas. —Se dirige a mí—. Vamos, Doroteo, volvamos a lo nuestro.

Durante muchos días seguimos con nuestros preparativos. Por fin empezaron a llegar los invitados. El día último del mes de noviembre es el día que estipula el *Paramiento* para la apertura oficial de los actos. Sabedores de ello unos días antes ya había algunos caballeros, condes y magnates, unos alojados en palacio, otros en los edificios adjuntos que se habían levantado con tal propósito. Los últimos en llegar fueron los reyes; de ellos, el primero en llegar fue Ramiro, acompañado de lucido séquito de infanzones y de su Curia Regia, vestido de finas pieles y bonete de viaje, arribó, al parecer del mejor humor. Entró en palacio con toda confianza, con el aplomo que da el saberse rey y sin hacerse anunciar penetró en los aposentos reales haciendo a un lado a los guardianes que le querían cerrar el paso. Hablábamos don García y yo sobre asuntos de la magna cacería cuando se abrió la puerta repentinamente y la figura alta y gallarda de su medio hermano resaltó en el marco:

—¡Dios os guarde, buen rey de Navarra! —Así saludó don Ramiro a mi amo. Por un momento el de Navarra dudó en cómo dirigirse al de Aragón. Leí en sus pensamientos, una respuesta como: «también a vos, rey de Aragón»; sonaba como un nombramiento o aceptación, cosa que no deseaba don García. No podía decir: «Y a vos, régulo», cosa que tampoco era aceptable, si se había de conservar una cierta atmósfera cordial. Pero don García no carecía de recursos, así que levantándose de su cátedra se dirigió a su medio hermano y le abrazó diciendo:

—¡Bien hallado seáis, hermano! —Durante un cierto tiempo hablaron de ellos mismos, de cómo se hallaban en esos momentos y de cómo se las prometían muy felices durante esos días de caza. Parecía que los graves asuntos de estado que eran la verdadera razón del encuentro, no figuraban para nada en sus pensamientos. Luego se dirigieron en buena paz y armonía a ver los preparativos, los alojamientos, los perros y otras cosas. Todavía estaban los dos charlando animadamente sobre si el tiempo era o no favorable a la caza del jabalí, cuando las trompas anunciaron que otro infante acababa de hacer su entrada en el patio de armas. Era el joven don Gonzalo, que, haciendo honor a su sobrenombre de El Cazador, venía vestido de punta en blanco como un cazador, al igual que sus jóvenes acompañantes. Llegaron todos ellos exultantes. A sus jóvenes años una magna cacería era una emoción que les llevaba en sus alas.

Se encendió un gran fuego en el salón mayor de palacio y se sirvió vino y gran variedad de bocados dulces y salados. Todo era cordialidad, y la riqueza del reino era obvia. Lo ofrecido era de la mejor calidad y en grandes cantidades. Brillaban los lucernarios y los hachones resinosos. Entre los convidados se mueven los juglares que amenizarán las horas con sus juegos, danzas y charadas. También han venido otros artistas atraídos por la noticia de la magna reunión así que no faltaba distracción. A ninguno de los que vinieron ofreciendo sus servicios para entretener a la concurrencia se le negó la promesa de una buena paga si el rey quedaba satisfecho de los servicios prometidos.

Poco a poco habían llegado los demás cazadores. Los magnates con sus secretarios de caza, sus mayordomos y sus lanzas de honor. Los reyes con sus magníficos séquitos, los condes con sus fideles y sus familias. Todos se hallaban allí a la mayor gloria del nuevo reino de

Navarra. También había una nutrida representación del brazo de la Iglesia, el más importante en este momento es el obispo de Pamplona, a quien le toca oficiar las preces previas y las que se recen al terminar la cacería. También él lleva sus hombres de acostamiento y aunque por ser anciano no tomará parte en la caza directamente, actuará como observador desde un punto privilegiado.

Se hace pregonar por medio de jóvenes de buen aspecto, que según la costumbre pueden ser los hijos menores de los participantes, que las armas que se autorizan son: «El palo de hierro, lanza, saeta, cuchillo de caza y maza o clava.» Se estipula que con las saetas «se atacará a distancia, la lanza para acabar con la bestia una vez herida y el palo y la maza, cuando el animal, gravemente herido, quiera defenderse». Por último se hace saber, o se recuerda, que «el cazador hábil y sosegado no deberá hacer uso del cuchillo de caza, que siempre llevará consigo, si no es para su defensa personal, cuando el animal se lance directamente sobre él y no haya distancia para hacer uso de la lanza o de las otras armas, o éstas no están a su alcance». Éste es el reglamento de la caza, según el antiguo *Libro de los Paramientos*. Se repite el mensaje por los salones donde los nobles se reúnen y hablan, juegan a las cartas o a los dados para pasar el tiempo, y así transcurren las horas que les faltan para la esperada cacería.

Poco a poco se abandonan los trajes cortesanos o de viaje y empiezan a aparecer los trajes propios de la caza. Los servidores, no siendo infanzones, vestirán al igual que los *costieros* con boina gris basta de lana, calzas de cuero y calzones sobre los que cuelga una túnica corta. Llevarán, sólo durante la caza, un cuchillo para defenderse en caso de que fuera necesario. Son libres de llevar palos y trancas. Como hay servidores de distintas regiones en las que no usan boina, no traen esta prenda en sus equipajes. A éstos se les proporciona una boina gris por el montero real. También, con gran generosidad por parte de don García, se reparten guantes de buen cuero a todos los servidores que han de tomar parte en la caza, directamente o no. Sólo faltaban dos invitados de importancia: don Fernando de Castilla y su reina y el conde de Bigorre con su familia. Por fin llegaron casi al unísono. Se repitió la escena de saludos y abrazos, esta vez no tuvo reparos el de Navarra en intitular rey a su hermano, fue preguntado don Fernando el porqué de su tardía llegada.

—Nada de importancia, hermano, al menos espero que no sea nada. Leoneses de la frontera han atacado nuestras avanzadillas de la raya. No hay mayores consecuencias. Esperamos que su rey ponga orden en esa zona y que podamos convivir pacíficamente. Me llegó la noticia cuando me disponía a salir hacia aquí y no quise abandonar el reino sin saber el exacto alcance de la tropelía. Parece cosa sin importancia, hemos reforzado la frontera y escrito al rey de León. Pero contadme, contadme cómo os fue en Roma con el Santo Padre y en Barcelona con el conde. Han llegado noticias de su muerte, casi repentina. ¿Me podéis relatar algo? Creo que aún os encontrabais allí. —Pone don García rostro triste y apesadumbrado—: Efectivamente, volvíamos juntos en el barco del conde y sin razón aparente él se fue poniendo cada vez más enfermo. A poco de llegar a Barcelona, falleció entre la consternación de todos. Yo hice ver que lo sentía más que nadie, estaba en conversaciones con él para renovar en buenas condiciones para ambos el pacto de vasallaje.

—Quedaría en nada, claro, ante su fallecimiento.

—Al contrario, el heredero es un menor, como bien sabéis, le conviene estar en buenos términos con Navarra, así que por la influencia de la anciana condesa, la abuela Ermisindis, se ha llegado a un rápido y ventajoso tratado.

—Ventajoso, sí, hermano. —Lanza una carcajada el de Castilla—. ¿Pero para quién? —Ríe también el de Navarra.

—Pardiez, hermano, para mí, naturalmente. Navarra es mucha Navarra, y García mucho García, ya lo veréis. —¿Había una velada advertencia? Charlan los dos hermanos al parecer amistosamente, pero se observan tan atentamente como un cazador a su presa.

Suenan las trompas anunciando la llegada de un conde. Se asoman los reyes a la gran ventana de piedra y ven un lucido séquito entrar en el patio. Hombres vestidos lujosamente al estilo de Provenza algo fatuo y decadente. Abrigos de ricas pieles, sobrepellices de piel y seda, bonetes lujosos, escarpines de colores rematados con piel de marta y zorro. Guantes de ante fino en colores fantásticos, violeta, dorados, blanco. Al oír la llamada de las trompas que anuncian su llegada y les dan la bienvenida, ellos a su vez sacan las trompas de cuerno y plata que traen en bandolera sus monteros y lanzan al aire sus alegres notas que dicen «Gracias por la recepción y la invitación. Saludamos al rey». Son los únicos, además de don Gonzalo, que han interpretado la trompa correctamente y que han sabido responder. No sé si don García se alegra o se molesta. El resto de los invitados se pregunta a qué viene esta demostración musical, pero atraídos por ello salen todos de los salones y habitaciones y se unen a los recién llegados. Al punto se organiza en el patio una amable recepción y conversación, los amigos se reencuentran o se reconocen, las damas y dueñas miran púdicas y coquetas, me parece que los de Bigorre se pavonean como faisanes luciendo sus plumas, pero lo hacen gentilmente y nadie puede ofenderse. En realidad prestan elegancia y boato a la magna cacería. Vienen con ellos infinidad de dueñas, jóvenes y viejas que parece que están encantadas de venir y que se mueven con soltura entre los caballeros. Van tan elegantes que da miedo que puedan montar a caballo de esa guisa, no sabemos cómo los equinos no tropiezan con tantas gualdrapas, bridas complicadas, mantos de las damas y vestiduras que cuelgan por todos lados. Ellas parlotean alegres, sin hacer muchas concesiones al protocolo. Cada una trae además un montero y una dueña. Están preparadas para todo.

Al oír el bullicio ha salido también don Ramiro, que siguiendo su costumbre a esas horas se dedicaba a sus oraciones en la capilla de palacio, reconoce al punto al conde don Bernardo y se acerca a saludarle, pero sus ojos buscan algo, o a alguien a quien no ve.

—Señor conde de Bigorre, ya habéis llegado —dice el joven—: mucho me alegré de saber que vendríais. Siento que la condesa doña Guarsinda no haya podido acompañaros. ¿Cómo está?

—Bien, don Ramiro, bien, pero ya no puede viajar.

—Comprendo, espero que os dé un hijo varón. ¿Cómo os fue el viaje a Santiago?

—Divinamente. Nunca mejor dicho. —El conde se ríe de su ocurrencia—. Llegamos, abrazamos al Apóstol, rezamos, confesamos, cumplimos nuestra promesa y volvimos, sin tormentas y sin moritos. ¿Por cierto, qué fue del príncipe Suleymán? ¿Le dieron los reyes su libertad, o morirá obscuramente en tierra de cristianos?

—Señor conde, cumplimos la palabra dada. A sus dieciséis años podía volver.

—Sí, sí, podía, la cuestión es: ¿volvió vivo?

—Que yo sepa, está en Lérida. No sé más.

—Y vos, ¿no preguntáis por nadie más de mi familia, don Ramiro?, o acaso ya habéis olvidado... —Enrojece el joven rey. Es un aguerrido soldado y un gran cazador, pero como galán es algo torpe.

—Señor, ¿han venido las condesitas?

—Han venido, han venido, don Ramiro; y como no os apresuréis las encontraréis conversando con otros galanes, que veo muchos. La que os interesa, creo, va de verde oliva claro, gualdrapas y todo. Buscadla en el tumulto. —Se inclina Ramiro y se aleja precipitadamente tropezando con otros hombres que se mueven en el patio. Apenas han pasado unos minutos desde que arribaron los de Bigorre y a Ramiro le parece que hace ya mucho tiempo. Teme que alguien se le haya adelantado, pero no es así, entre la multitud que se mueve en el patio de armas ve a una joven dama vestida de color verde claro con tocado de pieles y plumas, todo verde. También las gualdrapas del caballo lo son, y las bridas y los escarpines. Los ojos de la bella son también verdes y fosforescentes. Esos ojos buscan a alguien, no lo ven y se mueve inquieta. Se acerca don Ramiro y se atreve a cogerle del pie, da ella un respingo y lo mira desde la altura de su caballo. La dueña que acompaña a la dama mira con desaprobación al atrevido caballero y luego se esfuma. Ya ha cumplido con su obligación. Ahora va a ver si ella también encuentra galán. Es una discreta viuda doña Sunifreda, quién sabe...

—Señora, bendito sea el Señor, que os ha traído hasta aquí —saluda don Ramiro a la bella Ermesinda.

—Mejor bendecid a *Buenmozo*, mi caballo, que es el que de verdad me ha traído. ¿Cómo os halláis, don Ramiro? ¿Dispuesto para la cacería? —De pronto don Ramiro se halla pronunciando algunas palabras insólitas para él.

—Señora, me encuentro sin aliento desde que os vi. Por favor, no dediquéis vuestra atención a otros caballeros, soy vuestro, como vuestro montero y servidor, si queréis. —Se ríe ella, y sus ojos verdes destellan juguetones.

—No seáis tan impulsivo, no conviene a los reyes. Pero en fin, si me prometéis cuidar bien de mí durante la cacería, os prometo que seréis mi galán, si mi padre lo consiente, claro —añade, entrecerrando los ojos. No hay más presencias en el patio de armas que Ramiro y Ermesinda. Ermesinda y Ramiro. Se miran y se sonríen. El resto del mundo ha sido puesto allí como adorno para ellos. El mundo está sólo habitado por ellos dos. Alguien interrumpe:

—¡Eh, don Ramiro, dejad de mirar y presentadme a tan gentil dama! —Es don García el que así habla, sus ojos de buen conocedor del género femenino han descubierto a Ermesinda y no pierde tiempo. Es hermoso el rey de Navarra, fuerte, alto y orgulloso. Don Ramiro advierte que se aproxima un competidor de categoría y arriesga todo a una carta.

—Vuestra alteza me permitirá que le presente a doña Ermesinda, hija del conde de Bigorre, mi prometida. Doña Ermesinda, este que aquí veis y que os quiere conocer es mi hermano, el rey de Navarra, don García Sánchez, nuestro anfitrión. No encontraréis caballero más cumplido en el reino, ni más galante. —Don García queda atónito.

—¡Cómo, don Ramiro! ¿Esta pequeña maravilla es vuestra prometida? Bien callado lo teníais. ¿Desde cuándo? —Se dirige luego galantemente a doña Ermesinda—. Señora, si no es verdad, aquí contáis con un candidato a ser vuestro caballero, al menos mientras dure la cacería, luego ya veríamos. —Ella lo mira gravemente, aunque sonríe.

—Alteza, os saludo y agradezco vuestra invitación. Nuestros padres han contratado nuestro matrimonio, aún no es público el contrato y compromiso, pero es así, por lo que ya me considero su prometida.

—¡Cómo que «nuestros padres»! El padre de don Ramiro, que fue el mío, ha muerto, y que yo sepa no había contratado ningún matrimonio, ¿o sí? —Se dirige a Ramiro. Éste se siente lleno de felicidad pues su amada no ha desmentido sus palabras.

Asiente el de Aragón:

—Lo había contratado con el conde de Bigorre, antes de que yo lo supiese, pero ahora yo estoy de acuerdo.

—Mil parabienes pues, hermano. Estaré en vuestra boda. ¿Para cuándo será? —Doña Ermesinda saca del apuro a don Ramiro que no sabe qué contestar.

—Dadnos aún un poco de tiempo, señor, soy muy joven, por eso no se ha hecho público el compromiso. Cuando mis padres lo consideren prudente, entonces. Seréis el primero en saberlo. —Don García está verdaderamente sorprendido, algo se ha hecho sin que él tuviese noticia alguna, no tenía ni idea de que el rey de Aragón se daba tanta prisa en afianzar su reino. No es lo mismo un rey doncel que un hombre casado. Debe García acelerar sus acciones si quiere evitar que los reinos se asienten. Tiene que hablar con sus hermanos y poner las cartas boca arriba.

—¡Señor, señor! —es Ermesinda quien le llama. Vuelve don García de sus pensamientos.

—Perdonad, señora, la noticia me ha dejado sin habla. Decid, ¿me queríais para algo?

—Deseaba, alteza, si os place, presentaros a mi hermana Beatriz Estefanía. Ya sé que debía presentárosla mi madre o en su defecto mi padre, pero anda por ahí mezclado entre los caballeros. Luego lo hará formalmente. —Mira el rey de Navarra hacia otra joven que también está aún a caballo. Viste de un color oro viejo, su cabello es casi del mismo tono y a diferencia de Ermesinda, que viste toda del mismo color, lleva una capa roja carmesí. «Como sus labios», piensa el rey. Muchos defectos puede tener el de Navarra, pero no el de ser poco galante. Las mujeres son su debilidad y a ellas dedica toda su simpatía y su atención. Doña Beatriz Estefanía es algo más joven que doña Ermesinda, pero don García también es más joven que don Ramiro, así que la diferencia queda compensada. Impulsivo el joven de Navarra toma el halda del vestido de Beatriz Estefanía y lo besa devotamente.

—Señora, soy desde ahora vuestro adorador. Vuestros vestidos son para mí reliquias. —Doña Beatriz Estefanía le oye con sorpresa y se echa a reír con toda su alma, enseñando unos dientes pequeños y blanquísimos. El rey de Navarra se siente bastante tonto al ver qué hilaridad provoca su gesto y palabras.

—¡Cómo, señora! ¿Os reís de mi admiración? —Lo dice algo mohíno.

—No, no, disculpad alteza, estabais tan cómico besando mi vestido... Os agradezco ese gesto gentil, pero no sobrepaséis la gentileza, la gente puede murmurar.

—¡No se atreverán! Soy el rey y admiro a quien quiero. Hermosa ninfa, ¿cómo habéis dicho que os llamáis?

—Mi hermana ha dicho mi nombre, alteza: Beatriz Estefanía.

Interrumpe doña Ermesinda:

—Ahora que sabéis nuestros nombres, rey de Navarra, excusadnos a ambas, hemos de desmontar y retirarnos a nuestras habitaciones a descansar y vestirnos apropiadamente. Idos, os lo rogamos, con vuestros amigos, invitados y cazadores. Ocasión tendremos más tarde de platicar sin levantar comentarios. —Tiene razón la joven, de hecho muchas personas cuchichean viendo cómo ambos reyes cortejan descaradamente a las dos condesitas. Se retiran los dos reales hermanos, aunque de mala gana, y van en busca del de Bigorre, y es que siempre ha sido aconsejable besar al santo empezando por la peana. Si han de seguir cortejando a las dos doncellas, han de estar en buenas relaciones con el conde, quien tiene las llaves de lo que pueda suceder, al menos en sus inicios.

Cuento esto yo, Doroteo, el hombre de confianza de don García, porque yo lo vi con mis propios ojos, y porque más tarde el rey García me estuvo dando la lata contándome cuanta gracia, belleza y encanto tenían «las niñas del de Bigorre». Mi amo ha sido siempre muy enamoradizo, por ello no le di mas importancia que otras veces. Sólo vi un reparo en esta repentina atracción, ya que siendo, como parecía, doña Ermesinda la prometida de don Ramiro, no era sensato intentar una seducción en la persona de doña Beatriz Estefanía, pero me guardé muy mucho de dar ninguna opinión, entre otras cosas porque no se me pidió.

Las jóvenes no vinieron a cenar con los demás invitados, con gran desencanto de don Ramiro y don García. Lo noté porque ambos habían cuidado su atuendo con exquisito esmero, adoptando para esa noche la moda provenzal. Pero no hubo nadie que los admirase, al menos no quienes ellos quisieran. Se comió alegremente. Aparecieron los juglares con sus tragafuegos, malabaristas y contorsionistas. Se tocó el laúd, la cítara y los crótalos. Bailarinas francas, moras e inclusive un grupo de esclavas negras del Senegal, nos distrajeron hasta altas horas. No se podía pedir mejor anfitrión, ni más generosidad, elegancia o riqueza. Don García había bebido un punto más de lo que aconsejaba la etiqueta, pero ésta se relaja un tanto en las cacerías y en las fiestas anteriores y posteriores.

—¡Don Fernando, don Fernando! —Era don García el que así llamaba al rey de Castilla, que estaba sentado en el otro extremo de la mesa junto al joven don Gonzalo, rey del Sobrarbe y la Ribagorza. El ruido no permite que Fernando oiga a su hermano; por fin éste se levantó y le lanzó una pieza de fruta que vino a caer con un golpe sordo dentro de su plato. Levantó la vista sorprendido el de Castilla y entonces vio a su hermano que le hacía señas.

—Don García —pregunta Fernando con algo de sorna—, ¿qué quiere decir vuestra fruta mensajera? —Don García tenía el vino algo subido. Con el borde de un cuchillo golpeó el vaso de cristal pidiendo silencio.

—Amigos e invitados todos, estos juglares se han esforzado en divertirnos y casi lo han conseguido, pero yo os digo que ninguno de ellos tiene el buen gusto y la voz de mi hermano, el rey de Castilla. Con permiso de doña Sancha, su reina y esposa aquí presente, quiero pedir a don Fernando que nos cante algo. Os aseguro que no hay en el reino una voz mejor timbrada que la suya.

Al principio el nombrado se niega cortésmente, pero luego, sin hacerse de rogar solicita una vihuela.

—Amigos —dice a los comensales—, después de oír canciones moras y provenzales, deseo cantaros algo del pueblo. En Castilla ya se hacen oír por todas las plazas y lugares en donde la gente se reúne para pasarlo bien. Os cantaré algunas jarchas, una poesía tradicional en romance dentro de un poema árabe que se denomina moaxaja. El poema está en árabe y la salida en romance. Ésa es la novedad. Con ella el pueblo acepta la fusión de las dos lenguas en una unidad musical por todos entendida.

Después de esta explicación, cantó, y su voz causó admiración en los comensales; era bien timbrada y potente y los mismos trovadores extranjeros desearon al punto aprender aquel estilo de canción que tan bien interpretaba el mismísimo rey de Castilla. Fue la fiesta un éxito y con las últimas trovas, las jarchas, entonadas por el de Castilla, se retiraron todos a descansar para el día siguiente en que se iniciaría la Magna Caza.

Era el día siguiente el primer día de diciembre. Desde muy temprano, y antes de que se levantaran los invitados, los mayordomos, *costieros*, ayudantes y servidores todos, empezaron a organizar lo que necesario era. Se recuentan por última vez las armas a emplear, se revisan las jaurías, se cepillan y adornan los animales. Pero sobre todo corresponde el mayor trabajo a los clérigos. Ése es el día en que ha de encomendar al Altísimo el buen desarrollo de la fiesta. Para ello se inicia la celebración en la explanada que hay en frente de la catedral.

A la hora nona, media tarde, se reúnen a son de campana tañida los reyes, rico-homes, hidalgos, labradores y villanos, con sus armas y trajes de caza, caballos y perros. Los nobles se sitúan a la derecha y los llanos a la izquierda. Exactamente una hora más tarde, las campanas anuncian la aparición del clero. Desde las escaleras de la catedral, el obispo bendice a la multitud de hombres y bestias reunidos más abajo. Un coro lucido de monjes entonan las oraciones pertinentes. Se eleva el incienso desde muchos incensarios, se aspergia a la multitud con agua bendita, se reza por el éxito de las jornadas en paz y concordia y se termina con la exclamación extraída del salmo 132, 1-2:

—*Ecce quam bonum, et quam jucumdum habitare fratres in unum.* [«¡Oh, qué bueno y delicioso es vivir unidos los hermanos!»]

A lo que contesta el coro varonil de los monjes y clérigos:

—*Sicut unguentum in capite, quod decendit in barbam, barbam Aaron.* —[«Es como perfume derramado en la cabeza, que baja por la barba, la barba de Aarón.»] Y con esto acaban las oraciones, las trompas indican que la ceremonia ha finalizado, los asistentes pueden ir adonde mejor les convenga y a partir de este momento, oficialmente, disfrutan de tres días de conducho, comida, condidura y cena del rey. En otras palabras: que el alojamiento, comida y vestido de todos los que toman parte en la Magna Caza, tanto nobles como villanos, corre a cargo del rey. Naturalmente los nobles y potentados declinan este honor ya que prefieren sus hermosas ropas hechas a su medida y que son exponentes de su riqueza y categoría, pero los servidores, villanos, secretarios, perreros, *costieros*, curiosos y trovadores, cuenteros, pedigüeños y demás hombres llanos se dirigen jubilosos al almacén real, ya bien preparado y aprovisionado.

Yo, Doroteo, el que esto os cuenta, me percaté entonces de que había alguien más, ni malabarista ni pedigüeño, alguien a quien ya había visto en los pasillos del alojamiento de doña Maior en el palacio alto de Oviedo, aquella vieja que se hace casi invisible en los rincones, como una araña pequeña esperando a su presa. Aquella de nombre Alexania, partera y curandera, y que don Fernando había cedido a don Gonzalo. Tengo que saber qué hace aquí esta mujercita. También ella se dirige a los almacenes reales a pedir vestido y conducho.

A la mañana siguiente, mucho antes de despuntar el alba, suena alegre y aguda la trompa que llama a los cazadores; al mismo llamamiento acuden al patio de palacio los *zagueros* que son los servidores que acompañan a las bestias de carga que han de llevar las armas y los víveres. Es aún noche cerrada. Se encienden luminarias por todas partes, velones, hachas resinosas, lamparillas. Los señores y señoras se acicalan convenientemente y es parte del protocolo que todo ello se lleve a cabo con el mayor sigilo posible. No debe de oírse nada que quiebre el silencio del amanecer. A la segunda llamada, que es una hora antes del alba, acude el *mesnadero* y los criados con los perros. Mientras tanto los nobles se reúnen en el amplio comedor para tomar una colación. A la tercera llamada de la trompas, que es al romper el alba, los reyes, ricoshomes e infanzones, salen lujosamente ataviados y convenientemente armados, caballeros sobre sus *ginetes* o caballos de raza navarra, dirigiéndose en cabalgada hacia el lugar en donde los perros ya han buscado el rastro de los animales.

Así se organiza y se empieza una Magna Caza en el reino de Navarra. El discurrir de la misma es muy parecido al de cualquier otra cacería por lo que me dispensaréis de contaros más. Sí os diré que las jóvenes condesas de Bigorre fueron las que más llamaron la atención de todos. La moda franca es a veces incomprensible para los que vivimos aquende los Pirineos. Cazan bien estas jóvenes, deben de haber sido adiestradas por muy competentes cazadores y aitanes, pero lo que nos dejó a todos sin habla fue su atuendo. Vestían las dos damas como pajecillos, con calzas y juboncillo. Capa corta, bonete con pluma, guantes de cuero, arco, flechas y jabalina ligera. En honor a nuestro protocolo, montaban nuestros navarros *ginetes*, pero lo hacían no a mujeriegas, sino como hombres, a horcajadas. Y lo hacían bien, a fe mía. Me temo que los reyes de Aragón y Navarra perdieron alguna vez la puntería por mirar a las atrevidas doncellas. Lo más curioso es que van flanqueadas por sus dueñas, tan arriesgadas como ellas. La joven viuda, Sunifreda, que ayer las acompañaba, va también volando sobre un brioso corcel. Veo muchos ojos apreciativos que la siguen. Si no consigue marido, al menos conseguirá compañía. En un momento dado me alejé un tanto de la partida deseando descansar sin ser visto; cuál sería mi sorpresa al ver entre los árboles a Sunifreda y don García entretenidos en amoroso lance. Tan ocupados están que ni ven ni oyen. Me hallaba sentado en el bosque, meditando sobre el significado de lo que mis ojos vieron, cuando una voz interrumpió mis pensamientos. Era la vieja Alexania paseando por el soto.

—¿En qué pensáis, bello Doroteo?

Intenté disimular.

—Pienso en lo mejor para mi rey. A partir de hoy todos sabrán la grandeza de Navarra. —Ella me miró desde el fondo insondable de sus cuencas.

—Yo puedo hacer algo por vuestro señor.

—¿Vos? Perdonad, vieja madre. Pero vos y yo somos demasiado pequeños.

—No tanto. Yo, por ejemplo, puedo allanar el camino de los reyes.

—¿Y cómo se allana el camino de un rey?

—Con la muerte de sus enemigos. Yo puedo hacer que sus enemigos mueran. —Tuve un escalofrío. Me pareció entender que la vieja era dueña de la vida y de la muerte. Claro que era una ilusión.

—¿Cualquier enemigo? —pregunté sin aliento.

—Sí, si se lo ruego a Santa Comba de Bande.

—¿Aunque fuere un hermano?

—Sí, si a la santa le place... ¿Queréis pedir la muerte de un hermano?

—No, no, era por hablar.

—No queréis que don Gonzalo muera. ¿O sí? —No me atreví a decir nada. Ella me miró a los ojos y dijo—: Comprendo, no necesitáis decirlo. —Fuese andando sin hacer crujir las hojas, como un fantasma que flota. Oí las trompas que anunciaban el fin de la jornada cinegética. De pronto sentí mucho frío.

9

Una reina para Navarra. Un amor para Doroteo

Ex genere claro semini regali talis decet utique nasci proles optima que paternum genus ornat maternumque sublimat.

[«Digna de su óptima sangre real,
orgullo del linaje de su padre y de la alta gloria
de su ascendencia materna.»]
Epitalamio de la Reina
doña LEODEGUNDIA.
Siglo IX

Al finalizar la Magna Caza se fueron los invitados haciéndose lenguas del poder y la magnificencia del nuevo rey de Navarra y llegó el momento de que los hermanos se reuniesen para solventar sus asuntos. El primero en hablar con García fue don Gonzalo *el Cazador*. El joven no ha planteado ningún problema al rey de Navarra. En realidad éste necesitaba alguien que le representara en esas tierras lejanas y algo inhóspitas. Don Gonzalo se ha avenido de buen grado a gobernar como Baylío, a cambio puede intitularse rey. Don García le advierte que no tenga veleidades de creérselo.

—Si obedecéis mis mandatos y no tenéis ambiciones fuera de vuestro territorio, podéis ser el rey del Sobrarbe, y aun de la Ribagorza.

El joven acepta encantado y su contestación complace a don García:

—Sólo aspiro a cazar, convivir con mis amigos y conocer el amor.

—Bien poco es —admite García—. Si halláis una mujer que os agrade hacédmelo saber, os haremos unas bodas de ensueño. Si no halláis ninguna en esas escarpaduras, yo mismo os encontraré una doncella, noble, hermosa y obediente. Seguiréis como hasta ahora, bajo la tutela y el cuidado del rey de Navarra. Muerto don Sancho, yo os proveeré de lo necesario. ¿Os conviene? —Y así es como, sin ninguna discordancia, se arregló el estatuto de Gonzalo *el Cazador*.

De otro cariz es el asunto de don Ramiro. Decidido a afrontar el problema planteado por Aragón, el monarca navarro ha invitado a un almuerzo a su hermano y, sorprendentemente, al conde de Bigorre. Éste no se explica para qué ha sido convidado a ese ágape familiar; curioso, lo pregunta abiertamente:

—¿A qué debo el honor de compartir mesa con vos y vuestro hermano el rey de Aragón? —El de Navarra no esperaba ser interrogado tan directamente por el conde, deseaba ser él el que llevase la conversación hasta donde le interesaba. Ahora no puede eludir una respuesta directa, y ello le incomoda.

—Pues que tan crudamente lo preguntáis, conde, os responderé de la misma forma, y lo pregunto también a mi hermano: quiero saber si es definitivo el compromiso de Ermesinda y Ramiro.

—Señor —dice el conde algo molesto—, con mi respeto, no creo que eso sea de vuestra incumbencia.

—Lo es. La boda de un vecino poderoso siempre interesa a los reyes. Además, yo ostento, entre todos los hermanos, la realeza, y debo autorizar ese matrimonio.

—Hermano García —tercia tranquilamente Ramiro—, no es correcto interrogar al conde tan abruptamente. La boda con doña Ermesinda está casi concertada, a falta de algún detalle. Quiero adelantar a don Bernardo, en vuestra presencia, que por mi parte estoy de acuerdo en las estipulaciones que hicimos hace ya algún tiempo. Acepto y me considero muy honrado. Dicho esto, ruego al conde que se retire pues deseo tener unas palabras con vos. —El de Bigorre ve una salida airosa a un momento violento y se levanta.

—Altezas, seguiremos la conversación en otro momento. Nada de lo dicho saldrá de mí. —Abandonó enseguida la habitación pues presentía una escena tormentosa. Inmediatamente Ramiro y García se enfrentan.

—¡Cómo osáis, don Ramiro, interrumpir mi conversación con el conde! —grita acalorado el de Navarra.

—Simplemente porque si queréis saber algo de mi boda, debéis preguntarme a mí. Además quiero que quede bien claro, también para vos, hermano, que no necesito vuestra autorización para nada. Me place la condesita y me casaré con ella, tanto si os conviene como si no.

—¿Habéis hecho algún plan con el conde para amenazar a Navarra?

—Sois mal pensado, García. Don Bernardo sólo desea afianzarse frente a los condes de Gascuña.

—¿Y vos, qué obtenéis de esa boda? —Aunque desconfiado, parece don García más tranquilo.

—Primeramente a doña Ermesinda. Os confieso que es mi dueña. Luego, si el Papa no levanta la excomunión al heredero de Bigorre, mi esposa será la heredera de los condados de Bigorre y del de Gascuña, y yo a través de ella. Es para mí una boda ventajosa.

—No está mal pensado de parte del viejo conde. Pero recordad que Gascuña es protegida de Navarra, y si no tiene heredero varón, podría reclamarla para mí. Es muy astuto el de Bigorre, una alianza con Aragón hará que sus parientes no intenten nada. Y pasando a otro asunto: os habéis intitulado rey sin mi consentimiento.

—No veo, alteza, cómo podéis evitarlo. A mí me han elegido rey mis hombres, los llanos y los nobles, me han elevado sobre un escudo y proclamado rey según el rito de los antiguos reyes godos, yo les he jurado lealtad y respetar sus libertades. No hay nada que podáis hacer.

—Eso queda por ver, hermano. Nuestro padre me dejó sólo a mí depositario de la realeza, los demás debéis estar sujetos a mí, y vuestros hechos deben respetar siempre el provecho del reino.

—Que siempre será el vuestro. Vuestro provecho. No, don García, mis hechos serán siempre en provecho del reino de Aragón. Los condados crecen, señor. Ved el de Castilla, es ahora reino, con el consentimiento y aprobación de todos.

—Ahí me dais la razón, con el consentimiento del rey de León, don Bermudo, su rey legítimo.

—No deseo discutir con vos, el rey-emperador aceptó un hecho consumado. Los castellanos deseaban rey, no conde. Igual que los de Aragón. —Don García iba perdiendo la paciencia, de la que siempre tuvo poca. Se levantó violentamente tirando la silla al suelo.

—¡Por todos los santos, Ramiro, no toleraré que os llaméis rey sin mi autorización! Y ya que estamos en estos asuntos, tampoco tendré ciudades navarras bajo vuestro poder, ¡podéis ir pensando en devolverlas!

—¡No devolveré nada de lo que me ha sido dado! Don Sancho me las dejó en su testamento y ahora son patrimonio de Aragón. Si las queréis, tendréis que tomarlas por la fuerza.

—¿Me retáis acaso, régulo?

—Rey de Aragón es mi título, Ramiro Primero, mal que os pese; y sí, os reto.

Por un momento se miran los dos, parece que van a llegar a las manos. Pero por alguna razón desconocida, don García rompe a reír y se acerca a su hermano dándole golpes en los hombros:

—Vaya, vaya, menudo defensor le ha salido a Aragón. Vamos a hacer un trato si os parece: de momento ni apruebo ni censuro vuestra posición. Reconsiderad vuestra dignidad. Si aceptáis ser rey bajo mi égida, os reconoceré como rey y os aseguro una amplia autonomía. Si no, volveremos a hablar dentro de algún tiempo y ya veremos si nos declaramos la guerra. En cuanto a las ciudades pensad en ellas una por una. Ved si podéis vender alguna a Navarra, o canjearla por alguna plaza fronteriza, no deseo teneros clavado en el corazón de mi reino. Quizás os convenga intercambiarlas por las fortalezas de Rueste y Petilla que yo poseo dentro de Aragón.

—Señor, las ciudades aragonesas de Aybar, Gallipienzo, Leache, Eslava, Arazuri, Burutáin, Ibero y Sarriguren, son mías y valen infinitamente más que Rueste y Petilla, que son lugarejos.

—Lugarejos muy pequeños, pero fortificados; nunca caerían en vuestras manos si las aprovisionamos bien. Desde allí, en cambio, se os puede hacer mucho daño.

—«Nunca» es mucho tiempo, don García, cuando se está rodeado por todas partes de terrenos hostiles, como podría ser el caso. En fin, hermano, dejémonos de entelequias e intentemos convivir. —Con ironía el de Aragón añade—: No olvidéis, alteza, que nuestro padre os encomendó a mi cuidado.

García ignora el comentario.

—¿En qué quedamos entonces, don Ramiro?

—¿Qué os parece de enemigos amistosos, por el momento? —En eso quedan, las espadas están en alto. Esa noche, cuando se juntan para cenar, parece haber más concordia. Se vuelve sobre el asunto de la boda de don Ramiro y todos están de acuerdo en que se celebre al año siguiente en Aragón. Acudirá el de Navarra, quien ahora se muestra complacido. Se dirige con buen humor al conde de Bigorre.

—Tengo algo de que hablaros, don Bernardo.

Interroga cortésmente con la mirada el conde.

—¿De qué, alteza?

—De una boda.

—¿Otra boda? Soy todo oídos. ¿De qué boda?

—De la mía, conde. Deseo casarme con vuestra otra hija, doña Beatriz Estefanía.

—¡Alteza, muy honrado! —Don Bernardo no logra reprimir un respingo—. ¡Comprenderéis mi sorpresa! —Como gato viejo que es, sabe que necesita tiempo, tiempo para pensar qué ventajas puede obtener de esa boda—. Señor, debo consultarlo con la condesa Guarsinda y con la niña. No puedo daros una respuesta precipitada.

—Pensadlo. Espero una respuesta tan pronto como lleguéis a Bigorre y habléis con la condesa.

—Pero, señor —arguye débilmente—. Ella es muy joven, tiene apenas trece años. Precisamente ahora la he enviado a Barcelona, con su tía, la condesa viuda Ermisindis, mi hermana mayor, a quien bien conocéis.

—Celebro saberlo y me place que vaya para allá. Puedo esperar un año o dos y luego acudiría a Barcelona a casarme con ella. ¿Qué me decís? Aunque tengo ya diecinueve años, puedo esperar. —Al de Bigorre no le parece mal arreglo. ¡Sus dos hijas casadas con los reyes más poderosos de la cristiandad! La fortuna le sonríe.

—Bien, señor, si la condesa está de acuerdo, se hará. No puedo deciros más. Discutiremos los términos más tarde, de tal modo que ambos salgamos beneficiados.

—No hay más que discutir, don Bernardo, bastante beneficiado salís ya con tales yernos. En todo caso yo puedo solicitar algo de vos, soy yo el que necesita algo.

—¿Ello es...?

—Que no interfiráis para nada con Gascuña, es mi protectorado. Yo veré que su conde no os moleste. Si muere sin sucesión hablaremos sobre quién es el heredero. Si me prestara vasallaje, no me opondría a que heredase vuestro hijo. —Así se arregla una nueva boda. Don Ramiro está sorprendido y no duda que su hermano tiene escondidos propósitos en esta alianza, aunque no se alcanza a ver qué guarda en secreto. Yo, Doroteo, lo supe más tarde. Así me lo comunicó un día mi señor, el rey de Navarra:

—Doroteo, me caso con la niña de Bigorre. Es muy linda y me agrada. Me he informado y me dicen que es muy piadosa y dulce. Hará una buena reina de Navarra.

—Señor —no pude contenerme y pregunté con fingida dulzura—, ¿no habréis pedido información a la dama Sunifreda, verdad? —Él me miró y se echó a reír alegremente.

—La dama Sunifreda es una fuera de serie, ojalá viviese en Navarra. Tendría pasatiempo todos los días con hembra placentera. ¡Qué buena es en el amor! Pero bueno, a lo nuestro, Doroteo. El matrimonio es negocio serio. Tengo algo que hablar en secreto con el conde don Bernardo.

—¿En secreto? ¿De qué, don García?

—Algo muy simple, estoy seguro de que yo puedo hacer que el Papa levante la excomunión al heredero, a cambio de darle esperanzas en lo de Cluny y así quitamos definitivamente el peligro de que mi hermano llegue a heredar el condado de Bigorre y crezca en poder e influencia. Nos rodearía por todas partes. Además tenemos la promesa del conde de no intervenir en Gascuña a cambio de mi boda. Así su hijo podrá heredar Bigorre y Gascuña, y mi hermano no acrecentará su reino. Don Bernardo no se negará, él prefiere que su hijo, el de la mala cabeza, sea conde, al fin es su hijo, por fuerza le tiene que preferir a Ramiro. ¿Qué os parece?

—Muy astuto y bien pensado, señor. Don Ramiro ya se veía como heredero de don Bernardo. Ahora, si éste recupera a su hijo como seguro heredero, Aragón queda como está, al menos por ese lado. —Así, mi amo y yo sopesamos la conveniencia de la boda con doña Estefanía, el balance era positivo. Además, García no lo dijo, pero yo sabía que la condesita le había llegado al corazón. Era tan joven e inocente, y al mismo tiempo tan alegre que cautivaba. Deseé de todo corazón que mi señor hallase por fin una joven que le amase y que alejase de tanta aventura al impulsivo joven. Estábamos hablando cuando llamaron a la puerta.

—¿Quién puede ser, Doroteo? —preguntó mi amo—. No espero a nadie. Es ya tarde. ¡Adelante, quien sea! —Era un servidor que preguntaba al rey si podía recibir a don Fernando—. Entrad en la habitación de al lado —me dijo— y esperad a que se vaya, continuaremos luego.

Me fui, y me puse a escuchar desde la otra habitación, esto es lo que oí:

—Os saludo, don García —era la voz inconfundible de don Fernando de Castilla—, perdonad lo intempestivo de la hora, pero no tengo más remedio que importunaros.

—No importa, ¿qué os ha traído aquí?, de todos modos deseaba veros. Sentaos, hermano.

—Me sentaré, gracias, lo que tengo que deciros puede ser algo extenso.

—Hablad, pues.

—Sin rodeos. Tengo que salir inmediatamente de Nájera, acaba de llegar un mensajero de Castilla. Los combates en la frontera han vuelto a repetirse, esta vez han sido mejor organizados y han muerto algunos hombres. La carta que mandé a don Bermudo no ha sido contestada. Es necesario que vaya y me presente yo mismo con tropas en el lugar para que sepan que el rey no tolerará más incursiones. Cuanto antes se enteren, mejor. Pido vuestra licencia para salir inmediatamente.

—Comprendo, don Fernando. ¿Qué clase de alteraciones hay en la frontera?

—En primer lugar, los hombres de León, aparentemente, no dan por buena la cesión de los territorios que se me otorgaron como dote de la reina, las tierras entre el Cea y el Pisuerga. Quizá piensan arrebatármelas por la fuerza. Ahora creo que sólo intentan medir mi respuesta, quieren saber con cuánta energía estoy dispuesto a repeler una agresión. No se llevarán nada de Castilla, ni un grano de polvo. Antes moriré en el empeño.

—Habéis dicho antes «en primer lugar». ¿Hay algo más que queráis decirme?

—Sí, alteza. Bien sabéis que nuestro padre, de gloriosa memoria, agrandó Navarra a expensas de Castilla. La llamada Castilla Vétula es ahora de Navarra, pero esas tierras son la cuna de Castilla, quiero deciros, para que estéis bien enterado, que no renunciaremos a esas tierras. Ahora o en el futuro las reclamaremos. No deseo un enfrentamiento con vos, pero si lo he de tener, sea.

—No sois consecuente, don Fernando, vais a defender tierras que fueron de León y que ellos reclaman como suyas y os parece bien el quedároslas, dadme a mí el mismo derecho. Esas tierras de Castilla Vétula, ahora son mías. No puedo mutilar Navarra por vuestro gusto. Navarra quedaría muy disminuida sin esas tierras.

—No es lo mismo. Las tierras que voy a defender son la dote de mi esposa. Las que os pido son de Castilla; no han sido nunca de Navarra.

—Veo que no llegaremos a un entendimiento, hermano. No os las cederé ni por las buenas ni por las malas. Si queréis iremos a la guerra, sabed que empiezo a prepararme desde ahora.

—Yo también, don García. Quería decíroslo ya que somos buenos hermanos. No busco traición ni engaño, todo en buena lid y limpiamente. Haya guerra. Sin embargo, hay otra opción, si no queréis que mueran vuestros súbditos, como yo no quiero que mueran los míos, podemos luchar vos y yo en combate singular, uno contra otro, caballero contra caballero, guerrero contra guerrero, rey contra rey o si lo preferís: hermano contra hermano. Por Castilla y por Navarra. El que gane se queda con todo y une a los dos reinos. Que sea Dios Nuestro Juez y que Él nos valga. —Ha sorprendido a don García, y a mí también. Reconozco, no obstante, en este impulsivo rey al Fernando que conocí de niño. Sólo de él se podía esperar tal proposición. Es su corazón generoso el que le impulsa a descubrir sus intenciones y a sugerir tal modo de ahorrar vidas.

—Lo pensaré, don Fernando. En todo caso os agradezco que me hayáis prevenido, ahora sé qué esperar en el futuro. ¿No podíamos al menos firmar una tregua? Ambos necesitamos afianzarnos en el trono antes de aspirar a más. —Un silencio siguió a las palabras de mi señor.

—Quizá tengáis razón, hermano —contestó al fin don Fernando—, podíamos pactar una tregua de cinco años, luego volveremos a hablar, mientras tanto seremos hermanos y buenos vecinos. ¡Quién sabe, quizás el tiempo se preocupe de deshacer esta madeja sin que tengamos que cortarla! Decid a vuestro Doroteo, que estará por ahí escuchando, que escriba un tratado a este tenor, yo lo firmaré y se hará público enseguida para la tranquilidad de las gentes. —Don García se mostró satisfecho, tenía un respiro para avanzar en sus planes. A él no le molestaba romper un pacto en cualquier momento.

—Me alegro, hermano. ¡Salid, Doroteo!, seguro que don Fernando quiere despedirse de vos. —Salí pues y saludé afectuosamente al rey de Castilla. Él me abrazó como siempre hacía.

—¡Ya sabía yo, perillán, que no estaríais lejos de vuestro señor! Ojalá tuviese yo un hombre tan fiel como vos. Hacéis bien en aparecer, tengo una carta de nuestra madre, doña Maior, para don García, una carta que os atañe. En ella agradece los servicios que le prestasteis yendo a Toledo... y algo más. Tomad, don García, y leed.

Así lo hace éste, toma el pliego, rompe los sellos y lee atentamente:

—Decidle a mi señora madre que tiene razón. La espero. —No dice nada más pero ambos entienden el significado aunque a mí no me explican nada.

Se dirige don Fernando a nosotros dos:

—Dicho lo que decir tenía, saldré al amanecer. Para vos, Doroteo, aunque sé que no necesitáis nada y que mi hermano os tiene como a sí mismo, traigo esto de parte de doña Maior. —Y dándome un saquito, levantándose se marchó. No le volvería a ver en mucho tiempo.

Todos los asuntos estaban más o menos solucionados, al menos de momento. Recordé las extrañas palabras de La Coruxa y, sin saber por qué, sentí miedo por el joven Gonzalo.

Una vez a solas miré con curiosidad el envío de doña Maior. El pequeño saquito contenía otro sellado y un pliego con sigilos de cera intactos. Al abrir el más pesado hallé una cantidad apreciable de monedas árabes, de oro puro, eran dinares, y algunas joyas; aparte quedaba el documento, éste decía lo siguiente:

«Doroteo, durante muchos años crecisteis con mis hijos y casi llegué a consideraros uno más de los míos. Sé que no os falta nada y ello me tranquiliza, pero deseo que tengáis vuestro propio peculio y por ello os envío estos dinares. No le digáis nada a nadie, es necesario tener siempre una salida secreta, os lo dice alguien que bien lo sabe. Colocad este dinero con vuestro amigo Israel bar Abraham, de la aljama, él es honrado y os lo administrará bien. Si alguna vez os veis en la tesitura, no seréis un mendigo en Toledo. —Incómodo me pregunté cuánto sabía doña Maior de mi aventura en esa ciudad, cuánto sabía de mí mismo—. Os suplico que siempre seáis fiel a don García, él os necesitará siempre más de lo que él mismo sabe. Si él alguna vez rompe vuestra fidelidad, si os es traicionero, Dios no lo quiera, perdonadlo, él os quiere, pero es así. Por último, Doroteo, sabéis que me retiro del mundo y del poder, pero antes os veré una vez más. Hasta entonces, hijo mío, recibid mi bendición. Firmado: Maior. Regina.»

Sin quererlo me emociono con un papel arrugado entre las manos y unas monedas. Por un momento creo que tengo una madre y que ella me ama y me recuerda. Cansado voy a dormir, en mis sueños mi madre me arropa y me besa en la frente, pero no es doña Maior, es la joven rubia de mis recuerdos infantiles. Y yo soy hijo de alguien y no soy eunuco.

Poco a poco fuimos recobrando la normalidad, nos llegaron noticias de los reinos de taifas. Supimos que el háchib de Lérida, sorprendentemente, había muerto, y de momento no supimos si esa muerte era o no violenta. El heredero del trono era Suleymán ben Muhammad ben Hud. Nos comunicaron, asimismo, que el joven ya se había casado y que mantenía un lujoso harem.

—No llegué a conocer a ese muchacho, lo vi una vez, cuando lo trajeron, pero era un niño pequeño —comentó don García al recibir nuevas—. Todas las noticias que tengo de él hablan de un hombre inteligente pero excesivamente ambicioso. ¿Qué opinión os merece a vos, que lo conocisteis en Oviedo?

—Peligroso, señor, peligroso como la serpiente. Además es muy hermoso. —El rey no parece escuchar mi comentario.

Teníamos mucho trabajo, habíamos de instituir un reino nuevo. Un ejército renovado y fuerte con hombres fieles a él, de la parte cultural me ocuparía yo con su ayuda y aquiescencia. Deseaba don García engrandecer a Nájera, que ésta fuese conocida entre las ciudades cristianas como una de las más aventajadas, ricas y cultas. Está de acuerdo conmigo en que los reinos no sólo son famosos por sus hechos de armas, sino por sus sabios y sus libros. Empezamos organizando una lucida cancillería con algunos hombres nuevos. Sentí de nuevo la humillación de ser eunuco, pues por ello no pude ser nombrado canciller, que es puesto de honor. Fue nombrado canciller oficial el anciano y fidelísimo aitán don Fortún Sánchez. Él firmaría lo que yo escribiese. Seguidamente se decidió incrementar la enseñanza de la lectura y la escritura en la catedral de Nájera, y no en los monasterios, sin descuidar la iluminación de pergaminos y Libros de Horas y Evangelios. Para nuestro prestigio era importante la producción libraria de nuestros scriptoria. No deseábamos ser segundos de nadie, ni siquiera del monasterio de Ripoll, ni del muy lejano y afamado de Sobrado, en tierras de Galicia. Trasladamos muchos de los hombres sabios y artesanos de Pamplona al nuevo scriptorio de Nájera e hicimos acopio de pigmentos y piedras que, convenientemente molidas, asegurarían los colores. Encantado me presté a dirigir las enseñanzas hasta que tuviésemos gente preparada. Mi amo y yo deseamos quitar influencia a las escuelas monacales para dárselas a las catedralicias, así si llegasen los Monjes Negros, la sabiduría de los monasterios estaría bajo su férula, pero no la de las catedrales, que serían nuestras, y, para entonces, las verdaderas depositarias del saber.

Además los monjes siguen en demasía la tradición y la autoridad de los antiguos autores, nuestra intención es ahondar no sólo en lo religioso sino en los libros de la razón para así poder competir con los mozárabes. Contra los «dialécticos», quizá debamos ser «antidialécticos», ellos piensan que la fe se ha hecho para vivirla, nuestras escuelas nuevas deben apoyar una fe pensada. Ello me agrada, si se piensa la fe quizás haya más gente como yo. Pero hay que ir por pasos muy pequeños, no aborten nuestra idea.

En siglos pasados la iluminación de manuscritos se confió a los amanuenses más habilidosos pero que carecían de genio personal y que a veces iluminaban documentos de los que ignoraban su historia y propósito. Es ahora mi intención que sean personas instruidas y versadas en lo que iluminan. Yo mismo me encargaré de enseñar a los que tengan aptitudes, para que el resultado sea mucho más notable; por eso, aunque carezco del don de creer, estudio hasta altas horas los hechos de los Evangelios, el Apocalipsis, el Deuteronomio y los otros libros sagrados. Mis alumnos serán instruidos y versados en lo que iluminan y no simples manos automáticas que reproduzcan lo ya hecho por otros hombres antes que ellos. Con permiso de mi señor, he hecho venir del reino de Toledo algunos artistas mozárabes que pueden traer un soplo de originalidad y muchos conocimientos ignorados por nosotros, los de los rudos y guerreros reinos cristianos. El rey de Toledo ha dado su permiso a cambio de que se cobren menos impuestos a las caravanas de esclavos que atraviesan Navarra.

Aunque todavía cultivamos la letra traída por los visigodos, la visigótica o ulfilana, empecé ya entonces a enseñar la letra carolina a los más capaces. Debemos prepararnos a entender, o socavar, a los Monjes Negros.

Ahora los amanuenses escriben el texto y dejan en blanco los espacios para la iluminación de escenas o letras capitales, luego vienen los artistas que llenan los espacios con sus composiciones. Así se corre más. Cada uno hace lo que mejor sabe y el resultado es mucho más lucido. Nos hemos hecho traer, a gran precio y coste, ejemplares o copias de libros de especial significado artístico. Cuanto más ahondo en esto de los libros, más me gusta y casi sería capaz de abandonarlo todo por la escritura y la iluminación, pero no es ésa la voluntad de mi señor y he de servirle en lo que él solicite. Pero volviendo al *scriptorium*, no siempre es fácil conseguir los materiales y hay que enviar a personas con conocimientos a conseguirlos. Todo es misterioso en el proceso de la escritura. La tinta más simple se hace con hollín, pero a éste hay que añadirle caparrosa verde y agallas de roble. Los colorantes son productos animales y vegetales o bien minerales molidos. Así se usa el carísimo lapislázuli, azul fuerte, que viene de las lejanas tierras orientales, al extremo del Mediterráneo, y de más allá. Lo traen los mercaderes que hacen la Ruta de la Seda, y vale más que el oro molido. El lapislázuli es un regalo divino, al menos para los iluminadores y artistas. Fue el eremita san Columbán, en las Islas Verdes, hace muchos años, el que copiaba una noche, celosamente, en su cueva un libro que su mentor Finian guardaba con todo cariño. Tan santo era el copista, que en lo profundo de su caverna se alumbraba para su labor con la luz que emanaba de sus dedos. Le hacía falta un azul hermoso para pintar el manto de la Sagrada Virgen y al no tenerlo se puso a llorar. No quería que el manto de la Señora fuese de otro color. Entonces un ángel se le apareció y le trajo un puñado de lapislázuli y lo molió para él, desde entonces se usa para la sagrada pintura.

El rojo procede del cinabrio bien molido, el amarillo del oropimente o rejalgar. Un azul, alternativo al lapislázuli, aunque no tan bello, se puede obtener de impregnar con un buen vino unos sarmientos de uva negra. El verde se deriva del cobre y el blanco de huesos buenos bien molidos o del ataque con un vinagre excelente sobre láminas de plomo. Los códices muy ricos para actos oficiales o libros para los reyes llevan oro y plata, bien molidos y mezclados con gomas o bien en delgadísimas láminas que exigen el trabajo de expertísimos artesanos capaces de adelgazar las hojuelas hasta extremos inverosímiles. Tan delgadas son, que no hay que respirar cerca de ellas pues el pneuma o hálito de vida se las lleva y no se pueden recoger del suelo pues se rompen y arrugan. Se aplican sobre una mezcla de clara de huevo y se pulen con una piedra de ágata hasta que reluzcan como barras de oro. Si las letras son de oro o plata, entonces el pergamino se tiñe de púrpura para resaltar las letras metálicas. Éstos son los que se llaman *Codex Aureus* o *Codex Purpureus*.

¡Qué hermoso es trabajar con estos materiales! Todo el proceso es muy despacioso. Huelga el apresuramiento. Se muele de día en día en horas interminables con almireces de bronce y se cierne muchas veces lo obtenido primero con arneros y luego con cedazos finísimos. Por fin a través de paños. No somos, mientras trabajamos, muy diferentes a los alquimistas, aunque nuestros resultados son más visibles, y nosotros sabemos positivamente los resultados. Ellos trabajan buscando la piedra filofosal. No creo que nunca la consigan.

Para el buen devenir de mi historia, debo deciros que yo vivía en palacio, pero en mis propias habitaciones. Mejor dicho, disfrutaba de dos habitaciones, que era todo lo que necesitaba. Un scriptorio privado, en donde leía y estudiaba e inclusive podía escribir algo pues guardaba pequeñas cantidades de pigmentos, y otra habitación que abría a ésta y que hacía las veces de dormitorio. Salvo esta pequeña privacidad, consideraba que todo el palacio era mi territorio pues andaba por donde quería y normalmente almorzaba y cenaba con el rey. Entonces intercambiábamos ideas o comentábamos nuestros avances en los planes o las dificultades que surgían. Más de una vez así nos cogía el día.

Las relaciones del rey con doña Estefanía prosperaban. Digo solamente Estefanía porque don García, con un detalle de enamorado, decidió llamarla así porque todos le llamaban Beatriz Estefanía. Para mi sorpresa el rey le escribía —yo le escribía por su mandato y a su dictado— todos los días. Es verdad que el amor cambia a los hombres y a resultas del amor o del odio nadie sabe lo que guarda en su interior. Aunque externamente don García era el mismo, peleón, ambicioso, tosco y jaranero, al escribir esas cartas era otro. Un enamorado rendido y con la esperanza puesta en una niña a la que aún tardaría dos o tres años en desposar.

El mismo jinete que llevaba a Barcelona la carta de don García, volvía con la de doña Estefanía. En esto más que en otra cosa noté el amor de García: casi nunca me dejaba ver las cartas de su amada. Las leía en soledad. Alguna vez me dejó ver una y noté varias cosas; la primera, que la joven escribía ella misma su correspondencia sin concurso de escribiente o cancillería alguna. La letra imperfecta la denunciaba. No es que fuese mala letra, no. Pero no tenía esa perfección que dan centenares de horas de práctica; en segundo lugar denotaba una sensibilidad fuera de lo común. Era una niña inocente para quien don García era la respuesta a todas sus oraciones. Pensé entonces si no se desilusionaría cuando se encontrase cara a cara con el verdadero rey. Pero también García parecía cambiar imperceptiblemente. Se hizo más devoto, más religioso, más pensativo. A veces, cuando iba con los monjes a rezar Completas, intentaba invitarme a que me uniese a ellos.

—Vamos, Doroteo, tenemos mucho por lo que agradecer a Dios.

—También lo teníamos antes, señor, y no íbamos tan a menudo a Completas o a Prima.

—Cierto, Doroteo, pero ahora que me doy cuenta siento que debo hacerlo. —Íbamos, porque yo también iba adonde iba mi señor. De todos modos me agradaba el taciturno canto de los monjes y la luz temblorosa de las velas. «Si existe Dios», pensaba, medio adormecido por la melopea, «debe de estar a gusto en este sitio.»

Así transcurría la vida en palacio, la influencia de la ausente Estefanía era para mí notoria. Me preguntaba si cuando la joven llegase a Nájera perdería mi puesto de influencia con García. De todas maneras él me necesitaría para organizar su cancillería y la escuela catedralicia. Al menos para esa obra le era imprescindible. No había nadie tan capacitado como yo y que supiese tan exactamente sus intenciones.

Estaba un día, avanzada ya la primavera, en mi habitación leyendo un tratado sobre astronomía que me había mandado don Alvito para su posible copia, cuando un sirviente vino a llamar a mi puerta. Le hice pasar y supuse que don García me solicitaba para algo.

—Maese Doroteo, una mujer os busca.

—¿A mí? —Me quedé atónito—. ¿Qué clase de mujer?

—Una mal vestida, sucia, pelirroja y embarazada.

—¿Cómo se llama? Por vuestra descripción no conozco a nadie que se le parezca.

—No ha dicho su nombre, maese Doroteo. Mas ella preguntó claramente por vos. «Doroteo, el hombre de don García.» —Salí, sintiendo curiosidad. ¿Quién sería esta pelirroja embarazada que preguntaba por mí? Desde luego, de Nájera no era, no conocía allí ninguna pelirroja embarazada y menos que osase venir a palacio preguntando por el Primer Escribiente del rey. En el patio, con un pequeño hato de ropa estaba de pie, descalza y bastante deseaseada, una joven que era efectivamente pelirroja. Tan rojo tenía el cabello que aparecía como una flama por debajo de un manto gastado.

No me dejó hablar, en cuanto me vio me interrogó:

—Señor, ¿sois vos don Doroteo?

—Nadie me llama así. Soy micer Doroteo o maese Doroteo, como gustéis. ¿Vos quién sois?

—Soy La Bermeja, amo.

—No me llaméis amo, no me gusta. Sólo tienen amo los esclavos. Sois libre, ¿o no?

—Lo soy, maese Doroteo. Pero os llamaré amo de todas maneras.

—¿De dónde habéis salido?

—Vengo de parte de don Alvito, él me dijo que vos me esperabais. ¿No es así? —Sus ojos se llenaron de lágrimas—. Vengo desde muy lejos, he atravesado andando un país que no sabía ni que existía de tan grande. He dormido en conventos y en pajares. Don Alvito me dijo que aquí terminaría mi viaje. Que al fin podría vivir tranquila. ¡Ay, Dios mío! ¿No era verdad? —Lloraba abiertamente, grandes lagrimones le caían por la cara sucia llenándola de churretes.

Repentinamente recordé la promesa hecha al monje en Oviedo. La había olvidado totalmente. Así que ésta era la joven forzada. Me fastidió que llorase, y el haberla olvidado. No había preparado nada para recibirla.

—¿Sabéis algo de cocina, buena mujer?

—Sí, amo, lo sé.

—Bien, que os busquen acomodo en el ala de los sirvientes. Trabajaréis en la cocina. —Me dirigí al servidor que había venido a avisarme—. Decid a los cocineros que trabajará allí de momento hasta que piense otra cosa. —Vi que estaba cansada y sucia—. Que le den lo necesario para que se cambie y que se bañe y se peine. Y que descanse dos días antes de empezar. Esta viuda —dije— me ha sido encomendada. Por su estado hará sólo trabajos ligeros. Me aseguraré personalmente más tarde. —Me dirigí a ella, que todavía sollozaba limpiándose los mocos con la punta del manto.

—No lloréis, estáis en casa. Todo se acabó. Aquí han terminado vuestras penas. Tendréis hogar, comida y respeto. —Luego, en voz más alta para que lo oyesen los sirvientes curiosos que cuchicheaban por los rincones del patio, añadí—: Siento mucho que vuestro esposo muriese tan pronto, pero don Alvito me dijo que era un buen hombre. Rezad por él. —Se fue la joven detrás del sirviente, se dispersaron los curiosos y yo volví a mi cuarto. A los pocos minutos me había olvidado de la pelirroja mocosa.

Don García me interrogó esa noche jocosamente:

—¡Qué bien, Doroteo, me han dicho que os ha llegado un encargo de don Alvito! ¿No habéis oído decir que nadie quiere joyas con dientes? ¿Cómo os comprometisteis a semejante cosa?

—No os burléis, señor. Debo algunos favores a don Alvito y ya sabéis cómo es, siempre buscando acomodo para la escoria. —Mentí un poco para justificarme—. Me ofreció buscar unos libros para mí y luego me pidió el favor. Es una viuda sin medios, el marido era conocido del monje, no pude decirle que no. Al fin no me costaba nada. Una sirvienta más ni se nota.

—Efectivamente, si es a mi costa, una boca más entre las muchas glotonas de palacio no es gran cosa. Me han dicho que es una viuda mocosa, muy sucia y llorona. ¡Vaya adquisición! —Me molestó su tono.

—Señor, no todas las mujeres pueden ser limpias y hermosas. Está embarazada, además ha venido andando desde su pueblo en el reino de León, ni sé aún cómo. Quizá cuando se lave sea más agraciada.

—Bueno, no importa, vos os encargaréis de cumplir vuestra promesa. A mí no me pidáis nada. —Con cierta tosca generosidad añadió—: No tenéis que pedir, ya sabéis que de lo que hay en palacio podéis disfrutar. Pero hablemos de otra cosa. Tengo noticias para vos.

—¿Para mí, señor? ¿Y cuáles noticias? —Me sentí sorprendido, creía que yo sabía todo lo que sucedía o sucedería en plazo próximo.

—Mi madre, doña Maior, viene a pasar unos días a Nájera. Ya sabéis que desde que os vio y supo que erais, perdonad, un eunuco, os tuvo mucha simpatía. Viene a despedirse de mí antes de entrar en el convento de San Salvador de Oña. Conociéndola, creo que vendrá también a sermonearme. Pero no importa, con no hacerle caso, ya está. Me tranquiliza mucho que se retire, es una mujer temible. Está dotada de una voluntad varonil. Pero no es eso de lo que os quería hablar.

—Decid, señor, estoy en ascuas.

—Envió con mi hermano Fernando, cuando éste vino a la cacería magna, una carta para mí y un paquete para vos. Por cierto, ¿que había en él?

Tentado estuve de contarle a mi amigo el rey el contenido del envío, mas recordé las palabras de la reina «es necesario tener una salida secreta», así que con indiferencia respondí:

—Una misiva agradeciéndome por el servicio que le presté yendo a Toledo en lugar de Suleymán y una joya pequeña, como recuerdo. —Me miró un momento el rey sopesando la veracidad de mi respuesta, pero nunca había tenido motivo de duda, así que se lo creyó.

—¡Qué raro —murmuró—, qué raro, hubiese esperado más de la reina! En fin, creo que ahora viene a pagar su deuda de gratitud y cariño con vos. Desde que recibí la misiva de mi señora madre he hecho algunos arreglos en vuestro honor.

—¿En el mío, señor, y qué es ello?

—Doroteo. —Se puso serio don García y se levantó, dio varios pasos y se encaró conmigo—. He tenido hermanos y hermanas. De todos mis parientes, sois vos el que más cerca está de mí, aunque no nos liguen lazos de sangre. Crecimos juntos y siempre me fuisteis fiel, aunque reconozco que yo no siempre soy justo y que pido todo, no dando a cambio casi nada. Es el destino de los reyes. Al leer la carta de mi madre me di cuenta de que ella tenía razón.

—¿Qué decía, señor y rey?

—Que no era justo con vos, que hay cosas que los reyes pueden hacer y que no cuestan nada pero que les honran. En una palabra: que sois esclavo y que los reyes cristianos no deben tener esclavos aunque la ley y la costumbre lo admitan. He mandado recado a la Escuela de Esclavos en Pamplona para que me envíen vuestros documentos. Ellos son muy legalistas y aún figurabais ahí como pupilo. El obispo tampoco pidió vuestra manumisión, al no ser ya su responsabilidad. En resumen, unos por otros, seguíais siendo esclavo y pupilo de la Escuela. En puridad os podrían haber vendido en cualquier momento. No lo hicieron porque vender al hombre de confianza del rey era algo impensable. Tampoco se deshicieron de la documentación. Quién sabe por qué. En fin, Doroteo, la reina doña Maior, en prueba de afecto, antes de entrar en el monasterio viene a presenciar vuestra manumisión. Digamos algo así como a ser madrina, ya que es la directa inductora. Yo, en verdad, no pensé en ello. Nunca os consideré como esclavo y sí como mi fiel amigo. La reina viuda, acérrima castellana, me recuerda que en Castilla se defienden las libertades de todos los hombres si éstos se la ganan con la espada o con la pluma. En cuanto llegue la reina daremos forma legal a vuestra libertad. Tengo ya los documentos y los testigos. —Creo que el rey está emocionado, ahora comprendo que me aprecia de verdad, mucho más que a un sirviente. Para disimular su emoción pregunta en son de chanza—: Doroteo, ahora que vais a ser libre, ¿no me abandonaréis, verdad?

Hinco la rodilla en tierra y tomando la mano de mi señor le hago una promesa solemne:

—Don García, por este momento, hagáis lo que hagáis conmigo, os juro que nunca os olvidaré. —Besé su mano y me sentí obligado para siempre. Él me levantó del suelo y me miró a los ojos.

—Está bien, amigo. Conmigo hasta la muerte. Yo también estaré con vos hasta la muerte. —Y así fue.

Llegó doña Maior y se procedió enseguida a mi manumisión. Se reunió en el patio de palacio a los testigos, uno por la Iglesia, uno por la realeza, uno por los hombres llanos pecheros, para que todos se diesen por enterados y por fin un enviado de la Escuela de Esclavos, mi legítima propietaria pasó mi dominio en debida forma a don García, tomó éste el documento y manifestó en forma inequívoca su voluntad de restituirme la libertad. Luego me arrodillé delante de mi señor, mi amo por última vez, éste me puso la mano sobre la cabeza en señal de que era suyo, luego yo en señal de mi sumisión puse mis manos entre las suyas y él las abrió y las dejó ir en señal de libertad.

—De ahora en adelante sois libre. Liberto del rey García Sánchez. —Me puso de pie y me enseñó a los testigos—. Sépades que Doroteo es hombre libre. —Eso fue todo.

Hubo luego anécdotas graciosas, como que los censores vinieron con intención de hacerme entrar en el censo de los buenos hombres llanos pecheros, puesto que no era noble, ni podía aspirar a la nobleza. Me indigné al pensar en mí mismo al nivel de los otros llanos. El rey se rió mucho cuando le comenté mi problema.

—¡Oh, Doroteo, tendrás que colaborar a mi mantenimiento como los demás hombres libres! Si morís, como no tendréis hijos, seré vuestro heredero. También haréis servicio de guaytes, sernas y castellaría. ¿Qué creíais, que la libertad sólo trae beneficios? Pagaréis la moneda forera y el chapín de la reina... —Me vio tan mohíno que al fin convino en darme un privilegio para que no pagase pechos ni derramas—. Lo siento, Doroteo, es lo más que puedo hacer por vos. No sois varón y no puedo haceros caballero, ni noble de modo alguno. —Me sentí humillado, más que cuando era esclavo.

—Comprendo, señor, a un eunuco no se le puede considerar ni siquiera hombre.

—Eso, precisamente, Doroteo. Nunca seréis un hombre completo, por eso no podéis aspirar a nada. Aunque vuestros merecimientos fuesen los de un Aníbal o los de un Séneca. Lo siento. —La libertad me hizo notar más lo indigno de mi estado. Antes, al ser hombre del rey, nadie cuestionaba mi dignidad real, ahora estaba como desnudo ante los demás. El único que no cambió para nada fue el mismo rey. Por fin me olvidé de la libertad por la que tanto había suspirado.

Doña Maior se quedó un tiempo aprovechando la hermosura de la primavera. Paseaba por los jardines y rezaba mucho en la capilla de palacio, con frecuencia pasaba horas interminables en el scriptorio viendo trabajar a mis aprendices, creo que ello le producía una especie de serenidad. Paseábamos por la tardes y aprovechábamos la ocasión para evocar los más felices recuerdos, cuando los infantes eran niños y doña Maior disfrutaba de toda su gloria.

—Los infantes fueron todos niños muy difíciles —decía la reina, pensativa—. Tenían maneras de ser muy diferentes. El más cariñoso fue Bernardo, pero Dios se lo llevó a los diez años. Vos no lo conocisteis, murió antes de que llegaseis a nos. Os habría gustado, era muy alegre y noble. Está enterrado en Oña, allí estaré junto a sus queridos huesos. Fernando siempre fue muy impulsivo y lleva la realeza a extremos admirables. Es piadoso y será siempre fiel a doña Sancha, al menos eso creo. Tendría que ser muy fuerte la tentación y si cayese se arrepentiría. Ramiro es muy recto y tiene madera de guerrero, como su padre, también será leal a sus amores. Mi pequeño Gonzalo es un cazador sobre todo, no le interesa el mando. Quizá la falta de ambición sea su fortuna. En cambio, García ha nacido para ser rey y no puede ser fiel a nadie, sólo al poder. —Me miró con tristeza—. Ama mucho, pero antepone todo a su conveniencia. Estad preparado, él también os será infiel a vos.

—Pero, señora, cómo me puede ser infiel, de él nada espero, sólo deseo vivir a su lado y servirle.

—Más vale así. Ahora que me voy de este mundanal lugar, Doroteo, os quiero decir que os crié como a un hijo, y que como a tal os quise. Si en el futuro me necesitáis, recurrid a mí como lo haríais con vuestra madre, si la tuvieseis.

—Así lo haré, señora. También os agradezco todo lo que habéis hecho por mí. Gracias a vos no fui un niño humillado, ni un desgraciado esclavo o bujarrón en algún harem de los ismaelitas.

—Hablemos de otras cosas menos tristes, Doroteo. Me agradan sobremanera los libros que estáis iluminando. Me pregunto si podéis preparar un Libro de Horas para los reyes de Castilla. Ellos aprecian las obras de arte y vuestro nombre y el de vuestra escuela se harán famosos si llegáis a hacer ese libro para los reyes de Castilla. —Me entusiasmó la idea, no hay mejor encargo que el que está destinado a los reyes, allí se puede explayar la mejor imaginación, la riqueza más expresiva. La reina seguía hablando—. Sería necesario incluir himnos y motetes, ya sabéis con cuánta devoción y afición canta don Fernando. El incluir la música en el libro será muy apreciado por su alteza. —Así ella me fue instruyendo en lo que complacería a los reyes, yo deseé hacer el libro perfecto.

—¿No os preguntáis por qué estoy todavía aquí? —me dijo un día mientras paseábamos.

—Señora, no osaría.

—¡Qué cortés sois siempre, Doroteo, os lo voy a contar! ¿Recordáis a la vieja Alexania? —Me sobresalté, casi la había olvidado. A ella y a sus extrañas palabras. Había un no sé qué en esa vieja chiflada que me enfriaba la sangre. No creía lo que decía pero sus ojos negros y encogidos eran como dos pozos insondables. No brillaban como los ojos de los vivos, sino que eran opacos, como los de los muertos.

—¡Doroteo! ¿Qué os pasa? —Era la reina que me miraba con sorpresa.

—Nada, señora, estaba distraído. Sí, recuerdo a la vieja Alexania.

—Bien, pues ella es una conocedora de muchas artes. Cuando don Sancho, mi esposo de gloriosa memoria, estaba para morir ella le alivió con sus pócimas. Luego amortajó su cuerpo. Creo que también dice ser adivina, agorera y esas cosas, por eso don Fernando la cedió a don Gonzalo, que se divierte con eso. Pero ella misma me dijo que es curandera y partera. Mi hermana, doña Urraca Teresa, la reina-emperatriz de León, no ha podido tener un hijo hasta ahora y está desesperada. Le nació uno y murió. Siempre he pensado que por nuestra culpa, mía y de don Sancho, murió el pequeño Bermudo, por ello deseo ayudarle. Quiero que Alexania la vea y le recomiende yerbas u oraciones que le ayuden a concebir. Quizá con esa asistencia pueda tener un hijo.

—Señora, yo no me fiaría de La Coruxa.

—¿Por qué? Nada puede ganar haciendo un mal a la reina y sí mucho que perder.

—No sé, señora. Tengo malos presentimientos.

—¡Cómo, Doroteo, vos que no creéis en los santos, tenéis «presentimientos»! —Ambos nos reímos de la ocurrencia de la reina y no se habló más del asunto.

Un día cruzando el patio de palacio vi a la pelirroja de don Alvito, como la llamaba en mi fuero interno. Llevaba un cubo de agua y casi no podía con él. Viendo su estado me acordé que había dicho que no se le diera trabajo penoso. Hice llamar al cocinero, a los pocos momentos estaba allí, me pareció que de mala gana.

—¿Me habéis llamado, maese Doroteo?

—Sí, maldita sea, ¿no os mandé recado de que a la viuda no se le diera trabajo penoso?

El hombre me miró insolente y contestó:

—Pues no veo que sea trabajo penoso. Es una palurda acostumbrada a llevar bestias al campo, cortar leña, cavar y segar. Eso sí que es penoso. —Me quedé atónito. Este piojoso osaba contrariar mis órdenes y además se arrogaba el derecho a dictaminar, contrariando mi opinión, lo que era o no era penoso.

—Sois un gafo, un bellaco y un malnacido —dije ciego de ira—. Si en vez de la viuda fuese vuestra hija no la tendríais llevando cubos de agua. Durante treinta días acarrearéis vos el agua. Toda la que haga falta, para la cocina, las cuadras y los baños. No es trabajo recio y menos para un hombre. La viuda que venga a verme. ¡Zape! ¡Fuera de mi vista! —Me lanzó una mirada asesina, y en ese momento sobrepasó mi paciencia—. ¡Esperad un momento, que venga el verdugo! He cambiado de idea.

—Señor, no, por Dios, tengo mujer e hijos. —El hombre se demudó y se echó al suelo.

—¡Que venga he dicho! —El sirviente de la puerta fue a por el susodicho y volvió con él enseguida.

—¿Me necesitáis, maese Doroteo? —El verdugo parecía extrañado.

—Sí, ¿veis a este maldito baboso?

—Lo veo, es el cocinero.

—¿Sabríais cortarle la cabeza?

—De un solo tajo. —El cocinero nos miraba, desorbitados los ojos. No podía creer lo que estaba oyendo.

—Bien, no será necesario. Sacadle y dadle de azotes en el patio, por insolente. No le rompáis la piel, tiene que trabajar luego. Es el encargado del agua por un tiempo muy largo. Hasta que yo lo diga, desde que rompa el día hasta que no se vea el pozo. Dadle tanto como se pueda sin que eso le impida trabajar. ¡Fuera! —Durante un largo rato estuve oyendo el chasquido del látigo y no me importó.

La Bermeja se presentó un rato después.

—Amo, me dicen que me presente a vos. ¿Puedo pasar?

—Pasad, muchacha. Por cierto, ¿cómo os llamáis? «Bermeja» no es un nombre.

—Amo —me miró con ojos cándidos—, no tengo nombre ahora.

—¡Qué tontería es ésa! —Me molestó su insensatez.

—Perdonad, don Alvito me dijo que debía cambiar de vida y de nombre. Esperaba vuestro permiso para adoptar uno. —Noté que la joven hablaba un latín bastante aceptable. Recordé que era leonesa y que era en León donde se hablaba aún el mejor latín de Spania.

—Bien, tenéis mi autorización. ¿Qué nombre deseáis?

—Dijo don Alvito que había una santa y su hijo, ambos eran santos y como espero un hijo, que podíamos llamarnos como la santa y su niño: Julita y Quirico.

—¿Os agrada Julita?

—Me parece bien, amo.

—Pues bien, sea, os llamaréis Julita. El niño, cuando nazca, si es niño, será Quirico. Ahora deseo preguntaros cómo os va con nosotros.

—Oh, amo, bien. Como todos los días. Duermo caliente. Tengo una muda nueva. —La miré y vi la pobreza del limpio vestido. Era sarga tosca, una túnica atada al cuerpo sin forma con un cordón. Me avergoncé un tanto. No era eso lo que había prometido a don Alvito, ni lo que él me pidió. Recordé con pena que inclusive me dio veinte sueldos para que pudiese tener una casa propia. Y yo había optado por lo más fácil, mandarla a la cocina, el peor lugar para las sirvientas. No sabía qué encomendarle. Me oí a mí mismo decir:

—Julita, ¿qué os parecería cuidar de mis habitaciones? Limpiarlas, ordenar mis cosas, sin tocar mis libros —ya empezaba a arrepentirme—, coser mi ropa. En fin, trabajar para mí. —Se le iluminó el rostro pecoso. Se abrieron sus ojos como un niño ante un buen regalo.

—¡Oh, señor, me parece muy bien! Os cuidaré con esmero, estaréis contento.

—En eso quedamos —le dije. Hice trasladar a mi nueva servicia cerca de mis aposentos, sobre todo para que no estuviese en el dormitorio común con las otras sirvientas. Era el nuevo cuarto de la joven uno pequeño, que había sido depósito o almacén de almohadas. Tenía una ventanica chica pero por ella se veía el parque. Era tranquila y al proveerla de una estufa, no era incómoda. Me quedé satisfecho, pareciome que cumplía mejor el encargo de don Alvito y la promesa que le hice. Recordé cómo doña Maior me había tratado bondadosamente y seguí sintiéndome en deuda con aquella Julita. Ella, sin embargo, parecía totalmente satisfecha.

Pronto mis habitaciones empezaron a cambiar. Imperceptiblemente al principio y luego, según ella iba tomando confianza, con más celeridad. Empezó ventilando la vivienda, luego la caldeaba antes de que volviese, al entrar, un agradable calorcillo se extendía por todas partes. Cuando volví de un corto viaje que hice con don García ella, sola o con ayuda, había encalado las paredes. El blanco impoluto me agradó. Pensé en cómo había podido soportar las manchas grisáceas y las telarañas tanto tiempo cuando me habría sido tan fácil ordenar que se pintase. Sólo que no se me había ocurrido. En un momento dado noté que tenía cortinas, luego alfombras. Un día, al volver a mis habitaciones, encontré a Julita aún doblando ropa. Me aseguró que se iba, «ya, ahora mismo», pero antes me acercó una cátedra y me quitó los escarpines, calzándome luego unas botas o botines de fieltro.

—Son cómodos —dije mirándolos complacido— después de una jornada en pie. ¿De dónde los sacasteis?

—Oh, señor, pedí el material en el almacén, los hice yo misma. Son zapatines al estilo de León. ¿Os placen? —Su expresión era expectante, así que le contesté con mucha seriedad que nunca había calzado nada mejor. Suspiró aliviada y se fue, al parecer muy satisfecha. Así fue como, poco a poco, fue haciéndome caer en unas exquisiteces a las que no estaba acostumbrado. Me preguntaba a mí mismo si me iba a hacer blandengue. No faltaban ramos de romero o tomillo en grandes jarras de barro. Eran «sólo para ahuyentar las moscas». Yo, en verdad, seguí viendo moscas, pero al menos olía bien. Luego aparecieron cojines y manutergias. Empezó a tomar la costumbre de venir temprano con el desayuno y aunque le insistí que desayunaba con el rey, ella dijo cabezona: «Estáis muy pálido.» De ahí pasó a ayudarme a vestir. Pronto eligió mi ropa y poco a poco tuvimos una especie de amistad. La tal Julita nunca me pedía nada, desaparecía si me veía de mal humor y si la llamaba, venía alegremente. Un día la vi mirando con interés los pigmentos de mi colección. Entonces hice una tontería:

—¿Os gustaría saber usarlos? —pregunté, y ella me miró maravillada.

—¿Podría, yo? A lo mejor soy muy torpe.

—Podemos averiguarlo. Cuando terminéis el trabajo del día, venid a la escuela, tengo carboncillos y pizarra. Os enseñaré a dibujar antes. ¿Sabéis, Julita, que existió, hace menos de cien años, una famosa pintora que decoró iglesias? Se firmaba: «Eudes, *pinctrix*.» —Bromeé con ella—. A lo mejor vos sois también luego una *pinctrix*. —Pero ella se lo tomó en serio. Sus ojos verdeazulosos soñaron mirando a lo lejos.

—Podía ser vuestra *pinctrix*, en lugar de una sirvienta, y ayudaros en vuestras pinturas y en vuestras clases. Seros muy útil. —Me asusté, no quería una *pinctrix*, ahora me gustaba tener esa sirvienta. ¿Qué haría sin ella? Conocía mis gustos, no me molestaba, me calentaba el agua del baño, doblaba mis túnicas impecablemente. Me traía un cuenco de leche temprano hiciese frío o calor. Mataba, o al menos perseguía a las moscas y por las tardes, cuando volvía cansado, a la hora que fuese, me esperaba para calzarme los zapatines de fieltro. Siempre me preguntaba mientras lo hacía: «Amo Doroteo, ¿habéis tenido un buen día?» A veces le contestaba, a veces le gruñía, pero entonces ella no me hacía caso y al día siguiente lo preguntaba otra vez. Llegué a esperar la pregunta y antes de volver a casa ya pensaba lo que le iba a contar a esta Julita entrometida.

Pasó el tiempo. Doña Maior había mandado llamar a la partera Alexania. Como ésta tenía que venir desde el Sobrarbe, tardaba en llegar, pero al fin llegó.

Pronto la reina y Alexania empezaron a hacer planes y arreglos para el viaje de vuelta hacia Poniente. Doña Maior ya había esperado demasiado y deseaba partir hacia Oña. Tenía en verdad deseos de rezar junto a los restos de sus familiares mientras aguardaba a que don Sancho fuera llevado también allí desde el pudridero de Oviedo. La abadesa, su deuda doña Tigridia, le esperaba, y además era profesa allí su hija del mismo nombre. Tal vez la reina buscaba en el retiro una pacífica y quieta felicidad. Vino a despedirse un día.

—Pronto me iré, Doroteo, quizá no nos veremos más, a menos que vengáis a verme por alguna razón. Vengo a deciros algunas palabras.

—Señora, no digáis que no nos veremos más, si es necesario iré a Oña.

—Quizá no podáis. Vengo a deciros que protejáis vuestra felicidad.

—¿Qué queréis decir, señora reina?

—Que tenéis una sirvienta que os ama. ¿No os habéis dado cuenta?

—¿Que me ama, señora? —Me quedé absolutamente estupefacto—. Os equivocáis. Ella sólo me sirve, me ayuda y me acompaña.

—Ay, hijo, ¿y qué creéis que es el amor?

—Don García, señora...

—No hagáis caso a don García —interrumpió ella—, en este asunto hacédmelo a mí. Tengo más años y más experiencia. También he sufrido más. Por amor se hacen cosas que no pensábamos jamás que podíamos hacer, cosas divinas y diabólicas. Quien amó os lo dice. Yo las hice. Cuidad vuestro amor. Lleváoslo de palacio. Tomad una casa para vosotros. Estoy segura de que podéis llegar a una hermosa convivencia, al menos mientras dure. —Lo pensó un momento y luego me dijo—: Sé que no seguiréis mi consejo, pero dejadlo todo e idos a Toledo. Don García os necesita, pero vos tenéis también que vivir, he sido egoísta pensando sólo en el rey de Navarra; ahora que os veo como a un hijo os digo que os vayáis de Nájera.

—Señora, os agradezco el consejo, pero no puedo dejar a don García, es mi rey y mi amigo. Más que un hermano. En cuanto a la sirvienta, señora, también os equivocáis. Nunca hemos tenido ninguna relación otra que la de amo y sierva. —Después de mirarme largamente, la reina salió sin añadir nada. Si le hubiese hecho caso, el sino de todos nosotros hubiese cambiado y no estaría escribiendo esta historia.

Parecía que La Coruxa y yo mismo nos encontrábamos en lugares insólitos. ¿O se hacía la encontradiza? Un día, andando por el parque de palacio me tropecé con ella. Parecía más flaca, más vieja, más encogida.

Por alguna razón sentí pena por esa vieja que a pesar de sus años tenía que ir de un lado a otro al llamado de los poderosos.

—Dios os bendiga —dije contestando a su saludo—. ¿Cómo os encontráis, vieja madre?

—Ya veis —suspiró ella—, cada vez más vieja, y corriendo por el mundo. —Tuve un súbito impulso. Quizá yo podía remediar su situación.

—Escuchad, vieja madre, si os queréis librar de reyes y reinas, yo puedo ayudaros. —Me miró ella desde el abismo de sus pupilas sin fondo. Pareció erguirse un tanto, como si creciese; me dio escalofríos, pero continué—. Ya sabéis que yo tengo alguna autoridad en Navarra. Podéis venir aquí y vivir tranquilamente. Yo os dotaría como si fueseis una doncella. —Me reí un poco para quitarme la intranquilidad que ella me producía—. Como si fueseis a casaros: una casita sólo para vos, y quizás hasta un mancuso. —Ésta era una oferta por demás generosa. Hay quien no ve un mancuso en toda su vida, pero yo tenía alguno, de aquellos que me había enviado doña Maior a raíz del viaje a Toledo. A mí no me faltaba nada, vivía en palacio, como un rey, hasta tenía una sirvienta—. Podéis negaros a servir a más señores y descansar, sois ya muy vieja...

Me miró La Coruxa con sus ojos de plomo y por un momento vi un resplandor, una chispa, una lágrima.

—Hijo adoptivo de doña Maior, por esas palabras viviréis. Sufriréis mucho en la vida, sabedlo y estad preparado pues las palomas ya han salido a volar y es muy difícil detener su vuelo. Todos los hijos de doña Maior recibirán una paloma blanca y su hermana y el marido de su hermana y todos los que ella ame. Ella será la última en recibir la visita de la paloma. Pero vos viviréis, aunque a lo mejor desearéis haber sido el primero en ser visitado por la Paloma.

Un día antes de que ella y doña Maior se fuesen hacia Poniente, oí su conversación.

—Doña Maior, voy por vuestra voluntad, pero si Dios no quiere que doña Urraca Teresa tenga un hijo, nada podemos hacer. Si logramos que conciba, puede morir. —Al oírla, me pareció una abuela bondadosa.

10

Noticias venturosas para todos los reinos. También Doroteo tiene las mejores noticias

> *... olvidar el provecho, amar el daño,*
> *creer que un cielo en un infierno cabe,*
> *dar la vida y el alma a un desengaño,*
> *esto es amor, quien lo probó lo sabe.*
>
> LOPE DE VEGA, 1562-1635

Casi en raya de Castilla y León está el castillo de Peñaguja. En ese lugar fortificado está don Fernando, que tiene consigo a doña Sancha. La reina se halla nuevamente embarazada y el rey no desea separarse de ella. Desde Peñaguja parten sus incursiones guerreras contra los leoneses, pero en cuanto puede vuelve a casa, a encontrarse con su mujer. Ella sufre al verlo partir, sin saber nunca si retornará, pero el oficio de rey tiene estas servidumbres.

Ayer volvió cansado y cubierto de polvo, aunque parecía alegre. No quiso darle ninguna explicación. Doña Sancha quiso saber el motivo de su cara de satisfacción, por toda respuesta él le besó en la cara.

—Mañana, mañana sabréis algo. —Estaba tan cansado que antes de terminar de decirlo ya se había dormido.

La reina se levantó temprano y preparó la ropa de su esposo. Le gustaba hacerlo, sobre todo cuando no tenía éste que vestir sus ropas guerreras, las bragas largas, el mofarrex y la armadura. Esas ropas le daban espanto. Pero hoy le prepararía una túnica verde y un manto marrón, un *belteum* de cuero fino y unos escarpines de andar por casa. Suponía que hoy mismo no volvería a la frontera. ¡Venía tan alegre! Seguro que tenía alguna victoria que contarle.

Esperó la reina con impaciencia que él le contase algo. No se hizo esperar, aún estaba desayunando cuando le dijo:

—Y ahora, señora mía y reina de Castilla, tengo grandes nuevas, debéis ser la única del castillo que aún no lo sabe.

—¿Qué es ello? —Colige que lo que tiene que decir el rey es la noticia que ella adivina tras su buen humor.

—¡Ya no hay guerra, señora, hay paz perdurable con León! Vino el mismo rey don Bermudo a decírmelo. Inclusive quiere convencer a los suyos para que acepten ceder las tierras en litigio.

—¿Y eso por qué, don Fernando? —Se maravilla la reina. ¡Era demasiada felicidad! No más guerras, no más muertes, no más miedo.

—Porque ha sucedido algo prodigioso: ¡vuestro hermano Bermudo y su mujer, la reina-emperatriz Urraca Teresa, esperan otro hijo! Por ello ha cambiado de idea, desea la paz, desea vivir para su mujer y su hijo. Inclusive habla de casar a su hijo con una hija nuestra o si es niña lo que nazca, de casarla con un heredero nuestro, para unir las tierras sin luchas. No importará entonces de quién sean las tierras entre el Cea y el Pisuerga.

—¿Y cómo ha cambiado tanto?

—La felicidad, señora, la felicidad le hace desear que todos sean felices, que no haya guerras, ni batallas, ni muertos, ni incendios, ni violaciones, ni penas, ni sangre. También quiere que doña Urraca Teresa no sufra sabiéndole en los campos de batalla expuesto a la muerte con peligro de dejar al infante sin padre y sin heredad.

—Bendito sea Dios, Fernando, que tan bondadoso es con todos nosotros. ¡Tan difícil como parecía que vuestra tía, la reina-emperatriz, concibiese nuevamente!

—Parece que les ha ayudado mucho una partera que les llevó doña Maior. Están muy satisfechos de los servicios de la vieja Alexania. ¿Os acordáis de ella? La que ayudó a mi padre después de la jornada de Campomanes.

—Me acuerdo bien de ella, una anciana que parecía una bruja. Me da miedo su recuerdo. —Se estremece la reina.

—¿Miedo? ¿Por qué? Resultó fidelísima. Me tomó por su amo y señor y no me dejaba ni a sol ni a sombra. ¡Menos mal que se la endosé a don Gonzalo! De su lado la reclamó mi madre, doña Maior, para rogarle que hiciese lo que mejor pudiese y supiese por su hermana, y vuestro hermano. Ya veis, éxito completo. A la reina le recomendó reposo, baños de sol y muchas bebidas de concocciones vegetales, amén de comer muchas cosas que ella cosechaba. En fin, los resultados son que va a nacer un infante en León y la paz para Castilla.

Todo fue regocijo en Peñaguja. Los reyes abandonaron la frontera fortificada para ir hacia el interior del reino. Después de las proposiciones de don Bermudo de casar a los herederos de Castilla y León, pensaba don Fernando esperar a que naciese el nuevo infante, su hijo o hija, e ir luego a conquistar tierras hacia Portu Cale, quizá León aceptaría intercambiarlas por las del Cea para siempre jamás y entonces habría paz duradera, aunque no casasen a sus herederos.

Todavía estaban considerando cuál sería el mejor plan inmediato cuando llegó un mensajero de parte del rey de Aragón. Traía también noticias buenas, el rey contraería matrimonio a finales de año y deseaba que su hermano de Castilla y la reina, si podía ser, viniesen a la celebración en el monasterio del Eyre. La prometida era, como todos esperaban, doña Ermesinda Gisberga de Bigorre. Se anunciarían también los próximos esponsales del rey de Navarra, don García, con doña Beatriz Estefanía, hermana de la desposada. En los reinos cristianos sólo se hablaba de amor y felicidad.

La reina doña Sancha, aunque embarazada, se sentía muy bien y decidió que le gustaría asistir a tan grata celebración; si iniciaban pronto el viaje y en jornadas cortas llegarían sin novedad y descansados. Los reyes castellanos prepararon una excursión placentera y no una obligación diplomática.

En cuanto a mi señor, don García, enamorado de la condesita de Bigorre, estaba en ese primer estado de enajenación mental que trae consigo el enamoramiento, sólo pensaba en tener a la niña Estefanía con él para siempre.

Mientras, mi sirvienta estaba a punto de parir. Aunque se afanaba en mi servicio, ya no podía inclinarse a ponerme los zapatines cuando yo volvía de mi trabajo en el scriptorio o de cavilar con mi señor sobre los problemas de cada día.

Nunca me había detenido a considerar lo difícil que debe de ser el moverse cuando el cuerpo está lleno de otro. No crecí con madre y hermanos y por lo tanto no tuve esa vivencia. Cuando llegué a doña Maior, también ella había tenido a todos sus hijos, por lo que tampoco esa especie de familia que fue para mí la familia real, me sirvió de experiencia. Ahora veía cómo esa joven que me servía con toda su buena voluntad intentaba de día en día, no ya el servirme, sino moverse siquiera sin poderlo. El peso de la vida la llevaba cargada como un árbol lleno de fruta. Me sorprendí a mí mismo intentando ayudarle sin que ella se diera cuenta. Ya no tiraba mi ropa por los suelos para que Julita no tuviese que inclinarse a recogerla. La había visto ponerse de rodillas, recoger la ropa y luego ponerse de pie apoyándose en el suelo con la mano. Tuve que hacer un esfuerzo para mirar hacia otro lado y no ayudarla a levantarse. Pensé que si fuese mi hermana la abrazaría con ternura y la sentaría al sol. Luego caí en cuenta que no era necesario que fuese mi hermana, solicité del mayordomo de palacio otra mujer que viniese a ayudarla y me sentí mejor. Pero no estaba tranquilo y tomé la costumbre de espiar su color todos los días cuando venía con el desayuno. Estaba pálida. ¿Y si se moría en el parto?

Como podía trabajar poco en su trabajo normal, y la mujer solicitada hacía el trabajo de casa, hicimos grandes progresos en el arte de la pintura. Julita no carecía de dotes y tenía inteligencia natural. Aprovechando su buen latín empecé a enseñarle a leer, luego a escribir. Quizá, después de todo, algún día podría ella también escribir: «Julita, *pinctrix*.» Gustaba ella sobre todas las cosas hacer grandes y hermosas letras mayúsculas para encabezar los documentos y diplomas, luego, con paciencia infinita trenzaba complicados vegetales y flores alrededor de ellas. Llegué a estar orgulloso de mi alumna. ¡Yo era, sin duda, un buen maestro!

Sabiendo de mis habilidades y haciéndome un inmerecido honor, el rey de Aragón me encargó que decorase la carta de arras para su futura esposa doña Ermesinda Gisberga. La fechamos el 22 de agosto del año 1036. Fue el primer trabajo importante en que dejé que Julita, después de haber practicado mucho, pintase en él dos de sus maravillosas letras. Años después las volví a ver y recordé toda la frescura e ilusión de esos días.

Ya faltaba poco para la boda del rey cuando caí repentinamente enfermo. Empezó por la noche con unos escalofríos, luego mareos seguidos de pujos y vómitos. Por fin una fiebre piadosa me sumergió en la inconsciencia. No sé en verdad qué pasó, perdí la noción de todo. De vez en cuando volvía como de un país ardiente y lleno de zumbidos sólo para encontrarme vomitando otra vez. Un terrible dolor de cabeza parecía que me partía el cráneo en dos. Luego volvía a dormir. Alguien me cuidaba, me cambiaba de ropa y sostenía mi mano. Unos paños frescos me llevaban algún alivio. Intermitentemente veía, muy lejos, algo de luz. Los días y las noches eran lo mismo. De pronto, un día amaneció, de verdad, vi romper el alba violácea por la ventana abierta. Hacía frío y tirité. Entonces la vi. Mi sirvienta Julita dormía sentada junto a mi cama.

Fue como la primera visión del arco iris cuando éste no se conoce. Un puente de luz y color entre la tierra y el cielo. Dormía arrebujada en una manta sentada en una silla, su pobre cuerpo deformado casi no cabía en ella. A su lado un montón de paños, una jofaina con agua en un trípode. Dormía con la cabeza inclinada hacia un lado y su mata de pelo rojo le tapaba casi el rostro juvenil. Ahora vi que era apenas más que una niña, tendría quizá diecisiete o dieciocho años. El rostro pecoso, los labios gordezuelos. Aunque soy eunuco, sentí tentación de besarlos tiernamente, porque la ternura no está reñida con nada, ni con eso ni con la edad, la vejez o la enfermedad. Se resbaló un poco de su asiento y se despertó; al verme mirándola se levantó y se acercó trabajosamente a mí.

—¡Señor, Dios bendito! ¿Cómo os sentís, Doroteo? —Noté que me apeaba el tratamiento, al haberme sacado de la muerte ella se sentía en ese momento dueña de mí.

—Estoy mejor, mucho mejor, creo que viviré, gracias a vos. ¿Me habéis cuidado todo el tiempo?

—Sí, amo. —Volvía a llamarme así—. Habéis estado trece días casi muerto. Os he dado de beber con una cóclea pequeñita de día y de noche. Vuestros ojos estaban hundidos de tanto vomitar. Hace ya unos días que bebéis con un cifo aunque medio dormido. —Ella tiritó. Eran las horas del amanecer y hacía frío.

—¿Tenéis frío, Julita? —Ella asintió con la cabeza.

—Sí, amo, hace fresco. —Me hice a un lado en la cama—. Entrad aquí conmigo, la cama está caliente. —Ella me miró largo rato como si sopesase lo que iba a hacer y luego, graciosamente, como una reina, entró en mi lecho, se abrazó a mí y rompió a llorar. Yo la abracé fuertemente contra mi cuerpo y sentí algo dulce e inexplicable. Repentinamente supe que la amaba, que la amaba para siempre. Había mucho que no le podía dar, pero si ella aceptaba lo que sí podía, sería de Julita para siempre, su hijo sería mi hijo, su felicidad, mi felicidad.

Dormimos abrazados hasta bien entrada la mañana, nadie vino a molestarnos. Conocí la perfección de la felicidad sin pedir nada, nada más que lo que tenía en ese momento. Ella me amaba también, no sé por qué pero así era. Le pregunté si sabía que yo no era entero y que nunca podría ser un hombre para ella. Pero ella tapó mi boca con sus manos delgadas y dijo:

—No importa, Doroteo, sois el más gentil y dulce de todos los hombres, ya tengo un hijo. No deseo otra cosa sino vivir con vos. Si vos queréis. Seré vuestra sirvienta, en apariencia, pero para vos seré en lo que pueda, vuestra esposa, para siempre. Viviremos juntos y envejeceremos juntos y si os morís, moriré con vos.

—Si es así, yo velaré por vos y por vuestro hijo, que para todo será el mío, le educaré, le daré posición y haré su fortuna. —Como todos los enamorados nos juramos amor eterno. Maldije más que nunca al Maestro de los Esclavos, que me condenaba a ser medio hombre para mi amada, a quien hubiese deseado complacer en todo.

—Sé demasiado de los hombres —me dijo ella—, no quiero saber más. Sois mi bienamado y no os torturéis más. Seremos un matrimonio blanco, no nos querremos menos por eso, si acaso más. —Es así como vine en ser el más feliz de los mortales. No necesitaba de nada, todo lo tenía, desahogada posición, la confianza del rey, un trabajo que me gustaba y en el cual empezaba a ser muy famoso y una mujer que me amaba y yo a ella. Además esperaba un hijo.

Don García se fue a la boda de su hermano, yo pretexté no estar aún recuperado para el viaje y me quedé. Sabía que de un día para otro nacería nuestro hijo y quería estar allí. ¿Y si ella muriese? Quería estar con ella en todo momento y si todo salía bien, quería ser yo mismo quien le enseñase el niño recién nacido, ello me daría una especie de «paternidad» simbólica. En mi locura, agradecí en mi mente la acción del rufián que le había dado a Julita un niño que venía a completar nuestra familia. Me consolé recordando las sagradas palabras: «Dios escribe derecho con renglones torcidos.» Dios, Dios, ahora estaba seguro de que existía y velaba por cada una de sus criaturas. A pesar de mi infelicidad no me había abandonado, y ahora me resarcía con hartura de todo mi sufrimiento.

Nació el niño, sano y bien. Un rollizo muchacho que era el vivo retrato de su madre, afortunadamente. Según el deseo de don Alvito, había de llamarse Quirico. En el bautizo del niño fui su padrino y me comprometí a tomar el lugar de su padre para educarlo en la fe. Era su «padre espiritual» en ausencia de otro mejor. Me complació en suma. Figuró como hijo póstumo de un supuesto marido de Julita: Teodoro. Era yo mismo. Mi nombre al revés. «Quirico, hijo de Teodoro y Julita, ahijado de Doroteo, escribiente primero del rey de Navarra, ha sido bautizado en la fe del Señor...»

La boda del rey de Aragón se celebró con toda pompa y solemnidad, el pueblo entero tomó parte en esta primera boda real de un rey por ellos elegido. La novia era hermosa e iba elegantemente vestida y ricamente enjoyada. Acudieron los nobles y magnates de todo el reino y los hermanos del rey Ramiro: don Fernando, don García y don

Gonzalo; los condes de Bigorre, Gascuña, Bearn, Foix. Se recibió lucida representación del rey Bermudo de León y llegó para los desposados todo un cargamento de sedas finas de colores y dibujos varios, damascos y cendales. Era un presente del rey de Lérida: Suleymán. Supimos que él también esperaba tres hijos de su harem.

El rey don Ramiro y la reina Ermesinda no podían ocultar su felicidad y su amor. La reina era muy joven y hacía su alegría bien patente. Desde el mismo día de la boda la gente empezó a hacer apuestas sobre cuánto tardaría en llegar un heredero. Seguro, decían, que por intentarlo no quedará.

Debo quizás explicar, para los que lo ignoren, que mediante los «esponsales», el novio entregaba a quien tenía el poder legítimo sobre la mujer, en este caso don Bernardo de Bigorre, una cantidad o precio: la dote. Esa dote venía estipulada en la «carta de arras», en el caso del rey de Aragón, la que Julita y yo habíamos decorado. Para que no faltase nada debía haber consentimiento de la familia, la *sippe* de la novia. Entregada la dote, la novia pasaba a poder del marido y a la mañana siguiente de la primera cohabitación, la esposa recibía una donación especial como precio de su virginidad. Eso era una verdadera y legítima boda y también la reconocida como tal por la Iglesia. Ahora una boda ya no es así, pero así fue la de don Ramiro. En cumplimiento de la ceremonia otorgó el rey de Aragón a doña Ermesinda como dote literalmente «algo de mi heredad que me dio mi padre en territorio de Aragón», es decir, una parte del reino. Espléndida dote que venía a confirmar su amor por doña Ermesinda. Pero no era eso todo, a más de ello había siervos, ropas, caballos, carruajes y el patronazgo de varios monasterios. A la mañana siguiente, pasada la noche en que los invitados no pararon de comer, cantar y bailar, entregó como *matutinale donum*, el precio de la virginidad perdida, una bandeja llena de piedras preciosas las cuales podía escoger cómo quería que fuesen engastadas la bella doña Ermesinda.

Terminada la boda de los de Aragón, intervino con gran solemnidad el rey de Navarra, mi señor, e hizo saber a todos los asistentes su voluntad de desposar a la otra hermana, doña Beatriz Estefanía, quien, aunque a la sazón vivía en el condado de Barcelona bajo la tutela de su tía la vieja doña Ermisindis, había acudido acompañada por un lucido séquito.

Don Bernardo estaba exultante, tanta fama y prestigio en un solo día era casi demasiado para él. Sobre todo estaba muy satisfecho, pues el rey de Navarra se había comprometido explícitamente a lograr del

Santo Padre la absolución de los pecados de su hijo y el levantamiento de la excomunión. Mataba así mi amo dos pájaros de un tiro, se aseguraba la mano de la condesita Estefanía y minaba el suelo de debajo de los pies de don Ramiro impidiéndole crecer más de lo prudente.

Enamorado como estaba, mi amo decidió acompañar a su bella dándole escolta, en su regreso a Barcelona. Además estaba en el séquito la dama Sunifreda.

No había asuntos urgentes en Nájera al momento. Desde Aragón me envió el rey sus noticias diciéndome que avisase a todos de su decisión. Estaría algún tiempo fuera pues era su intención visitar nuevamente al Papa en cumplimiento de lo que ofreciese al de Bigorre. Antes de casarse con Estefanía cumpliría la promesa que hiciera al conde. Recibí la noticia del viaje de don García sin mucha sorpresa, yo le conocía bien y sabía que era muy impulsivo, amante sin tasa y enamoradizo. De todas maneras yo estaba muy ocupado con mi nueva vida y deseaba algo de tranquilidad para disfrutarla. Para todos los efectos, yo también me había casado, Julita y yo nos sentíamos tan unidos como el matrimonio más enamorado. Y aunque no disfrutábamos de todo lo que depara ese estado, nuestra mutua compañía nos llenaba de gozo.

Enseguida se me hizo patente que una situación como la nuestra no podía continuar en palacio, en dos, ahora me parecían, míseras habitaciones. Encargué a Julita que buscase una *curte* adecuada para nosotros. Debería estar situada cerca de palacio, con terreno y jardín. No era difícil entonces encontrarlas. Mucha gente mudaba de casa y otros vendían sus propiedades por deudas o necesidad. Pronto apareció la casa soñada, grande y con mucho sol. Una edificación de adobe bien enlucido en toda la construcción menos en el salón principal, que era de piedra con hogar y asientos alrededor de las paredes. Había sido la casa de un matrimonio pudiente que habiendo muerto hacía algún tiempo, había dejado la casa vacía y que los herederos deseaban vender pues ya tenían cada uno la suya. Tenía un añoso parque alrededor y la fachada principal estaba flanqueada por diversas construcciones que habían pertenecido a la servidumbre. Cuadras, pozo, celario, apoteca, huerta, hórreo y portería completaban la *curte*.

—Nunca os dije, Julita, que tenéis de parte de don Alvito un peculio para compraros una casa vuestra.

—¡Oh —exclamó ella encantada—, no sabía que tenía dinero! ¡Quizá me habéis elegido por mi fortuna! —añadió bienhumorada—. ¿Cuánto tengo? —Me di cuenta de que había olvidado la cantidad exacta que me dio don Alvito, así que le dije cualquier cosa.

—Veinticinco sueldos. —Abrió ella los ojos como platos.

—¡Pero Doroteo, eso es mucho dinero. Hay gente que no tiene eso en toda su vida! —Era verdad, pero me causó hilaridad su reacción.

—¿Sabéis lo que cuesta la casa, el menaje, vuestra dote y *el-axuvar* [el ajuar], muebles y sirvientes, caballos, carruaje y perros guardianes sin contar una esclavita que pienso regalaros?

—¿Todo eso para mí? ¡Dios mío! ¿Cuánto cuesta?

—No menos de doscientos o trescientos sueldos. —Se sentó en el suelo como abrumada, con gesto cómico.

—¡Dios mío, tener tantas cosas debe de ser pecado! —Me encantaban sus reacciones, era tan inocente que no sé cómo pudo andar por la vida sola. Sin embargo, recuerdo haberle contestado de corazón:

—No, Julita, el pecado es no tenerlo. —En mi nueva felicidad era generoso y deseaba que todos tuviesen de todo—. En todo caso os daré el dinero que don Alvito me entregó para vos y lo gastaréis como tengáis a bien. En peines, afeites o limosnas, como gustéis. —Pasamos un tiempo fuera de este mundo mientras arreglábamos a nuestro gusto la nueva casa. Hicimos poner maderas recubriendo las paredes del que había de ser el cuarto del niño pues juzgamos que eso temperaba el frío y el calor. Huelga decir que atribuir al niño un cuarto era un lujo digno de reyes, pues la mayor parte de las personas tenía un solo cuarto grande para toda la familia, o a lo sumo dos o tres. Pero yo me había criado con los reyes y no deseaba una vida peor para mi hijo. Hicimos agrandar y reforzar las ventanas pues el sol es bueno para los niños. No se sabe por qué, pero los niños que toman el sol viven mejor y enferman menos. Unos tejadillos con teja árabe protegían las ventanas para evitar que las frecuentes lluvias penetrasen en las habitaciones. Para impedir el frío pusimos *vellas* enceradas en todas las ventanas y postigos por dentro para poder cerrarlas y también cortar las inclemencias del tiempo. Por si el frío apretase, como era a veces normal, preparamos unas sólidas contraventanas que nos librasen de la cellisca y la nieve.

Al ver que la casa estaba en obras y al saber el común de la gente que la había comprado Doroteo, el Primer Escribiente del rey, se presentaron pronto muchos artesanos y mercaderes ofreciendo sus artes y mercadurías. Nunca había tenido comercio con tales personas, eran todo un mundo para mí, aunque con sorpresa constaté que Julita tenía una especial intuición para tratarlas y conseguir las mercadurías más baratas que yo, por lo que dejé eso en sus manos. Creo que todas las mujeres del mundo, desde las más inteligentes a las más torpes, saben comprar y además les gusta. Aunque lo que compran no sirva aparentemente para nada, ellas le encuentran alguna utilidad, como el pájaro que construye el nido con desechos y palitos.

Compramos muebles: sillas, cátedras, bancos, mesas y lechos para nosotros y el pequeño. Amén de arcas para la ropa. Manteles, de lino, de lana y de seda con rayas negras y verdes. Manutergias, cobertores, alfombras para el suelo y paños para las paredes. Lectuarios y plumacios para las camas y mil cosas más. Nunca supe hasta entonces lo que hacía falta en una casa. Una casa como la que yo quería para mi familia. Adquirimos vajilla de madera y de barro, Julita se opuso frontalmente a que comprásemos una de metal.

—Es demasiado lujo. Dios no nos perdonará. —Yo estaba seguro de que Dios tenía mucho que hacer para ir mirando si comíamos en vajilla de cobre, bronce o barro. Pero no quise llevarle la contraria y me aviné en comer en vajilla de barro cocido, aunque, a decir verdad, estaba acostumbrado a platos y vasijas de plata y de oro. Sólo insistí en que los vasos y los copos fuesen de vidrio, no soportaba el sentir algo grueso como la cerámica junto a mis labios. También tuve que presionar para que me permitiese tener tenaces y cocleares, cucharones grandes y pequeños: truliones y trulios. Llenarme los dedos de grasa me era insoportable. Después de discutirlo, ella estuvo de acuerdo y me prometió usar lo mismo que yo para comer. Creo que le hacía ilusión como a una niña pequeña el descubrir conmigo otras cosas distintas y nuevas para ella.

Fue una gran satisfacción para mí el comprarle telas de colores, pieles de cordero, conejo y zorro. Botones de muchas clases y adornos de plata y seda. Zapatos, mantos de invierno y verano. Todo me parecía poco. A veces me preguntaba si a mi señor le parecería un dispendio puesto que todo lo compraba a su costa. Siempre me había dicho: «De lo que hay en palacio, tomad lo que queráis.» Ahora lo hacía, y lo que no lo había, lo buscaba. Vivimos una gran felicidad, como dos enamorados. Por la noche nos acostábamos juntos y nos abrazábamos acariciando nuestros cuerpos con gran placer y ternura. Aprovechábamos al máximo todo lo que la vida y nuestra especial situación nos permitía. Un aya cuidaba al niño durante el día, pero por la noche lo poníamos en su pequeño lecho junto a nosotros y le oíamos respirar tranquilo. Si lloraba, su madre le daba el pecho y yo miraba la escena de felicidad doméstica. Una clase de felicidad que creí me estaba negada a mí por mi condición. Tanta felicidad, a veces me cortaba la respiración y creía que no se podía pedir más a la vida. Dormía junto a mi amada y me olía a campo, a tomillo, a yerbabuena, a menta. Ella, de vez en cuando, me tomaba el rostro entre las manos y me miraba con sus ojos claros y brillantes preguntándome:

—¿De verdad, de verdad me amáis?

—¡Sí, sí, sí. Mil veces sí! —Así pasaban los días y las noches.

En cuanto pudimos, dejamos el palacio para ir a vivir a nuestra casa. No sé si la gente sospechaba qué clase de convivencia tenía con mi antigua sirvienta. Pero no me importaba. Que pensasen lo que quisiesen. Dije que deseaba vivir en casa aparte ahora que había encontrado una sirvienta capaz de regentar la casa que a mí me gustaba y no di más explicación. Julita venía a menudo al scriptorio y seguía avanzando en su aprendizaje. Los otros alumnos pensaban que era una excentricidad mía traer a una mujer a clase, pero cuando les hablé de Eudes, *pinctrix*, y de cómo ésta había decorado nada menos que la catedral de Gerona, empezaron a respetarla como a otro alumno más, e inclusive a admirar la calidad de sus letras adornadas. Ella tenía a su favor el haber pintado nada menos que dos letras mayúsculas en la carta de arras de don Ramiro a su esposa doña Ermesinda, y ello le dotaba de un prestigio cierto.

Según le había prometido a Julita, intenté conseguir una esclavita para ella. Escribí a la Escuela de Pamplona, de donde yo mismo procedía y solicité una niña de buenas maneras, agraciada y dócil. No era necesario que tuviese especiales dotes, la quería para que hiciese compañía a una mujer. Pronto recibí contestación del viejo maestro. Deseaba complacerme y vería de hallarme una tan pronto como fuese posible. De todos modos el prestigio de su Escuela demandaba que no entregase la mercancía «en bruto». Al no ser para ningún servicio especial, como cantora, musicante o poetisa, o para hombres o harem, era un encargo fácil.

Pasaron algunos meses. Se acabó el invierno y llegó la primavera del año 1037. Por los conductos ordinarios supe que mi señor y rey estaba en camino de vuelta con su misión bien cumplida. El joven conde de Bigorre había sido perdonado y la excomunión levantada. También portaba el rey una bendición especial del Santo Padre para él mismo y para doña Estefanía válida para el día de su boda. El rey me había hecho saber que deseaba casarse cuanto antes. Ahora que yo también estaba enamorado, comprendía su prisa. Llegaron otras noticias que guardé para contárselas cuando estuviese ya en Nájera. La reina de Castilla, doña Sancha, había dado a luz, felizmente, a un infante que se llamaría Sancho Fernández. Proseguía el embarazo de doña Urraca Teresa. También supe por personas adictas que teníamos en Aragón, que el rey don Ramiro se había enterado del verdadero motivo del viaje de don García a Roma y que lo había interpretado justamente como un intento de parte de su hermano de quitarle la silla del condado de Bigorre de debajo de las nalgas. Un mensajero había llegado desde Aragón pidiendo al rey navarro una entrevista en cuanto pudiese ser. Mi opinión era que debíamos prepararnos para un escena violenta. Sin embargo, al estar el rey Ramiro recién casado, no preveía que hubiese peligro de guerra inmediata. El amor hace a los hombres menos violentos, aunque sean reyes.

Todo era plácido en Nájera cuando un día, por fin, llegó don García. En cuanto me enteré que estaba cerca, salí a su encuentro, sabía que esto le complacería, y así fue. Venía más delgado, más alto, más hombre, pero tosco como siempre.

—¡Eh! —gritó al verme a lo lejos—. ¡Eh, aquí estoy! —Y picó al caballo con los talones para llegar a mi altura. Salí a su encuentro y nos encontramos a medio camino, saltamos a tierra y nos abrazamos, él me daba golpes en la espalda.

—¿Cómo está mi eunuco favorito, mi medio hombre? —Celebró su gracia, que ésa era su intención, con grandes risotadas mientras me miraba—. ¡Eh, qué os pasa, habéis cambiado! ¿Estáis más gordo? Bueno, luego me lo contáis, venid, montemos nuestros pencos y vayamos hacia Nájera, tengo ganas de llegar. ¿Algo nuevo para mí?

Montamos nuevamente y le fui informando de los asuntos más urgentes. De pronto preguntó con aire inocente:

—¿Cómo estáis después de vuestra enfermedad? ¿Os cuidó bien vuestra sierva?

—Estoy bien, alteza, me cuidó muy bien. —Por cambiar la conversación, añadí—: Por cierto que ya parió.

—¿Ah, sí? —dijo el rey distraídamente—. ¿Y qué fue, macho o hembra? —Me molestó su manera de referirse al pequeño como si fuese un macho cabrío.

—Fue niño, alteza. Varón.

—Bien, bien. Mejor para él. Es mejor follar que ser follado. Al menos eso creo —dijo dubitativamente—. Si os cuidó bien supongo que le haríais un buen regalo. —Por fortuna no esperaba respuesta y enseguida pasamos a hablar de otros asuntos.

Sin embargo, pronto se enteró el rey de mi nueva situación, al menos parcialmente.

—¿Cómo, ya no vivís en palacio? —Se extrañó sinceramente don García.

—No, señor, siempre deseé tener mi propia casa, por fin lo he logrado, espero que no os parezca mal. Además, señor, pronto vendrá doña Estefanía. Debéis vivir a solas con la reina.

—¡Vaya tontería, Doroteo! Bien sabéis que las casas de los reyes son como colmenas. En ellas viven multitud de guardias, sirvientes, clérigos, visitantes, invitados, parientes y toda suerte de gorrones. En fin, lo sabéis mejor que yo.

—Cierto, señor, pero yo no soy nada de eso, ni pariente, ni invitado, ni cortesano, ni sirviente. Ni tan siquiera gorrón —dije en un intento de ser jocoso.

—Sois más que eso, sois mi amigo. —El rey de vez en cuando demostraba su afecto por mí—. Y me complace que viváis en palacio. —Por un momento temí que me mandase volver. Pero no fue así—. En fin, si eso os complace, espero que al menos me invitéis a ver vuestra morada, ya que habéis gastado mi buen dinero y os la habéis puesto y amueblado a mis expensas, supongo.

Días más tarde vino el rey a conocer mi nueva casa. Pareció contento con mi alojamiento y tuve la impresión de que miraba con curiosidad a Julita. Quizá se preguntaba, como los demás, si entre ella y yo había algo, algo que él no sabía. Como no era prudente me lo preguntó directamente.

—Decidme, Doroteo, esa mujer, esa Julita, es hermosa. ¿La queréis para algo? Digo, porque podía aprovecharla, si no tenéis inconveniente. —Me quedé sin habla, nunca hubiera pensado que el rey ni tan siquiera viese a una sirvienta. Pero es que en verdad la leonesa era una hermosa mujer y ahora que estaba bien vestida, bien comida y era feliz, era hermosa como la luna por su cara blanca; y como el sol por su pelo de cobre. Sus ojos a veces verdes y a veces verdiazules, brillaban bajo sus pestañas largas y curvas. Hasta el rey se relamía como un gato ante la leche con el sólo pensamiento de hacerla suya. Pero yo estaba dispuesto a estorbarlo.

—¡Pues sí, alteza, tengo algo contra eso! —Me miró el rey boquiabierto. Nunca pensó que yo me opondría—. Julita es mi sirvienta y me fue encomendada por don Alvito. Es una buena mujer y no deseo verla sufrir ni que se la tome por distracción de nadie, ni siquiera por vos. Además, debéis pensar en doña Estefanía y no en mujeres serviles.

—¡Pero cómo, mi eunuco se permite ser moralizante! —Una estentórea carcajada se le escapó—. ¡Vaya por Dios! Así que ahora veláis por la virtud de las viudas. Pero si sois amoral y descreído, ¿a qué viene esto? ¿No será más bien que queréis meterle mano vos mismo? —Me miró con mirada pícara y divertida—. Oíd, amigo, si intentáis algo con la pelirroja me gustará saberlo. ¡Qué vicio digno de ser visto, pardiez! Bueno, bueno, me retiro. No se hable más, pero si la veis en necesidad, ¿me lo haréis saber? Se me parte el corazón al pensar en la soledad de tan hermosa viuda. ¿No dijisteis que tenía un niño? Quiero verlo.

Vino pues Julita con el niño. No quise que apareciese el aya, no notase el rey demasiado lujo.

—¿Cómo se llama la criatura? —preguntó después de mirar al pequeño atentamente.

—Quirico, alteza. Don Alvito le escogió el nombre —expliqué yo para que Julita no le hablara. Por fin se despidió y durante un largo tiempo se olvidó del asunto. Pero yo que conocía bien al rey no me fiaba, le sabía enamoradizo y caprichoso, por ello no me alejaba nunca de casa y si lo hacía, quería saber siempre dónde estaba el rey. Adonde yo iba, iba Julita. Entonces sucedió algo que nos hizo olvidar todo lo demás.

11

La Coruxa en León y sus palomas blancas

Muerte que así me esperáis, muerte que así me tenéis
Muerte que tanto me amáis, pues que mis labios besáis
¿Porqué paloma mortal, fundida en blanco metal,
de mensajera traéis?

Atribuido a HALAF IBN MASLAMA. Siglo XI

Las noticias que tanto habían alegrado a los de Castilla, esa paz tan deseada, había sido, en parte, obra de Alexania. Tan pronto como la vieja partera llegó a León, se había puesto manos a la obra. La reina doña Urraca Teresa estaba muy desanimada. Hacía ya unos dos años desde que muriese el pequeño Bermudo y ella no había vuelto a concebir. Amante el rey quería consolarla diciéndole que eran aún jóvenes y que en muchas parejas el heredero no llegaba sino después de mucho tiempo. Pero la *Regina* sabía que ella no era una esposa cualquiera, que ellos no eran «una pareja», que el tiempo que pasaba no volvía y que el reino se impacientaba, que corrían coplillas sobre el rey. Por eso, casi con desesperación, se puso en manos de la bruja. Creía doña Urraca Teresa que para su caso habría conjuros, encantamientos, hechizos, exorcismos e invocaciones, y no fue así. Preguntada la vieja sobre esos sistemas, contestó:

—Eso, señora, son tonterías. Siempre es bueno rezar a los santos, y a los ángeles de la fertilidad. Pero los ensalmos y encantamientos son bobadas. Decidme, señora, ¿cómo pasáis el día? —La reina confesó, con pena, que apenas salía de sus habitaciones, y que lloraba mucho a escondidas.

—¡Ah, no, nada de eso! Debéis saber que saldremos a pasear juntas todos los días siempre que el tiempo no nos lo impida. ¿Os gustan las flores? Haremos un floriario, una colección de flores. ¡Ya veréis qué bonita resulta! —De día en día la reina y la vieja salían a pasear y ello poco a poco fue templando a la señora. No tenía tiempo de llorar en sus habitaciones, la colección de flores resultó ser un quehacer muy absorbente. A veces llevaban comida y tomaban su almuerzo bajo los árboles, mientras ordenaban sus flores. En esas ocasiones La Coruxa distraía a la *Regina-Emperatrice* con historias que terminaban por interesarle tanto que se olvidaba de sus problemas. A todas horas le repetía que ella era joven y que podía concebir en cualquier momento. ¿No había concebido ya una vez? Y era verdad, pensaba la reina.

A veces La Coruxa le daba consejos, simples, como los que se dan a un niño.

—Hay que comerse todo, no hay que dejar comida en el plato. —O—: Hay que respirar mucho, así entra la vida en el cuerpo. —La reina no se creía que estos consejos fueran en modo alguno favorecedores para su caso; pero ¿y si acaso fuese verdad? La vieja parecía saber mucho, tenía experiencia. Quizá lograría que ella concibiese. También don Bermudo, que al principio dudaba de que Alexania fuese de alguna ayuda, ahora está satisfecho. Al menos doña Teresa estaba algo más animada.

Un día ve a la hora de comer cómo su esposa ríe y bromea, parece otra, distinta de la joven pálida y desmayada de hace unos meses. Inclusive nota que luce algunas joyas, cosa que no hacía hace tiempo. Se atreve a decirle algo.

—Teresica, tengo con vos una deuda.

—¿Deuda, señor? Cómo, ¿me debéis algo? —inquiere la reina riéndose con los ojos. Él hace como que no lo nota.

—Sí, recordad que cuando volvimos de tierras de Galicia encontramos todo deslucido. Me dijisteis que nos hacía falta renovar muchas cosas. Pedí entonces a los comerciantes judíos que hacen la ruta del islam y que también tienen corresponsales en Constantinopla, y en el país de la seda y en el del ámbar, que nos trajesen una selección de telas, objetos y cosas para elegir.

—¡Nada me habíais dicho, Bermudo!

—No, pues que esperaba llegasen esos hombres. Ayer me han mandado recado que están listos con cosas hermosas y refinadas. Les he pedido que vengan a palacio y os muestren sus mercadurías. Mañana, si os place, deseo que vayamos de incógnito, sin séquito ni acompañantes, al mercado de León. Quiero ver algunos animales. Necesito caballos, mulas y borricos, animales de carga. También bueyes. Me han informado asimismo que en algunos monasterios e inclusive en algunas behetrías y señoríos están probando nuevos sistemas de cultivo. Arados con vertederas reforzadas de hierro. Quiero verlos, saber si están ya a la venta. Si lo están, es que la gente los pide, y si los pide es porque son útiles, y si son útiles, como vengo oyendo, será cosa de adoptarlos.

—Bien, rey y señor, iremos a la feria de León, pero antes, recibiremos a los mercantes. ¿Cuándo van a venir?

—Cuando vos queráis, Teresica, ya que la más interesada sois vos. —Se anima la reina, un tenue color rosa le sube a la cara, el pensamiento de adquirir telas greciscas, sedas, terciopelos, cendales, brocados, torzales y demás, de pronto se le aparece como algo apetecible. ¿Tendrán también plumacios, manutergias, sábanas integrizas?

—En verdad —dice ella— me he descuidado un poco. Nuestro palacio necesita ropa de casa y colchones, plumacios nuevos, a ser posible plumacios digniores, de lujo. Para el invierno, plumacios láneos, y para el verano, líneos. —Entusiasmada, la reina enumera lo que necesita. Se felicita el rey al ver a la reina tan animada.

—Y para vos, señora, ¿no deseáis nada? No creo que los mercaderes os traigan colchones, por muy de lujo que sean. —Alegre, ella empieza a enumerar cosas que le agradaría tener. A punto está de llorar el rey, ve que su Teresica recobra el gusto por la vida. Agradece en mente a la vieja madre y sus consejos. A lo que sea. A las flores, y a los paseos al sol. A las infusiones de yerbas. Bendita madre.

Vinieron pues los mercaderes y dio el rey carta blanca. En los salones de palacio sacaron a relucir sus telas y joyas, sus vasos y perfumes, sus cintas y pieles.

—Señora, mirad, facitergias, toallas para la cara...

—Vasos dente elefantinos...

—Culcitras, comúnmente llamadas colchonetas, para asientos de jardín.

—Y para sorber refrescos, mirad, de Siria *cifo ex auro*. Son como cañitas, pero de oro. También los traemos frágiles, de cristal. —A la vista de la regia cliente, se quitan la palabra el uno al otro—: Alifafes, almuzallas, una algupa carmesí, un manto de batista: alrrita caçabí. Ballugas de la morería. Un *belteum* áureo o cinturón de oro trabajado...

—Mil y mil telas, tejidos, tapices, perlas, cordones y perfumes. La reina todo se lo probó, todo le agradó y al fin tuvo que despedir a los mercaderes no sin haber hecho buen uso de la autorización que tenía de don Bermudo.

Para cenar se puso esa noche una de sus nuevas túnicas, una algupa amarilla. Sobre él, un manto de pura lana color violeta, el alfaneque láneo vilado. Mucho la admiró el rey. Estaba en verdad preciosa. Estrenaron unas servilletas que habían encantado a doña Urraca Teresa, de seda roja: mapulas vermiculas.

—¿Y a mí, a mí, me habéis comprado algo, aunque sólo sea un cifo, una cañita de sorber? —preguntó el rey muy divertido al ver la cantidad de cosas que había comprado su esposa.

—Sí, os he comprado un cinturón de oro, una camisa blanca, varias mutationes de vestido y un mofarrex.

—¿Eso es todo? Voy a parecer un sirviente que acompaña a la señora al mercado —protesta el rey abriendo los brazos cómicamente.

Ella añade, pícara:

—Tengo algo para vos.

—¿Qué es?

—Algo que os daré luego... en mi *sayal kamese*...

—¡En vuestra saya de cama! ¡Vámonos, ya hemos terminado de cenar! —Se van tomados de la mano y riéndose por el camino. Ni siquiera han brindado en sus nuevos vasos de colmillo de elefante. El vino se quedó en la mesa.

Nuevamente felices como antaño, al día siguiente salieron los reyes vestidos con sencillez a visitar el mercado de León. Iban como mucha gente, ataviados a la moda árabe, con túnicas y capas pues ello les permitía esconder mejor su personalidad. Inclusive, doña Urraca Teresa llevaba un velillo cubriéndole coquetamente sólo una parte de la linda cara. Era una moda desenfadada que también agradaba a las moras. Los severos alfaquíes la desaprobaban por desvergonzada.

Tal y como deseaba el rey, fueron sólo con una reducidísima escolta, como hidalgos acomodados, con la intención de ver sobre todo animales de carga. Burros y pollino, mulas y bueyes, que de todo necesitaba el rey para sus propiedades. Hacía tiempo que los administradores venían pidiéndoselos. En el mercado de León había mucho donde escoger, desde viejos animales que descartados por sus primeros dueños, buscaban uno nuevo que por poco precio se contentara con aquellos beneméritos animales, hasta magníficos ejemplares dignos de un hidalgo, o hasta de un conde.

Atrae la atención de los reyes un grupo de caballos de hermosa presencia.

—¿De quién son? —interroga el rey, como si fuese un hidalgo poco interesado. El ojo del vendedor está acostumbrado a calibrar a los compradores: sin duda este joven señor busca un caballo de categoría, aunque sea uno muy caro, si no ni habría preguntado de quién eran éstos.

—Alabado sea el Señor. —Saluda cortés el encargado de la venta—. Veo que el doncel tiene muy buen gusto. —Le llama doncel aunque el joven rey ya no lo es. A los hombres les gusta que les llamen doncel y a las damas: doncellas—. Son de los que cría mi señor, don Adegundo Álvarez, conocido como El de las Asturias. Son de padre y madre árabe, como bien veis, mi señor. Son dulces, inteligentes y muy resistentes. Tienen dos años y están ya enseñados.

El rey mira los animales, en verdad tienen muy buena estampa. También la reina es conocedora de estos animales, no en vano se ha criado entre guerreros castellanos que no dejan nunca lejos su caballo.

—Son preciosos —opina la reina. Acaricia el cuello de uno de ellos y el animal le mira con sus grandes ojos aterciopelados, intuye que la dama que le acaricia es un buen amo. No respinga ni hace movimientos extraños—. ¡Qué hermoso y manso! —comenta doña Urraca Teresa—. ¿Cómo se llama?

—*Favila*, señora. ¿Os gustan los caballos blancos? Éste es de un blanco casi perfecto, sólo tiene algunas crines oscuras en la cola. —Es verdad, en la nívea blancura del animal destacan una pocas hebras oscuras. Puede teñirse, pero así tiene más gracia el animal—. ¿Deseáis probarlo? Tiene casta pero es muy noble, apto para guerreros o damas que quieran cabalgar y dar largos paseos. —No se atreve la reina, tal y como va vestida no es adecuado el atuendo, pero de pronto se decide, agarrándose las sayas para no dar un espectáculo, sube al animal que está ensillado en espera precisamente de que un comprador desee subir en él. Da unas vueltas y comprueba que el animal le obedece perfectamente.

—Me gusta, me gusta mucho —dice apreciativa.

El vendedor, que se percata de que la joven no ha preguntado tan siquiera por el precio del animal, se anima y le dice:

—Pues si éste os gusta, debéis ver a su hermano, *Pelagiolo*, el caballo más hermoso, sin duda, de todos los reinos cristianos. Es totalmente blanco, hasta las pestañas, pero no es albino, no tiene los ojos azules, sino mielados. De belfo suave como el terciopelo, manos finas, como un suspiro. ¿Deseáis verlo? —Asiente la reina mirando a su marido, sabe que él busca un caballo para sí. Algo especial, digno de un rey. Aún no lo ha encontrado, quizás en la afamada cuadra de El de las Asturias esté el caballo soñado. Viene al punto un servidor trayendo de la rienda un animal bellísimo. Es obviamente hermano de *Favila*, pero tiene un no sé qué que le hace destacarse por encima de cualquier otro animal, quizá sea su mirada inteligente, ese moverse como seda ondulada por el viento, su cabeza pequeña y sus manos de hechuras árabes. Sabe el vendedor lo que vale el animal y le ha adornado las crines con pequeñas moñas e hilos de plata. Al ser blanco relumbran éstas con pálido fulgor, sin resaltar demasiado, prestando, por el contrario, un cierto tono plateado al animal. Va el corcel bien peinado, cepillado y hasta los cascos han sido pulidos y brillan sobre la arena amarillenta. Ni Almanzor en toda su gloria tuvo un caballo así.

La reina sabe lo que piensa su marido: «¡Éste es, éste es el animal soñado!» Por su parte el rey mira con mirada apreciativa intentando encontrar algún defecto en *Pelagiolo*. No lo tiene, es un caballo como para que lo monte el divino Santiago. Seguro que el de la batalla de Clavijo no era más hermoso. Le gustaría a la reina quedarse con ese animal, pero sabe que su marido ya lo ha escogido para él. Lo ve en sus ojos complacidos; entonces ella, discretamente, escoge al otro, a su hermano: *Favila*. Pregunta el rey, por preguntar, pues ya se ha decidido:

—¿Cuánto desea el señor don Adegundo Álvarez, mío conde, por el animal? —El encargado no se percata de lo de «mío conde» y contesta:

—Señor, cualquier precio es bajo para tal corcel. Mis instrucciones son no dejarlo ir por menos de doscientos.

—¿Doscientos sueldos? Alto es el precio, pero creo que *Pelagiolo* lo vale. ¿Y por *Favila*? —Piensa el vendedor que el hidalgo no puede pagar el precio pedido y que quizá se quede con *Favila*.

—El otro, señor, vale menos, pero no es caballo peor. Por ciento cincuenta sueldos es vuestro, si os acomoda.

—Mandadme ambos. —El vendedor se queda sin habla, no es normal que un solo hombre compre dos caballos el mismo día, tan parecidos y de tanto precio. ¿Estará el joven hidalgo gastándole una broma? Aun así, pregunta sin inmutarse.

—¿Y adónde hemos de llevarlos?

—A palacio. Hablad con el *Comes Stabulorum*, él os satisfará lo pactado. —El pobre hombre se quedó estupefacto. ¿Quién es entonces el joven comprador? Mira con atención y bajo la túnica mora reconoce al rey don Bermudo.

—Señor, perdonad. —Hinca la rodilla en tierra para besarle la mano—. No os había reconocido. Nunca pensé que...

—¡Basta, basta, no teníais por qué! Ahora ni una palabra, la reina y yo deseamos pasar desapercibidos.

«¡Dios mío! —piensa el vendedor—. Cosas veredes, amigo... ¡También la reina! Esa joven que monta a horcajadas con todo desenfado en medio del mercado es doña Urraca Teresa. La *Regina-Emperatrice*.» No ha salido aún de su asombro cuando ya los reyes se alejan contentos, andando ligeros sobre el polvoriento camino.

El asunto de las mulas, los bueyes y los pollinos se soluciona enseguida, sólo hace falta que sean sanos, jóvenes y fuertes. Pero se divierten los esposos como un matrimonio que compra cosas para su hacienda. En un puestecito está una mujer friendo tortillas a la vista del público, huevos y harina, miel ligera por encima.

—¿Os apetece, Teresica? —pregunta el rey al oído de su mujer. Ella asiente, huele bien y tiene hambre. Coge las tortillas con las manos y se mancha de miel. Se come golosa su ración y se chupa los dedos, no hay manutergias ni platos auricalcos, así, empero, saben mejor. También don Bermudo come sus tortillas sin plato alguno, sin servilleta. Luego no sabe qué hacer con los dedos pegajosos. Levanta las manos al aire no sabiendo dónde limpiarse. Se ríe la reina.

—Tengo una idea —dice ella después de chuparse concienzudamente los dedos, coge las manos del rey y las lame—. Así están limpias, como los gatos. —El rey se ríe de la ocurrencia de la reina y termina de limpiarse en el manto. La escolta, sorprendida, mira hacia otro lado. ¡Cuando lo cuenten esta noche en casa, nadie se lo va a creer! ¡Los reyes chupándose los dedos, y hasta lamiéndose las manos en público! Ahora van de camino de vuelta. Ha sido un día estupendo. Se ha pasado la hora de la comida, pero qué importa. Ellos son felices.

La reina, educada en la severa corte castellana, sabe coser, bordar, tejer y aun hilar con mano ligera. Tiene en palacio una rueca de plata y ébano, aprecia la buena lana, el vellón fino de pelo largo y sedoso, por eso no deja de pararse ante un puesto en el que se expone a la venta una bala de lana ya lavada. Nunca ha visto doña Urraca Teresa lana de tal calidad, textura, ni aun blancura. Se acerca al puesto y la toca. Sale enseguida el dueño y la increpa:

—¡Buena mujer, eso no se toca; se ensucia y pierde valor! —La «buena mujer» se sorprende, nunca ha sido increpada y menos por tocar algo, al menos no desde que su aya, doña Dulce, no le dejaba tocar a los perros y gatos.

—Sosegaos, buen hombre, sólo deseaba apreciar su calidad. ¿Está a la venta? ¿De dónde proviene? —Algo calmado al ver que puede haber negocio, el hombre cambia de actitud.

—Todo lo que hay en mi tienda está a la venta. Claro que os habéis fijado en algo que es demasiado para vos. Esta paca se vende toda junta. Es demasiado para una madre de familia, es mejor para un taller de tejedores. Es una lana nueva, señora. Proviene de un pueblo no demasiado lejano, Pola de Santa María. Allí unos hombres emprendedores han comprado ovejas africanas. Esta lana viene del cruce de las nuestras con esas ovejas, es la primera lana que producen y ya hay mucho interés por ella. He de subir el precio y aun así estoy seguro de que la venderé.

—¿Está en León el dueño?

—El dueño soy yo.

—No, digo el que la trajo. ¿Quién es? ¿Cómo se llama?

—Tonto sería si os dijese quién es. Si queréis la lana comprádmela a mí.

—Quiero hablar con el que la trajo —insiste la reina.

—¡Y yo os digo que no! —contesta tozudo y molesto el hombre. Tercia el rey para terminar la discusión. Coge a la reina de la mano y dice al vendedor.

—¡Obedeced enseguida a la reina, no tenemos tiempo que perder con vos!

—¡Qué reina ni qué reina! Será vuestra reina, vuestra princesa mora, la luz de vuestros ojos y vuestro pastelito de canela, pero la única reina que conozco es doña Urraca Teresa, a quien Dios guarde, y ella seguramente no vendrá a manosear mis lanas. —Los reyes no saben si reírse o enfadarse, optan por lo primero.

—Bien, amigo, mirad bien y ved que mi «pastelito de canela» es en verdad la reina-emperatriz, doña Urraca Teresa, infanta de Castilla y reina de León. —Mira el hombre con atención y al reconocer a la reina se queda mirándola consternado. Se teme lo peor. El rollo, los azotes, la cárcel o aun el verdugo. No sabe qué hacer.

—¡Perdonad, señora, no os reconocí! —balbucea atontado.

—No importa, pero en el futuro sed más comedido —dice el rey—. Mandadme a palacio al mercader que trajo la lana. —Y a la escolta—: ¡Dad un sueldo a este hombre por su tiempo!

Cae la tarde, ahora sí se van a palacio casi corriendo por las callejas, como cuando eran recién casados y se escapaban de paseo. La escolta les sigue como puede. «¡Qué poco serios son estos reyes!», piensan mientras trotan tras ellos.

Han llegado sin novedad, solicitan que les envíen un refrigerio a sus habitaciones. La vieja Alexania, que ha esperado en un rincón durante todo el día a la reina, la ve venir y subir las escaleras sin tan siquiera notar su presencia. Va hacia sus estancias y el rey la acompaña. Comentan algo por el camino y ríen. Asiente la vieja con la cabeza y se va.

—¡Santa Comba bendita —reza Alexania—, que los deseos del rey y la reina se cumplan, y luego los míos!

Esa noche la reina doña Urraca Teresa, por fin, concibió al ansiado heredero.

A partir del momento en que los reyes supieron que la reina estaba preñada, todo fue alegría y felicidad. Cuando Alexania se lo confirmó a doña Urraca Teresa, tan agradecida estaba ésta, que le besó las manos viejas y sarmentosas.

—No, mi señora, no debéis hacer eso. Es la voluntad de Dios que estéis preñada, no la mía. Agradecédselo a Él. —Y con un rasgo de humor añadió—: Y a don Bermudo, que hizo su partecita.

—¿Hay algo que deseéis y que yo pueda daros? —pregunta la reina, convencida de que Alexania tiene mucho que ver con su estado.

—No, señora, nada, nada para mí misma, nada. Pero si os place un modesto vestido.

—Sea, pero no modesto, sino bellísimo.

—No, señora, un tal vestido sería peor que no tener nada. No tendría ocasión de llevarlo y sí la molestia de guardarlo. Uno modesto, si os place.

—Sea, tomad el que queráis de los almacenes de palacio.

—Os agradezco, reina y señora, pero permitidme que nos también os regalemos algo que no tiene otro valor más que ser un recuerdo. —Sacó del bolsillo un anillo de plomo en forma de paloma con las alas desplegadas. Lo examina la reina.

—En verdad es muy original, haré que saquen una copia de plata.

—Si gustáis, pero habréis de prometerme que conservaréis el original. Es el anillo de Santa Comba.

—Os lo prometo, buena madre. Así honraré a la santa de vuestra devoción.

—Es más, señora, tomad otro para el rey.

—¡Pero cómo! ¿Tenéis más de uno?

—¡Oh, sí, señora! Cuando logro ayudar a alguien le doy un anillo de Santa Comba. En señal de agradecimiento. Si alguna vez viereis otro igual es de alguien a quien Santa Comba ha ayudado.

—¿Y por qué al rey?

—Porque él también ha recibido merced. A través de este heredero, él encontrará su destino.

—Sea, dádmelo también para el rey.

El hombre dueño de la lana tardó en aparecer. Está ya la reina Urraca Teresa muy avanzada en su gestación, pero se siente magníficamente bien y está contenta.

—¿Deseáis que me quede para ayudaros durante el parto? —preguntó la vieja a la reina.

—¡Quedaos, sí, me haréis un gran favor! Y por Santa Comba, vuestra patrona, llamaremos Comba a la infanta, si es niña, y será Alfonso, si es niño. —Tiene gran confianza en la vieja la joven reina. Ésta sigue con sus extraños consejos.

—Ahora, señora, no debéis comer mucho, sino poco y bueno. No es aconsejable que el niño sea muy grande, os puede dar un parto difícil, además, si antes era bueno el andar mucho, ahora es imprescindible. —Así, como ya venían haciéndolo, la reina y Alexania pasean todos los días.

Un día llega a palacio un extraño visitante. Demanda ver al rey, si éste puede recibirlo. Es un caballero moro, elegantemente vestido y con lucido séquito cristiano.

—¿Quién dice que es? —interroga curioso don Bermudo al ser informado de la petición.

—No ha dicho más que es Yusuf ben Yusuf. —Se prepara el *Imperator* para recibir al visitante. Sabe de la elegancia del recién llegado, no quiere ser menos y se acicala convenientemente, pero también a la usanza mora para enseñarle, que vestido de moro o vestido cristiano, el de León no es el segundo de nadie. Solamente no cubrirá su cabeza con sombrario moro: ni fez ni turbante. Una discreta corona de oro será su adorno. Está impaciente por ver al visitante. En cuanto oyó el nombre supo de quién se trataba, él conoce al recién llegado y sabe su nombre verdadero. Le creía ya de vuelta en Almería, y en casa de su hermano, el háchib.

—Estoy pronto para recibir su visita, hacedlo pasar —dice el rey, que ya ha terminado su atuendo y se halla satisfecho—. Advertid a la reina de la llegada de Yusuf y preguntadle si quiere reunirse con nosotros en el salón del trono. —Vase el rey hacia allá.

Enseguida es introducido con todo lujo de protocolo el visitante moro, intenta éste hincar la rodilla en tierra, pero el rey lo detiene, si bien un poco tarde pues éste ha llegado ya a tocar el suelo con su rodilla.

—Levantaos, levantaos, amigo Yusuf, ¿he de llamaros así?

—Más vale, señor, las paredes tienen oídos, y más en los palacios en que además de oídos tienen orejas.

—Sentémonos juntos, estos tronos son diabólicamente incómodos, creo que ya os he impresionado lo suficiente. Venid, pues, aquí en estos escabeles bajos estaremos mejor. —Da una palmadas el rey y al punto aparece la guardia y un servidor.

—Traednos unos refrescos —ordena—. Y luego que se vaya la guardia de esta puerta.

Durante un largo rato, los dos amigos platican, no se han visto durante largo tiempo. Pocos son los que saben que Yusuf ben Yusuf y Bermudo de León se conocen desde hace años, que en calidad de embajador ha venido a tierras cristianas en tiempos de don Alfonso el Noble, padre de don Bermudo, y allí empezó una firme amistad. Menos aún están enterados de que Yusuf ben Yusuf es el medio hermano del háchib de Almería, es de sangre real. Y si Bermudo lo aprecia como amigo, lo respeta como médico; por ello, aprovechando su presencia, le ruega que vea a la *Emperatrice*.

La reina conoce al médico árabe, y se alegra de saber que está allí. Don Bermudo le ha mandado recado. ¿Consentiría doña Urraca Teresa en unírseles? —Se pone un traje adecuado y un manto.

—¡Señora —hinca el moro una rodilla en tierra—, he rogado a Alá que me permitiese ver este día venturoso! Os agradezco esta muestra de confianza al presentaros ante nosotros en vuestro confinamiento. —Y es que las damas en avanzado estado no suelen presentarse ante visitas—. Ruego a Dios que os ha bendecido con un hijo, os proteja y os dé todo lo bueno que yo deseo para vos y el rey. —Sonríe la reina ante las gentilezas de Yusuf, le conoce hace tiempo y, aunque le ve poco, es verdad que le tiene confianza porque aunque es de distinta religión, goza de la amistad del rey. Se ven raramente pero son amigos fieles, y si pueden hacerse un favor, se lo hacen uno a otro sin dudarlo. Si alguna vez llegan a militar en bandos enemigos, serán enemigos tan leales como en la amistad: sin traiciones ni engaños. Pero es casi imposible, Yusuf es un sabio y no tiene ambiciones terrenales de poder, su ambición es más dolorosa, más exigente y más insobornable: el conocimiento.

Platican largo rato, de pronto el rey se acuerda del motivo del viaje del príncipe moro.

—Por cierto, amigo Yusuf, ¿qué pasó de vuestro viaje curativo en favor de los Castros? ¿Cómo encontrasteis al padre de la sultana?

—Pues justamente como esperaba hacerlo. Gordísimo y con llagas en los pies y piernas. La curación no era difícil, lo malo era que el enfermo aceptase la vida que debía llevar para su curación. Muchos años de comer excesiva caza, carne, huevos y hasta pescado, le llevaron a tener gota. El peso tremendo y las llagas eran de lo mismo y de la retención de humores. Cuando le dije que sólo podía tomar vegetales y fruta casi se murió, pero del disgusto. —Ríen los tres. El señor de Castro es bien conocido en todo el reino no sólo por su poder, prestigio y riquezas sino por su orgullo y su apetito—. Al fin accedió pues le dije con toda tranquilidad que me volvía a Almería a contar a mi señora la sultana que su deudo prefería los rollizos capones, becadas y truchas a su propia salud y a la tranquilidad de la sultana. Además, como se ha casado en segundas nupcias, con esposa joven, deseaba... ya me entendéis. Y siendo tan gordo y padeciendo dolores no podía. En obedecimiento ante la requisitoria de mi hermano el háchib, he demorado mi estancia, primero hasta ver al señor de Castro tan sano como su edad le permite. Luego he aprovechado la ocasión para visitar algunos de los talleres de copistas mas famosos de Spania. Volveré hacia el mediodía no sin visitar antes a don Alvito, hombre sabio y tolerante donde los haya. Pernoctaré con vos, alteza, si me lo permitís, y luego abandonaré la Spania cristiana, sólo Alá sabe por cuánto tiempo. —Se pone en pie Yusuf y hace ademán de abandonar la habitación.

El rey se apresura a levantarse también y le dice:

—Antes os acompañaré a un paseo por el jardín. Hemos sembrado álamos y deseo que veáis cómo crecen. Mientras, os prepararán habitación y un refrigerio. —Salen los dos charlando amigablemente. Tan pronto como están lejos de doña Urraca Teresa, el rey pregunta a su amigo:

—Decidme, Yusuf, vos que habéis visto a la reina, ¿cómo os parece su aspecto? Tengo miedo porque es muy frágil. Ya malparió una vez y sin mi Teresica no deseo ni reinar ni vivir. —El moro lo mira pensativo y al fin se decide a hablar.

—Señor y amigo, el aspecto de la reina es inmejorable. Buen color, peso apropiado, ni trazas de palidez. Tiene alegría y se le ve a la legua la felicidad. Eso es muy importante. Sin embargo, debo deciros, para que estéis preparado para cualquier eventualidad, que la figura de la reina, de sí tan elegante y delgada como un junco mecido por el viento, en esta ocasión le es adversa.

—¿Qué queréis decir con ello, Yusuf? —Se asusta el emperador.

—Sencillamente que la reina es muy estrecha de caderas, y a menos que el infante sea muy pequeño, podemos esperar un parto difícil. No es que necesariamente sea mortal. Muchas mujeres estrechas tienen varios hijos o muchos hijos, pero también las hay que no pueden sacar de sí el niño y mueren ambos. Os lo digo para que nunca podáis decir que vuestro amigo Yusuf os engañó, ni siquiera por compasión. Las cosas son así, señor.

—¿Tiene ello algún remedio? ¿Algo que podamos hacer para paliarlo?

—Lamentablemente, nada, señor. Sólo impedir que el niño sea muy grande. Es decir, estar atento a que la madre no coma mucho, debe comer poco. Sólo lo necesario.

—Ya se lo aconsejó la partera, sin decirle el porqué.

—Eso me refuerza la creencia de que muchos de estos brujos y curanderos saben más de lo que parece, o de lo que ellos quieren decir. El motivo, creo yo, es que andan entre gente muy ignorante y no pueden dar explicaciones sensatas, mejor acuden a decir palabras sin sentido que impresionan a los incultos.

Al día siguiente salió de León Yusuf ben Yusuf, camino del monasterio de don Alvito. El rey de León, como despedida le proveyó de una escolta, primero hasta el monasterio de San Pacomio y luego hasta el *tugur*, la frontera de Toledo. Diole asimismo una carta para el háchib, Ismail ben Dinum, en la que rogaba a éste que protegiera a su amigo Yusuf ben Yusuf hasta la próxima frontera. Este ruego era un mandato pues Ismail era un reyezuelo del reino de taifa de Toledo que reconocía la superioridad y mandato de don Bermudo.

A partir del momento en que recibió la noticia del embarazo de su querida Teresica, don Bermudo hizo saber a los suyos que no deseaba que hostilizasen al rey don Fernando. La reina necesitaba paz y tranquilidad, ni noticias de guerras, ni revueltas, ni peligros en el horizonte. No deseaba ponerla en la tesitura de malparir por la preocupación. Así llegaron las noticias de la feliz nueva a Castilla, Aragón, Navarra. No contento con haber mandado sus mensajeros a los cuatro vientos, don Bermudo se dirigió raudo y veloz hacia la frontera en donde sabía que estaba acantonado su deudo, don Fernando.

Allí sorprendió a todos con su llegada a la cabeza de lucido séquito pacífico. Al llegar encuentra a su cuñado rezando al aire libre.

—Siempre tan pío y devoto, don Fernando —interrumpe alegre el *Rex-Imperator*—. ¿Cómo se encuentra mi señora hermana en su preñez?

—La reina, mi señora y hermana vuestra, está muy bien. Sana y contenta —añade sin querer ofender al de León—, algo preocupada por las continuas algaradas de la frontera... Pero decidme, don Bermudo, ¿qué albricias son estas que os han traído hasta esta frontera recóndita?

—Don Fernando, Dios se ha apiadado de nuestra casa. Con la ayuda de la vieja partera que envió vuestra madre, doña Maior, ha concebido la reina, mi amada Urraca Teresa, un infante. En confianza os digo que había abandonado toda esperanza. Ya llevamos años de casados y sólo tuvimos uno, que murió, como bien sabéis.

—¡Buenas noticias son ésas para León, mi rey y emperador, que Dios os bendiga a ambos!

—Buenas sí, don Fernando. Deseo que hagamos las paces. Al menos durante un tiempo muy largo, que puede durar toda nuestra vida. Luego nuestros herederos pueden intentar resolver el problema más adelante. Pero sentémonos a la sombra de un árbol y platiquemos, que aunque las ideas que tengo no están redondeadas, que tiempo habrá para ello, tengo algo en mente que quiero comentar con vos.

Así fue como henchido de felicidad el de León participó a su cuñado de Castilla sus sueños y planes.

—Se puede firmar una larga paz mientras se sedimenta la actual situación, al menos mientras nace el esperado infante. —Don Fernando y don Bermudo hablan de la posibilidad de casar a sus respectivos hijos para unir las familias y las tierras. Si es niña se unirá León con Castilla y no habrá problema. Pero si es niño, habrá un heredero para Castilla y uno para león y no se podrán unir. Cavilan un rato los dos reyes. Siempre se llega al mismo problema. Las tierras a las que ambos alegan derechos. De pronto el rey Fernando da un salto y exclama:

—Ya lo tengo, ¡cómo no hemos pensado antes en la solución definitiva! Señor, vos deseáis las tierras de la frontera oriental para no ver mermado vuestro patrimonio, lo mismo hago yo por idénticas razones. Ahora bien, si Castilla retiene esas tierras, dote de doña Sancha, yo mismo puedo resarciros con creces de ellas.

—¿Vos? ¿Cómo, don Fernando? —se admira el rey Bermudo.

—Mi intención es conquistar tierras al moro tanto por el Levante como por el Poniente. Las tierras de Poniente han de ser necesariamente colindantes con las vuestras; me refiero a Portu Cale. Os propongo un trueque. Las del Cea y el Pisuerga por unas tierras superiores en extensión y riqueza, las de Portu Cale, hoy del moro.

Mira desconfiado el de León al de Castilla, pero ve que lo dice completamente en serio, que desea luchar con el moro, y por el entusiasmo que pone al hablar de ello, lo hará, con toda seguridad. En cuanto no se vea atado por sus continuos ataques de frontera. Desea también el de León creer en una salida satisfactoria para todos.

—Me parece bien, don Fernando, pero es un plan muy ambicioso. Hablaremos después, cuando haya nacido el niño. Si es necesario os ayudaremos con hombres y bastimentos o reforzando vuestra retaguardia, así el moro se las tendrá que ver con nosotros dos... —Empieza también don Bermudo a ilusionarse con la posibilidad de amplios territorios. Partieron ambos cuñados llenos de esperanza, sus hombres se alegraron. Podrían volver a sus casas y al menos por un tiempo habría paz, no se quemarían las buenas cosechas, se celebrarían bodas y nacimientos con las familias unidas. Bendito sea el infante, niño o niña, que nacerá trayendo una palma de paz. La felicidad de don Bermudo era completa, y fue esa felicidad la que hizo que visitase al que había considerado enemigo para brindarle una paz duradera. Por su Teresica y su hijo, tan esperado.

Por fin apareció el mercader que había traído al mercado de León aquella lana que tanto llamara la atención a la reina doña Urraca Teresa. Habíase ido hasta Oviedo y de paso aprovechó la oportunidad para husmear en ese mercado y ver cuánto se pagaba allí por lana similar a la suya. Luego, aprovechando el viaje, había ido a otros lugares a enseñar muestras. Había pocos tiraceros o fabricantes de paños finos, tanto en León como en Oviedo, pero los pocos que había se disputaban las mejores lanas, sedas y linos. Para su gran satisfacción no vio lana comparable a la que él, Cucufate, y su socio Leoncio, de Pola, habían logrado gracias a su ingenio y expertos cuidados.

Satisfecho del resultado de sus pesquisas, fue a ver al comerciante que le había comprado la lana a fin de sondearle en cuanto al posible consumo y colocación de partidas de lana similar en el futuro.

—¡Por fin asomáis vuestra cabeza, maese Cucufate! —fue el saludo con que le recibió el comerciante. Asombrado, Cucufate esperó a que el otro se explicase—. ¡Vamos, deprisa, deprisa, os estoy esperando desde hace días y semanas y meses! ¡Los reyes, el rey y la reina quieren veros!

—¿A mí? Pero si no me conocen. ¿Para qué van a querer ver a un mercante en lanas y cosas que no son joyas ni lujos, en palacio? Os burláis de mí...

—¡No, no, es completamente en serio! Vino la reina, sobó vuestra lana y pidió conoceros. Es todo lo que sé. Por cierto, que vendí vuestra lana a mejor precio del que esperaba. Os puedo decir que inclusive cinco pacas como ésa habría vendido sin menoscabar el precio. ¿Podéis tener siempre la misma calidad?

—Creo que sí. Será siempre de las mismas ovejas, en lugar semejante y con agua abundante y pasto garantizado.

—Entonces, maese Cucufate, podemos decir que quizá nos hagamos ricos. Recordad que yo creí en vos, y os compré la lana antes que nadie, conservadme la exclusiva. Hablaremos de otros precios ahora que sabemos mejor lo que vale. —Deseando que el mercader no buscase otro comprador para su lana añadió con gesto generoso—: Aquí tenéis vuestra participación en las ganancias habidas sobre lo que primero pensé. Ya veis que soy muy honrado y siempre lo seré con vos.

—Cucufate conoce al mercader y sabe que hay manifiesta exageración en sus palabras y ve en su generosidad lo que hay: un deseo de reservarse la exclusiva. Esta actitud le confirma lo que sospechaba, que su lana vale mucho más de lo que él mismo y su socio calcularon. Será mejor intentar venderla a comerciantes que viajen a tierras ignotas donde se sabe que trabajan la lana con primor y multiplican por mil su valor.

Al saber que los reyes le llamaban, se fue a palacio con celeridad y con curiosidad no exenta de temor; no en vano era la primera vez que tenía ocasión de pisar ese suelo, ¡y además llamado por los reyes!

Al ser avisada doña Urraca Teresa de la presencia de Cucufate y de que éste argüía que los reyes le habían ordenado venir por ser él «el propietario de la lana que agradó a la señora reina», la *regina* que recordaba bien aquel vellón, a pesar de su estado, recibió enseguida al comerciante.

—Pasad, pasad, buen hombre, y no tengáis reparo. —Así saludó la reina a Cucufate. Éste, dando vueltas en la mano a su viejo bonete, no sabe qué hacer. Ella, al notar su timidez, le habló así—: No temáis. Decidme vuestro nombre.

—Soy conocido como Cucufate, hijo de Cucufate y nieto de Cucufate, señora reina, y vivo ahora en Pola de Santa María. —Se ríe la reina de la amplia genealogía expuesta por el hombre.

—Bien, Cucufate Cucufátez. ¿Sois mercader o productor? Pero sentaos, por favor, que quiero conversar con vos un rato.

Se sentó el buen hombre y luego contestó con llaneza:

—Había sido siempre mercader, señora, y traedor de noticias cuando se terciaba. En mis viajes vi buenas ovejas y pensé que cruzadas con las nuestras producirían buen vellón. Me establecí en Pola y encontré un amigo que sabía de ovejas y su cruce, yo sabía de cómo adquirirlas y traerlas. Y eso hicimos. El resultado lo sabéis, señora reina.

—No podéis ser mas claro, Cucufate. Y ese lugar, Pola de Santa María, ¿es de señorío, de realengo o de behetría?

—Es de behetría de mar a mar, señora, es behetría de don Arias de Omaña.

—Lo conozco; bravo, caballero. ¿Es buen señor para los suyos?

—Aunque afincado allí, le conozco poco. Aún no le he visto personalmente, pero por lo que he oído están satisfechos con él. Colijo, señora reina, que como en todo el reino los de Pola preferirían ser de realengo.

—A eso quería llegar. Preguntad a los de Pola si les interesa ser de realengo. Nosotros, el rey y la reina, veríamos de hablar con el señor de Omaña y pedir que nos traspasara derechos y obligaciones, decidlo así en el pueblo. Si están de acuerdo, les daríamos un fuero. Se comprometerían a hacer allí mercado y nosotros lo protegeríamos con nuestra palabra y documento. Los derechos y servicios serían para la corona directamente. Siempre y cuando prosigáis en el negocio de la lana. ¿Llevaréis ese mensaje a Pola de Santa María?

—Si es vuestra voluntad, así lo haré, señora reina. Voy para allá a llevar noticias relativas a la aceptación de nuestra lana, así que vuestro mensaje llegará pronto. ¿He de volver con la respuesta o mandaréis a otro que la recoja?

—En mi nombre ved si desean ser de realengo y si podéis volver con la respuesta, me agradará veros de nuevo.

—Entonces —se atreve el buen hombre—, bellísima reina y señora, vendré con las noticias yo mismo. —Queda la reina satisfecha, intuye que esta lana será fuente de grandes riquezas y quiere que la corona se beneficie de ello. Los reyes deben estar atentos a todas las fuentes de ingresos y a hacer beneficio a los habitantes del reino. Pensó en contar la entrevista al rey y sus planes, pero esa misma noche sintió los dolores del parto.

Fue llamada la vieja partera con toda urgencia. Cuando llegó a palacio encontró a todo el mundo revuelto, desde el rey al último sirviente. Todos parecían esperarla para saber qué hacer.

—¡Por fin habéis llegado, Alexania! —dijo el rey—. La reina está de parto. ¡Ayudadla en lo que podáis, vieja madre!

—¡Lo haré, señor, no lo dudéis! —Se aprestó al trabajo que sabía hacer. Se lavó las manos y pidió paños limpios. Espacio para trabajar sin agobios—. Señor, mandad que salgan todos los que no sean imprescindibles. Ahora, si deseáis ser testigo, quedaos, aunque aún tardará un buen tiempo en aparecer el niño. Pero si os complace podéis tomar la mano de la reina y hablarle, ello le dará ánimos.

—¿Puedo hacerlo, vieja madre? —preguntó el rey sin casi creérselo—. La última vez atendió a la reina una vieja, madre de muchos hijos y abuela de muchos nietos. Ella no quiso que ningún hombre estuviese presente. Dijo que eso avergonzaba a las parturientas. Pero yo sé que la reina no se avergüenza de ser débil o gritar estando yo presente. —Luego él mismo, algo avergonzado, añadió—: La reina y yo nos amamos mucho. Su parto es mi parto, aunque ella sufrirá más, yo también sufro por ella.

Pasó parte de la noche y el niño parecía venir normalmente, pero algo empezó a ir mal y por más que se esforzaba la madre y por mucho que la animaba La Coruxa, llegó un momento en que el infante no progresó mas.

—¡Señor, señor, tenemos dificultades! El niño no sale más.

—¿Que el niño no sale? —gritó el rey que apretaba la mano de su esposa—. ¡Si está aquí, ya puedo ver su coronilla!

Los dolores del parto habían cansado mucho a la reina. De pronto se sintió aliviada, supo que iba a ser madre. Una maravillosa paz la envolvió. No más dolores ni preocupaciones ni miedos. Todo había terminado. Por la ventana vio asomar un rayo de luz blanca nacarada: «Es la aurora —pensó—, está amaneciendo. —Alguien abrió la ventana y un perfume de madreselvas lo envolvió todo—. ¡Qué sueño tengo, qué sueño más agradable, cuando despierte ya habrá nacido el niño!»

Antes de dormirse aún vio a una paloma que entraba por la ventana, luego la ventana creció y pudo ver a través de ella todo el cielo, era blanco, nácar y rosa y estaba cubierto de palomas blancas.

—¡Mirad, Bermudo, qué hermosas, qué hermosas son! —dijo, y se durmió.

Ya no oyó a la partera decir:

—Señor, la reina ha muerto.

Llamaron a los sacerdotes y ellos rezaron por la reina muerta o agonizante. Impartieron sus absoluciones y sus bendiciones y pusieron los santos óleos sobre su blanca frente y sobre sus labios pálidos. A medianoche doña Urraca Teresa, reina-emperatriz, había entregado su alma al Creador, fue a reunirse con sus hijos muertos, el pequeño Bermudo y este otro, Alfonso, según era su nombre ya elegido. También el infante había muerto. Atónito, el rey asistía a todo como si no entendiese.

—Era muy estrecha —dijo La Coruxa—, se lo dije a doña Maior y a ella misma, pero insistió en concebir.

Don Bermudo estaba tan atribulado que ni veía ni oía. Haber perdido a su Teresica cuando más felices eran y en la flor de la juventud era un golpe demasiado rudo para el rey.

—Dejadme todos, dejadme a solas con ella, quiero despedirme. —Salieron pues los sacerdotes y sólo quedó la vieja Alexania, *La Coruxa*.

—Señor, ella me apreciaba y yo le di todo lo que me pidió, ¿puedo prepararla para su entierro?

Asintió el rey con la cabeza.

—Podéis, pero luego. Ahora dejadme con ella. —Cuando todos salieron tomó el rey en brazos la pálida figura de su reina y lloró sobre ella—. ¡Teresica —la acunaba y mecía en sus brazos—, Teresica, pronto os iré a buscar. Sin vos, no quiero reino, ni vida, ni nada!

Afuera la vieja Alexania rezaba a su santa patrona, Santa Comba de Bande. Era todavía completamente de noche, ni un rayo de luz se dejaba adivinar en el horizonte, era como de hierro negro la noche cerrada.

12

¡Al fonsado general!

Los unos y los otros recio se combatieron
sabed que de ambas partes muchos hombres murieron
la noche fue venida, de allí se recogieron
sin que acabara nada de aquello a que vinieron.

Poema de Fernán González. Anónimo

El rey-emperador nunca había sido demasiado belicoso, siempre intentó llegar a acuerdos y tratados que soslayasen la necesidad de dirimir por las armas asuntos que podían solucionarse pacíficamente. Las guerras eran terribles. Recordaba cómo siendo niño hubo de seguir a su padre, don Alfonso, por las tierras, frías o ardientes, siempre a lomos de caballo, siempre armado hasta los dientes, bebiendo agua estancada, cuando podían conseguirla, y respirando polvo y sangre en los campos de batalla.

Pero de pronto, cien generaciones de guerreros se pusieron en pie y por las noches, en sueños, le llamaban a la lucha. Hijo de Alfonso el Noble, nieto de Bermudo el Gotoso, biznieto de Ordoño el Bueno, y a través de éstos, descendiente de Ramiro II, Ordoño II, Alfonso el Casto. Se despertaron violentamente en su sangre los recuerdos atávicos de las batallas de San Esteban de Gormaz, Valdejunquera, Osma, Simancas, Alhandega, Rueda, Calatañazor, y sintió la excitación de la guerra. Febrilmente convocó al fonsado a todos los hombres del reino. Los sayones reales habían de publicarlo en todas las ciudades, villas y lugares, en los caminos y en las plazas, en las ferias y los atrios de las iglesias. Fueron llamados los *milites palatii*, los fideles, la *militia regis*, los magnates con sus deudos, guerreros y vasallos, las guarniciones de los castillos y fortalezas, los hombres llanos; en fin, todos los varones disponibles en el reino. Todos: a la *expeditione regis*, al fonsado.

Los sayones, al toque de cuernos y bocinas, pregonaron la movilización general del reino para una campaña contra Castilla a fin, se dijo, de recobrar las tierras situadas entre el Cea y el Pisuerga. Así «*iussit intonare buccinis vivrare hastas*» se hizo el llamamiento a las armas: nobles y plebeyos, ricos y pobres, pastores y agricultores, magnates y merinos, condes y potestades, todos al combate, junto con los condados y mandaciones, señores de castillos y fortalezas. Todos convocados a formar el ejército real.

Cumpliendo las reglas de una contienda leal entre caballeros, el de León envió a Castilla un emisario con un séquito lucido y lujoso, el cual envidó al rey don Fernando a que devolviese por las buenas e inmediatamente las tierras motivo del litigio o se atuviese a las consecuencias. Caso de no avenirse sin dilación a lo pedido, el *Imperator* acudiría a los llanos de Palencia en el próximo mes de septiembre, a partir de el día uno, al lugar conocido como Tamarón. Allí, bendecirían sus armas los abades y obispos y plantaría haces en la plana. También hizo saber el rey Bermudo que empezaba con carácter inmediato una serie de acciones belicosas contra toda la frontera.

La línea defensiva entre Castilla y León se convirtió de la noche a la mañana en un hervor de escaramuzas. Los caballeros leoneses, que con las venturosas nuevas del ahora fallido heredero habían cesado en sus incursiones, reiniciaron saqueos y pillajes en toda regla. Las fortalezas de Castilla no daban abasto para recoger a los miserables súbditos del rey don Fernando. Éste, que no esperaba tales ataques, se vio violentamente sacudido por las nuevas que le llegaron desde las márgenes del reino.

Después de la conversación que mantuviera con su cuñado Bermudo, había abandonado el castillo de Peñaguja y habíase ido a Burgos en donde los hombres de iglesia iban a reunirse con el rey y la reina para hablar de un futuro concilio. Inesperadamente se enteró al mismo tiempo de la noticia de la muerte de la reina doña Urraca Teresa, su tía de piadosa memoria, y de las nuevas de las incursiones feroces en toda la línea fronteriza. No estaba el reino preparado para tal acometida y así lo vio el rey. En eso llegó el ultimátum del *Imperator*.

—Me temo, señor —decía doña Sancha a su esposo—, que mi hermano ha perdido la razón. No creo que sirviera de nada, inclusive el atender a sus reivindicaciones. Es ya tarde, si cayesen en sus manos las tierras de mi dote, igualmente seguiría para recobrar lo que fue el condado de Castilla. Si no nos defendemos con todo lo que podamos y tengamos a mano, nuestro reino se viene abajo. Lo perderemos en pocos días.

—Señora, creo en verdad que tenéis razón, la muerte de doña Urraca Teresa, mía tía, ha sido un golpe demasiado fuerte para don Bermudo. La ferocidad de los mansos es de temer más que la ira de los violentos. Pero no temáis por nuestro reino, no seré yo quien lo pierda sin haber luchado antes. Moriré si es necesario para evitarlo. Mi madre, doña Maior, tampoco me lo perdonaría después de haberme visto rey de la tierra de sus amores. Y yo mismo, mal rey sería si no agoto todo en defensa de mi reino y mi honor. No veré con tranquilidad cómo don Bermudo me moja la oreja.

Largo y tendido hablaron los reyes de Castilla de las posibles consecuencias del ataque de los leoneses. Por fin convienen en un plan de urgencia, la reina y sus hijos saldrían enseguida a refugiarse en Oña, junto a doña Maior. Mientras, don Fernando, inmediatamente, buscaría ayuda, aliados. Con solas sus fuerzas, toda esperanza era inútil.

—¿Y adónde iréis a buscar ayuda en esta tesitura? —pregunta afligida la reina doña Sancha.

—¡A Nájera, señora, es nuestra última oportunidad!

Estábamos el rey García y yo haciendo planes en relación a la inminente boda del rey con doña Estefanía, cuando empezaron a llegar graves noticias desde la frontera de Castilla y León. También nos llegaron nuevas de la muerte de la dulce reina-emperatriz: doña Urraca Teresa y del infante esperado que había muerto en el parto.

—¡Desgraciado rey! —comentó don García—. Dos muertes en una. Pero aún es joven y puede volver a casarse y rehacer su vida. —No me agradó su comentario, yo mismo habría pensado igual hacía algún tiempo, pero ya no estaba tan seguro. Ahora que conocía la ternura del amor, sabía que una persona no reemplaza a otra. El amor es único, insustituible. Esa persona que amamos es la obra maestra de la creación, no puede ser igualada o sustituida por ninguna otra. Julita era, para siempre, mi mujer y mi amada, y el pequeño Quirico, mi niño. ¡Dios mío, cuánto tiempo ha pasado desde entonces y qué felices fuimos!

Todo sucedió rápidamente. No habíamos asimilado la noticia y aún trataba el rey don García de calcular en qué podía ello afectar a Navarra, cuando vino a añadirse otro elemento. Un correo de don Fernando conminaba a don García a encontrarse con él en la raya de la frontera en un pequeño monasterio conocido por ambos.

—¿Qué creéis, Doroteo, que pueda querer el rey de Castilla? —preguntó mi amo como pensando para sí.

—Eso, señor, depende de cómo vea la guerra. Puede querer desde bastimentos a hombres. Que intentéis hablar con don Bermudo, o intentar convenceros de que vayáis con él contra el de León.

—¿Contra León? No creo, eso no me conviene. Navarra no tiene nada que ganar y sí mucho que perder.

—¿Y eso, señor?

—Pues si triunfa León, y muere Fernando, Bermudo se queda con Castilla; tendremos un imperio considerablemente acrecentado y reforzado que puede en el futuro tener veleidades de ampliación a costa de Navarra, que quedaría en su frontera. Si por el contrario, gana Castilla, muerto Bermudo, puede ser que Fernando termine de rey-emperador, pues su mujer es la única hermana de don Bermudo. Me conviene más que me saquen un ojo o me corten un huevo. —Me ofendió su manera de expresarse, tan basta y grosera. Él no notó nada, siguió con su explicación—. Por eso no veo ningún provecho en terciar en esa disputa. No obstante voy a ir. Puede ser que me entere de algo importante o que pueda coger de las barbas a mi hermano y tenerlo entonces a mi merced... ¡quién sabe! ¡Vamos, partimos inmediatamente!

—¿Debo pues acompañaros? —pregunté, encantado por poder saberlo todo.

—¡Claro que sí! Si hace falta levantaréis acta de lo que acordemos con todo secreto, no quiero testigos incómodos y necesito en todo caso algún testigo. Además, comentando las cosas con vos se me aclaran las ideas. —Partimos esa misma noche pues el tiempo apremiaba si habíamos de llegar puntuales a la cita. No bien arribamos al lugar acordado, cuando ya don Fernando llegaba también con los suyos. Sin tiempo prácticamente para descansar, empezaron las conversaciones. Don Fernando no disimuló que su situación era desesperada.

—Y somos afortunados porque León nos ha dado cita en una magna batalla campal en las llanuras de Palencia. Allí podemos hacerles frente y tornar nuestra situación en favorable, salvarnos de esta guerra y de otras por venir, de una vez por todas y definitivamente. —García le escuchó atentamente; por fin dijo:

—Entiendo perfectamente lo que sucede y lo que os jugáis; como hermano desearía ayudaros, pero decidme, como rey, qué papel puedo yo hacer en esa vuestra guerra. ¿Qué deseáis y qué puedo yo ganar para Navarra?

—En primer lugar no se os escapará que si yo muero y León se levanta con la victoria, os las tendréis que ver con él más pronto o más tarde. Y si ahora es temible, unido a Castilla será casi invencible. Aunque en vuestra mente penséis que Navarra unida a Ramiro y su reino de Aragón le podríais plantar cara, seguiría siendo un adversario formidable. Inclusive para vosotros dos juntos. —Asiente de mala gana don García.

—Quizá sí, pero si triunfáis y os unís a León tendré el mismo adversario: León-Castilla, o Castilla-León, qué más da.

Asiente don Fernando, pero añade:

—Ésta es mi propuesta. Reiterar una paz de cinco años como prometimos y ampliarla por otros diez años más, hasta 1052, por lo menos. Si mientras tanto no encontramos un punto de confluencia en nuestros intereses os podéis preparar concienzudamente para un enfrentamiento. Inclusive con vuestros reinos de taifas, los condes de Gascuña, vuestros protegidos, y quizás hasta el de Barcelona. Sospecho que doña Ermisindis es vuestra aliada. —Se echó a reír el de Navarra al oír nombrar a doña Ermisindis.

—¡Ya es muy vieja, no vivirá para ver nuestra guerra! En fin, hermano, ¿qué necesitáis de nosotros?

—Necesitamos de todo para «nuestra» guerra. Yo he llamado al fonsado general, igual que ha hecho Bermudo; si queremos tener probabilidades debemos presentarnos más o menos igualados. Según mis cálculos él tendrá esperanza de reunir unos dos mil quinientos o tres mil hombres entre infantes y peones.

—¿Cómo llegáis a ese número?

—Es aventurado hacer cálculos, pero con la premura con que ha llamado al fonsado general no creo que a los más lejanos les dé tiempo a llegar. Por otro lado, al haber autorizado la hostilización general de la frontera, muchos de sus caballeros están entretenidos en pillajes y saqueos por lo que tampoco vendrán so pretexto de cumplir esa parte del plan. Los condados gallegos, si no les ofrecen algo a cambio, tampoco participarán, son demasiado libres y la autoridad del emperador es a veces más nominal que verdadera. Además, hay algo que me convence de que tengo razón: la llanura en que me convoca y desafía, el valle del Tamarón, no puede albergar más gente, so pena de que se estorben unos a otros. El emperador ha de haber calculado que nosotros acudiríamos con un número aproximado o comparable de hombres.

Él, al igual que nosotros, necesita sitio para que evolucionen las haces. Allí no caben más de cinco o seis mil hombres que puedan estar convenientemente separados antes de la batalla.

—No está mal pensado, quizá tengáis razón. ¿De cuántos hombres disponéis?

—De unos mil o mil doscientos inmediatamente, si la campaña es corta como espero y no hay que preparar bastimentos para mucho tiempo. Si fuera una campaña a largo plazo, sería completamente distinto. Pensad que yo también tengo muchos adalides enzarzados con los hombres de Bermudo en la frontera, y ésos, lógicamente, no pueden acudir. —Los particulares de las tácticas guerreras interesan a ambos.

—En eso estoy de acuerdo —dice García—. Soy de la opinión de que la precipitación de Bermudo no le beneficia, aunque quizás él pensó en el factor sorpresa. Bien, yo también convocaré al fonsado hoy mismo. Pero tengo una duda más, si me convencéis soy vuestro hombre y firmaremos la paz por quince años. ¿Y si morís los dos en el combate? ¿No me convendría más? Unos infantes herederos en minoría de edad... una perita en dulce para mí. Es mejor abstenerme.

—Señor rey de Navarra y hermano, ya lo he pensado y he tomado mis precauciones. La reina doña Sancha, que sería la heredera de León y la reina viuda de Castilla, actuaría de tutora del infante Sancho hasta la mayoría de edad de éste, ayudada por nuestra madre: doña Maior. Bien conocéis sus cualidades y su entereza. ¿Ibais a declarar la guerra a vuestra madre en un monasterio para matar a vuestro sobrino? Doña Maior es sagrada para vos y para cualquier hombre. Habría que respetarla, y la viuda de don Sancho el Mayor ya se ocuparía de ello. Hay un límite que un caballero no puede traspasar sin caer en la felonía, y ya sabéis lo que significa caer en felonía: quedar despojado de la calidad de caballero e imposibilitado de ser rey. Para vuestra información, la reina doña Sancha ya está en el monasterio de Oña, con doña Maior y doña Tigridia. Están a una jornada de aquí, si queréis nos acercamos a rendir a las damas nuestros respetos. —Comprendí en ese momento que don García apoyaría a su hermano. La astucia con que don Fernando había protegido a sus hijos y al futuro del reino convenció a don García de que era mejor tener a su hermano como deudor que como enemigo. Y una paz de quince años era muy apetecible para Navarra.

—Naturalmente, bromeaba, hermano. —Con una sonrisa recula don García.

—Naturalmente, así lo entendí. —También sonríe don Fernando—. ¿Entonces?

—Entonces, Fernando, hasta septiembre en las afueras de Palencia. Tomo por seguro que traeréis al menos mil doscientos hombres, yo llegaré con unos mil; si llego a reunir más los traeré también. Mis huestes llegarán casi inmediatamente. ¿Hay alguien ya allí para organizar el plan de ataque y reconocer el terreno?

—En eso tenemos suerte, el conde de Palencia, don Pedro, se ocupa de ello, me es fiel y tiene experiencia, además conoce el terreno como nadie.

—Adiós pues, don Fernando, yo llegaré de los últimos con los más rezagados que pueda reunir, traeré conmigo bastimentos para pocos días. Viajaremos ligeros y si es necesario recurriremos a incautar las cosechas, animales y bienes que encontremos por el camino. ¿Os parece bien?

—La necesidad de la guerra así lo demanda. Que vuestro Doroteo formalice el nuevo documento de paz y lo traiga consigo, lo firmaré en Tamarón. Serán testigos los condes que asistan a la batalla.

Ese mismo día, sin haber descansado, volvimos raudos como el viento hacia Nájera. Por el camino fuimos haciendo saber que estaba convocado el fonsado. Hombres que venían con el séquito fueron tomando distintos caminos para llevar la noticia: guerra abierta contra el de León. Por la violencia y la improvisación más parecía la llamada al apellido que al fonsado. Era como un apellido, cuando se apela con toda urgencia ante un ataque súbito, mientras que el fonsado supone una campaña larga y por lo mismo bien preparada.

Los magnates navarros se alegraron; de la guerra siempre salía algo bueno para ellos: botín, honores o en último caso fama y honra, prestigio para su Casa y al tiempo obligaban al rey, pues éste no dejaba de reconocer la contribución de los magnates y potestades a su victoria. Su victoria, sí, pues no se consideraba otra posibilidad desde que Sancho el Mayor les había conducido siempre triunfantes por los campos de batalla.

Los guerreros navarros se prepararon con frucción para la salida inminente hacia Palencia. Además, todos sentían gran curiosidad en saber cómo reaccionaría el joven rey García en batalla. Cachorro de león, querían ver si sus uñas eran ya capaces de desgarrar otra cosa que no fuesen sábanas. Como en León y Castilla el sayón real al son de bocinas y trompetas hizo el llamamiento: «¡Al fonsado general!» A su llamado se congregan los poderosos, que con su gran experiencia ponen en marcha una máquina que tienen siempre a punto: la de la guerra. Se revisan las armas, se hacen provisiones nutritivas. Afortunadamente hay agua por el camino y no hay que llevar cantidad, que es engorroso elemento que fácilmente se pierde y se estropea.

Todos los hombres tienen armas y las preparan. Unas son mejores, otras peores, pero no hay individuo en el reino que no cuente entre sus posesiones con alguna espada, larga o corta, flordelisada o con puño de cabeza de clavo, maza, clava, lanza, ballesta o arco. Ahora es el momento de sacarla, limpiarla, quitarle el orín que haya podido adherirse a su hoja venerable, ceñirla y, pidiendo las bendiciones de Dios y su santa misericordia, ponerse en camino sin más dilación. El rey lo pide y se le debe el fonsado, servicio de guerra, como el primer deber del hombre. Nadie pregunta qué guerra es ésta ni a quién conviene, el rey sabrá el porqué, los hombres obedecen y callan.

Los convocados acuden en tropel al llamado de su rey, pero hay otros hombres que también se presentan, con más entusiasmo si cabe a la guerra, sea fonsado, hueste, cabalgada o apellido; son caballeros voluntarios y aun peones que desean ofrecer sus servicios a un rey, señor, o hidalgo, según la categoría del que se ofrece. Uno de estos caballeros voluntarios es el señor de Gavín. Dueño de amplios estados y de un sólido prestigio, emparentado con la casa de los Abarca por sus orígenes reales y por repetidos matrimonios con vástagos de la real familia, tiene su residencia fija en un lugar salvaje y hermoso en el Aragón más remoto, por encima del valle de Garcipollera. No tiene Aragón nada que ver con esta guerra que de momento sólo incumbe a Castilla-Navarra contra León. Pero al señor de Gavín le atraen las guerras como la miel a las moscas.

Contento y satisfecho ante el prospecto de tomar parte en una batalla, el señor de Gavín va cantando con los suyos camino de Palencia. Con él van veintitrés lanzas fuertes, cada una con tres peones según costumbre; además va un pequeño ejército de cocineros, escancieros y juglares, lo pide la categoría del señor de Gavín. Al fin se topan con un grupo de soldados que marchan presurosos al parecer haciendo su mismo camino. Preguntados éstos por el nombre de su señor, contestan algo mosqueados:

—¿Bromeáis? Nuestro señor es el vuestro, don Fernando I de Castilla, a quien Dios dé la victoria.

—¡Se la dé, se la dé! —desean fervientemente los de Aragón—. Pero os habéis equivocado, no somos hombres del rey Fernando.

—¿No? —Se extrañan los castellanos—. ¿Sois, acaso, de los aliados de Navarra?

—Tampoco, capitán, somos nobles de Aragón, venimos llamados

por la justicia de esta guerra —miente tranquilamente el de Gavín—. Oímos hablar del asunto y vinimos enseguida a presentarnos ante don Fernando. ¿Creéis que podremos verlo antes de la batalla?

—No lo sé, vendrá con los rezagados y las potestades de palacio, traerá consigo a los últimos hombres, bastimentos y armas que pueda recoger. No lo esperamos hasta la víspera de la batalla. Quedaos con nosotros, os llevaremos ante el rey, se alegrará de veros. Todas las lanzas son pocas. —Así fue como el de Gavín se decidió a ofrecer sus servicios a don Fernando. En realidad don Fructuoso, que tal es su nombre de pila, es pariente de todos los hermanos, igual de Fernando que de García que de Ramiro, todos hijos de su difunto pariente, Sancho el Mayor. Por ello le da igual ofrecerse a uno u otro. Tampoco le parecería mal ir con el emperador. Se ponen al paso de los hombres del amable capitán y comparten con ellos un vaso de vino que éstos agradecen. Harán juntos el camino hasta Tamarón.

En la ciudad imperial de León hay gran movimiento. No duerme aún el rey-emperador, ocupado como está en revisar los últimos detalles con sus capitanes. La borrachera de la lucha se ha apoderado de él y no puede pensar en nada más. No se acuerda de que su mujer yace bajo las losas frías de la iglesia catedral. De que tuvo dos hijos y de que ambos murieron. Terminada su agotadora jornada, el rey se retira. Al entrar en sus aposentos ve la cama que compartiese con doña Urraca Teresa y siente una punzada, como si pugnase por acordarse de algo muy enterrado, muy recóndito, muy penoso. Pero está tan cansado que se acuesta y el sueño le vence y queda dormido casi enseguida. En sueños, una mujer le llama desde la distancia, no la reconoce y desea hacerlo, pero ella está muy lejos y es imposible. De pronto suena el cuerno que despierta a todos los soldados, nobles y plebeyos, el rey abandona el lecho y es presa de la excitación de la próxima batalla. No recuerda su sueño.

Los hombres que han de acompañarle se han levantado, desayunan a toda prisa y se visten. Encima de sus vestes se colocan los nobles y caballeros sus lórigas de cuero o brunias con escamas o anillos de metal. Sobre las cabezas, encima de los cabezales de paño, se ponen los yelmos puntiagudos. Infantes y jinetes embrazan sus escudos, pequeños y redondos, pintados de colores, entre ellos destacan algunos ojivales o almendrados. Cada hombre sopesa en la mano su ancha espada con el arriaz en cruz o en forma de flor de lis. La hoja ancha y formidable ofrece garantías de no quebrarse en el momento fatal del cuerpo a cuerpo. Algunas espadas son tan cortas que parecen más bien puñales. Sopesada el arma y visto que salga con facilidad de la vaina, se toma la lanza. Son éstas de distintas formas, texturas y robustez. Cada hombre o caballero prefiere la suya. Son parcialmente de madera y tienen remaches o aros y anillos de hierro para fortificar el cuerpo de la lanza. La punta es en forma de pica o flecha, otras tienen todo el cuerpo de la lanza aguzado hacia la punta, de modo que toda ella es punta mortal y no faltan algunas con vertederas; como las espadas, pueden tener nervaduras que añaden capacidad de matar.

Visten los caballeros sobre su camisa y bragas de lino la túnica hendida o *mofarrex*. Como hace algo de fresco, sobre esta vestimenta se ponen un *kabsan*. En cuanto montan a caballo sus escuderos les alcanzan sus espadas; los ayudantes portearán, de momento, los escudos y el resto del equipo. Cada uno de los señores se encomienda a Dios y abandona su habitación o tienda. En el patio de palacio les esperan los condes y oficiales armados al igual que ellos. Los caballos inquietos piafan y patean el suelo. Según la categoría del jinete se ven sillas magníficas, argénteas y de altos borrenes, recubiertas de oro y sujetas a más de por una cincha por un rico ataharre y un lujoso petral; de allí penden vistosos y carísimos pinjantes. No ha extendido aún el uso de estribos, que es costumbre mora; no obstante algún excéntrico los usa ya.

A una señal del rey montan todos los que aún no lo habían hecho sobre sus caballerías y se dirigen a la iglesia de Santa María. Allí espera el anciano obispo de León, Sampiro, conocido por su bondad y sabiduría. Dicen las gentes que está preparando una General Historia que contará los hechos de todos los reyes. Salen al encuentro de los soldados el obispo y sus clérigos, que cantan acompañados de vihuelas y de cítaras. Entonan la antífona que invoca al Señor de las Victorias:

—*Sanctus, Sanctus...* Santo, Santo, Santo, es el Señor, Dios de los ejércitos. —Se pide auxilio y protección para el ejército del rey Bermudo, que vuelvan todos, enteros y victoriosos. Que el rey vuelva vivo y triunfante. Toma un diácono la cruz de oro que contiene reliquias del *Lignum Crucis* en que se consumó la redención del hombre, se la entrega al obispo y éste al rey. Recuerda el rey el sufrimiento de Cristo, y piensa en el suyo, le parece poco respetuoso pero el suyo se le antoja peor—. *Eloi, Eloi, lamma sabactani* —«¡Dios mío, Dios mío!, ¿por qué me has abandonado?» Se le rompe el corazón como si de cristal fuera y cada trozo es una arista que corta y que hiere. Cada herida llora: «Teresa, Teresa.»

Está terminando el acto. Cien voces entonan la Antífona:

Ne permitas me separari a te
Ab hoste maligno defende me.
In hora mortis meae voca me.
Et jube me venire ad te.

[«No permitas me aparte de Ti,
del enemigo malo defiéndeme.
En la hora de mi muerte llámame
y mándame ir a Ti.»]

El obispo, siguiendo la costumbre, permite que el rey se lleve la cruz en campaña. Normalmente es el mismo obispo quien la lleva, pero Sampiro es muy anciano y no puede casi sostener la pesada joya. Hay un momento de desconcierto. ¿Quién puede llevar tal reliquia? ¿Qué hombre de Dios, con dignidad suficiente, puede desplazarse hasta Palencia? Se acerca el anciano obispo y murmura algo en el oído del rey. Asiente éste complacido.

—¡Don Alvito, sé que estáis entre los que vamos a partir, acercaos! —No aparece nadie, la hermosa y alta figura del monje no asoma por ninguna parte. Por fin una persona vestida de pardo, como un hombre pobre y miserable, se acerca casi sin ser vista.

—Aquí estoy, señor. —Se sorprende el rey.

—¿Sois de veras don Alvito? Dejad que os vea. —Con desgana se quita el hombre las raídas prendas, la capa de sarga áspera, las aguaderas, la capucha grande y honda que ocultaba su rostro. Debajo aparece el noble rostro del abad de San Pacomio de Dosatalayas.

—¿Por qué venís de aquesta guisa? —No puede por menos de preguntar el rey.

—Preguntaos mejor, señor y rey, por qué vamos a la guerra. —Se irrita Bermudo ante la velada reconvención.

—No os toca a vos, monje —dice de mal talante—, conocer la voluntad de los reyes ni las necesidades de los reinos. Se os pide que llevéis el *Lignum Crucis*.

Palidece el prelado:

—No puedo, señor, ¡no soy digno de tocar esa reliquia!

—No digáis tonterías, don Alvito, tocáis el Cuerpo del Señor todos los días. Esto es sólo madera de su cruz, es mucho menos que Él; además el obispo lo autoriza. ¿No es así, padre mío? —Asiente el anciano Sampiro. No tiene argumentos don Alvito; con precipitación se reviste de los ropajes que le da el obispo y toma la santa reliquia en sus manos, ya no la dejará hasta que vuelva a su lugar, la iglesia catedral; con ella bendecirá a los vivos y los muertos, perdonará a los moribundos y consolará a los heridos. Sin más parten todos, algunos para no volver jamás, otros a conquistar nombre y fortuna. Un sol triste empieza a salir de un horizonte cárdeno.

Las llanuras de Palencia se van llenando de guerreros y otras gentes variopintas. Vendedores de reliquias, mujeres que ofrecen comercio carnal, echadores de augurios, aguadores ciegos que pretenden conocer el destino. Tahúres y hasta cuenta-cuentos, todos en busca de algún dinero, o en último caso, para saquear a los muertos que quedan sobre el terreno. La guerra atrae a los buitres.

Los guerreros que llegaron primero, para distraerse, organizan entre ellos mismos torneos y concursos. Sin cansarlos en demasía, corren con sus caballos o les obligan a hacer piruetas para admiración de otros caballeros. Aunque la espera de la batalla les llena de excitación, hacen como que se aburren, que están tranquilos y que nada les preocupa. Ya ven claramente los de Castilla y sus aliados, los de Navarra, al enemigo de León al otro lado del riachuelo.

No en vano el imperio, bajo un nombre u otro, es viejo como el tiempo. Sus hombres tienen experiencia guerrera de siglos. Desde mucho antes que los romanos viniesen a enseñarles qué era un *gladio*, ya usaban una mejor versión: la *falcata*. Se ve su castro formado por tiendas en alineaciones interminables, fieles al castro romano: aun a la distancia se aprecia el *cardus* y el *decumanus*. La tienda del rey se distingue de las demás por su tamaño y riqueza, una concesión hecha a la rica moda árabe hace que todos sus bordes estén rematados por flecos y borlones de oro viejo. Un alto estandarte clava su asta fina en el suelo. Anunciará éste con su presencia, ondeando al viento: «Aquí está el rey.» Por ahora, el estandarte, aunque ya colocado, está aún cubierto. No ha llegado aún don Bermudo.

El campamento de los castellano-navarros es más heterogéneo. Los hombres vienen de más sitios, el ejército propio de cada rey, la *militia regis*, es más reducido, son dos ejércitos yuxtapuestos. Eso le da un cierto aire de mercado. Han llegado ya don Fernando y don

García y se esfuerzan en conjuntar a los hombres, se unen las dos huestes y hacen un simulacro conjunto. Desde unos dos mil codos, que es la distancia que les separa, los leoneses observan el espectáculo. Cuando aprecian que han terminado, ellos a su vez evolucionan por la llanura haciendo gala de su uniformidad. Por fin hacen dos largas líneas, una en frente de otra, y arrojan lanzas contra la fila contraria; su puntería es tan certera que se clavan todas muy cerca de los hombres pero sin tocarlos. Después de esta exhibición gritan y sacuden golpes de lanza contra los escudos. Como si desafiasen a los castellano-navarros.

Don Fernando no se altera.

—La guerra no es ni un juego, ni unas justas. Sobre el terreno veremos quién tiene más puntería.

Don García, por su parte, no está dispuesto a encajar la burla. Con mal talante llama en alta voz:

—¡Aquí mis arqueros! —Pero antes de que éstos lleguen, un caballero que está entre los navarros se acerca al rey don Fernando, que estaba junto a García.

—Señor, aún no he tenido ocasión de presentarme, pero ahora no hay tiempo para presentaciones. Lo haremos luego, tened confianza y dadme licencia para contestar a esa bravata. —Es joven, pero no demasiado el hidalgo que así habla. Va vestido con elegancia algo petulante pero parece tan seguro de sí que el rey asiente. Hace el hidalgo un ademán a unos que parecen sus hombres. Los demás, expectantes, callan y esperan.

—¡Acercadme mi arco anglo! —Alguien le trae un extraño arco, es parecido al que todos conocen, pero es desmesuradamente grande, tanto que no se puede manejar en el aire, hay que apoyarlo en tierra y apuntar hacia las alturas. Se intuye que el arco que describa la flecha de larguísimo astil será enorme. Se dirige, decidido, a un puesto en medio de la plana. Cuando llega a un punto del camino, otea el cielo, como buscando un omen o una señal. Ésta viene en forma de tórtola, atraviesa veloz el cielo, tan lejos que casi es un punto. Pone una rodilla en tierra el arquero y con suavidad apoya el arco gigantesco en el suelo, lo inclina hasta un punto que parece a su gusto y suelta repentinamente la cuerda. Con un vibrar violento ésta se libera de la presión a que estaba sometida y dispara la flecha, tan larga como una jabalina. Todos miran conteniendo el aliento. Castellanos, navarros y leoneses, nadie ha visto jamás intentar tal tiro sobre un blanco móvil y distante. Ignorante del peligro, la tórtola sigue su vuelo; después de un tiempo que se les antoja una eternidad, con puntualidad mortal, tórtola y flecha se encuentran, se abrazan y caen juntas al suelo. De todos los hombres, de uno y otro lado, se eleva un clamor de aprobación, y es que ante todo son hombres forjados en la guerra y en la caza y aprecian un buen tiro aunque sea del enemigo en el campo de batalla.

Vuelve el arquero sin darle mucha importancia a su gesta. Los hombres le rodean haciendo preguntas sobre tan bizarra arma. ¿Cómo se llama? ¿Dónde las hacen? ¿Cómo se aprende a manejarla? ¿Es acaso extranjero el arquero? Muy complacido, deja que todos toquen y admiren el arco; intentan tensarlo sin poder conseguirlo.

—No, así no —ríe el arquero—. Se tensa con el pie. Resiste a la mano, aun la más poderosa.

—Señor caballero, tenemos pendiente una presentación y yo un agradecimiento. ¿Quién sois? ¿Acaso os conozco? Perdonad pero no os recuerdo. —Es el rey don Fernando quien así habla al fantástico arquero. Al ver al rey, los soldados que rodeaban al joven se alejan discretamente, pero no tanto como para no oír la conversación.

—Alteza, soy el señor de Gavín. De momento sólo un voluntario en esta guerra.

—¿El señor de Gavín?, entonces deudo y primo, debo daros la bienvenida. Mas si como aragonés sois súbdito de mi hermano el rey Ramiro, ¿qué hacéis aquí? Él no toma parte en esta contienda.

El de Gavín lo piensa un momento y luego dice con todo desparpajo:

—Os confieso, señor, que vine en busca de gresca, guerra y diversión, y que me daba lo mismo ponerme bajo las órdenes de don García que de las vuestras e inclusive de las del rey de León, si mis servicios no os eran necesarios. —Don Fernando escucha asombrado y divertido la perorata del joven señor de Gavín.

—Me parece bien y os agradezco ese magnífico tiro que habéis hecho en nuestro honor, pero, ya que estáis aquí, ¿os puedo rogar que os quedéis con nosotros? No quisiera teneros en el otro lado.

El de Gavín hace un gesto con los brazos.

—¡Como gustéis, alteza! —dice con voz cómica.

—¡Pero cómo, señor de Gavín! ¿Tan poca importancia me dais o dais a la guerra que cualquier señor os sirve? —Reconoce el rey muy divertido por dentro que este joven es agradable y desenfadado y probablemente muy valiente. Las personas que no se toman la vida en serio son valientes hasta la exasperación, pero a veces son gente de pasiones desaforadas. Don Fernando, cuando se topó alguna vez con tales tipos, siempre pensó que Dios les puso en la tierra para que los demás no se aburriesen. Y si ellos mismos no se divierten, crean problemas.

—Me temo, señor, que es la aventura la que me llama, más que los reyes. Me aburro en la paz. Os ayudaré fielmente mientras sea vuestro hombre. Traigo otros veintitrés como yo, todos sabemos usar este arco y los traemos con nosotros, os lo digo por si os conviene.

—¡Perfecto! Os ruego que os pongáis a disposición del maestro saetero; no sólo es un gran saetero sino un estratega de primera. Él sabrá sacar el mejor partido de vuestras habilidades. Os agradezco una vez más la oportunidad que nos disteis de ver un tiro formidable, como nunca he visto, ni ninguno de nosotros. Adiós, señor y deudo, nos veremos y charlaremos largo y tendido después de la batalla, si Dios quiere.
—Fuese el rey, complacido de contar con este aliado. Piensa en que cuando vea a don Ramiro le tiene que hablar de este original sujeto. No es cuestión de desperdiciarlo, ni desaprovechar su fidelidad, mejor tenerlo cerca y ocupado. Así piensa el rey de Castilla mientras se aleja en dirección a su tienda. Con esta última exhibición parece que se han calmado los ánimos y las huestes de ambos lados se dispersan.

Por fin, el día primero de septiembre, cumpliendo la fecha del desafío, llegó el rey-emperador, don Bermudo de León. Como si tuviese pocos hombres concentrados en la llanura del Tamarón, aún llegó con magnates, caballeros, peones e inclusive hombres de iglesia. Ellos también contribuyen a dar ánimos a los combatientes. El sentimiento de que de alguna manera se está con Dios anima a los hombres hasta el límite de sus fuerzas. Confesar y comulgar antes de la batalla da un valor supremo, pues la vida ya sólo espera la eterna felicidad cuando por la muerte se hayan superado las penas y sufrimientos de este valle de lágrimas. La llegada de don Alvito y sus monjes fue muy del agrado de los combatientes leoneses. Durante todo el resto del día confesaron a multitud de hombres que deseaban hacerlo. Otros ya lo habían hecho en sus lugares de origen.

No iban descaminados los cálculos de don Fernando, León contaba con unos dos mil setecientos hombres, mientras que Castilla-Navarra había reunido un número que si bien era algo inferior, no era despreciable: unos dos mil doscientos combatientes. Con ese número podrían enfrentarse casi en pie de igualdad. El resto lo pondrían los imponderables, el valor, la suerte, los estrategas o los milagros. También hay que contar con la Voluntad Divina. Él es el Señor de los Ejércitos y da las victorias y las derrotas según conviene a Su Sabiduría, pero siempre y cuando el hombre ponga también de su parte todo cuanto pueda.

En el transcurso del día mandó don Bermudo mensaje a los de Castilla-Navarra. Si decidían rendirse, no habría batalla. Navarra podría irse sin ser molestada. Castilla quedaría para él. Don Fernando salvaría la vida pero nada más. Era una proposición con sólo una respuesta posible: guerra. Sin embargo, don Fernando mandó con el emisario una contrapropuesta: él, Fernando de Castilla, estaba dispuesto a luchar personalmente contra su cuñado Bermudo, rey de León, hasta la muerte de uno de los dos, o hasta primera sangre, según se conviniera. El que se quedase con el campo, se quedaría con la victoria y el reino del adversario. Por amor a Dios quería salvar las miles de vidas que se sacrificarían, evitar los huérfanos y viudas desamparadas. La respuesta de Bermudo fue «guerra total, hasta la muerte, sin presos ni rehenes». En ello se convino, ambos bandos soplaron las bocinas de guerra anunciando que las conversaciones habían terminado y que el resultado era nefasto. Se acordó un plazo de tres días; al amanecer se lanzarían todos los hombres al combate y fuese éste de quien Dios quisiere o de quien con su espada lo conquistase. Mucho antes de que expirase el plazo recibieron los de Castilla-Navarra la visita de don Alvito. Atravesó tranquilamente la plana apuntado por cientos de arqueros. Don García le reconoció enseguida, tan pronto como vio que alguien salía del campamento de los de León.

—¿Sabéis quién es ese loco que viene hacia aquí? —Negó con la cabeza don Fernando, que no había puesto demasiada atención. Un solo hombre no representaba peligro y tampoco era un emisario real, no llevaba insignias—. Es don Alvito. No sabía que estaba aquí. ¿Qué querrá ese hombre viniendo al campamento? Si tiene algo que decir, es mejor escucharlo, es una buena persona y llena de recursos. Uno de los mejores cerebros del reino. ¡Lástima que se dedicase a la Iglesia! ¡Qué buen conde hubiese hecho! —Mientras tanto, llegó don Alvito hasta el campamento.

—No tengo tiempo que perder —dijo al centinela que intentaba informarse del motivo de una visita de parte del enemigo—. Llevadme enseguida ante los reyes. —Pero ya don Fernando y don García venían a su encuentro.

—¿Qué os trae por aquí, don Alvito, en estas circunstancias?

—Me trae el servicio de Dios. He intentado que don Bermudo cejase en su intento, vengo a ver si de vuestra parte hay más buen sentido. Esta guerra es innecesaria, es una locura. Don Bermudo se niega a escucharme, dice que se llevará las tierras en disputa y que si no es así, se lo llevarán a él en parihuelas. ¿Qué oferta os ha hecho?

—¿Oferta? Ninguna. Aceptar la derrota por adelantado y dejar campo y reino para él.

—Entonces no hay remedio —dice contrariado el abad—. Está totalmente obcecado, me temo que van a morir muchos, demasiados, quizás él mismo, o vosotros. ¡Qué desgraciados reinos! En fin, os confesaré si lo deseáis, es mejor dejar las cuentas cerradas con Dios. En el otro campamento ya hemos terminado. Reunid a vuestros hombres, en nombre de Dios les daré la absolución general, no hay tiempo para más. Volveré enseguida con el *Lignum Crucis* y los bendeciré; con la absolución general se les abrirán las puertas de la vida eterna.

—¿Cómo podéis traer el *Lignum Crucis* de León para bendecir a los de Castilla? —se admiran los reyes.

—El Rey Celestial murió para todos, el leño de la cruz es señal de paz y perdón para todos los seres humanos. ¡Castilla, León, Navarra, qué más da! —Fuese y volvió con sus monjes enarbolando la pesada joya que albergaba la reliquia de la Vera Cruz. Los hombres se reunieron de prisa y corriendo y el abad les bendijo y perdonó sus faltas, si las hubiesen cometido. En nombre de Cristo les abrió las puertas del cielo y luego les conminó a cumplir su deber de vasallos fieles.

—Os digo las palabras de Cristo al morir, Él os dice: «En verdad, en verdad os digo que hoy mismo estaréis conmigo en el Paraíso.» —Con esto quedaron los hombres consolados y el abad fuese con los suyos. La gran batalla empezaría cuando el primer rayo de sol brillase sobre la tierra. En señal de desafío se plantaron los estandartes reales en la plana, uno frente a otro, allí ondearon toda la noche.

Antes de romper la aurora, ya los estrategas habían alineado en la planicie que riega el río Tamarón a las distintas clases de tropa. Están en primera fila los arqueros, tanto en el ejército de los de Castilla-Navarra como en los de León. Inmediatamente detrás los hombres de a caballo, y listos, lanza en ristre, la infantería. Aparte están unos grupos que se quedan para reforzar la acción en un momento dado. No se debe acudir con todos los hombres al mismo tiempo pues el tumulto puede hacer que muchos sean inútiles en un sitio dado mientras son muy necesarios en otro lugar. Los de Castilla-Navarra están arreglados en dos alas, que si la situación lo permite luego puede evolucionar en un movimiento envolvente. Los hombres se han dividido en partes más o menos iguales y mandados por los dos reyes. El señor de Gavín ha repartido a sus hombres por lugares que él y el maestro saetero consideraron estratégicos, sitios desde donde dominaban la acción, aunque de lejos. El alcance de sus portentosos arcos les permitía, desde lejos, tomar parte y tener una vista general.

De una manera similar, los de León se han extendido sobre la plana, no deseando dar facilidades para que los envolviesen por los lados, como parecía ser la intención de los de Castilla-Navarra, que por su menor número de hombres deseaban un encuentro corto y contundente y no una batalla de desgaste, donde llevarían las de perder. Van todos los hombres armados hasta los dientes, con las armas de distancia y las del cuerpo a cuerpo. Las de distancia no son más que flechas y jabalinas, pero las de corta distancia y cuerpo a cuerpo son distintas para cada uno. Se puede usar la clava, el mazo, la bola, cadenas, aparte de los distintos puñales y espadas cortas. Para atacar a los jinetes: lanzas, espadas y bolas provistas de cadenas y mango. Si se acierta, el resultado es mortal de necesidad.

Antes de la señal definitiva se hincaron desplegadas las haces en la plana, se rezó en uno y otro lado pidiendo a Dios victoria y misericordia para las almas. Luego un silencio espeso invadió la llanura. A la hora en punto, cuando el primer rayo del sol salió sobre el horizonte, sonaron los cuernos y bocinas al unísono; decían lo mismo en ambos lados: «¡Guerra. Muerte!» Como una exhalación salieron los hombres hacia delante. Para animarse en su desaforada carrera los contendientes lanzaron al aire un grito que era un rugido, como de fieras. En cuanto los primeros hombres se encontraron al alcance de los arqueros, una lluvia de flechas cayó sobre ellos, diezmando a muchos cuya carrera ya sólo interrumpiría la eternidad.

Se portaron muy bien los hombres. De uno y otro lado se eleva un fervor combativo que casi se huele. Ni piden ni dan cuartel, ya saben que la guerra es a muerte, sin rehenes ni heridos. Los que tienen la desgracia de caer, son rematados sobre el campo. Los reyes también combaten al igual que todos sus hombres, ganan su respeto y fidelidad sobre los campos de batalla. Allí cada hombre, siervo, libre o caballero y aun el mismísimo rey, es hijo de sus actos. Se levanta el sol cada vez más, arriba, arriba. Un calor pegajoso con olor a sangre se desprende de la llanura del Tamarón ese 4 de septiembre del año del Señor Jesús de 1037. De muy lejos empiezan a acudir unos funestos convidados que esperan pacientemente su turno. Son los buitres. Toman posición en las ramas de los árboles, y esperan, esperan, mientras los hombres gritan y mueren.

Don Bermudo, el rey a quien todos creían manso y diplomático, pelea bravo como un león. Legiones de antepasados guerreros se alegran de verlo tan hermoso, tan joven y tan fiero. Por fin, después de varias horas de pelear, en su camino a través de la plana ve a su adversario, don Fernando de Castilla, con una brunia cubierta de escamas como de plata y manto de seda roja que lleva ya destrozado. El de León se alegra de verlo; lanzando un feroz alarido se echa contra él al galope de *Pelagiolo*, pero ha cometido un error: ha lanzado un grito y esto ha atraído la atención de otro hombre que lucha en un altozano algo alejado del campo. Ve el espectador que don Fernando se da la vuelta para encararse a don Bermudo. Aquí se van a jugar ambos reyes sus coronas y sus reinos. El del altozano tensa su gigantesco arco y dispara. Don Bermudo se acerca a gran velocidad hacia don Fernando, vagamente nota a su lado a los combatientes, oye los gritos, el fragor del metal y los huesos rotos. Todo lo ve como si alguien le relatase lo que sucede, tranquilamente. A través del polvo encharcado de sangre, y al fondo de la escena, ve a su odiado enemigo: don Fernando, que se asegura sobre el asiento de su cabalgadura y lanza en ristre le espera. De pronto, ¡oh, maravilla! Por detrás de don Fernando ve venir a galope tendido a otro caballo blanco que él, Bermudo, conoce bien, es *Favila*, el caballo de doña Urraca Teresa, y ella viene cabalgándolo. No sostiene las riendas, trae los brazos tendidos hacia él y le sonríe con su sonrisa tierna y pícara, como siempre lo hizo. Don Bermudo abandona la batalla, deja caer sus armas y espolea su caballo hacia su esposa. Comprende *Pelagiolo* y se dirige hacia *Favila*; juntos empiezan a correr por el campo, todos los buitres se tornan en palomas blancas, los caballos inician su galopar por el cielo nacarado en medio de una nube de palomas.

¡Ha muerto el rey Bermudo!

Don Fernando se aprestaba a recibir el embate del rey de León cuando éste cayó atravesado por una flecha de poderoso astil. Tan cerca estaban los dos rivales que vio la cara del rey herido. Una gran sorpresa se reflejó en ella y al tiempo una gran alegría. ¿Se alegraba de morir? Cayó del caballo aún con vida, pero con los ojos vidriosos por la muerte. Saltó de su cabalgadura el de Castilla y tomando en su regazo la cabeza del moribundo procuró darle el último aliento humano de afecto. Pero don Bermudo estaba ya muy lejos. Le miró sin verle, y con una sonrisa, tierna y dulce, preguntó algo incomprensible:

—Teresica, ¿por qué habéis traído tantas palomas? —Y cerrando sus ojos claros, expiró.

La terrible noticia se extiende por el campo de batalla. Nadie sabe quién mató al rey-emperador. Don Fernando, que ha reconocido la flecha, intenta agradecerlo al de Gavín, pero él lo negó.

—Creedme, don Fernando, no fui yo, ojalá lo hubiese sido. Ello me reportaría harta gloria. —Ni él ni ninguno de sus hombres recuerda haber disparado contra el de León. Sin embargo, alguien lo hizo, nunca supimos quién. Ha quedado don Fernando como rey de Castilla y emperador consorte de León. Castilla-León se unirán desde hoy bajo su cetro. Ha muerto el último heredero varón de Pedro de Cantabria y don Pelayo. Doña Sancha heredará el imperio.

Libro III

LA FELICIDAD DEL MEDIODÍA

13

Una boda en Barcelona

La su fija segunda con aquel la casara;
Fízole ricas bodas, pues Dios ge lo guisara,
Muchas graçias le dando, con toda buena cara.

El buen uso de las riquezas.
Canciller LÓPEZ DE AYALA. 1332-1407

Muerto su cuñado el *Rex-Imperator*, don Fernando hizo que se celebrasen solemnes funerales por el difunto don Bermudo. Luego, con toda pompa le hizo conducir a León, deseaba que el finado yaciese junto a su Teresica, la muy amada esposa del desaparecido y a quien él había creído ver cuando entraba en el país de los muertos: «Teresica, ¿por que habéis traído tantas palomas?» Don Fernando recordaba la misteriosa frase y se convencía cada vez más de que fue el dolor por la muerte de su esposa, doña Urraca Teresa, lo que trastornó el juicio de don Bermudo llevándole a una guerra absurda y luego a la muerte.

En cuanto a nosotros, mi señor don García y yo mismo, iniciamos el camino a Nájera tan pronto se hubo firmado el documento de paz entre ambos reyes. Partimos con cierta premura pues teníamos asuntos importantes a corto plazo. Se aproximaba la fecha del casorio de don García con doña Estefanía de Bigorre, la hermana de doña Ermesinda, ahora reina de Aragón por su matrimonio con don Ramiro I. Se reía don García comentando que ahora él iba a ser cuñado de su propio hermano. Si bien es cierto que mi amo, en principio, se arrimó a la joven de Bigorre para no dar todos los triunfos a su hermano, también es cierto que la dulzura de la joven y Dios sabe qué cualidades más que él supo ver en ella, le cautivaron de tal modo que ya no podía esperar a hacerla suya.

Estábamos preparando la boda, cuando nos llegaron noticias de que don Fernando y su esposa, doña Sancha, habían iniciado en León la construcción de una iglesia de piedra que albergaría de allí en adelante a todos los muertos reales. Sería un panteón real y casa de reflexión para la realeza. Ante Dios meditarían en la ligereza con que pasa la vida, cuán presto hay que rendir cuentas al Eterno, al tiempo que honrarían los restos de sus predecesores.

Teníamos que recuperar el tiempo perdido en la preparación de la guerra, pues los días pasaban con toda rapidez y habíamos de ir a Barcelona llevando la carta de arras y los regalos. Una vez más mi Julita decoró las letras mayúsculas de la carta con sus flores, peces y animales varios. Loco de ilusión, el rey me hizo encabezar la carta de la siguiente manera: «A mi esposa la dulcísima, elegantísima y prudentísima Estefanía...» Cada vez que la mencionaba la llamaba *pulcherrima*, y esa costumbre le duró toda la vida. En la carta de dote le ofrecía todo su reino. Con ese motivo se estudiaron en detalle los límites del mismo, de tal manera que si hay alguien interesado en saber cuáles eran en ese momento, sólo tiene que referirse a la carta de arras de doña Estefanía para encontrarlos.

Hicimos el viaje a Barcelona con gran lujo, como correspondía al rey de Navarra. Deseaba don García demostrar no sólo la importancia de su reino, sino también su amor a la desposada, para la que portaba dádivas y regalos. El viaje de vuelta sería ya con los nuevos reyes recién casados y el cortejo había de ser a la altura de las circunstancias. Como amigo y compañero del rey hube de acompañarlo, aunque yo no era de sangre real, ni sangre noble, ni era magnate, ni privado, ni clérigo, sino más bien un simple liberto. Don García tenía esos detalles conmigo.

—Doroteo, habéis de participar en mi alegría. Siempre habéis estado conmigo, habéis tomado parte en mis preocupaciones, y hasta habéis venido conmigo a mi primera guerra. Ahora quiero que os alegréis con mi felicidad. Vendréis a Barcelona y conoceréis esa bella ciudad, merece la pena el verla. Así que haced vuestros arreglos para partir. —Al oír la invitación se me ocurrió que bien podía llevar a Julita, si sabía maniobrar con prudencia.

—Señor —le dije—, todo el servicio que llevemos para nosotros será necesario a la vuelta para atender a la reina. Si he de ir y presentarme dignamente, permitidme que lleve mi propio servicio para no molestar luego a nadie. —Se extrañó el rey de la petición, nunca me había conocido tan tiquismiquis.

—¿Qué clase de servicio necesitáis? —dijo él, alzando las cejas en interrogación.

—Lo normal, señor, mi servicio doméstico. Alguien que me lave la ropa, me la planche, se ocupe de organizar mi tienda, prepare mis ropas por la mañana, en fin, esas pequeñas cosas que todos precisamos.

—Doroteo, si no supiese que erais totalmente incapaz de lo que tengo en mente, pensaría que queríais disimular en la partida a vuestra querida. ¿Quién os serviría?

—Mi ama de llaves, señor, conoce mis gustos y bien me sirve. La recomendada de don Alvito, Julita.

—Doroteo, me tenéis cada vez más escamado. ¡Así que conoce vuestros gustos! ¿Y qué gustos son ésos, vive el cielo? —Se echó a reír—. ¡Vamos, contadme en qué se divierten los eunucos!

Pero yo no estaba dispuesto a satisfacer su curiosidad, así que le contesté desabridamente:

—Los eunucos, señor rey, se divierten con las tonterías que dicen sus señores. —Él no pareció molestarse; al contrario, me dio unos golpes en los hombros y me guiñó un ojo de manera cómplice.

—Como queráis, no me dejo engañar fácilmente, algún día me enteraré. ¡Dios mío, cómo me gustaría que pudieseis disfrutar como los demás! ¿Qué hace esa Julita para teneros tan sorbido el seso? Llevadla, llevadla. ¿Me la dejaréis probar alguna vez? Visto que vos no podéis... quizá yo... —Me fui dejándole con la palabra en la boca, ahora se casaría y dejaría de pensar en mí y en mi posible relación con Julita.

Al fin ella se vino a Barcelona como mi ama de llaves, y ese viaje fue como un sueño para nosotros, un periplo como ella nunca había vivido otro igual, lleno de abundancia y riqueza. En los momentos en que ella nominalmente me atendía, intercambiábamos impresiones y muestras de ternura. No creo que don García fuese más feliz que yo.

En cuanto llegamos a Barcelona y hubimos descansado un día, se llevó a cabo el intercambio de presentes, la presentación de la carta de dote a doña Estefanía y la entrega de ésta a su esposo por parte del conde de Bigorre. Según la costumbre secular, con esto son ya marido y mujer. No hace falta más, el conde de Bigorre ha traspasado la tutela de su hija al rey de Navarra, el matrimonio ha finalizado, pero la Iglesia desea dar solemnidad a la unión; para ello ha adornado la capilla en donde oyen misa los desposados. Está iluminada por mil cirios y luces que tiemblan y se mueven rompiéndose en reflejos de oro sobre los vasos y los cálices. Jarras y jarrones contienen todas las flores que da la tierra, sobre todo jazmines y azucenas, miles de azucenas, que son las flores favoritas de don García.

Como doña Beatriz Estefanía es sobrina de la regente Ermesindis, se celebra la ceremonia en la iglesia de Santa Cecilia. Se encuentran los bancos atiborrados con la nobleza y los caballeros, no sólo de Navarra, que han venido a acompañar a su rey, sino la familia condal de Barcelona en pleno, sus vegueres y castlans, y los condes de Bigorre con sus parientes y los magnates de su condado y notables de los condados de Foix, Gascuña y Carcassona.

En las puertas del templo varios clérigos han recibido a los asistentes. Los diáconos y presbíteros del atrio llevan preciosas ropas listadas: amarillas, blancas y rojas, casullas de oro y plata con bordados delicados de cruces y peces. Dentro de la iglesia se hallan recogidas mediante poleas los velos o cortinas polícromas que a veces han de ocultar distintas partes del templo. Son estas *alhagaras pelleas* regalos de León, lo mismo que los frontales *palleos* en las naves menores, y uno *grecisco* que preside la nave principal. Una cruz y varias flores bordadas con hilos de oro son el adorno del frontal *grecisco*.

Encima del altar principal hay unas cruces pequeñas olovítreas, y una grande de oro adornada con rica pedrería. Cuelgan del techo coronas que parecen argénteas, la más hermosa y grande es además *gemmata* y *deaurata*. Los vasos litúrgicos son de plata y las lámparas o lucernas son de cristal. Todo es lujo. Los ciriales son de bronce, los altares incrustados con metal y hueso, las cátedras adornadas con maderas preciosas, los solios de los reyes de Navarra, cubiertos con paños de terciopelo, y en un analogio de plata reposa un libro litúrgico cubierto con un paño *palleo*, un *superevangeliari*. Está bordado totalmente con pequeñas perlas e hilos de oro. Por su alto precio, no hay muchos de éstos, sólo las iglesias más ricas pueden permitírselos, pero la iglesia de Santa Cecilia puede, y muestra sus tesoros para la solemnidad.

El obispo ocupa su sitial, recúbrese con una rica capa tejida con seda, bordada de oro y recubierta de gemas, también al estilo de León, se toca con la *cetharis* o mitra blanca cual corresponde en día tan solemne. En el analogio colocan el *Liber Ordimun* y de allí lee el prelado las oraciones para la pareja. Invoca las bendiciones de Dios, les desea paz, prosperidad, sabiduría y que Dios les bendiga con muchos hijos. Con este piadoso deseo, se termina la ceremonia.

Cantan ahora los clérigos acompañándose de vihuelas y cítaras, se han reunido diáconos, clérigos, chantres y ayudantes de todas clases y hacen un cuadro magnífico con sus casullas, albas y estolas, amitos y cíngulos, balteos y capas. El olor a incienso lo cubre todo y se eleva en nubes doradas por las luminarias. Los novios se miran como todos los novios, deseando estar a solas. Por fin cesan los cánticos y las oraciones y se oye el rumor de la calle: quieren ellos, los menudos, también ver a los magnates y al clero y sobre todo a los jóvenes reyes y a la condesa regente, Ermesindis, tía de la novia y tutora del joven conde de Barcelona. Además, corren las horas y hay anunciada una comida para el pueblo en la plaza, la gente tiene ganas de que empiece esa parte de la celebración. Salen los novios del templo y un clamor se eleva desde los circunstantes: admiran los vestidos de los afortunados contrayentes.

Viste la reina de Navarra un vestido, regalo de su tía la condesa Ermesindis, que cubre toda la escalinata del templo. A juego con los ojos de la joven desposada es de color azul oscuro, bordado de piedras multicolores, lleva un manto de martas cibelinas que su tía ha hecho traer de las lejanas estepas que recorren los varegos, y como regalo de su marido, ciñe su frente la corona de Navarra. Es tan joven que parece más una niña que una reina. El rey, mi amigo, don García, es sin embargo todo un hombre. Se le ve radiante de felicidad. Lleva de la mano a su desposada y recibe sonriente los saludos y aclamaciones del pueblo. Por nuestros espías me enteré de que el legado de Su Santidad escribió a Teofilacto la siguiente descripción:

«Allí estaba de pie, de prócer estatura, color blanco, cabello rubio, la barba hendida, las cejas levantadas, los ojos muy vivos, el rostro abultado y la cabellera larga y abundante. Cubría su cabeza con un bonete dorado en forma de media naranja, vestía ropa suelta y larga, de color celeste, sembrada de pintas rojas, como estrelluelas, sobre ella, manto dorado muy cumplido y sujeto, no al cuello, sino sobre el hombro con chía de oro y descubriendo todo el brazo derecho. Medias de grana bien estiradas y zapatos de lo mismo, muy puntiagudos con botonadura de oro al costado.»

Si tenéis curiosidad por saber cómo iba vestido yo mismo, siento deciros que yo casi siempre visto de blanco. Es el color que mejor me sienta y que nadie gusta ponerse. Inclusive es el color del luto, pero yo lo prefiero a todos los otros; encuentro que tiene una pureza desolada. Pero Julita se quejó amargamente.

—¡Parece que vais de duelo y que no os alegráis de la boda del rey! —Al fin hube de ceder un poco y vestir un manto amarillo con bordados azules y rojos. Al menos conservé mi túnica blanca, que buen trabajo me costó. Terminada la ceremonia religiosa, salieron los reyes al aire libre acompañados por toda la nobleza, tanto la local como los invitados venidos de todas partes para hacer acto de presencia. A más de los navarros y los de Bigorre también había otros, como ya dije, y alguno de los hermanos del rey García. No asistió don Gonzalo de Sobrarbe, ni el rey Fernando, pues tenía éste muchos problemas con sus nuevos súbditos, los leoneses, que se resistían a recibirlo como rey y emperador. Asistía, sin embargo, don Ramiro con su esposa, doña Ermesinda, que era hermana de la recién desposada. En verdad, no se sabía cuál de las dos hermanas era más bella. Doña Beatriz Estefanía tenía todo el dulce encanto de una recién casada, joven y enamorada en su día de bodas, pero doña Ermesinda era ya toda una mujer.

Hacía ya más de un año que don Ramiro y ella se habían casado, y era notorio que se amaban. No había más que verlos para darse cuenta de que deseaban estar juntos todo el tiempo, pero algo turbaba su felicidad: no tenían hijos. Ni siquiera estaba preñada la reina. Las damas del servicio de la reina lo comentaban con otras señoras.

El lujo y boato de ese día fue comentado durante largo tiempo. Describiré la mayor maravilla que se vio en esa ocasión: pasearon los reyes por la ciudad en un carruaje de cristal que había hecho construir el rey García, y cuyos elementos venían de varios sitios. Era muy hermoso y hecho de madera sobredorada, pero tenía una peculiaridad, era carroza abierta para que el pueblo pudiera ver la belleza de la desposada bajo la luz del sol. Todos los travesaños y columnillas estaban adornados con trocitos de cristal en forma de gota o lágrima, de tal manera que resplandecía como una gema al tiempo que tintineaba al paso manso y lento de los caballos que los llevaron entre el gentío. Los cristales no fueron fáciles de obtener pues fueron traídos desde Córdoba, lugar en donde se trabajaba con primor. Costó mucho dinero y se trajeron varios sacos de dichos pendientes o colgantes. Se montaron en Barcelona por artífices moros que vinieron a esta ciudad sólo a hacer este trabajo. Se habían quedado éstos a ver el resultado final de su labor y creo que quedarían contentos y satisfechos al constatar personalmente la admiración que levantó la «carroza de cristal», tal y como se llamó enseguida. Quedó ésta como regalo de Navarra a doña Ermesindis, pues era imposible trasladar desde la ciudad condal a Nájera tan delicado objeto. Brillaban esas lágrimas de cristal como una cascada de brillantes. Rompiendo la luz del sol enviaban a todas partes haces de rayos multicolores como diminutos arcos iris que se reflejaban sobre los suelos y paredes. En verdad fue un acierto esa carroza. Nunca se había visto, ni se volvió a ver, nada igual.

Al convite que siguió a los Oficios Divinos llegó un comensal inesperado. Había arribado a última hora, disfrazado de mulero, pero ahora vestido regiamente, el háchib de Lérida: Suleymán ben Muhammad ben Hud se sienta ahora junto a don Ramiro y mira cuando puede a doña Ermesinda. Sus ojos revelan, aun sin quererlo él, toda la admiración que siente por la joven reina.

—Mucho me agrada, príncipe Suleymán, encontraros aquí —dícele cortésmente don Ramiro, que comparte mesa con el moro. Come éste poco y con refinados modales—, y más me alegra que seáis ya rey. Aunque sea de Lérida.

—También a mí me complace, alteza —responde el príncipe—, el veros así encumbrado. Seguro de vuestro reino y felizmente casado con mi dueña, doña Ermesinda. Como ya sabéis, señor, yo también estoy casado y bien casado —se ríe el príncipe y al reír enseña sus dientes blanquísimos y agudos. Si era hermoso de adolescente es hoy un hombre increíblemente atractivo. Todavía conserva esos ojos dormidos, mezcla de inocencia y sabiduría, oscurecidos por sus pestañas largas y espesas. Parecen decir que saben algo, que prometen mucho. Era antes un joven barbilampiño, usa ahora una barbita puntiaguda que acentúa su encanto mefistofélico. Se come con displicencia un grano de uva y continúa su charla—. Y digo bien casado, alteza, pues tengo nada menos que treinta y una esposas. ¿Os parecen demasiadas?

—No, no, príncipe —don Ramiro no expresa sorpresa alguna—, al contrario, me parecen pocas.

—¿Cómo que pocas? —se molesta el rey de Lérida—. Vos sólo tenéis una, claro que —hace una reverencia a la reina— doña Ermesinda vale por todas las mujeres del mundo.

—No os molestéis, príncipe, digo pocas pues vuestra categoría os permite aspirar a más, y ya que vuestra religión os lo permite, podéis y debéis aprovechar esa permisividad.

—En confianza os digo, mi señor don Ramiro, que a pesar de todo es algo pesado tener tanta mujer. Por muy humildes que sean y por mucho que se conformen, es lógico que quieran estar bien atendidas. Además, así lo estipula el Profeta, podemos tener tantas esposas como podamos atender bien. En el lecho, no hay problema, lo malo es admirar tanto vestido, tanto velo, tanta joya. Oír y escuchar tanto comentario, admirar tanta canción, atender con interés a tanta poesía, tener un ratito en brazos a tanto niño... —Se detiene repentinamente. ¿Ha llevado la conversación a propósito a ese punto? Los reyes de Aragón parecen incómodos. Doña Ermesinda rompe el silencio con toda naturalidad.

—Oímos con alegría, príncipe, que ya tenéis herederos. Tantas esposas os habrán dado más de uno.

—En efecto, señora, tengo ya ocho hijos. Afortunadamente de mi esposa principal tuve el primero: Ahmed al-Muctádir. Ya estoy pensando en casarlo en el futuro, quizá con una hija del háchib Yaix de Toledo, de los Beni Dunnun, como bien sabéis.

—Es de padre sabio el pensar en el futuro, pero además de padre, sois rey, y eso os da algunas obligaciones —intervino el rey Ramiro—. Cuando llegue el momento de casar al heredero espero ser consultado, estoy seguro de que vuestra decisión será confirmada por mí.

—Sé que tengo algunas obligaciones para con vos, y de ello quiero hablaros. Cuando yo nada tenía ni podía contar con ayuda alguna, vos y vuestra madre, doña Maior, me pusisteis en el camino del trono de Zaragoza. Me llevasteis sano y salvo hasta Lérida, me disteis buenos consejos y oro suficiente para seguirlos. A cambio yo me comprometí a ser taifa de Aragón, o lo que es lo mismo, de vos, don Ramiro. Es un pacto mutuo de ayuda y consejo. No puedo aún pagar con oro la deuda que con vos tengo, pero lo tendré en breve, al menos eso creo. Bien habéis notado que soy sólo rey de Lérida. Me corresponde reinar en Zaragoza y este lugar es ya una fruta madura, pero hay que arrancarla antes de que se pudra y caiga al suelo en donde cualquier mano la pueda levantar y quedársela. Necesito hombres, don Ramiro, que ayuden a las exiguas tropas de Lérida, para tomar Zaragoza. Mi reino y el vuestro.

—¿Es llegada la hora, príncipe?

—Llegada, señor. Hay grandes cambios y otros que se aproximan. Ha muerto hace días, como bien sabéis, el rey de Almería. —Ramiro calla y espera. Suleymán continúa—: El caso es que tan pronto como se ha sabido la muerte del de Almería, el rey de Valencia, el amirí Abdel Aziz al-Mansur, se ha apoderado de Murcia y de Almería. Creo que es llegado el momento de que me mueva sobre Zaragoza, antes de que el de Valencia, ese Abdel Aziz, quiera extenderse más al norte. Ya es bastante poderoso: sus territorios son ahora Almería, Murcia, Valencia. Ha sido todo rápido como el rayo. Es posible que lo tuviese preparado. ¿Quién nos asegura que el de Valencia, Abdel Aziz al-Mansur, no quiera también Zaragoza y Granada? Como veis, puede reconstruir el califato, algo peligroso para los reinos cristianos.

—Desde luego —asiente Ramiro—, no nos conviene. Ya veo que la situación es urgente. Aunque no creo que estas conquistas perduren. Lo más seguro es que se desmembren pronto, pero en todo caso no hay que darles facilidades. ¿Cuántos hombres necesitáis para vuestros fines? —Quietamente, doña Ermesinda abandona la mesa y deja a los dos hombres hablar de guerras, de dinero, de armas. El convite continúa y nadie se fija en que don Ramiro y el príncipe Suleymán no comen ni festejan. Cavilan sus próximos movimientos contra el rey de

Zaragoza. Es necesario tener en ese trono a un hombre fiel. Suleymán está dispuesto a serlo, por ahora.

De la boda hubo algo que no me agradó: la nueva reina, doña Beatriz Estefanía, se llevó consigo algunas damas. Durante el viaje de vuelta a Navarra, y con autorización del rey, doña Estefanía, siguiendo la moda franca, vestía, no traje de dama, sino como de pajecillo, lo mismo hacían sus acompañantes. Entre ellas, más bella que nadie, la dama Sunifreda se vestía con calzado de guadamecí y juboncillo de ante color vino. El resto de la ropa era de terciopelo de seda del mismo color. De vez en cuando, inocentemente, miraba al rey. Distraído éste, hacía como que no la veía, al menos por el momento.

Cerca ya de Nájera, una tarde, aprovechando que la reina reposaba la siesta, me mandó llamar mi señor.

—Hace días que no os veo, Doroteo. ¿Va todo bien?

—Bien, señor. Todos están muy felices de que al fin hayáis tomado estado. La reina es joven, alegre y muy sana. Todos se prometen que pronto tendremos heredero al trono de Navarra. —Lanza una carcajada alegre el rey.

—Os juro, Doroteo, amigo, que por mí no quedará. Todos los días y a todas horas estoy tratando de traer esas noticias. ¡Lástima que vos no sepáis de qué estoy hablando! ¿O sí, Doroteo? Me creo a veces que el cirujano que os castró no os privó de todo... Me parece ver en vuestros ojos una luz inconfundible, como si supieseis lo que es el amor. —No me convenía ese camino de confidencias, así que corté la conversación.

—Decidme, señor, para qué me habéis convocado. Seguramente tenéis algo importante que decirme. No creo que me llaméis para hablarme de mí y de mi situación.

—Sí, tenéis razón. No os he contado lo que acerca de Suleymán, el príncipe moro, he convenido con mi hermano Ramiro. Quiero que lo comentemos, vuestras palabras me ayudarán a aclarar mis ideas.

—Decidme pues, señor, de qué se trata.

—Al parecer hay gran movimiento entre los mismos musulmanes. Se matan unos a otros. Han muerto asesinados el reyezuelo de Almería y su visir. Aprovechando esa coyuntura, el reyezuelo de Valencia ha tomado Almería y Murcia y parece que tiene ambiciones sobre Granada pues el háchib de Granada es el que ha hecho matar al de Almería y está ahora él mismo en dificultades por esa razón. Al parecer Suleymán teme que el próximo en caer puede ser su pariente el de Zaragoza, con lo que prácticamente el de Valencia habría recompuesto el califato.

—Entiendo, don García. El de Valencia recompondría el califato y además le quitaría a Suleymán toda posibilidad de reinar en Zaragoza, como ha sido la ambición de toda su vida. Eso sin contar con que el de Valencia puede, además, quitarle la vida.

—Eso es, amigo Doroteo. Por ello ha venido a mi boda disfrazado de mulero por el camino, con harto peligro de su vida por abandonar su reino de Lérida en tan difíciles circunstancias. La razón no era cumplir un deber de cortesía, sino acudir a mi hermano don Ramiro, que es su protector, como taifa suya que será Zaragoza.

—Decidme, alteza, eso, ¿en qué nos afecta a nosotros? Navarra no es protectora de Suleymán. Aunque colijo que tenemos algo que ver, si no, no me estaríais explicando la situación.

—¡Qué bien me conocéis, amigo mío! Cierto. A ningún rey cristiano le conviene este repentino crecimiento del valenciano Abdel Aziz al-Mansur. Si reúne su reino con los otros reinos de taifas, con toda seguridad se reanudarán las guerras contra nosotros los cristianos. Ramiro me propone que le ayude con hombres, no demasiados, para una campaña contra el actual reyezuelo de Zaragoza, a fin de acelerar la entrada de ésta bajo la égida de Suleymán. Zaragoza y Lérida juntas plantarían cara a Abdel Aziz al-Mansur. Además, al ver que alguien se le opone, los otros príncipes moros se sentirán crecidos y se le resistirán también. Al final ello beneficiaría a todos los príncipes cristianos.

—En principio, señor, me parece bien, mas, conociéndoos como os conozco, ¿qué precio habéis puesto a nuestra ayuda? Desearéis para Navarra un beneficio inmediato.

—A eso quería llegar. He propuesto a *En* Ramiro que en retorno por nuestra ayuda, la cantidad de dinero que la taifa de Zaragoza le pague en los próximos cinco años, sean para Navarra. Luego quedará libre del compromiso. —Me quedé de una pieza. El atrevimiento de don García era notable, pero éste era un juego peligroso. De no aceptar don Ramiro el resultado podía ser que el ambicioso Aziz al-Mansur se nombrase califa y quién sabe si Emir de los Creyentes. Entonces todos estaríamos perdidos. Hay veces en que el ser desprendido paga dividendos.

—¿Cuál ha sido la contestación de don Ramiro, alteza?

—En principio se puso furioso. Le pareció que era mucho pedir, un dinero que aún no era suyo y por el que lleva ya varios años esperando, por el que ayudó a Suleymán antes de que fuere nadie y que ahora ve esfumarse durante otros varios años. Pero yo le hice ver que yo también tengo gastos, que hay que incentivar a los hombres, adquirir armas, dar pensión a las viudas. Sin esas ofertas no es posible conseguir peones con rapidez. Hay que obligar a los hombres y éstos huyen como gamos cuando viene el sayón real. En fin, después de maldecir en varias lenguas se avino. Es su obligación ayudar al de Lérida, Suleymán, aunque le cueste algún sacrificio suplementario, si no éste no le tendrá el respeto y la fidelidad que le prometió... y entonces puede despedirse de cobrar de él algún día.

—¿Entonces, señor, a qué nos hemos comprometido?

—A formar un ejército de mil hombres. A darle bastimentos por un mes y llevarlo hasta donde diga Suleymán. Combatiremos con sus tropas y las de Ramiro. ¡Ya veis! ayer mismo aliados de Castilla y hoy de Aragón, y siempre con beneficio para Navarra. Primero una tregua de quince años, ahora un dinero durante cinco... ¿No está mal, verdad?

—Quería que yo le confirmase su juicio de valor, pero yo no lo veía tan claro. Era la tercera vez que le hacía la cama a don Ramiro: la primera casándose con la hermana de doña Ermesinda para quitarle la influencia que pudiese tener con el conde de Bigorre, luego haciendo que el Papa perdonase a don Bernardo el Joven levantándole la excomunión, con lo que este joven podía ser heredero de Bigorre y don Ramiro quedaba así definitivamente descartado de una posible sucesión, ahora le arrebataba la aportación de su protegido moro sin darle otra alternativa más que aceptar por la gravedad del caso. Me temía que el odio de don Ramiro nos alcanzaría más pronto o más tarde. Así se lo dije.

—Señor, me temo que habéis tirado demasiado de la cuerda, más nos valía haber dado menos ayuda pero más barata. El de Aragón no os perdonará este expolio. Aún no es tarde, renunciad al dinero de la taifa, pedid otra cosa, una de las ciudades que tiene don Ramiro en vuestra tierra.

—No, ésas se las quitaremos a su debido tiempo. Quiero el dinero de la taifa, es muy rica y la cantidad pactada es, de momento, de cuatrocientas ochenta monedas de oro al año. ¡Imaginaos, Doroteo! —Vi que la ambición le llenaba la cabeza y el corazón. Él era así. Lo quería todo, dinero, gloria, fortuna, renombre, mujeres. Hubo un tiempo en que yo también era de ese natural, lo deseaba todo, al menos para él. Pero el amor me había cambiado. Ahora sólo quería estar con mi Julita, enseñarle a pintar para que algún día llegase a ser «Julita, *pinctrix*», deseaba amarla toda mi vida. Pero el amor no había cambiado a don García. ¿Cómo era posible que el amor de doña Estefanía no le hubiese tornado más generoso?

—Entonces, señor, ¿por qué me preguntáis, si pensáis hacer lo que os venga en gana? —dije disgustado—. Lo siento, pero si pedís mi opinión, os diré siempre la verdad: no me parece bien, es demasiado pedir, visto que el peligro os acecha también a vos. ¿Sabéis si ha pedido ayuda a don Fernando? Sólo faltaba que él valuase su favor en mucho menos que vos, entonces vuestra actitud se notaría todavía más.

—Sé que intentaba pedir ayuda a don Fernando, pero él tiene mucho que hacer en León, no creo que pueda reclutar a nadie en una tierra donde sus hombres no le aman, mucho menos para ir en auxilio de un moro. Aunque en la batalla de Tamarón ganó un reino, sus nuevos súbditos se niegan a aceptarle como rey y señor. No, los leoneses no acudirán a un fonsado para ayudar a un moro.

—Me parece, don García, que evaluáis mal a don Fernando, tiene otras tierras, es rey de Castilla, de allí sacará los hombres que necesite. Son peleones y si ven que el peligro del moro es mayor con Aziz al-Mansur que con Suleymán, no dudarán en salir por miles a la frontera a ayudar a éste. Verán que es mejor tener al moro dividido que entero. Si me dejáis decirlo, me temo, señor, que no pedirán nada por su ayuda, debéis conocer mejor el empuje de los de Castilla, y de su rey, vuestro hermano don Fernando.

—¡Hola, hola, qué defensor le ha salido a Fernando en mi amigo Doroteo! —Parecía fastidiado.

—Recordad, señor, que crecí con todos vosotros, os conozco como si fuerais mis hermanos. Si hemos de calcular bien nuestros movimientos, no debemos evaluar mal al contrario. Por mucho que esto nos moleste, don Fernando es un gran hombre, y Castilla un reino guerrero y generoso. No os pongáis en la tesitura de compararos con él o podríais salir malparado, a menos que jugaseis con sus mismas cartas: generosidad y astucia.

—A despecho de vuestra opinión, Doroteo, necesito ese dinero y veo la ocasión de que sea mío sin siquiera recaudarlo. Mataremos dos pájaros de un tiro: ayudaremos a Suleymán, por nuestro bien, y al mismo tiempo nos quedaremos con su dinero. Y ahora me voy con la reina, a ver si encargo un príncipe. —Se fue contento de su idea. Yo marché pensativo hacia el campamento, él iba un poco delante de mí, con más prisa, vi cómo le salía al paso la dama Sunifreda y llamándole aparte le dijo algo, él rió a carcajadas y asintió. Antes de irse le dio una palmada en donde la espalda pierde su casto nombre. No me pareció bien, pero era mi señor y mi amigo y decidí que no había visto nada, pero lo sentí por doña Estefanía.

14

El efebo de Pamplona

Luxuria es pecado de la carne mortal,
Que destruye el cuerpo, e faze mucho mal.
Al alma e a la fama; a todos es egual,
En darles perdimiento: por lo que çedo fal.

La Lujuria,
PERO LÓPEZ DE AYALA. 1332-1407

  Retornamos a Nájera con nuestro lucido cortejo. Para entonces la nieve empezó a cubrir los campos y en el scriptorio había que encender un fuego porque las manos se quedaban ateridas y se negaban a escribir o dibujar. Don García ya no me echaba tanto de menos en palacio, ocupado como estaba con su mujer y su querida, pues ya era sabido por todos que la dama Sunifreda también compartía el lecho de don García. Sin embargo, debo decir que el rey ha amado siempre verdadera y profundamente a doña Estefanía, sólo que él era así, enamoradizo y ardiente.

  Pronto nos llegaron noticias de don Fernando y de sus reinos de León y de Castilla. Efectivamente, como yo había supuesto, el rey de Castilla y los castellanos estuvieron de acuerdo en prestar ayuda a don Ramiro e indirectamente a Suleymán para impedir que el reyezuelo de Valencia-Almería-Murcia se apoderase también de Lérida-Zaragoza. Como contraprestación única se pidió que los mozárabes que viviesen en tierras de Suleymán pudiesen libremente abandonarlas cuando quisiesen, y como esto ya lo había prometido hacía años a doña Maior, el rey moro se avino enseguida a ello. De Castilla llegarían hijosdalgo con sus peones; en esta ocasión no vendrían los Caballeros Pardos ni las milicias concejiles, que se quedaban a defender sus tierras, como era su primera obligación. Vendrían únicamente hidalgos con sus propios peones. Los hijosdalgo acudían tan sólo por evitar males mayores a la cristiandad.

Sin embargo, la urgencia de los primeros días en que parecía que el moro se organizaría a toda velocidad para invadir otros reinos, dio paso a una especie de lentitud. Acaso el reyezuelo de Valencia, Aziz al-Mansur, encontró más resistencia de la esperada entre sus nuevos súbditos o bien pensó que sería más sabio ir más despacio. El caso es que no se produjeron nuevos avances y las fronteras, aunque bajo alarma general, permanecieron tranquilas, al menos las que colindaban con los cristianos, pues al sur, en Mértola, en Morón y en muchos otros sitios, las revueltas continuaban.

Un día nos llegó la noticia de que el reyezuelo de Zaragoza, Mundir ben Yahya, el enemigo y deudo de Suleymán, había sido asesinado por un pariente suyo, no por nuestro amigo Suleymán, y que el asesino en cuestión había tomado el trono como suyo. Naturalmente, después de haber esperado varios años para recobrar el trono de Zaragoza, no estaba Suleymán por reconocer a este nuevo háchib; así, so pretexto de castigar al asesino, él, Suleymán, a su vez le hizo matar. Pronto, un enviado del nuevo háchib de Zaragoza: Suleymán ben Hud, nos trajo una carta y un paquete que contenía la mano izquierda del muerto y como delicado detalle el puñal con que Suleymán había matado al asesino de su pariente. Vistas así las cosas pareció que por un momento todo volvería a la paz y la concordia. Los ejércitos retornaron cada uno adonde debía y los hombres a sus labores.

Y así estábamos cuando nos llegaron noticias, esta vez del rey-emperador y de su esposa, doña Sancha: habían tenido otro hijo. Tenía ya tres: dos varones y una hembra. La reina de Navarra, mi señora doña Estefanía, estaba a punto de traer al mundo al primer príncipe heredero. Sólo don Ramiro, con gran pena, no tenía noticias en cuanto a la sucesión al trono de Aragón. Doña Ermesinda seguía sin concebir. El joven don Gonzalo no había hallado aún princesa con la que casarse, pero no le importaba, él se dedicaba a la caza y en cierto modo, quizá sólo como distracción, a los encantamientos, hechizos, horóscopos y juegos malabares. Disfrutaba de la compañía de Alexania y también de los juglares, trovadores y poetas, músicos y danzantes. Tal era la vida de los hermanos de mi señor.

Todo se había solucionado mejor de lo que nos hubiésemos atrevido a esperar, al no haber guerra alguna, nos desmovilizamos y volvimos a casa. Don García estaba impaciente por encontrarse con su amada esposa y yo por ver a quien consideraba tal en mi corazón.

Cuando llegamos, no sé si el rey encontró tan hermosa a doña Estefanía como yo a mi Julita, vestida como estaba de una túnica color vino bermejo, haciendo juego con sus rojos cabellos. El heredero de Navarra había de llegar de un momento a otro, pero mi Quirico ya andaba sobre sus dos piernecitas gordas y torpes. Al verme llegar dijo algo maravilloso: «Papá.»

—No, papá, no. Pa-dri-no —le decía Julita al niño, pero él insistía: papá. Nunca en mi vida fui más feliz. Lo tomé en brazos y lo cubrí de besos al tiempo que abrazaba con el brazo libre a mi Julita. ¡Qué lejos parece ya todo! Pero estoy seguro de que no fue un sueño, una entelequia, un deseo, y de que me sucedió realmente a mí.

Enseguida nos reintegramos a la rutina de nuestras obligaciones. El scriptorio, sin mí, se paralizaba, estaba abandonado. Volví a ponerlo en marcha y reanudé mis clases a Julita, insistiendo en las artes de la iluminación, para las que parecía bien dotada. La felicidad tomaba forma de clases de dibujo. Así las cosas, me llegó un curioso mensaje del Maestro de Esclavos de la Escuela de Pamplona.

«Maese Doroteo —me decía—, siguiendo vuestras instrucciones he encontrado una pequeña para vos, que creo cumple los requerimientos pedidos. Un enviado de esta Casa pasará en breve por Nájera y os llevará noticias mías. Creo haber encontrado justo lo que necesitáis. La sirvienta que os destino es muy joven pero ya se le han enseñado los trabajos de casa y de compañía. También ha aprendido los fundamentos de las Religiones del Libro, ella seguirá la religión de su amo. El enviado que menciono se llama Ibrahim, y tan pronto como llegue os enviará un emisario. Os informo de que Ibrahim viajará hacia tierra del Profeta, pasando por varios puntos importantes; si tenéis algún negocio o mensaje para esas tierras, él lo hará llegar con pulcritud y reserva. Es su trabajo, podéis confiar en él. Por cierto, la esclavita es un presente de vuestro viejo maestro. No tenéis que pagar nada por ella. Creo sinceramente que, dado vuestro carácter, os agradará. Salud y gracia, quedad con Dios.»

El enviado que vino de parte de Ibrahim resultó ser un jovencito de tímida mirada y belleza poco común, el cual vino a mi casa con una misiva anunciando que la mercancía me la traería el mismo Ibrahim en breve. Al ver al adolescente me pregunté si el viejo maestro me lo enviaba con alguna intención, pues muchos eunucos gustan de los efebos. Pero el joven no se insinuó de momento. Respetuosamente me entregó el mensaje y preguntó si habría respuesta.

—No, joven amigo —le dije—, no hay respuesta. ¿Tenéis algo más que hacer en Nájera? —Negó él con la cabeza.

—Ibrahim, de parte del maestro, me ha enviado para que os entregase el mensaje. —Luego añadió pensativamente—: Mi vuelta más rápida o más lenta depende de vos. —Enrojeció. Sus mejillas como pétalos de rosa se volvieron de color carmesí—. Quiero decir, señor amo, si me necesitáis para algo, soy todo vuestro. Si no queréis nada de mí, he de volver, a menos que queráis que me quede, entonces habéis de hablar con el maestro. —No me había equivocado. El viejo maestro le había mandado con alguna intención; también sabía que si el joven fallaba, se enfadaría el viejo con él. No en vano crecí en una Escuela de Esclavos, yo sabía para qué era educado este joven.

Sentí un impulso irrefrenable:

—¿Os gusta vuestro futuro trabajo? —Me miró el joven dubitativamente, intentando calibrar el alcance de mi pregunta. Vi que no era tonto el doncel.

—Señor, aún no he empezado el trabajo para el cual he sido educado.

—¿Creéis que os gustará? —No tenía el joven más de catorce años, quizá menos.

—¿Acaso cuenta lo que a mí me guste, señor? —Sus ojos se llenaron de lágrimas que a duras penas contuvo—. Soy esclavo, nací esclavo y mi desgracia es ser tan hermoso. —Lo dijo sencillamente pero con dignidad, mirándome a los ojos. Recordé que también mi desgracia fue tener esa memoria portentosa que hacía que no olvidase nada de lo escuchado. Pudo haber sido mi fortuna y fue mi desgracia y mi ruina.

—Decidme ahora, es muy importante lo que me digáis, hijo mío —le llamé así inconscientemente, recordando a mi Quirico—, el trabajo a que os destina el maestro os puede traer fortuna y posición, también mucho dolor y desgracias. —Luego, brutalmente para hacer las cosas claras—. De tener un amante: ¿lo preferiríais hombre o mujer?

—¡Oh, señor, si pudiera escoger, que no puedo, me uniría a una doncella! —Las lágrimas caían por su rostro a través de sus pestañas largas y sedosas como las de una niña. Se tapó la cara con las manos y sollozó un buen rato.

—¿Tenéis nombre?

—No, señor, aunque el maestro sugiere que adopte el de Narciso, si el amo lo acepta.

—¿No querríais llamaros Santiago? Un santo guerrero, un varón sin tacha, estuvo casado y lo dejó todo por la causa de Dios. Vino a Spania a predicar a los infieles, ayuda a los cristianos en sus guerras. ¿Os gustaría? —Comprendió mi oferta y sus ojos se iluminaron.

—Me gustaría. ¿Me compraríais, señor?

—Os compraría si os place y nunca tendréis que ser mujer de nadie ni para nadie, sino hombre entre los hombres. Con oficio de hombre y hechos de hombre. Con un nombre que os honre. Espero mucho de vos. ¿Queréis quedaros con nosotros?

—Sí, mi señor. Siempre supe que hay un Dios bueno que vela por sus criaturas, no sé bien cuál es su nombre, pero adoptaré el que vos adoréis, de buena gana.

—Ya hablaremos otro día de dioses. Serviréis en mi casa, lo que allí veáis es reservado a nosotros. No quiero comentarios. Seréis como de la familia, se os dará la libertad tan pronto como tenga los documentos de la escuela. No volveréis con Ibrahim, ya le envío yo un mensaje con un propio.

Así fue como un nuevo miembro vino a incrementar mi extraña familia. Ahora veo que era a todas luces un grupo curioso de personas pero entonces me parecía de lo más normal. Pero no todo terminó allí. A poco llegó con Ibrahim la joven anunciada por el Maestro de Esclavos Era, como habíamos solicitado, una jovencita de buenos modales, no demasiado bonita pero agradable a la vista, con el pelo en dos trenzas de color azabache. Llamamos a la niña, María. Era ésta una morita procedente de una de las recientes guerras entre los mismos moros. Vino desde Mértola para ser educada en Pamplona. Julita estaba encantada con la nueva compañía. El joven Santiago le había llenado de compasión, y su corazón tierno y maternal se estremecía pensando en el destino indigno del joven doncel. Se alegraba como si lo hubiese salvado ella misma. Ahora, una niña, era más que una ayuda, una compañía.

—¡Me gusta tanto pensar en que hayamos salvado al joven Santiago de esos moros salaces! —Me lo decía muchas veces. Entonces cogía mi rostro entre sus manos finas y me miraba a los ojos, luego me besaba suavemente y se apretaba contra mi cuerpo. Olía a menta y romero. ¡Qué bien lo recuerdo! Ahora mismo huele todo a romero, en esta soledad.

Julita prosperaba en belleza. Su primera juventud ya había pasado y era ahora una mujer exuberante. Muchos la miraban con codicia pero ella les decía que estaba contenta con su trabajo en mi casa y que era una casta viuda con un hijo. Nadie sabía que me amaba, y yo a ella.

En la vida me habían pasado cosas muy curiosas, la joven María, la que había pedido como acompañante de mi Julita, era muda. Sí, muda. No articulaba palabra. Así que nos reunimos toda una colección de gente extraña: un eunuco, una mujer violada, un hijo sin padre, un muchacho destinado a ser usado por los hombres y una chica muda. Y, sin embargo, éramos felices. Julita organizó la casa como si tuviéramos tres hijos y ellos aceptaron la nueva situación como algo impuesto por la vida. Yo me hacía la falsa ilusión de tener hijos e hijas. Como todo buen padre, pensaba largamente en lo que podía hacer por ellos para dejarlos bien situados en la vida.

En cuanto a María, cavilamos Julita y yo en si era bueno para ella el darle la libertad, pero al fin decidimos que estaba más protegida siendo mi esclava que siendo libre. De este modo, cualquier falta contra ella tendría que ser respondida ante mí, como falta contra mí mismo, hombre libre y amigo del rey. Para ella era mejor, estaba más protegida siendo esclava, pues no tenía padre ni hermanos que velasen por ella y su honra. Lo que hice fue poner la titularidad de la posesión a nombre de Julita. Al fin y al cabo la compré para ella.

El muchacho era otra cuestión. A pesar de su belleza, que a punto estuvo de causarle la perdición, era un joven normal, aunque tímido debido a su especial educación. Sabía danzar, cantar, hacer poesía y otras artes, como hacer perfumes, nada aprovechable para un varón. Después de hablarle largamente decidimos que el oficio de las armas era lo más apropiado para un joven que desease prosperar en la vida. Deseoso de hacer lo mejor por este nuevo hijo que me había llegado casi demasiado crecido, le llevé ante el rey de Navarra, mi amigo y protector de siempre. Don García Sánchez estaba ya advertido por los chismes de la corte de que en mi casa un joven de increíble belleza había sido comprado por mí al judío de la Escuela de Esclavos de Pamplona. Antes de llevarlo ante la presencia regia hablé del asunto con don García.

—Señor, me atrevo a pediros un favor en beneficio del joven que se aloja en mi casa.

—Ya me han dicho, ya, que tenéis un guapo bujarrón como vuestra posesión particular.

—Perdonad, señor, pero el muchacho no es ningún sodomita. Es un joven al que la Escuela de Esclavos destinaba para ese menester, pero yo soy su primer amo, y ya sabéis que para mí eso está fuera de la cuestión. Nunca me gustaron los hombres. Al menos no para ese fin.

—No os comprenderé nunca, quizá por eso me interesáis tanto. ¿Qué piensa un eunuco? ¿Qué desea?

—No se trata ahora de lo que yo siento, don García. Se trata de ese joven. Y os ruego que le llaméis Santiago.

—Y bien, ¿qué deseáis para vuestro hermoso Santiago? —Había llegado el momento. Según cómo se cogiese al rey, éste era generoso o intratable. Decidí ir a por todas.

—Lo deseo todo.

—¡Tate! ¡Nada menos! ¿Y qué es «todo», Doroteo? —me miró divertido. Ignoré su mirada.

—Futuro, posición, oficio y nobleza.

—¿No queréis nada más? —Lo decía serio. ¿Se estaba burlando de mí? Le hablé como si en serio lo ofreciese.

—Eso es todo, don García. Este tipo de cosas no es extraño para vos. Vuestra madre, doña Maior, a quien Dios bendiga, me tomó a mí bajo su protección, y vos mismo me tomasteis como amigo y confidente, a pesar, señor, de que sólo érais un niño. Este joven me ha causado compasión por su destino, casi peor que el mío. Pero mal protector sería si no intentase hacer por él algo similar a lo que vos hicisteis por mí. Darle oficio y dignidad. Cuento con vuestra benevolencia, don García, para repetir la historia. —Me miró largamente, como cavilando sobre mis palabras.

—Es noble de vuestra parte, Doroteo, intentar que ese tal Santiago se abra camino honradamente, sin tener que recurrir a oficios indignos de un hombre. Pero aunque no es eunuco como vos, y en principio la nobleza no le está vedada, en Navarra ésta no puede darse como, por ejemplo, en Castilla. Allí hay innumerables pequeños hidalgos que pueden aspirar a todo. No es lo mismo en Navarra, aquí o se nace noble o el rey puede dar honras de noble, o inclusive armar a un escudero como caballero, pero no más. Pero colijo, amigo, que ya tenéis algo pensado para vuestro protegido. ¿Me equivoco? Estoy dispuesto a complaceros si ello es factible.

—En efecto tengo alguna idea, si estáis de acuerdo.

—Hablad, pues.

—Señor, el joven Santiago carece del entrenamiento guerrero de cualquier joven de su edad. Sólo le han enseñado refinamientos y vicios. Desearía, señor, que viniese a palacio y que el alcaide de los donceles le entrenase con rigor, encomendándolo a un aitán o maestro.

—Eso puede hacerse sin problemas. El límite de lo que pueda aprender y aprovechar estará dado por su afición. Pero eso no le proporciona, al menos no repentinamente, la ansiada nobleza.

—Ya lo sé, alteza, pero con vuestro permiso, cuando esté preparado pienso dotarlo de armas y caballo y llevarlo al rey-emperador, vuestro hermano don Fernando, y rogarle que lo admita como Caballero a Fuero de León.

—¡Muy bien pensado, Doroteo! Por el hecho de mantener armas y caballo disfrutará de la Hidalguía de León. Lo demás dependerá de él. Lo educaremos y tenéis mi permiso para llevarlo luego a León, aunque lo hayamos entrenado nosotros. —Se entusiasmó repentinamente con la idea—. ¡Será el mejor soldado, no dirán los de León que educamos damiselas! —Agitó el rey una campanilla de plata y acudió presuroso un servidor—. Además —añadió en un arranque de generosidad—, sus gastos y dote correrán de mi cuenta. ¡Que venga inmediatamente el maestro de armas! —Así empezó la carrera de armas para Santiago, una carrera que podría llevarle muy lejos.

Lo primero que había que hacer con él era bautizarlo, ningún hombre no bautizado podía aspirar a ser caballero en tierras cristianas. El padrino del bautizo fue don García. No podía empezar mejor el muchacho. Se le dio solemnemente el nombre del apóstol: Santiago. Julita, no sé por qué, lloró mucho en el bautizo, como si fuese una boda. En fin, las mujeres lo arreglan todo llorando. María, la otra joven de casa, no entendió nada. Ella no pudo entrar en la iglesia, sólo se acercó a la puerta y de allí tuvo que volver a casa, no era miembro de la Iglesia de Dios. Cuando volvimos la encontramos jugando con unos pajarillos que teníamos enjaulados. Me pregunté si ella, en su inocencia, no estaría más cerca de Dios que todos los bautizados que yo conocía.

15

Cortes en León, el viaje a Santa Pola y el Libro de Horas

> *... el rey envía por vos,*
> *que vayades a las cortes,*
> *que se fazen en León,*
> *que si vos allá, vais, conde,*
> *daros ha buen galardón.*
>
> De los Cantares de Gesta,
> refundición del siglo XIV

Muerto el rey Bermudo sólo había dejado una hermana como heredera legal: doña Sancha, la esposa de Fernando. Éste deberá ejercer la *potestas* en su lugar. Pero los leoneses se niegan a aceptar como rey al que ellos suponen el matador de su legítimo soberano: don Bermudo. Hay algo que juega a favor del de Castilla: la legitimidad de doña Sancha y que los reales esposos tienen ya abundante descendencia. La falta de hijos fue, en cierto modo, la culpa del desastre de Bermudo y Urraca Teresa. Los castellanos tienen ya cuatro hijos: tres infantes varones y una hembra.

Durante muchos meses los reales esposos han esperado a que los reacios leoneses se presenten a ellos para reconocer su realeza, pero no ha sido así. Ahora, decididos a cortar por lo sano, han convocado una Curia Regia.

Los nobles y *potentiores* están obligados a acudir, el rey necesita *consilium* y *auxilium* y ellos no pueden negarse. La noticia de la convocatoria se extiende por todos los reinos cristianos. Se preguntan qué grave suceso obliga a tal llamada. Los emisarios volaron sobre sus corceles y los monasterios enviaron a sus hombres más sabios a tomar parte en ella. Naturalmente la Iglesia no deseaba estar ausente de este primer encuentro con el poder terrenal, máxime sabiendo como sabía que era el rey piadoso y respetuoso hijo de ella.

Llegó hasta Navarra la noticia de la convocatoria del rey-emperador de Castilla-León. Una noche en que mi señor y yo estábamos trabajando me lo comentó.

—Sabréis, Doroteo, que mi hermano don Fernando ha convocado un primer encuentro con los magnates y las autoridades de la Iglesia en su reino. Espero que no surjan discordias graves entre él y la nobleza, pues una guerra civil en Castilla-León inevitablemente tendría repercusiones en nuestra tierra. —Se paseó inquieto—. ¡Cómo desearía saber de qué se habla allí! Para galvanizar a sus gentes Fernando tiene que manifestarles cuáles son sus propósitos para el futuro. ¿Tendrá acaso deseos de agrandar su reino a costa de otros cristianos? Sólo quedamos Ramiro y yo mismo. Gonzalico no cuenta, pues es sólo mi Baylío o régulo. Teniéndome a mí, se le tiene a él.

Repentinamente tuve una idea. Lejos estaba de suponer que a partir de ella cambiaría toda mi vida, aunque según los musulmanes el destino está escrito en el libro de la vida y lo que ha de ser será. Quizá todo fue inevitable.

—¡Señor, se me ocurre una buena idea! —Esto dije.

—¿Cuál es, mi fiel Doroteo?

—Como con vuestra generosa ayuda hemos preparado como hombre de armas al joven Santiago, a quien deseo hacer el bien... —El rey me interrumpió impaciente.

—Lo sé, lo sé. El aitán está satisfecho de sus progresos. ¿Qué idea es ésa?

—Pues bien, como os dije, había pensado que don Fernando le admitiese como Caballero a Fuero de León por mantener caballo y armas. El chico está ya bien o al menos regularmente preparado gracias a la ayuda del maestro de armas, que le encomendó a un buen aitán. El muchacho también se ha esmerado. No hay nada que desee más en la vida que ser conocido como todo un hombre. Se ha ejercitado con afán en las artes de la caballería. De la escuela sabía ya montar bien a caballo, en eso son los Maestros de Esclavos inigualables tutores, monta a la moda cristiana y a la árabe con gran facilidad. Maneja el venablo, la jabalina, el arco y las flechas, la lanza y la espada. Creo, señor, que sólo necesita curtirse en el campo de batalla. Podía yo, con vuestra venia, acercarme a León, so pretexto de llevar al chico ante el *Rex-Imperator*. Sé que él no me negará la merced que le pido. Es más, siempre estará agradecido por un nuevo hombre fiel a sus armas. Lo llevo allí, si puedo asisto a la curia y me entero de lo que se dice. Así, a mi vuelta, sabremos a qué atenernos.

—¡No está mal pensado, Doroteo! Ya os dije que ayudaría a vuestro pupilo y ha llegado el momento. Tomad dos caballos de la cuadra real. No el mío, por supuesto, pero dos caballos de buena estampa. No deseo ser avaro con el chico por vuestro amor. Otro de palafrén y dos mulas. Con eso va dotado como un rico hombre. No habrá señor que le rechace a su servicio. Deseo que tenga también dos mancusos, y aunque para su edad es mucho, es ahijado del rey y yo he de ver que no le falte nada. Si ha de ser hidalgo, un cierto desahogo económico no le vendrá mal, sobre todo cuando decida tomar estado. Es mi voluntad, Doroteo, que no le digáis que el dinero es mío, es mejor que crea que proviene de vos, su protector. Sé que apreciáis al chico y es bueno que él os esté agradecido. —Así era mi amo don García, bondadoso, violento, espléndido, enamoradizo pero también inconsecuente y traidor. Dios lo hizo así. Podía despertar tanto amor como odio.

Como la fecha de la Curia Regia se acercaba, custodiados por una pequeña partida de hombres armados, Santiago y yo nos encaminamos rápidamente hacia León. Era mi intención asistir a la curia, si el *Imperator* lo permitía. Para mejor convencerlo, me brindaría a tomar notas. Bien sabía yo que mi ayuda era siempre inestimable por mis dotes de oyente y repetidor y por mi facilidad para la pluma. En días de mucha discusión y opiniones diversas, todas las manos son pocas para escribir los documentos. Además para congraciarme con el *Rex-Imperator* le llevaba un regalo que estaba seguro sería muy de su agrado y de la *Regina-Emperatrice* doña Sancha. Durante años, desde que doña Maior así me lo sugirió, había estado trabajando con esmero en un Libro de Horas que contenía las oraciones que han de ser dirigidas a Dios en las distintas horas canónicas: Maitines: a medianoche; tres horas más tarde: Laudes; a la salida del sol: Sexta; a media tarde: Nona; al ponerse el sol: Vísperas; al irse a la cama: Completas. Me había inspirado en los códices de la Biblia de Cardeña, aquella que copió el diácono Gómez años atrás, hacía un siglo poco más o menos. Por ello y en su memoria escribí los epígrafes de mi libro en letras unciales de diversos colores: amarillo y verde especialmente, a veces intercalando motivos en negro que le dan mucha viveza y hace destacarse el texto. Las letras iniciales de cada una de las horas están ricamente adornadas por obra de mi Julita que ilustró con primor digno de «Eudes, *pinctrix*», su heroína, las letras mayúsculas.

Yo me encargué del texto y de las hojas de adorno, que son numerosas. Las oraciones van siempre enmarcadas entre arcos simples, dobles o triples de sabor árabe o visigodo. Como sé de las aficiones de don Fernando, me he esmerado en poner anotaciones musicales en los salmos que pueden o suelen ser cantados.

Hasta ahora se hacía notar que la voz subía o bajaba con anotaciones de cuadradillos a diferentes alturas, con ellos se guiaba aproximadamente el sonido de la voz humana y también con mención de los instrumentos: arpa, corno, trompeta, címbalos, lira, caramillo, timbales, chirimía, órgano, dulcémele, salterio, sacabuche... Pero de un tiempo a esta parte se está extendiendo un sistema nuevo ideado por un monje benedictino, Guido d'Arezzo. Entre líneas paralelas pone las notas, que se corresponden a los siete primeros renglones del *Himno de San Juan*: UT *quent laxis* / REsonare *fibris* / MIra *gestorum* / FAmulis *tourum* / SOLve *polluti* / LAbii *reatum* / Sancte *Ioannes*. He adoptado este sistema por ser más exacto.

El rey don Fernando ama la música y estoy seguro de que estará al corriente de estas innovaciones. Le complacerá que su Libro de Horas sea el más moderno de la cristiandad. Y espero que el más hermoso. Entre las severas oraciones he intercalado historias de la Biblia, la huida a Egipto, el Señor entre los doctores de la ley, Jesús arrojando a los mercaderes del templo. Ilustrado todo ello con minio, oro, amarillos, verdes, azules, negros. La primera hoja del libro representa la Majestad, el Pantocrátor, rodeado de los cuatro evangelistas y el Tetramorfos. Las figuras dentro de medallones, rodeados en una gran orla. Se cierra el libro con la letra omega flanqueada por retratos del copista y decorador, y otros ayudantes con una copa en la mano brindando por el feliz término del libro. María Magdalena, arrodillada al pie de la cruz, es mi Julita, con su traje preferido azul lapislázuli.

He hablado en extensión de este libro porque lo considero mi obra maestra. Creo que si me hubiese dedicado a copiar libros como éste toda mi vida, mi fama sería inmortal, y no necesitaría escribir mi historia. Julita y yo invertimos cientos y cientos de horas de paciente felicidad en la confección de este libro. Ella trabajaba por un lado y yo por otro, luego lo conjuntamos todo, se encuadernaron los quaterniones y se pusieron letras de oro quemado en su lomo y carátula. Una inscripción en letra carolina, la letra del futuro, anunciaba en la portada: *Libro de Horas de los Señores Reyes Emperadores de Castilla y León*. Bien sabía yo el valor de ese trabajo, nadie tuvo jamás un libro de oraciones mejor, ni siquiera igual a éste. Los medios y la riqueza de

Navarra aportaron lo necesario, mi paciencia y conocimientos otra parte, el resto lo hizo mi felicidad. Con el Libro de Horas y Santiago, partí hacia León.

Mi pupilo viajaba entusiasmado. Se maravillaba al verse camino de su fortuna, de alcanzar, él mismo, con sus manos y por su varonil esfuerzo, un destino honroso. Yo le hablaba por el camino, como lo haría un buen padre:

—De ahora en adelante labraréis vuestra fortuna o vuestra desgracia con vuestros hechos. Como ya os dije, con la ayuda del rey-emperador, seréis «hidalgo de León». Os dejo caballos y armas y en manos del israelita Sem Tobías, a quien conozco porque también es prestamista y administrador en Nájera, dejaré para vos cierta cantidad de dinero. Es escaso y debéis administrarlo bien. Si en el futuro ganáis fama y fortuna, honores y propiedades luchando contra al moro, seréis entonces más rico. De momento tendréis un pasar. Ved en lo que gastáis, que el judío me rendirá cuentas y como vea que os excedéis os lo retiraré todo. ¿Habéis entendido? —En verdad, por la generosidad de don García, tenía más de lo que podría gastar, pero yo deseaba que fuese no un dilapidador, sino caballero modesto y esforzado.

—He entendido, señor padre —contestó el chico—, y os aseguro que me administraré de tal modo que no tendréis queja de mí. —Una punzada me partió el corazón, había algo más que tenía que añadir y me dolía.

—Ahora que ya sois un hombre, Santiago, hay algo que os debo decir. Aunque en mi corazón y en el de Julita somos vuestro padre y vuestra madre, y como tales debéis contar con nosotros para siempre, ya no debéis nombrarnos así. Bien sabéis que soy un simple eunuco, y que sólo por la bondad de los reyes de Navarra llegué a la posición que vos conocéis. No puedo ser padre de nadie, y menos de un hidalgo, de un noble. Hablad de mí como vuestro maestro de letras. Eso no os desmerece, he sido maestro de muchos nobles. En cuanto a vuestros orígenes, si os preguntan decid que sois huérfano y que no lo sabéis. Que os criasteis a la sombra de don García de Navarra y que yo fui vuestro aitán. Nada más.

—Entonces, señor y padre, ¿cómo he de llamaros en público?

—Aitán, si os parece bien.

—Seréis pues mío aitán. Pero mi corazón os dirá «padre» cuando mis labios digan «aitán». —Al oír estas palabras me di por pagado de todas mis penalidades. ¡Qué bueno era Dios conmigo!

Al ver la ciudad desde lejos ya se advierte que es antigua, y no fundada por los moros sino por los romanos. De su vetustez hablan las murallas que la contienen y en la que se abren varias puertas fortificadas. Estos burgos, cuanto más alejados de la frontera más tranquilos son y así las casas empiezan a desbordarse formando grupos de viviendas por la parte de fuera de la muralla; cuando hay suficientes edificaciones, se construye entonces una segunda muralla o línea defensiva. Dentro del perímetro amurallado, las calles están trazadas a cordel y por la falta de espacio las casas o *curtes* están apretadas; por el contrario, las ciudades de origen árabe muestran un dédalo de callejas y fuera de la muralla restos de arboledas y jardines de los que tanto gustan los moros: son los llamados por los cristianos «vergeles de deleyte».

Tenía la ciudad de León hermosos muros, pero éstos no pudieron salvar a la ciudad cuando llegó Almanzor, que a principios del año 1000 entró en ella. Las mandó el caudillo amirí «*derribar fasta los cimientos, excepto por una torre, para remembrança de los que viniesen después*». Eran tan recias que pese a los denodados esfuerzos que hicieron los moros por derribarlas, no pudieron terminar el trabajo. Santiago y yo vimos cómo los leoneses se afanaban en la reconstrucción de lo derribado. Aunque rotas, todavía eran hermosas y causan una gran impresión. Al identificarnos ante los centinelas de la entrada como hombres de don García Sánchez, rey de Navarra, nos permitieron pasar sin estorbarnos. Preguntamos el camino a palacio y hacia él nos dirigimos sin hacer alto en ninguna parte.

—Recordad, Santiago, en presencia del rey-emperador no hay que hablar a menos que seáis preguntado. De momento dejadme hacer a mí. Cuando yo me haya ido, sed prudente, nunca habléis más de lo imprescindible con los reyes, luego las palabras no se pueden recoger.
—Así le iba aleccionando por el camino y el chico atendía con interés.

—Alto, ¿quién va? —A las puertas de palacio, nos detuvo la guardia como era de esperar.

—Doroteo, de parte del rey de Navarra, don García Sánchez, hermano de don Fernando. El rey me conoce por haberse criado conmigo. Pedimos licencia para verlo.

—Tiene muchas cosas que hacer el rey para ver emisarios —respondió algo desabrido el centinela—, no obstante, le anunciaré vuestra visita. Sabed que León está lleno hasta los tejados de magnates, condes y mandatarios. Sois el último gato. ¡Quedaos en donde estáis! —Así lo hicimos. Esperé con tranquilidad pues sé bien que los sirvientes son más altivos e insolentes que los amos. Conocía el buen natural de don Fernando y sabía que no sería rechazado, pero inclusive mis esperanzas se vieron sobrepasadas por la recepción del *Rex-Imperator*. No había pasado mucho tiempo cuando cayó la puente levadiza con gran estruendo sobre el foso y las puertas de palacio se abrieron con un profundo chirrido, seguidamente entramos mis acompañantes, Santiago y yo. En el patio un servidor nos esperaba.

—¿Sois Doroteo? —me interrogó—. Si es así, tengo instrucciones de llevaros dentro. —Sin esperar respuesta empezó a andar. Desmontamos precipitadamente dejando atrás la impedimenta y seguimos sus pasos hasta la casa. No tuvimos que andar mucho pues en cuanto entramos en un salón, salió el rey en persona con los brazos abiertos a recibirnos.

—¡Doroteo! Mi buen amigo de la niñez. ¿Qué os trae por León? ¡Ahora que tengo que hacer tantos esfuerzos para atraerme a los ricos y poderosos, he aquí a un amigo que viene sin ser llamado! —Me avergoncé un poco. Yo venía a ver qué podía sacar del rey y, en cierto modo, a espiarlo. Me arrodillé en el suelo intentando besarle la mano.

—¡Señor emperador!

—¡Basta, basta! —rió el rey—. No me dejéis con los brazos abiertos como un tonto. Venid a mí, dejad que os abrace. En vos saludo a todos los fieles del reino. Sé que sois fidelísimo a mi hermano. —Me abrazó afablemente—. Pero venid, venid, sentaos, debéis de estar cansado del viaje. ¿Venís directamente de Nájera? Supongo que os traerán buenas nuevas... —Creo que esta recepción hizo que yo subiese varios escalones en el concepto que de mi importancia tenía Santiago. Sin saber que hacer, el mozo se quedó medio escondido en una sombra del salón. Charlamos el rey y yo un momento sobre las incidencias del viaje. Enseguida apareció un sirviente con unos vasos de precioso cristal con un refresco de limón que llaman granizado por su apariencia de granizo. Sólo los reyes y los potentados pueden tomar estas exquisiteces que hacen necesario que se acarree nieve o hielo desde las montañas y se almacene en unos como pozos forrados de paja en donde se conserva inclusive en verano. Con el calor que tenía del viaje, el refresco era mejor que el maná y que la hidromiel.

No tardó mucho en aparecer doña Sancha, hermosa como una muchacha a pesar de tener más de veinticinco años. Se conservaba muy bien y se le veía feliz. Era obvio que sus hijos sólo le daban alegrías. Me pareció que esperaba otro.

—¡Nuestro buen Doroteo por aquí! —saludó la reina—. ¿Cómo es que habéis venido? ¿Está bien el rey, mi cuñado?

—Reina y señora, todo está bien en Navarra. —Me acerqué a ella y besé el borde de su vestido—. El rey es feliz y está contento con doña Estefanía. He venido por mis propios impulsos. Con vuestra licencia, altezas, a daros y pediros algo.

—Bien, sea, Doroteo; ya os agradecemos lo que nos traéis. Pero pedidnos antes pues así sabréis que lo que pedís os lo otorgamos de corazón y no como contrapartida. —Así era de gentil el rey Fernando.

—Mi petición se refiere, alteza, a este joven que conmigo viene —señalé a Santiago, que se ocultaba en un rincón con mucha timidez. Los ojos de los reyes se dirigieron al joven.

—Acercaos, muchacho —dijo el rey. Se aproximó el doncel—. ¿Cómo os llamáis?

—Santiago, si os place, alteza.

—¿Tenéis acaso parientes en León?

—No, alteza. No tengo parientes en ninguna parte, mi único protector es micer Doroteo, mío aitán. —Me miró y recordé: «Cuando diga aitán pensaré padre.» Se me llenó el corazón de cariño.

—Es muy agradecido el muchacho, alteza —intervine—, tanto don García como yo mismo hemos protegido al chico. —Doña Sancha le miraba con interés. Era tan hermoso como un arcángel y no era fácil el ignorarlo—. Tiene buenos modos y promete ser un buen soldado y hemos pensado, señor, si no tenéis inconveniente, en que dotándolo adecuadamente con armas y caballo puede ser armado Caballero a Fuero de León, ya que en Navarra no hay posibilidad de que ingrese en las filas de la nobleza. También hemos pensado en las posibilidades que ofrece la magnánima Castilla, pero sería sólo nobleza personal, alteza. Aquí en León con sus armas y caballo y la fuerza de su brazo os jurará fidelidad. Será vuestro hombre.

Intuyó el rey que deseaba hablarle a solas del doncel y con amabilidad se dirigió a él.

—Ahora, Santiago, hijo, Doroteo y yo hablaremos de vuestro futuro. No temáis, haremos lo que mejor se pueda por vos. Idos por ahora a descansar, el servidor os llevará a las habitaciones de los donceles. Se os proporcionará lo que os haga falta. Hay muchos jóvenes alojados en palacio. Si alguien osa preguntaros quién sois, decid que sois mío criado, yo os criaré de ahora en adelante. Dejadnos a la reina, a mí y a vuestro valedor hablar de vuestro futuro. Adiós. —Llamó con una campanilla y al instante vino un servidor. Lacónicamente el rey indicó—: ¡Llevadle a aposentar con los donceles, desde hoy es mío criado! —Se fue. Supe que lo había perdido para siempre. A solas ya, expliqué al rey el origen del muchacho y el terrible destino que la Escuela de Esclavos tenía para él, tan sólo por su hermosura.

—Y esto, señor —terminé—, es lo sucedido, yo lo compré y le he dado la libertad. Es mi liberto. Es un buen chico y dispuesto a hacerse un lugar en la vida y serviros como todo un hombre.

—¡Qué extraños son los caminos del Señor! —musitó el rey—. Ahora podéis devolver el bien que don Sancho y doña Maior os hicieron. ¡Ojalá ellos también hubiesen llegado a tiempo de evitaros otros males! Yo no sé, Doroteo, si os han dicho alguna vez que os comportáis más como un hombre que muchos que yo conozco. Y mi hermano, ¿está interesado en la suerte de este joven? —Parecía dudarlo un poco. Decidí ser sincero con él.

—Por amor a mí, ha dotado al chico espléndidamente, alteza.

—Siempre os tuvo mucho cariño, desde que os vio la primera vez. A veces os tuve celos, Doroteo. —Me quedé boquiabierto, ¿celos de mí, el rey-emperador?— Sí, sí —dijo él—, de niños no tenía otro amigo ni hermano que vos, truhán. —Se rió con bondad—. Creo que os conoció mejor que todos, ¡menudo amigo tiene! Es él el que salió ganando con vos. Un rey que tiene un amigo, tiene un tesoro más precioso que todo el oro del mundo. Pero dejemos eso. El chico está en buenas manos. La reina y yo velaremos por él y si lo merece, hará fortuna. Yo apadrinaré su nobleza.

—Una cosa más, alteza.

—¿Sí? —interroga curioso el rey.

—Quiero que sepáis que nunca más lo veré. Si él no me necesita, ya nunca más sabrá de mí.

—¿Y eso por qué, Doroteo? —se extrañó el rey—. Me pareció ver que él os aprecia.

—Señor, vos lo habéis dicho. Soy hombre del rey de Navarra. No hay nada que no hiciese por él. Si Santiago es vuestro hombre no debemos cruzarnos. Cada uno es fiel a un rey distinto. Por don García puedo mentir, herir, matar y traicionar, señor. No quiero que nunca sospechéis de Santiago por ser mi protegido. No negaré que lo amo como a un hijo, por eso deseo su bien. Os lo encomiendo para siempre. —Me miró gravemente el rey.

—Sea —dijo por fin—, ya os dije que será mío criado. Lo criaré con esmero, cuando sepáis de él, os sentiréis orgulloso de Santiago. Y cambiando de conversación, ¿os acordáis de don Alvito? —Asentí, me acordaba bien del monje.

—¿Por qué me lo preguntáis, alteza?

—Porque también ha venido a la Curia Regia y, como vos, trae un protegido. Se llama Fulgencio. La abadía de San Pacomio de Dosatalayas le ha dotado con armas y caballo para que pueda aspirar a ser armado Caballero al Fuero de León. ¡Qué coincidencia, dos amigos me traen dos protegidos! Tiene el tal Fulgencio una edad aproximada a la de vuestro Santiago. ¿Qué os parece si los ponemos juntos? Serán como dos hermanos y así no se sentirán solos. Fulgencio es algo mayor y más desenvuelto que Santiago. Creo que el bueno de don Alvito lo ha malcriado un poco.

—Me alegra, señor, que don Alvito haya traído a ese Fulgencio. Santiago es muy tímido, inseguro, por la educación que le dieron los judíos. Un amigo de su edad, alegre y hasta impulsivo, le vendrá muy bien.

—Decidido entonces, pero decidme, ahora que hemos solucionado el futuro de nuestros muchachos, nuestros guerreros del porvenir, ¿qué cosa me habéis traído de Navarra? Os confieso que soy como un chico, no puedo esperar a ver mis regalos, más si son sorpresas como el vuestro.

—Lo he dejado afuera, mi señor don Fernando; si me permitís saldré un momento para recogerlo. —Asintió el rey y fuime adonde habíamos dejado nuestros bultos. Bien envuelto con lienzos y protegido dentro de una caja, estaba el Libro de Horas. Volví con él en brazos. Confieso que sentía una gran emoción. Deseaba sobre todas las cosas que les gustase a los reyes, ¡había trabajado tanto en él! También Julita había puesto lo mejor de sí, y los ayudantes, los aprendices, los que molían y cernían el oro y los pigmentos. Cientos de horas invertidas en este trabajo. Desde Laudes a Completas. Días, meses y años desde que me lo pidió doña Maior. Mucho había leído, mucho estudiado, hasta que me consideré tan bien informado como cualquier monje. Una vida de aprendizaje estaba resumida en esta obra. Llegué con mi preciosa carga.

—Aquí está, mis señores reyes. —Lo puse sobre una mesa y con cuidado saqué el paquete, luego lo fui desenvolviendo como si fuese más que un objeto, un niño dormido. Con cuidado, con mimo. Por fin, apareció el libro encuadernado en piel de becerro recién nacido. Sus letras de oro fulgían pálidas sobre la piel oscura. *Libro de Horas de los Señores Reyes Emperadores de Castilla y León*. Se lo entregué a la reina.

—Es para ambos, doña Sancha, con todo mi amor y respeto. —Lo tomó la reina con cuidado, pues a simple vista se veía su valor. Primero se recreó mirando el exterior, lo sopesó despacio como pensando cuán cómodo sería para tenerlo en las manos largo tiempo. El rey, junto a ella, miraba sin decir nada. Yo contenía la respiración. ¿Habría sobrevalorado mi trabajo? ¿Era una obra digna de los reyes? ¿Sería, como yo había creído, mi vale para la inmortalidad? Callaban los monarcas mientras miraban el contenido. Por fin el rey me miró gravemente. Se acercó a mí y tomó mis manos, cosa muy inusitada en un rey. Me tenía acostumbrado a sus demostraciones de amistad, así que le dejé hacer. ¡Dios mío, Dios mío! Todavía me acuerdo con estupor. El rey-emperador besó mis manos como si yo fuese un obispo. Ni halagos ni riquezas me hubiesen satisfecho más que aquel sencillo y sentido homenaje del rey-emperador. Ni hubo hombre más feliz y bien pagado que yo, el eunuco Doroteo, quien esto escribe para vosotros.

—Os digo, amigo y hermano Doroteo, que Dios os privó de muchas cosas. Pero pienso que no podía daros todo. Hubiese sido injusto con los demás hombres. Ni los beatos de Liébana, ni Oveco, ni Florencio, ni nadie realizó jamás un libro como éste.

—Si os agrada señor, me doy por bien pagado.

—Nos agrada en grado sumo, Doroteo, no sólo por su valor y belleza, que vos como copista y escribiente, iluminador y artista sabéis que no tiene parangón en la cristiandad, sino porque viéndolo pienso en los miles de horas que habréis trabajado, con frío o con calor, con ganas y sin ellas, para verlo terminado en el más breve tiempo.

—En breve tiempo no, señor. Desde que murió don Sancho, vuestro padre de gloriosa memoria y mi benefactor, he trabajado en ello cada minuto en que no estaba ocupado con los asuntos de mi señor don García.

—¿Y no es eso un tiempo brevísimo? Hay obras que han tomado toda una vida y no son comparables a ésta. ¿Os ha ayudado alguien?
—Tentado estuve de negarlo, no quería dar explicaciones, pero consideré que era injusto negar la parte del mérito que correspondía a cada uno, así que le dije los nombres de los ayudantes, de los que prepararon los pigmentos, de los que curtieron las hojas y las cortaron y, por último, mencioné a Julita, *pinctrix*.

—¡Qué extraño, una mujer copista! Y por lo que me decís, más que copista, artista ella misma. —El rey y la reina se maravillaron. Hube de señalarles las partes que ella había pintado. Las miraron con mayor interés si cabe. Para mí, ella tenía su modo especial de pintar y de ver la vegetación y las plantas. La gama de colores que elegía era también, a mi entender, distinta de la mía, pero con gran sorpresa de mi parte, los reyes la encontraron indistinguible de mi propia pintura.

—Diríase, Doroteo, que pinta acaso con sus manos pero con vuestra mente y vuestro corazón, con vuestros mismos ojos y con el mismo sentido de las figuras y colores. ¡Verdaderamente notable! ¿Dónde conseguisteis esa ayuda? ¿Quién es, de dónde viene, quién le enseñó? —Me eché a reír, me alegraba y me satisfacía tanta curiosidad de parte de los reyes.

—No corráis tanto con vuestras preguntas, alteza, por orden intentaré satisfacer vuestra curiosidad. En primer lugar os diré que Julita es mi ama de llaves o como se diga. Gobierna mi casa, pero como hay otros sirvientes, le sobraba tiempo, así que al demostrar interés por la pintura, le fui enseñando poco a poco y he aquí el resultado. Que quién es, pues bien, no lo sé con exactitud, me la recomendó el hombre de Dios, don Alvito, el que ahora os ha traído a Fulgencio. Me dijo que era una pobre viuda que esperaba un niño y no tenía quién le protegiese. El monje me rogó que le buscase trabajo honesto en Nájera y que la amparase porque era muy joven. Y lo hice lo mejor que pude, habiéndoselo prometido a don Alvito.

—¡Qué entrometido es este abad! —comentó jocosamente el rey—, siempre anda molestando a todo el mundo pidiendo para unos u otros protegidos suyos, yo le temo. Pero en verdad calibra bien a la gente, nunca he sabido que ninguno de sus recomendados o encomendados diese mal resultado; al contrario, parecería que la fe que pone en ellos les imparte una entereza y un valor, inclusive moral, que antes no tenían.

—En el caso de Julita, señor, os aseguro que su recomendación nada tiene que ver con su habilidad para el cálamo y la pintura. Si fuera hombre podría aspirar a ser el jefe de cualquier scriptorio. Sólo le falta aprender las letras cúficas.

—¿Y le enseñaréis eso también? —Parecía no creerlo. La reina abrió mucho los ojos.

—Sí, alteza, tenemos, por suerte, toda la vida por delante. —Vi que había hablado demasiado, con demasiado fervor. Si fue así, el rey lo disimuló, pero la reina me miró con curiosidad.

—La apreciáis mucho —dijo pensativamente—. ¿Qué pasó con el niño de la viuda?

—Nació, vive, señora, y está bien. Don Alvito dijo que se llamase Quirico y así fue bautizado.

—¿Vive también en palacio con vos?

—Señora, ya no vivo en palacio, antes de que mi señor se casase con doña Estefanía cavilé que era prudente que me fuese a vivir en mi propia *curtes*. La pintora gobierna y administra mi casa y su hijo, naturalmente, vive con ella.

—Comprendo, Doroteo, es mejor que viváis aparte, tendréis más vida, mas independencia y más intimidad. —Era el rey el que hablaba mientras seguía pasando las hojas del libro sin cansarse de mirarlo—. Lo que de verdad se me hace difícil de comprender es cómo mi hermano os dejó ir, aunque fuese a la casa de al lado. Siempre os tuvo junto a él, tenía que comentarlo todo con vos, preguntaros, contaros. Creo que os decía hasta sus pensamientos y acciones más secretas. En fin, dejémoslo. Solamente una palabra más, amigo Doroteo, os criasteis con nos y siempre os tuvimos en estima. Si alguna vez, por razones sólo conocidas por vos, deseaseis abandonar Navarra, también aquí tenéis otro hermano. No os quedéis sin señor y protector. Siempre seré vuestro amigo y hermano. —Se emocionó el rey e intentó disimularlo. Yo también noté que tenía que tragar fuertemente, no sólo era útil a don García y a Navarra, sino que el *Rex-Imperator* me había llamado hermano y ofrecido su amistad para siempre y ello a sabiendas de que yo era hombre de García y de que le había advertido de que por él podría traicionar, mentir o matar.

—Ha caído ya la noche —advirtió doña Sancha—, mejor haremos en ir al comedor en donde nos esperará impaciente don Alvito. —Iniciamos el camino hacia el comedor privado de los reyes—. Nos servirán colación en un pequeño refectorio que es nuestro solamente —explicó la *Regina* por el camino—. Tenemos muchos magnates y clérigos en palacio, no deseamos aún comer con todos ellos, pues van llegando de uno en uno o en pequeños grupos y tendríamos que contar la misma historia mil veces. Desde mañana y hasta que se termine la curia, estaremos siempre junto a ellos y aprovecharemos para ver de ganarnos su fidelidad, al menos la de algunos. Todavía no han perdonado a don Fernando que fuese el matador de don Bermudo. Aunque no lo hizo él personalmente y nunca se supo quién fue el caballero que mató a mi hermano, el *Imperator*, de gloriosa memoria. —Así, charlando por el camino, llegamos al pequeño refectorio. Don Alvito nos esperaba entretenido en sus oraciones. Hacía tiempo que habían pasado Nonas, seguramente estábamos ya en Vísperas.

Se levantó el monje al vernos entrar. Había cambiado algo desde la última vez que le vi en la plana de Palencia, como si fuese algo más delgado, más viejo, más pensativo. Él sonreía sin muestra alguna de impaciencia. Saludó a los reyes y enseguida nos sentamos. Nos trajeron el agua para las abluciones y nos ofrecieron las manutergias para secarnos las manos. No tardó en aparecer la soparia, con un trulione de plata pasamos a nuestros concos el apetitoso caldo. El apotecario sirvió el vino y comenzamos a comer tranquilamente.

—Maese Doroteo, me alegro de veros en León —dijo don Alvito—, me informaron hace un rato de que estabais aquí, y me alegré. Aprovechando esta feliz circunstancia y con el permiso de los reyes, contadme cosas de Nájera. ¿Cómo van los asuntos de don García? ¿Ha nacido ya el infante de doña Estefanía?

Así iniciamos una conversación grata para todos. Terminamos hablando de nuestros respectivos jóvenes. Don Alvito parecía encantado de que su Fulgencio tuviese un amigo.

—¡Qué coincidencia, Doroteo, ambos traemos peticiones similares al rey! Estoy seguro de que vuestro protegido es un buen muchacho. Espero que mañana me lo presentéis, deseo ver a vuestro joven. Siguiendo las indicaciones del emperador, ya han alojado juntos a nuestros chicos. Ahora supongo que charlan o duermen. Benditos sean.

—Os lo presentaré con gusto antes de partir. Aunque, con licencia del rey, desearía quedarme unos días. —Me dirigí a don Fernando—: ¿Puedo quedarme, señor?

Asintió el rey. Luego, cambiando de conversación, dijo:

—¿Sabéis, don Alvito, que nuestro amigo Doroteo nos ha traído un bellísimo Libro de Horas? —La conversación discurrió por esos derroteros. El libro de los reyes interesó mucho al erudito que había en el monje, al extremo de que terminada la colación volvimos a la habitación en que habíamos dejado el devocionario. Lo miró don Alvito con ojos de conocedor, pude ver en su expresión el aprecio que le merecía. Lo hojeó con detalle admirando las letras, las pequeñas y las unciales, los marcos de las oraciones. Acarició con sus dedos los folios de papel *xativí*.

—Es muy hermoso —dijo al fin—, tan hermoso que no os hace favor, rey-emperador. —Me sorprendió el comentario, pero el rey pareció comprender lo que quería decir don Alvito.

—Ya lo sé, don Alvito. Este libro me va a recortar a mi verdadera estatura. Ya no seré Fernando el Magno como fue mi ambición desde pequeño, ahora seré para la posteridad, don Fernando el Propietario del Libro de Doroteo. Me temo que no podré ser algo más notable que el poseedor de esta joya.

Nos retiramos tarde. Al irnos hacia nuestras habitaciones, después de despedirnos de los reyes, don Alvito aún me hizo una pregunta que habría deseado evitar.

—Decidme, amigo Doroteo, esa «Julita *Pinctrix*», ¿es la Julita que yo pienso? —Me sentí algo incómodo, como un chiquillo pillado en falta.

—Lo es, don Alvito. Es la joven que me encomendasteis en Oviedo, y que enviasteis a Nájera.

—¿Os ha sido útil, entonces?

—Mucho, señor, gobierna mi casa y me ayuda a pintar.

—Y os hace compañía, que no es poco. ¿Vivió el niño que esperaba?

—Vivió y vive, don Alvito, se llama Quirico, como vos sugeristeis. Tiene ya unos cuatro años.

—¿Le comprasteis una casa?

—No, mi señor, no fue necesario, trabaja en la mía y allí vive. Le di vuestro dinero. —No dije que ella disfrutaba de todo lo que el poder y la riqueza puede proporcionar.

—Me alegro por todos —dijo al fin el monje—, las personas son felices si se les da oportunidad de encontrar un poco de dignidad. Entonces se convierten en seres humanos fieles y agradecidos. Nunca me ha fallado este sistema. —No entendí lo que quería decir más que confusamente. No deseaba seguir por un terreno que adivinaba resbaladizo.

—Creo, don Alvito, que es mejor que nos vayamos a descansar. Mañana nos espera un largo día emocionante. —Él me hizo en la frente la señal de cruz y me dijo: «Que Dios os bendiga, buen Doroteo», y fuese.

Con los primeros rayos del sol repicaron las campanas de bronce de la capilla de palacio llamando a Laudes. Enseguida una trompa sonó en el patio anunciando que en ese día se convocaba solemnemente la Curia Regia. Llamaba la voz de metal a los reyes y magnates, condes y mandaciones, clérigos y obispos, príncipes y poderosos y a otros testigos a reunirse después de la oración y la colación. Fuimos todos a la capilla. Mi hermoso Libro de Horas estaba abierto sobre un atril cubierto con un paño de terciopelo rojo carmesí. Antes de empezar, bendijo el obispo Sampiro el devocionario. Luego procedió a las oraciones. Los nobles ocupaban los bancos y los reyes sus tronos sobre los cuales se levantaba un baldaquino regio. Yo, en un sitio adecuado, lo veía todo admirando el lujo y la pompa de León. Terminada la oración salieron los reyes a sus habitaciones a desayunar y los nobles al comedor para ellos preparado. Luego los magnates salieron hacia el gran salón.

Taciturnos los *potentiores* no parecían muy alegres, ni decididos a ser benevolentes con su nuevo rey. Sin esperar a que nadie les autorizase a ello, se sentaron mirando obstinadamente al suelo. Me temí que don Fernando recibiría una mala acogida de parte de los nobles de León. Si al entrar el rey continuaban todos sentados, la situación sería sumamente tirante.

Entró un servidor y sin hacer caso de los sentados nobles, anunció en voz alta y resonante.:

—¡La *Regina-Emperatrice* doña Sancha, hija de Alfonso el Noble, y su esposo don Fernando, Rey de Castilla! —Al oír el nombre de la *Emperatrice*, como un solo hombre, los nobles se ponen de pie y adoptan una actitud respetuosa. Los que llevan bonete se destocan.

Hace su entrada en el salón la *Regina-Emperatrice*, sonriente, como si no tuviese ninguna preocupación. Va vestida con lujo pero con modestia. Lleva pocas joyas, apenas la corona del imperio y un pequeño broche que mantiene su manto. Don Fernando no conoce a muchos de los presentes, pero ella es hermana del difunto Bermudo e hija del llorado rey Alfonso y conoce a todos los magnates. Ha entrado don Fernando de la mano de su esposa, pero imperceptiblemente no lleva el rey a la reina sino la reina al rey. Normalmente, el rey pone la mano debajo y la reina se apoya en ella con la suya. Ahora es al revés: la reina pone su mano debajo y el rey se apoya en ella. Los nobles comprenden y aprueban ese detalle de delicadeza. Ella es la *Emperatrice*, la que reina, el rey Fernando es sólo *Imperator*, cónyuge y consorte.

Hacen su camino los reyes, sonriendo. La reina habla con todos, les pregunta por sus hijos y esposas, por sus mandaciones y amigos. El rey también conoce a alguno, no muchos, es cierto, pero también se esmera en ser agradable y condescendiente, inclusive con los que sabe que más se oponen a él. Por fin llegan hasta el trono.

—Magnates, amigos y parientes. Mucho nos place al rey y mí misma el veros, al fin, reunidos en palacio. Hemos deseado y rezado por que este momento llegase. —Es la reina doña Sancha la que se dirige a los leoneses, ellos la escuchan con atención—. Desde que la Iglesia nos aceptó como legítimos herederos de mi hermano de gloriosa memoria, no hemos tenido oportunidad de dirigirnos a vosotros, nuestros firmes puntales, sin los que el reino no podría ser gobernado. Muchos de vosotros no vinisteis a la coronación, por vuestros muchos deberes y compromisos. Es tiempo de reencontrarnos. Mi esposo, don Fernando, hijo del difunto Sancho de Navarra, y rey de Castilla, os quiere decir algunas palabras.

Es privilegio de los reyes el hablar sentados, pero don Fernando se levanta para hablar a los leoneses.

—Señores de León, sin preámbulos quiero entrar en materia. Mi natural es ser directo y sin circunloquios. Muerto vuestro rey don Bermudo, de gloriosa memoria, quiero ante todo que sepáis que nunca tuve sentimientos de enemistad contra mi cuñado, hermano de la reina Sancha. Antes bien, le deseé paz y felicidad. Los reinos tienen otras exigencias y tuve que acudir a la guerra cuando él, recordad, él, llamó al fonsado general contra Castilla. Aun así, no fue nunca mi intención matarlo. Si hubiese podido evitarlo, lo hubiese hecho. Lo mató una flecha de largo astil, que ninguno de nosotros sabe cómo disparar. Los veinte caballeros que las usaban dijeron no haberlo hecho contra el rey. Si lo hubiesen hecho lo habrían reconocido. En su opinión, ello les hubiese acarreado harta gloria. Nadie supo al fin quién lo hizo. Fue la voluntad de Dios. Yo lo recibí en mis brazos antes de que muriese y os digo que sus últimas palabras fueron para su muerta reina, doña Urraca Teresa; por eso creo, amigos y magnates, que fue su amor por la reina quien lo mató. —Le escuchan con atención los leoneses. Al oír el testimonio de la muerte de su rey, se emocionan. Por su dulce natural había sido el rey-emperador, don Bermudo, bienquisto de sus súbditos. También han amado a la reina Urraca Teresa, muerta de mal parto. Al saber que el rey llamó a la reina para morir, todos están de acuerdo que ella debe de haber venido a llevárselo ante el trono de Dios. Sigue el rey su discurso, ya tiene casi ganados a los nobles—. Bien sé que no soy el heredero directo del rey Bermudo para aspirar al título de *Rex-Imperator*. Pero el difunto no tuvo otro heredero directo que su única hermana, la reina Sancha, mi esposa. Ella será vuestra emperatriz. Como mujer y esposa no puede reinar directamente según vuestro derecho, así que acogiéndonos al derecho navarro, por el bien del reino, reinaremos conjuntamente y en los asuntos varoniles, como la guerra, yo lo haré en su lugar con su consentimiento y el vuestro. Amén. Decidme si estáis de acuerdo y zanjemos esta querella de una vez para siempre.

Un magnate, de nombre Munio Munion Can se levantó y habló así al rey:

—Don Fernando, nos habéis hablado con sinceridad y claridad, ello os honra. Nos alegra que reconozcáis que la heredera al trono de nuestro reino es doña Sancha. Si gobernáis conjuntamente lo haréis como manda Dios y la Iglesia, pues sois una sola carne. La reina será vuestro derecho, y no otro. Ella es la heredera directa de Pedro de Cantabria y de don Pelayo, nuestro primer rey. A través de ella se perpetúa su estirpe y su linaje. Afortunadamente ya tenéis cuatro hijos, de ellos, tres varones. Ya no tendremos las terribles dificultades que hemos tenido con don Bermudo. Creo, señor, que he hablado según el sentir de la mayoría. —Se extiende un rumor, parece haber consenso.

—Bien, amigos todos, os agradezco vuestra confianza y os aseguro que contaré con vuestros sabios consejos para gobernar en el futuro.

Por fin la herida abierta entre don Fernando y los leoneses parece que empieza a cerrarse. Puede que para León empiece una larga paz. Una vez que don Fernando ha sido aceptado como rey-emperador, los nobles plantearon al rey asuntos de interés y el rey hizo lo mismo con los magnates. ¿Cuál era la intención del rey para los próximos años? Ése era el asunto que más interesaba a los nobles. Y a mí también, para contárselo a don García.

—Ya que tan llanamente me habéis preguntado por mi intención, os responderé con franqueza, así nos entenderemos mejor. Estoy luego dispuesto a oír vuestra opinión. En primer lugar, y con urgencia, la reina y yo vamos a intentar ganarnos a los pocos nobles que aún nos rechazan. Ahora que contamos con el apoyo de los más, iremos a visitar a los disidentes que quedan e intentar convencerles de que el reino de León no desaparecerá dentro del de Castilla. Si a pesar de nuestra buena voluntad no conseguimos resultados, entonces les declararemos incursos en delito de lesa majestad, incurrirán en la *ira regia* y se enviarán guerreros contra ellos a más de confiscarles sus propiedades. Sus hijos no podrán heredar y sus castillos serán derruidos.

»Asegurada la fidelidad de todos los rico-homes, es mi intención agrandar el reino de León por las zonas que limitan con el moro: al Mediodía y al Poniente, hacia Portu Cale y quizás hacia el reino moro de Toledo. Ya en vida del difunto Bermudo, le hablé, como quizá sabréis, de combatir al moro por esa zona para agrandar a León. Entonces ofrecí esas tierras como contraprestación por las tierras entre el Cea y el Pisuerga, motivo de disputa entre nosotros. Ahora que no hay disputa, de todos modos quiero dar esas tierras a León, al tiempo que honramos a Dios Nuestro Señor quitando de las manos de infieles esos territorios para dárselas a Cristo. —Hubieron comentarios entre los magnates. En general puedo decir que los hombres aprobaban el plan. La guerra contra el infiel despertaba entusiasmo siempre, sobre todo ahora que sabían que los reinos moros ya no eran tan fuertes ni agresivos como antaño. Se podía ganar indulgencias, la vida eterna, la amistad de Dios, y al tiempo fama, botín, riquezas, territorios. Sobre todo una campaña contra Portu Cale era bien recibida; era territorio rico, con buenas ciudades. Toledo era otra cosa, quizá demasiado poderoso, y habría que pensarlo más. En esas consideraciones pasó la curia. Los clérigos hablaron de las necesidades de la Iglesia y de la oportunidad de celebrar una reunión con obispos y abades. Por fin, el 22 de junio del año 1038, en la iglesia mayor de Santa María, Fernando I fue ungido solemnemente como rey-emperador, *Rex-Imperator* y la reina doña Sancha, como *Regina-Emperatrice*.

Terminadas las ceremonias, los magnates se despidieron con parabienes y deseos de prosperidad. Pensé que ya podía volver con noticias a mi señor el rey de Navarra. Yo registré por escrito lo dicho en la curia y consideré que había cumplido mi misión y ya no tenía nada que hacer y así se lo dije a don Fernando, pero él se resistió a dejarme marchar. Quizá le recordaba su feliz infancia.

—Me parece bien que volváis a Nájera donde mi hermano os necesita, sin duda alguna, pero ya que habéis venido y hecho tan largo camino, os mandaré de vuelta con algunas noticias. —¿Se burlaba gentilmente de mí? ¿Sabía que había venido a espiar?—. Sin duda él se alegrará de tener noticias, de enterarse de algo nuevo.

—¿Y qué es ello, señor?

—Venid con nosotros. Mañana, la reina y yo, emprenderemos un corto viaje, a un lugarejo cercano, llamado Pola de Santa María. Un lugar de behetría del señor de Omaña. Allí suceden cosas notables, según creo.

—¿Y cómo os habéis enterado, alteza? ¿Cosas notables en un lugarejo? —Él hizo caso omiso de mi observación.

—Casi por casualidad. Hace ya años que al parecer viene por aquí un hombre pidiendo ver a la reina. ¡Se refería a doña Urraca Teresa, mi tía y esposa de don Bermudo! En un principio le tomaron por hombre loco y pacífico y le decían que la reina estaba muy ocupada y que volviese otro año. Cosa que hacía fielmente al final de la primavera todos los años, hasta que como cosa extraña y notable se lo contaron a doña Sancha, ella tuvo curiosidad por saber qué quería el hombre que tan fielmente venía año tras año y dio instrucciones de recibirlo. No os quiero adelantar más. El resto lo veremos personalmente, esto es si nos acompañáis. Si os place iremos a Pola de Santa María y veremos con nuestros propios ojos lo que nos contó el hombre llano llamado Cucufate, que tal es el nombre del fiel hombre de doña Urraca Teresa. Al parecer nuestra antecesora hizo una oferta al pueblo y estamos en deuda con ellos. Además, vendrá también don Alvito.

El relato a medias excitó mi curiosidad. No tenía prisa por volver y decidí retardar el regreso unos días. El viaje hasta Pola se me antojó corto. El tiempo fue bueno y la conversación, amena. Aprovechaba don Fernando las largas horas a caballo para que el abad le contase cosas que le pudieran ser útiles. Un día, le oí al rey preguntar a don Alvito:

—¿Qué fue de aquel hombre, el príncipe moro que era medio hermano del háchib de Almería? Tengo entendido que hicisteis amistad con él cuando vino como médico a curar al de Castro en Asturias. ¿No hizo con vos parte del camino con carta franca del rey Bermudo? Me dijeron que antes de volver a Almería, os visitó en San Pacomio.

—Estáis bien informado, hicimos parte del viaje juntos y al fin congeniamos. Más tarde me visitó y nos prometimos intercambiar algunos libros y utensilios. Era un hombre notable, un verdadero sabio. Y no digo esto porque hablase varias lenguas ni porque supiese medicina, matemáticas, astrología, filosofía y dibujo. Eso sería en todo caso ser un erudito, estar informado, cosa que por otro lado, aun siendo harto loable, está al alcance de cualquiera.

—Digo, don Alvito, si poseer conocimientos y dominar lenguas no es sabiduría. ¿Qué lo es entonces?

—Sabio, señor, paréceme a mí, que es aquel que, independientemente de la extensión y profundidad de sus conocimientos, comprende que todo es divino. Que somos todos hechura de Dios, cristianos e infieles, eruditos e ignorantes. Es más, que la naturaleza toda es divina, es parte del amor de Dios. Que todo merece amor, y sobre todo perdón.

—¿También los herejes y pecadores merecen ese amor y ese perdón generoso que vos veis como signo de sabiduría? —Lo pregunta con interés el rey-emperador.

—¡Sobre todo ellos, alteza! ¡No vamos a perdonar a los perfectos! En cuanto al amor, está claro que por el solo hecho de haber sido creados como nosotros, todos, inclusive los animales y las plantas, merecen amor y compasión.

—¡Vaya, vaya, don Alvito, qué defensa hacéis de los herejes y de los pecadores y hasta de las piedras! ¡Cuando muera me gustaría estar cerca de vos, seguro que le esgrimíais tales argumentos al Señor, que no tendría más remedio que perdonarme! Pero decidme, nos hemos alejado de aquel hombre sabio, Yusuf ben Yusuf. ¿Qué fue de él?

—Es verdad, señor, me he alejado de vuestra pregunta. Pues bien, alteza, lamentablemente, ha muerto.

—¿Cómo es eso? No se metía en disputas de poder, nunca quiso mandar ni obedecer. ¿No sabíais que ya intentó el rey Bermudo atraerlo a su causa prometiéndole el trono de Almería, en sustitución de su medio hermano el háchib? Él nunca quiso. Lo sé bien.

—Algo me dijo de ello, pero no que se le hubiese ofrecido el trono. Don Bermudo era buen amigo de Yusuf. Se apreciaban sinceramente, pero sus maneras de ser eran totalmente distintas. En fin, por lo que sé, ha muerto. No tengo confirmación, pero hace algunos meses me llegó un paquete a través de varias manos, comerciantes, viajeros, monjes.

—¿Un paquete, decís —siente curiosidad el rey—, qué contenía?

—Eso es lo que me hace pensar que Yusuf ha fallecido. Ya sabéis que murió el háchib de Almería, creo yo que en la *fitna* también cayó el sabio Yusuf ben Yusuf. Recibí, repentinamente, un mensaje escrito, al parecer con precipitación, en el envés de otra hoja usada para hacer cálculos. El mensaje venía a decir algo así: «Vos los apreciaréis en lo que valen. Haced copias y repartidlos a quienes creáis capacitados para amarlos y entenderlos. Temo que las turbas los van a destruir. Arderá todo lo que hay en palacio. Os envía su último recuerdo vuestro hermano, Yusuf.» Todos los libros eran de gran valor, no creo que nadie se desprendiese de ellos a menos que se viese obligado. Creo que la certeza de su muerte y el peligro de la destrucción de sus amados libros hizo que me los mandase para que se salvasen. No he terminado de leerlos, pero están las obras de Aristóteles, la *Eneida*, la *Odisea*, y una copia primorosa hecha en tiempos de Abderramán, como la que envió éste al emperador de Bizancio, llamada *Materia Medica*, del sabio Dioscórides, escrita en árabe, unas tablas astronómicas y un tratado sobre plantas medicinales. También había unos libros de Aldebaldo. No sabía yo que ya circulasen copias de la obra del obispo de Utrecht, pues apenas hace veinte años que murió. Sus libros: *Diámetro de la Esfera*, *Del Curso de los Astros* y su *Astronomía* me han llegado de Yusuf ben Yusuf, en árabe. Una vez vi una copia parcial en latín, me sorprendió vivamente verlos en árabe.

Oyendo esta enumeración se me hacía la boca agua. ¡Qué maravilla si pudiésemos hacer copias para Navarra, para mi scriptorio! Libros de los que había oído hablar, pero que nadie sabía si todavía existían en realidad o si habían sido destruidos por el tiempo y la incuria. ¡Si pudiera tenerlos en mis manos, copiarlos, hacerlos míos! No pude contenerme:

—¡Don Alvito, por favor, dejadme deciros algo! —El rey y el clérigo se habían olvidado de mí y de pronto mi voz les sorprendió. Don Alvito se recuperó enseguida y dijo:

—¡Pero, claro, teniendo aquí al mejor copista de los reinos cristianos, hablamos de libros y no le consultamos, qué mal hacemos, don Fernando! —Asiente el rey, creo que con más curiosidad que otra cosa, con cortesía dijo:

—¿Tenéis algo que decir? Hablad sin temor, Doroteo.

—Digo, alteza, que si don Alvito ha recibido encargo de su difunto amigo de hacer copias de esos valiosos ejemplares para hacerlos conocer a otros hombres, yo desearía cooperar. —Me dirigí al monje—. ¡Don Alvito, dejadme trabajar, bien en Navarra, bien en vuestro scriptorio de San Pacomio de Dosatalayas! Yo llevaría mis pigmentos, materiales, piel becerra, hojas de Játiva, plumas y cálamos, mis ayudantes y expertos auxiliares. Vos sólo tendríais que proporcionarnos acomodo. Haríamos una copia para vos y una para nuestro scriptorio de Nájera. Si queréis más copias os haríamos alguna más antes de volver. Lo podríamos contratar. ¡Por favor, don Alvito, dejadme al menos ver esos libros!

—Claro, Doroteo —dijo el abad—, venid a San Pacomio conmigo, allí los veréis y podréis copiarlos. —Me temí que don García no querría prescindir de mí el tiempo necesario para que mis ayudantes y yo pudiésemos trabajar con tan valiosos ejemplares. Pero yo no deseaba renunciar a mi proyecto. Esperaría el momento oportuno para hablarle del asunto.

Don Fernando cambió un poco la conversación, sin abandonar del todo el asunto del que hablaban anteriormente.

—Y decidme, ¿qué vino a ser de la sultana, doña María Castro, la que llamaban Perla de la Mañana?

—Está sana y salva, alteza. Al ver el peligro que corría la vida de su esposa, a la que amaba mucho, el háchib la hizo embarcarse y así ella salió de Almería en la real barcaza hasta un puerto en donde aún no se sabía la situación del háchib, pues éste ya había sido asesinado para entonces. Bajó doña María del barco junto a la frontera y con unos hombres fieles, disfrazada de mujer del harem de uno de ellos, llegó salva hasta tierras cristianas. Ahora sé que ha profesado en un convento, si os interesa saber en cuál, lo averiguaré. —Movió el rey una mano negando.

—Dejadlo, don Alvito, si alguna vez necesitamos información de la sultana, digo de doña María, ya la buscaremos, supongo que ahora sólo quiere estar en paz. —Así, en estas conversaciones u otras parecidas, seguimos nuestro camino hacia Pola de Santa María y, en un tiempo que se me hizo breve, llegamos a sus inmediaciones. El pueblo o villa se veía desde lejos como un pueblecito de juguete, con sus casitas blancas y una iglesia con campanario. Un río abarcaba su perímetro. Las casas no llegaban a ocupar toda la superficie que abrazaba la cinta de plata, por lo que se veían trozos verdes dentro de la villa, probablemente huertas y sembríos. Tanto a un lado como al otro del río se apreciaba un terreno plano y verde, cubierto de jugosa yerba, hasta el más lego en la materia los habría identificado como hermosos pastizales. Aunque aún estábamos demasiado lejos para identificarlos, vimos un conjunto de motas blancas, que bien podían ser cabras u ovejas.

Pronto llegamos a la villa e identificamos a los animales vistos en lontananza como rollizas ovejas que pastaban pacíficamente. El comerciante Cucufate, hoy convertido en criador de ovejas, nos enseñó orgulloso a sus favoritas y nos relató cómo doña Urraca Teresa se había prendado de la finísima lana de éstas, y cómo le había propuesto que la villa de behetría pasase a ser tierra de realengo, si todos estaban de acuerdo.

Al punto don Fernando, al igual que hiciera la difunta emperatriz, ambicionó a Pola de Santa María para tierra de realengo. Un pueblo de esas características en esos lugares le sería muy útil, por eso se decidió enseguida a hablar con don Nuño, el hijo del señor de Omaña, que representa a su padre. Nosotros le conocimos cuando era muy joven, ahora ya es un mozo cabal y hace las veces de señor de la behetría.

Intenta el rey convencer por las buenas al joven Nuño de Omaña:

—Don Nuño, pronto dejaremos Pola, y antes deseo que hablemos. —Ambos pasean por el campo—. ¿Creéis que vuestro padre me cedería la behetría sin sentirse agraviado? Naturalmente, desearía compensarle por la pérdida de la villa. ¿Qué le agradaría como compensación? —Don Nuño se siente encantado. El rey le cuenta sus planes y le pregunta su opinión. Ahora sabe por qué todos se van rindiendo a su autoridad, aunque al principio le regateasen la obediencia debida. La conversación se ve interrumpida por un hombre que se acerca corriendo, les alcanza sin aliento y se dirige al rey.

—¡Señor, señor, hay un mensajero para vos!

—¿Un mensajero? —Alza la vista el monarca y divisa a otro hombre que también, y con aspecto fatigado, viene hacia él—. Está bien, no será muy urgente. No puede ser apremiante, no es guerrero, sino clérigo el que viene... —El rey no se inmuta y sigue su paseo tranquilo. Por fin llega el mensajero e hinca la rodilla en tierra y hace gesto de querer besarle el borde del vestido. El rey se lo impide pues lo ha reconocido enseguida—. ¡Pero si es don Servando, del monasterio de Sant Facund! ¿Qué hacéis aquí? ¡Levantaos, levantaos! ¿A qué viene tanta prisa?

—¡Ay, señor, señor! —se lamenta el llamado Servando, que está cubierto de polvo, moreno de soles, y delgado, como si hubiese malcomido varios días—, traigo noticias tristes, alteza. Don Bartolomé, nuestro amado abad, a quien Dios tenga en su gloria, ha muerto.

—Siento oír esas noticias, ¿cuándo sucedió?

—Hace ya casi un mes, mi señor, pero primero hubimos de enterrarlo. Luego informarnos de dónde estabais, y por último venir hasta estas asperezas. —Pasa el rey por alto la desabrida opinión del monje.

—Si ha muerto don Bartolomé, es poco lo que podemos hacer. ¿Qué desea la comunidad de nos?

—Vengo, alteza, con recado de los hombres de Sant Facund a recordaros vuestra promesa...

—Comprendo, comprendo, dadme un tiempo. Mientras, uníos a nosotros y acompañadnos hasta que retornemos la reina y yo, luego podréis volver a Sant Facund. Mandaremos un emisario para que sepan que habéis llegado y que estáis bien. No tardaremos, hemos de volver enseguida a León a la Ceremonia de las Doncellas Cantaderas, el día de la Virgen. —Asiente el recién llegado. No le gusta la idea de quedarse con los reyes y menos en este lugar recóndito, pero no puede negarse. Además ha de llevar una respuesta a la Santa Casa y el rey ha pedido tiempo. Entre los circunstantes ha visto a don Alvito. Eso soluciona, en parte, su problema, pero será mejor no decir nada hasta que el rey cumpla su promesa.

Esa noche cenamos juntos los reyes, el joven señor de Omaña, don Alvito, el clérigo don Servando, y yo mismo, Doroteo. Como los circunstantes éramos variados y nuestros intereses diferentes, no se habló de momento de cosa particular alguna sino de generalidades corteses. Una o dos veces don Servando pareció querer preguntar algo que le rondaba la cabeza, pero una mirada del rey le disuadió al punto. Sin embargo, sí se habló de la desaparición del abad Bartolomé.

—Era, además de virtuoso, un gran conocedor de la música antigua —dijo el rey con cierta nostalgia—. Era de los pocos que conocía la nueva notación musical. ¿Sabéis, don Servando, que Doroteo se ha presentado con un Libro de Horas que ya incluye tal notación? Este erudito, mi medio hermano, el que rige la cancillería de Navarra, ha escrito e iluminado el más bello Libro de Horas, nunca se lo podremos agradecer bastante la reina y yo. —Reconozco que don Fernando no era corto ni mezquino en honrarme. Ahora, con toda sencillez, me había llamado «medio hermano»—. Atónito, el monje me miró. Vestido sencillamente, como era mi costumbre, creo que le parecí poca cosa para ser «medio hermano» del rey-emperador.

—Alteza —dije confuso—, lleváis a error a don Servando, soy sólo vuestro humilde servidor, y liberto de don García.

—No, Doroteo, sois mucho más que eso, os criasteis conmigo y con mis hermanos. Sois el hombre de confianza de mi hermano y la gloria de Navarra os debe algo también a vos. Además sois sabio por vuestro propio esfuerzo y, lo que es más, me habéis presentado como regalo, sin yo merecerlo, el más glorioso Libro de Horas que vieron los tiempos.

Siguió luego una disquisición erudita sobre la notación musical y la conveniencia o no de aumentar las «pautas». Con ello, si algo sabía de música, se perdió el joven de Omaña. Al ser preguntado, sale del paso como puede:

—Alteza, no entiendo esas sutilezas de la música. Yo canto sin saber cómo. Algo sé de Guido d'Arezzo, su nombre, pero no más. —Al ver que los comensales se han perdido, el rey da por terminada la velada.

—Está ya bien de tanta disquisición erudita. Ahora, si os place, todos podéis retiraros. Don Alvito y vos, Doroteo, quedaos aún un momento. —Siendo cortésmente despedidos, don Nuño y don Servando se levantaron y despidiéndose, se fueron. Sin más preámbulo el rey entró en materia—. Don Alvito, tengo que haceros un ruego y una propuesta, los dos no son sino una sola cosa. Habéis oído por don Servando que ha fallecido el abad de Sant Facund, conocido también por el monasterio de Sahagún. No hay en Spania, creo, monasterio más famoso, ni tan extenso, rico y poderoso, eso por no hablar de su piedad. Sé, por mis informadores, que la orden de Cluny tiene puestos sus ojos en ese monasterio para introducir su liturgia y desde allí dominar el reino y el imperio. Ya sabéis que Ripoll y Leyre, aunque atemperados por la independencia de sus abades, son de Cluny. Al reino interesa demorar su introducción, siendo como somos los del rito mozárabe, ortodoxos y fieles hijos de la Iglesia.

En concreto, dicho esto, lo que os tengo que proponer y rogar es lo siguiente. ¿Os sería demasiado gravoso ser abad de Sahagún? Ya hace tiempo que los monjes y el mismo difunto don Bartolomé me rogaron que cuando éste faltase, procurase que vos ocuparais su lugar. Por ello ha venido con tanta prisa don Servando, no se irá sin una respuesta. Y la necesitamos enseguida. Los emisarios del Papa viajan ya hacia Spania, es necesario elegir abad antes de que llegue el breve, ni el

Santo Padre puede recusar una elección firme. ¿Qué me contestáis, don Alvito?

—Mucho me temía algo de este jaez, alteza —dijo el monje cuidando sus palabras—, cuando vi a don Servando y me percaté de cómo me miraba, como un azor a su pieza. Tampoco vos habéis sido muy opaco en vuestras intenciones. Pero si hay prisa contestaré enseguida. Bien sabéis que no es mi ambición mandar sobre más gente. Tengo ya centenares entre clérigos y oblatos que dependen de mí y mi criterio para su bien espiritual y su administración terrenal. Cuido de más de veinte monasterios y monasteriolos, simples, dúplices y pactistas, y no debo dejarlos a su suerte, alteza. Pensad en otro.

—Todo está pensado, don Alvito, vuestros actuales monasterios irán con vos bajo la protección de Sahagún, ese monasterio tiene suficiente organización para incluir a un par de docenas más. Bien sabéis que más de cien están ya bajo amparo. Además algunos de los vuestros están en tierras que pertenecen a Sant Facund. Conservarán su independencia, inclusive si son pactistas, pues mientras el Santo Padre no los prohíba expresamente, están legalmente constituidos y no es posible interferir con su organización y existencia. Si queréis salvarlos, lo mejor que podéis hacer es cobijarlos bajo el manto de Sahagún. Los monjes están de acuerdo en hacer concesiones para aceptar a los nuevos monasterios y monasteriolos. Si los principales monasterios, como el de Sahagún, caen bajo la orden de Cluny, sucederá como en la vecina tierra de francos y en las tierras de romanos, todo el poder será para el Papa. Quiere reorganizar bajo su égida al antiguo Imperio romano y él, a través de su hombre de paja, sea obispo o emperador, será el verdadero César. Bastantes problemas tenemos con la reconquista del solar de nuestros mayores del poder de los moros para preocuparnos del Papa y de Cluny.

—Visto así, señor, quizá tenéis razón, pero yo por mi gusto me dedicaría a leer y escribir, a rezar y a meditar. Pero Dios nos tiene reservado un trabajo y quizás el mío sea llevar sus ovejas hacia delante durante el tiempo de mi vida. Acepto entonces ser abad de Sant Facund, o Sahagún, como comúnmente se le llama; sin embargo, tengo una condición que poner.

—Decid, don Alvito.

—No sé lo bastante de los de Cluny, más que lo que me cuentan los miembros de esa congregación de nuestra Spania, pero ellos son miembros, digamos, disidentes, que se resisten en algo a su orden madre. Aún no hay un solo monasterio en nuestra tierra de cristianos que haya adoptado totalmente los modos de Cluny y su liturgia, aunque en teoría ya sean cluniacenses. Partiré inmediatamente hacia Borgoña para entrevistarme con su superior, el ya anciano abad Odilón. Sabré de primera mano qué intenciones tiene en lo sagrado y en lo profano. Por otro lado, don Fernando, he oído que son hombres santos, que han renunciado a todo y que se ciñen en todo y para todo a la orden de San Benito, como nosotros también lo hacemos. Quiero ver en qué estriba esa diferencia que hace que los hombres acudan a esos monasterios como las moscas a la miel. Y una cosa más, alteza, si me persuado de que sus modos son más santos y mejores que los nuestros, entonces no contéis conmigo para detenerlos. Soy un hombre de Dios, no un político.

—Aceptado, don Alvito. —Don Fernando parecía aliviado—. Si no sacáis la impresión de que a través de ellos el Papa pretende recomponer el Imperio romano para así ejercer su propio poder terrenal, entonces haced lo que vuestra conciencia os dicte. Sé que escogeréis bien, vuestra opción será la mía. ¿Quedamos entonces de acuerdo? ¿Aceptáis ser abad de Sahagún? Luego habéis de ir allí a someteros a investidura. En previsión, y por acelerar los trámites ya os han votado, os han elegido «en ausencia». Sólo tienen que consagraros.

—*Fiat voluntas tua, sicut in caelo et in terra*. Sea pues la voluntad de Dios —contestó resignadamente don Alvito, y dirigiéndose a mí dijo algo que me sorprendió sobremanera—: Doroteo, sois hombre práctico y, a vuestra manera, sabio. Conocéis lenguas y sois joven y resistente. Seríais un buen compañero para jornadas largas en tierras extrañas. ¿Podríais venir conmigo hasta Borgoña? Vuestro señor no os negaría ese permiso, yo mismo puedo pedirlo...

—Os agradezco, don Alvito, que penséis en mí para ese viaje, que bien me gustaría hacer; sin embargo, creo que no os seré de utilidad, todos hablan latín clásico o corrupto, inclusive en tierra franca. Además, me esperan en Nájera, hace ya tiempo que falto de allí.

Pero don Alvito, Dios sabe por qué, insistió, y dijo, justo, lo único que podía convencerme:

—Pensad, Doroteo, que nunca más tendréis oportunidad de ver una biblioteca semejante. Dicen que en Cluny hay más de trescientos ejemplares. Es de las más grandes de la cristiandad, exceptuando la de Roma. Mientras yo hablo con el abad Odilón, vos podréis leer, leer, que para vos es recordar...

Libros, códices, pergaminos, rollos, bifolios, breviarios, ilustraciones, Biblias, Libros de Horas, de música. Libros profanos, libros heréticos, poesía, música, alquimia, filosofía, antifonarios, todo desfiló por mi mente con la velocidad del rayo y de lejos, como si fuese otra persona la que hablaba, me oí a mí mismo diciendo:

—Entonces, don Alvito, iré con vos. —Fue por eso que no estaba con mi señor cuando la arrancada de Tafalla, y que los tristes y misteriosos sucesos del Sobrarbe no llegaran a mis oídos hasta mi vuelta. Y quizá fue también esa ambición por los libros lo que permitió que sucediese a Julita lo que le sucedió. Quién sabe.

16

El rey Ramiro decide tomar otra esposa y otro reino

> *Quedádose ha la novia,*
> *vestidica y sin casar,*
> *que quién de lo ajeno viste,*
> *desnudo suele quedar.*
>
> *Romance del conde Sol,*
> Anónimo

    Sentado en la fraga, don Ramiro piensa intensamente. No sabe cómo solucionar su grave problema. Doña Ermesinda no ha dado hijos al rey. Hace ya años que se casaron y el deseado infante no ha venido, y aunque don Ramiro ama a su esposa siente que le debe al reino ese hijo. Sin herederos, el flamante reino de Aragón caería otra vez bajo la égida de Navarra, o quién sabe, si bajo el enemigo musulmán. El monarca no desea repudiar a doña Ermesinda, recuerda cómo la vio por primera vez dentro del mar, desnuda como una sirena y riéndose de él mientras se mantenía a flote. Desde ese mismo momento se supo esclavo de esa niña coqueta y descarada. Rememora sus ojos verdiazules, su risa alegre, sus pecas.
    Piensa durante largo tiempo, renunciar a ella sería como renunciar a la vida, a la alegría, a la luz del sol. El corazón se le retuerce como un leño resinoso quemándose lentamente. Aunque quisiera, nunca podrá librarse de doña Ermesinda. Ella es su dueña, aunque él no lo quiera, aunque tenga que perder su reino y termine loco como don Bermudo. De pronto vislumbra una solución, se levanta de su asiento en la roca y de un salto monta en su caballo. Vagamente siente que lo que se le ha ocurrido no puede presentarse a los ojos de Dios como una opción lícita, pero a él le parece la respuesta a su necesidad. Cabalga raudo a

través de los árboles y las rocas. Llega a palacio y descabalga de un salto, todavía está el corcel piafando en el patio, cuando ya corre *En* Ramiro escaleras arriba llamando a voces a un sirviente. Se alarman en la casa del rey.

—¿Sucede algo, señor?

—No, no sucede nada, quiero ver a Íñigo López de Bergua, mío taliatore, el señor de Barbenuta. ¡Rápido! —Llamado con urgencia éste aparece enseguida. Parece preocupado y curioso.

—¿Me llamábais, alteza?

—Sí, mío taliatore y mío amigo. Tengo graves pensamientos que deseo compartir con vos.

—Decidme pues, alteza, en qué puedo yo serviros.

—Bien sabéis que soy casado, ya va para seis años, con mía esposa doña Ermesinda, hija de los condes de Bigorre. —No sabe el de Barbenuta a donde desea llegar el rey, así que calla y espera—. En este tiempo hemos deseado sobre todas las cosas que un heredero asegurase la continuidad del reino. —Sin palabras asiente el taliatore—. Bien, creo que ha llegado el momento de hacer algo al respecto. —Se asusta *En* Íñigo. ¿Acaso el rey le va a confiar algún terrible designio? ¿Habrá de morir la reina para dejar paso a otra? ¿Será él el elegido para llevar a cabo tan funesto designio?

—No creo entenderos, alteza. Esos problemas de alta política y de conciencia no son mi cometido, ni creo pueda aconsejaros. Mucho menos hacer algo en un sentido o en otro. —Intenta zafarse del compromiso que adivina.

—Dejadme continuar. —Interrumpe *En* Ramiro sin hacerle caso—. No tengo hijos, ni creo que los tenga con la reina. Tampoco deseo dar escándalo repudiando a una fiel esposa, pero el reino necesita un heredero. En fin, he pensado en vos.

—¿En mí? —Se maravilla el bueno de *En* Íñigo—. ¿Vais acaso a renunciar al trono? ¿Rey yo? ¡Imposible, *En* Ramiro! —Se ríe el rey de los pensamientos de Íñigo López de Bergua y niega fervorosamente con la cabeza y las manos.

—No, *En* Íñigo, vos mismo en persona, no; vuestra estirpe, vuestra sangre.

—Sigo sin comprender. —El buen Íñigo parece alelado.

—Es tan sencillo como lo siguiente. He visto a veces por palacio a vuestra hija, doña Amuña, joven recatada y sin compromiso ni solicitante conocido. Yo le haré un contrato de barraganía, un matrimonio a término. La dotaré regiamente y estipularé mediante escritura pública que el hijo mayor nacido de tal unión ha de ser el heredero legítimo de Aragón y todas las tierras que se conquistaren.

—Pero alteza —arguye débilmente el noble—, el contrato de barraganía es por costumbre entre dos célibes.

—Vos lo habéis dicho, es costumbre, pero no hay nada que se oponga a que uno de los contratantes sea casado. Pensadlo bien, hacéis un bien al reino, a vuestra estirpe y a mí mismo. Yo respetaré y amaré a doña Amuña como mi esposa legítima, bien que segunda a doña Ermesinda. Sus hijos serán el uno rey y los demás infantes de Aragón. Ella tendrá su propia corte, sus damas y lo que desee. No tendrá que convivir con doña Ermesinda, y si después de darme un heredero, uno sólo, desea que rescindamos el contrato, yo le aseguro por escrito que así se hará sin pedir explicaciones, dándole por suya la dote que hayamos acordado y si desea luego estar casada, yo me ocuparé de buscarle marido apropiado o convento si eso es lo que prefiriese.

La oferta del rey es generosa. Se pregunta el de Barbenuta si el rey se habrá percatado de que su hija Amuña está enamorada de él. Es un enamoramiento inocente, porque ella es una niña de apenas catorce años, pero suspira cuando ve pasar al rey que va ya para la treintena. Este enamoramiento contrariaba a *En* Íñigo, quien ya pensaba en casarla para que cesase en sus ensoñaciones, y hete aquí que el propio rey la ha elegido por esposa, segunda esposa, pero esposa al fin y al cabo. Esta unión encumbrará su casa y linaje, los hijos de Amuña, sus nietos, serán reyes. Pero es prudente y no se precipita.

—He de pensarlo, *En* Ramiro, mío rey. Desde que enviudé he tenido que ser padre y madre de mis hijos. Ya podéis figuraros qué difícil es para un hombre solo hacer ambos papeles. Es por eso que habéis visto a Amuña en la corte, no deseaba dejarla sola en Barbenuta con damas ociosas y charlatanas. Prefiero que esté donde yo me encuentre, con su rueca y sus bordados, rezando sus oraciones en espera de un esposo sensato. Pero esta boda... ¿Está doña Ermesinda de acuerdo?

Ramiro vuelve a la realidad. Ermesinda nunca aceptará que él tome otra esposa. Él es celoso y a veces ha pensado que Ermesinda quizás hubiese preferido a Suleymán, pero el hecho de que el moro podía tomar más esposas hizo que Ermesinda se decantase por él. Ahora no sabe qué pensará la apasionada reina de Aragón. También la sabe coqueta y caprichosa, todo ello hace una mezcla peligrosa. Ramiro necesita desesperadamente un hijo, también necesita a Ermesinda. No desea recluirla en un convento, suponiendo que se dejase, de lo que no está muy seguro el rey.

—Dejadme eso a mí, *En* Íñigo. Hablad con vuestra hija Amuña. Si vos lo aceptáis y ella también, se hará el contrato enseguida y este mismo mes tendrá su dote y su casa. —Aturdido, se despide *En* Íñigo y se marcha.

Ramiro ha tomado una determinación, e inmediatamente va en busca de la reina, la encuentra en sus habitaciones jugando con un gatito de ojos verdeazulados como ella misma. Bien mirado se parecen ambos, el gatito y la reina, con su aire de dulzura engañosa y sus ojos oblicuos y fosforescentes. Sin hacerse anunciar, entra el rey en la estancia.

—Señora, debo hablaros —dice sin más preámbulos.

—Bien, decidme lo que sea, y no me seáis tan protocolario. Estamos solos, ¿a qué viene ese «señora»?

—Lo que tengo que deciros os afecta a vos y al reino, y claro está, a mí mismo.

—¡Vamos, vamos, Ramiro, ya será menos! No hay guerra, que yo sepa, ni traiciones ni luchas entre nobles, ni inundaciones, sequías o males que no podamos remediar. ¿Qué os angustia? —Ella le mira atentamente. Presiente lo peor.

—Ermesinda, reina y señora, os amo sobre todas las cosas y deseo vivir y morir con vos, pero necesito, necesitamos, un heredero. Hace varios años que estamos casados y temo que no llegará nunca. Los años pasan y cada vez es más difícil que se cumpla nuestro deseo. Tengo casi treinta años. Una edad sobrada para tener no uno, sino varios hijos.

—Os faltan varios para treinta, y yo sólo tengo veintidós y al menos puedo tener hijos otros diez años.

—No es eso lo que me inquieta, Ermesinda. Vuestra hermana Estefanía es aún menor que vos y se casó después, y ya va para el cuarto hijo. Los de Navarra ya han asegurado amplia sucesión.

—¿Y qué queréis que yo le haga? —Hay un cierto fastidio en la voz de la reina—. No sabemos si Dios no nos los manda por vuestros pecados o por los míos. Yo no dejo de rezar mis oraciones. ¿Hacéis vos lo mismo con las vuestras?

—No es cuestión de rezar, me temo, señora, que ya rezan bastante por nosotros todos los monjes y monjas del reino. Creo, sinceramente, que no tendremos hijos ya. —Lo dice el rey con tristeza. Un escalofrío recorre la espina dorsal de la reina. He aquí el momento que ella ha temido. También ella, a pesar de parecer atolondrada, ha pensado muchas veces en la posibilidad de ser estéril. Desde que se casó ha deseado tener un niño. Un heredero al trono, pero sobre todo, como mujer, ha deseado cada instante un niño a quien mimar entre sus brazos.

—Y bien, *En* Ramiro —se resiste a aceptar las esterilidad—, qué podemos hacer para acelerar ese embarazo. ¿Mandaremos traer un médico moro, o a la bruja que está en el Sobrarbe? Ésta consiguió el embarazo de doña Urraca Teresa, según me han contado, aunque la *Regina-Emperatrice* murió en el parto —añade quedamente la reina.

—Ni médicos ni brujas, señora. No creo en eso, pero hay que tener un heredero. No hay más remedio.

—Decidme, entonces, lo que proponéis, si tenéis alguna idea. No creo que podamos hacer algo distinto a lo que hemos hecho hasta ahora. —Intenta bromear la reina, teme algo terrible y no sabe qué. *En* Ramiro no se arredra.

—Esto es lo que tengo en mente, Ermesinda. Ya que nosotros no hemos logrado el heredero al trono, vos seguiréis siendo la reina, mi reina y mi amada esposa, no deseo repudiaros por nada del mundo, pero tomaré una segunda esposa por medio de un contrato de barraganía, un matrimonio a término, y de esa esposa tendré el heredero que Aragón necesita.

—¿Otra esposa? —Se levanta de un salto doña Ermesinda y se acerca a su marido—. ¡No os atreveréis! ¡No os lo permitiré, acudiré al Papa, a mi padre el conde y a vuestro hermano, el *Rex-Imperator*, él es un hombre cristiano y os prohibirá hacer eso contra vuestra legítima esposa! ¡Un hijo espurio no puede ser rey de Aragón!

—Calmaos, señora, recordad que yo mismo no soy hijo legítimo de don Sancho y doña Maior, a quien yo siempre llamé «mía madre». Yo también soy lo que vos llamáis «un hijo espurio». Ello no fue obstáculo para que yo tuviese una niñez feliz, hasta donde puedo recordar, unos hermanos y por fin un reino. Tampoco fue obstáculo para que casara bien. Soy honrado, querido y respetado por mis hombres, como lo puede ser en el futuro un hijo mío aunque no nazca de vos. Me ayudaréis a criarlo, en cierto modo será también vuestro, si lo aceptáis.

—¡No, no lo aceptaré —grita ella descompuesta—, y haré todo lo posible para que no lo acepte nadie, y para que el Papa lo nombre hijo bastardo y de punible ayuntamiento e incapaz de reinar!

—No haréis tal, antes os encerraré.

—¿A mí? ¿A Ermesinda, hija del conde Bernardo de Bigorre, me vais a encerrar? ¿Y en dónde, si puede saberse? —Se fastidia don Ramiro, claro está que esperaba más o menos esta actitud de la reina. Nunca creyó que aceptaría de buen grado a otra esposa. En cierto modo le alegra esta reacción, ello le demuestra que a pesar del tiempo transcurrido desde su matrimonio, la reina aún le quiere con pasión, como él a ella.

—Sí, señora, os encerraré en palacio o en un convento hasta que entréis en razón. Entendedme, yo os amo, no deseo repudiaros, ni hacer pública la esterilidad del matrimonio, deseo honraros siempre, con hijos o sin ellos; pero el reino necesita un infante, con urgencia, y yo se lo voy a proporcionar, si Dios quiere —añade piadosamente.

Mujer al fin, la furiosa y desconsolada reina pregunta con los ojos llenos de lágrimas:

—¿Y quién es esa otra de quien os habéis enamorado?

—No me he enamorado de nadie, Ermesinda, vos sois mi único amor. Pero tenéis razón, ya he escogido a una madre para mi hijo, doña Amuña, hija de Íñigo López de Bergua, el señor de Barbenuta. —Se horroriza doña Ermesinda.

—¿Ésa, esa niña desnutrida? ¡Si tiene apenas catorce años! ¡Sois un pervertido, un infanticida!

—Doña Ermesinda, volved a vuestro sentido común, no es una niña, vos erais apenas mayor, y creo que ni siquiera teníais la edad de doña Amuña cuando nos conocimos y os presentasteis a mí desnuda como un pescado dentro del mar. Desde entonces os amo. —A pesar del momento y del dolor que le produce la situación, la reina se acuerda de aquel día y se ríe entre las lágrimas que resbalan por sus mejillas.

—¡Pero Ramiro, yo me enamoré de vos, y vos ni me mirasteis, tenía que hacer algo! Además, tuve que casi prometerme con Suleymán para animaros. —Es coqueta y no pierde ocasión de poner celoso al rey; éste acusa el golpe.

—¡Un maldito moro, vaya gusto para una cristiana recatada y fervorosa, dar esperanzas a un moro es un pecado muy grave! Además, ¿qué os podía ofrecer él?

Ha llevado la reina a Ramiro a un terreno resbaladizo que a ella le conviene, quiere darle una puñalada como la que él le ha infligido, que le duela tanto como la vida y como la muerte, que no sabe qué duele más. Por ello responde apasionadamente:

—Me podía ofrecer todo, su persona, su amor, me dejaba ser cristiana, yo sería su única esposa. Me ofreció un amor sin límites y sin condiciones. —Don Ramiro se ha quedado sin palabras, nunca creyó que Suleymán hubiese llegado a ofrecer a Ermesinda una vida en común. Lo recuerda tan joven y tan hermoso. Don Ramiro no es un necio y sabe que el moro es y ha sido siempre un hombre sumamente atractivo, con su cuerpo esbelto y moreno, sus ojos oscuros que parecen perpetuamente medio adormilados, prometiendo no sé qué sensual lujuria caliente y animal. Rememora con ira las pestañas del moro que tantos comentarios provocan entre las damas. Y sus dientes blancos y afilados como los de un lobo.

—¡Os prohíbo que habléis del moro de Zaragoza! —grita perdido el control—. Estáis casada y no podéis hablar de otros hombres.

—No, ¿eh? No puedo hablar, y vos sí podéis tomar otra mujer, ¿verdad, maldito? —Está la reina furiosa, y al mismo tiempo complacida, su golpe ha herido a Ramiro en el corazón—. Os juro que si tomáis a otra mujer, me iré con Suleymán, él todavía me ama. —Se calla pues siente que ha dicho demasiado.

—¿Os ama todavía? ¿Cómo lo sabéis? —Coge el rey de los hombros a doña Ermesinda y la sacude como una hoja en la rama cuando sopla tormenta. Pero a ella no le importa, cree que los celos de Ramiro pueden beneficiarle. Mientras él la sacude ella levanta la mano y le pega con fuerza en la cara. No le hace daño, acostumbrado como está a los golpes de la palestra, de la guerra y de las actividades varoniles, pero le ciega la ira.

—¿También pegáis al moro? ¿Decidme, también a él le pegáis? —La sigue sacudiendo y la reina se agita entre sus brazos como un trozo de tela sacudido por mano furiosa.

—¡No, a él, no! —Le mira a los ojos con rabia. De pronto el rey cesa de sacudirla.

—¡Perdonadme, Ermesinda, me cegaron los celos! Cualquier hombre en el mundo os ofrecería la vida, moro o cristiano. Pero me elegisteis a mí. ¡No me dejéis nunca, nunca! —La abraza y la besa. Ella también. Llora con grandes sollozos la reina y se abraza a don Ramiro. Una vez más se juntaron sus cuerpos, esta vez con dolor y con pasión, con el sentimiento de que en cierto modo era la última vez. Al día siguiente el rey anunció su intención de firmar la carta de barraganía con doña Amuña de Barbenuta y la reina, desolada, se fue hacia el Sobrarbe a ver si Alexania *la Coruxa* podía ayudarla, como había ayudado a Urraca Teresa.

Discretamente, pero con solemnidad, se celebraron los esponsales de *En* Ramiro y la barragana real, doña Amuña de Barbenuta, hija de Íñigo López de Bergua. De ella nacería, si Dios lo permitía, un vástago para la continuidad y la gloria de Aragón. Enseguida se consumó el matrimonio.

La joven Amuña amaba en secreto al rey, pero ni en sus horas más ilusas se atrevió a soñar que él notase su presencia. Ahora, al verse como su esposa, cree tocar el cielo. En su inocencia cree que él la ha escogido porque la ama, que la prefiere a la soberana, aunque él, delicadamente, le ha explicado que la reina es Ermesinda y que no piensa repudiarla. De todos modos la novedad de una nueva esposa anima a Ramiro, la agasaja con regalos, con músicos y con chucherías que sabe gustan a las mujeres. Un halcón con pigüelas de plata, un pájaro cantor, un enano malabarista, trajes, perfumes.

Para evitar comidillas en palacio, el rey ha llevado a la joven a uno de sus castillos en Ciella, cerca de Berdún. De momento pasa una larga temporada con ella. Es cierto que desea un heredero y a ello se dedica con afán, pero también es cierto que la joven se ha revelado como una mujer apasionada e insaciable y ello le sorprende y le hace desear su compañía. Todo ha sido tan rápido que la joven Amuña no tiene aún séquito adecuado. Desea el rey que tenga una pequeña corte que la entretenga y la honre como a una princesa. No en vano es barragana del rey. Será madre de reyes. No es decente que esté a solas con él y sus servidores, necesita una pequeña corte de señoras. Éstas van llegando poco a poco.

Enojada y disgustada como estaba, Ermesinda ha arribado al Sobrarbe. Ha hecho el camino con toda velocidad, sin detenerse apenas si no es para comer y dormir. Antes de salir ha mandado recado a su hermana Estefanía, la reina de Navarra, haciéndole partícipe de su afrenta y su dolor y pidiéndole que informe a su padre, el conde de Bigorre.

Después de la noche tormentosa y apasionada vivida con Ramiro, había creído que éste renunciaría a sus proyectos en relación a la joven Amuña, pero al romper el día, él siguió adelante con sus intenciones. Ella, entonces, le dijo que se iba al Sobrarbe a pedir ayuda a Alexania. En un principio el rey se resistió, pero luego vio una salida digna a la situación. Ella no se vería obligada a presenciar su matrimonio y al tiempo se distraería un poco con el viaje, así que le proporcionó una escolta y la dejó irse asegurando que la esperaba de vuelta con ilusión. La reina se marchó desconsolada.

Cuando llegó al Sobrarbe, su cuñado Gonzalo se sorprendió grandemente, pero al tiempo se alegró. Vivía casi recluido en esas abruptas montañas y espesuras y le agradaba recibir noticias y visitas. Pronto llegaron las confidencias.

—Me alegro mucho de veros por aquí, doña Ermesinda —dice el joven Gonzalo—, pero me asombra que don Ramiro os haya dejado marchar sin su compañía. —Con pesar explica la reina lo sucedido a don Gonzalo, se aflige éste por la joven e intenta consolarla con buenas palabras—. Bien sé que mi hermano, *En* Ramiro, os ama por sobre todas las cosas. Si ha tomado esa decisión, es contra su voluntad. Según me contáis, vos seguís siendo su reina, y eso es lo que importa.

—¡Lo que importa externamente, sí, don Gonzalo, pero cuando pienso en que otra comparte su lecho, no hay infante ni reino que valga, le prefiero muerto!

—¡Vamos, vamos, hermanita —dice el joven con acento conciliador—, la vida es muy dura y tiene sus propias leyes y sus propias exigencias que no siempre comprendemos! Todo volverá a ser como antes. ¡Ya lo veréis!

—¡Nada volverá a ser como antes! —Rompe a llorar la reina—. Menos aún si esa de Barbenuta le da un príncipe heredero. Ella tendrá todo el prestigio y el amor del rey y de los aragoneses, y yo sólo seré reina de nombre: sin hijos, sin dignidad ni prestigio. ¡Ni siquiera tendré el amor del rey!

—Bueno, querida Ermesinda, no lloréis, no lloréis, aquí veremos de ayudaros. ¿Quién nos dice que la vieja Alexania no pueda convertiros en madre en un pispás? —Se ríe la reina entre sus lágrimas. Es bondadoso el joven Gonzalo, ha hecho bien en venir a verlo. A pesar de todo quizá tenga razón, puede que la vieja Coruxa tenga un remedio para ella. Un conjuro, un encantamiento, una piedra, un imán, un bebedizo, una maldición, un sortilegio, algo que le dé un hijo.

—Después de oíros me siento mejor. Intentaré descansar y pensar un poco, quizá no todo esté perdido, ¿verdad? Luego veré a La Coruxa. ¿Cómo va la caza por aquí? —Desea la reina cambiar de conversación y sabe que esto es lo que más interesa y divierte al joven, apodado El Cazador. Efectivamente, se le iluminan los ojos.

—¡Maravillosamente, alteza! Hemos traído perdices y faisanes, no había bastantes y parecía que terminarían por agotarse, pero se han aclimatado bien y ya tienen crías y se ven bandadas de perdigones. No es que no hubiese aquí de estas aves, pero no las suficientes como para abastecer nuestras cacerías. ¿Os gusta la caza de perdiz? —Asiente doña Ermesinda, ella también es una buena cazadora e insuperable tiradora con arco, hace tiempo que no practica. En Aragón no van las damas a tantas cacerías como en Bigorre. De pronto siente ganas de pasar un día al aire libre y ejercitar un poco su puntería.

—Podíamos salir a cazar mañana unas aves. ¿Qué os parece, Gonzalo? Hace tiempo que no disparo unas flechas. —A Gonzalo le parece bien, siempre está dispuesto a salir de caza. Un día al aire libre le vendrá bien a la mohína reina de Aragón, se distraerá y quizá cace algo, ya se ocupará él de que venga la joven con alguna pieza, eso siempre anima. Luego una buena comida a la sombra. El rey asiente y envía enseguida mensaje a su montero mayor. Mañana cacería dedicada a las señoras. Caza menor, sólo aves. Comida junto al arroyo. Siesta bajo los árboles.

Fue agradable el día siguiente. La reina, aunque herida y triste, olvidó por un momento su pena y se divirtió de lo lindo. Para gran sorpresa de don Gonzalo, no le hizo falta la ayuda del joven rey para cobrar pieza; cuando la reina veía un ave y apuntaba con su arco, era animal infaliblemente cobrado. Ello le acarreó la admiración de los hombres y la envidia de las otras damas. Transcurrida la mañana, contentos y cansados se sentaron los cazadores a comer sobre la yerba fresca. Más tarde, terminado el yantar se retiraron a descansar bajo los árboles. Experimentado en las reglas de la cortesía, el montero mayor había previsto unos toldos para dar privacidad a las damas. Doña Ermesinda tenía una tienda para ella sola. No era una tienda verdadera, sino un toldo con laterales de rejilla tupida que dejaba entrar bien el aire pero no los mosquitos. Si lo deseaba el invitado, una cortina hacía más recoleta la privacidad.

Ahora, quieta en su refugio, doña Ermesinda se daba cuenta de que había quemado más energía de la necesaria. Su misma infelicidad le empujaba a una actividad desmesurada para cansarse y no pensar. Había una blanda cama invitándole a echarse. Los huéspedes del rey Gonzalo eran todos finos y mesurados y respetaban el tiempo de la siesta, sobre todo si había señoras en la partida. Los que preferían no reposar la comida, se iban lejos, a un pequeño pabellón de juego que se había hecho construir para esos menesteres. No llegaba ninguna voz hasta la tienda de la reina.

Cerró los ojos doña Ermesinda y pensó en su situación. Se imaginó a su marido, el apuesto don Ramiro en brazos de otra, y a esta otra dándole un hijo, heredero del trono. En lugar de dormir, empezó a llorar mansamente sintiendo que todo el cuerpo se le derretía como un terrón de sal en el agua, tal era su pena que pensaba que todo su ser se deshacía con sus lágrimas. Había sobrepasado el estado de rabia e indignación, de orgullo herido, de humillación y desencanto. Ahora sólo le quedaba su pena y ésta no parecía disminuir, sino crecer, como una planta maldita. No oyó a nadie acercarse, ni el vigilante le puso sobre aviso, lo primero que notó fue una mano leve que le tocaba el hombro.

—No lloréis, señora, a lo mejor, todo tiene remedio. —Era una mujer mayor vestida pobremente, era muy vieja, o al menos lo parecía. Tenía los ojos hundidos en sus cuencas insondables, tan profundamente escondidos que no se veía el brillo de sus pupilas; éstas parecían más bien unas pequeñas bolas de plomo opaco que la miraban atentamente—. No lloréis, hermosa señora, decid a la madre Alexania lo que os duele y preocupa. —Al oír el nombre, se incorporó Ermesinda secándose las lágrimas con el dorso de la mano.

—¿Sois acaso la Alexania que yo he venido a ver? —preguntó la reina de Aragón con sencillez, demostrando su interés por la vieja. Sonrió ésta acariciando el pelo de la reina.

—Si buscabais a La Coruxa, la partera y curandera, sí, soy yo. Ahora, que si buscabais a otra Alexania...

—¿Cómo habéis sabido que os necesitaba, vieja madre?

—Nada más fácil, pequeña, habéis llegado precipitadamente, casi sin compañía, los criados hablan... Hace mucho tiempo que me preguntaba cuánto tardaríais en venir o en llamarme.

—¿Por qué lo esperabais, madre? —La reina siente curiosidad.

—Porque en todos los reinos se comenta la falta de herederos del reino de Aragón, señora.

—¡Ahora desearía haberos llamado antes! —Sin saber por qué, la joven se siente agradecida a la vieja Coruxa, su aspecto benévolo le inspira confianza. Esta partera hizo concebir a doña Urraca Teresa, aunque ella murió al dar a luz...

—Bueno, bueno, niña, decidme qué os preocupa, por qué lloráis tanto. Quizá no es demasiado tarde aún... contadme, contadme... —Llevada por la voz persuasiva de La Coruxa, Ermesinda le cuenta su vida, sus penas y sinsabores, cómo el rey ha tomado a otra esposa e inclusive la ha amenazado con hacerla encerrar. La vieja Alexania, con las manos cruzadas sobre su regazo, escucha sin decir palabra asintiendo de vez en cuando. Quizá ni oye lo que le dice la reina, quizás está medio dormida, ¡es tan vieja!

—Bien, señora, os he oído y creo que me he formado una idea. Lo principal es que mi señor el rey Ramiro os ama y que sólo busca un heredero, no otra mujer. Aunque podría llegar a enamorarse de la madre de su hijo, ése es un peligro que corremos, nos daremos prisa para que volváis cuanto antes con don Ramiro, no es cuestión de dejar el campo a la rival. Pero tengo esperanzas, señora, grandes esperanzas. No os quiero decir aún nada para no daros falsas expectaciones, basteos con saber que lo vuestro creo que tiene cura, casi seguramente.

Pero habéis de seguir mis indicaciones enseguida y sin preguntar. —Mientras hablaba, La Coruxa sostenía las manos de Ermesinda entre las suyas sarmentosas, al fin susurró en voz baja—. Creo que sí, señora, que tenemos ya la solución. En cuanto acabe la caza, o mejor ahora mismo os venís a palacio y os acostáis. —Alentada por una nueva esperanza, contra toda razón, la reina se levanta rápidamente y dice a la vieja.

—¡Voy ahora mismo con vos! —Decidida, la reina se dirige al lugar en donde están atados los caballos.

—No, señora, a caballo, no —dice la vieja—, iremos a pie, muy despacio pero a pie, el paseo os hará bien.

—¿Pero por qué, buena madre?, me gustaría ir a caballo. Os conseguiré otro y os llevarán a la grupa de uno manso.

—No haría falta que me llevasen a la grupa, señora, yo sé montar, pero he dicho que me habréis de obedecer sin preguntas. No quiero que montéis, eso es todo. —Mohína, obedece la reina, no está acostumbrada a que le ordenen cosas, y mucho menos sin explicaciones, pero es tanto su deseo de tener un hijo y evitar que Ramiro consiga un heredero con Amuña de Barbenuta, que cede sin rechistar. Así van las dos mujeres, paso a paso, por la umbrosa espesura, camino de palacio. Lejos de ellas les sigue un soldado a quien Ramiro ha encomendado que jamás pierda de vista a la reina de Aragón. Por fin llegan las dos mujeres a la gran casa de piedra que hace las veces de palacio en el Sobrarbe.

—Ahora, doña Ermesinda, haréis lo que yo os diga. Sin preguntar y sin demora. —Con la cabeza asiente la reina—. Os dirigiréis a vuestras habitaciones y os acostaréis enseguida. —Como una niña pequeña, la reina de Aragón obedeció. Afuera soplaba el viento. El día se había estropeado mucho.

Alexania venía cada día a visitar a la confinada reina, hablaban mucho de cosas intrascendentes y La Coruxa insistía en que acercasen la cama de la joven a la luz del sol cuando éste lucía a través de la ventana; la reina no entendía por qué había de permanecer encamada. Ella estaba sana, pero a pesar de todo la vieja insistía en que reposase, ponía su mano arrugada en la frente de la reina y asentía con la cabeza. El invierno se acercaba a pasos agigantados, un día amaneció frío y gris y algunos copillos aparecieron arremolinados. La reina, quizá por ello, se sintió mal. Rechazó el tazón de leche que le trajeron y se dejó atender con desgana. La lavaron y peinaron y al volver a la cama, comenzó a devolver. Se sentía francamente mal. Llamó a una sirvienta para que le trajese algo que la abrigase, tenía escalofríos. En esto estaban cuando entró Alexania en la habitación. Venía como siempre vestida de negro, arropada en innúmeros manteos que no dejaban adivinar su cuerpo. Hubiera podido ser un cuerpo sin carne o una mujer rolliza. No se intuía nada bajo sus vestiduras, sólo su rostro enjuto hacía pensar en una mujer flaca. Al ver a la reina de mal color y con los ojos cerrados la miró con interés.

—¿Qué os sucede, señora? —preguntó secamente, sin haber ni siquiera saludado según era su costumbre.

—No lo sé, buena madre, estoy enferma. Quizá me sentó mal la cena.

—¿Comisteis acaso mucho, señora?

—No, cenar mucho me da malos sueños. Tomé una sopa de pollo y un muslo del mismo. Luego una manzana.

—¡Bien, bien, esto marcha muy bien! —Parecía complacida la vieja con la miseria de la joven reina. Sin hacer mucho caso de la doliente sacó de un bolsillo un lienzo fino, se hizo traer un cuenco de agua fresca en donde introdujo el liencillo. Luego colocó el pañito en la frente de la reina. Rezó tres padrenuestros y quitó el lienzo, lo miró con detenimiento—. ¡Seco! —dijo con satisfacción—. ¡Seco del todo! ¡Albricias, señora, ahora estoy completamente segura!

—¿Segura de qué, buena madre? —interrogó la reina, que volvía a sentirse mal, y con ganas de devolver.

—Señora, tenéis fiebre.

—No me extraña, me siento muy mal.

—No lo entendéis, señora, estáis clueca.

—¿Clueca yo —se extrañó reina— como una gallina?

—No, niña, como una gallina no, estáis preñada. Pensaba observaros aún unos días, pero ya estoy segura y no es necesario, vuestras náuseas son otro síntoma. Sin duda estáis encinta. Vinisteis ya preñada de vuestro marido el rey, pero aún no lo sabíais, yo lo sospeché en cuanto os vi, pero no quería daros falsas noticias, por eso he preferido esperar hasta que se hiciese bien evidente. —Al punto se sintió mejor doña Ermesinda.

—Quiero levantarme e ir a Aragón —dijo con alegría, pero La Coruxa movió la cabeza.

—No, señora, ahora no, podríais perder al niño. Os quedaréis aquí bajo mi cuidado tres o cuatro meses, entonces podréis iros, pero en jornadas cortas, de dos o tres horas al día, organizando antes el viaje para que lo tengáis todo resuelto.

—Entonces, cómo puedo separar al rey de Amuña —dijo con amargura la reina—. ¡Todo ha sido en vano!

—No, señora, en vano, no. Ya tiene el rey un heredero, al menos la esperanza de uno en camino. Escuchad, tengo una idea: mandaremos recado a don Ramiro con la feliz nueva y le diremos que es importante que venga, que estáis muy deprimida y que su presencia os haría mucho bien. Eso lo apartará de la barragana. —Esta idea pareció acertada a la reina, así separaría a don Ramiro de doña Amuña, luego sólo tendría que repudiarla, dotándola si fuese necesario. Lo pasado sería un mal sueño. Esa noche doña Ermesinda durmió como hacía tiempo que no lo hacía.

La noticia llenó a todos de regocijo. La reina recibió los parabienes de don Gonzalo y de todos los compañeros de éste, inclusive de su más directo y amado amigo, un caballero gascón de nombre Ramonat. Aunque la reina, de la familia condal de Bigorre, conocía a casi todas las familias gasconas, no pudo localizar en su memoria a este caballero, él le dio muchos detalles pero ella no pudo reconocerlo. Cierto es que todo lo que Ramonat decía era verdad y que parecía conocer a todos los condes y potestades de allende la frontera, inclusive a su padre, el conde Bernardo, pero ella no consiguió recordarlo. Tampoco le dio mayor importancia. Cuando Ermesinda salía al jardín, cosa que hacía todas las mañanas, Ramonat venía y le daba cortés conversación y a veces tocaba la vihuela y le entonaba dulces canciones provenzales; también jugaban al ajedrez durante largas horas en silencio. Todos los días esperaba la reina noticias de don Ramiro.

Por un tiempo don Ramiro fue feliz con su nueva esposa, al menos si no feliz, porque sufría por doña Ermesinda, sí al menos la joven con su alegría y su amor le entretenía. Ella nunca se cansaba del juego erótico y era como una gata en celo. El rey se reía mucho con ella y le parecía que era la persona indicada para ser la madre de su heredero. Era sana, alegre y al parecer lo amaba mucho. Por fin un día la joven le dijo al oído algo que él deseaba oír hacía ya tiempo.

—¡Dios mío! ¿Es verdad, estáis del todo segura? —Era tal la ansiedad de Ramiro que Amuña se ríe.

—¡Claro que es verdad, mi señor, estoy embarazada!

—¡Por fin un hijo, alabado sea el cielo y mis santos protectores! ¡Por fin el reino podrá respirar tranquilo!

—¿Cómo le llamaremos, don Ramiro? —pregunta Amuña, que aunque complicada parece más práctica.

—Sólo hay un nombre posible: Sancho, hijo de Ramiro, Sancho Ramírez.

—¿Y si fuese princesa? —Esto era algo en lo que no había pensado el rey.

—No será hembra, será varón, estoy seguro. El Señor Dios Todopoderoso me manda un heredero a pesar de mis pecados, no por mí, sino por el reino. Me mandará un varón, ya lo veréis. —Con esta noticia, al rey le embargó tal felicidad que creyó morir. Cubrió de besos y abrazos a su Amuña y ésta aprovechó la ocasión para pedirle mil chucherías como una niña que ha hecho algo gracioso y demanda dulces. Un perrito enano, unos jilgueros, unas varas de tela azul, unas sandalias con hebillas de plata. Le otorgó todo y de muy buena gana, pareciéndole poco en retorno de lo que la joven le había traído. Enseguida se dirigió al palacio en donde tan feliz había sido con la ausente Ermesinda para hacer partícipes a los nobles del reino de la buena noticia: Amuña estaba embarazada.

Desde Ciella cabalgó raudo, tal y como era su costumbre cuando se hallaba feliz o preocupado, prescindiendo de cualquier escolta o compañía. Le parecía que la naturaleza toda se alegraba con él, ojalá la reina le perdonase esta felicidad y pudiesen recomponer su vida juntos. Aun ahora no dejaba de pensar en Ermesinda. Con sorpresa constató que Ermesinda era parte de su cuerpo, que sin ella no estaba completo ni satisfecho. En el instante mismo en que Amuña le había proporcionado la esperanza de un heredero, la joven había dejado de ser una compañera para ser la madre de su hijo. Con extrañeza total vio que podía prescindir de ella a pesar del agradecido cariño que sentía por la joven.

Por fin, después de haber cambiado de caballo varias veces por el camino, llegó a su destino. No faltaban monasterios o amigos por el camino dispuestos a servir al rey. Era ya de noche, cuando exultante subía los escalones de palacio; al centinela que le intentó cerrar el paso preguntándole quién era se dio a conocer para abrazarle seguidamente, con gran admiración de parte del joven soldado.

—¿Quién está en casa? —gritó al entrar. Unos sirvientes medio dormidos acudieron enseguida.

—¡Señor, qué casualidad! —Entraron tras los sirvientes unos nobles adormilados—. Hemos recibido noticias esta anochecida e íbamos mañana a Ciella a llevároslas. —Pero él les interrumpió.

—Yo también traigo noticias, noticias grandes. ¡Doña Amuña está esperando un hijo! ¡Ya tenemos príncipe heredero! —Para sorpresa de don Ramiro, los nobles se miran azorados—. ¿Pero qué pasa? ¿No os alegráis acaso?

—Sí, señor, sí que nos alegramos, pero el caso es que...

—¿Qué es eso, vive el cielo, que tanto os preocupa?

—Recibimos mensaje del Sobrarbe, doña Ermesinda, la reina, está preñada y os reclama allí.

El rey no puede dar crédito a lo que oye. ¿Doña Ermesinda también está embarazada?

—Dios mío, siete años sin heredero y ahora dos en el mismo día. —Se sienta en un taburete y rompe a reír hasta que se le saltan las lágrimas. Los nobles se miran entre ellos y no osan decir nada, esperan a ver en qué para esto. Por fin se pone en pie y se limpia las lágrimas que han brotado de tanta hilaridad—. ¡Vaya broma, amigos! ¿Qué hago ahora con dos esposas y dos herederos? Bien, nos veremos mañana. Idos a vuestro aposentos, yo me iré al mío. ¡Ah, que me suban unas botellas de buen vino, me voy a emborrachar! —Durante dos día el bueno de *En* Ramiro no pudo levantar cabeza de la borrachera que cogió, al tercer día mandó recado a doña Amuña de que se cuidase hasta que él regresase, graves asuntos le apartaban de su lado. Cargado de regalos partió a visitar a la reina doña Ermesinda.

Los esposos se reencontraron colmados de felicidad. Aún tuvo Ramiro buen humor para decir a la reina:

—¡Ay, Ermesinda, debemos pelearnos más a menudo, es por la fiebre de la pelea que tuvimos que concebisteis. El frío no os sienta bien! —Abraza a Ermesinda y ríen ambos encantados en su felicidad. No se atreve ella a preguntar por Amuña, ni el rey a mencionarla, ni mucho menos contar a su esposa que espera un hijo de la de Barbenuta.

—Ramiro —interrumpe Ermesinda sus pensamientos—, nuestro hijo se llamará como siempre habíamos soñado: Sancho, hijo de Ramiro, Sancho Ramírez. —Azorado el rey asiente para no tener que dar explicaciones. No sólo tiene dos esposas y dos herederos que nacerán casi el mismo día, sino que ambos se llamarán Sancho Ramírez.

Con sentimiento pero con alivio, el rey aceptó que la reina debía descansar tres o cuatro meses, como recomendaba Alexania, no fuese a abortar después de haber deseado tanto tiempo ese heredero. Pero otro problema roía al rey y no le hallaba solución: el hijo de Amuña era también vástago real y, con razón, la de Barbenuta le daba por futuro y legítimo rey de Aragón. Debía encontrar una salida digna y noble para la real barragana y para el hijo de ambos.

Contó en secreto el rey Ramiro a su hermano el rey Gonzalo la situación surgida y cómo tenía ahora dos herederos y dos esposas. A pesar de la difícil situación el joven no dejó de regocijarse.

—¡Vaya, hermano, y parecíais tonto! —Un tanto mohíno pero también divertido, Ramiro le cuenta ahora cómo se rió él mismo cuando se enteró en una tarde de su excepcional suerte.

—¿Y qué hicisteis luego, buen hermano?

—Pues lo único que se me ocurrió: me emborraché hasta las cachas. —Ríen de nuevo los dos.

—¡Pues vamos a tomarnos unas copas!

En esa ocupación les dejamos mientras doña Ermesinda descansa y charla con la vieja Alexania. Ahora le pregunta cómo puede demostrarle su agradecimiento.

—Nada me debéis, señora, las mujeres somos nosotras mismas las que solucionamos nuestros problemas. Ya estabais embarazada cuando llegasteis, yo no he hecho nada.

—Pero vos lo notasteis enseguida y me llevasteis a descansar. ¡Si no, quizás hubiese perdido a mi hijo!

—¡Tonterías, niña! —A veces le llama así y la reina no se siente mal al ser llamada tan familiarmente por la vieja—. Sólo quería confirmar mi primera impresión. Ahora bien, si en verdad deseáis darme algo, dadme algo chico, una cadenilla de oro, bastará y sobrará.

—Desearía daros mucho más —dice la reina agradecida—, pero si eso es lo que queréis, mandaré que os la den. ¡Acercaos, buena madre, os quiero dar algo! —Lo hace así intrigada La Coruxa y la reina de Aragón con infinita suavidad tomando el rostro renegrido y arrugado de la vieja besó suavemente sus ojillos cerrados, luego la dejó ir—. Siento no poder daros nada mejor, buena madre.

—Me habéis dado lo mejor que teníais, niña, yo no puedo corresponderos. Os iba a dar un anillo de plomo, pero ahora recuerdo que no tengo uno a mano, os lo daré más adelante, quizá dentro de unos años. No vale nada. Id con Dios, pequeña. —Se levantó como con gran esfuerzo y marchose lentamente. Pasaría algún tiempo antes de que Ermesinda volviese a ver a La Coruxa, ni siquiera vino a por la cadenilla prometida.

Habiendo dejado a su mujer contenta y haciendo reposo, *En* Ramiro ha vuelto a Aragón y lo primero que hizo fue convocar a *En* Íñigo López de Barbenuta, a él, de hombre a hombre, le cuenta la situación en que se ve. Lamenta el rey haber alimentado esperanzas vanas tanto en la barragana real como en su padre, el noble de Barbenuta. Sin embargo, le asegura el rey, el hijo de Amuña se llamará Sancho Ramírez y será reconocido como de *prole regis*. Desea el rey no hacer daño a Amuña, con quien ha logrado una efímera felicidad. Se romperá o rescindirá el contrato de barraganía por mutuo consentimiento, pero se esperará hasta que nazca el vástago real para que no haya duda de su identificación como hijo del rey Ramiro. Amuña puede pedir como indemnización lo que le parezca, si es posible se le dará sin regatearle nada.

El bueno de *En* Íñigo le escucha en silencio. Tiene el corazón roto. Es fidelísimo a su rey pero también es un amante padre y ve que su hija no podrá fácilmente recobrarse de este golpe. Creía ella tener el amor del rey y ahora éste, tan pronto se ha enterado de que doña Ermesinda está preñada, la abandona sin más y ya está hablando de romper su contrato, cuando hace apenas días que se firmó. Pero también comprende que el hijo legítimo, de legítimo matrimonio, tiene todas las preferencias para heredar, y que no hay razón para tener un contrato de barraganía teniendo una esposa fértil. No era lo mismo cuando la reina parecía estéril.

Continúa el rey, que se siente incómodo ante su fiel *En* Íñigo.

—En todo caso, le dejo total libertad para quedarse soltera, profesar en religión o casarse. Si tal desea, podemos buscarle un marido de categoría, un buen caballero que la trate bien y la respete. —Niega el de Barbenuta con la cabeza.

—No más matrimonios, alteza, al menos es muy prematuro ahora hablar de ello. ¿Del niño, qué haremos de él?

—El niño, como os dije, es de *prole regis*, sin embargo, permanecerá con su madre hasta los seis años, luego ha de venir a la corte para ser educado, si ella quiere venir con él, es bienvenida, si no, yo mismo le tendré con mi otro hijo. ¿Os parece bien? —Aunque afligido y frustrado en sus esperanzas de entroncar con el trono, asiente *En* Íñigo, dadas las circunstancias, no se puede hacer nada mejor. Solucionado este asunto, envió *En* Ramiro a *En* Íñigo al castillo de Ciella para que acompañase a doña Amuña hasta que ésta diese a luz. Luego el rey le comunicaría las nuevas.

Pero no queda tranquilo. Debe dar una heredad al hijo de Amuña ya que el trono sería para el hijo de Ermesinda. Como el niño de *prole regis* nacerá en el castillo de Ciella, se le ocurre que podía darle un pequeño condado cuyo centro fuese Ciella, con las tierras comprendidas entre éste y los castillos de Rueste y Petilla, posesiones ambas de don García. Mataría dos pájaros de un tiro: recuperaría esas plazas fuertes y al mismo tiempo las daría a su hijo. Con esas tierras se formaría un pequeño señorío cuadrilongo, fácil de defender por tener en sus puntos extremos sendas fortificaciones. Había una dificultad: era casi imposible tomar por la fuerza ninguno de los dos lugares por él codiciados, tanto Rueste como Petilla podían soportar un largo asedio. Pero el rey de Aragón no se desanima, cree tener una idea brillante: conquistaría la ciudad de Tafalla, mucho más asequible para sus fuerzas y luego la cambiaría por las dos plazas insignificantes. Convencido de lo acertado de esta idea y porque necesitaba acción para no pensar, convocó en secreto sin dilación junto a la ciudad de Tafalla a sus protegidos, los reyezuelos moros de Tudela y Huesca, así como a Suleymán ben Hud. Confiaba mucho el rey Ramiro en la velocidad y la sorpresa del ataque para tomar sin mucho derramamiento de sangre la ciudad de Tafalla. Deseaba un triunfo fulminante. Ninguna de las dos mujeres había parido aún y él quería terminar el asunto del condado del hijo de Amuña para concentrarse en su hijo legítimo.

Puntualmente y listos para el combate, sus tributarios salieron a su encuentro en el punto elegido.

—Bien, henos aquí, señor, por primera vez juntos en batalla —decía con cierta fanfarronería Suleymán. Vestía con la elegancia que le caracterizó siempre sus ropas flotantes y de ostentosos colores sobre los que brillaba como la luna oscura una cota de metal pavonado. En la cabeza un turbante blanco con una pluma sujeta con un broche de rubí.

—Sí, mi señor Suleymán, nos encontramos como guerreros y como amigos, compartiendo los días como espero que compartamos la gloria.

Pero Suleymán pareció no oír aquello de la gloria y preguntó concisamente a Ramiro:

—Y amén de la gloria, que la doy por descontada, ¿en qué me beneficia vuestra guerra?

—En primer lugar os beneficia en que yo siga dispensándoos favor. Me necesitaréis en el futuro si queréis seguir siendo rey de Zaragoza. Aún no he visto vuestras parias, así que sois el menos indicado para pedir —contestó con fastidio el rey Ramiro. Pero Suleymán se rió tranquilamente enseñando sus dientes blanquísimos.

—Si hacemos botín os pagaré con él. Si no, me las perdonaréis por tres años por los gastos incurridos en vuestro nombre. Además, bien sé que sin mi ayuda y la de mis hermanos moros de Tudela y Huesca, no habríais podido intentar esta aventura. A propósito —se acercó más al rey y le susurró al oído—: ¿qué diríais si yo algún día me nombro rey de Tudela? —Don Ramiro se quedó sin habla, conocía a Suleymán y sabía que no hablaba a humo de pajas; le estaba informando de sus pretensiones. Fingió no tomarlo en serio y le contestó también en voz baja y como en broma.

—Si tal día llegara, estaría de acuerdo, siempre que estuvieseis al día en vuestras parias. Si no, siendo como es mi tributario, ayudaría al de Tudela. Él sí que me paga puntualmente, aunque poco, pues es pobre comparado con vos. —Entendió el mensaje el de Zaragoza, ejecutó un movimiento ágil con sus dedos largos y finos y entre ellos aparecieron de pronto algunas monedas de oro que brillaron alegres al sol.

—Muchas como éstas, ¿verdad, alteza? Sólo tengo que mover un poco los dedos, así y así. —Muchas más monedas aparecieron según el rey moro hablaba, luego con la misma celeridad desaparecieron como por ensalmo—. ¡Oh, qué tímidas son, se esconden al menor peligro!

Los aliados se dirigieron a Tafalla con toda celeridad esperando que la sorpresa jugaría a su favor. Pero el desconcierto no fue para los navarros sino para los aragoneses, cuando al caer la noche, y ya cansados, avistaron las murallas de la ciudad. Una hueste inmensa y furiosa como un enjambre de tábanos cargaron contra ellos sin darles oportunidad de defenderse. Don García, informado por sus espías de las intenciones de Ramiro, acudió raudo a defender Tafalla y mostrando unos reflejos dignos de un gran general, había llegado con tiempo inclusive de descansar.

Fue terrible la batalla, los consternados invasores ya no luchaban por conquistar Tafalla, sino por salvar sus vidas, a los gritos de los heridos y agonizantes se unían las exclamaciones broncas de los combatientes y el chocar de las armas. Para añadir más horror y miseria, empezó a llover. Pronto el campo fue un barrizal de sangre, lodo y agua en donde se resbalaban los caballos y los hombres y en donde era cada vez más difícil mantenerse de pie y aun moverse, atraídos por el pegajoso légamo y estorbados los movimientos por los cadáveres de hombres y animales.

Oscureció y no se había aún decidido el combate, luchaban todavía los supervivientes ya sin ver contra quién; a veces se preguntaban en la oscuridad por su lugar de origen; si era el mismo, se perdonaba la vida; si no, se atacaba a muerte. Seguía lloviendo y los hombres ya sólo luchaban a bulto. Los primeros en desaparecer como si se los hubiese tragado la tierra fueron los aliados moros, abandonaron toda impedimenta que les pudiese estorbar y se esfumaron sin más. Los aragoneses resistieron más tiempo, pero su número era muy inferior a los de la tropa de García de Navarra. Se encendieron algunas teas y a su luz rojiza se continuó la batalla entre alaridos y juramentos y siempre bajo una tromba de agua que parecía ya llover sangre.

—¡Señor, señor! —Era el noble navarro Fortún Garcés el que así llamaba a don García—. Señor, creo que debemos cesar la batalla, me parece que don Ramiro debe de haber muerto. Los moros han huido, de los musulmanes sólo quedan en el campo cadáveres, vivo ninguno. ¡Ved aquí lo que os traigo! —De la brida trae un equino con los ojos desorbitados y piafando ruidosamente; está claro que el animal está aterrado por el ruido y la oscuridad y porque no tiene jinete que le tranquilice. Es un soberbio corcel negro, con borrenes de plata y ataharres de damasco, digno en todo de un rey.

—¡Pero si es *Sombra*, el caballo de Ramiro! —dice admirado el de Navarra—. ¿Dónde está ese traidor?

—No sé, alteza, no ha aparecido. *Sombra*, sin jinete, vagaba perdido y desbocado. Os lo he traído como presea.

—Os lo agradezco, Fortún Garcés. En efecto, creo que la batalla ha terminado, el campo es nuestro. Decid que las bocinas den la señal de cesar el combate y de recoger a los heridos, si es posible con esta lluvia. Que se levanten enseguida tiendas para guarecer a nuestros supervivientes y que los médicos los atiendan. ¡Que se remate a los enemigos!

Suenan los cuernos anunciando que el rey García de Navarra está bien y que se ha terminado el combate. Los hombres están mortalmente cansados. Los que no están heridos se sientan sobre el lodo y respiran fatigosamente. Pronto empiezan a buscar a sus camaradas y amigos alegrándose si los hallan vivos y lamentándose si los encuentran muertos o malheridos. De los enemigos se hace una terrible masacre. Así va pasando la noche fría y lluviosa. Tafalla se ha salvado sin ser tocada. Don Ramiro ya no podrá hacer el condado que deseaba para su hijo y de Amuña. Él mismo, a duras penas, ha salvado la vida. Habiendo caído de su caballo, y cegado por la lluvia, vagó por el campo de batalla y milagrosamente no fue muerto. Con calentura y con el corazón destrozado por la evidencia de la derrota, vagó entre los combatientes repartiendo mandobles sin saber a quién. Al oír la señal que anunciaba el fin de la batalla, se desplomó sobre el barro y se durmió. Por increíble que parezca, había perdido toda la ropa, cayó exhausto al suelo, desnudo y cubierto de sangre.

Al salir el sol se levantan vahos pestíferos del suelo. La sangre mezclada con el agua y el barro se ha corrompido rápidamente y un olor espeso y maldito sube como una tufarada nauseabunda. Los hombres de García siguen buscando supervivientes. Sobre el barro encuentran a don Ramiro inerte y aterido, pero como está desnudo no le clasifican como enemigo.

—¿Quién sois, buen hombre? —preguntan—. ¿Estáis herido? —Desolado, no contesta el rey. Le toman por loco o por alguien que ha perdido el habla, y se lo llevan para que beba algo caliente. Él se deja llevar sin pronunciar palabra; cubierto de sangre como está, vuelve a sumirse en el espesor de la fiebre. Ramiro durmió un día entero, agotado su cuerpo y rota su alma por la derrota, se rindió a un sueño profundo como la misma muerte. Le habían colocado en un jergón en la tienda reservada a los heridos y vista su desnudez, algún alma caritativa le había cubierto con una manta. No supo que mientras dormía, consumido por la fiebre, los navarros masacraban a los últimos supervivientes aragoneses. Cuando volvió de su sueño todavía no pudo enterarse de qué sucedía pues la fiebre le impidió entender lo que estaba pasando. Le dieron de beber y volvió a caer en una especie de olvido, de estupor, un lago rojo de dolor y muerte. Así varias veces, durmiendo y despertándose para beber, aniquilado por la fiebre, estuvo varias jornadas.

Por fin, al tercer o cuarto día, se despertó con la cabeza más despejada y por primera vez constató la realidad de su situación. No lejos de su jergón vio a un hombre cuidando a un herido.

—¡Aquí, buen hombre! —llamó con voz vacilante—, decidme, ¿quién ganó la batalla?

—¿Que quién ganó la batalla? —se admira el hombre de la pregunta—. ¡Mal debéis de estar para no recordar que fuimos nosotros! —Don Ramiro tuvo aún la suficiente presencia de ánimo como para no revelarse al enfermero.

—Nosotros, sí, nosotros, pero... ¿quiénes somos nosotros? —El hombre lo mira meneando la cabeza.

—¡Qué mal estáis! ¿No sabéis quién sois? —Ramiro niega con la cabeza.

—No me acuerdo —contesta *En* Ramiro con precaución—. ¿Y vos, quién sois vos?

—Yo, Isidoro, hombre del rey García. Pamplonés por más señas. ¿Os acordáis de algo? —Pero don Ramiro no quiere contestar a esta pregunta. En lugar de responder, dice al hombre:

—Estoy desnudo, ¿podéis facilitarme algo para vestir? —Le mira su interlocutor y ve que, efectivamente, el que tal solicita está cubierto sólo con la manta. Se compadece de él.

—Debisteis de pasar muy mal rato. Os han arrancado toda brizna de ropa. No os preocupéis, os traeré algo. Lo que sobra es ropa. Ha habido muchos muertos. Unos, porque murieron en la batalla; otros, porque el rey mandó rematarlos. No ha quedado ni un solo aragonés ni moro con vida. Os traeré la ropa de algún difunto. Ellos ya no necesitan nada.

Oyendo la triste suerte de sus tropas, el rey Ramiro se vuelve hacia la pared y sin ser visto llora amargamente. De un tiempo a esta parte todo lo que hace parece salirle al revés. Su matrimonio con doña Amuña, su intento de hacer un condado para su hijo. De pronto se pregunta si no será un castigo de Dios por haberse atrevido a casarse con dos mujeres como los infieles. Sin pensar en su desnudez se pone de rodillas y se golpea el pecho en sentida contrición.

Confiteor Deo omnipotenti... [«Yo pecador me confieso...»] Concentrado en oración le encuentra el buen samaritano cuando vuelve con algunas prendas de ropa bajo el brazo. Se queda sin habla al ver al desnudo monarca de rodillas rezando en alta voz. Con curiosidad y algo de temor se acerca a él y le pregunta:

—¿Acaso sois clérigo? —El rey niega con la cabeza e interrumpe sus rezos.

—Sólo soy un indigno siervo de Dios. Gracias por la ropa —añade agradecido—. Me vestiré ahora.

—Quizá necesitéis aún más descanso —sugiere el buen hombre entregándole unas prendas.

—No, ya he descansado demasiado, tengo que afrontar mi destino enseguida. —Estas palabras suenan al pobre hombre como si las dijese un loco, menea la cabeza y musita:

—¡Como queráis! —Se viste el rey con lo que Isidoro le trajo, son prendas corrientes, de soldado. Unos calzones maltratados, una túnica corta y un ceñidor a manera de cinturón. Nada es de su medida. No tiene zapatos. Descalzo echa a andar por el barro. La tempestad que se desató mientras la batalla se desarrollaba, convirtió el campo en un tremendo lodazal, batido por los pies de los combatientes y por los cascos de los caballos, aún no se ha secado. Unas largas zanjas cubiertas por túmulos hacen adivinar que allí se han enterrado centenares o miles de hombres. El corazón del aragonés se rompe al pensar que la mayor parte son sus fieles y amigos que le siguieron en su descabellado intento. Va andando como un sonámbulo sobre el barro, al pasar lo miran con indiferencia los pocos hombres que se cruzan con él.

—¿Dónde está la tienda del rey García? —pregunta a uno que le parece mejor vestido. El interfecto, sin mirarle, le señala una dirección, luego sigue su camino. Hace mucho frío y la capa superior del lodo empieza a helarse formando crestas afiladas que le cortan los pies según va caminando, pero don Ramiro no lo nota. Desearía estar muerto, como sus hombres. Va a ver a su hermano para correr igual suerte que los suyos. Por fin llega a la tienda.

—¡Anunciadme al rey! —pide al guardia que está a la puerta. Éste le mira desdeñoso.

—¿Y quién sois vos, si puede saberse? El rey está con un correo de Nájera. En todo caso podéis esperar un rato. No os anunciaré hasta que se haya ido. —Aunque atormentado por su derrota y la muerte de sus hombres y por el recuerdo de la defección de sus aliados moros, tiene un brote de orgullo herido. ¡Mejor morir como rey a ser tratado como mendigo!

—¡Anunciadme inmediatamente, bastardo! —mascula ciego de ira. Con los pies cubiertos de barro y sangre, con unos vestidos que no son de su talla, la barba descuidada y los ojos enrojecidos, se yergue en toda su prócer estatura—: ¡Soy el rey Ramiro! Ahora, ¡zape, maldito gafo! —Asustado, el centinela entra en la tienda de don García. No hace falta que el vigilante pida audiencia para el recién llegado, desde dentro el rey navarro ha escuchado claramente las breves palabras de ambos. Con sorpresa e ira ha reconocido la voz de su hermano, así que aun antes de verle grita desde dentro:

—¡Que pase enseguida! —Y a continuación—: ¡Los demás, todo el mundo fuera! —Un pequeño tropel sale desordenadamente obedeciendo las abruptas órdenes del rey García. El último en iniciar la salida es el mensajero venido de Nájera—. ¡Vos, mensajero, quedaos aún un momento! —Al oír el mandato del rey, el portador de noticias se queda temblando en un rincón de la real tienda. Adivina una escena tormentosa y no se equivoca el buen hombre—. Así que sois vos —dice fríamente García a Ramiro en cuanto éste hace su aparición, mirándolo de pies a cabeza—. ¿De dónde salís?

Ramiro le devuelve la mirada sin expresión alguna, aunque vestido como un desharrapado tiene porte de rey. Viene a morir y no le importa la voz de su hermano ni cómo lo mire, sobrepasado ya el límite de la pasión, o la esperanza.

—¿De dónde salís?

—Del infierno, creo. ¿Qué ha pasado con todos mis hombres?

—Los moros huyeron en mitad de la pelea, los que yacían en el campo heridos, han sido muertos, al igual que todos los vuestros que cogimos, heridos o sanos. No queda ninguno. —Siente de nuevo don Ramiro una punzada en su corazón. Sus aragoneses le eligieron por rey para que los cuidase y protegiese y hete aquí que los ha llevado como ovejas al matadero, por una idea ciega. Un condado para su hijo espurio. ¿Y por qué no pudo formar ese condado con tierras propiamente suyas? ¿Qué le hizo pensar que tenía que estar precisamente flanqueado por las plazas navarras de Rueste y Petilla? ¿Y por qué pensó que era una buena idea tomar Tafalla? No tiene ninguna respuesta. Ahora todo le parece un disparate.

—Abreviemos, don García. Mis hombres han muerto. He perdido a mis aliados. Nada de lo que vine a hacer ha salido bien. No deseo ser el único en volver. Dadme muerte y acabemos de una vez. Soy rey, aunque equivocado, y vuestro hermano. Matadme vos. No deseo caer por manos villanas. —Sin miedo y sin esperanzas le mira a los ojos y aguarda.

Está don García sentado en un diván lleno de cojines y almohadones. Es también un hombre hermoso y va elegantemente vestido. En esto le lleva ventaja a don Ramiro, pero éste tiene el aspecto de los que nada tienen y nada pueden perder y por ello son infinitamente ricos. Mira el navarro a su hermano y tiembla de cólera.

—¡Maldito estúpido! ¿Por qué habéis hecho esto? ¿Habéis perdido la razón? Decís que vuestros aliados y vuestros hombres están muertos. Y bien, ¿qué creéis?, ¿que los míos son inmortales? También han muerto por centenares, por miles. Las tumbas que habéis visto ahí fuera son de moros y cristianos y éstos son aragoneses y navarros. ¿Por qué lo habéis hecho, maldito estúpido? —Se levanta resoplando como un caballo. La cólera hace que le falte aire para respirar.

—No tengo que daros ninguna explicación —responde quietamente don Ramiro—. Hice lo que me pareció bien. Seguramente no era una buena idea y a Dios no le complació. He rezado pidiendo perdón, si sois generoso podéis mandarme un sacerdote que me dé los óleos y me absuelva de mis faltas. Sólo deseo acabar con esto cuanto antes. —Don García, apenas lo escucha, pasea agitadamente por la pequeña tienda, da vueltas como un león enjaulado.

—¡Qué fácil es todo para vos! ¡Vinisteis, perdisteis y ahora: a morir! ¿Queréis ser también un héroe? Morir, morir... os aseguro, don Ramiro, que si hubieseis venido unos minutos antes no habríais tenido que pedírmelo ni una sola vez, yo mismo os habría dado gusto enseguida. Os he hecho rastrear por el barro, hemos lavado la cara de cientos de cadáveres esperando siempre encontrar el vuestro, ver vuestro rostro entre los muertos. Os dábamos por desaparecido. —Sonríe con sonrisa cruel don García—. Me resistía a creer que hubierais huido como vuestros moros, dejando aquí a vuestros fieles. Pero aún no habéis contestado a mi pregunta, ¿de dónde salís?

—Combatí toda la noche, al llegar el alba caí en el barro muerto de fatiga. Perdí todo en la lucha, mi caballo *Sombra*, mi escudo, mis ropas. Desnudo y extenuado fui recogido y llevado a una tienda con otros heridos de vuestro bando. He estado allí hasta ahora. Al recuperar el sentido he venido para que terminéis vuestra obra. —Con brusquedad el rey García señala al mensajero de Nájera que está encogido en un rincón esperando un desenlace que se le antoja será funesto.

—Debéis agradecer a ese hombre vuestra miserable vida. —Se admira el correo de oír que gracias a él salva la existencia el rey Ramiro. El aragonés siente sólo una leve curiosidad. Él no conoce a ese hombre, ¿cómo puede entonces deberle la vida? Pero García continúa—: Acaba de llegar de Nájera con una misiva de doña Estefanía, mía esposa, pulchérrima y amadísima. También es la hermana de vuestra esposa, doña Ermesinda. —Al oír hablar de su mujer, don Ramiro vuelve a la realidad, recuerda el amor de doña Ermesinda y que de ella va a tener un hijo, un hijo que ahora quedará sin padre y valedor. Con dolor ve que cuando vino a morir, tampoco acertó. Debía vivir, por su hijo y por su mujer, además de por su reino. No acertaba nunca. Don García seguía hablando—. ¿No decís nada, don Ramiro?

—¿Decir, qué debo decir?

—No sé, algo. Os he dicho que vuestra esposa ha dado a luz un varón, vuestro heredero, después de siete años de matrimonio. Doña Estefanía me mandó este correo urgente rogándome que salvase vuestra vida si era posible aún, por el amor de ella y por su hermana, vuestra reina recién parida. Por eso viviréis, por vuestro hijo y por las reinas. La rapidez de este hombre trayéndonos la carta nos han salvado a los dos. —También don García se alegra de no tener que matar a su hermano, la carta de doña Estefanía salva las apariencias. *En* Ramiro se ha quedado sin habla. Siete años aguardando esta noticia y ahora cuando al fin el esperado heredero acaba de llegar, él, su padre, está lejos, prisionero, vencido y humillado. Y todo por su culpa. Él mismo ha tomado decisiones insensatas que le han llevado a las puertas de una muerte inútil para todos. Oye como en un sueño a don García—: No tengo aquí a Doroteo, que creo anda aún con don Fernando de Castilla, pero yo mismo escribiré un documento que firmaréis y que luego haremos público. —De un arcón saca recado de escribir y sobre una mesa pone el pergamino y empieza a rasguear con la pluma un documento al tenor siguiente:

«*Ego Ranimirus, filius Regis Sancii.* Yo, Ramiro, hijo del rey Sancho, te juro a ti, hermano, por Dios Omnipotente, por la Bienaventurada Virgen María, por los Ángeles y los Arcángeles, y por todos los Santos de Dios, que de esta hora en adelante no buscaré más tierra en contra tuya, ni pondré discordia, ni para turbar la paz ni para provocar guerra con ayuda de los moros o de los cristianos. Y si hubiese alguno que audazmente intentase cosa semejante y quisiese contradecirte, yo seré su enemigo e iré contra él con todas mis fuerzas.» Mientras García escribe este documento, vuelve el sentido común a don Ramiro, se da cuenta de que tiene un hijo, una esposa y un reino. Ya no está enfermo y quiere vivir. Aunque García está aparentemente furioso, ha sido generoso con él y con el pretexto de complacer a doña Estefanía no desea matarlo, sino que viva y sea rey de su reino. Ha podido apoderarse de Aragón por derecho de guerra, tanto si él, Ramiro, hubiese muerto como si no. Le ha vencido: «*Vae victis...*» En lugar de ello está redactando un documento que le da a leer.

—Firmad e idos a ver a vuestra esposa.

Lee Ramiro con atención el texto y de su puño y letra añade: «Y si alguien intentase actuar violentamente o resistir al rey de Pamplona, con el designio de disminuir sus tierras, Ramiro contrae el deber de ayudarle con todo su poder.»

Tiende el documento a García, lee éste lo añadido y parece complacido. Firman los dos. Llamó don García a unos cuantos fideles que confirman y roboran el documento. Todos se felicitan de que ambos hermanos hayan llegado a un acuerdo y un tratado. Están más tarde ambos reyes solos en la tienda.

—Digo, don Ramiro, que debéis ir enseguida hacia el monasterio de San Juan Bautista, San Julián y Santa Basilisa.

—¿Os referís al monasterio de San Juan el Pinatense, el de San Juan de la Peña?

—Sí, sí, al mismo, el del abad Paterno, tan amigo de nuestro padre. No os enteráis de nada. Viendo que tardabais en volver, la reina Ermesinda ha ido allí a dar a luz. No deseaba que el infante naciese en el Sobrarbe. Tenía que nacer en su tierra aragonesa. Imagino que deseando que el infante no fuese endemoniado como vos, eligió ese sacro lugar para traerlo al mundo. Se hizo acompañar de esa vieja que se capta la voluntad de todos, la llamada Alexania.

—¡Bien pensado! —dijo el de Aragón, y luego con cierta amargura—: ¡Hasta las mujeres cavilan con más acierto que yo!

Poco a poco todos los reinos se habían enterado de que don Ramiro había cohabitado con una barragana real. Ahora don García, con aire de misterio, pregunta a su hermano:

—Y esa muchacha, vuestra querida, la de Barbenuta, ¿cómo es? Colijo que todas las tonterías que habéis hecho las habéis hecho precisamente para dotar a esa joven. —Se molesta don Ramiro de tener que dar explicaciones a don García.

—Es muy joven —dijo por toda descripción deseando con ello salir del paso.

—¿Cuánto de joven? —insiste don García

—Catorce años.

—¿Catorce años? Y vos cuántos, ¿treinta?

—Veintinueve —dice de mala gana.

—Sí, claro, veintinueve. ¿Sabéis que sois un vicioso? —Le mira con regocijo y malicia—. ¿Tanto os complace que teníais que meteros en mi territorio y embarcar a moros y cristianos en vuestros enredos? ¡Vamos, vamos, contadme! —Don Ramiro se revuelve inquieto, en verdad se siente bastante incómodo. Él es un hombre casto y recatado. Hablar de mujeres con don García era entrar en terreno escabroso. El de Navarra continúa—: Me gustan todas, jóvenes y viejas, pero ¡pardiez!, tan jóvenes son sosas, tan sosas como comer pollitos. Mejor pollitas ya hechas y mejor gallinas. —Se ríe de su ocurrencia—. Claro que las hay divinamente viciosas... ¿lo es la vuestra? —Piensa un momento don Ramiro: ¿lo es? ¿Es Amuña «divinamente viciosa»? Recuerda que siempre le pareció muy apasionada para su edad. A lo mejor era «divinamente viciosa». Don García espera interesado una respuesta.

—Quizá —admite don Ramiro—, quizá. —Se regocija el rey navarro. Da palmadas a su hermano en los muslos según están sentados uno junto a otro.

—Vamos a cenar; mientras, me contaréis y mañana al romper el día os envío con escolta al monasterio pinatense. Ahora bañaos, que oléis a letrina. Venid luego, cenaremos y me contaréis cosas. Sobre todo por qué diablos habéis entrado en guerra conmigo... Idos ahora, os espero de vuelta para cenar aquí mismo. —Agita una campanilla el de Navarra y aparece un sirviente—. Que se prepare un baño y ropas para el rey de Aragón. Luego que nos sirvan aquí la cena. Preparad alojamiento para su alteza, mi hermano. ¡Fuera! —Se va apresurado el hombre a pasar las indicaciones de su señor. Mientras esperan a que aparezca alguien con la noticia de que el baño está listo, susurra el de Navarra a don Ramiro—: Yo tengo una maravilla en palacio, la suripanta más canallita que hayáis visto. Os la presentaré, es de Gascuña: la dama Sunifreda. Además es hermosísima. —Se ríe al recuerdo de sus aventuras—. ¿Lo habéis hecho de pie alguna vez? ¿Y contra un árbol?

Os lo recomiendo fervorosamente... —Afortunadamente para Ramiro, que no gusta de estas confidencias, aparece el sirviente anunciando que el baño está a punto.

Algo más tarde, ambos hermanos cenan juntos como si no hubiesen estado a punto de matar y morir horas antes. Afuera todavía están enterrando a los muertos.

—Y bien, hermano —vuelve a la carga el de Navarra—, quedamos en que me contaríais por qué os decidisteis a tomar mi ciudad de Tafalla.

Mohíno, el de Aragón confiesa:

—La quería para cambiarla por Rueste y Petilla, vuestras plazas fuertes dentro de Aragón.

—¿Por Rueste y Petilla? ¿Por esas insignificantes plazas habéis casi muerto? No lo entiendo.

—Deseaba hacer un pequeño condado con el centro en Ciella; Rueste, Petilla y Saraso serían sus extremos.

—Visto así, no está mal pensado, a lo mejor yo tomo Ciella y Saraso y hago lo mismo... ¿Qué os parecería? Así tendría un pequeño pero fortificado territorio dentro del vuestro. —Se ríe García de su idea; sin duda está de buen humor—. ¿Y para qué diablos queríais un condado si tenéis un reino? Si los de Barbenuta ya tienen su señorío... ¿Os lo pidió ella?

—No os lo quería decir, hermano don García, porque me siento absolutamente tonto diciéndolo, pero, en fin, ya que tanto me acosáis, os diré que tomé a doña Amuña como esposa legítima, no como amante. El día en que me comunicó que seríamos padres corrí loco de alegría a palacio a comunicarlo a los nobles del reino, sólo para enterarme de que también doña Ermesinda estaba embarazada. Me encontré con dos esposas y dos hijos en el mismo día, y lo mejor es que ambas quieren que su hijo respectivo se llame Sancho Ramírez.

El de Navarra le mira incrédulo.

—¿Que tenéis dos esposas legítimas? ¿Que esa barragana no es sólo vuestra querida? ¿Y dos herederos llamados igual? —Dice lo mismo que había dicho don Gonzalo en el Sobrarbe—: ¡Y parecíais tonto! —Luego se echa a reír—. ¡Ahora comprendo por qué la reina Ermesinda, preñada y todo, estaba en el Sobrarbe! Justamente indignada con vos.

—No sé por qué vos, precisamente, me decís que la reina estaba justamente indignada. ¡Vos, que tenéis amantes y amigas e hijos por doquier! —Se enoja don Ramiro, pero García no cesa de reír. Se atraganta y tose y vuelve a reír.

—¡Os lo tenéis merecido! El matrimonio es sagrado, la reina es sagrada. No se puede tener dos reinas, ni siquiera los infieles tienen dos sultanas. Sólo una es la sultana, las otras son esposas secundarias. Recordad cómo nuestro padre estaba casado con vuestra madre y tuvo que repudiarla para tomar como esposa a mi madre, que luego fue vuestra, a doña Maior.

—¡No deseo entrar en las razones por las que nuestro padre repudió a mi madre! ¡Yo no deseaba repudiar a doña Ermesinda, me ha sido siempre fiel, me ama! ¡Yo sólo quería un heredero!

—¿Sabe doña Ermesinda que tenéis otro hijo con Amuña? —Se sobresalta don Ramiro, también Amuña debe de haber salido de cuentas. ¿Habrá nacido ya Sancho Ramírez Amúñez?

—No, doña Ermesinda no sabe nada aún, creí preferible no decirle nada para no disgustarla mientras estaba preñada. A menos que le haya llegado algún rumor...

—Pues os auguro una buena escena, hermano. Cada día que ha pasado desde entonces será un día de engaño y traición para ella. No conocéis a las mujeres. A ellas hay que jurarles amor eterno todos los días, aunque las engañéis a cada momento, jurar, jurar y jurar las hace felices y no cuesta nada. —Vuelve a reírse—. ¡Vamos a emborracharnos, hermano, mañana os mando en parihuelas al monasterio de San Juan Bautista, San Julián y Santa Basilisa! —Y eso hicieron, se emborracharon a conciencia. Tiene don García buenos caldos, de los mejores son los que la condesa Ermesindis, la de Barcelona y tía de su mujer doña Estefanía, le manda desde el Penedés. Envía a por algunos odres que traen desde Tafalla.

Borrachos como cubas cantaron todas las canciones que sabían, incluyendo las que doña Maior les enseñó de pequeños. Luego salieron al exterior y a pesar del frío no sintieron incomodidad alguna, se dirigieron a las fogatas e invitaron a los centinelas a cantar con ellos. No saben los hombres qué hacer en esta tesitura. Son conscientes de que su deber es vigilar, ¿pero quién se niega a las invitaciones de un rey borracho? El capitán de la guardia manda llamar a más hombres; pronto se presentan éstos somnolientos y ateridos.

—¡Aquí, enseguida! ¡Cantad con los reyes! —Éstos no se dan cuenta de que han cambiado los cantantes, la guardia se escabulle y deja un grupo de voces desafinadas atronando la noche. Aparece el anciano Fortún Garcés, aquel que encontró el caballo de Ramiro en el campo de batalla. Enseguida se hace cargo de la situación e intenta razonar:

—Ved, señores reyes, que hace mucho frío, os vais a enfriar.

—Yo no tengo frío, ¿tenéis vos frío, Ramiro? —Se tambalea don García, que viste sólo su jubón y un ligero manto.

—Yo tampoco tengo frío, tengo calor —añade don Ramiro, y para que así se vea, se quita la camisa y se queda semivestido. Fortún Garcés prevé unas calenturas, pero no sabe cómo convencer a los reyes para que no hagan más tonterías.

—Señores reyes, vestidos así no imponéis ningún respeto a los hombres, un rey debe estar siempre a la altura de las circunstancias.

—¿A la altura de qué, Fortún Garcés?

—A la altura de las circunstancias, señor.

—¿Y qué alturas son ésas? Sólo conozco las alturas de los Pirineos. —Desespera Fortún Garcés de hacerse entender. De pronto tiene una idea.

—Venid a mi tienda, señores reyes, tengo un licor que hacen en mi casa que no habéis probado nunca.

—¿Que no lo he probado nunca? —Se interesa don García—. ¡Imposible, ahora mismo vamos! ¿Verdad, don Ramiro?

—¡Verdad, verdad, verdad! —asiente fervorosamente el nombrado. Apoyándose el uno en el otro van García y Ramiro, avanzando, no en línea recta, sino en zigzag, hacia la tienda de Fortún Garcés. Allí hace un calor agradable gracias a un hermoso brasero de bronce en donde brillan las ascuas de carbón. De vez en cuando salta una chispa con un chasquido acogedor. Se sientan los reyes; don García ha olvidado a qué vino y dice de pronto:

—¿Sabéis, don Ramiro, que este hombre que veis aquí me trajo vuestro caballo?

—¿Mi caballo? ¿Qué caballo? —Las brumas del vino han borrado el nombre del caballo, y aun su recuerdo.

—*Sombra* —le recuerda el de Navarra—. ¿no se llama *Sombra*?

—Sí, tenía un caballo que se llamaba *Sombra*, murió. —Pone la cabeza entre las manos y llora el rey con pena—. ¡Pobrecito *Sombra*, murió en la batalla! —Con voz algo estropajosa el rey García consuela a su hermano:

—No lloréis. ¡Ea! No quiero que lloréis. Ni por vuestro caballo ni por nada.

—No hace falta que vuestras altezas se alteren ni se sientan tristes. —Fortún Garcés habla con paciencia a los reyes, como si fuesen dos críos—: El caballo de don Ramiro no murió y está bien y sano. Después de descansar estos días está como antes. —De pronto García recuerda que es verdad, que Fortún Garcés le trajo el caballo de Ramiro con su silla y todo.

—Ramiro, os tengo una buena noticia: *Sombra* no ha muerto. Alguien lo trajo a mí el día de la batalla. ¿Quién lo trajo? —Se le ha olvidado que fue don Fortún—. ¿Lo sabéis vos, Fortún? —El buen viejo aguanta con paciencia a su señor.

—Sí, alteza, lo sé: fui yo mismo.

—Es verdad, fue Fortún quien lo trajo. —Repentinamente hace memoria el rey—. ¡No os he dado albricias por ello!

—No, señor, pero no importa ahora, abrigaos un poco y mañana me dais albricias. —Niega muchas veces con la cabeza y con las manos el rey de Navarra.

—No, no, y no, mañana lo olvidaré porque estoy algo borracho. —Sacude la cabeza que siente llena de telarañas—. ¡Que venga alguien que sepa escribir, yo no sé!

—Sí sabéis, señor —corrige don Fortún.

—Bueno, sí sé, pero se me ha olvidado. ¿Sabéis vos escribir?

—Sí, señor, no tan bien como vuestro Doroteo, pero sé hacerlo.

—Eso, Doroteo, ¿dónde está Doroteo? Que venga enseguida a beber con nosotros.

—Señor, Doroteo no está. Está en León, adonde vos mismo le enviasteis. Acompaña a los de Castilla.

—Ah, es verdad, se fue a espiar a don Fernando. Bueno, no importa. Vos mismo, sacad recado de escribir.

—Lo haré, señor, si me prometéis, ambos, que os abrigaréis y os iréis a dormir; es más de medianoche.

—Bien, lo prometemos. ¿Lo prometemos, no, don Ramiro? —Asiente éste gravemente. Empieza a escribir el bueno de don Fortún:

—Pongo fecha, decid el texto, señor.

—«Yo, Sancho Garcés.» No, perdón: «Yo, García Sánchez, de Navarra, conocido como El de Nájera, otorgo a vos, Sancho Fortuniones», no, «Fortún Garcés», ¿porque sois Fortún Garcés, ¿verdad?, «quinientos sueldos de plata porque me disteis un caballo óptimo y precioso, de color negro y que era del rey don Ramiro», ahí firmaré.

Ha escrito lo pedido Fortún Garcés, pero dice débilmente:

—Señor, quinientos sueldos de plata es demasiado. —Don García no está dispuesto a ceder.

—¿Verdad que no es mucho por *Sombra*, hermano Ramiro?

—No, no es mucho, es poco, muy poco.

—Pero pensad, señores, no hay en el reino ningún caballo que valga quinientos sueldos.

—*Sombra*, sí —dicen al unísono los dos hermanos.

—Está bien, altezas, *Sombra*, sí. Mañana hablaremos.

—Sancho Fortuniones, digo Fortún Garcés...

—Sí, alteza.

—Mañana estaremos más borrachos que hoy. Ya se me cierran los ojos. Es necesario que don Ramiro vaya a ver a su mujer, que ha parido. Mandadle aunque sea en angarillas a San Juan de la Peña. ¿Lo haréis? —Se resbala el rey navarro del asiento al suelo con los ojos vidriosos.

—Perded cuidado, señor —responde el fiel Fortún—, irá a San Juan de la Peña aunque tenga que llevarlo en brazos.

—¡Qué bueno sois! —dice en voz muy baja el de Navarra antes de caer dormido en el suelo. El de Aragón, sentado en una cátedra, ha mirado todo con los ojos muy abiertos.

—¡Sí que sois bueno, bueno, muy bueno! Y me vais a llevar en brazos con San Juan y San Julián y Santa Basilisa —dice Ramiro con voz insegura—. ¡Cuánta gente! ¿Podréis llevarnos a todos?

—¡Sí, maldita sea mi estampa —se impacienta el viejo—, os llevaré a todos en brazos, pero ahora poneos esta camisa! —Le tiende una al rey Ramiro que se la pone, luego se tiende en el suelo y se queda dormido. Llama Fortún Garcés y aparecen los criados—: Llevad a sus altezas a su tienda y que se les acueste y que se les arrope. Que alguien quede de guardia allí, no sea que se caigan al suelo y se congelen. Que tengan un brasero encendido y que no se los deje solos. ¡Vamos, zape! —Cuando todos se han ido, lee el documento que ha escrito.

»¡Dios, mío —dice el anciano—. Dios mío, están locos los reyes! ¡Quinientos sueldos de plata! He de guardar este documento como recuerdo de esta noche. Mañana lo habrá olvidado, más vale así. —Él también se acuesta. Hace un frío mortal. Todo está tranquilo. Excepto por la guardia, al fin duermen todos. Arriba, titilan, heladas, unas cuantas estrellas.

17

¿Quién mató al rey del Sobrarbe y Ribagorza?
Y de cómo encontramos a los supervivientes de la cripta

> *¿Quién eres tú, la doncella? dímelo por cortesía.*
> *A mi me llaman Fortuna, que busco tu compañía.*
> *¡Fortuna, cuánto me sigues, por la gran desdicha mía!*
>
> De un pliego suelto de la Biblioteca
> de Praga. Siglo XIV

Antes de partir de Santa Pola, el rey-emperador convocó a don Nuño. Su conversación con él se había visto interrumpida por la llegada del monje Servando, que traía noticias de la muerte del abad de Sant Facund. Ahora hablan en detalle de cómo se puede proceder a la cesión de la behetría de don Ares de Omaña al rey para tornar la villa en realengo. Explica el monarca que desea llevar a cabo un experimento en esas tierras. Criar ovejas y establecer un mercado.

—Y es por eso, don Nuño —termina el rey—, y no por ambición o por haceros entuerto, por lo que deseo que Pola de Santa María pase a ser de patronazgo real, dejando la protección del señor de Omaña, y entrando directamente en la mía. ¿En qué condiciones estaría vuestro padre dispuesto a cederme esta behetría para que sea territorio de realengo?

—Al grano pues, alteza. Bien sabéis que mi padre heredó de mi difunta madre unos territorios que lindan con nuestro señorío de Las Omañas. Tengo instrucciones de solicitar de vuestra alteza que esa herencia, hoy terreno de realengo, pueda añadirse a Las Omañas y ampliar así el señorío.

Se escandaliza el rey.

—¡Pero ya tenéis en León un señorío inmenso! ¡Se convertiría así en el primer señorío del reino!

—Ésa es nuestra oferta, alteza, intercambiaríamos esta behetría por ese señorío.

—No es lo mismo, pedís extender un señorío, que da mucho más poder sobre territorios y hombres. Ya ostentáis en Las Omañas el *mero y mixto imperio*, no estoy dispuesto a extenderlo a las tierras de vuestra difunta madre. Oíd mi oferta.

El rey y el joven don Nuño discuten largo rato los términos del acuerdo. Por fin llegan a un entendimiento. No se ampliará el señorío de Las Omañas, pero todo el territorio, hoy de Santa Pola y el alfoz que lo rodea, quedará como de realengo pero don Nuño lo gobernará en nombre del rey, tendrá un castillo en alodio y ambos se repartirán a partes iguales las ganancias que genere el mercado y el pontazgo. Su persona representará al rey. Eso prestigiará mucho a su linaje.

Resuelto el problema a satisfacción de todos, los reyes se fueron, con cierta premura, a presidir la Ceremonia de las Doncellas Cantaderas de León, porque el día de la Asunción estaba cerca. En cuanto a mí, fuime con don Alvito camino del Bóreas, esperando pasar muchas aventuras en tierras extrañas, conocer el famoso monasterio de Cluny, ver los fabulosos libros que los monjes habían coleccionado, y al tiempo tenía pensado recoger información para mi señor, el rey de Navarra. A él también le interesaría tener noticias de primera mano en relación a los temidos Monjes Negros, pues estaba en deuda con el Papa y éste le apremiaba para que a cambio del favor que le hizo perdonando a don Bernardo, el hijo del conde de Bigorre, aceptase de una vez el rito romano, que había de ser traído precisamente por Cluny. Mientras tanto pasaban muchas otras cosas que no debo dejar de relatar pues sucedieron en mi ausencia y para que sigan su orden cronológico es mejor hacerlo ahora, pues estaban sucediendo en este momento.

Ya oímos cómo la reina Ermesinda, cuando sintió cerca la hora del parto, no quiso dar a luz en el Sobrarbe, sino que con buen criterio pensó que el futuro rey de Aragón debía nacer en su tierra. Como se sentía bien y fuerte, pidió a la partera real que la acompañase hasta el monasterio llamado comúnmente de San Juan de la Peña, por la peña en que estaba construido y excavado. No tuvo nada que objetar La Coruxa y así preparó su hatillo con yerbas y pociones para dormir, para los dolores del parto, para las hemorragias, para hacer subir la leche, y otras de las que sólo ella conocía su utilidad, y después de rezar devotamente a santa Comba de Bande, anunció que se hallaba dispuesta.

A poco de llegar, sin mayor trabajo, más que el normal en estos casos, con la ayuda de la fiel Alexania, parió la reina felizmente un infante al que llamó enseguida Sancho Ramírez. Lejos estaba de saber que en el castillo de Ciella otra mujer, Amuña de Barbenuta, alumbraba otro Sancho Ramírez casi al mismo tiempo.

Feliz y contenta la reina Ermesinda, quien durante largos años había envidiado a su fértil hermana menor, doña Estefanía de Navarra, envió a ésta, henchida de satisfacción y felicidad, la noticia inmediata de su feliz alumbramiento. Fue esta celeridad en la información la que salvó la vida de don Ramiro, pues, como vimos, la reina de Navarra, doña Estefanía, conmovida por su hermana y el niño recién nacido, suplicó en una urgente misiva dirigida a su amado esposo en Tafalla, que salvase la vida, si era aún posible, del levantisco y atolondrado don Ramiro. Ya sabemos qué efecto benefactor tuvo la carta de doña Estefanía y no volveremos sobre ello. En cuanto terminó el parto de la reina, la vieja Alexania insistió en partir hacia el Sobrarbe.

—Señora, ya no me necesitáis. —Con buen humor añadió—: Ahora que sabéis cómo es, os auguro un niño cada año.

—¡Dios os oiga, vieja madre! —contestó fervorosamente la reina. No podía imaginar dicha mayor que tener efectivamente un infante cada año. Con ello daría herederos al reino, demostraría que no era una mujer estéril y retendría a su marido. Él olvidaría totalmente a la escuálida joven de Barbenuta. «Por cierto, ¿qué habrá sido de ella?», se preguntaba la reina de Aragón, sin atreverse a saber. La vieja continuaba con su despedida.

—Adiós pues, señora. Nos veremos pronto, si Dios y Santa Comba así lo disponen, que ambos os bendigan a vos y al niño. —Hizo sobre la frente de la reina la señal de la cruz.

—Os facilitaré una escolta —ofreció la reina preocupada por la seguridad de la vieja. Pero ella se negó.

—No es necesario, señora, siempre he sabido cuidarme sola. Sé cómo ir por bosques y riscos, invisible a los ojos de los ignorantes. La naturaleza da de todo a quien bien la conoce: comida, fuego, refugio, reposo y hasta distracción. No os preocupéis, estaré bien. —Y con ello fuese sin más compañía que un nudoso bastón.

Empieza a hacer un frío cortante, pero ella, envuelta en sus harapos, cubierta la cabeza con su manto, no parece notarlo. Camina sin cesar, sin pausa, un pasito detrás de otro, incansablemente, como el tiempo. A lo largo de valles, sorteando montañas, vadeando arroyos. Por la noche busca una cueva y hace fuego a su entrada para disuadir a las fieras. Más de una vez durmió pacíficamente mientras los lobos paseaban inquietos al olor de su cuerpo. Una gran hoguera era suficiente defensa. Comida no falta: setas, frutos y bayas, algún pájaro cazado con lazos y trampas. Así día tras día mientras va avanzando la estación. Empiezan a caer las primeras nieves. A veces, para no sentir la soledad, habla consigo misma:

—Es demasiado pronto. No debía nevar aún. Debemos apresurarnos. Ha llegado la hora de don Gonzalo, debemos estar allí para asistir al milagro de Santa Comba. —Así, hablando consigo misma, le parece que va más rápidamente. Por fin llega a su destino. Todos se alegran de verla llegar sana y salva. La vieja es ya bien conocida en el lugar. La Coruxa es una posesión favorita del joven rey. Le entretiene, le enseña cómo hacer concocciones de yerbas para dormir mejor, para el dolor de estómago. A veces le recita poemitas que convocan a los enanos de las profundidades para que hagan salir a las setas de dentro de la tierra donde se ocultan; o le habla de unos seres con apariencia de muchachas que son en realidad espíritus de las fuentes, que se peinan con peines de oro y engañan a los hombres y les llevan a la muerte y de otras bobadas que entretienen al Cazador durante los días en que, por alguna razón, no puede salir al aire libre.

Al Cazador y a sus amigos les divierte esta mujercita que nunca se niega a entretenerlos con sus juegos de manos o con sus lecturas del porvenir. Ahora mismo le ruegan:

—Vamos, vamos, vieja Alexania, decidnos algo más concreto. —Ella les ha dicho algunas vagas generalidades sobre el futuro y lo que éste guarda para ellos. A su petición contesta con paciencia:

—Es imposible, nobles señores, el destino tiene muchas hojas escritas y apenas si deja ver alguna palabra suelta. Pero para divertiros, si queréis, haré que aparezca una serpiente, es un truco, claro, pero es muy efectista.

—¡Sí, sí, hacedla aparecer!

Se concentra la vieja.

—Callad —dice—, tengo que pronunciar las palabras que la atraen y ella es muy sorda. Debe oírme, si no, no vendrá. —Y ellos, obedientes, callan. Cierra los ojos y mascula algo la vieja—. Ya está, alteza, id a vuestra cama y veréis una pequeña serpiente verde. No la toquéis, es una ilusión, no se debe tocar a las sombras. ¿Habéis entendido? —Corren todos en tropel a ver la supuesta «serpiente verde». Gonzalo quita las frazadas de un tirón y enseguida, siseando con fuerza, aparece una serpiente pequeña que les enseña repetidas veces su lengua bífida; se asemeja con viveza a una vívora venenosa que se desliza hacia la pared y sale por la ventana entreabierta.

—¡Bien —gritan los jóvenes volviendo en tropel al comedor donde está la vieja—, bien hecho, Alexania! ¿Podéis hacer aparecer una doncella aunque sea verde? —Ríen todos mientras vuelven a sus asientos. La maga les esperaba tranquilamente comiendo queso en la mesa de los príncipes, mastica parsimoniosamente con su boca desdentada.

—¿Os ha gustado? —pregunta.

—Sí, mucho. ¿Cómo lo hacéis?

—¡Oh, con práctica todo es posible! —dice ella sin descubrir su truco. Al rato se van todos a dormir. Hace frío y sopla un viento helado que arranca hojas de los árboles teñidos ya de oro y rojo. El último en quedarse es Gonzalo.

—Tengo que contaros algo, vieja madre.

—Eso creo —dice ella tranquilamente—. ¿De qué se trata?

—El caso —dice el joven sin saber cómo empezar—, el caso es...

—¿Es cuestión de amores, señor?

—Lo es, ¿cómo lo sabéis?

—Oh, señor, lo que hace embarullarse a los jóvenes es siempre cuestión de amores. Decid.

—Conocéis a mi buen amigo Ramonat. —Brilla un destello en los ojos opacos de La Coruxa.

—Lo conozco, sí señor. Desde hace mucho.

—Bien, pues vino a visitarle un pariente suyo con un grupo de personas de Gascuña, creo. Con ellos vino una doncella de celestial belleza y tan dulce y discreta que me quedé prendado de ella. Sólo sé que se llama Zurita. Ella se ha quedado cuando todos se fueron. «Cinco días me quedaré —dijo—, cinco. Para que me conozcáis mejor, al quinto me iré. Si queréis, y me juráis amor eterno, me quedaré con vos para siempre.»

—¿Dijo si se casaría con vos?

—No —dice extrañado el joven—, no mencionó casorio. «Con vos para siempre», ésas fueron sus palabras.

—Entonces, alteza, no veo problema, os casáis con quien vuestro hermano de Navarra disponga y mantenéis con vos a Zurita, vuestro amor celestial.

—Sí, eso parece bien, pero yo quiero a esa joven sobre todas las otras cosas, por ella renunciaría a la caza, al lujo y a la realeza. No podría, ni podré, casarme con otra, devolveré a mi hermano la corona que me presta y me iré con Zurita donde ella quiera. Y si ella no tiene a donde ir, compraré una casa y un jardín en donde, eternamente, estaremos juntos.

—¡Pues qué fuerte os ha entrado el amor, joven señor!

—Es mi Destino, un adivino me auguró que sería amado.

—Entonces, sucederá. El Destino se ocupa de sí mismo. Siempre se cumple. ¿Dónde está vuestra amada?

—No sé dónde se aloja —confiesa el joven—. Diariamente nos vemos en el bosque al mediodía. No quiere decirme de dónde sale. Aparece a la hora fijada y luego de jurarme amor, se va por donde ha venido. Ni yo, que conozco tan bien estos lares, puedo imaginar en dónde se esconde. Quizás ha levantado tienda en algún recóndito lugar que se me escapa.

—Seguramente será eso, señor. ¿Cuándo se cumple el plazo? El de los cinco días, quiero decir.

—Mañana, buena Alexania.

—¿Mañana ya?

—¿Cómo decís?

—Nada, nada, ¡cómo corre el tiempo! Para vos corre, para mí es como la eternidad. Y bien ¿qué deseáis de mí?

—En primer lugar deseaba contaros lo que me sucede, me parece harto maravilloso. No creo que haya otra persona que como vos entienda lo maravilloso y lo extraordinario.

—Es el amor, señor, el que os hace ver maravillas y luces de colores y música de los astros.

—No, Alexania, Zurita es maravillosa como una aparición, es ligera como el viento, sus pies no rozan el suelo.

—Pero señor, componeos un poco, eso es imposible. Todos pisamos la dura tierra.

—Imposible y todo, es así. Nunca he visto sus huellas. Es un ángel.

—Bien, no deja huellas, es como un espíritu del bosque, un hada o una ninfa, una aparición, un ensueño. ¿Qué le diréis mañana?

—Que soy todo suyo, que no me hacen falta plazos ni nada, que haremos lo que ella quiera. Si mi hermano la acepta como reina, será reina. Si no, seremos dos mendigos, dos aves, dos palomos, dos vagabundos, dos condes, dos amantes, lo que sea, pero juntos para siempre. ¿Estaréis en nuestra boda, vieja madre?

—No faltaré. Adiós, señor, mañana es vuestro día. Que durmáis bien soñando en la felicidad. —Fuese la vieja. Quedó Gonzalo con sus ensoñaciones. Se alegraba de haber contado todo a La Coruxa. Siempre supo que ella lo entendería.

Amaneció el nuevo día hermoso y fresco. El dorado otoño se mostraba en todo su esplendor. Había pájaros en las ramas y los vívidos colores de la estación brillaban recién lavados por el rocío. Hoy no había cacería alguna. Los jóvenes hacían lo que mejor les placía, algunos jugaban a los naipes y otros tomaban el sol perezosamente. Al salir hacia el bosque Gonzalo se tropezó con su amigo Ramonat.

—Buen día, mi señor don Gonzalo.

—Buen día, Ramonat.

—Parece que este otoño va a ser hermoso a pesar de las noches frescas.

—Eso parece. ¿Qué haréis esta mañana, don Gonzalo? —A esta pregunta, enrojece el joven.

—Tengo que ver a alguien a mediodía.

—Ajá, por vuestro rubor colijo que es mujer.

—Sí, tenéis razón. Estoy enamorado.

—¡Nuestro rey y amigo enamorado! ¿Y quién es ella? ¿Vive en los bosques como una ardilla? —Ramonat se ríe del joven—. ¿La conozco? —Gonzalo no se atreve a decir nada por no descubrir a Zurita.

—Hoy se cumple el plazo, a mi vuelta os lo diré todo. Seréis el primero en saberlo y espero que estéis de acuerdo.

—¡Qué misterioso! ¿Qué plazo?

—Chitón, amigo Ramonat. Pasado el mediodía, cuando vuelva, lo sabréis todo. Adiós. —Se fue camino del bosque a buscar a su amada.

—Decís que yo lo sabré todo a mediodía... ¡Seréis vos el que lo sepa todo! —Con este extraño comentario hecho para sí mismo, Ramonat dio media vuelta y se dirigió a tomar su caballo. Un paseo por el bosque se imponía esta mañana.

No sabemos, ni nadie supo, cómo se desarrolló la cita de don Gonzalo puesto que nadie estuvo allí para verlo ni para contarlo. Sólo sabemos que horas más tarde una muchachita que recogía leña lo vio pasar, su aspecto era feliz y volaba a lomos de su caballo *Fénix*. Aparentemente se dirigía a un pequeño lugar llamado Lascorz. Para llegar a él había de pasar por el puente de Monclús. Antes de cruzar el puente admiró el rey los bellos colores de los árboles de la orilla opuesta.

De pronto se encontró viviendo un sueño que había tenido repetidas veces: volaba a lomos de su caballo, con sorpresa vio que las hojas de los grandes árboles del otro lado del puente tenían todas las hojas de oro purísimo; en un momento éstas se tornaron en miles de palomas blancas que salieron a su encuentro sobre un cielo de nácar.

—¡Qué hermosas —dijo el rey—, qué hermosas palomas! —Al tiempo que caía muerto atravesado por una flecha.

Nunca se supo quién lo mató, ni por qué. Es un misterio que ni las más aventuradas crónicas han desvelado. Nunca se encontró a la doncella Zurita, ni al caballero Ramonat, ambos habían desaparecido como si sólo hubiesen sido un sueño. No es posible que fuese Zurita quien lo mató, pues ella lo amaba y, al parecer, había quedado lejos de donde cayó muerto. Ni Ramonat, pues cuando abandonó el palacio no iba armado. ¿Quién, pues, mató al joven rey? Una flecha. Eso fue todo. Lo mató una flecha en el puente de Monclús.

Por un tiempo todo fue desorden y lamentaciones en el Sobrarbe. Los guardias reales buscaron a los culpables de tamaño crimen sin encontrar a nadie. Los amigos del rey le lloraron, le enterraron y luego partieron, cada uno a su país, a su condado o a su casa. A los pocos días, excepto por la tumba ya cubierta de hojas doradas, no quedaba nada del otrora feliz príncipe. Todos se fueron. El reino se disolvió como un terrón de sal.

Soplaba un viento glacial cuando La Coruxa, después de rezar en la tumba de su difunto señor, se dirigió hacia Navarra. Pediría protección a don García. Se acercaba el crudo invierno y era mejor refugiarse en donde el calor y la comida estuviesen garantizados. Los soldados de la ahora inútil guarnición eran de Navarra, con ellos se fue a Nájera. De esto me enteré tiempo después.

En nuestro camino a Cluny, don Alvito y yo mismo nos enteramos de la Arrancada de Tafalla y del resonante triunfo de don García sobre su hermano Ramiro. También supimos que el rey de Navarra aún no había vuelto de su expedición guerrera, por lo que obviamos interrumpir el viaje para ir a saludarle. Me habría gustado ver a Julita y contarle qué brillante futuro tenía nuestro Santiago, pero no tenía ningún pretexto para acercarme a Nájera. Además, el tiempo empeoraba por días y habíamos de apresurarnos, so pena de viajar bajo la nieve y la cellisca.

Mientras nosotros íbamos a Cluny el monje nombrado Servando habíase ido a Sahagún a notificar a los demás que don Alvito aceptaba ser su abad, y a contarles que aún tardaría en llegar porque había tomado la decisión de visitar al abad de Cluny en su abadía de Borgoña.

Afortunadamente cruzamos el paso de Roncesvalles antes de que las nieves nos lo estorbasen. El paisaje era hermosísimo y el aire límpido y cristalino como un lago. Las laderas de las montañas se mostraban nevadas aquí y allá y resaltando sobre ese blanco de armiño, los árboles oscuros se recortaban contra el cielo. Miles de pequeños chorrillos de agua y arroyuelos todavía corrían por las laderas, aunque de vez en cuando ya empezaban a verse unos carambanillos en las horas tempranas. Nuestra partida de hombres era no muy grande, pero estaba bien dotada. Aunque llevábamos varios monjes con nosotros, expertos en diversos artes y saberes, eran todos de origen guerrero, hijos de casas nobles que sabían vestir el peto, la armadura o la cota de malla y manejar la espada igual o mejor que la pluma. Por esta vez habían abandonado las blancas hacaneas y montaban briosos corceles, haciéndose acompañar de fuertes bridones, como lo hacían todos los caballeros en igual tesitura. También nos acompañaban jóvenes, hermanos por lo general de los clérigos, que venían para ayudarnos con la defensa y para adquirir experiencia, y por último los servidores, muy capaces todos ellos de empuñar algún arma, fuese el mandoble, el martillo, la espada corta o el arco.

Con esta compañía cabalgamos en jornadas de unas siete leguas al día; alguna vez hacíamos algo más y a veces algo menos. Tal y como me habían enseñado en la Escuela de Esclavos, me agradaba montar a caballo usando los estribos cortos. Lo mismo hacía don Alvito y algún que otro caballero, pero los más seguían montando a la antigua usanza, con los pies colgando a los lados de la silla de altos borrenes. Don Alvito y yo nos preguntábamos qué encontraríamos en Cluny. ¿Sería el monasterio tan rico como su fama hacía esperar? ¿Cuántos monjes habría: cincuenta, cien, doscientos, trescientos? ¿Muchos más? ¿Muchos menos? Me hacía innumerables preguntas sobre los temidos Monjes.

—Decidme, tengo una curiosidad, don Alvito ¿Hay alguna conexión entre el modo de vida de los Monjes Negros y su extraordinaria longevidad? —Con buen humor se ríe don Alvito de la pregunta.

—Doroteo, ya desde la antigüedad más remota, el hombre está buscando el agua de la eterna juventud. Los alquimistas la persiguen con sus morteros incansables buscando la piedra filosofal que todo lo puede y todo lo cura. Me temo que hasta que el hombre no viva como Dios intentó que viviese, no habrá ninguna causa de longevidad.

Me sorprendió su respuesta.

—¿Y cómo creéis que quiso Dios que viviese el hombre, don Alvito?

—No sé —contestó pensativo el hombre sabio—, no lo sé, es algo que se me escapa, quizá sólo deseaba que fuésemos felices, como Él. —No entendí su respuesta. A veces me parecía que hablaba en charadas.

—¿Os habéis percatado, don Alvito, de que desde que se fundó Cluny en el año de 910, hace ahora un poco más de cien años, ha habido sólo tres abades en Cluny y quizás unos veinte Papas?

—Lo sé, Doroteo. Odilón, a quien vamos a visitar, es el tercero, y es ya provecto y me han dicho que está lleno de inteligencia y fuerza. ¿No está mal, verdad? —Movió la cabeza con admiración—. De todas maneras les interrogaremos bien sobre su dieta y costumbres, no sea que tengan ya la piedra filosofal... —En estas conversaciones y otras nos entreteníamos las largas horas del día en que no nos correspondía rezar. Como esencialmente éramos un grupo de clérigos, ante todo había que cumplir con las oraciones: al romper el día: Prima; a media mañana: Tercia; a medio día: Sexta; a media tarde: Nona; al ponerse el sol: Vísperas; tres horas más tarde: Completas; a medianoche: Maitines; al canto del gallo: Laudes; luego otra vez Prima y así incansablemente desgranábamos las cuentas del tiempo. Siempre se empieza con la misma invocación:

Deus in adjutorium meum intende
Domine adjuvandum me festina
[«Dios mío, ven en mi auxilio
Señor, apresúrate a ayudarme.»]

Me gustaba la invocación, y desde que tuve que trabajar tantos días, meses y años en el Libro de Horas de don Fernando y doña Sancha, me gustaba aún más; conocía no sólo las palabras sino cada letra de los oficios. Es más, recordaba cómo Julita y yo habíamos trabajado incansablemente en las mayúsculas: *Deus... Domine...* Ante mis ojos al rezar veía las volutas crecer con sus colores y sus redondeces y los vegetales enroscarse y desenroscarse ocupando todos los rincones posibles. Las letras de oro; las flores de carmín y lapislázuli. Por mis ojos pasaban las maravillas de las ilustraciones mientras desgranaba pausadamente las palabras:

Irascimini, et nolite peccare: quae dicitisin cordibus vestris, in cubilibus vestris compungimini... [«Irritaos, más no pequéis; de lo que decís en vuestro corazón, arrepentíos en vuestros lechos...»]

Cuando por fin nos íbamos a dormir lo hacía pacíficamente pensando en el maravilloso libro que llevaría nuestros nombres hacia la posteridad. Doroteo y Julita, *pinctrix*. El búho ululaba fuera de las tiendas pero me parecía dulce y tranquila su llamada. Sabía que en algún lado La Bermeja pensaba en mí y ello me daba una sensación tibia aun en este hostil campo abierto. Al llegar la oscuridad levantábamos tiendas y los centinelas con sus hogueras velaban nuestro sueño. No veíamos ni un alma, ni un poblado, ni un castillo. Al fin, después de varios días, topamos con un pequeño monasterio, a él nos acercamos, sobre todo para preguntar si íbamos en buen camino hacia la Borgoña. Nos llamó la atención el no ver persona alguna trabajando fuera de la edificación. Alrededor de los monasterios siempre hay actividad, muchos hombres que como hormigas incansables laboran todo el día. Jardineros, huertanos, algún herrero, mendigos, arrieros y labradores. Se acarrea agua, entran y salen mozos con pollinos y mulas, al fin se dan todas las señas de vida que una reunión de hombres siempre trae consigo. Pero nada de esto se mostró ante nosotros. Hasta la campana yacía tercamente muda. Ningún tañido anunció nuestra presencia. Según nos acercábamos nos parecía más ominoso el silencio.

—Amigo Doroteo, mal presagio me parece esto. —Dijo, torciendo el gesto el abad.

—Pienso igual que vos, don Alvito, algo ha sucedido hace poco en este lugar. Lo dije con preocupación. Había visto un palomar y ni siquiera volaban las palomas. Ni los perros ladraban. Nada. Como si estuviese abandonado y, sin embargo, no debía de estarlo, una rueda sacaba agua del cercano río y ésta se derramaba inútilmente sobre unos campos que se veían bien cultivados pero pisoteados.

—Habréis notado, Doroteo, que la campana no ha sonado ni advertido que nos aproximamos.

—Sí, mi señor don Alvito. ¿Habrá llegado aquí alguna peste?

—No es ésa la impresión que saco, Doroteo, más bien me temo que han pasado bandidos. Dios haya tenido piedad de las almas de estos infelices monjes.

Bajo esa impresión nos apresuramos a acercarnos al monasterio. Nuestros bravos monjes y acompañantes se aprestaron a la lucha; por si hubiese todavía alguien en el monasterio, se arremangaron las vestiduras y sacaron a relucir sus armas filosas y mortíferas. Las puertas estaban devencijadas y arrancadas de sus goznes, ello nos hizo reafirmarnos en nuestra primera impresión. Vagamos por las dependencias gritando de vez en cuando: «*Pax vobis.*» Nadie nos contestó. ¿Sería posible que estuviese abandonado? En el refectorio encontramos todo revuelto, los bancos derribados, las mesas volcadas. Si se habían ido los monjes, no había sido sin lucha, pero, ¿dónde estaban los muertos y los heridos? En el dormitorio la misma escena: todo aparecía tirado, las mantas rasgadas, las camas desarmadas con violencia, rotas, los colchones deshechos y la humilde paja desperdigada por el suelo. En la cocina no era mejor el espectáculo, las orzas y cacerolas estrelladas o aplastadas, las cucharas de palo astilladas y los grandes cucharones metálicos: doblados y abollados. Alguien se había distraído en destrozarlo todo a conciencia.

«*Pax vobis*», gritamos muchas veces, nadie contestó. Abandonamos la cocina y fuimos por último a la capilla.

Era algo oscura por lo que tardamos un tanto en acostumbrarnos a la luz. Igual que en todas partes los bancos yacían tumbados y los manteles del altar, rasgados, estaban tirados por los suelos. No había imágenes, ni crucifijos ni ciriales. El tabernáculo estaba abierto y vacío y no se veían copones, ni patenas, ni libros sagrados, ni incensarios. Nada. Gritamos otra vez, perdida ya toda esperanza:

—*Pax vobis*. —De pronto nos pareció escuchar un sonido ahogado que venía de algún lugar indeterminado. Miramos en todos los rincones. Nada. Detrás del altar, en el coro, tras los pilares. Nada. Sin embargo, de vez en cuando se oía un sonido lejano, como un gemido o un grito muy, muy ahogado y lejano. Los sirvientes, como no habíamos visto a nadie, empezaron a tiritar de miedo.

—Don Alvito, son los espíritus de los monjes muertos. No quieren que estemos aquí, ¡vayámonos cuanto antes! —Pero don Alvito no cesaba de buscar.

—¡Idos fuera todos, con vuestro ruido no me oriento! —Se quedó sólo conmigo mientras los otros monjes buscaban por los huertos aledaños por si los desaparecidos moradores del monasterio hubiesen sido todos enterrados. Nos sentamos en el suelo y escuchamos atentamente. Nada. Anduvo un poco don Alvito y gritó:

—¿Dónde estáis? —Una voz ahogada llegó otra vez con palabras ininteligibles. Era imposible saber de dónde venía. De pronto tuvimos al unísono una inspiración y al tiempo dijimos—: ¡La cripta! —Febrilmente nos pusimos a buscar un indicio que nos permitiera colegir por dónde estaba la entrada a ese lugar. Grandes losas de piedra cubrían el suelo y era imposible ver nada que diferenciase una de otra.

—¡No os preocupéis, ya os buscamos! —gritó una y otra vez don Alvito, pero después de un rato hubimos de aceptar el hecho de que era imposible encontrar una entrada, al menos visible.

—Confieso, don Alvito, que esto está resultando más difícil de lo que imaginé, ¿qué hacemos ahora? —dije con pesar. Nuestros esfuerzos por encontrar la entrada a la cripta habían sido inútiles. En eso entró uno de los sirvientes, hombre grande, forzudo, antiguo cantero, de buen natural y poco inteligente. Por alguna razón a este gigante todos le llamaban Enano, cosa que él admitía con buen humor y hasta con cierto orgullo.

—Mi señor don Alvito, no hemos hallado nada en los huertos, excepto una triste destrucción y algunos repollos rotos y pisoteados. ¿Habéis tenido mejor suerte?

—Sí y no, querido hijo, con la emoción no os hemos participado que hay gente en la cripta, pero nos es imposible encontrar la entrada.

Frunció el entrecejo nuestro hombre como si rebuscase algo desde un pensamiento muy espeso. Luego se atrevió a decir:

—No habéis buscado bien, don Alvito.

—Seguramente, hijo, buscad pues vos. —Me hizo seña el monje para que no interrumpiese al hombre en sus cavilaciones. Miró éste por el suelo como habíamos hecho nosotros y luego, sin decir palabra, salió de la iglesia; al rato volvió a entrar con una bolsa, obviamente la suya, y un nudoso bastón: el de don Alvito. Empezó a andar sistemáticamente de un lado a otro con un cuidadoso barrido, al tiempo que golpeaba el suelo con el bastón. Se detenía para escuchar con atención. De pronto se detuvo, golpeó a un lado y otro de un punto alejándose y acercándose. Vimos cómo el hombre, simple y todo como era, había acertado con el sistema que nosotros no habíamos podido imaginar para encontrar la cripta.

Cuando pareció estar más o menos seguro del lugar, extrajo de su saco un pesado martillo de cantero y golpeó con suavidad varias veces en las losas de alrededor.

—¡Aquí! —dijo—. Sin duda es aquí, voy a llamar para que me ayuden. —Salió y volvió con los hombres y bajo su dirección todos se pusieron manos a la obra; había que mover una de las grandes losas. La ranura entre ellas era tan ajustada que no era posible mover la pieza. Por fin nuestro Enano comenzó con su martillo y un improvisado cincel a cortar la piedra. Cedió ésta al fin después de mucho trabajo, cubría la lóbrega entrada a la cripta como nos lo confirmó el nauseabundo olor que subió de esa oscuridad.

—¡Ya estamos aquí! Salid si podéis. —Era don Alvito el que llamaba. Alguno de los nuestros, previsor, había encendido un hachón y a su luz temblorosa penetramos en el pasadizo-escalera que se abría ante nosotros. En medio del camino nos salieron al encuentro unos seres macilentos y tambaleantes. Les ayudamos a salir lo mejor que pudimos y cuando al parecer todos estuvieron a salvo, entramos hasta el fondo por ver si alguien había sido olvidado. No había nadie. Nadie vivo, pues los monjes muertos tiempo ha, y otros más recientes, estaban alrededor, como arenques en un tonel con la cabeza hacia la pared y los pies hacia el centro cubiertos de un polvo blanco, que imaginé ser cal y arena. Los muchos pies de los prisioneros habían disturbado el arreglo y los cuerpos estaban revueltos y semidescubiertos en parte. De allí salía el horrible hedor que nos había llegado en la entrada.

Salimos del lóbrego lugar y fuimos a ver a nuestros resucitados. Constituían un grupo miserable y desfallecido. Ante todo hizo don Alvito que se los llevara a la luz del sol, después de tanto tiempo en la oscuridad necesitaban un poco de sol. Aunque ya estaba avanzado el otoño, en las horas centrales del día hacía un calorcillo agradable. Se les bañó como mejor pudimos por librarlos del horrible olor que exhalaban, y para que olvidaran mejor su estancia. Con ropas que buscamos entre las destrozadas y algunas de las nuestras, los vestimos; se les abrigó con las mantas que pudimos encontrar y se les obligó a descansar un rato mientras hacíamos una pócima caliente para ellos.

Cuando salieron vimos que eran pocos, siete u ocho monjes. Hirsutos los cabellos, crecidas las barbas, sucios y con los ojos aún desorbitados después de su terrible experiencia. Por lo demás, a simple vista no parecían maltratados. Don Alvito era un organizador nato, como he dicho, y enseguida se procedió bajo su mandato a proporcionarles lo que pudimos.

—Dadles de beber presto, pero poco a cada uno, luego que haya pasado un buen rato, un poco más. Mientras descansan, que el cocinero vaya preparando comida. Hoy, sopa para todos. —Aunque la cocina del monasterio no tenía utensilios pues habían sido destrozados, sí tenía fogón y leña diseminada por todos los sitios. Las huertas, aunque maltratadas, tenían aún algunas verduras como repollos y berros. De ellos cogieron nuestros monjes así como alguna gallina que, despistada, picoteaba entre las plantas. También ésta hizo camino del puchero. Nosotros llevábamos harina, así que se hizo con el caldo un sustancioso *companagium*, como una papilla para niños, y todos comimos de ella. Dióseles a los prisioneros liberados unas raciones pequeñas por no hacerles más mal que bien. Llamábase el abad, Pedro, y quiso éste contarnos su historia, pero viendo que estaba en malas condiciones no se lo permitió don Alvito.

—Hermano querido, os haremos ahora unas yacijas como mejor podamos y os iréis a dormir. Nosotros, mientras, rezaremos los oficios por vosotros y por nosotros mismos. Dormid tranquilos que nosotros velaremos. De todos modos, al parecer vuestros enemigos se han ido y no creo que vuelvan, no han dejado nada de valor. Mañana, si estáis mejor nos contáis vuestra historia. —No insistieron. Tan pronto como la paja estuvo puesta en el suelo y las mantas listas, se acostaron a dormir, cosa que hicieron profundamente. En una esquina de la habitación hizo don Alvito colocar una lamparilla.

—Por unos días creo que deben dormir con luz, como los niños, pues seguramente despertarán con la impresión de estar aún enterrados vivos; la luz los sacará de su error. —No sé si se despertaron ni si soñaron con su encierro, lo cierto es que todos dormimos bien y nos levantamos tranquilos y sin sobresaltos a las horas canónicas para rezar. Los monjes rescatados dormían pesadamente. Afuera, los centinelas no vieron ni oyeron nada. Amaneció el nuevo día lluvioso y cubierto de grises nubes el cielo, un viento frío y desagradable se colaba por todas las rendijas. De vez en cuando un copo de nieve bajaba confundido entre la lluvia menuda. Afortunadamente el techo estaba en buenas condiciones y nadie había pensado en destrozarlo, por lo que una vez que los hombres asearon la cocina pudimos todos disfrutar de un agradable fuego. Los buenos monjes tenían mejor aspecto que el del día anterior. Por la fuerza de la costumbre se levantaron a Prima y rezaron con nosotros. Parecían muy mejorados e inclusive alegres.

—Buenos y santos días nos dé Dios, don Alvito, que ése es vuestro nombre, ¿verdad? —dijo el abad Pedro.

—Sí, mi señor abad don Pedro. ¿Cómo estáis hoy y cómo se hallan vuestras ovejas?

—Ya casi bien del todo, don Alvito. He levantado la prohibición del silencio a los míos, así que podéis preguntar y seréis contestado, al menos por un día o dos nos permitiremos este extraordinario, bien lo merece la bondad de Dios que os mandó hasta nosotros para salvarnos. —Estábamos sentados en la amplia cocina en donde habíamos improvisado un refectorio con las mesas que pudimos arreglar y los bancos y taburetes que más o menos se habían salvado del destrozo.

—¿Cuántos días llevabais en vuestro encierro, señor abad?

—No sabría decirlo así... ¿qué día es hoy?

—Jueves.

—Entonces contad vos mismo, desde el lunes, en que el señor de Léger nos apresó y encerró en donde visteis.

—¿Y quién es este señor de Léger, tan poco cristiano con unos hombres de Dios?

—No es en verdad el señor de Léger, es su hermano. El auténtico señor de Léger es Géraud. El segundo hermano ha salido revoltoso y cruel. Es un verdadero Caballero Bandido, no conforme con vivir de la rapiña se dedica a hostilizar a los protegidos de su hermano Géraud. Cuenta para ello con un castillo fortificado, una banda de *milites castri*, sus hombres y soldados. Hace ya tiempo que venía cebándose en nosotros, robando nuestro ganado y aves y quemando nuestra cosecha y huerta, pero nunca se había atrevido a tanto.

—¿Y no podéis hacer nada por defenderos, señor abad?

—Somos mansos, antes teníamos unos hombres que vivían con nosotros y que en caso de necesidad nos protegían, pero no de Caballeros Bandidos, los temidos *milites castri*, éstos están mejor armados y son más numerosos. Asustaron repetidas veces a nuestros hombres, tanto, que por fin nos abandonaron. Nos quedamos los siete monjes que veis, decididos a no ausentarse de la casa de Dios, por mucha miseria que pasáramos. No creímos que el joven de Léger fuese tan lejos.

—¿Y cómo vino en suceder el desastre que hemos encontrado?

—El domingo, día del Señor, ya vimos que acampaban en frente de nuestro monasterio, pero se abstuvieron de hacer nada por ser día de tregua de Dios. Aunque abrigaban malvadas intenciones respetaron la tregua. Es más, acamparon fuera de los treinta pasos de la sagrera del monasterio. Tan pronto cantó el gallo, anunciando que de domingo habíamos pasado a lunes, cuando estábamos en la capilla entonando Laudes, irrumpieron rompiendo la puerta. Gracias a Dios el oratorio está un poco dentro del monasterio y nos dio tiempo de tomarnos las sagradas formas para evitar la profanación. Ellos hicieron su camino hasta la iglesia rompiéndolo todo concienzudamente. Robaron nuestras vacas y cabras, se llevaron hasta las aves que pudieron capturar. Lo que no era bueno para llevarlo quedó roto por los suelos. —Escuchábamos la historia tristes e impresionados por el relato del abad; continuó éste—: Creo que no quedará nada de valor en todo el recinto. Hasta los copones y patenas, ciriales y los libros, todo se lo llevaron. Gracias a Dios no quemaron el edificio, me lo temí todo el tiempo y no sé por qué no lo hicieron. De niño el joven señor de Léger estuvo aquí varias veces en los funerales de los abades, así conocía la cripta. Hizo que sus hombres la abrieran y nos despidió a su entrada. «¡Hasta la vida eterna! —dijo, y se reía—. Rezaré por vuestras almas. Nadie podrá decir que el señor de Léger mató a unos monjes, ellos solos se murieron.» Pusieron la lápida y se fueron. Lo intentamos, pero desde dentro es imposible mover las piedras. La entrada es muy pequeña y las losas muy grandes. Mientras tuvimos fuerzas rezamos, luego los monjes fueron quedando como adormecidos por falta de aire, entonces oímos ruido, y la voz de alguien que gritaba *pax vobiscum*; intentamos responder con voces altas por si nos oía alguien, tampoco teníamos muchas fuerzas. El Señor hizo que nos oyerais. Ya habíamos preparado nuestras almas y pedido misericordia al Altísimo. —Ésta fue la historia que nos contó el abad don Pedro. Por ella vimos que había peligro de encontrar a alguna de estas partidas de Caballeros Bandidos, y también que éstos no se andaban con chiquitas. Aunque nosotros íbamos bien preparados, bueno era ir ya sobre aviso.

—¿Qué pensáis hacer ahora, don Pedro? —preguntó don Alvito—. No creo que sea una buena idea el permanecer aquí. Si ven humo de vuestras chimeneas vendrán a terminar su obra.

—Cierto, don Alvito. Además, somos pocos y, como os dije, no sabemos pelear. ¿Adónde vais vos?

—A Cluny, en la Borgoña, a visitar al abad Odilón.

—¡Pero eso está muy lejos! Tendríais que ir por Toulouse, Le Puy y luego quizá por Vienne y Lyon a Maçon.

—¿Conocéis el camino, don Pedro? —preguntó con gran interés nuestro don Alvito.

—Cuando era joven —respondió— peregriné varias veces a Cluny. No creo que haya cambiado mucho el camino.

—Si el lugar de vuestro señor, el de Léger, el buen don Géraud, no está lejos, os podemos acompañar hasta allí y que él os dé cobijo y proteja. —Ofreció bondadosamente don Alvito. Pero don Pedro meneó la cabeza tristemente.

—Es un buen hombre don Géraud, pero bastante tiene con contener a su hermano en todos los sitios adonde va haciendo el mal. No creo que pueda tomar más gente. Ya tiene en su castillo a muchos monjes y agricultores desposeídos de sus tierras, viudas y huérfanos. Una caterva de pobres y perseguidos por los Caballeros Bandidos. El joven Léger, su hermano, pretende llenarle el castillo de bocas hambrientas. Creo que la intención del revoltoso Léger *el Joven* es llenarle el castillo de gente inútil como nosotros; al fin Géraud tendrá que llegar a un acuerdo con el joven Léger o no podrá contener más personas protegidas en su castillo. Ni siquiera podrá darles de comer ni de beber y se levantarán contra él.

—¿Entonces qué queréis hacer?

—Si podéis hacernos la caridad de dejarnos ir con vos, iremos también a Cluny, pediremos asilo allí. Es un gran monasterio, sólo somos siete hombres piadosos, podemos trabajar allí y rezar con los monjes, si nos aceptan.

—Hecho, pues, don Pedro, tomad lo que podáis como provisiones, algún grano se puede recoger del suelo. He visto sandalias y cayados, eso no interesó a vuestros enemigos. Calzaos fuertemente y llevaos otro par si fuese posible. Llevad ropa de abrigo, aunque rota se puede remendar. ¿No tenéis ningún animal de carga? —Hizo un gesto de desesperanza el monje. De pronto su faz se alegró, como si recordase algo.

—Ahora que lo pienso, don Alvito, junto al arroyo tenemos un pequeño establo en donde guardamos a las bestias que ya son viejas y a alguna yegua preñada. Ahora mandaré a ver si se las han llevado —Fuese uno de los monjes y volvió triunfantemente con dos mulas viejas y una yegua con un potranquillo.

—¡Bendito sea el Señor! Cargad a los animales con lo poco que podáis llevar y partamos cuanto antes. —Eso dijo don Alvito al ver a las bestias. Aunque viejas, si bien tratadas, aún podrían soportar una carga ligera. Así se hizo y nuestro grupo partió incrementado con los siete monjes que habíamos rescatado de dentro de la cripta del monasterio. Todavía por el camino encontramos dos o tres gallinas prófugas que tomamos para caldo.

18

El viaje a Cluny y el abad Odilón.
El Libro del Perdón de los Pecados.

> *E, Señor piadoso, Tú quieras perdonar*
> *Los mis grandes pecados que te fiz pesar,*
> *me otorga tiempo, espaçio e logar,*
> *Que a Tí pueda servir e a Tí sólo loar.*
>
> Pero López de Ayala, 1332-1407

La compañía de los monjes del monasterio de San Prudencio y Santa Ágata, que tal era el nombre del monasterio por nosotros encontrado, hizo nuestro camino hacia Cluny algo más lento. Según avanzábamos hacia el Bóreas el tiempo iba haciéndose más y más crudo, el otoño se tornaba en invierno y paulatinamente la nieve fue cubriendo la tierra. A pesar de todo, fue una suerte el encuentro con aquellos monjes, pues don Pedro nos sirvió de guía y gracias a él evitamos largos rodeos. Como todos eran clérigos, se integraron bien en nuestro grupo. Es más, suplicaron a don Alvito que mientras durase el viaje fuese él abad y prior del grupo completo. Aceptó don Alvito ya que todos observaban la Regla de San Benito y ello facilitó las cosas.

Enseguida notamos que este país era mucho más boscoso que el nuestro pues apenas vimos a nadie. Los caminos eran simples trochas abiertas en la umbría. Era muy difícil el orientarse pues el sol estaba a menudo tapado por las copas de los árboles. Por fortuna para nosotros, por lo avanzado de la estación, habían caído ya casi todas las hojas, lo cual nos permitía disfrutar de un pálido sol que nos ayudaba a no sentir tanto el frío. No había aquí amplios campos abiertos, horizontes despejados, como en nuestra patria. En tierra de francos, estaba todo lleno de bosques. Tampoco vimos grandes campos cultivados alrededor de los monasterios o villas y ciudades. De vez en cuando detectábamos en algún promontorio un castillo; entonces, siguiendo los consejos de don Pedro, intentábamos pasar desapercibidos y huir cuanto antes del distrito castellano. Apenas vimos algún poblado en la lejanía, unas cuantas casas: eso era todo. Nada parecido a León, Oviedo, Nájera o Jaca. Nos preguntábamos si en tal descampado arbóreo podría existir un monasterio tan grande y famoso como decían era el de Cluny. Quizá por lo crudo del tiempo o porque todos tenían miedo de transitar por las trochas desérticas, los moradores de estos lugares no se hacían visibles. Parecíamos estar solos sobre la faz boscosa de una tierra hostil.

Lo único notable que nos aconteció en nuestro camino hacia Cluny nos sucedió un atardecer glacial en que la lluvia parecía mordernos la cara y las manos al caer sobre nosotros. Tan fría era que más bien nos castigaba al precipitarse en forma de pequeños dardos de hielo. Pensaba ya don Alvito en levantar tiendas y encender alguna hoguera cuando don Pedro informó al abad que no lejos de allí había un monasterio en donde podríamos refugiarnos y pasar la noche bajo techo, allí estaríamos a salvo, el gran Cluny ya no estaba tan lejos y su sombra protectora se cernía sobre los cenobios. Apretamos pues el paso con la esperanza de dormir calientes y sobre lechos de tibia paja limpia. En las frías noches pensaba yo en mi Julita, en nuestro lecho de plumas de oca, en nuestra habitación con su brasero de bronce y se me antojaba una locura estar en una tierra inhóspita, camino de un monasterio desconocido. En ese día, en medio de la lluvia, aun la paja seca era un lecho infinitamente deseable.

—Ya estamos cerca —dijo el buen don Pedro—, sólo hay que cruzar un pequeño río, y a menos de media legua está el monasterio de la Redención.

Pronto encontramos el «pequeño río». Estaba allí, en donde esperábamos hallarlo, pero no era tan pequeño, o había crecido desde que lo conoció don Pedro. Probablemente había llovido mucho y ahora bajaba harto crecido; encajonado entre dos paredes saltaba y rugía abriéndose camino hacia el mar. Ciertamente había un puente, pero estaba pensado para un río casi sin agua, y además estaba totalmente arruinado. Lo formaban dos troncos podridos que podrían romperse en cualquier momento al paso de los caballos, ello suponiendo que los animales pudiesen ser convencidos de cruzar tan somero puente, pues ellos son más sensatos que los humanos y si ven el peligro cierto, se niegan a hacerlo y no hay fuerza humana que les convenza de lo contrario. Caía la noche con harta celeridad y debíamos tomar una decisión de inmediato. Don Pedro estaba consternado, no esperaba esta dificultad y se sentía culpable de habernos llevado tan lejos de cualquier protección.

—Bien, amigo Doroteo, vos sois práctico, ¿qué sugerís en esta tesitura? —Así me interrogó don Alvito, vi que él ya tenía una idea. Quizá sería la misma que se me había ocurrido a mí, y dije:

—Don Alvito, sólo veo un medio de cruzar, es haciendo otro puente.

—Lo mismo opino, tendrá que ser somero por la premura del tiempo. ¿Alguna sugerencia?

—Sí. Hace falta alguien fuerte pero ligero de peso que pase al otro lado con unas cuerdas que irán quedando atadas en este lado para facilitar el paso al que venga detrás, por si cede el puente que hay ahora. En el lado opuesto es donde están los árboles, con rapidez hay que cortar dos o tres que nos servirán de paso y puente mejor que esto. ¿Qué os parece?

—No hay tiempo para más, Doroteo, la noche se nos echa encima. Como un estratega tenemos que arriesgar. ¿Quién creéis que será el adecuado para cruzar? Yo mismo —dijo el monje— soy delgado y fuerte, y me atrevo a decir que lo bastante listo para organizar lo que haya que hacer en el otro lado. Si hay peligro en cruzar, quiero ser el primero.

—Yo, don Alvito, ya tenía pensado que quien había de cruzar debía ser alguien acostumbrado al ejercicio físico por haber sido educado en los patios de palacio.

—¡No os dejaré ir, Doroteo! —Negó don Alvito con las manos y la cabeza.

—Bien, probad a evitarlo. —Con estas palabras tomé una cuerda larga y fuerte y la aseguré bien a una roca y empecé a cruzar, rezando para que si mi cuerpo caía, al menos mi alma se salvase. De todos modos, pensé, quizá salvase inclusive mi cuerpo mortal, la cuerda estaba atada por un extremo a una roca y luego a mí mismo. Sólo colgaré sobre el abismo, luego treparé. Animado con estos poco alegres pensamientos llegué al otro lado. Enseguida vi que otro iniciaba el cruce con otra cuerda.

—¡Agarraos a mi cuerda —grité intentando hacerme oír sobre el fragor de las aguas—, ya la ato bien en este extremo! —La creciente oscuridad me impedía ver quién era el que así se arriesgaba, aunque me lo imaginaba. Al momento llegó tranquilo y sonriente el monje Alvito.

—Traigo también un hacha, querido Doroteo, en vuestra precipitación por evitarme el cruce, la olvidasteis. —Se rió con picardía—.

¿Qué pensabais hacer sin un hacha, rezar hasta que cayese el árbol? Dicen que la fe mueve montañas, pero nunca se dijo que cortase árboles. Empezad a buscar alguno apropiado, yo vigilaré al otro ayudante que viene.

—¿Viene alguien más?

—Sí, uno fornido que nos será de gran ayuda. Le he dicho que para cruzar ha de atarse a ambas cuerdas. Yo he traído conmigo la punta de su cuerda. ¡Ahí viene!

—¿Quién es el valiente que viene con hachas y demás? —Yo no distinguía a quien venía sobre el podrido puente.

—El cantero, nuestro Enano. Ha cortado muchos árboles abriendo trochas para la cantera. —Mientras hablábamos ya estaba el buen hombre a medio camino. Los troncos carcomidos crujían ominosamente, y no era de extrañar, porque su corpachón era como el de dos personas delgadas. El agua del torrente parecía empinarse para llevárselo y las tinieblas que crecían por momentos a veces nos impedían ver su figura. De pronto, con un crujido formidable, cedió el puente y cayeron al agua los maderos partidos. También nuestro hombre se precipitó al vacío al tiempo que los del otro lado daban un grito de terror al ver al Enano desaparecer hacia abajo, hacia las aguas que parecían hervir y agitarse como si estuviesen vivas. Pero no nos cogió de improviso; tanto don Alvito como yo estábamos preparados para tal contingencia, gracias a los cabos que ambos habíamos traído desde la otra orilla hasta nuestro lado y a que el Enano había tomado la precaución de atarse a ellos, y a que teníamos el extremo de su cuerda salvadora, no se perdió para siempre en las veloces aguas de la crecida. Al tiempo que oímos el crujido y el grito de los otros, ya estábamos tirando de los extremos de las cuerdas, y aunque no salvamos al buen hombre de un chapuzón, sí logramos que no se lo llevara la corriente. Tiramos con desesperación poniendo todas nuestras fuerzas. Tosiendo y escupiendo agua, chorreando y medio ahogado, lo trajimos hasta nuestro lado. Ahora éramos tres a un lado y unos veinte al otro, amén de los animales y la carga. Nuestro Enano se repuso enseguida, se irguió en toda su estatura, se sacudió, como hacen los perros, salpicando agua, y dijo:

—¡Ya estoy aquí! ¿Cuándo comenzamos? —Nos echamos a reír, tal reacción nos pareció inusitada para un hombre que ha estado en peligro de muerte. Afortunadamente no perdió el equipo, pues la bolsa que lo portaba estaba atada a su cintura. Don Alvito le obligó a quitarse la ropa mojada y envolverse como pudo en el manto del monje. Se ató el amplio manto con una cuerda alrededor del cuerpo, como los envoltorios de un recién nacido, yo también le cedí mi manto y así preparado, estuvo al punto listo. No dejaba de llover.

—¡Manos a la obra! —Con lo que don Alvito había traído y con lo que trajo el Enano, nos pusimos enseguida a cortar dos árboles largos y rectos que crecían, afortunadamente, uno junto a otro. El cantero no tenía nada que envidiar a un leñador, con golpes certeros y contundentes ahorraba sus fuerzas al tiempo que avanzaba con gran celeridad en su faena. Don Alvito y yo mismo no deseábamos quedar por debajo del gigante y nos aplicábamos con fervor a la tarea. Los dos cortábamos el mismo tronco, él por un lado y yo por otro.

Desde joven me ejercité con los príncipes en la palestra y el gimnasio y aunque nuestros ejercicios no eran de esta guisa, sí contribuyeron a darnos una resistencia y una fuerza fuera de lo común, tal y como se espera de los reyes y príncipes. Don Alvito, por su parte, nos demostró que bajo su blanco hábito de monje se ocultaba un manojo de músculos. Si alguna vez abrigué alguna duda, ahora veía que era un cuerpo bien entrenado y que en modo alguno había nacido monje. Esas manos que bendecían y esos brazos que acogían, eran los de un guerrero acostumbrado a la ruda faena. Avanzábamos, no obstante, con alguna dificultad, pues la madera era dura y nudosa. Don Alvito, a pesar del esfuerzo, me sonreía de vez en cuando como para animarme. ¡Cómo le admiré en ese gesto sencillo y amistoso! Ahora que vago por el mundo y que él, como todos los demás, ha muerto, siempre que pienso en él, lo recuerdo afanoso, cortando un tronco mientras me sonríe como un hombre lo hace a otro con el que comparte una tarea que ambos saben importante.

Por fin, casi al unísono, cayeron los árboles. Llegaban con largueza hasta el otro lado, en donde cortaron la parte superior donde crecían las ramas y juntaron los troncos, los que ataron fuertemente uno a otro y sobre este improvisado puente pudieron todos cruzar el río. Afortunadamente ya las bestias llevaban poca carga, la mayor parte la habíamos consumido, por lo que no fue necesario descargarlas. Pasaba de completas. Al tiempo que marchábamos con prisas en medio de la oscuridad en busca del monasterio prometido, rezábamos la oración mil veces repetida; con ello nos sentíamos más seguros, arropados por los sonidos conocidos que sonaban a ronroneo acogedor.

Deus inadjutorium meum intendo. Domine adjuvandum me festina. ¡Qué bien sonaban las palabras y qué a propósito parecían ahora!: «¡Dios mío, ven en mi auxilio! ¡Señor, apresúrate a ayudarme!» Por fin, en la oscuridad cerrada, divisamos la mole del edificio. Como pudimos, buscamos la puerta principal. Nos ayudó un perro que con sus ladridos nos atrajo hacia ella. Vimos que estaba atado guardando la entrada, nos acercamos con precaución y golpeamos con un bastón sobre las hojas robustas. Se escuchó un rumor detrás de los maderos, y luego dijeron: «*Gloria Patri et Filio et Spiritui Sancto.*» No era una salutación corriente en nuestras tierras, quizá sí lo era en éstas. De todos modos contestamos con las palabras rituales: «*Sicut erat in principio et nunc et semper et in saecula saeculorum. Amen.*»

—¿Quiénes y cuántos sois? —Detrás de la puerta la voz se hizo oír otra vez. Don Pedro nos hizo una señal de que le dejásemos hablar a él, así lo hicimos.

—Soy don Pedro, abad del monasterio de San Prudencio y Santa Ágata. Hace años pasé por este monasterio cuando iba en peregrinación a Cluny. Era abad de aquí un santo anciano llamado Joannes, y era portero un joven lego llamado Dídimo. ¿Sois acaso vos? —La voz pareció algo sorprendida.

—Debió de ser hace mucho tiempo, don Pedro, soy Dídimo, en efecto. ¿No sabéis que murió don Joannes, hace ya mucho, mucho tiempo? ¿Qué deseáis?

—¡Pardiez —se permitió exclamar don Pedro—, qué he de querer en una noche como ésta! Alojamiento, aunque sea en la cuadra. Un techo para mí y mis acompañantes, por la Santa Caridad.

No muy convencido aún, preguntó Dídimo:

—¿Quiénes son vuestros amigos? —Don Alvito respondió por sí mismo.

—Soy don Alvito, abad de San Pacomio hasta hace pocos días y desde entonces, por Voluntad Divina, abad del monasterio de Sant Facund.

—¡El abad de Sahagún en estas tierras! Esperad un momento, venerable señor, os abro enseguida. —Con estruendo comenzó a quitar cadenas y pasadores, cerrojos y pestillos, por fin crujiendo y quejándose se abrió lentamente el portalón. Una jauría de perros comenzó a ladrar furiosamente; estaban los perros en unas jaulas al fondo del patio, creo que si la visita no era deseada se les daba libertad. No arrendé la ganancia a los intrusos.

En cuando entramos, Dídimo preguntó:

—¿Quién de vosotros es el abad de Sahagún?

—Yo mismo —contestó con buen humor don Alvito.

Arrodillose enseguida el buen hombre y le besó el borde del mojado vestido. No consintió don Alvito más de estas exteriorizaciones y levantando al lego, le abrazó con piedad cristiana, haciendo en su frente la señal de la cruz.

—No debisteis hacer eso, amigo Dídimo —le reconvino—. Estamos mojados e impresentables. Llevadnos bajo techo y haréis caridad con nosotros.

Nos llevó Dídimo a una especie de atrio y dijo:

—¡Esperad un momento! —Salió a todo correr dejándonos boquiabiertos. No había transcurrido ni un minuto cuando oímos un estruendo de campanas y vimos cómo se encendían luces por todas partes. Sonaron voces inusitadas en medio de la noche, y más aún en un monasterio en donde se guarda silencio con severas reglas y prohibiciones. Además, pasadas Completas, no hay fuerza en el mundo, excepto por incendio u otra fuerza mayor, que haga mover a los monjes del descanso reglamentario, que es obligatorio. Ciertamente ahogadas por la distancia, escuchamos idas y venidas, y por respeto no digo carreras. ¿Qué sucedía en este monasterio? Esperamos tiritando con nuestros trajes mojados. Mansa pero sin pausa, caía una lluvia helada sobre el patio embarrado.

A poco llegó un hombre anciano pero de prestancia y buen aspecto. Ni estaba encorvado por la edad, ni temblaba su voz; al contrario, hablaba con autoridad y con voz sonora.

—Seáis bienvenidos, amigos y hermanos en Cristo. ¿Quién de vosotros es el señor abad de Sant Facund? —Detrás de él en larga formación, casi invisibles en las tinieblas, vestidos con sus hábitos negros, echada la caperuza sobre sus cabezas, estaban los monjes del cenobio—. ¿Quién es el señor abad de Sant Facund? —Se adelantó don Alvito con intención de besar la mano del abad del monasterio de la Redención. No podía ser otro el que así interrogaba a nuestro Alvito.

—Yo soy ese abad, por la voluntad de Dios, venerable señor. Me llamo Alvito, ¿cuál es vuestra gracia?

—Soy don Pablo, don Alvito, sed bienvenido, y todos vuestros acompañantes. Me dicen que está con vosotros un hombre del sur de la Galia, ¿quién es? —Se adelantó don Pedro y saludó con ceremonia al abad Pablo.

—¿Sois también abad de un monasterio? —preguntó éste después de besar en la mejilla a don Pedro.

—Sí, don Pablo, de un pequeño monasterio llamado de San Prudencio y Santa Ágata, antaño importante pero que por designios del Señor ha ido encogiéndose tanto que los que aquí estamos somos los únicos supervivientes de ese lugar.

—Bien, ya me contaréis mañana. Ahora nuestra Santa Regla nos pide recibir a don Alvito como si de un obispo se tratase —admirose el monje Alvito.

—¿Por qué como un obispo, mi señor don Pablo? Sólo soy un monje como vos mismo.

—El abad de Cluny, el de Saint-Benoit-sur-Loire y el de Sahagún disfrutan de ese privilegio. También si viniese el abad de Montecatini o el archimandrita de Bizancio, cualquiera de ellos es como un obispo para los que vivimos bajo Cluny. Por vos se ha levantado a la comunidad del sagrado reposo, rompiendo las Completas, después de la cual ninguna actividad está permitida. Los que veis aquí cerca con luces, son los hermanos legos, ellos llevan el agua bendita, la cruz y dos candelabros, sólo el rey tiene derecho a tres, y el Evangelio. En señal de regocijo cuando entréis en la iglesia repicarán todas las campanas. Detrás, la oscuridad no deja que los veáis, están los monjes con sus capas de fiesta. También debían estar los niños con sus albas, pero como es medianoche espero que los dispenséis, son pequeños y necesitan el descanso más que nosotros. Mañana os cantarán en misa.

—Pues si he de ser recibido como obispo, en el ejercicio de mi privilegio, os dispenso de todas las otras formalidades y liturgias. Como se aproxima la hora de Maitines, rezaremos con vosotros, si nos lo permitís, y luego como estamos muy cansados dormiremos en vuestras cuadras o si tenéis un lugar para peregrinos...

—¡Pero mi señor don Alvito, os digo que sois para todos los efectos el obispo en persona! ¡Sólo lo mejor para vos! Ahora, si lo permitís, os rociaremos con agua bendita y os rezaremos la antífona...

Vi cómo el bueno de don Alvito se impacientaba.

—Don Pablo, os lo agradezco, lo agradecemos de corazón, no estamos acostumbrados a tanta deferencia. Por caridad, dejad que nos cambiemos de ropa y estaremos con vosotros en Maitines. Es más importante que lleguemos a tiempo a los rezos obligatorios. En cuanto al agua bendita —añadió con un gesto de buen humor—, ya hemos sido suficientemente rociados y aspergiados con bendita agua por esta noche.

Se apiadó de nosotros el abad y mandó nos llevasen con premura a unas habitaciones en donde a toda prisa se encendió un fuego. Lo más urgente era sustituir nuestras ropas por otras secas; llegaron varios monjes legos con bandejas de manjares calientes. Caldo, un puré de algo que parecía verdura y huevos. Lo comimos con precipitación pues teníamos harta hambre. Construyendo aquel malhadado puente no habíamos tenido tiempo de cenar. No bien hubimos terminado el refrigerio, llamaron a Maitines y salimos en busca del oratorio. Mientras caminábamos hacia la iglesia, repicaban alegres las campanas en medio de la noche, asustando, pensé, a todos los villanos de la región. Anunciaban al «obispo».

No nos quedamos en compañía de estos cluniacenses más que lo imprescindible para dar las gracias por los favores recibidos y para no parecer groseros ni desagradecidos. Relatamos a don Pablo de la Redención lo sucedido a los buenos monjes de San Prudencio y Santa Ágata y éste se horrorizó de lo acontecido, viendo claramente la mano de Dios en nuestra providencial llegada.

—Bien tenemos oído de otras fechorías cometidas por el joven señor de Léger, el hermano de don Géraud. Aunque muy lejos de sus territorios no es raro que sepamos de sus correrías, pero esto supera a sus otras maldades. —Se dirigió a don Pedro—: ¿Qué pensáis hacer, mi buen abad? Volver a ese sitio es peligroso. —Así hablábamos, arreglando nuestras cabalgaduras para partir, cuando llegaron a la puerta de la Redención una partida de hombres armados hasta los dientes, montados en buenos caballos si bien algo pesadotes. Los cuerpos de estos equinos parecían de madera y sus movimientos grávidos, no exentos de cierta belleza poderosa. Llamaron a la puerta con alguna insolencia, una vibrante llamada del cuerno identificó a los visitantes.

—Es el conde Arnulfo, sin duda alguna —dijo don Pablo—; no temáis, no es mala persona, nos protege y ampara de otros señores, gracias a que somos de Cluny y teme al abad Odilón. Le pierde su ambición y una cierta avaricia, pero salvado ese pequeño defecto, es un buen hombre. Ahora le conoceréis, enseguida le traerán a nuestra presencia en el salón de visitas. —Ya se oían los pasos decididos del ruidoso noble sobre las piedras del suelo. Tintineaban las suelas metálicas del calzado sobre el enlosado corredor. Venía con armadura completa, celada, guanteletes y perneras. Al llegar se quitó él mismo la celada sin esperar ayuda de nadie, aunque un monje se había adelantado para hacerlo. Arrojó don Arnulfo los guanteletes sobre un arcón vecino y moviendo la cabeza de un lado a otro como para dejar en libertad sus rizos leoninos, habló sin esperar salutación alguna.

—¿Qué diablos pasa en este sitio? —Al oír lo de «diablos», se persignaron piadosamente los monjes que nos acompañaban, menos don Alvito y don Pablo. El primero observaba en silencio la escena, aunque yo, que le conocía bien, veía una cierta diversión en sus ojos entrecerrados. Don Pablo miraba al noble directamente a la cara, como se mira a un niño díscolo. Le habló con voz agradable.

—¡Dios os bendiga, mi señor conde! ¿Qué os trae por aquí? Aún no es llegado el tiempo de la recaudación, ni os hemos pedido auxilio ni ayuda, gracias a Dios. ¿Goza de buena salud nuestra condesa Matilda? ¿Hay, acaso, peste en el castillo? ¿Debemos rezar por vos o algo vuestro?

—Sí, rezad por los miserables que han destrozado mi puente —rezongó el conde intentando parecer enfadado—. Sé que tenéis visitantes. ¿Son ellos los que han roto la puente? ¿Quién diablos colorados son estos mendaces mentecatos?

Don Alvito se adelantó y se dirigió al conde:

—Somos unos humildes monjes que venimos de allende los Pirineos a visitar al abad Odilón. En cuanto a vuestro puente, si os referís a dos troncos podridos que podrían tener más de cincuenta años de uso, se rompió a nuestro paso. Os hemos hecho otro nuevo, más sólido y mejor que el otro.

—¡Pues sí que sois desahogado, monje! —dijo sorprendido el conde Arnulfo—. Me arruináis el puente, que rompisteis con vuestro peso, me cortáis dos árboles de los mejores del... bosque ¡y aún pretendéis que esté agradecido!

—Os pido humildes disculpas por cortar los dos árboles, noble señor, pero era imprescindible que pasásemos, como será necesario, creo, a vuestros hombres el cruzar el vado por el puente nuevo.

—Si mis hombres han de cruzar por el puente o mojándose el culo en el agua del rápido, sólo me concierne mí, que para eso soy el conde y propietario de este lugar.

—Bien sé que es así, también, señor conde, si la costumbre es como en nuestra tierra, el cruce de la puente devenga ciertas gabelas que cobra el conde y en su lugar y representación quizás el monasterio que os pagará una cierta cantidad al año por ese bien. ¿O me equivoco, buen conde?

—No tengo que discutir con vos mis finanzas ni concesiones, señor entrometido. Deseo cobraros los daños, y si no nos pagáis de buen grado, lo tomaremos de fuerza, ¿os parece bien?

—Bien, señor, me parece bien. —dijo don Alvito tranquilamente, como si hablase a un niño malcriado—. ¿Y qué queréis a cambio de vuestro puente podrido y de los dos árboles cortados?

—No tenéis nada de valor, colijo, como monjes viajeros. Tomaré vuestros caballos.

—Nuestros caballos, señor conde, valen por cien puentes de los vuestros. Son de Spania, y con eso queda dicho todo. El mío pertenece al rey don Fernando de León y Castilla, es hijo de *Pelagiolo*, el caballo del difunto don Bermudo III, de gloriosa memoria. El resto de los que llevamos hacen aparecer a los vuestros como muy humildes bestias de carga, tristes podencos. —Se irguió el conde sobre sí mismo, ofendido por las consideraciones de don Alvito.

—Sois un monje sumamente insolente, buen hombre. ¿Quién sois? Quiero saber vuestro nombre antes de daros tres tandas de latigazos por atrevido.

—Soy don Alvito de León. Ciertamente, señor, seréis muy osado si me dais tres tandas, y aun una sola. Los reyes de Aragón, Castilla, León, Nájera-Pamplona y aun el Papa os pedirán cuenta. Eso sin contar al abad Odilón... vuestro amigo. —Dijo esto suavemente sin alterarse lo mas mínimo, al tiempo que se quitaba la túnica y ofrecía la espalda al conde, esperando la prometida tanda. No hizo el conde ademán alguno de pedir los latigazos anunciados.

—¿Quién sois, pues, buen hombre? —Su voz bajó de tono. Un punto menos de altivez.

—Un simple abad, el de Sant Facund. Al momento me obedecen ciento treinta y dos cenobios. Y entre pueblos y villas, rústicos e hidalgos, tendré unos veintisiete mil hombres. Más, contando todos los de San Pacomio que aún me obedecen. ¿Por cierto, conde, cuántos hombres os obedecen a vos?

Con picardía el abad de La Redención hizo oír su voz:

—A nuestro señor conde le obedecen no menos de setecientos sesenta y nueve personas, incluyéndonos a nosotros, humildes siervos de Dios y de Cluny. —Se revolvió incómodo el conde. No deseaba dar su brazo a torcer pero se percataba de que había mordido más de lo que podía tragar.

—Bien, os perdonaré por ser siervo de Dios y estar acogido en La Redención, pero insisto en cobrar el daño causado a mi puente. Valuad vos mismo el estropicio de puente y árboles y pagad lo que decidáis. —Respiraron tranquilizados todos los monjes. No era bueno entrar en colisión directa con los nobles. Aunque fueran pequeños como el rabioso conde. Ahora todo era cuestión de mano izquierda, y de eso tenía mucho don Alvito.

—Decidme, conde Arnulfo, ¿amáis a los caballos?

—Mucho —dijo fervorosamente el conde—, mucho. —Estuve seguro de que decía la verdad. Entre el hombre y el caballo hay un lazo de amistad y dependencia que nunca se podrá romper—. Venid, venid afuera y admirad los nuestros, a pesar de lo que habéis dicho son fuertes y sufridos. —Allí fuimos todos. Aunque como ya he dicho eran bestias de aspecto pesado y quizás hasta torpe, se veían bien cuidados y brillantes. Cepillados y bien comidos.

—Deseo corresponder a vuestra gentileza, conde —dijo don Alvito—, ahora os enseñaré los nuestros. Los tenemos ya ensillados para partir. No están tan limpios y brillantes como los vuestros, pero veréis cómo están después de largo y fatigoso viaje. —Todos esperamos con orgullo la aparición de nuestros corceles. Pegasos alados en comparación a esos percherones de patas peludas. Así salieron de las cuadras, con sus aparejos y sillas de borrenes altos, bridas bien trabajadas al estilo de nuestra patria. Miramos a los francos que observaban a los animales y vimos lo que esperábamos ver: se quedaron sin aliento. Por último salió *Pelagiolo II*, hijo del legendario *Pelagiolo I*, blanco, ligero y hermoso como un sueño. Digno de un emperador. Él solo hablaba por sí del poder e importancia del abad de Sant Facund.

—¡Buen monje, bien hicisteis en defender vuestro *Pelagiolo*! —dijo generosamente el conde Arnulfo—. ¿No hay ninguna posibilidad de que yo...?

—¿De que os quedéis con él, don Arnulfo? No —rió don Alvito—, me temo que no, mi señor conde. Acepté el caballo para el viaje, pues a despecho de su aspecto frágil es veloz y resistente y sobre todo inteligente, pero deseo devolverlo al rey Fernando. Es demasiado caballo para un monje. Nosotros viajamos normalmente en hacanea, como bien sabéis. Sólo hemos viajado a caballo porque —se abstuvo de decir «viajábamos a tierras salvajes», y dijo en su lugar— viajábamos a lugares distantes y desconocidos, en donde quizá fuese necesario huir al galope raudo de los corceles.

Se rió con ganas el conde.

—¡Os he entendido divinamente, buen Abad! ¡Pardiez, sois todo un monje diplomático!

—Tengo una propuesta para vos, conde, que os ha de complacer. Os dejaré a *Pelagiolo II* hasta mi vuelta. Vamos a Cluny, como sabéis, estaremos allí unos días, no sé cuántos pero serán varios, inclusive semanas. Iré allí montando uno de vuestros caballos, ensillado, eso sí, con mi silla y estribos. Mientras, os dejo a *Pelagiolo*, os lo dejo exclusivamente para que cubra a alguna de vuestras yeguas, con un poco de suerte tendréis algunos potrillos dentro de unos meses y podréis quizá tener cuadra. Algunos pequeños *Pelagiolos*. ¿Os da eso satisfacción por puente caído? —El conde no creía lo que oía.

—¿De verdad, don Alvito, me dejaréis a *Pelagiolo*?

—Sí, siempre que me prometáis que no ha de montarlo nadie, ni usarlo para otro menester que el que os he apuntado.

Respondió el conde Arnulfo fervorosamente:

—¡Lo juro, lo juro por mi alma y la de la condesa Matilda!

—¡No comprometáis el alma de la condesa en esto, buen conde

—dijo bienhumoradamente don Alvito—, comprometed la vuestra, si os place! —Miraba el conde con mirada apasionada a *Pelagiolo II*.

—¿Puedo tomarlo ya?

—Tomadlo y cuidadlo bien. A la vuelta os lo reclamaremos. ¡Ah, señor conde, proporcionadle buenas yeguas, él os lo agradecerá! —El conde se apeó de su caballo y tomó las riendas del animal. Con sus blancas manos lo desensilló y cubriéndolo con una manta le puso otras bridas.

—Os cedo mi *Atila*, señor monje. Quizá no es tan hermoso como el vuestro, pero lo amo bien. Os será fiel y es muy resistente e inteligente. ¿Le pondréis esos curiosos reposapiés?

—Sí, mi señor conde. Se llaman «estribos». Os permiten afianzaros mejor en la silla. Gracias a ellos podéis agacharos con facilidad para esquivar armas o persecuciones, empinaros sobre el asiento para acertar con la clava o la maza. Tener manos libres para el mandoble.

—¡Vaya, señor monje! No habláis como un hombre manso y pío, precisamente...

—Me temo, señor conde —suspiró don Alvito—, que no siempre lo fui. De todos modos, el servicio del Señor tiene extrañas exigencias. Cuando haya ensillado a vuestro *Atila*, hacedme el favor de probar los estribos. —Así lo hizo el conde y tras algunos titubeos sobre su longitud y su uso, pareció satisfecho de la innovación.

—¡Vive el cielo, hombre de Dios! ¡Cuántas cosas sabéis! Os aseguro, don Alvito, que me haré un par de estos estribos o como se llamen. Colijo que para cazar serán muy útiles. Quedo muy agradecido. Os diré qué voy a hacer, don Alvito. A vuestra partida de Cluny, estaré informado y os daré escolta en vuestro viaje de retorno, así podremos hablar de nuestros caballos y de nuestros pueblos. Quizás ambos aprendamos algo. ¿Qué os parece la idea? Os esperaré con *Pelagiolo II* cuando partáis. —Así quedó todo, el incidente que empezó como una amenaza, terminó como una amistad. También los monjes de La Redención respiraron aliviados pues aunque disfrutaban de la protección del abad de Cluny, no era cosa de enemistarse con el señor en cuyas tierras estaba enclavado el monasterio. Montó nuestro don Alvito el caballo llamado *Atila*, que, según dijo el monje, demostró ser un soberbio animal de monta a pesar de su pesado aspecto. Y es que nosotros, los hombres de Spania, acostumbrados como estábamos a nuestros corceles, veíamos con malos ojos los especímenes de allende nuestras fronteras, porque los nuestros eran más hermosos. Nos despedimos de los monjes que una vez más nos aspergiaron con sus hisopos de agua bendita y nos hicieron innumerables cruces con incienso al tiempo que los niños nos cantaban las antífonas de rigor para un obispo. Como era el tiempo de adviento, nos cantaron solemnemente las siete antífonas mayores: aquellas que empiezan:

O Sapientia, quae ex ore Altissimi... [«¡Oh, Sabiduría, que saliste de la boca del Altísimo...»]

O Adonai, et dux domus Israel... [«¡Oh, Adonai, jefe de la Casa de Israel...»]

O Radix Jesse, qui stas in signum populorum... [«¡Oh, raíz de Jese, que estás como estandarte en todos los pueblos.»]

O clavis David, et sceptrum domus Israël... [«¡Oh, llave de David y cetro de la Casa de Israel.»]

O Oriens, splendor lucis aeternae... [«¡Oh, Oriente esplendor de la luz eterna.»]

O Rex Gentium, et desideratus... [«¡Oh, Rey de las Naciones y su deseado.»]

O Emmanuel, lex et legifer noster... [«¡Oh, Emmanuel, nuestro Rey y legislador.»]

Por fin pudimos alejarnos del monasterio de la Redención y sus liturgias. Las puertas del convento se cerraron tras nuestra salida y quedamos fuera con nuestro «obispo». Nos acompañó el conde don Arnulfo durante un trecho para ponernos en camino y luego se despidió con muestras de respeto y amistad. Llegado a un punto del sendero, dio la vuelta y lo perdimos de vista entre la espesura. Lucía un sol frío y brillante como un cristal.

Nada de particular sucedió hasta nuestra llegada a Cluny. Pasamos cerca de Dijon pero siguiendo nuestra costumbre evitamos acercarnos a ella. Marchamos como ya veníamos haciendo, sin apresurarnos, eludiendo a los hombres y sin detenernos en ninguna parte, no fuese para dormir. Así, pronto llegamos a nuestro destino. Faltaban pocos días para Navidad. Como ya lo hicieran en el monasterio de la Redención, los cluniacenses nos recibieron otra vez con gozo y liturgias debidas a un obispo, sólo que la majestad de Cluny hicieron de este recibimiento un acto inolvidable. Me alegré de haber acompañado a don Alvito por la ocasión de ver tal acumulación de abundancia, riqueza y hermosura como se vio en nuestra recepción: la música y coros eran grandiosos, las capas de gran liturgia bordadas en oro y adornadas con piedras y perlas, los incensarios de plata repujada y bien labrada, el incienso del mejor, las alfombras de seda, las colgaduras de damasco, el tabernáculo de oro y hasta los suelos de la capilla eran de piedra pulida y mármol de colores. Era algo de una riqueza casi insultante para ser la casa de unos humildes siervos de Dios.

Pertenecían al convento edificios anejos que como en un ejército bien organizado respondían a las necesidades del convento: talleres, enfermería, noviciado, panadería; todo como una pequeña ciudad que se movía por y para Cluny.

El abad Odilón era un hombre muy mayor, pero tenía, justo es decirlo, una gran vitalidad, vitalidad que no se avenía con su cuerpo ya envejecido por la edad, por los muchos viajes realizados y por los sacrificios que se imponía. Desde el principio se interesó mucho por don Alvito y por las cuestiones que él tenía que plantearle. No se opuso a que yo, como miembro de la real cancillería de Pamplona-Nájera, tomase parte en las conversaciones, al menos como observador. Por el contrario, como don Odilón había conocido a don Sancho el Mayor y previsiblemente él le había hablado de mí y de mis dotes, me recibió con afecto, como a alguien conocido.

—Hijo, si deseáis ver nuestros libros, como me ha dicho don Alvito, son todos vuestros, tratadlos bien, nada más. Valen más que el oro y las piedras preciosas. Nadie mejor que vos sabe lo que representan en horas de vida, de estudio, de trabajo, de pensamiento. Pero, perdonad el capricho de un viejo, ¿querríais hacerme una demostración de vuestras habilidades recordatorias? Me han dicho, hijo, que recordáis lo que se dice delante de vos, para siempre jamás, ¿es cierto?

—Casi siempre, venerable señor. Algo ya he olvidado.

—¿Y recordáis lo que otros leen en alta voz?

—Sí, si llego a oírlo bien, señor y padre.

—Decidme, Doroteo, si yo os leo, por ejemplo, la Epístola del apóstol san Pablo a los Hebreos. —Abrió un libro y empezó—: «Hermanos, los santos por la fe...»

—¡No, no, don Odilón, eso no es justo! —Cesó de leer ante mi interrupción.

—¿Lo hago demasiado rápido?

—No, señor y padre, esta epístola es *Pauli Apostoli ad Hebraeos 11, 33, 39. Fratres: Sancti per fidem vicerunt regia, operati sunt justitiam, adepti sunt repromissiones, obturaverunt ora leonum, exstinxerunt impetum...* —Y así seguí hasta el final—. *Et hi omnes, testimonio fidei probati, inventi sunt: in Christo Jesu Domino nostro.* —Cuando terminé quedó el bueno de don Odilón completamente absorto. Yo no era clérigo, no tenía por qué conocer el texto—: Señor —dije—, lo que os quiero decir es que soy copista e iluminador y he copiado y leído miles de veces esos textos. No tiene ningún mérito, me los sé de memoria en latín y romance, en hebreo, árabe y griego y en otros idiomas que vos ignoráis. Leédme, buen señor, algo que yo no haya oído jamás y veremos si puedo entreteneros con esos inocentes juegos que tanto divierten a los que lo encuentran maravilloso. Es sólo un don, un extraño regalo, no una virtud.

—Os daré gusto, buen Doroteo. —Acercose con alguna dificultad a la puerta y dijo a alguien invisible para mí—: ¡Que venga el monje bibliotecario!

No tardando mucho apareció un hombre de buen porte y cabellos canos.

—Traed, por favor, don Arcángel, el libro griego que recién adquirimos, el enviado por el Basileus de Bizancio.

Volvió el monje con lo pedido transportándolo en sus manos como a un niño recién nacido. Creo que el bibliotecario me miraba con hostilidad suponiendo, con razón, que era por mi culpa que tal maravilla debía abandonar sus amados estantes.

—Leednos, don Arcángel, de esa obra de Esquilo intitulada *Prometeo Encadenado*.

Así lo hizo después de tomar asiento junto a una ventana el llamado Arcángel. Leía el griego despaciosamente y con buena voz. Luego me enteré de que era hijo de griega y que en parte era su idioma materno. Empezó así:

—«Ya estamos en el postrer confín de la tierra...» —Habló pausadamente trayéndonos a La Fuerza, La Violencia, Hefestos y Prometeo.

Al cabo de una media hora dijo el abad Odilón:

—Ya es más que suficiente. No podréis recordar nada. Probad ahora o si no, repetiremos algo menos. —Negué con la cabeza, me interesaba el argumento y no estaba dispuesto a perder el hilo—. Está bien, podéis continuar.

Siguió pues Arcángel con su lectura. De vez en cuando, escuchándolo, me enfurecía o alternativamente secaba las lágrimas de mis ojos. Por fin oí las últimas palabras:

—«Oh, Éter, que haces girar la luz común para todos, viéndome estáis cuan sin justicia padezco.»

Entonces, como en un sueño, empecé a recitar, volví a revivir lo escuchado, caía la tarde en un lecho oscuro. Todos me escuchaban con atención:

—«Ya estamos en el postrer confín de la tierra, en la región escita, en un yermo inaccesible. Impórtate pues, Hefestos, cuidar de las órdenes que te dio padre...» —Se hizo la noche; sin velas ni hachones seguí con los ojos cerrados saboreando las palabras nuevas y quemantes para mí en su belleza. Hasta el coro...— «Basta, basta, detente. ¡Ay! Jamás pude pensar, jamás, que llegase a mi oído relación tan extraña. Calamidades, tormentos dolorosos de sufrir. Terrores que como dardos de dos filos me traspasan y hielan el alma.» —¡Dios mío! ¿Hablaba de mí? ¿Hablaba Esquilo de mí, del eunuco Doroteo, del que habían robado su derecho a la vida, al amor, a la virilidad, a ser un guerrero, un noble, un simple hombre? ¿Hablaba Esquilo del pobre enamorado sin esperanzas, del medio hombre de Julita?—. «¡Oh, Destino, Destino! Me estremezco de horror, Io, al considerar tu triste historia.» —Seguí recordando las palabras, como puñales, hasta el final— «... viéndome estáis, cuan sin justicia padezco». —Las voces de bronce de las campanas llamaron a Completas, todos se habían ido hacía mucho tiempo. Estaba con Esquilo, yo solo en la estancia.

Por mor a nuestra presencia, la del «obispo», se levantó el ayuno y el silencio en el refectorio. Éramos libres de visitar lo que deseásemos, siempre sin estorbar las actividades de los monjes. Yo pasaba el tiempo en la biblioteca, leyendo y disfrutando de los libros desconocidos para mí. Me pidió don Alvito que si topase con los libros de piedad y las reglas pormenorizadas de la orden, no dejase de leerlos. Entendí que deseaba una copia más adelante, así que cuando topé con un libro curioso, pregunté a don Arcángel:

—¿Es éste el penitencial de la orden?

—Es el Penitencial General, aplicable a todos los pecadores. Cada pecado tiene su castigo. Cada deuda su pago.

—¿Puedo leerlo?

—Tengo órdenes de no estorbaros, al fin no es un secreto para nadie, al contrario, se predica en la iglesia para que los pecadores sepan qué esperar de sus culpas. Leedlo si os place.

Durante algún tiempo me dediqué a leer con interés el Penitencial. Ahora sé que fue por este libro por lo que don Alvito dudó mucho sobre la conveniencia de introducir la orden de Cluny en Spania. Un tal Burchard, un clérigo germano, un hombre duro y despiadado, había recopilado todo un catálogo de pecados y sus consiguientes penas. Este seco sentimiento justiciero era la antítesis del caritativo corazón de don Alvito.

Así, el desgraciado que hubiese caído en el pecado de homicidio habría de renunciar a todas las actividades que procuran un lugar en la sociedad, el servicio de armas y la administración de sus bienes. También habría de renunciar a la carne y al tocino, salvo en Pascua, Pentecostés y Navidad. Y no sólo eso, sino que de por vida habría de alimentarse con pan y agua, rara vez acompañado de verdura o fruta. También le estaba prohibido bañarse e inclusive casarse. Se le negaba para siempre el acceso a los sacramentos y sólo podría comulgar en artículo mortis.

Todas las penitencias eran a este tenor. Decenas de años a pan y agua, arrojados de la Iglesia y con prohibiciones tales como montar a caballo de por vida y otras no menos terribles y a veces, pensé, inclusive absurdas. El Libro del Perdón de los Pecados hacía un recuento y descripción muy extensiva de los pecados habidos y por haber, y lo hacía con ciertas dosis de imaginación pero sin una pizca de compasión.

Tal dureza me llamó mucho la atención, y por ello me propuse comentarlo con don Alvito. Yo no soy hombre religioso, como os dije, pero tengo entendido que en nuestra Spania las penitencias son en conjunto infinitamente menores. Unos padrenuestros, unas limosnas, el simple arrepentimiento. ¿Por qué eran tan severos los Monjes Negros?

Esa misma tarde tuve ocasión de comentar mi curiosidad con don Alvito. La clepsidra sonora nos había hecho saber que aún faltaban dos horas para ir a la colación de la tarde. Cumplidas nuestras obligaciones religiosas, charlábamos amablemente. Le comenté mis impresiones; luego inquirí:

—¿No opináis, don Alvito, que esas penitencias son feroces? Para los pecadores, digo.

Él me miró largamente y no me contestó a la pregunta. En cambio, dijo:

—Siempre supe que erais un hombre sensato, Doroteo. Ya sé que no compartís, mi, digamos, entusiasmo por lo religioso. Pero, amigo mío, sois más religioso de lo que vos mismo creéis, y por eso habéis notado que al Penitencial le falta caridad, amor. He hablado largo y tendido con el abad Odilón sobre la posible introducción en Spania del rito romano. La Iglesia intenta una unificación de usos y costumbres. Una purificación general. Hasta aquí sería aceptable y bueno.

—¿Qué es lo que os disgusta, don Alvito? —Intuí que mi amigo tenía serias discrepancias con don Odilón.

—En primer lugar, porque habríamos de aceptar el Penitencial que tanto os ha extrañado. No se puede negar el perdón a las ovejas del Señor, y un perdón amoroso, no un perdón cicatero y cruel, como una seca venganza. En segundo lugar porque sé que con la introducción de esa reforma se intentará borrar la tradición de todos los lugares y convertirlos en subsidiarios de Roma. Ella dictará la última palabra en política, así como en lo religioso. Los cluniacenses legislan para unas tierras permeadas por el feudalismo. Su sistema político hace que tengan un reino roto e ingobernable. Están llenos de Caballeros Bandidos, como el señor de Léger, cuyos actos vimos. Estos monjes impulsan como pueden la «tregua de Dios» Primero lo lograron declarando sagrado el terreno de Cluny, ahora intentan que sea no sólo el territorio sino días señalados en los que no será lícito guerrear. Pero para nuestra tierra es programa inútil. Como os podéis imaginar, una «tregua de Dios» en un territorio sujeto a las aceifas de los moros, no tiene sentido. Nuestros hombres, bastante tienen con combatir al moro y prepararse para las aceifas de cada año.

Suspiró con pesar don Alvito.

—No podemos aceptar ese programa para nuestros reino. Mañana tengo una última reunión con don Odilón y sus teólogos. ¿Os gustaría asistir? Tomaré una decisión y luego partiremos. Hace demasiado tiempo que faltamos de casa.

Me alegré de oír que íbamos a volver. Echaba de menos a mi Julita con una sensación de vacío que era casi como si se me hubiese vaciado el alma. Naturalmente, no exterioricé mi júbilo. Don Alvito seguía hablando.

—Ya sabéis que prometí a don Fernando darle mi opinión sobre la reforma cluniacense, y lo mismo habré de decir a todos los reinos. Mis conclusiones llegarán a toda Spania, a través de la actitud de Sahagún y San Pacomio yo también tengo que dar explicaciones a los reyes. Os dejaré que con el de Navarra seáis vos mismo el que transmita mis conclusiones. ¿Os parece bien? —Me pareció de perlas, al fin y al cabo deseaba ser útil a mi señor.

—Quedo satisfecho con ello, y os lo agradezco. —Pensé en el camino de vuelta y de pronto Cluny me pareció infinitamente lejos de Nájera. ¿Y Julita, qué haría ahora? Si hubiese sabido lo que sucedía en mi casa hubiese abandonado todo, a don Alvito, a Cluny, a los libros adorados, a todo lo que tenía y consideraba importante y hubiese ido a uña de caballo hacia mi hogar. Pero no sabía nada. Misericordiosos los hados me iban a dar todavía algunos días de bendita ignorancia. Pandora tenía para mí una horrenda caja que había empezado a entreabrir. Esos días de felicidad fueron los últimos. ¡Dios, mío, Dios mío, hace ya tanto tiempo, y aún parece que sucedió ayer!

Temprano al día siguiente, nada más terminar la primera colación de la mañana, nos reunimos en una sala bien acondicionada, alrededor de una mesa larga y oscura, cinco hombres: el venerable Odilón a un lado flanqueado por sus dos teólogos, frente a ellos don Alvito y yo mismo. Antes de sentarnos para proceder a las conversaciones, propuso don Alvito que rezásemos al Espíritu Santo; así lo hicimos, recogidos y de pie: «*Veni Creator, Spiritus, mentes tuorum visita: imple superna gratia quae tu creasti pectora. Amen.*» [«Ven, Espíritu Creador, visita las almas de tus fieles, y llena de la divina gracia, los corazones que Tú mismo creaste. Amén.»]

Empezó a hablar don Odilón con voz potente que mal se compaginaba con su aspecto frágil y venerable de anciano. Calculé que podría tener unos noventa años.

—Damos la bienvenida entre esta sacra asamblea a Doroteo, canciller de Navarra y acompañante sabio de don Alvito. Obviamente no representa a nadie, más que al saber laico. Él tomará notas de lo que aquí se diga para nuestro posterior estudio. Se atendrá al secreto bajo pena de grave pecado. Don Alvito responde en todo por Doroteo. Él, por su parte, puede intervenir, oiremos sus palabras como hombre sabio que es, nada más.

Intervino enseguida don Alvito:

—Don Odilón, ya he sido instruido en el alcance que se pretende dar a la reforma iniciada por Cluny en lo político y terrenal, en cuanto al control de la nobleza y sus luchas y abusos, y cómo se pretende recortar, en lo posible, el poder de nombrar obispos, e incluso Papas, que tienen ciertas familias. Pero es bien cierto que la Iglesia es un poder espiritual, como dijo Nuestro Señor, «Mi poder no es de este mundo», nos hemos reunido para tratar del alcance de la reforma espiritual. Hoy hablaremos del Sacramento de la Penitencia, dejando para mañana la reforma de las costumbres entre el clero. ¿Estamos todos de acuerdo?

Asintieron gravemente los teólogos de don Odilón. Uno de ellos tomó la palabra:

—Mi nombre es Odoacro. Yo, por la voluntad de Dios y de don Odilón, soy quien ha tenido la responsabilidad de estudiar ese Sacramento. No se ha cambiado nada, sólo hemos estudiado lo que ya sabíamos, intentando hacer claro su contenido y alcance. En principio, estaréis de acuerdo en que todos somos pecadores y nacemos con el pecado original pegado a nuestras costillas como una segunda piel. —Mientras él hablaba yo pensaba. Si hubiese sabido mis pensamientos me habría arrojado enseguida de allí y aun fuera del monasterio. El pecado original es una tontería. Una invención. Un disparate. Él siguió—: El Señor Jesús nos lava de toda mancha, con su Pasión y Muerte nos rescató —la audiencia no parecía sentir gran entusiasmo por esta introducción—, con el Bautismo quedamos limpios, llenos de Gracia. Nos hacemos hijos de Dios y herederos de su Gloria... —Siguió una disquisición teológica. Luego fue entrando en materia—. Es por ello que una vez en Gracia, es deber del cristiano conservarla para siempre jamás y estar así preparado para la llamada de Dios, la muerte, en cualquier momento.

—En teoría así es, don Odoacro, pero el hombre es frágil. Le es imposible el conservarse en estado de Gracia toda la vida —intervino don Alvito—. Para eso está el Sacramento de la Penitencia.

—¡No, no está para eso. Es una última oportunidad para los recalcitrantes en el pecado!

—Don Odoacro, ¿sabéis de alguien que no peque siete veces al día? ¿O setenta veces siete?

—Sí —dijo con convencimiento don Odoacro—, sólo hay que proponérselo. Aquí mismo, en Cluny, intentamos por todos los medios domar a la bestia que duerme en nosotros, y rezamos y aun nos flagelamos para conseguirlo.

—Pero, don Odoacro, preconizáis un hombre perfectamente inquebrantable en la virtud. Eso es imposible. ¿No habéis pensado que si Dios nos quisiese perfectos, nos hubiese hecho perfectos?

—Perdonad que os diga, don Alvito, que estáis peligrosamente cerca de la herejía. Dios nos quiere perfectos: «Sed perfectos como Mi Padre Celestial es perfecto.»

—Don Odoacro, eso es un ejemplo a seguir, no una orden terminante. Ser perfecto como el Padre sólo está al alcance del Padre. —Don Odilón miraba y callaba. ¿Opinaba como don Odoacro? ¿Estaba más bien de acuerdo con don Alvito? Imposible saberlo.

—Entonces, cuál es vuestra postura, la de Cluny, en resumen, don Odoacro.

—El hombre debe conservar la Gracia del Bautismo hasta la muerte. El que así no lo hace, peca gravemente contra Dios y ha de pagarlo. La Confesión y la Penitencia no son un juego para todos los días. Es el último reducto de la Misericordia Divina. Los sacramentos han de ser retirados de estos pecadores, su presencia en la Iglesia es un insulto a la bondad de Dios. Han de permanecer fuera del recinto sagrado hasta que purguen todo su pecado. Los cristianos han de saber quiénes son estos pecadores y hacerles el vacío. Han de ayunar, rezar y esperar perdón con espíritu humilde.

—Don Odilón —se dirigió el abad de Sahagún gravemente al abad de Cluny—, decidme claramente: ¿estáis de acuerdo con don Odoacro en su apreciación del pecado y de los pecadores? ¿Es ésa la postura de Cluny? —Intuí que estábamos en el momento vital del encuentro, el más importante de nuestro viaje, se estaba cumpliendo el deseo de don Alvito de saber el alcance real del cambio, del que los reyes serían informados directamente. De la respuesta dependía que don Alvito aceptase o no la reforma, y tras él los reyes de Spania.

Se revolvió incómodo don Odilón.

—Don Odoacro es muy vehemente. Hay que tener más clemencia con el pecador. Pero básicamente, sí, estoy de acuerdo con él.

—¿Aceptará Cluny, y con él sus monasterios reformados, el Libro Penitenciario de Burchard para todos los monasterios reformados? ¿Lo aceptará en su literalidad?

—Lo venimos haciendo ya, don Alvito, y hemos conseguido que aun los no reformados lo acepten. Una justicia igual para todos los cristianos, de tal manera que los pecadores amigos, pecadores influyentes o los deudos, no se vean con penas más leves que los desconocidos o los pobres.

—¿Y con ello flageláis a vuestras ovejas? ¿Con esos castigos interminables, esas esperas desesperantes y desesperanzadoras, esos modos de vida que atentan a la bondad de Dios? —Diría que el monje de León se quejaba por todos los hombres—. ¿Prohibiéndoles el matrimonio, el intercambio normal entre cristianos, la administración de sus bienes, el viajar a caballo? ¡No creo que fuese ésa, jamás, la intención del bondadoso Jesús! —Don Alvito hablaba con fervor en favor de sus ovejas. Sus pobres pecadores. Así lo entendí mientras lo escuchaba—. Dios no quiere que ni una oveja se pierda. Con eso sólo asustáis al rebaño. Huirán de vosotros y de vuestra dureza. Vuestras iglesias se verán vacías. Hay que perdonar, perdonar y perdonar. Jesús no dijo que teníamos que vender caro el perdón. Es un don de Dios. No un privilegio en nuestras manos para romper el espinazo de los hijos de Dios.

—Señores —intervine yo—, ¿no existe el peligro de que la gente, al ver lo que se le aproxima en cuestión de penitencias, simplemente no acuda al Sacramento? Por ejemplo, no es de esperar que nadie vea con buenos ojos el tener que ayunar durante quince años, uno de ellos a pan y agua. Entonces, al no acudir a la penitencia no necesita «propósito de enmienda» y se enquistará en el pecado que deseáis corregir. Según el dicho romance «preso por mil, preso por mil quinientos». —Me miraron todos con curiosidad, seguramente no esperaban que yo supiese del Libro Penitenciario. Habló don Odilón:

—Veo que estáis bien informado y que sois de aguda percepción, Doroteo. En efecto, muchos cristianos han abandonado el Sacramento y esperan hasta el fin de sus días para hacer confesión, ya que entonces no se les puede imponer penitencia que comporte plazos. Se está haciendo cada vez más común el confesarse sólo en peligro de muerte. Eso es algo que no hemos resuelto.

—¡Eso es un triunfo, no una cortapisa! —intervino el otro teólogo—. El que se acerca a la confesión está verdaderamente arrepentido. Ése cumplirá con la penitencia y se acercará a la comunidad cristiana purificado. Los que lo dejan para el momento de la muerte, son los réprobos, indignos de ser llamados cristianos.

—¡Ah, señor —dijo don Alvito—, nadie que esté bautizado es indigno de ese nombre! Somos de Cristo, no de nadie, ¡de Cristo!: cristianos. Unos más débiles, o más desgraciados, quién sabe lo que llevó al pecado a esas ovejas. Hay que ser clementes. Llevarlas al Señor con dulzura, no a palos.

No se pusieron de acuerdo. Los teólogos preconizaban una severidad que disuadiese a los hombres de pecar. Don Odilón quería algo más de suavidad en las penas, atemperar el Libro de las Penitencias; don Alvito, por su parte, era la otra cara de la moneda. Para él, perdón a todas horas. Propósito de la enmienda, sí, pero si se recaía, más perdón. La iglesia siempre como casa de todos, más de los pecadores que de los justos. Nunca penitentes a la puerta, ni en el atrio. Los pecadores rezando, dentro, en casa. En la Casa de Dios, en la Casa de los Cristianos. Hizo una última pregunta:

—¿Y es esto, don Odilón, lo que podemos esperar para nuestras ovejas si por fin triunfa vuestra reforma?

—Sí, don Alvito.

—Entonces, don Odilón, os digo que no contéis conmigo, ni con el monasterio de Sahagún, mientras yo sea abad.

Libro IV

ADIÓS, SOMBRAS QUERIDAS. ADIÓS, SOMBRAS ODIADAS

Adiós, sombras queridas.
Adiós, sombras odiadas
La fuerza del destino
Os empuja a la nada

Rosalía de Castro

19

¿Por qué lo hicisteis, rey García?
Doroteo tiene un encuentro inesperado

¡Eloi, Eloi, lamma sabacthani!
[«¡Dios mío, Dios mío! ¿Por qué me has abandonado?»]

Pasión de N.S. según SAN MARCOS

No llegamos a ningún acuerdo. Los teólogos habían negado que su reforma fuese en forma alguna desmesurada o cruel. Don Odilón había escuchado en silencio a todas las partes, concentrado en sus pensamientos mientras don Alvito hacía una encendida defensa de la Misericordia Divina y de su Amor. Se terminó la sesión sin hallar un punto de encuentro y llegó la hora de salir del salón en donde nos habíamos reunido. Don Odilón se quedó rezagado. Ahora parecía un anciano. Se apoyó pesadamente en mi brazo mientras andábamos lentamente por los largos corredores:

—Sabéis, don Alvito, creo que hacéis bien defendiendo vuestras ovejas como mejor sepáis y podáis. A la larga ganará Cluny, quizá para cuando llegue a Spania ya no se use el Penitenciario que tanto os escandaliza. Aquí, en tierra franca, es muy necesario. Nuestras gentes necesitan un revulsivo. El feudalismo ha roto todos los lazos. Los hombres sólo sienten obligación por su inmediato superior. Los demás no cuentan, ni por arriba ni por debajo. Quizás el miedo pueda, en cierto modo, restaurar la organización y responsabilidad perdidas. ¡Ay,! vamos a ciegas, intentando mejorar una situación caótica. Queremos Caballeros Cristianos en donde sólo hay Caballeros Bandidos.

Repentinamente pude ver cómo ese anciano, casi contando con sus solas fuerzas, intentaba cambiar las cristiandad. Reponer la justicia, volver a las buenas costumbres, humillar a los nobles, limpiar al papado de influencias espurias. También él tenía una inmensa labor y era muy viejo. Se despidió de nosotros y se dirigió lentamente a su capilla particular. Me pareció que estaba poco seguro de su reforma. Por un momento sentí compasión por don Odilón.

Había terminado el invierno y empezado la primavera. Como todo estaba dicho y las decisiones tomadas, no tenía sentido que permaneciésemos más tiempo en Cluny. Era tiempo de partir y tal y como habíamos quedado, don Alvito mandó mensaje al noble borgoñón al que había prestado su *Pelagiolo II*, y él, cumpliendo lo prometido, se presentó enseguida a las puertas del monasterio. Cuando salimos de las venerables paredes enseguida vimos al conde que llevaba por las riendas a nuestro bello *Pelagiolo*. Lo había enjaezado de blanco con bordados de perlas y nácar.

—¡Buen día nos dé Dios, monje Alvito! —vociferó el conde Arnulfo. Me pareció que don Alvito estaba complacido de ver al díscolo conde.

—Bienvenido seáis, conde Arnulfo —gritó también el monje. Enseguida nos alejamos del formidable monasterio, mientras las campanas nos despedían repicando como corresponde a la partida de un obispo. Los borgoñones nos acompañaron un trecho.

—Deseo enseñaros algo —dijo misteriosamente el conde. Por el camino me pareció que don Alvito y el noble hacían buenas migas; el grupo estaba formado por gente de armas, soldadesca dicharachera y bulliciosa, muy diferentes a los hombres con los que habíamos compartido vida y mesa los meses anteriores. Nos llevó un cierto tiempo el acomodar nuestro espíritu a las chanzas y los cantos, a veces desvergonzados, de los hombres de don Arnulfo. Don Alvito no parecía disgustado, al menos le vi reír alegremente con el conde, inclusive en un aparte que hizo con él le vi tararear en voz baja unos cánticos que me parecieron no ser píos. Al menos no eran ni Laudes ni Maitines, ni nada que se le asemejase. Recordé más bien habérselas oído a don García. El conde Arnulfo se reía de buena gana. Al fin llegamos al puente someramente construido por nosotros. El conde nos lo mostró orgullosamente:

—¡Éste es el puente que vos construisteis, don Alvito! ¿Veis cómo lo hemos mejorado? —En efecto, se habían puesto tablas para proporcionar un paso más liso sobre los troncos y, cosa inusitada, se habían colocado barandillas, y así parecía un puente distinto al que nosotros, con tanta urgencia, habíamos pergeñado.

—¡Ahora parece otra cosa, mi señor don Arnulfo! —convino mi amigo—. ¿Cómo es que habéis puesto barandillas?

—Por complaceros, buen monje. Pensé que os agradaría ver estos adelantos en Borgoña. No somos tan salvajes como pensáis. —Se rió como si se le hubiera ocurrido algo muy gracioso—. Por cierto, aunque os he devuelto a vuestro *Pelagiolo II*, no me habéis preguntado por el resultado de nuestro plan. Os digo que se ha comportado bien, mis yeguas de vientre se han quedado bien satisfechas y hasta me atrevo a decir que bien preñadas. Esperamos algunos potrillos, os haremos llegar noticias hasta Sahagún, conde. —Le miró don Alvito reprobatoriamente.

—Eso fue en otra vida, don Arnulfo. Llamadme don Alvito.

—Como queráis, conde. ¡Perdón! Don Alvito. Fue un lapsus. Como os decía, puede que mejoremos nuestra cabaña caballar. No sabéis cuánto os agradezco que me hayáis dejado estos días a *Pelagiolo*. Si necesario fuese, estoy dispuesto a ir Sahagún a por más... —Se rió don Alvito de la ocurrencia.

—No lograríais nada, buen amigo, retornaré enseguida el caballo a su dueño, el rey-emperador.

—Es cierto que me dijisteis que devolveríais el caballo. Bien se ve que sois hombre de Dios. ¡A buenas horas devolvía yo a nadie un caballo como éste!

—Me lo habéis devuelto a mí —dijo quedamente el monje al conde.

—Cierto —se admiró el borgoñón—, debo de ser mejor de lo que pienso.

—Así es —corroboró el monje—, normalmente la gente es mejor de lo que cree.

Después de cruzar el puente, no nos acompañaron más allá. Nos dieron indicaciones precisas y se despidieron de nosotros.

—Seguid mis directrices —dijo el conde— y hallaréis un río ancho, allí de mi parte tenéis todo previsto. Una barcaza os llevará río abajo, y os dejará cerca de la frontera con vuestro país.

Cuando topamos con el río, allí estaba la barcaza esperándonos. Convenientemente acomodados iniciamos el camino de vuelta. Atrás quedaban los monjes de Cluny y toda nuestra experiencia en tierras francas. Yo tenía verdaderas ganas de ver a mi Julita y a mi señor, el magnífico don García, llamado El de Nájera. Cuando por fin llegó el río al mar, ordenamos que la partida, con los preciados caballos, fuesen por tierra. Don Alvito y yo mismo alquilamos un barco y seguimos el camino más corto hacia Barcelona. Teníamos prisa por llegar, don Alvito, porque lo estaban esperando en Sahagún y había de presentarse a sus monjes cuanto antes, y yo, porque hacía mucho tiempo que faltaba de casa. Me encargó el monje que contase a mi señor, el rey don García, nuestras experiencias en Cluny y la determinación del abad de no favorecer la entrada de los cluniacenses y su reforma.

Bordeamos la costa y llegamos enseguida al puerto de Barcelona. Allí nos presentamos en el palacio del conde Ramón Berenguer y de su jovencísima condesa: doña Isabel. En nuestra ausencia se había casado. No se hallaban los condes en Barcelona; sí estaba la vieja doña Ermesindis, quien al saber de nuestra presencia deseó vernos. Charlamos cortésmente mientras almorzábamos con la dama.

—¡Ah, don Alvito, ya soy muy vieja, no me queda ni ambición! —Esto dijo la condesa, pero sus ojillos vivarachos y risueños decían a las claras otra cosa—. ¡Estoy cansada, don Alvito, también el poder cansa! He velado por estas tierras desde que murió mi difunto marido, Ramón Borrell, el tercero de ese nombre. Era el año de Nuestro Señor de 1018. Imaginaos, hace ya veintiséis años...

—Con todos los respetos, doña Ermesindis, se dice que nunca dejasteis gobernar en paz a vuestro hijo, el difunto Berenguer Ramón, llamado El Curvo.

—¡Apenas si llegó a mayor de edad! Fui su tutora y regente durante diecisiete años. En cuanto se vio hecho un hombre se atrevió a enfrentarse con vuestro rey, don García. —Me miró con ojos agudos como lanzas—. ¡Escogió un mal momento para rebelarse contra Navarra! Justo cuando acababa de morir el rey don Sancho. No hizo caso del viejo adagio de «no hacer cambio alguno en tiempo de tribulación». Viajaba este hijo mío, como bien sabéis, con don García en el mismo barco. Algo le sentó mal o le envenenó la sangre. ¡Vaya uno a saber! Dios se lo llevó muy joven. Menos mal que aún alcanzó a tener relaciones con doña Sancha de Gascuña y con doña Guisla de Ampurias...

—Sí, doña Ermesindis —respondió sentenciosamente don Alvito—. Dios os procuró otra tutoría en la persona de vuestro nieto, el actual conde don Ramón Berenguer. Por cierto, he oído que le llaman El Viejo, a pesar de su juventud. Y ello por su buen seso y criterio. Mucho se comenta su *seny*, como el de un viejo sabio y no como el de un joven impulsivo.

—Otra tutoría, sí —dijo la condesa como si no hubiese oído el resto de la frase—, pero ya no tengo fuerzas para domar a otro hombre. Mi marido, mi hijo, y ahora mi nieto... sin duda son demasiados reyes para una sola mujer. ¿Sabéis que sus hermanos, mis otros nietos, están considerando el renunciar a sus respectivas herencias en la persona del joven conde de Barcelona?

Siguió una disquisicion sobre la unificación de los condados de Barcelona, Gerona Ausona y Vich.

—¿Sabéis que le he ofrecido venderle todos mis derechos a mi nieto? Aún tengo muchos partidarios, podría poner multitud de obstáculos en el camino de este Viejo, aún tan niño. Él también lo piensa así, por ello me ha ofrecido comprar todas mis ambiciones. Tiene mucho oro. Las parias le proporcionan oro fácil. ¿Por qué no pedir una parte? Me paga bien. A cambio de oro estoy dispuesta a renunciar a mis derechos como heredera de Ramón Borrell. Como os digo ya no tengo fuerzas. Me retiraré con mis damas y un séquito de nobles y que sean otros los que velen por el condado, yo ha he hecho bastante.

—¿Os conformáis así, tranquilamente, doña Ermesindis? —La pregunta me pareció un atrevimiento de parte de don Alvito, pero ella no pareció considerarlo así. Por el contrario, le miró divertida.

—¡Qué bien conocéis el gusto por el poder! —Cambió de conversación repentinamente—. Por cierto, no habréis venido a verme por hablar de estas cosas insulsas, ¿verdad, don Alvito? ¿Queréis algo de mí? —La vieja condesa no había perdido su aguda percepción del poder y de las pasiones de los hombres. Sus ojos, penetrantes como los de un halcón, nos miraban inquisitivos.

—Deseaba hablar con vuestro nieto, doña Ermesindis, pero tengo prisa y no le puedo esperar, sólo quiero informarle de mi viaje a Cluny y de la determinación que he tomado de no introducir, por el momento, el cambio de liturgia propiciada por los Monjes Negros. Ya sé que vosotros habéis auspiciado tal cambio en algunos lugares, con el asentimiento del bendito monje Oliba. Pero también sé que el cambio ha sido más nominal que real, que aún se conserva el rito mozárabe, inclusive en los monasterios reformados. Deseaba preguntar al conde si hay algún proyecto para acelerar ese cambio de rito. —La vieja Ermisindis nos miró con mirada divertida. Por fin habló, me pareció que midiendo sus palabras.

—Siempre hace falta el apoyo del Papa, aunque por el inescrutable designio de Dios, sea un necio o un niño. Yo traje estos cambios que parecían complacer a Roma. Pero advertí al Papa que tomaría tiempo el cambio total. La tradición era muy larga. El santoral de San Leandro gozaba, y goza, de muchos devotos. No es posible sustituirlo en un día. En todo caso nuestra liturgia no choca en asuntos de fe con la de la Iglesia de Roma. No se nos puede forzar violentamente. Perded cuidado, buen abad, todavía estamos pensándolo. No deseamos dejar el nombramiento de los obispos y abades en manos de Roma. Aquí la Iglesia es mucho más independiente que en la Galia, Germanía o en la misma Italia. Tampoco el emperador, ese que se hace llamar del Sacro Imperio, puede imponernos nada. Spania tiene su propio emperador, mal que les pese. —Y luego, tras pensarlo un momento, añadió—: Estoy de acuerdo con vos, creo que no sería una buena idea introducir de la noche a la mañana la totalidad de la reforma cluniacense. Un poquito sí, sólo un poquito para satisfacer al Papa. Hablaré con el conde, mi nieto, explicándole los motivos, vuestros y míos, para demorar la cuestión. ¡Tenemos aún tantas cosas que acordar antes de que esta vieja se retire del todo!

Después de esta conversación pareció que don Alvito no tenía más que decir a la anciana doña Ermesindis. Tampoco yo. No obstante, no deseaba aparecer descortés y esperé un día antes de solicitar licencia para marchar hacia el reino de Navarra cuanto antes. Al día siguiente, decidido a partir, fui a verla.

—Doña Ermesindis, ruego vuestro permiso para partir mañana mismo, u hoy si es posible. Con gusto llevaré de vuestra parte noticias de palabra o un pliego sellado, o inclusive algún presente o recado de otra clase para mi señor, o para doña Estefanía, vuestra sobrina. —Meditó un rato la condesa, me pareció que dudaba antes de aceptar o rechazar mi oferta.

—Doroteo, he tenido noticias de Navarra por pliego recibido de su reina; muchas cosas han pasado mientras estabais fuera. No sé si debo informaros o dejar que las descubráis por vos mismo. Vuestro rey es un buen rey, casi me atrevería a decir que es un gran rey, pero tiene muchos defectos. Es muy orgulloso, atrevido e insolente. No piensa en nadie más que en sí mismo, y aunque os ama, no dudaría en tomar lo vuestro si con ello se procurase placer o distracción.

—¡Pero, señora —argüí escandalizado—, qué va a tomar de mí, si todo lo que tengo le pertenece! Mi señor ha sido generoso conmigo. ¡Me deja participar en todo lo que tiene de valor, poder e influencia!

Ella suspiró y miró a lo lejos, contestó con algo absurdo, cosas de la edad.

—Él ama a mi sobrina, a la que honra llamándola pulquérrima, y cubre de joyas; sin embargo, ved cómo la engaña con multitud de mujeres de alcurnia y de baja estofa. Tiene ya tres hijos de Estefanía, y otros tantos de otras mujeres. El último es de la dama Sunifreda, dama de compañía de la reina. Y no es el primero que tiene con ella. Además, varios caballeros de su corte se han desnaturado, como bien sabéis, por haber él abusado de su condición real para seducir a sus esposas.
—Todo era verdad, pero quise disculparle.

—Señora, no tiene la culpa mi señor, es atractivo para las mujeres. Ellas se rinden.

—No siempre, Doroteo, él les pone apretado cerco y sé de buena tinta que a veces ha forzado a más de una. Luego ha comprado su aquiescencia o su silencio. Pero vos sabéis bien que digo verdad. Vos le habéis ayudado. —Me sentí incómodo. La vieja condesa estaba muy bien informada, lo había hecho, pero antes de que conociese a doña Estefanía. Don García nunca le hizo feos al bello sexo. Todas eran buenas para él. Virtuosas y suripantas. Jóvenes y talluditas. Delgadas y gordas. Brunas y rubias. Negras y blancas. Esclavas o libres. Voluntariamente o a la fuerza. Con promesas y con engaños. El fin era siempre el mismo. Es cierto que nunca supe que les hiciese daño alguno otro que el de seducirlas.

—Olvidadlo, doña Ermesindis. Él ama a la reina, mi señora doña Estefanía, y es lo que importa. Sus hijos son los infantes reales y si da algo a los otros no será en perjuicio de la prole legítima. —En un arranque añadí—: Os lo prometo.

—¿Vos? —se extrañó la condesa.

—Sí, señora, yo mismo. Tengo mucha influencia con el rey. Él me escucha. Es mi rey y mi hermano. Os juro que velaré por los infantes en todo lo que pueda. Si yo puedo evitarlo, el rey no les perjudicará en nada de su herencia o su situación.

—¡Ah, Doroteo, qué inocente sois! Creéis que podéis algo ante don García. Escuchad, a vuestro modo me habéis ofrecido ayuda desinteresada en la persona de mis sobrinos-nietos. Recordadlo, yo también os ofrezco ayuda desinteresadamente; si la necesitáis en el futuro tenéis una amiga en la vieja Ermesindis. Me voy a retirar a un lugar tranquilo y recóndito. Venid a vivir conmigo. Será mejor que un cenobio y habrá muchos libros para vos. Yo también tendré una pequeña cancillería, y sabréis todo lo que pasa en el mundo. No pienso privarme de saber lo que sucede. Soy chismosa y en mi naturaleza está escuchar tras las puertas. Estaréis bien informado de todo.

—Gracias, señora, lo tendré en cuenta, pero soy hombre del rey García, no puedo dejarlo. En Nájera tengo casa y casi familia.

Me miró la condesa tristemente.

—Sí, en Nájera —murmuró, como si hablase con otra persona—, casa y casi una familia. En fin, ¿estáis enterado de que los reyes, en vuestra ausencia, han iniciado allí la construcción de una magna iglesia? —Eso era una noticia para mí.

—¿En Nájera? ¿Una magna iglesia, decís, señora?

—Sí, se llamará Santa María la Real de Nájera. Lo han cogido con tanto entusiasmo que ya van avanzados los cimientos. Y ahora os digo que si tenéis prisa por ver a los reyes, están no lejos de la raya de la frontera de Navarra con Aragón, contratando piedra de buenas canteras para algunos sitios que quieren de particular belleza. Piedra rosa, tengo entendido. —Yo conocía bien esa cantera, a veces la habíamos utilizado para servirnos de piedra particularmente hermosa.

—¿Y con qué motivo o promesa han iniciado esa iglesia, doña Ermesindis?

—La Virgen María se le ha aparecido al rey y él ha entendido que le pedía una iglesia. No puedo deciros más pues tampoco sé los detalles. Id a que él mismo os lo cuente. —Con esto la condesa doña Ermesindis pareció dar por terminada la entrevista. Me dio su mano a besar, cosa que hice con agrado pues la vieja señora me pareció mejor persona de lo que me habían dicho. Todavía antes de salir volvió sobre sus palabras de antes:

»No olvidéis, Doroteo, mi oferta, venid a vivir en mi cancillería. Adiós, buen amigo. —Fuese con paso ligero.

Tan rápido como pude, inicié mi viaje para buscar a los reyes en donde me había indicado doña Ermesindis. No encontré a mis señores, como había esperado en la cantera de piedra rosa.

—Han partido anteayer —me informó el capataz picapedrero—, ya deben de estar cerca de Nájera, si no han llegado. Ellos y la pelirroja.

—¿Qué pelirroja? —Me extrañó el comentario. En los sirvientes de los señores reyes no había ninguna pelirroja, al menos ninguna que yo conociese.

—Sí, una bella mujer de cabellos bermejos. Parece ser que es el capricho del rey y la lleva a todos sitios, aunque esté la reina. Claro que la esconde de ella, pero supongo que doña Estefanía lo sabe. El rey reparte su tiempo entre las dos. ¡Bravo varón y menudo zascandil! Tiene ya tres hijos legítimos y otros tantos ilegítimos. —Se rió socarronamente el capataz—. Lo que sí es seguro es que Navarra no se verá en problemas por falta de sucesión.

—Cierto, pero decidme, buen hombre, ¿sabéis cómo se llama la pelirroja del rey?

—No lo sé con seguridad, pero me dijeron que se llama Julita.

¡Julita! Entonces era cierta mi sospecha. Era mi mujer. Mi amiga y compañera. Julita *pinctrix*, la que me había cuidado y jurado amor, a quien yo cobijaba en mi casa y en mis brazos. La madre de Quirico, a quien yo consideraba como mi hijo, el que nunca pude ni podría tener.

Con ella había discutido las posibilidades del futuro de Santiago, a quien conjuntamente habíamos adoptado, y también juntos habíamos decidido que María, la morita, sería nuestra niña. Yo le había enseñado a escribir, a dibujar y a pintar y ella me enseñó a querer y aun a olvidar. Por ella había perdonado a la vida y hasta a los dioses. Ella me había resarcido de muchas cosas. Me inundó una rabia feroz. El mundo se me hizo rojo y sentí que no tenía aire para respirar. ¡Él, García, él, me había robado lo único que tenía mío! Todo lo demás que tenía o había tenido, no era ni había sido nunca mío, fue siempre prestado, lo debía a la benevolencia o generosidad de alguien, pero Julita, mi amada pelirroja, mi hermosa Bermeja, había sido sólo mía. Mi creación y mi secreto. Cogí el caballo y montando de un salto salí disparado en dirección a Nájera.

—Doroteo, Doroteo, ¿adónde vais? —oí que me gritaba el hombre al verme salir como alma que lleva el diablo.

—¡Voy a matar al bastardo García! —contesté, pero él ya no me oía. Sólo guardo un vago recuerdo de lo ocurrido. Corrí reventando caballos, los cabellos alborotados y los ojos enrojecidos. Sólo tenía una imagen ante mí, mi Julita retozando con el rey de Nájera mientras yo estaba lejos, ella gritando de placer. Ellos dos riéndose de mí, ellos dos hablando del pobre eunuco. Rechinando los dientes tenía prisa por llegar y matarlos a ambos, el que primero viese, sería el primero en caer, luego el otro. No me importaba morir yo mismo, al fin la vida, como una bolsa de infortunio, ya me había dado todo lo que contenía. El rapto de un niño que así nunca tuvo madre, la castración a manos del Maestro de Esclavos, una dorada esclavitud con los reyes y ahora esta traición y burla de parte del que había considerado mi amigo y mi hermano. Y ella, ella también, después de haber llorado a mi lado, de que su hijo hubiese nacido en mis manos, de que fuésemos un solo ser en nuestra tranquila felicidad, ella también me había escarnecido juntándose con el rey García. Él me había traicionado. Ella no me amaba, sólo se había aprovechado de mi buena situación para medrar. Ahora se había encumbrado hasta ser la última barragana real. Sin sentirlo, las lágrimas corrían por las mejillas del eunuco del rey García.

Por fin llegué a Nájera. Sin tomar aliento ni asearme llegué a palacio. Corrí por los pasillos tan conocidos y sin llamar entré en las habitaciones reales. Los centinelas se apartaban de mi paso al verme tan alterado y con tan feroz aspecto. No estaba el rey. En su lugar, en los aposentos silenciosos y tranquilos, arreglando un gran ramo de flores, estaba la reina doña Estefanía. Una amable penumbra lo envolvía todo pues siguiendo el gusto de la reina, los aposentos solían tener las cortinas echadas cuando no había gente en ellas. Ella era siempre tan gentil como un ángel. No tenía nada contra doña Estefanía. Al verme se dirigió hacia mí.

—Señora —saludé doblando una rodilla en tierra—, recibid mi homenaje. —Vi que la reina estaba más delgada y al tiempo adelantado en un nuevo embarazo. Sería el cuarto infante. Se inclinó, amable, para ayudarme a levantar del suelo. En la penumbra no vio mi aspecto desastroso. Yo, en cambio, noté que ella estaba pálida, como enferma.

—¡Doroteo, Doroteo! Por fin ya estáis aquí. —Supe enseguida que ella lo sabía todo. Sentí compasión por la reina.

—Señora —dije olvidando mi pena—, señora, el rey os ama, os ama de verdad. —Doña Estefanía me tomó de la mano y me llevó hasta un asiento cubierto de cojines. Se sentó allí con dificultad pues su embarazo le pesaba ya. Me hizo señas de que me sentase a su lado. Su mano era pequeña y delgada, como de una niña, ahora además fría como el hielo.

—Sí me ama —asintió la reina—, lo sé, pero me hace desgraciada y a vos también. —Luego miró al suelo un rato—. Quería imploraros algo. —Temí saber qué, pero no dije nada—. Doroteo, ya se le ha pasado el capricho, perdonadlo, haréis a todos un bien. A mí, al rey, a vuestra Bermeja y a vos mismo. —Esperó sin aliento una respuesta de mi parte.

—No puedo, señora, le he sido fiel hasta con el pensamiento, se ha burlado de mí, me ha robado lo único que quise. Él y Julita se han reído de un pobre eunuco. —De nuevo sentí cómo la marea de rencor subía hasta cubrir todo el ámbito de la tierra. No había ya lugar para nada, excepto para la venganza. Pero ella era buena e insistió:

—El Señor le ha perdonado. ¿Queréis ser más que Él? —Me quedé atónito. ¿Cómo podría saber la reina que Dios mismo había perdonado la felonía de don García? Y si así fuese, me parecería injusto que le perdonase sin preguntarme primero si yo le perdonaba. Me había faltado a mí.

—¿Y cómo sabéis, señora —inquirí fríamente—, que Dios le ha perdonado?

—Se le apareció la Virgen.

—¿Que se le apareció la Virgen María? —Me pareció que se burlaba de mí. Pero ella hablaba en serio.

—Sí, a pesar de ser pecador, el Señor le mostró su perdón enviando una visión de su Santa Madre. En su honor estamos construyendo la más hermosa iglesia de la cristiandad en Spania, en ello invertiremos la riqueza de Navarra. Será la iglesia de Santa María la Real de Nájera. Escuchad, por favor, mi relato, él os demostrará que don García, pese a sus defectos, no es tan malo como parece. Es tan sólo atolondrado. —Decidí no interrumpirle, al fin sabía que el rey no tardaría en llegar, tiempo tendría para matarlo tan pronto apareciese por la puerta; con la historia pasaría el tiempo más deprisa. Oí su voz suave relatando la milagrosa aparición, según hablaba me parecía que se me iba desenroscando una serpiente de hierro que había tenido apretada al corazón, que se iba levantado una niebla espesa y dolorosa y que iba quedando sólo un dolor triste y sordo como el de la muerte de un niño pequeño.

Como en un runruneo escuché cómo don García había ido de caza y, persiguiendo una perdiz, perdió un valioso azor. Le buscó por la espesura, hasta que yendo tras él entró en un frondoso zarzal que ocultaba la puerta de una cueva. De ella vio salir luz, y atraído por ella penetró en la cueva en donde la Reina de los Ángeles irradiaba el resplandor que tanto le había llamado la atención. A sus pies vio al azor perdido y a la perdiz que le adoraban.

Casi me había quedado dormido escuchando la suave voz de la reina que me contaba con todo detalle el milagro del azor y la perdiz. También el cansancio y la tensión de las últimas jornadas me iban rindiendo poco a poco. En eso escuché unos pasos decididos y toda la rabia de los últimos días regresó como una bocanada de hiel a mi boca. La reina sólo tuvo tiempo de tomar un puñado de mi vestido y murmurar:

—¡Por el amor de Dios, Doroteo, es el padre de mis hijos! —No hubo tiempo para más. Alegre y decidido entró el hermoso rey don García el de Nájera.

—¡Buen Doroteo —exclamó extendiendo sus brazos hacia mí—, ya estáis de vuelta!

Me levanté de un salto y antes de que el rey se hubiese dado cuenta de mis intenciones fui hacia él como un toro y le embestí con furia. No tenía armas a mano. En mi cólera y desesperación no me había provisto de arma para matar al traidor, al amigo de otrora. Pero no me hacía falta, estaba entrenado en el palenque real y mis manos y brazos eran tan mortales como cualquier arma. Pero el rey García también tenía un cuerpo bien entrenado y a pesar de no esperar mi súbito ataque, me esquivó sin tocarme. Era casi tan alto y tan recio como yo. Nos habíamos entrenado juntos bajo la atenta mirada del aitán. Ahora lucharíamos de verdad.

—¿Qué os pasa ahora, Doroteo? ¿A qué viene esto? —preguntó sorprendido el rey. Se percató de que iba en serio y tomó sus precauciones, sin perderme de vista—. Señora, idos fuera, os lo ruego, esto es entre Doroteo y yo. —La reina obedeció sin rechistar. Antes de salir me miró con mirada agonizante, leí su ruego. No le di ninguna esperanza—. Y ahora, decidme —continuó el rey, moviéndose cautelosamente a mi alrededor—, ¿por qué deseáis mi mal? Soy García, vuestro amigo y protector, ¿o es que lo habéis olvidado? ¿Acaso os habéis vuelto loco?

—¡Maldito bastardo! No sois mi amigo ni nunca lo habéis sido, os habéis aprovechado de mí, he sido vuestro rendido esclavo, nunca os falté ni siquiera con el pensamiento. Os he cedido mi alma y mi corazón a cambio de nada. ¡Maldito, maldito, maldito. Ahora os mataré!

—¡Pero qué os pasa! ¿Qué os han dicho de mí? Sin duda, alguna calumnia. —Me lancé otra vez sobre él y logré hacer presa de su cuerpo, deseé retorcerle el pescuezo, pero no era tarea fácil, tenía el cuello de un toro. Le golpeé con furia y otro más débil que él hubiese cedido a mi empuje, pero él y yo estábamos muy equilibrados y encajó con cierta facilidad mi ataque. Inclusive pareció divertido, como cuando jugábamos de chicos en la palestra.

—¡Calumnias, calumnias! —grité exasperado—. ¡Ojalá lo fueran! ¡Os habéis llevado a Julita, os habéis regodeado con ella! —Vi que no comprendía, luego aflojó su resistencia y me miró atónito.

—¿Julita? ¿La sirvienta, la revoltosa Bermeja? ¿Por el amor de Dios, tomad la sirvienta que queráis de palacio, inclusive os devuelvo ésa, si ésa es la que queréis! —Pareció dar por zanjado el asunto y empezó a arreglarse las vestiduras—. ¡Dios, mío, qué genio! —añadió con un suspiro.

—No entendéis nada, gafo asqueroso, maldito follador. Esa mujer era mi esposa. —Me miró sin comprender.

—¿Esposa, esposa decís? ¡Si no sabéis lo que es eso, si sois un eunuco, un triste y maldito castrado! —Empezaba a ponerse furioso y ello me alegró. Ahora nos encontraríamos los dos en el mismo terreno.

—¡Sí, mi esposa, yo la amaba, nos prometimos mutua fidelidad, ayuda y amor para toda la vida! Teníamos una familia. ¡Con tantas queridas y amantes! ¿Por qué teníais que fijaros en Julita?

—Porque era hermosa —dijo él simplemente, como si fuese razón de peso.

—Pero sabíais que era mía.

—Como una sirvienta. Nunca pensé en otra cosa. Cuando os lo pregunté siempre lo negasteis. De todos modos, os pido disculpas, si ello sirve de algo.

—No, no sirve de nada, deseo mataros con mis manos. —Me miró como sopesando mi afirmación. Por fin dijo:

—Os creo. Yo también tengo desde hace mucho tiempo el deseo de daros una paliza feroz, pero no deseo vuestra muerte. Lucharemos como antiguamente lo hacíamos, cuando éramos dos chicos, sin armas y mano a mano. Os guardo algunas antiguas querellas, ahora quizá las pueda saldar. Muchas veces creí que mis padres os apreciaban más que a mí, que deseaban que yo fuese como vos. Sé que todos mis hermanos os ambicionaban y que porque erais mío, me envidiaban. El obispo pensaba que vos erais mejor que yo, a pesar de ser vos un eunuco, y el aitán veía con buenos ojos vuestros progresos en la lucha y en las letras. Habéis desaprobado mis acciones, sin decirme nada, pero mirándome como el ojo de la conciencia. Me habéis hecho sentir como una basura más de una vez, es hora de cobrarse. —Él también se lanzó contra mí y enseguida nos golpeamos con saña hasta sangrar por la cara y la cabeza. La antigua lucha grecorromana admite el uso de pies y manos, a ella acudimos buscando aplastar al contrario. Pero éramos jóvenes y buenos fajadores.

Al oír el ruido entró la guardia real con las jabalinas en la mano dispuestos a ensartarme como un pollo. No me importó, así terminaría antes mi odiosa vida.

—¡Quietos —gritó el rey—, idos y dejadnos solos! Es algo entre Doroteo y yo. Estamos practicando. Dejadnos en paz. No intervengáis para nada, si él me mata, dejadle ir. ¡Ahora fuera! —El rey había sido terminante; en cuanto salieron se dirigió a mí—: Esperad un momento, Doroteo, quitémonos estas ropas y pongámonos una entrepernera, para la grecorromana los vestidos estorban. Parecemos dos viejas tirándose del moño y con las ropas desarregladas.

Así lo hicimos, de los arcones roperos sacamos unas entreperneras que anudamos al estilo de la palestra. Pronto estuvimos listos y reanudamos la pelea con el mismo entusiasmo. Ahora, vestido como para un desafío, me sentía más calmado y frío. Veía mejor a mi enemigo y sus previsibles movimientos. Me movía alrededor de él con la alegría de saber que pasara lo que pasase, no nos interrumpirían hasta el fin. Duró mucho tiempo la pelea, una eternidad, o quizá sólo un momento. Lo veía todo suceder lentamente, como si estuviese todo cortado en infinidad de cuadros o secciones que se sucedían unos a otros con pasmosa exactitud. Sentí, sin dolor, cómo se me partían dos costillas. El rey tenía la nariz rota y sangraba por una ceja. Nos golpeamos a conciencia en donde sabíamos hacía más daño. Empecé a sentir cansancio, pero mi odio estaba tan fresco como antes de empezar.

De pronto vi cómo don García había roto mi defensa y con las dos manos juntas iba a descargar sobre mi cabeza un golpe capaz de matar a un buey. En el último segundo lo esquivé como pude y aunque no me fue imposible librarme del todo del golpe, éste sólo cayo de refilón sobre mi cabeza. Sentí cómo todo el mundo estallaba a mi alrededor, pero un segundo antes yo me había desviado al tiempo que asestaba una patada al rey. Antes de caer en la negrura, oí quebrarse la pierna de mi enemigo y me alegré, mientras me desplomaba sin saber si estaba muerto o vivo. Ahora sé que tuve fiebre varios días, pero durante ellos la naturaleza fue piadosa conmigo. Ni sentí dolor, ni pena, ni odio. Nada. Un sueño invencible que todo lo cubría y todo lo borraba. Algunas personas me visitaban, oía sus voces como si llegasen muy lejanas, desde un apacible jardín. Se mezclaban con visiones de la hermosa Señora de la Cueva, el azor y la perdiz. Los animales me hablaban: «Perdonadlo —decían—, ya veis cómo nosotras también hemos hecho las paces.» Yo no decía ni que sí, ni que no, me volvía a dormir tranquilamente, en un sueño vacío, sin sueños y sin agobios.

    Alguien me cuidaba y me daba de beber. A veces me parecía que iba a despertar, algo muy lejano me dolía en el cuerpo. ¿Pero era esto mi cuerpo? Creía ver luz, o sombras y un solitario candil. Por fin un día me desperté y sentí dolor. Tenía el cuerpo magullado y el alma rota. Intenté moverme y vi que con dificultad podía mover todo mi cuerpo. Me dolían las costillas al respirar y tenía una mano vendada; sentí que algún dedo tampoco respondía a mi voluntad. Una rodilla me latía como un corazón y sus latidos decían: dolor, dolor, dolor. Me la tenté con cuidado con la mano que tenía mejor y sentí que estaba hinchada, pero podía mover la pierna. Me toqué la cara, estaba dolorida. Me faltaba alguna muela. Después de esta inspección volví a dormir.

    —¡Doroteo, eh, Doroteo! —Alguien me llamaba insistentemente—: ¡Venga, despertad, ya está bien de dormir, hay que comer! ¡Vamos, vamos! —Sin ninguna gana volví de la oscuridad piadosa. Intenté fijar la vista y al principio no pude ver quién me llamaba. Luego los ojos se fueron acostumbrando a la luz y por fin vi que el que me llamaba era don García en persona. En otro tiempo su gesto me hubiese conmovido, ahora no. Estaba como vacío. Nada se había solucionado. Ni él ni yo habíamos muerto. Había perdido mi oportunidad. Todo seguía igual y ya no tenía energía para intentarlo otra vez. El rey parecía bastante magullado, su bello rostro estaba tumefacto, hinchados los ojos, una ceja cubierta de sangre seca casi tapaba uno de sus ojos. La nariz desviada, obviamente rota. Caminaba con una muleta y la pierna la tenía entablillada. Lo que podía ver de su cuerpo estaba lleno de moraduras y erosiones.

»¡Bien, bien! ¿Estáis satisfecho de vuestra obra? —Dio media vuelta en humorística revista de sus males—. Vos tampoco os fuisteis de rositas, Doroteo. Nuestros maestros hicieron un buen trabajo. ¿No lo creéis así? —No respondí a eso.

—Idos un momento, señor, voy a intentar levantarme. —Entró Julita con alguna ropa y me miró como un cordero que va al matadero. Era la primera vez que la veía desde que volví. Me di cuenta de que estaba en mi casa, en nuestro dormitorio, donde tan felices habíamos sido. No dije nada, el rey salió de la estancia.

—Os espero en el jardín —dijo, y se fue cojeando con su muleta. Julita me ayudó a vestirme, me sorprendió que fuese capaz de ponerme la ropa, de respirar y de estar vivo.

—¡Doroteo, no me miréis así, yo no tengo la culpa, el rey me llevó con él, yo no pude resistirme! —Era la voz de Julita, la que tantas veces había ansiado oír. Ahora era la voz de una extraña.

—No os preocupéis, no os volverá a suceder. Haced el equipaje hoy mismo.

—¿Adónde vamos, Doroteo?

—Nosotros a ningún sitio. Vos y los niños a Toledo. Adiós. —Sin más salí de la habitación. Ya nunca la volví a ver. Salí al jardín. El rey me esperaba sentado en un banco.

—Me alegra veros en pie.

—Gracias por vuestros buenos deseos. Alteza, os devuelvo todo lo que me disteis con generosidad.

—¿Qué me queréis devolver? No os he dado nada.

—La casa, la biblioteca, los útiles de escribir, los pigmentos, los pinceles y hasta las ropas. Me voy, os lo dejo todo, haced lo que queráis, para eso es vuestro.

—¿Os vais con vuestra —dudó un momento—, vuestra mujer?

—No, señor, soy un infeliz eunuco, no tengo esposa, ni casa ni hijos. Nada, sólo su libertad. Me voy.

—¿Adónde? —se afligió el rey—. No sabréis sobrevivir, sois un pájaro sin alas, siempre habéis vivido en la opulencia. ¿Cómo vais a subsistir? ¿Qué vais a hacer —dudó de nuevo— con vuestra mujer y vuestros niños?

—Eso no os incumbe, señor rey. Adiós. —Me levanté y empecé a andar.

—¡Doroteo! —El rey me llamaba—. He recapacitado estos días. Sé que he hecho mal, que he obrado como el rey David, que en ausencia de su general Uría, sedujo a su esposa Betsabé. El profeta le hizo ver la maldad de su acción comparándole con el rico propietario de miles de ovejas que había robado el único cordero de un pobre hombre. El rey David, como yo, aprovechó la ausencia de su general para robarle la mujer. Pero no pensé que os haría tanto daño. ¿Por qué no nos perdonáis a todos y hacemos como si no hubiese pasado nada? El Señor, al fin, perdonó a David, ¿no querréis vos perdonarme?

—No puedo ni podré, rey y señor. Nunca volveré a creer en vos. Os odio. Deseo vuestra muerte. Si puedo os mataré.

—No lo decís en serio, Doroteo. —Se negaba a creerlo.

—Sí, rey y señor. Os lo repito: os odio y os odiaré siempre, y si puedo os mataré. —No insistió y se dio por vencido:

—Si no hay remedio, adiós, Doroteo. —Se alejó apoyándose en la muleta. Al cabo de unos momentos desapareció de mi vista. Todavía me quedaba algo por hacer. Escribí un documento, lo cerré con cuidado y lo sellé con cera; luego mandé llamar al Maestro de Esclavos. A poco se presentó, admirado de ser convocado a mi casa pues en caso de necesidad era yo el que acudía siempre a los locales de la escuela. Había envejecido mucho desde que fue mi maestro pero todavía conservaba un aire docto y distante, como si el mundo estuviese dividido en dos partes, los alumnos y los otros. Ahora que lo conocía bien me atrevería a decir que, a su modo, amaba a los discípulos y despreciaba a los compradores.

—¿Me habéis mandado llamar, maese Doroteo?

—Sí, maestro. —A veces aún le llamaba así para evitar el pronunciar su nombre—. Necesito, como otras veces, un servicio de vos y de vuestra gente.

—Como siempre, podéis contar conmigo y con la ayuda que os pueda proporcionar.

—¿Os acordáis del toledano Absalom bar Absalom?

—Ciertamente. En varias ocasiones le he llevado recados y dineros vuestros, sin dar vuestro nombre verdadero, como me indicasteis. Para él seguís siendo Said ben Said, comerciante de Braga.

—Bien, quiero que organicéis una pequeña caravana, hoy mismo, no reparéis en gastos. —Le alargué una bolsita con monedas, había más que suficiente para pagar cualquier encargo—. Os llevaréis a mi sirvienta, la conocida como La Bermeja, de nombre Julita, a su hijo Quirico y a la morita, hoy de nombre María, que vos mismo nos proporcionasteis. Todos ellos han de ir a Toledo enseguida. Mejor si no se entera nadie, bien podéis disimularlos en una caravana como las que rutinariamente enviáis allí.

—Entiendo, pero ¿qué tiene que ver Absalom bar Absalom?

—Para él llevaréis un pliego. —Se lo entregué—. Para vuestra información os digo que en él pido que se traspase a esta cristiana, de nombre Julita, una casa con tierra que allí tengo, a más del dinero que poseo. Con esto doy por terminada mi relación con él para siempre jamás. No volverá a oír de mí. Os ruego que por el camino convenzáis a la cristiana para que no diga mi nombre verdadero al israelita Absalom. Su protector debe ser Said ben Said.

—Bien, se hará como deseáis. —Se fue enseguida a cumplir con mis deseos.

Desde ese momento ya no tenía casa ni deseaba un último encuentro con Julita. No sabía adónde ir y, febril como estaba, vagué por Nájera, entré por fin en una tasca, pedí un vaso de vino y me quedé dormido contra la pared. Era noche cerrada cuando alguien me llamó.

—¡Eh, tenéis que iros. Se cierra la casa! —Me levanté y salí a la calle. La noche era brillante como un cristal. La luz de la luna era tan poderosa que proyectaba sombras bien recortadas. En el horizonte se veía claramente la silueta del monte en donde según la simpleza de don García se le había aparecido la Señora de los Santos y de los Ángeles. A contraluz se perfilaba la fábrica de la iglesia de don García. No deseaba ir a casa así que me fui andando hacia el monte, acercándome a la obra. Tal y como esperaba había algunos trabajadores que habían hecho su morada junto a los trabajos.

—¡Mirad —dijo uno—, es el hombre del rey don García, el llamado Doroteo! ¡Eh, eh! —llamó—. ¿Adónde vais a estas horas?

—Paseaba solamente —contesté por no dar explicaciones.

—¡Qué extraños son los poderosos! No podéis andar solo por el monte, es muy tarde. ¿No sabéis que merodean los lobos? Sentaos con nosotros junto a la hoguera. Bebed algo de vino. Sólo os podemos dar una cebolla y pan para yantar, ¿lo queréis? —Asentí, no había comido desde la mañana. Recuerdo que luego me prestaron una manta llena de piojos y chinches. Me arrebujé en ella y caí en un sueño pesado como la muerte.

A la mañana siguiente volví a la que había sido mi casa. Estaba cerrada y silenciosa. Salido de alguna parte, un hombre se acercó a mí.

—¿Sois Doroteo? —Asentí con la cabeza. El hombre repitió la pregunta—: ¿Sois Doroteo? —Me percaté de que el hombre era ciego.

—Lo soy, buen hombre. ¿Qué deseáis de mí?

—Tengo un recado de parte del Maestro de la Escuela. Partió ayer de viaje con una caravana, hacia el mediodía. Os dejó esta llave. —Me la entregó y se fue. Era la llave de mi casa. Todavía era muy temprano, entré en la *curtis* y miré una a una sus habitaciones. Aún olían a espliego, a romero. A los niños. Todo estaba limpio y recogido. Como si se hubiese partido para un viaje: las contraventanas bien cerradas, las alfombras enrolladas. Pensé en Julita. Ella era incapaz de dejar la casa en desorden, aunque saliese para no volver. Me cambié de ropa, me puse algo que no fuese blanco, pues esto llamaba mucho la atención. Un traje pardo, una capa aguadera y una manta al hombro. Tenía un bastón nudoso que usaba para caminar por el bosque, lo tomé. Una espada corta disimulada entre los pliegues del traje y una honda, pues tenía una más que regular puntería. Eso fue todo. Los libros quedaban bien arreglados en los anaqueles. Las pinturas en filas ordenadas y clasificadas, las plumas y pinceles limpios y bien colocados. Todo se quedó allí. Sin mirar atrás, salí de aquel lugar, seguidamente me fui hacia palacio; al centinela que se me acercó le di la llave:

—Entregadla al rey en cuanto se levante, de mi parte. ¿Lo entendéis? —Por un momento me sentí ligero como una pluma, casi feliz. No tenía nada, no debía nada, no esperaba nada. ¿Acaso era esto la libertad? Eché a andar hacia delante, sin saber adónde. Como un pordiosero sin destino.

Cuando dejé Nájera con el corazón roto y sin esperanzas ni ambiciones, empecé a andar hacia el Mediodía, luego hacia Poniente. No sabía hacia dónde ir ni me importaba, el esfuerzo de mantenerme en pie impidió que cayese muerto de desesperación. Cacé para sobrevivir, pedí limosna, hice pequeños trabajos como esquilar ovejas o segar cebada, y aunque no era ducho en esos menesteres, tuve que aprender. También aproveché mis conocimientos en yerbas y plantas para hacer concocciones y emplastos y actuar como curandero. Hice de todo, hasta de juglar y cantante, de tramposo o tañedor, me hice pasar por monje o por bandido, según las necesidades del momento.

No quise entrar en ningún monasterio ni castillo, pues era harto conocido en todas partes y no deseaba ser reconocido por persona alguna. Por fin tomé una determinación: me iría a vivir en la Spania islámica. Allí nadie me conocía. Podría quizás iniciar una vida distinta. Al fin y al cabo me habían educado para servir a los moros, así que sabía cómo comportarme en esa sociedad. Una vez que tomé esa decisión, pareció llegarme algún consuelo o tranquilidad. No sabía qué haría allí, pero de momento iba hacia alguna parte. Para ello procuré dirigir mis pasos hacia el camino que muchos años antes había tomado por encargo de doña Maior. Recordaba con agrado cómo me había hecho pasar por un mercader llamado Said ben Said. Quizá podría tomar otra vez esa personalidad y cruzar por el mismo lugar por donde ya lo había hecho una vez. No ignoraba que era muy peligroso cruzar la frontera, el *tugur*, pues ésta estaba continuamente patrullada por los temidos «guerreros negros» del reyezuelo de Toledo: Ismail ibn Dinum al-Dafir. Llevaba Ismail ya mucho tiempo en el gobierno de Toledo y se venía hablando de que su heredero presionaba fuertemente para que, por cualquier medio, el momento de la herencia llegase pronto. Se defendía el anciano rey con unos guerreros negros traídos del Senegal que infundían pavor. Eran estos hombres armados los que también vigilaban la frontera en previsión de que los ambiciosos partidarios del heredero, Banu Zenun Yahya ben Ismail, se aliasen con reyes o condes cristianos y pretendiesen derrocar a su señor. Nada de esto ignoraba yo, pues en las cancillerías de los reyes cristianos se estaba puntualmente informado de todo lo que sucedía en las taifas.

Ahora, vestido como un pordiosero, con las ropas sucias y rotas, el cabello crecido y en desorden, los zapatos destrozados, me preguntaba si era verdad que alguna vez peiné mis cabellos con cepillos de mango de plata y perfumé mi cuerpo todos los días. Comía parcamente lo que podía encontrar o lo que me daban almas caritativas. Dormía en cuevas y árboles, lejos, a poder ser, del peligro de las bestias. Pero aunque mi cuerpo durmiese, mi alma velaba su infortunio.

Por fin llegué cerca de la frontera. Mi memoria reconocía todos los recovecos. Estaba sentado en una piedra a la vera de un solitario camino. No se oía ningún rumor sospechoso, aunque en verdad yo no era pieza tentadora para nadie: mis ropas, simples harapos, sin zurrón ni equipaje, ni armas visibles, no llevaba caballo ni una simple mula o pollino. Nadie ambicionaría robar a tal sujeto miserable. Había empezado mi yantar consistente en una cebolla y un pajarito asado, al que había cazado con la honda, cuando se acercó cojeando una trotamundos, una de esas locas que cruzan las tierras del Señor.

—Buen día —me saludó.

—Buen día os dé Dios, vieja madre. ¿De dónde salís? No os oí llegar.

—Oh, no es raro, voy flotando sobre el suelo. —Me pareció que se burlaba de mí y de mi descuido. Si hubiese deseado mi mal me hubiese encontrado desprevenido—. ¿Puedo sentarme?

—Ciertamente, el campo es ancho y no falta lugar para uno más. —Pensé que la viejuca tendría hambre y que a la vista de la mísera cebolla y el triste bocado de carne, se sentía tentada de pedirme algo sin atreverse a decirlo—. ¿Tenéis hambre, buena mujer?

—Mucha, sí. ¿Y vos?

—También —suspiré—, llevo todo el día sin comer. Esto será mi desayuno, mi colación y mi cena. Pero aun así creo que podemos compartirlo. Otros compartieron conmigo y no tenían más.

—No, no —dijo ella apresuradamente—. Os preguntaba si tenéis hambre para compartir con vos lo que yo traigo. —A continuación rebuscó entre sus refajos y extrajo, envuelto en un lienzo sorprendentemente limpio, un trozo de pan tierno y un buen pedazo de queso—. ¡Ah, Doroteo, cómo siento no poder ofreceros vino!

—¿Cómo habéis dicho? —Me cogió por sorpresa. Negué inútilmente—. No me llamo Doroteo.

—Quizá no, pero yo os conocí en otro tiempo bajo ese nombre. Doroteo, hombre del rey de Navarra, de su cancillería regia. Casi hermano de príncipes y protegido de doña Maior. Pero comed, como quiera que os hagáis llamar ahora. —Lleno de curiosidad miré a la vieja trotamundos. No era posible que una mujer tan insignificante conociera las intimidades de la cancillería regia de Navarra. Máxime que estábamos en León. Pero era cierto que me conocía y muy bien por sus palabras. La miré intensamente rebuscando en mi memoria otro encuentro con la pordiosera. No recordaba nada.

—Comeré con vos, buena y misericordiosa madre. Pero no os recuerdo, y creedme que bien lo siento. ¿Qué os ha hecho pensar que soy ese Doroteo? Ciertamente no parezco hombre importante.

—Maese Doroteo, vuestra apostura, perdonad que lo diga, no puede esconderse bajo ropas viejas ni sucias. Siempre seréis un regalo para los ojos. —Se rió como una gallina vieja cacareando suavemente—. Vamos, vamos, pensad un poco. —Pareció estirarse y crecer un tanto, se enderezó y, como una tortuga, sacó su cabeza de entre los andrajos. Tenía los ojos negros y opacos cual bolas de plomo.

—¡Alexania! —La reconocí como si se hubiese quitado una máscara—. ¡Santo cielo! ¿Qué hacéis por los caminos? Os perdí la pista después de la muerte del rey don Gonzalo del Sobrarbe. Creí que habrías vuelto con vuestro señor, el rey de Castilla. ¿Por qué vais por los caminos?

—¡Ah, por fin me habéis recordado! Sí, soy Alexania. Yo ya sabía, hace mucho, mucho tiempo, que viviríais amarguras sin cuento. Ha llegado el momento. A todos nos alcanza el destino.

—¿Pero qué hacéis por aquí?
—Os buscaba.
—¿A mí? ¿Vos?
—Sí, a vos, maese Doroteo.
—No entiendo. Nada tenéis que ver conmigo ni con mi vida. Ni tan siquiera con Navarra.
—En eso os equivocáis, amigo Doroteo. ¿Sabíais que después de la muerte de don Gonzalo, estuve durante algún tiempo en Nájera?
—No recuerdo...
—No, no estabais allí por entonces, al morir el rey Gonzalo, la guardia, los soldados, todos hombres de don García, regresaron a Navarra. Se abandonó el palacio del difunto joven. No quedó nada para recordarlo. Cuando salimos de allí, ya cubrían su tumba las hojas de los árboles. Parecía infinitamente antigua... No podía quedarme sola allí. Pasé el invierno en Nájera. Desde ahí retorné a León en la primavera. A León llegó el relato de vuestras desgracias.
—¿Y qué tiene eso que ver con vos, buena madre? —Me fastidiaba algo que esta vieja entrometida me hablase de mis infortunios. Comíamos mientras tanto el sabroso pan y buen queso de Alexania.
—Oh, no creáis que he venido en vuestra busca por iniciativa mía. Yo no soy curiosa ni entrometida. Cada hombre debe ser libre de ir adonde guste, es la única libertad que le concede el destino.
—¿Entonces, os lo mandó alguien? —No salía de mi asombro. El rey, don García, me había dejado ir sin oponerse a mis deseos. Sabía que toda oposición sería vana. Pero no siendo él, ¿quién podía buscarme por las tierras ásperas y los caminos peligrosos, entre los pobres, los desheredados y los salteadores de caminos? Por un momento pensé en doña Maior. Si de chico me hubiese escapado, seguro que ella me hubiese hecho buscar. Pero dudaba de que la reina viuda se ocupase ahora de la vida de los hombres, sepultada como estaba en un convento. ¿O sí? Recordé detalles que me hicieron dudar de que la reina se hubiese retirado de toda actividad. Seguro que aún tenía ojos y oídos en todas partes. Pero Alexania no tenía interés en guardar el secreto de su mandato.
—El que os busca es el rey don Fernando; mi señor.
—Y para qué, si puede saberse. No iré de nuevo a ninguna corte, ni serviré a ningún rey. Bastante me han quitado. Los reyes son una maldición.
—No os comportéis como un niño, Doroteo. Sois un hombre curtido por la adversidad, dueño de vos mismo.
No asentí ni negué. ¿Qué sabía la vieja de mi corazón roto? Lo

había perdido todo, la ilusión de una vida casi normal, con una familia a la que había amado más de lo que yo mismo supe. Un trabajo que me satisfacía plenamente, un amigo que había creído ser fiel y verdadero, una mujer que me había jurado amor a pesar de mis condiciones. Yo la había amado con la ternura y la desesperación que da la imposibilidad de encontrar otro amor. Había abrigado el sentimiento de que Dios me había resarcido de todo lo que me había quitado, y ello fue sólo para reírse de mí, una mofa y un escarnio, para hacer mi humillación más honda, mi desgracia más patente, mi vacío más terrible. También había perdido unos hijos que había adoptado con todo mi corazón, a los que había soñado con colocar en la vida como haría un verdadero padre. Había ambicionado para ellos privanza, fortuna y posición. Buenos matrimonios. Y como el buen patriarca de la Biblia, ver a mis hijos y a los hijos de mis hijos hasta la tercera generación.

Nada de esto se había hecho verdad. Don García, con su acción, lo había barrido todo, como el gélido aliento del invierno barre todo vestigio de vida. También mi vida estaba helada. Sin darme cuenta rodaron por mis mejillas unas lágrimas incontenibles. Yo no era consciente de ello. Después del tiempo que llevaba vagando sin destino, sin pensar y casi sin sentir, ahora se rompían los diques de mi alma y estas lágrimas amargas salían incontrolables. Lloraba mi propia muerte.

Unas manos cálidas secaron mis mejillas, y alguien me abrazó. Sin saber en qué regazos estaba, me así a ella y lloré como un niño. Como el niño que no había llorado hacía años. Quizá no había llorado nunca. Descubrí que se puede lavar el alma de dentro afuera. Lloré mi abandono en la Escuela de Esclavos, mi miedo infantil, mi soledad adolescente, la madre perdida en la niñez, la amistad traicionada, el amor burlado, la inutilidad de la vida, la desesperación y la muerte. Todo en un momento. Por fin, cansado de llorar mi desventura y como si tuviese diez años en lugar de treinta, me quedé dormido.

Cuando desperté, la vieja Alexania había hecho una fogata y cocinaba algo al fuego. Me había cubierto con mi capa aguadera y su propio manto. Bajo mi cabeza un rollo de ropa hacía las veces de almohada.

—¿Habéis despertado ya? —me hablaba tranquilamente.

—Sí, por cierto —dije, mientras me estiraba—. Perdonad si os he molestado.

—¿Molestado? No, no. Simplemente os habéis quedado dormido después de comer. Estabais muy cansado y creo que desnutrido. Al comer pan y queso os habéis quedado traspuesto.

—¿Pero no he...?

—¡Nada, nada, no habéis hecho nada de nada, sólo dormir! —No quise insistir. ¿De quién habían sido las manos suaves que restañaron mis lágrimas? ¿Fue una ilusión? ¿Un deseo? ¿Una alucinación? ¿Fue Alexania?

—¿No me decíais que el rey don Fernando me manda llamar? —Inicié una conversación mientras me incorporaba; al tiempo olfateé el aire y a la vista del sabroso asado la saliva comenzó a manar.

—Sentaos, Doroteo. Aquí tenemos un conejo que he atrapado con una trampa, está asado con tomillo y romero. Lo da el campo. Sólo hay que tomarlo. También encontré unas setas, buenas y frescas. —Sacó un plato de latón y colocó allí las anunciadas viandas. Las cogí con agradecimiento pues volvía a tener hambre. Siguió ella la conversación—. Es cierto que vengo con recado del rey, pero él no os ordena nada, os lo ruega. Tiene el rey sus fuentes de información en todos los reinos. En Navarra también. Llegó a León la noticia de vuestra disputa con don García y vuestro posterior abandono del reino. Al tiempo llegó un recado de doña Maior, rogando que os localizásemos, a ser posible. —No me había equivocado, doña Maior no abandonaba a los suyos. Siguió la vieja su historia—: Se os hizo buscar por sayones y soldados, por los monasterios y concejos. Nada, ni el más pequeño rastro. Como si os hubiese tragado la tierra. El rey controla a sus hombres, ejércitos y concejos, pero yo tuve una idea: «Señor —le dije—, dejadme buscarlo a mí. Me temo que va por los caminos como un mendigo o un forestano. Jamás lo encontraréis, yo iré por las veredas y las trochas recónditas y preguntaré a los que normalmente las recorren. A mí me conocen, yo he sido trotacaminos muchos años. Sé dónde buscar y dónde preguntar.» El rey me autorizó, eso es todo. Pronto hallé vuestro rastro. Los mendigos, gafos, cojos y pedigüeños, también constituyen una cofradía. ¿Lo sabíais? —Negué con la cabeza—. Pues es así. Un recién llegado siempre causa curiosidad, se fijan en él, de él se habla. Una vez en vuestra pista no ha sido difícil daros alcance. Dejáis más rastros que un jabalí en una siembra.

—¿Y qué desea el rey? —No contestó ella directamente a mi pregunta.

—Cuando don Fernando y doña Sancha se enteraron de vuestra desventura, decidieron llamaros a su corte. Ya os he dicho que les fue imposible encontraros. Inclusive vuestro señor, don García, os había perdido todo indicio. ¿Sabíais que él también intenta saber por dónde andáis? Doña Maior, discretamente, por su parte, había mandado recado a todos los monasterios de la tierra, fueren éstos episcopales, familiares, señoriales o infantazgos, por si un escribiente o iluminador apareciese por cualesquiera de ellos. Nada. Pero yo sabía que os encontraría, si no habíais muerto. Os traigo recado del rey don Fernando, pero también me comprometí a traer recado de la reina doña Maior. Ved. Os envía esto en prueba de verdad. —Sacó de su refajo un envueltillo, como un paquete pequeño y astroso. Lo desenvolvió con cuidado y al fin apareció un medio anillo con lebreles entrelazados formado el cuerpo del anillo y unas pequeñas piedras en lugar de ojos. Lo recordaba bien, ese diseño me había acompañado en mi aventura al país mahometano, hacía años.

—¿Ha mandado mi señora algún recado con él?

—Sólo unas palabras: «Decid a mi hijo adoptivo que si le es posible, conteste afirmativamente a don Fernando.»

—Es decir, que quiere que obedezca a don Fernando.

—Si hubiese querido eso, eso habría dicho. A vos cabe el entender el mensaje.

—Bien, decidme por fin el mensaje del rey-emperador y terminemos de una vez. Deseo partir cuanto antes. Os agradezco la charla y la compañía, así como la comida y las molestias que os habéis tomado siguiendo mis pasos por esta tierra inhóspita. —Tenía La Coruxa la molesta costumbre de no oír lo que no quería, así que siguió con el hilo de sus propios pensamientos como si no me oyese.

—¿Sabéis que hace ya muchos años que se proclamó el fuero de León? —Me quedé totalmente sin habla. ¿Qué podía ella saber, y en qué interesaría a la vieja Coruxa el fuero de León? Ella continuó sin notar, aparentemente, mi asombro—. Los reyes desean celebrar la proclamación del fuero y hacerlo extensivo a todos sus territorios. Se cumplen veintiséis años desde que don Alfonso el Noble, padre de doña Sancha, lo proclamase. Ahora don Fernando y doña Sancha desean que el texto y el fuero se hagan conocidos y extensivos a todas las ciudades de su reino.

—¿Y qué tengo yo que ver en esos deseos de los emperadores?

—Es voluntad del rey que seáis vos el que lleve la nueva a los pueblos y ciudades, a las villas y lugares. Que lo leáis en alta voz en todos los atrios de las iglesias y en todos los concejos y, por fin, que dejéis una copia en cada lugar para que se rijan por él las generaciones venideras.

—¿Yo? —Me causaba asombro la petición, nunca don Fernando me había manifestado ese deseo—. ¿Y por qué yo? Ya tendrá él hombres castellanos o leoneses capaces de llevar con dignidad la palabra real a todos los rincones del reino.

—No me cabe a mí el dilucidar si hay hombres capaces o no, Doroteo. El rey os escoge a vos y os pide ayuda, por el amejoramiento del reino. Os recuerda un pequeño lugar llamado Pola de Santa María, en donde según creo estuvisteis juntos no hace demasiado tiempo. Desea que crezca y prospere, por ello es voluntad del rey que se proclame el fuero general en primer lugar en Pola. Se le piensa atribuir un extenso alfoz con el nombre de la difunta reina doña Urraca Teresa, para que el nombre de la reina, de piadosa memoria, quede unido al de Pola para siempre. Me encareció que os lo dijese.

—¿Y cuándo me necesita el rey?

—Hoy, si fuera posible. Pero tengo instrucciones de no presionaros. Si no deseáis ir, os deja en libertad. También estaría de acuerdo en esperar un tiempo. Cuando sepáis por seguro lo que deseáis hacer con vuestra vida, entonces podéis venir a León y contárselo y quizá todavía ayudarle en sus planes. —Reconocí en estas palabras al rey-emperador. Fue ello lo que repentinamente me decidió. Iría, proclamaría el fuero en toda la tierra de don Fernando y doña Sancha. Al fin y al cabo mi vida no tenía propósito alguno. Tanto daba una cosa como otra. También lo hacía por doña Maior. Ello la complacería. Luego sería libre para siempre. No más reyes ni cancillerías. Como los antiguos eremitas, podría vivir en una cueva, si tal fuese mi gusto y elección y allí esperar tranquilo y desapegado de todo a la piadosa muerte.

—Llevad, si os place, buena madre, estas palabras a los reyes. Ahora voy a tierra de moros a olvidar. No me considero obligado a nadie, pero en nombre y memoria de una antigua amistad y de nuestra niñez, iré a servir al rey por el tiempo que dure la proclamación del fuero, nada más. Luego quedaré en libertad y el rey ha de renunciar a seguirme y a pedirme nuevos favores. ¿Os es suficiente?

—Sois vos quien ha de decidir si es o no es suficiente, amigo Doroteo. Yo sólo soy portadora de un mensaje, nada más. ¿Cuándo pensáis venir? —La Coruxa tenía obviamente un espíritu práctico.

—No lo sé, en todo caso antes del año 1047 del Señor, o sea el 1085 de la era romana, año en que se cumplirán los treinta años del primer fuero. Y ahora que hemos hablado, creo que puedo irme, y vos también.

—No, no, Doroteo, aunque os encontré por mis propios medios, y he recorrido tierras inhóspitas y peligrosas, no volveré del mismo modo, mendigando y arrastrando mis viejos huesos por trochas y covachuelas. Yo iré un trecho con vos hasta que lleguemos a un poblado o monasterio desde donde pueda pedir escolta para volver a palacio.

El rey así me lo dijo: «Una vez que hayáis encontrado a Doroteo, volved presta, pero volved acompañada.»

Así que partimos los dos juntos y si bien es verdad que acepté su compañía con cierto fastidio, también es cierto que ahora que vuelvo la vista atrás, veo que fueron buenos días aquéllos. Sin duda Alexania era una criatura de los bosques y de la naturaleza, en perfecta simbiosis con ella, sabía sacar lo que necesitaba sin tomar más que lo estrictamente necesario. Conocía los rumores del bosque, el olor del agua aun estando muy lejos de ella, el vuelo de los insectos le contaba cosas que para mí, y mi saber aprendido de los libros y de los hombres, estaban totalmente vedadas. Aquí no servían de nada los idiomas y las lenguas cultas o rústicas. Ni los códices miniados, ni el astrolabio, ni el nivel de agua, ni las cráteras de oro, ni las refinadas clepsidras sonoras. El hombre frente a la naturaleza está desnudo y a solas.

Pero Alexania se movía bien en este medio. Encontraba cuevas adecuadas para dormir, sabía hacer fuego y hallaba yerbas, frutos y comida en todas partes. Más de una vez me pregunté qué le habría llevado a vivir en la corte y a seguir con tal fidelidad a los reyes, sobre todo al que ella llamaba su amo: el rey don Fernando. Intenté sonsacarle suavemente pero ella se escabulló.

—Para estar con los reyes, tengo mis razones. Es una promesa que hice a Santa Comba de Bande, mi santa patrona. ¿Habéis estado alguna vez en Bande?

—¿Y por qué hicisteis la promesa? —Casi brillaron sus ojos ante mi pregunta.

—El día de la matanza de Pajares, después de la muerte de don Sancho el Mayor, juré no abandonar a los hijos de doña Maior, a los que encomendé a Santa Comba. Hasta que ella no haya mandado sus palomas a cada uno de los hijos de doña Maior, no estaré libre de mi promesa; no salen a volar las palomas en vano, pero una vez que salen, es difícil detenerlas en su vuelo. Sus plumas son de hierro y hieren el corazón, pero a pesar de todo son bondadosas y traen el perdón y el olvido de las faltas cometidas. También os auguro mucho dolor y desdichas. —Me dio escalofríos en su seguridad.

—Pero habláis del destino como si fuese inamovible, como si fueseis mahometana; ellos, los seguidores de Mahoma, sí creen que el destino está escrito.

—Yo no creo que esté escrito, sí que con oraciones lo podemos escribir. Santa Comba, la Señora de las Palomas Blancas, escribe por mí, soy devota de su santa cofradía. Las orantes de Comba.

—¿Y qué hacen esas palomas? —inquirí, ella me miró pensativa.

—Las dulces palomas son caritativas y piadosas. —No le pude sacar más. Sin embargo, a lo largo de los pocos días que pasamos juntos aprendí a apreciar a la mujer, era callada y servicial y tenía un cierto encanto no desprovisto de ruda ternura. Charlamos mucho y mientras cultivábamos una especie de amistad, nos habíamos ido aproximando al fin de mi viaje, al menos al fin a este lado de la tierra.

Terminaba el otoño, era hermoso el paisaje por cuanto los árboles empezaban a querer dejar caer sus hojas y éstas tomaban un color rojizo o amarillento. Me aproximaba al lugar por donde pretendía pasar la frontera y no deseaba que Alexania supiese el sitio, pues al fin era un portillo creado y cuidado por doña Maior. Un eslabón débil en la fortificación mora. Cuantas menos personas supiesen de él, mejor. Pero no debí preocuparme, ese mismo día ella se despidió de mí.

—Aquí os dejo, maese Doroteo. Debo volver a León a dar cuenta de mi misión. Daré al señor rey vuestra respuesta.

—¿Quién os acompañará desde aquí? León está lejos.

—No os preocupéis, ya está todo arreglado. Cerca hay un monasterio, desde allí se mandará recado a otro más importante, y de allí vendrán a recogerme, son órdenes reales. Id con Dios. Volved con salud y a ser posible curado.

—Mis males no tienen cura, Alexania. ¿Acaso no sabéis que soy un eunuco?

—Antes también lo erais, amigo, y no parecía importaros tanto. Es cuestión de cómo os veis vos mismo. Yo os veo como todo un hombre. No habéis doblegado vuestro orgullo, ni plegado al poder y la comodidad. ¿Por qué no os perdonáis vos mismo? Al fin no tuvisteis nada que ver. Habéis intentado vivir con dignidad, que es más de lo que intentan la mayoría de los que están a la sombra del poder real. El mal os lo hicieron otros, no os castiguéis vos mismo. En fin, adiós, Doroteo, nos volveremos a ver. Por cierto, se me olvidaba. ¿Tenéis algo de valor?

—No, ¿por qué lo preguntáis?

—Lo imaginaba. No se puede ir por la vida sin nada. Ni los pordioseros deben ir completamente desprovistos y desnudos. —Se quitó del cuello una cadenilla que llevaba oculta entre los andrajos. Vi que era buena y valiosa. ¿De dónde sacaría Alexania estas cosas?—. Tomadla, os puede ser de utilidad y aun necesaria. ¿Sabéis ocultarla de modo que aunque os registren no la hallen? —Era práctica la vieja, pensaba en todo.

—Alexania, en verdad, nunca me vi en la necesidad de ocultar nada de valor. Si acaso pensamientos, intenciones, lo normal en la corte.

—Ya veo —dijo ella secamente—. Mostradme vuestro tobillo. —Así lo hice, acudió ella a un árbol resinoso y tomó algo de la resina que goteaba por el tronco y me untó el tobillo a conciencia, allí envolvió la cadenilla de oro, puso más resina y lo cubrió con lodo. De sus andrajos rasgó un trozo y cubrió el tobillo con una a manera de venda. La resina y unas gotas de zumo verde vegetal formaron una especie de exudado que parecía salir del tobillo vendado. El resultado era una venda repugnante que supuraba algo verde y pegajoso—. ¡Ya está! —dijo alegremente contemplando orgullosa el resultado de su trabajo—. ¡Una llaga de primera! Aunque os quitasen la venda sólo se vería la tierra pegada como una costra y el zumo vegetal. Nadie va a remover vuestras costras. —De algún sitio sacó una pedrezuela roja, reconocí un hermoso rubí—. Para vos. —Esta vez cogió un palo casi podrido, puso dentro la piedra, la tapó de nuevo con una pella de lodo y unas hojas. ¡Ya está! No os moriréis de hambre hasta que encontréis un modo de sobrevivir. Llevad este palo con vos, como una leña. A nadie le extrañará.

—¿Por qué hacéis esto por mí, Alexania? —Se encogió de hombros.

—Quizá porque cuando vos erais poderoso y creíais que yo era una mendiga me tratasteis bien. Y porque yo no necesito nada. O quizá porque sois muy hermoso y en mi juventud conocí bellos hombres. No sé. Adiós, Doroteo.

—Adiós, Alexania. —Ella echó a andar sin contestar a mi despedida, sus pasos eran menudos y silenciosos. Recordé lo que me había dicho cuando nos encontramos: «No hago ruido porque me deslizo sobre el suelo.» Así lo parecía.

Seguí mi camino, la frontera musulmana estaba ya cerca. Tras una caminata llegué al sitio en que años antes había encontrado al pastor de cabras. Otro joven ocupaba su lugar. Nada más verle le hablé:

—¡Que Alá os bendiga! ¿Cómo os llamáis, joven pastor? —Él me miró sorprendido, era obvio que no esperaba a nadie.

—Alí, me llamo Alí. ¿Y vos quién sois, hermano? —preguntó el mozo mientras miraba mis andrajos.

—Yo soy un honrado comerciante de Braga. Voy disfrazado de mendigo porque porto algo muy importante.

—¿Cuál es vuestro nombre?

Me jugaba el todo por el todo. Si no acertaba en satisfacer al mozuelo, no sabía cuál sería la reacción de éste. No parecía lerdo. ¿Sería, al igual que el otro pastor, un hombre de la reina viuda? O por el contrario, ¿sería un verdadero pastor, o peor aún, un espía? Quizá la reina doña Maior ya no tenía espías ni corresponsales, dedicada como estaba a sus oraciones conventuales. ¿Sería un hombre del *Imperator*? Me arriesgué con una respuesta algo ambigua.

—Me llamo Said ben Said, de Braga. ¿Nunca os topasteis con este nombre? Es muy común en mi tierra.

—¡Ah! —contestó algo sorprendido el joven—. Said ben Said, un hermoso nombre. ¿Puedo hacer algo por vos? —Supe que doña Maior no había desmantelado completamente a su red de espías.

—Sólo decidme el camino a Talavera. Llevo encargo de una señora.

—Comprendo —dijo él. Me llevó hacia un altozano y empezó a darme indicaciones. Se lo agradecí.

—Adiós, que el Profeta os bendiga. —Me miró con curiosidad y él también se despidió:

—Que el Arcángel San Gabriel vele por vos y que lleguéis con paz y felicidad al término de vuestro viaje.

20

El dedo de Dios señala a don Ramiro

> *Defendidos é guardados*
> *Deven ser segunt derecho.*
>
> Ruy Páez de Ribadeneyra
> Siglo XV

El rey Ramiro siempre había sido piadoso. Si acaso a veces se había apartado de sus devociones, era porque las circunstancias le habían presionado de tal forma que aun el concentrarse en sus rezos le había sido casi imposible. Ahora, desde que había recuperado la tranquilidad, tenido un hijo y firmado la paz con su hermano después del desafortunado asunto de Tafalla, sentía que debía dar gracias a Dios por todas las mercedes recibidas. Una especie de retiro espiritual. Escogió para ello el monasterio de Loarre. Allí, en convivencia con los monjes, pasó un largo tiempo. Una nueva felicidad llegó a los reyes de Aragón: la reina Ermesinda supo que esperaba otro hijo. Vio en ello el rey aragonés una señal cierta de que Dios le bendecía. Para Dios no hay pasado ni futuro. Sólo con su intención de ir a rezar y hacer penitencia, ya Dios le premiaba por ello con el anuncio de un nuevo hijo.

La frontera estaba tranquila; a Ramiro sólo le preocupaba un tanto la actitud de Suleymán. Éste, después de la Arrancada de Tafalla, se había desnaturado de él y había ido a ofrecer obediencia a don Fernando, pidiéndole al tiempo protección. Nunca había pagado las parias a don Ramiro, así que éste, no sin motivo, pensaba que el asunto de Tafalla era sólo un pretexto para no pagarle los atrasos debidos.

Todo era un plácida felicidad en el monasterio. El rey pasaba los días en oración con los monjes, aunque a veces pasaba algunas horas de cacería junto con los nobles del séquito. Un día llegó un mensajero desde Navarra para los reyes, don Ramiro no estaba en ese momento, así que doña Ermesinda hizo que viniese a su presencia.

—¿Es muy urgente vuestro mensaje? —interrogó la reina mientras el correo le besaba el borde del vestido.

—En realidad lo ignoro, señora —respondió el emisario—. Mi señor el rey y mi señora la reina sólo me encarecieron que lo entregase en manos de los reyes y no en otras manos por ser el contenido de índole privada.

—¿Puedo yo recibir ese correo?

—Sin duda, señora, me lo dijeron bien claro: para el rey o la reina, si el rey no está. —Tomó la reina el pliego y después de dar instrucciones para que se diera refacción al cansado emisario, se retiró a su tienda con el mensaje. Le dio varias vueltas en las manos y al fin decidió esperar a que el rey llegase para leerlo.

Algo sin duda muy importante debía de haber sucedido en Nájera para que el rey García les mandase un recado, sabiendo, como sabía, que estaban retirados para dar gracias a Dios por el nacimiento del heredero. Afortunadamente, don Ramiro se aburrió pronto en la cacería, por lo que decidió volver junto a doña Ermesinda. Ahora todo el tiempo que pasaba junto a ella se le antojaba poco. Como en sus primeros tiempos de casados estaba con ella en un arrebato de pasión. Ella le había perdonado y jamás mencionaba a doña Amuña y si sabía algo del otro Sancho Ramírez, nunca se lo dijo. Además, ahora tenían un hijo y esperaban otro. No podía pedirse mayor felicidad conyugal.

Llegó el rey a la tienda, sorprendido de que doña Ermesinda no estuviese al aire libre.

—¿Os sentís cansada, doña Ermesinda? —preguntó solícito al encontrarla en sus habitaciones en actitud pensativa.

—¡Oh, no, Ramiro! Simplemente esperaba que volvieseis.

—¿Tanta prisa teníais? —bromeó el rey haciendo ademán de quitarse la ropa.

—¡No, no es eso! —se azoró la reina—, tenemos noticias.

—¿Noticias? ¿Qué noticias? —indagó curioso el rey. Él tampoco esperaba nuevas.

—No lo sé exactamente, Ramiro. De nuestros hermanos los reyes de Navarra, ha llegado esta misiva. —Le alargó el pliego sellado con sello de cera y cordón de seda. Abrió el rey la carta y la leyó frunciendo el ceño en repetidas ocasiones. Al fin arrojó el pliego sobre la cama. Doña Ermesinda esperó a que él hubiese terminado la lectura para preguntar:

—¿Malas noticias?

—Según para quién, buenas no son.

—¿Qué dice?

—Me informa, nos informa, que Doroteo, su amigo y confidente, se ha desnaturado de él, que se han dado una paliza y que Doroteo se ha ido, le ha abandonado para siempre y ha prometido que le mataría si tiene ocasión de ello.

—¿Doroteo ha dicho eso? ¡Imposible! ¡Si es su liberto, si le debe todo y nunca ha querido oír de irse a vivir a otro lugar que no fuese Nájera con su señor! Debe de haber algún error...

—No es ningún error, doña Ermesinda, mi hermano es un buen rey aunque le pierde su amor por las mujeres. No creo descubriros nada si os digo que mantiene relaciones con todo tipo de hembras. No sé si vuestra hermana lo sabe.

—¿Estefanía? Creo que sí, pero también sabe que es a ella a quien ama como su reina. En fin, ella no lo menciona nunca. Pero ¿qué tiene eso que ver con Doroteo?

—Nada directamente, pero al parecer Doroteo tenía una sirvienta a la que apreciaba más de lo que todos sabíamos, inclusive había prohijado, no legalmente claro, unos niños, que conjuntamente con la sirvienta criaba como si fueran sus hijos en la práctica.

—¿Y bien? ¿Qué tiene eso que ver con don García? Sin duda Doroteo podía tener las sirvientas que tuviese a bien, era hombre poderoso en Navarra. En cuanto a criar niños no le veo especial mérito, todos lo hacen. También los reyes.

—Sí, pero el caso es que la criada era en realidad la amante de Doroteo.

—¿Su amante? ¿Pero no era un eunuco? —La reina adivina una historia trágica y ello le interesa en grado sumo. Desde que el mundo es mundo, las mujeres sienten especial predilección por las historias tristes, sobre todo las que interesan a sus congéneres mujeres. Se ven en su piel, comprenden su dolor y en esas tristes historias lloran el destino de otra hermana desafortunada. También al tiempo se alegran de no ser ellas las protagonistas de la desgracia.

—Pero Doroteo la amaba, según se desprende de la carta. García se prendó de la mujer y en una ausencia de Doroteo, la hizo suya, pensando que sólo era una sirvienta y que, al fin y al cabo, le hacía un favor a la mujer. Me dice que no pensaba en hacerle daño alguno, más bien tenía pensado dotarla con generosidad cuando se cansase de ella. En Doroteo, confiesa que no pensó nunca. Como era un eunuco, creyó que por eso no tenía sentimientos...

—Y cuando el eunuco regresó —dijo la reina Ermesinda— y vio su hogar roto por su rey y amigo, se desnaturó. Está claro. Aunque Doroteo fuese su liberto, el rey debió respetar la casa de su amigo.

—Sí, así lo ve ahora, pero en aquel momento no pensó.

—¡No pensó, no pensó! Los hombres nunca piensan cuando está por medio su conveniencia —se lamentó doña Ermesinda—. En fin, ¿para qué nos escribe?

—Nos dice que Doroteo ha desaparecido, que se ha ido sin nada, sólo con lo puesto. Ni siquiera una muda. Ni un perro, ni un mancuso, ni un sueldo, ni comida para un día, ni agua para el camino. Sin caballo ni mula. Don García se siente culpable. Su escribiente se ha ido como un miserable trotamundos. Nos pide García que hagamos correr la voz de que nos interesa saber si este hombre, Doroteo, es visto por Aragón, que nos informen. Eso es todo. En pocas palabras, que desea saber de su hombre de confianza, aunque sea de lejos. No pierde la esperanza de recuperarlo.

—¿Y qué haréis?

—Lo que me pide. Hacer saber que si un hombre sabio aparece por algún monasterio, cabildo catedralicio, condado, fortificación o ciudad, que se me notifique. Que si algún eunuco es hallado muerto, que se me informe. Pediré también que se mire en las cárceles, por si ya estuviese preso. Aunque es probable que no venga a Aragón.

—Siento pesar por las noticias que vienen de Navarra —dice la reina Ermesinda con verdadero sentimiento—. Sin Doroteo, don García se verá privado de un consejero muy competente y mi hermana de un buen amigo. Sé de buena fuente que Doroteo llamaba la atención a don García, recordándole que era hombre casado y que su esposa era doña Estefanía. Ahora nadie le dirá tales cosas al rey.

También en Castilla sabían del incidente con Doroteo, don Fernando tenía sus propios informantes, como antes los tuviera doña Maior. Pero durante mucho tiempo a Doroteo pareció haberlo tragado la tierra, hasta que la vieja Alexania lo encontró vagando miserablemente por León en su camino a Talavera. Cuando por fin se enteró del paradero del eunuco, después de pensarlo mucho, el rey don Fernando guardó el secreto de Doroteo y no informó a nadie del hallazgo del antiguo hombre de don García y de sus intenciones de perderse, al menos por algún tiempo, en tierras moras. Tenía derecho, pensó el rey-emperador, a intentar un piadoso olvido.

No tiene nada que hacer por las tardes *En* Ramiro, sólo rezar y pensar. Han llevado al pequeño Sancho Ramírez con ellos y a veces pasa el tiempo mirándolo. Medita en su futuro y en el de sus hijos por venir; ahora está seguro de que el Señor le mandará descendencia abundante.

Para pasar el tiempo y hacer ejercicio, ya que carece de armas y contrincantes y además no desea escandalizar a los monjes con ejercicios guerreros, cava el jardín. Va creando unos bonitos arriates de rosas. Se llamará «El Jardín de Santa Ermesinda» en honor a la patrona de su esposa. Quiere que de allí se corten rosas durante la estación florida para la Virgen María. Trabaja con ahínco y sin ayuda, quiere que sea sólo su esfuerzo el que cree este vergel. Se acerca el invierno y debe terminar el trabajo antes de que sea demasiado tarde. Luego no se podrá ya cavar ni sembrar, so pena de que se mueran los planteles. Lo hace con premura y con sistema, se organiza bien y aunque encuentra duro el cavar con sus manos blancas hechas para la espada y la lanza, lo hace por amor a la Virgen con buena voluntad. Se distrae así los momentos que no está en la iglesia. Todos los días la reina, cuando se levanta de su siesta, viene a ver el trabajo de *En* Ramiro. Está orgullosa de que su real esposo haga un jardín con sus propias manos y le ponga su nombre. Le parece una delicada ofrenda y le ama más por ello. Para comodidad de la soberana, los monjes han traído un banco de piedra y lo han colocado bajo un árbol, desde allí doña Ermesinda ve cómo avanza el trabajo del real jardinero.

Llevan ya más de un mes en el monasterio, *En* Ramiro está tan satisfecho de su estancia que no dice nada de irse. Recuerda su juventud y es feliz. A la reina ya empieza a notársele su incipiente embarazo. No es que haya puesto peso aún, pero se yergue del modo característico de las mujeres encintas, con el cuerpo echado hacia atrás. Lo nota *En* Ramiro y la encuentra guapísima, más majestuosa y reina que nunca. Los dos de pie calibran el aspecto del jardín cuando oyen un ruido de actividad inusitada.

—¿Oís algo, doña Ermesinda? —dice curioso el rey.

—Algo escucho, efectivamente. Algo como piafar de caballos y ruido de hombres de armas...

—Vamos a ver qué es. No espero a mis hombres que están en Agüero, pues hasta que no les llame, tienen instrucciones de no molestarme. —No se han quedado solos los reyes sin protección en el monasterio. Como dijo *En* Ramiro al abad, la mitad de los acompañantes está con ellos, supuestamente haciendo retiro con sus soberanos, pero en verdad para guardar la integridad y seguridad de los monarcas. También ellos han oído el rumor de hombres a caballo y han acudido, armados hasta los dientes, al patio del monasterio. Efectivamente, una partida hace su entrada, se hacen preceder del sonido de un cuerno que anuncia que vienen en son de paz. Algo tranquilizados los infanzones y los monjes se acercan a ellos, sin dejar por ello sus armas los hombres del rey.

—¿Quiénes sois —pregunta el capitán de la guardia real— y a qué venís a este santo lugar?

—Somos hombres del Sobrarbe y de Ribagorza. Venimos buscando al rey don Ramiro Sánchez. Sabemos que se encuentra haciendo oración y retiro con los monjes de Loarre.

—¿Y qué queréis del rey? No está aquí para recibir a nadie, sino cuidando de su espíritu.

—Dejadlo, capitán. —Es la voz del rey que ha venido desde su jardín con la reina y avanza seguro de sí. Se dirige al que ha hablado—. ¿Qué me queréis? Soy *En* Ramiro, al que buscáis. —Desmontan todos en señal de respeto y se acercan al rey. Precavidos, los hombres del séquito aragonés desenvainan sus espadas; son menos en número pero no dejarán que ataquen a su rey sin luchar—. No os preocupéis, capitán —dice tranquilamente *En* Ramiro—, conozco a este hombre. Era amigo de mi padre *En* Sancho el Mayor, de gloriosa memoria. Es hombre principal del Sobrarbe, deudo de mi madre, doña Maior, y sobrino-nieto de la condesa Ava. —Se dirige al hombre y le pregunta—: ¿Os acordáis ahora de mí, *En* Tresegonio?

El llamado Tresegonio hinca la rodilla en tierra.

—Me acuerdo ahora, señor. No os había visto desde que erais un niño. —Mira a doña Ermesinda y pregunta—: ¿Es la reina doña Ermesinda?

—Lo es. —Todos hincan la rodilla y se descubren. *En* Tresegonio besa la mano de la reina y luego la del rey. Los reyes esperan con curiosidad a que se expliquen los recién llegados. No los esperaban y además no se sabe que haya peligro en esas tierras. Por el momento hay paz con los musulmanes y no es de esperar que hayan venido a pedir ayuda a menos que hayan entrado los francos. Pero éstos, desde la ya legendaria derrota de Roncesvalles, no suelen entrar, a menos que sean sólo partidas de bandidos.

—¿A qué debemos esta visita, *En* Tresegonio? —Cae la tarde como una lluvia de violetas moradas. Es hermoso el atardecer en estas tierras. Un olor a pinos se extiende sobre los montes, las palomas del monasterio zurean sin cesar su dulce llamada. Las campanas tocan a oración. Esperan todos expectantes una respuesta de *En* Tresegonio. Hay que ir a la iglesia.

—Señor, murió nuestro rey, el buen don Gonzalo el Cazador, de piadosa memoria. Era aún muy joven, pero teníamos puestas todas nuestras esperanzase en él. Nos lo dio por soberano vuestro padre, quien liberó nuestras tierras del desorden y la esclavitud. Ahora no tenemos valedor. Esperábamos que los reyes se reunirían y nos darían protector, pero pasan los meses y no tenemos rey. Si por desgracia nos atacasen musulmanes o cristianos, dispersos como estamos por recónditos valles, caería el Sobrarbe y la Ribagorza. Se perdería el esfuerzo del bravo don Sancho. Por ello, señor, nos hemos reunido los magnates y *potentiores* de ambas regiones y hemos decidido venir a buscaros para ponernos bajo vuestro amparo y obediencia ya que sois rey poderoso y respetado de Aragón, y nuestro más inmediato vecino, al tiempo que hermano de nuestro difunto rey.

—¿Y no habéis pensado en ofreceros al amparo de don García, mío hermano, y depositario de la realeza, según el testamento de don Sancho?

—Con franqueza, no, señor. Navarra está muy lejos y don García no parece muy guerrero, sino más bien dedicado a hembras placenteras, según es fama. En fin, que queremos que seáis nuestro rey. Sabemos que aquí os alzaron como rey los habitantes de Aragón. Hemos conseguido el mismo escudo de palo y os alzamos igualmente como rey.

Ante la mirada atónita de sus hombres y de los monjes, los hombres del Sobrarbe y Ribagorza alzan al rey Ramiro sobre el escudo de palo, como ya lo hicieran años ha los de Aragón. Se repite la escena:

—¡Ramiro, Ramiro. Rey, rey! —Ya está. Lo bajan, y un nuevo rey ha nacido para el Sobrarbe y para Ribagorza. Sin tiempo para más, entran todos en la iglesia del monasterio de Loarre, por dos veces testigo de la historia. Reza una vez más don Ramiro, con las mismas palabras, como lo hizo la primera vez cuando lo alzaron sobre el escudo:

—*Fiat voluntas tua, sicut in caelo et in terra. Et libera nos, quaesumus, Domine, ab omnibus malis, praeteritis, praesentibus et futuris...* [«Hágase Tu voluntad, en la tierra y en el cielo. Y te rogamos, Señor, nos libres de todos los males, pasados, presentes y venideros...»]

Los monjes rezan sus oraciones y por fin terminan y salen. También los infanzones y la reina, los hombres del Sobrarbe y de Ribagorza, todos menos el rey. Él está ensimismado en sus oraciones. Dios le ha elegido nuevamente por rey. El dedo de Dios le ha señalado tocándole en la frente. Le ha dado un nuevo hijo —¿quizás un rey para sus nuevos territorios?— y le ha ungido como su predilecto. Es rey de Aragón, del Sobrarbe y de la Ribagorza, sin luchar, y apenas tiene treinta años. Todos le esperan inútilmente, él pasa la noche rezando.

El rey García ha recibido noticias de uno de sus espías. Don Ramiro, su hermano, ha sido nombrado rey del Sobrarbe y de la Ribagorza. Le han alzado sobre un escudo de palo y le han aclamado por rey. Como en los tiempos antiguos, cuando los reyes visigodos eran elegidos de esta guisa.

Está contrariado don García, había firmado una paz con don Fernando después de la ayuda que le había prestado en la batalla de Tamarón, una paz hasta el año 1054, pero el tiempo corría inexorablemente y no había solucionado el asunto de Castilla Vétula. Más tarde o más temprano se verían con las armas en la mano. Ahora, para empeorar las cosas, su hermano Ramiro se ha proclamado rey del Sobrarbe y de la Ribagorza. Se pregunta por qué no ha acudido en defensa de su mejor derecho a reclamar el trono vacante por la muerte de su hermano Gonzalo; desde que desapareció Doroteo estaba trastornado. Ahora tendría que declarar la guerra a Ramiro por el Sobrarbe y la Ribagorza. Todo se volvía de pronto contra él, desde que Doroteo le abandonó desnaturándose de él, todo parecía salirle mal.

Tiene muchas preocupaciones don García y ahora el judío Aarón, Maestro de Esclavos de la Escuela de Pamplona ha venido a Nájera y ha pedido audiencia. ¡Para audiencias con el judío está él! Cree saber ya de qué se trata: según ha oído el rey proyectan los judíos abrir otra casa para educar esclavos en Nájera, si el rey lo permitiese. Lo verá mañana, hoy no tiene ganas. Le recuerda demasiado a Doroteo. ¿Sabrá el judío su paradero? Se lo preguntará disimuladamente, quizá...

Ha salido el rey a tomar el aire y a meditar en su recién surgido problema: qué hacer con el Sobrarbe y la Ribagorza. Para distraerse, visita la construcción de Santa María la Real de Nájera. Avanza ésta con celeridad y es tan hermosa e imponente como él y doña Estefanía la soñaran. De momento ya están cavados los cimientos de la inmensa estructura y empiezan a levantarse los lienzos con sus puertas y ventanas. Los hombres se afanan en cortar piedras para los sillares, hay mucha piedra que preparar, el plano es grande y comprende varias dependencias a más de la iglesia propiamente dicha. Monasterio, cripta, casas de labor, scriptorio, trojes, molino. No ha de faltar de nada. Se dirige el rey a la pequeña cueva, que ha de quedar dentro de la construcción, junto al altar mayor, a la cabecera de la iglesia. Es la Cueva Santa, en donde se le apareció la Santísima Virgen y reza con piedad:

—¿Señor, he pecado contra Vos? —Está de rodillas el rey García, tan reducida es la oquedad que sólo se puede estar de hinojos—. Perdonadme, Señor, los pecados de la carne, intentaré ser justo, manso y casto. —En su fuero interno sabe el rey que no será posible. Ni manso ni casto, quizá justo. Eso sí, ha intentado, no siempre con éxito, ser justo. Pero es tan difícil dar a cada uno lo suyo... si él mismo no sabe lo que le corresponde a él, menos aún lo que les corresponde a otros.

»Señora Virgen —implora con devoción—. Señora Virgen, que tuvisteis a bien apareceros a mí en vuestra carne mortal, decidme cómo he de recobrar mis tierras del Sobrarbe y de la Ribagorza. Decidme, iluminadme, cómo he de obrar en el asunto de Castilla la Vieja. A cambio, Señora, os haré no sólo una iglesia en donde se os dé el culto de hiperdulía, sino que añadiré un hospital de peregrinos al que dotaré regiamente, para que os acordéis de mí, vuestro siervo. Señora, con vuestro beneplácito, yo soy el rey y heredero de mi padre, don Sancho, devolvedme lo que es mío, conservadme lo que tengo, dadme el triunfo contra mis enemigos. Sugeridme los medios y yo los seguiré. Amén. —Está satisfecho de su oración. Le parece que ha puesto la solución de sus males en las benditas manos de la Señora, lo que se le ocurra para salvar la situación, sin duda será sugerido por Ella. Tranquilizado sale e inicia el camino de vuelta.

Va pensativo a lomos de su caballo *Cierzo*, pensando en su reino. Desearía sobre todas las cosas compartir sus ideas con alguien que le comprendiese y supiese sus penas y pensamientos. Le gustaría hablar del nuevo monasterio y del scriptorio con alguien entendido. Una vez más echa de menos a Doroteo. Para castigarlo, Dios le ha privado de este amigo que le acompañó siempre y que le amó desinteresadamente. Ahora sólo le queda su esposa, pero hay cosas que a ella no le puede contar y cosas que con ella no puede compartir. Nadie le puede querer como lo hizo Doroteo desde que ambos eran niños. Los demás son, aparte del de doña Estefanía, cariños y respetos interesados.

Se apea del caballo y se sienta un rato el rey pensando en su perdido amigo, ¿dónde estará? De pronto se da cuenta de que ha pasado mucho tiempo desde que salió de palacio, tiene sed el rey, mucha sed; por ello llevando a *Cierzo* por la brida, busca un arroyo donde mitigarla. Pronto lo halla pues el lugar es húmedo y está recorrido por mil chorrillos y vertientes de agua que surgen espontáneas de la roca y entre la verdura. Bebe con fruición, lo mismo hace *Cierzo*, él también estaba sediento. Luego el soberano sube otra vez a su caballo y hace camino a palacio.

Cenó con su esposa contándole cómo va avanzando la obra de la iglesia. Ella a su vez le enseña cómo progresan las colgaduras que está confeccionando con sus damas para cubrir las paredes junto al altar mayor. Además han empezado un mantel de lino finísimo para el altar bordado con hilos de seda, plata y oro. Después de cenar se acostaron, a media noche se despertó el rey presa de violentos temblores.

—¡Estefanía, Estefanía! —llamó, olvidando el tratamiento que siempre le dispensaba. Sentía que de un momento a otro perdería el conocimiento. ¿Iba a morir así, tan tontamente?

Se despertó la reina sobresaltada al oír llamarse por una voz angustiada.

—¿Me llamáis, mi señor?

—Estoy muy malo, tengo náuseas y todo me da vueltas. —Asustada se despierta del todo y enciende una candela que dé más luz que la lamparilla que vela la estancia. Mira al rey y ve que tiene mal color. Brilla su piel con un destello de sudor frío y viscoso.

—¿Os duele algo, don García?

—Más que dolor es malestar, señora.

Sin pensarlo, la reina dice automáticamente lo que le viene a la cabeza:

—Estaos quieto, llamaré a Doroteo. —Enseguida se da cuenta de que el escriba ya no está—. ¡Perdonad, señor, fue sin pensar! —Pero el rey no quiere explicaciones y finge que no ha oído nada.

—Acercadme una bacinilla. —Se apresura la reina en hacerlo, seguidamente se dirige a la puerta y llama a la guardia. Al momento aparece el centinela.

—¿Deseáis, señora...?

—¡Pronto, el rey está enfermo, traed ayuda!

Asustado, el hombre pregunta:

—¿Y a quién he de traer, alteza?

La reina se da cuenta repentinamente de que no sabe a quién acudir. Siempre estuvo allí Doroteo, el confidente, el amigo, el escribano, el consejero, el conocedor de yerbas y medicinas. El eunuco siempre sabía a quién acudir: fuese cristiano, judío o moro. Hace la reina un esfuerzo por pensar: «¿A quién, Santa María, a quién acudiría el eunuco en esta ocasión?» Piensa con intensidad. Dentro de la habitación oye los gemidos del rey, su esposo. La reina está embarazada y con el susto teme abortar. Tampoco se siente ahora muy bien. Su hora está pronta, muy pronta. ¿Malparirá ahora de la impresión? Se sobresalta ante el pensamiento y ordena con precipitación:

—Traedme al monje enfermero del monasterio, preguntad al abad quién es el que más sabe de yerbas y envenenamientos. —Luego tiene una inspiración—: Idos también a la judería, os abrirán en mi nombre, sé que hace días llegó el Maestro de la Escuela de Esclavos de Pamplona, pues que ha solicitado audiencia. Pedid de mi parte a maese Aarón, el maestro, que venga a ver al rey. Seguramente él habrá tenido que tratar a algún pupilo con fiebres y pujos. Decidle que traiga consigo al médico de los judíos. ¡Rápido! —Mientras habla desde la puerta del dormitorio con el centinela, oye la reina cómo el rey arroja y devuelve con ansias terribles.

El vigilante sale corriendo sin esperar más. Al salir va dando la alarma. Todos se ponen en pie, se encienden las lucernarias y hachones de pasillos y dormitorios, comentan hombres y mujeres con consternación lo sucedido. ¿Morirá el rey? ¿Lo habrán envenenado? ¿Tendrá don García las temidas fiebres del pantano? Aturdidos y curiosos los soldados y sirvientes empiezan a pulular sin sentido por todas partes. Piden noticias. Nadie sabe nada. Al ver al emisario salir corriendo, cunde la voz:

—¡El rey ha sido envenenado! ¡El rey se muere!

Don García, mientras tanto, devuelve incesantemente. Igual tirita de frío, como se estremece de calor quitándose entonces la ropa que lo abriga. La reina intenta convencerlo de que se esté quieto pero él no parece escucharla.

—Voy a morir, dice una y otra vez. Voy a morir. —Doña Estefanía, por si acaso, envía a por el confesor del rey. Antes de que llegue el monje confesor vuelve el mensajero, sin aliento, trayendo a los sabios médicos.

—Dios os guarde, alteza —saluda el monje; no se sabe si a don García o a doña Estefanía.

—¡Paz y bien! —dijo a su vez el judío. Esperaron ambos respetuosamente que se les explicara para qué habían sido convocados a altas horas de la noche aunque, por lo que veían, era harto obvio que don García no se hallaba bien.

—Ved de ayudar al rey —rogó sin más preámbulos la reina—. Como podéis observar está muy malo. Despertó no hace mucho con vómitos y dolores de vientre. No ha cesado de vomitar desde entonces y a más de ello —añadió pesarosa doña Estefanía—, no puede controlar sus aberturas y se va por todas las partes en líquidos.

Habían entrado en la habitación infinidad de curiosos, soldados, el confesor real, criados, nobles de la cancillería regia, a más de los dos hombres sabios. Todos creían que el rey había de morir. ¿Acaso el fétido olor no era el de la muerte? ¿Tendría el rey los primeros síntomas de la peste? ¿No era aquello la muerte colérica?

—Ante todo, alteza —pidieron los médicos—, que salgan los curiosos. Que se quede una mujer vieja que no haga ascos a limpiar al rey. —Se adelantó una anciana de talante decidido.

—Yo misma, he criado muchos hijos y he visto de todo. Ayudé a micer Aarón en Pamplona, en donde vivía entonces con mi marido, cuando la peste de hace veintitrés años. Él me recordará.

—Cierto, cierto —corroboró el judío—. Lina es buena persona y dispuesta para lo que necesitamos. Que traiga agua tibia, ropas de cama y algunos ladrillos calientes. —Fuese la llamada Lina a cumplir lo pedido por el viejo judío. Luego, monje y judío examinaron al rey, tocándole el vientre y oliendo sus vómitos y heces.

—¿Qué ha tomado por cena? —preguntó el monje—. ¿Acaso setas o caza muy fermentada? ¿Bebió vino?

—Hoy cenamos un pollo con cebollas hervidas y pimienta, fruta que nos enviaron desde las huertas del rey y algo de vino con agua, hervido con especias. —Explicó asustada la reina.

—¿Nada de setas u hongos?

—No, buen monje.

—¿Comió mucho o apresuradamente su alteza?

—No —aclaró doña Estefanía—, estaba desganado y cenó menos de lo que suele. Estaba bien por la tarde, salió a ver cómo evolucionaba la construcción de Santa María la Real. —Mientras la reina daba estas explicaciones, el rey se quejaba de fuertes dolores. Los vómitos no cesaban, antes eran verdes, ahora oscuros, color de la hiel pura.

—Tiene los humores revueltos y subidos, por ello le hierve la sangre —dictaminó el monje—. Quizás una sangría le vendría bien para expulsarlos.

—El rey ha bebido agua ponzoñosa —dijo el judío—. Afortunadamente no tiene el vientre duro, si no podríamos pensar que las tripas se le habían enredado unas con otras y sabríamos que el mal sería mortal. Tiene el vientre blando. La sangre caliente. El cuerpo se libra de la ponzoña por todos sus conductos.

—¿Agua ponzoñosa? —se extrañó la reina—. Yo bebí lo mismo que él y en palacio todos beben del mismo pozo.

—Señora, preguntad al rey si en su salida ha bebido agua de surtidor de campo —sugiere el judío Aarón—, así sabremos con más seguridad si nos engañamos o no. —Obedece la reina. El rey tiene los ojos cerrados y tirita violentamente.

—¡Señor, señor —la reina le habla casi al oído—, señor! ¿Habéis bebido agua en el campo? —El rey no parece escucharla, tirita tan fuertemente que agita el lecho. De pronto se incorpora un poco y vuelve a vomitar con flujo incontrolable. La reina le ayuda como puede y le limpia con cuidado el rostro. No ceja en su pregunta—: Señor, ¿habéis bebido agua fuera de casa? —Por fin el rey parece comprender la pregunta y asiente con la cabeza. La reina tiene una idea repentina—: ¿Bebió *Cierzo* de la misma agua que vos?

Piensa el rey un momento y asiente luego. La reina se dirige a la puerta y llama al centinela:

—Id enseguida a la cuadra y mirad al caballo del rey, a *Cierzo*, ved si está bien. Volved enseguida. Si no podéis dilucidarlo vos, llamad al *Comes Estabulorum*. Él os lo dirá con seguridad. ¡Enseguida!

Va corriendo el hombre, satisfecho de cumplir una orden de la reina en esta situación. No tardó en volver el mensajero con el rostro triste:

—Señora —dijo a la reina—, señora, *Cierzo* ha muerto.

La noticia llena de consternación a los dos hombres, quizás el mal del rey es más grave de lo que en principio habían apreciado. Al menos están seguros de que la enfermedad del rey es proveniente del agua bebida en el campo. De todas maneras, los animales no responden igual que los hombres a las mismas causas. En principio, lo mejor sería que durmiese, si fuere posible. Que el cuerpo expulse la ponzoña, que duerma y que luego beba las medicinas, por este orden. Parecen estar de acuerdo el judío y el cristiano, cuchichean algo entre ellos. Mientras, ha venido la vieja Lina con lo pedido. Se apartan todos y, gentilmente, la vieja y la reina proceden a cambiar al rey de ropas. Limpian el lecho y lo preparan por si don García volviese a vomitar o perder líquidos. Bajo su rostro pálido y ardiente colocan un paño que puede ser cambiado tantas veces como fuese necesario.

Tirita el rey. Su piel está alternativamente fría y caliente. Los ojos aparecen hundidos en las órbitas como los de un hombre viejo. Al cabo de un tiempo, sobre el olor dulzón que anega la habitación, se nota que del enfermo surge un olor como de manzanas. Husmea el aire el judío y menea la cabeza. El judío Aarón pellizca suavemente el envés de las manos del rey. Se forma una arruga que tarda en desaparecer. Como si la piel fuese seca y frágil, como la de un viejo, muy viejo.

—¡Don Teo, ya huele a manzanas, como no consigamos que beba algo, se nos puede morir! —Se apresura en venir junto al regio enfermo el monje llamado don Teo y huele al rey.

—Efectivamente, micer Aarón, hay que mandar a hacer las infusiones.

Ha caído el rey, aparentemente, en un sueño a la vez profundo e inquieto.

—Señora, lo que tiene el rey no es muy grave, pero si no hacemos algo, de todos modos puede morir. —La reina oye estas palabras aterrada. ¿Cómo es posible que el rey García, tan sano que jamás que ella recuerde ha estado enfermo con fiebre, pueda morir, así sin más ni más, en unas horas?

—¿Qué podemos hacer? —pregunta, no obstante, con entereza.

—Vos, de momento, nada, señora. Nosotros haremos todo lo necesario. Os aseguro que si todo sale bien, el rey mejorará. Idos vos a otra habitación bien caldeada a descansar. No os quedéis sola, que os acompañe una sirvienta de confianza. En vuestro estado no me extrañaría que naciese demasiado pronto el niño. ¿Cuándo debe nacer el príncipe, señora? —El judío mira apreciativamente a la reina como calculando su volumen y la altura de su vientre. Se siente la reina avergonzada y se arrebuja en sus mantos.

—Estoy en el último mes. Micer Aarón.

—Más a mi favor. No os quedéis sola y si hay novedades hacedme llamar. —Asiente la reina y se aleja, antes de que haya salido ya están los dos, monje y maestro, arreglando la cama del doliente. Rodean el cuerpo del soberano con ladrillos calientes envueltos en frazadas pues la temperatura del rey va bajando rápidamente y su cuerpo se nota frío al tacto.

Durante un tiempo el judío y el cristiano se afanaron en calentar al yerto monarca, Lina se ocupaba de su higiene. Al cabo de algunas horas el enfermo parece reaccionar y un leve color vuelve a sus pálidas mejillas. Inclusive diríase que vomita menos.

Por fin parece que vuelve la calma. La vieja Lina se sienta en una silla junto al enfermo con una vela en la mesa y le mira con tristeza. Recuerda cómo alguno de sus hijos murió así. Ahora no hubiese muerto, ella sabe ahora qué hacer, entonces no sabía.

—Idos a dormir, don Teo —dice el judío al monje—. Yo me quedaré esta noche. Venid mañana después de las oraciones de la mañana, yo me quedaré con Lina, si algo sucede ya os mandaré a llamar. ¿Habéis traído alguna yerba que nos sea útil para lo que nos interesa?

El monje extrae de su faltriquera unos manojos pequeños y bien atados y se los alarga a mosén Aarón. Éste los mira y asiente.

—Yo también traje más o menos de lo mismo. Buenas noches, don Teo, haced que os acompañe un guardia o centinela. No conviene ir solo en la noche. —Asiente don Teo y se aleja sin hacer ruido por el pasillo. En la puerta, un soldado se aviene de buen grado a acompañarlo hasta su monasterio. No está lejos, toma una antorcha y sale con el hombre de Dios.

En la habitación de don García el judío se sienta en otra silla y piensa. A lo mejor, cavila el judío, esta repentina enfermedad del rey redundará en su beneficio. No podrá, después de que él, Aarón, le haya cuidado, negarle el permiso para abrir una nueva casa en Nájera. No es una escuela, al estilo y modo de la de Pamplona, sólo una extensión de la misma. El rey se revuelve en sueños. De vez en cuando se le escapan humores del cuerpo. La vieja Lina le limpia con cuidado y le unge con aceite para que no se llague. Se acerca a verle Aarón.

—Creo, Lina, que ya podemos empezar a darle algún tratamiento. —Asiente la vieja; se dirige el judío a la puerta y habla con el centinela—: Que venga el cocinero de palacio. —Enseguida aparece el buen hombre, despertado de su sueño.

—¿Me mandasteis llamar? —pregunta, sorprendido. Asiente el judío.

—¿Habéis hecho infusiones alguna vez?

—Sí, buen señor. —Le entrega el judío unos aditos de yerbas.

—Poned juntos esto y esto. Haced hervir cuatro tazones de agua y cuando hierva, la apartáis del fuego. Es muy importante para el rey que lo hagáis así. ¿Habéis entendido? —Asiente el cocinero—. Entonces —sigue con sus instrucciones el judío—, entonces, cuando ya no haga burbujas, dejáis caer las yerbas en el agua, no antes. Lo tapáis todo y rezáis seis padrenuestros. Se cuela en ese momento y se añade una coclea pequeña de sal y otra de miel. Hecho esto, me lo traéis aquí en un vaso grande o un jarro. Traed unas cocleas limpias y algunos paños blancos y limpios. Eso es todo. ¡Ah, pedid al centinela que consiga una clepsidra pequeña!

Sale el cocinero intrigado, ¿para qué se puede necesitar una clepsidra en medio de la noche? No obstante, obedece las instrucciones al pie de la letra. Cuando vuelve el cocinero con la infusión, le hace Aarón otra petición:

—Traedme una cocinilla. Un fuego pequeño, un brasero o similar y una ollita de cobre. —El cocinero se va y vuelve con lo pedido. Un braserillo pequeño que a veces se usa para quemar incienso y un recipiente también chico.

—Maestro, os he traído también agua en un cántaro —dice el hombre al que acompaña un sirviente que porta el cántaro.

—Gracias, buen hombre, justo es lo que necesito. Idos a dormir, si es preciso os llamaré. —Fuese el cocinero satisfecho de que su idea fuese acertada. Como buen cocinero sabía que sin agua, un brasero y una cacerola no sirven de nada. Con cuidado, micer Aarón prepara una infusión de semillas de amapola blanca. Aunque es mejor macerarlas antes, no hay tiempo, tendrá que servir así. Por la mañana intentará conseguir algo más del que ya tiene preparado, bien en el monasterio o de algún curandero. En cuanto se entibia la concocción, vierte en los labios de don García unas gotas.

—Ya se ha librado de bastante ponzoña, debemos detener la pérdida de humores o morirá —le dice esto a Lina, como si ella fuese un colega, pero la vieja ha trabajado con él algunas veces hace años y asiente, sabe el proceso. Nada ha cambiado desde entonces—. Contad cuántas veces pierde aguas en el lapso de una clepsidra. Ello lo anotáis con unas rayas en el suelo: tres rayas, cinco rayas, las que sean. Cuando se haya agotado la clepsidra, empezáis de nuevo: cinco veces, dos veces, lo que sea. ¿Me habéis entendido? Así sabremos si al transcurrir el tiempo, va a mejor o a peor. La infusión le quitará también algo de dolor, atenúa las contracciones. Vamos a ver si tenemos éxito, vieja madre.

Va pasando la noche. Como está avanzado el otoño, ésta es larga. El rey no parece estar mucho mejor, pero al menos no parece estar peor. Al contrario, parece que los vómitos y las heces, aunque frecuentes, no son tan abundantes. Hace horas que Aarón ha instituido la toma de su concocción de yerbas para el rey. Con una coclea pequeña se vierten en los labios apagados del enfermo unas cucharadillas del líquido preparado. Muy poco cada vez para que no lo rechace el cuerpo del paciente, pero insistentemente. A veces, efectivamente, lo vomita, pero a veces lo retiene y ello complace sobremanera al viejo judío.

—Cada gota es vida para él —dice a la vieja, que con paciencia infinita le da al enfermo una coclea de poción curativa cada vez que torna la clepsidra. Es pequeña ésta, apenas durará lo que diez padrenuestros. Por fin despunta la aurora, tan deseada por los enfermos y los que velan a éstos. ¡Son tan largas las noches en vela!

—Idos, Lina, se os recompensará debidamente este favor que nos habéis hecho. Ya sois vieja y tenéis que dormir. Quizás esta noche os necesite otra vez.

Se levanta la vieja sin rechistar y sale, antes de abandonar la habitación sólo dice:

—Esta tarde vendré al ponerse el sol. ¡Que descanséis, buen amigo!

—Aarón conoce a Lina, sabe que cuando toma a un enfermo bajo su cuidado no lo abandona hasta verlo curado o muerto. Sabe que cuenta con ella, y se alegra. Un buen ayudante es una bendición.

No tarda en aparecer el monje Teo. Juntos comentan qué puede ser mejor para el real enfermo. Están de acuerdo en que el tratamiento no parece hacerle daño y sí algún bien. Aún es pronto para saber en qué terminará la crisis que sin duda se producirá, pero mientras beba, aunque sea poco, de esa bebida de yerbas con sal y miel, hay esperanzas de que se recupere. A menos que se le ulcere el intestino y entonces muera de perforación y echando sangre, como las bestias cuando comen yerba folca.

La reina doña Estefanía aparece tan pronto ha despuntado el alba, se ve que ha pasado una noche mala por el color violáceo de sus ojeras, pero no se queja y pregunta por su real esposo. Dentro de las debidas reservas, no está peor, le aseguran los cuidadores de don García. Está la reina afligida.

—¡Dejadme que sea yo quien le dé su poción en cada clepsidra! —ruega la reina. La ven tan deseosa de hacerlo que consienten.

—¡Sólo por la mañana, señora, por la tarde os iréis a dormir la siesta, por vuestro hijo! Por lo demás, señora, absteneos de besar o tocar demasiado al enfermo. El colerín es sumamente contagioso. —Asiente doña Estefanía. El judío también se va a dormir un rato, pero se queda en palacio, por si acaso algo se torciese, quiere estar presente. Envía a un mensajero a la judería encargando unos polvos por él conocidos. Sabe que se le enviarán puntualmente.

Pasaron así sin gran mejoría varios días. El enfermo tan pronto parecía mejorar como empezaba otra vez a vomitar y tener pujos con hilillos de sangre, cosa que llenó de alarma a los dos médicos. Pero siguieron con sus cuidados sin perder esperanzas. La vieja Lina frotaba la piel del enfermo con aceite como si fuese un niño pequeño. Sabe que la humedad pudre la piel, y con las llagas llega la gangrena negra. Ponen al enfermo ora de un lado, ora del otro para que los huesos no perforen la carne ya flaca y escasa.

—Micer Aarón, si os parece, es menos agradable pero me parece que si untamos al rey con grasa de cerdo será mejor que con aceite; la grasa se pega mejor al cuerpo, el aceite huye demasiado pronto del cuerpo, es muy fino.

Se admira el judío de la perspicacia de la mujer. Tiene razón. ¿Cómo no se le ha ocurrido esto a él? Manda a purificar grasa blanca de cerdo. Hervirla en agua y dejarla posarse al fresco, luego que la traigan sin tocarla para nada, sobrenadando aún en el agua. Untado de grasa, el rey parece un recién nacido, bien que flaco y desmañado, pero efectivamente, la grasa es mejor que el aceite. Se promete el judío añadir esto a su repertorio de medicinas. ¿Y si se pudiese añadir esencia de romero? Entonces se podría guardar sin que enranciase. Cavila el viejo judío en su guardia nocturna.

Mientras micer Aarón y don Teo se esfuerzan en sacar al rey del peligro en que está, la reina reza y se preocupa del rey. Éste yace inconsciente. La fiebre le sugiere sueños, unos atroces y otros hermosos. Tan pronto sueña que el diablo le viene a quitar el alma para llevársela al tártaro, como que unos ángeles le vienen a ver; tras ellos está sentada la Señora, tal y como la vio en la cueva. Ella le habla de vez en cuando y su voz es suave y cantarina como una cascada de agua fría.

—García, hijo mío, me he mostrado a vos en mi carne mortal. A mis pies habéis visto un jarro de azucenas. Es mi deseo que a partir de ahora fundéis una orden de caballeros, nobles y esforzados, que se han de llamar los Caballeros de la Orden del Lirio. Han de ir a la batalla bajo mi advocación y yo les protegeré.

Tan clara es la visión o sueño, que don García intenta ponerse de rodillas, pero no lo logra. Su cuerpo dormido no le responde. La visión se va difuminando y la claridad se transforma en tinieblas. De ellas surge una llama y de su centro una cabeza de Belcebú:

—¡Es todo mentira! Os lo imagináis vos, iluso pecador. Os espero aquí pronto, os tengo un rinconcito cómodo...

Luego tiene ante sus ojos unos bandidos armados de horcas, guadañas y cuchillos, él está atado en el suelo y ve cómo matan y cortan en pedacitos a sus hijos y su mujer. Grita y grita pero nadie le escucha, ni él mismo se oye. Aterrado comprende que no tiene voz y por alguna razón ello lo asusta más que la inminencia de su muerte a manos de los bandidos.

Por un campo desolado ve una figura que se aleja, casi se le pierde en la niebla. Comprende que es Doroteo y corre tras él pero por más que corre no lo alcanza, así horas y horas, hasta que el corazón parece que va a salírsele del pecho del esfuerzo. Corre y corre. El otro no corre, sólo anda pero nunca lo alcanza. Quiere llamarle: ¡Doroteo, Doroteo!, pero nuevamente no tiene voz. Doroteo no se da la vuelta y sigue andando dentro de una niebla espesa y pertinaz. Por fin el rey se sienta en el suelo y llora con desconsuelo. Cuando levanta la vista ya no está Doroteo, se ha cerrado la niebla y él mismo no sabe en dónde está.

—Mirad, don Teo, parece que el rey por fin quiere decir algo. —Es

Aarón que llama la atención del monje. Escuchan ambos a don García. Mueve éste los labios, pero ni un sonido brota de éstos, pálidos y delgados. Vuelve a caer en un sopor pesado y silencioso—. De todas maneras, don Teo, creo que es buena señal. Ya sueña. No está inconsciente, está dormido. —Tiene razón micer Aarón. El rey vuelve del país de las sombras y la fiebre, su cuerpo joven va recuperándose aunque aún está muy débil. Sus sueños son cada vez menos aterradores, más normales. Quiere decir palabras. Viendo la mejoría, don Teo se va a su monasterio a dar gracias a Dios. El rey no morirá.

Por fin tuvo su último sueño antes de despertar definitivamente a la vida y a la salud: la Señora vino otra vez con su coro de ángeles y sus lirios, y le habló así:

—Hijo, me invocasteis para que os iluminase en cuanto a qué debíais hacer para mantener las tierras de Castilla la Vieja. Es la última vez que vengo a daros instrucciones: fingíos enfermo como ahora estáis, llamad a vuestro hermano Fernando para manifestarle vuestra última voluntad y cuando lo tengáis en vuestra casa, dadle muerte. Así se pueden unir Navarra y Castilla. Lo que debió haber hecho vuestro padre, Sancho III.

—¡Pero, Señora, don Fernando es mi hermano de padre y madre, no me parece lo mejor matarlo alevosamente! —argumenta el rey escandalizado.

—No importa, los designios de Dios son inescrutables. Yo daré a don Fernando un trono mejor en el cielo. —Esas palabras tranquilizan al rey que en ese momento se despertó sintiéndose mucho mejor.

—Tengo mucha sed —dijo en voz alta y clara. Micer Aarón le acercó un vaso a los labios al tiempo que le preguntaba.

—¿Cómo os sentís, alteza?

—Débil, pero con ganas de comer y beber —contestó el enfermo. El judío vio que su paciente se había salvado, satisfecho mandó a llamar a la reina Estefanía. Mientras la reina venía se juró a sí mismo que no revelaría a nadie lo que había oído decir al rey momentos antes de despertar: «¡Pero, Señora, don Fernando es mi hermano de padre y madre, no me parece bien matarlo alevosamente!» ¿Qué pensamientos anidaban en la mente del rey? La muerte de don Fernando no convenía a la judería de León. Hoy mismo saldría Aarón a visitar a la vieja reina doña Maior, ella sabría qué hacer, el judío conocía bien de los recursos de la reina viuda. Aunque estuviese recluida por voluntad propia en un monasterio, ella no dejaría que tal sucediese.

El rey estaba a salvo, su delgadez tenía cura. Bebía todo lo que le daban y comía papillas, como los niños. Su cuerpo empezó a aceptarlo todo. Fue tal la felicidad que embargó a la reina Estefanía al saber a su esposo fuera de peligro, que no le extrañó que el judío partiese esa misma tarde hacia Pamplona, según explicó, dejando para otra ocasión la audiencia pedida.

—El rey está aún muy débil para hablar de negocios —dijo el judío, y a la reina le pareció normal. De todas maneras no tuvo mucho tiempo para pensar. Esa misma noche se puso de parto.

21

Más allá de la frontera.
El falso rescatador de cautivos

As-salatu jayrun min an-nawm.
[«La oración es mejor que el sueño.»]
Fórmula sunnita de la oración del amanecer.

Una vez atravesado el *tagr*, es decir la frontera, y dentro ya del reino de Mahoma, no tuve demasiados problemas. Anduve largo tiempo procurando siempre no convocar miradas y pasar desapercibido. Arrebujado en mis harapos, caminé inclinado como alguien a quien el destino ha roto el espinazo. No llamaba la atención. En todo el mundo no hay nadie más invisible que el desgraciado y el pobre.

Los caminos que recorría eran amplios y bien cuidados: de vez en cuando me encontraba con grupos de hombres que con unos pequeños cuchillos se dedicaban a sacar las malas yerbas de entre los intersticios de las piedras. Acabada la faena, reemplazaban las piedras si alguna se había descolocado. Gracias a ello, el camino se veía tan bien cuidado que parecía nuevo. También en tierras de cristianos se caminaba aún por las calzadas romanas, pero debido a las continuas guerras, que las habían destruido, y la escasez del territorio ocupado por éstos, la mayor parte de la red viaria había quedado en tierras del Profeta. Mucha gente caminaba por el mismo sendero que yo hacia Talavera. En mi interior rogué que no apareciese nadie que me conociese, aunque sería muy raro que este alguien me reconociese tal y como iba vestido. Ataviado de pordiosero y como me había preparado la vieja Alexania, no creo que ni mi antiguo señor, don García, llegase a identificarme si se topase conmigo en el camino.

Enseña el Corán que hay que ser compasivo con el mendigo y que los fieles tienen la obligación de la limosna y que la oración cinco veces al día es inexcusable. Atento a mi papel, a las horas de la oración, hubiese o no público para presenciarlo, me arrodillaba cara a la Meca y decía en alta voz las oraciones rituales. No se esperaría de mí que diese limosna pues parecía lo suficientemente miserable para ser más bien el destinatario de cualquier óbolo u obra de misericordia y no que las hiciera yo mismo, pero iba atento a prestar cualquier ayuda que no supusiese dinero o comida; deseaba cumplir estrictamente las enseñanzas del Profeta para no llamar la atención.

Era casi el mediodía y ya había rezado la oración correspondiente arrodillado sobre un pequeño harapo que me hacía las veces de alfombrilla. El suelo cubierto por la alfombra se considera santo y sagrado, por ello es importante delimitarlo; en caso de que fuese absolutamente imposible el disponer del paño, entonces, y sólo entonces, una raya trazada con santa intención sobre el polvo, hace las veces, señalando el suelo sagrado sobre el que se invoca al Santo, Justo y Misericordioso. Me senté con la intención de descansar un momento y, al tiempo, curiosear a mi alrededor.

No lejos, a la vera del camino, vi a un hombre sentado con la cabeza entre las manos que esperaba algo sin moverse. Le había visto hacer sus oraciones y me llamó la atención la voz clara y firme con que lo hacía. Luego enrolló su alfombrilla y se sentó. Desde entonces no lo vi moverse para nada. Lo observé durante un momento y me pareció que estaba totalmente inmóvil. Si acaso pasaba alguien era saludado con respeto, por lo que imaginé sería conocido en Talavera. Comí una de las dos cebollas que tenía, y que un musulmán devoto me había dado como limosna. Volví a mirar al hombre sentado a la sombra. Seguía sin moverse. Para continuar mi camino tenía necesariamente que pasar por delante de él, así que llevado por una tenue curiosidad decidí mirar un poco, con prudencia. Con gran sorpresa vi que era ciego. Como él no podía verme, me atreví a dirigirle la palabra:

—Perdonad, venerable padre, que os hable sin conoceros. Soy extranjero e ignoro vuestras costumbres, pero el Corán nos manda ayudar a desconocidos en necesidad. ¿Puedo acaso ayudaros en algo? ¿Queréis que os acompañe un trecho hasta donde vayáis? ¿Puedo ofreceros algo de comer? Sólo tengo una cebolla y alguna fruta, os las ofrezco de todo corazón.

Alzó la cabeza el ciego al oírme hablar. Tenía un rostro agradable y bello, si no fuese por los ojos blancos como dos canicas de mármol. Iba limpio y bien cuidado. Aunque yo le había ofrecido mi ayuda, era sin duda el ciego quien podía ayudarme a mí, a todas luces un mendigo.

—Que Alá os bendiga por vuestro buen corazón, hermano. No necesito nada, al menos eso creo, pero si no tenéis prisa me podéis acompañar un rato. —Me senté junto al viejo y le hablé; yo también estaba harto de tanta soledad.

—¿Por qué estáis tan solo en el camino? —interrogué para romper el hielo. Se rió el buen hombre y su rostro lleno de arrugas se iluminó con la sonrisa.

—¿Por qué estoy solo, siendo ciego, queréis decir? —Me sorprendió su penetración pues eso era exactamente lo que pensaba—. No os preocupéis, viajo con un sobrino, Muley, hombre muy joven e impulsivo. Al llegar a esta altura del camino me pidió descansar un rato, bueno, que descansase yo, mientras él se iba a visitar un momento a su amada que vive con sus padres no lejos de aquí, junto a la alberca que veréis si os fijáis al lado izquierdo del grupo de árboles. —Lo describía tan bien, como si él mismo viese el camino y la alberca, que supuse que hacía el camino con cierta regularidad—. El amor es mala clepsidra. Se le ha ido el tiempo al cielo. Lo comprendo, yo también fui joven y estuve enamorado, así que espero con paciencia. Él vendrá, asustado por la tardanza y con mil excusas vendrá corriendo. Siempre pasa lo mismo. ¿Y vos, quién sois? ¿Qué hacéis de camino a Talavera? Porque vais a Talavera, ¿verdad?

—Sí, allí voy, buen padre. —Mientras hablaba me di cuenta de que necesitaba una personalidad: un nombre y un oficio, enseguida. Buscando hacer tiempo seguí con la conversación. Sin duda necesitaba una personalidad que fuese creíble. Yo era un hombre educado y no podía mantener largo tiempo la ficción de ser un mendigo. Mi modo de hablar podía traicionarme en cualquier momento; por otro lado, un hombre culto no vaga por el mundo hecho un mendigo pedigüeño—. Decidme, mucho he oído hablar de Talavera. ¿Cómo es? —Mientras el viejo me describía las bellezas de la ciudad y las oportunidades que ofrecía, fui forjándome una idea.

—Ya veis —finalizó el ciego—, cualquiera puede vivir en Talavera. No me habéis dicho si os vais a quedar o estáis de paso.

—Es verdad, buen padre, no os he dicho nada de mí. He sido la oveja negra de mi familia, perdí a mi madre cuando era muy joven. Mi padre se volvió a casar y mi nueva madre perdió todo interés por mí en cuanto tuvo a sus propios hijos. Mi padre era hombre de medios, un buen mercader en Braga. Me eduqué primero en la mezquita y luego en la madrasa, como hombre de leyes y oración. Me enseñaron idiomas y cuentas, pero no era ésa mi ilusión, así que en lugar de hacerme mercader o tendero en el zoco, opté por la aventura. He vivido como alfaqueque en tierras cristianas y como faquir en tierras del Profeta.

—¡Como *al-fakkak*! —se admiró el ciego—. Un oficio misericordioso, al par que arriesgado. ¿Pero, entonces, amigo, cómo habéis venido a parar en esta triste condición? —Me quedé sin aliento. ¿Acaso el ciego no era tal? ¿Sus ojos como bolas de mármol opaco podían ver mi miserable aspecto? Tal fue mi sorpresa que no pude contestar con la rapidez que esperaba el ciego, si tal era—. No os ofendáis, caminante —siguió él—. Por vuestra voz y modo de expresaros sé que sois persona educada y con conocimientos no comunes, por los efluvios que emanan de vos, sé que vais sin haber cumplimentado el *gusl* o ablución mayor. Cosa impensable en un creyente de buenas costumbres. Sólo la imposibilidad o la miseria explican los olores ingratos.

—¡Ay, cierto es lo que decís, buen padre! No he probado el agua caliente hace mucho tiempo. ¡Mis ropas se desprenden del cuerpo! ¡Bendito sea Alá que así lo permite! Pero mi corazón es el mismo que cuando vestía ricas ropas y hablaba con los poderosos. —Pareció pensar un momento el viejo y luego con un gesto en el aire buscó mi mano.

—Bien creo que sea cierto lo que decís, pues en vuestra pobreza os habéis ofrecido a compartir vuestra cebolla conmigo, sin conocerme y sin haberla yo pedido. Alá os lo tendrá en cuenta. ¿Cómo habéis dicho que os llamabais?

—Perdonad, buen padre, aún no lo he dicho. —Recurrí al nombre que ya había utilizado una vez hacía tiempo, era un nombre común el cual no podía identificarse con ninguna familia en especial—. Me llamo Said, hijo de Said, de Braga. —Si en alguna ocasión necesitaba acreditar una personalidad, en Toledo encontraría a alguien que juraría haberme conocido como Said ben Said.

—Bien, Said —dijo el viejo—, yo me llamo como mi sobrino, o él como yo: Muley, Hayyi Muley. —En mi mente di gracias al cruel Maestro de Esclavos, mi educación había sido completa.

—¡Hayyi! —«Hayyi» era un preciado título que podía usarse como nombre, significando «hombre santo que ha visitado La Meca», y en todo caso se anteponía al nombre propio para indicar que se había cumplido esa obligación sagrada—. Oh, señor, ¿habéis hecho ya la bendita peregrinación a La Meca? ¡Dejadme besar el halda de vuestra túnica!

—¿Vos aún no habéis cumplido ese sagrado deber? —Se admiró el Hayyi.

—No, Hayyi. Toda mi vida he estado ahorrando para pagarme el pasaje, aunque esté dispuesto a hacer gran parte a pie, pero hay que tomar un barco, y los barqueros no son piadosos.

—Cierto, cierto... y cambiando de tema, ¿cómo es que ya no sois *al-fakkak*?

—Cuando abandoné mi casa, Hayyi, decidí practicar las obras de misericordia que complacen a Alá; por ello me dediqué a la remisión de cautivos. El rey de los cristianos, el llamado Sancho el Mayor, de aciaga memoria, tomó muchos presos que luego fueron esclavos, vendidos en pública *sub-hasta*. Pero también los descendientes del glorioso Almanzor, *el Victorioso*, y su estirpe hicieron muchos cautivos cristianos. Durante años, familias de ambos lados del *tagr*, la frontera, en reinos de los cristianos y en las *koras* o provincias limítrofes pobladas por los fieles, han estado buscando a los suyos. Yo, con mi conocimiento de idiomas, pude ayudar a mucha gente. Pero ahora ya no hay razzias ni aceifas como antes. Los reinos de *tawaif*, que los cristianos llaman «taifas», pagan por la paz. Ya no hay guerra. Los presos que pudieron ser redimidos ya lo están. Los otros, o han muerto o se ha perdido su pista, e incluso nadie los reclama por lo que es difícil saber que existen. —Mi historia pareció satisfacer al buen ciego; era tan verosímil como novelesca por lo que convencía a cualquiera, al menos así lo creí.

—¿Ya no ejercéis, entonces, vuestra benemérita misión? ¿Ya no buscáis presos y cautivos para redimirles? —insistió el ciego, como desencantado de que ya no ejerciese mi piadoso oficio.

—No, Hayyi. En las tierras que yo conozco, ya no quedan, los que acaso perviven, se han acomodado a vivir con los cristianos, se han casado y tienen bienes. Algunos se han convertido en exáricos y a cambio de una modesta capitación conviven con los infieles. Ya no hay a quién redimir. ¡Bendito sea Alá!

—Perdonad mi curiosidad, pero nunca he conocido a ningún *fakkak*. ¿Cómo os movíais por tierra de cristianos para hacer vuestras averiguaciones? No es fácil preguntar en tierras enemigas.

—No fue difícil, Hayyi, el Profeta me dio algunas habilidades que bien explotadas me han servido para ganarme la vida en cualquier sitio. Además, mi padre me dio una buena educación y ella me ha servido de mucho.

—Pero, ¿qué hacíais, qué hacíais? —preguntó impaciente como un chiquillo el ciego. Sin duda mi historia le había subyugado.

—Ya os lo dije, Hayyi, hacía de faquir. Iba por las ferias y pueblos, por aldeas y fiestas explotando mis habilidades. Luego, hacer averiguaciones era un juego de niños. Nadie sospecha de quien le entretiene y le hace reír.

—¿Y qué sabéis hacer? ¿Juegos de manos, tragar sables, escupir fuego, domar serpientes?

—No, no, Hayyi Muley. —Reí con ganas. El pensamiento mismo de esas habilidades me era hilarante—. Os lo contaré pues seguramente tendré que acudir a esos mismos recursos para sobrevivir en Talavera. Tengo una excelente memoria. —Inmediatamente capté que había decepcionado a Hayyi Muley. Él, sin duda, esperaba algo más espectacular, más acorde con mi vida azarosa, tal y como él la imaginaba.

—Y, decid —preguntó cortésmente, pero ya sin interés mi nuevo amigo—, ¿cómo una buena memoria da de comer? —Me dispuse, no sin cierto regocijo, a darle una prueba de mis habilidades, eso que tan natural era para mí pero que dejaba a los demás con la boca literalmente abierta.

—Los demás lo aprecian, Hayyi Muley... ¿Os acordáis de la conversación que hemos venido manteniendo?

—Más o menos, sí —dijo el viejo.

—Escuchad, pues. —Palabra por palabra le repetí nuestro diálogo, haciendo bien claro qué palabras eran las suyas y cuáles las mías. Con satisfacción vi cómo el venerable Muley se iba quedando atónito. Para rematar mi lucimiento añadí—: Ahora, Hayyi, repetiré lo mismo, pero al revés, como si hablásemos de atrás para adelante. —Cosa que, naturalmente, hice sin la menor dificultad.

—¡Alabado sea el Profeta! —dijo admirado el ciego—. Nunca conocí algo semejante. ¿Eso se aprende? ¿Lo enseñan en la madrasa de Braga?

—¡No, por cierto, Hayyi! Alá me dio este don y yo he correspondido como mejor he podido, usándolo para cumplir sus mandatos. En estos momentos, si Él lo permite, es mi intención vivir en Talavera, al menos un largo tiempo, hasta que decida qué hacer con mi vida ahora que ya no hay cautivos ni es por tanto necesario que recorra ferias y mercados haciendo uso de este don.

Hablando, hablando, se había pasado el tiempo y era otra vez ocasión de rezar. Sacó el ciego una bella alfombrilla de seda con flecos de color ámbar y se postró.

—¿Amigo Said, vais a rezar conmigo? Cuando hay un oyente ya se puede llamar a oración. Soy el *muaddin*, al que llaman los cristianos muecín. No tenemos alminar, pero es igual, os llamaré a oración, al *adan*, desde esta alfombrilla. Ello complacerá igualmente a Alá. —Dicho y hecho, hicimos las abluciones rituales con polvo del camino y el ciego con voz clara y potente proclamó que no hay más Dios que Alá y llamó a los fieles a la oración. Tenía una voz hermosa y cristalina: gritó con toda la fuerza de sus pulmones:

> *Allahu akbar.*
> *Ashadu an la ilaha illa llah*
> *ashadu anna Muhammadan rasul Allah*
> *ayya ala s-salat*
> *ayya ala l-falah*
> *la ilaha illa llah.*

Antes de seguir, para aquellos de vosotros que no dominen el árabe, os transcribo brevemente su significado:

> «Alá es el más grande.
> Testifico que no hay dios, sino Alá.
> Testifico que Mahoma es el enviado de Alá
> Venid al azalá,
> Venid a la felicidad.
> No hay dios sino Alá.»

Pero hubo algo que me llamó la atención. Como era preceptivo por ser viernes, se debía iniciar la oración con el nombre del príncipe gobernante para implorar para él las bendiciones del Altísimo y las de los diez compañeros del Profeta: Abu Bkr; Omar; Utmán; Alí; Said; Sad; Talha; Az-Zubayr; Abd-ar-Rahmán y Abu Ubayda. Pero no fue esto lo que me sorprendió, tanto que por un momento casi me descubrí: el nombre del príncipe invocado no era el que yo sabía príncipe y valí de Toledo: Ismail ibn Dinum al-Dafir, sino el de su hijo, heredero y enemigo: Yahya ben Ismail ben Yahya al-Kadir. Así descubrí que el viejo príncipe, el valí de Toledo, había muerto.

Terminada la imprecación, nos levantamos del suelo y guardamos nuestras alfombrillas: él la suya de seda ambarina y yo el viejo trapo que me hacía las veces. Mientras esto hacía iba pensando en los peligros que me rodeaban. Tenía que ser menos osado e ir con pies de plomo si no quería verme en un aprieto. Si sospechaban que actuaba al servicio de algún monarca cristiano, enviarían al rey mi cabeza en una cesta de sal. Por primera vez desde que entré en tierras moras, tuve miedo y casi me arrepentí de mi osadía.

—Os doy las gracias por la compañía y por haber rezado conmigo, dije cortésmente al ciego *muaddin*. Creo que vuestro sobrino no tardará ya, y si no me necesitáis debo irme. —Pero él no pareció dispuesto a quedarse solo.

—No os vayáis, Said. Mahoma, en nombre de Alá, nos requiere a ser hospitalario con el peregrino y el viajero. Dejadme ejercitar una buena obra. Venid con nosotros y al menos dormid a cubierto hasta que encontréis un modo de vida en Talavera. No os obligo, pero ahora sé que no tenéis nada mejor que hacer...

En aquellos momentos llegó el malhadado sobrino llamado también Muley, al que llamaré Muley *el Joven* para no confundirlo con su tío. Llegó, digo, dando miles de disculpas por su tardanza. Había arribado en el momento en que escapaba una gallina del corral y tuvo que perseguirla por el campo, la había perdido y al fin cuando la encontró, estaba él extraviado... un cuento que era a todas luces un pretexto de enamorado.

—¿Habéis visto a vuestra Perla de Oriente? —preguntó el tío al sobrino. Asintió éste—. Me extraña —masculló el buen viejo—, que con tanta carrera tras la gallina, hayáis tenido tiempo siquiera de saludar a la bella.

Como no tenía ninguna excusa tuve que aceptar la compañía y ofrecimiento del *muaddin*, anduvimos el camino charlando de simplezas. Por fin asomó en lontananza la ciudad de Talavera.

Desde nuestro punto de observación se veía una ciudad más grande de lo que yo había previsto, rodeada de una muralla que en parte parecía de pervivencia romana y en parte de nueva factura, reconstruida previsiblemente por sus señores moros. Como sucede en las ciudades cristianas, se veían huertos y jardines dentro de la muralla. Los minaretes, altos y esbeltos, apuntaban al cielo con su dedo dorado, azul o verde. Me pareció distinguir el campanario de una iglesia, pero no quise preguntar por no resultar sospechoso de interesarme por los infieles.

—¿Veis ya desde aquí la ciudad? —dijo el ciego al notar que yo me detenía un momento.

—En efecto, Hayyi Muley. La veo y es muy hermosa, tendida como una sultana a la orilla del río. Su cabeza está llena de joyas y de ella se extiende un manto verde y fresco. —Estaba de moda en algunos lugares entre los moros cultos el hablar así en metáforas, y lo dije para halagar al viejo. Él no fue insensible a mis palabras.

—En verdad que es una ciudad llena de bellezas, entre las que no son las menos sus mezquitas y minaretes, que son las que brillan y os parecen joyas. Alrededor gozamos de unos campos verdes y fructíferos y hermosas alamedas, ese velo fresco y hermoso que os ha inspirado palabras tan poéticas. —Nos detuvimos unos momentos y el viejo ciego, mejor que si viese, me señaló en el horizonte los puntos más notables de la ciudad. Era evidente que estaba orgulloso de ella y que la conocía bien a pesar de su ceguera. El joven Muley no tomaba parte en nuestra conversación, llevaba al cuello colgado un cordón de seda roja, de donde pendía un dije, que él acariciaba sin cesar. Sospeché que era una prenda de su amada y eso era en este momento todo lo que le importaba en la vida. Desde el pequeño altozano en que nos habíamos detenido, se veían una infinidad de puertas, no menos de cuatro se hacían claramente notables y muchas torres, algunas de ellas airosas torres albarranas. Cuando años atrás había visto la ciudad de Toledo, me imaginé que era la ciudad más bella e impresionante de la morería. Me había equivocado, Talavera, más pequeña, tenía el mismo encanto abigarrado y misterioso, aun desde lejos se divisaban una multitud de callejas que se retorcían encerrando lo que se me antojaron secretos. Me alegré de haber venido, al menos mi pena se vería atenuada por la aventura.

Seguimos nuestro camino después de haber decidido por cuál puerta nos era más conveniente entrar en la urbe. Mi anfitrión me informó de que Talavera era una ciudad abierta. Convivían en ella, desde que había paz con los cristianos, un gentío multicolor constituido por Gentes del Libro: *Ahl al-kitab*, musulmanes, judíos y cristianos, cada uno con su propio barrio y cementerio, amén de sus lugares de culto. Me prometí evitar la zona cristiana a toda costa, no fuese a ser reconocido por alguien. Era una posibilidad remota, pero una posibilidad al fin y al cabo. Ahora me daba cuenta de que yo, como hombre de la cancillería del rey de Navarra, había sido muy famoso y conocido en toda la tierra.

Entramos por la más hermosa de las puertas, aunque para ello hubimos de dar un pequeño rodeo. Deseó el buen Hayyi Muley impresionarme con la vista de sus hojas labradas en cedro macizo y sus herrajes de bronce. Estaba toda claveteada con primor, una reja podía bajarse casi al instante, dando tiempo a que los servidores porteros la cerrasen, en caso de peligro. Pero ahora estaba abierta de par en par y multitud de personas y animales la cruzaban todo el tiempo.

—Seguidme, amigo Said —dijo el ciego—, y no os perdáis, que las calles son muy retorcidas y populosas y no es difícil extraviarse, aun para nosotros que las conocemos bien. —Puso en mi mano la punta de su manto y así, el ciego guiando al que veía, cruzamos parte de la ciudad—. Sobrino —dijo dirigiéndose al joven que lo acompañaba, aunque a estas alturas dudaba yo de qué servicio hacía el rascal al ciego—, sobrino, idos a vuestra casa, decid a vuestra madre, mi hermana, que ya hemos vuelto con bien, seguramente ella estará inquieta. —Fuese el chico sin despedirse apenas, nos quedamos solos el muecín y yo mismo; dijo—: Vamos, seguidme que ya estamos cerca, sólo hay que cruzar la calle. —Eso hicimos, para llegar a un edificio sólido y bien construido, cuyas paredes eran de una albura inmaculada. Llamó el muecín a la puerta. Siguiendo la costumbre de los islámicos, los muros eran ciegos, no había otra abertura que la puerta de la calle y otra puertecita casi totalmente disimulada que probablemente daba al huerto o jardín. En el piso bajo no había ventanas de ninguna clase y eso era igual en todas las casas de la calle. Sin embargo, en el piso alto había como unos balcones con tupidas celosías, en donde colegí que los habitantes de las casas veían sin ser vistos—. No os he dicho —añadió el ciego, mientras esperábamos que los siervos abriesen la puerta—, no os he dicho que, por la voluntad de Alá, soy viudo. Ahora vivo solo con unos servidores que me atienden bien. —En eso abrieron la puerta, apareció una mujer gruñona como una abuela cariñosa.

—Ya estáis aquí, lleno de polvo, viejo terco. Teníais que ir a Toledo con ese zascandil de vuestro sobrino. Y peor aún a pie. ¡Como si no dispusieseis de buenos animales! Pero no, teníais que ir a pie. Pasad, pasad y descansad, que bien lo necesitáis. —Me miró sin expresión y empezó enseguida a rezongar de nuevo—. ¿Y éste quién es, os habéis traído a los mendigos de Toledo? —Pero Hayyi Muley no se arredró ante el cúmulo de comentarios desabridos.

—Vieja Yaya, sé que me habéis estado esperando cada minuto, así que no me amarguéis la llegada con vuestra lengua afilada. Este joven es *al-fakkak*, merece todo nuestro respeto. —Me miró la Yaya dudando si yo era efectivamente un alfaqueque o un ladrón y perdulario. Al fin decidió que era buena persona y que merecía sus cuidados.

—¿Cómo os llamáis, joven? —inquirió—. Bueno, da igual cómo os llaméis —se contestó ella misma—. Seguidme, os llevaré adonde hay unos peroles de agua caliente, unas tubas y todo lo necesario para bañarse. Os dejaré a solas —me habló como a un niño, quizás hubiese criado a muchos— y deseo luego veros aparecer más decente y oliendo a perfume, no como un caballo del Profeta, o peor aún como un camello sudado.

No me ofendió su basta comparación, ella lo hacía para disimular su ternura. Era una abuela de verdad, abuela de cualquiera que apareciese por la puerta, eso sí, gruñendo e insultando a todos. Con agradecimiento me sometí al *gusl* o purificación total, me rapé en forma el cabello y me corté las uñas, desaparecieron las llagas fingidas y saqué de su escondite la cadenilla de oro que me había dado Alexania, me la puse al cuello pues sé por experiencia que el oro habla por sí mismo de sus dueños, y siempre habla bien. Busqué en mi bastón el rubí y lo puse a salvo. Cuando salí de la habitación del agua, envuelto en una sábana de baño, una túnica usada, pero en buen estado, me esperaba doblada sobre un arcón, un cinturón y un manto lo completaba todo. Olía a espliego y romero. Un rincón de mi alma recordó el olor a romero, a hogar, a lecho recién tendido, a mujer, a niño pequeño, a pan en el horno, y sentí como un desgarro. No podía huir de mí mismo, era como huir de mi sombra, pero mi sombra era de piedra y yo la arrastraba por el mundo. Maldije a don García mientras me vestía como lo haría Said ben Said. Y me juré una vez más, matar a don García si alguna vez se me presentaba la ocasión.

Nada más salir del cuarto de las purificaciones me encontré a la vieja Yaya esperándome. Estaba visto que se tomaba en serio mi bienestar.

—¿Os queda bien el vestido? ¿Necesitáis calzado? ¡Claro que sí! —se respondió ella misma, como al parecer era su costumbre. Dio unas palmadas y vino corriendo un muchachillo.

—¿Queríais algo, Yaya?

—¡Claro que quiero algo, gandul! ¿O es que creéis que llamo para veros? ¡Traedme un par de sandalias del sobrino del muecín! —Antes de que el niño se fuera, ya con voz menos áspera, le dijo—: Luego idos a la cocina, están haciendo alfajores, que os den dos de mi parte. Es muy goloso —me explicó—. ¡Como es tan chico...!

Así, por la misericordia de Alá en forma del anciano ciego y de su ama, Yaya, pude llegar a Talavera y no verme en la tesitura de dormir en la calle y de mendigar mi comida. Aunque bien sabe Dios que ello no me preocupaba en lo más mínimo. Llevaba muchos meses vagando y ya no notaba el frío, ni el hambre, ni la dureza del suelo. Ni tan siquiera los piojos, las pulgas y las garrapatas, que tanto me habían atormentado al principio de mi peregrinar. A pesar de la generosa oferta de mi anfitrión de que permaneciese al menos un tiempo en su casa descansando de lo que él suponía una azarosa vida de *al-fakkak*, me negué a ser alimentado. Parte de mi nueva libertad estribaba en no depender de nadie ni deber nada a nadie. Acepté la hospitalidad de Hayyi Muley porque en realidad no pude rehusarla sin herir al viejo y, lo que es peor, sin levantar sospechas. Tan pronto salí a la calle me hice indicar dónde estaba el zoco y por dónde se iba a la judería. Con esos dos datos me sentía capaz de todo.

Pronto llegué a la judería y deambulé buscando una orfebrería. No tuve que andar mucho pues abundan los joyeros entre los hijos de Judá. Uno de ellos a la puerta de su obrador me vio pasar y coligió que buscaba un servicio.

—¡Señor, señor —me llamó—, aquí tenemos todo lo que un joven como vos necesita! Entrad, entrad, por favor. —Me asustó un tanto porque me habló en romance. Me pregunté si era tan obvio que era de tierra de cristianos, aun vestido de moro. Luego me enteré de que se hablaba indistintamente en cualquiera de los dos idiomas: romance y árabe. Para no dar ninguna pista sobre mi lugar de origen, le hablé en hebreo. Se sorprendió el comerciante y quedó al tiempo complacido—. ¿En qué puedo serviros, joven señor?

—Tengo esta cadena —dije mostrándosela—, desearía saber cuánto vale. —Él la miró como con displicencia.

—Es bonita —dijo—, pero muy inferior. No os puedo dar más que un dinar. —Yo no había vendido ni comprado joyas jamás, pero lo que sí sabía es que la cadena de Alexania era de oro finísimo. Las joyas eran para mí, criado en palacio, algo tan cotidiano que no necesitaba de un perito para saber si eran buenas y valiosas o no.

—También necesito hacer engastar este rubí —dije, mientras lo desenvolvía de un pañuelico. Brillaron sus ojos.

—Engastar esta gema preciosa será muy caro, joven señor. —Puse la piedra en sus manos.

—¿Tan bella os parece? —Me hice el desentendido. Él la miró detenidamente.

—Muy hermosa y pura, sí, mi señor. Merece un engarce de reyes.

—Si tan buena es, os la vendo. —Tomado por sorpresa, no supo qué hacer.

—No suelo comprar joyas como ésta —balbució para ganar tiempo. Tomé de sus manos el rubí y lo envolví en el paño en que lo había traído a la tienda.

—Entonces me voy. *Salam*. —Decidido, inicié mi retirada. Salió el artesano detrás de mí.

—¡Esperad, esperad, todo puede hablarse! Si acaso yo no lo puedo comprar, puedo en cambio recomendaros a alguien que sí compre. Un hombre honrado y de medios, con buen gusto.

—No deseo perder tiempo. ¿Compráis o no compráis?
—¿Qué queréis vender?
—La cadena, si me dais un precio justo. El rubí quizá más adelante.
—Dos dinares por la cadena.
—No menos de cuatro —arriesgué.
—Sean tres porque habláis el hebreo como el padre Abraham. Por cierto, ¿no tenéis parientes en ninguna judería? —Era una manera disimulada de preguntarme si era judío también.
—No, y bien que lo siento —contesté con cortesía—, pero desde niño estudié vuestro lenguaje y vuestra venerable religión, Yahvé sea loado, pero soy un moro fiel. —Al fin el judío me dio tres dinares y siete feluses. Salí contento de allí bendiciendo en mente a la vieja Coruxa, que había tenido la precaución de darme esa cadenilla que seguramente a ella le había costado muchos sudores. ¡Qué extraña mujer era La Coruxa!

Guardando con mucho cuidado lo que recibí del judío me dirigí al zoco. Sabía que en ese lugar no sólo se vende y compra, sino que se vive: los ociosos pasan el tiempo, las mujeres acuden a comprar verduras y telas o simplemente a charlar. Juegan los chicos, roban los perillanes, piden limosna los mendigos, hacen juegos de manos los malabaristas. Las yerbas y las especierías se exhibían en sus saquitos, perfumando el aire con sus aromas dulces o acres. Se vendían harinas, blancas y morenas, azúcares, miel. Pasteles fritos o cocidos, cubiertos de melaza, almendras o almíbar. Los puestos de carne mostraban las piezas a la vista experta de los compradores. Casi toda era de cabrito, el cerdo brillaba por su ausencia. Eché de menos el aroma de los chorizos, los embutidos, el lomo en aceite, el tocino y el jamón. Más tarde me enteré de que lo había en algunas trastiendas, so pretexto de venderlo a los mozárabes.

Busqué una plaza en donde se cruzasen algunas calles, y cuando la encontré me puse de pie en un sitio desde donde se me viese bien. Para ello me subí en un poyete de los usados por las señoras para montar a caballo, y comencé a recitar poemas a los que tan aficionados son los moros. Muchas personas, ocupados y ociosos, transitaban por allí. Seguramente alguien se detendría a escuchar mis palabras. Mi memoria me permitía tener un amplio repertorio, al par que no había necesitado aprenderlos, ya que los recordaba de haberlos leído o copiado. Recité en árabe, romance y en hebreo. Poco a poco me fue rodeando un grupo de curiosos que me escuchaban con agrado. Al cabo de un rato, me callé. Protestó ruidosamente la concurrencia. Querían más.

—¡Si queréis más, amables oyentes, tenéis que refrescar mi memoria con algunas monedas de cobre! —Al instante cayeron como una lluvia sobre el polvo. Así continué mi sesión varias horas hasta que empecé a quedarme afónico. De vez en cuando había que parar el espectáculo, pues se imponía la ritual oración. Entonces todos nos postrábamos en el polvo para clamar unánimemente:

«*Alahu akbar.*» [«Alá es el más grande.»] Aunque llegaba de lejos, reconocí la voz de mi benefactor, el muecín, llamando desde el minarete al *adan*, pero no pude verlo, los edificios estaban demasiado próximos unos a otros como para ver nada distante, aunque este algo fuese alto. Por cierto, ¿sabíais que muchos, o casi todos, los muecines, son ciegos? Pues sí, así es; la razón es que llaman a los fieles desde una altura considerable desde donde se pueden ver los patios interiores de las casas. Celosos de su intimidad, prefieren los moros que sus muecines sean ciegos y no puedan ver a sus familias.

Lo primero que compré al vender mi cadena de oro y con lo que saqué de mi primera jornada de recitador callejero fue una bella alfombrilla de seda de damasco con unos flequillos de oro. La calidad de la alfombra ritual decía mucho de la piedad del dueño, por el dinero que se había gastado para dignificar el suelo sagrado de la oración.

Terminada la jornada matutina, me retiré de mi podio y busqué un lugar en donde comer. No fue difícil pues los moros son amigos de tomar dulces, pasteles y bocados varios en la calle. Un olor de frituras y asados llegaba de algunas puertas ostentosamente abiertas. A propósito busqué un lugar no lejano de donde había pasado la mañana, pensando en que quizás habrían oído hablar de mí para cuando yo llegase. Entonces estarían mejor predispuestos a contestar a mis preguntas. Efectivamente, en cuanto entré en una de estas casas de comidas o mesones, como acostumbrábamos a llamarlos en tierras de cristianos, una chiquilla gritó:

—¡Madre, tía, ha entrado el Recitador! —Todos los circunstantes se volvieron para mirarme. Era obvio que me habían visto y oído en el zoco.

—La paz de Alá sea con todos vosotros, hermanos —saludé con cortesía. Un coro de voces me contestó, haciéndome así notar que mi oficio no era despreciable, ni mi persona malvenida. Ello me alegró. Enseguida llegó una mujer, todavía joven, modestamente vestida pero con cierta elegancia. A diferencia de las otras que había visto por la ciudad, llevaba un casto manto que medio ocultaba su semblante agraciado, a juzgar por los ojos negros y chispeantes.

—Decidme, *fatá*, ¿en qué puedo serviros? —Me sorprendió y halagó oírme llamar *fatá*, palabra que cuando designaba a un hombre libre significa joven valiente y generoso; y cuando a un esclavo, es uno al servicio directo del príncipe, de la más alta posición en la jerarquía palatina.

—Desearía un plato de comida, dueña de la fonda y mujer virtuosa. —Vi que mi contestación había sido apropiada y que le había agradado.

—¿Y qué desea el extranjero Recitador? —De una ojeada había apreciado que la mujer también era extranjera, al menos no era de Talavera, o si lo era vestía a la moda de Levante: llevaba gregüescos y saya por encima, si hubiese sido granadina o toledana, vestiría la larga camisa llamada *alcandora* y sobre ella, una túnica más corta: la *marlota*. No llevando la ropa granadina, sin embargo usaba, de la moda granadina, la *almalata*, que es una gran pieza de lino, algodón o seda, siempre de color blanco y con cuya parte superior se oculta el rostro. Las mujeres más castas y religiosas la adoptan, aunque no sean de esa zona.

—Si sois de Granada, dadme vuestra sopa de trigo tostado que por Granada llaman *acemita*, y si sois de Levante, la de mijo molido: *addara alarabia*. Luego, si tenéis de ello, mazapán. —Se rió la mujer al oír mi petición.

—Hoy toca *addara*, mañana *acemita*. Ya veis que tenemos comida de Granada y de Valencia. Por dos feluses os puedo dar sopa y guiso de cabrito. El mazapán aparte. La casa os da gratis una infusión de tila o de cedrón.

—Sea de cedrón, ama. Y traedme lo que me habéis propuesto, tengo hambre y sed. —Fuese ligera y al momento vino la doncellita que había gritado mi presencia, trayendo un cuenco con sopa y otro con el guiso. En tierra de moros se come con las manos y se bebe la sopa, aunque sea espesa, del cuenco. Noté que todos sorbían ruidosamente la sopa, por lo que yo también me esforcé en hacerlo para no desentonar. Como había esperado, poco a poco se me fueron acercando algunos parroquianos e intentaron tímidamente entablar una conversación. Era mi deseo sacar alguna información, así les hablé amigablemente e inclusive les regalé el oído con alguna otra poesía.

También la dueña de la casa se sentó cerca para oír lo que yo contaba. Repetí la historia que había hilvanado para el muecín. Que era *alfakkak*, o mejor que lo había sido y que me ganaba la vida como faquir, distraedor y recitador. A la pregunta de qué más sabía hacer les hice una demostración de mi memoria, cosa que les maravilló. Mediada la tarde, decidí dar por terminada la conversación, ya me había enterado de muchas cosas. El príncipe de Toledo había muerto hacía pocos días, su hijo y heredero era el nuevo príncipe. Había mucho movimiento en las alturas del poder, pues no todos estaban contentos con el nuevo señor. Por el momento, la judería de Toledo había cerrado casi todas sus puertas, en teoría en señal de duelo, en la práctica todos sabían que era para evitar los desmanes y saqueos que siempre sobrevienen cuando hay un cambio de gobierno. Por un momento pensé en Julita y en los niños que estaban en Toledo por mi decisión. ¿Correrían allí peligro? Pero mi amargura era mayor que mis temores y dejé de pensar en ellos; si corrían peligro, sería su destino. Yo no podía hacer nada, para mí estaban muertos.

Pregunté en el mesón si sabían de algún lugar en el zoco en donde un honrado Recitador pudiese alojarse, en donde pudiese rezar tranquilo sus oraciones y no estuviese lejos de la casa de baños. Al oír esto la dueña de la casa, que como dije estaba sentada cerca escuchando con atención, me dirigió la palabra:

—*Fatá*, si buscáis alojamiento, podéis quedaros. Estáis muy cerca de vuestro trabajo, aquí alojamos a los comerciantes y mercaderes que vienen de los contornos y se quedan un día o dos. Pero si queréis quedaros más tiempo, podemos llegar a un acuerdo. —Se sonrojó como si en mente tuviese otros pensamientos; fingí no darme cuenta. El lugar parecía limpio y agradable. La comida no era mala. No deseaba quedarme en casa del muecín, aunque éste era un hombre bondadoso; disfrutando de mi nueva libertad, no quería estar en deuda con nadie. La gratitud es peor que una anilla de esclavo: no puede uno librarse de ella. Es mejor pagar los servicios y ser libre de partir en cualquier momento.

—Perdonad, ama, que os pregunte. ¿Qué clase de alojamiento ofrecéis? —Entendió ella la pregunta y se atragantó al responder:

—Honrado, *fatá*. Aquí vivimos dos hermanas viudas. Nuestros maridos, por la voluntad de Alá, murieron en la *fitna*, tenemos niños a quienes alimentar. Mi hermana está en la cocina y yo atiendo a los clientes, con la ayuda de la mayor de mis sobrinas. No vivimos solas porque somos virtuosas. Uno de mis hermanos está con nosotros y el suegro de mi hermana también está aquí. Él corta la leña y hace las reparaciones, al tiempo que vela por nosotras. Si decidís quedaros no os molestarán las mujeres fáciles, si eso os preocupa, *fatá*.

—No me llaméis *fatá*, me llamo Said, Said ben Said. El muecín

Hayyi Muley os puede decir que soy hombre de buenas costumbres; aunque me conoce poco, creo que os hablará bien de mí. De mi parte no tenéis nada que temer. No miraré vuestro patio y menos hacia vuestros aposentos. No saldré de jarana ni me mezclaré con gente indecente en vuestra casa, ni siquiera en el comedor. Soy fiel cumplidor del Corán, pero os advierto que he hecho promesa de dedicarme sólo a Alá. Soy murabito. —Nadie pareció entender con exactitud qué era ser murabito, pero entendieron que se trataba de un hombre especialmente pío y que no se acercaba a las mujeres. Aún no se sabía bien en Spania quiénes eran estos nuevos fieles, pero yo ya estaba informado. Eran beréberes, nómadas y saharianos, hombres extremadamente puritanos, tanto, que constituían unas cofradías de monjes guerreros que vivían solos y hacían meditación y penitencia cuando no estaban en la guerra por Alá. Me convenía ser tomado por uno de éstos, así nadie se extrañaría de que permaneciese soltero y de que no tomase mujer.

—No sé lo que es ser murabito. Pero lo podéis ser, murabito o lo que gustéis, Said, siempre que seáis fiel musulmán —dijo la dueña de la casa—. Ni a mí ni a mi hermana nos incumbe. Por cinco feluses tendréis alojamiento y se os lavará la ropa. La comida aparte. Si lo queréis todo incluido: diez feluses u ocho si convenís en contar cuentos a mis clientes durante una hora después de comer a mediodía.

—No hace falta que sepáis de los *al-murabides*. Su doctrina la predicó nuestro padre Abdaláh ben Yásin. ¡Alabado sea su nombre! Se nos conoce como «los puros». En cuanto al precio, aceptado, ama. Sean ocho feluses y os contaré cuentos y os recitaré versos, indistintamente, durante una hora. El viernes descanso en nombre del Profeta. Aunque ayuno ese día, me daréis infusiones. ¿Quedamos de acuerdo? —Así, enseguida, encontré alojamiento adecuado, aunque me quedó la impresión de que la joven viuda me miraba no como a un inquilino, si no como al *fatá*, joven valiente y generoso, y en sus ojos leí que se sentía atraída por mi aspecto. Una sutil tristeza me envolvió, no sé si por ella o por mí. Todo me estaba vedado. Había perdido al amor de mi vida por culpa de don García y cualquier otro me estaba vedado. Solamente cuando lo matase, mi cuenta quedaría saldada.

—¡Eh! —gritó la joven viuda desde la puerta cuando me alejaba—, me llamo Nadir. —Bonito nombre, pensé, Nadir. Tenía un cuerpo hermoso y triste. Ella, como yo, tampoco tenía compañía. En otras circunstancias hubiésemos podido unir nuestras tristezas y quizás hubiese surgido de ello una flor. Pero yo era un eunuco y no podía aspirar a nada. ¡Pobre Nadir, nunca seré para ti un *fatá*!

Me mudé de alojamiento, dejé a Hayyi Muley y a su rezongona Yaya, y me fui a la fonda de Nadir. Sólo tengo buenos recuerdos de los días que pasé en casa de Nadir y de Leila, su hermana. Con grandes muestras de protesta por parte de la vieja Yaya, que ya se veía protegiéndome y mandando en mí a todas horas, abandoné la casa de Hayyi Muley. Tuve que prometer al viejo ciego que volvería de vez en cuando a visitarlo. De corazón agradecí la hospitalidad que tan generosamente me había brindado siendo yo un desconocido, un mendigo, un vagabundo. En los actos del muecín constaté cómo para algunos creyentes los mandamientos de Alá eran amorosamente seguidos al pie de la letra.

No tenía equipaje alguno así que la mudanza fue ligera. La vieja Yaya, conocedora del espíritu humano, me recomendó fervorosamente que no apareciese en la fonda con las manos vacías.

—Said, no lo hagáis, pensarán que sois un ladrón. Sólo ellos viajan sin equipaje. Dejadme que os preste un bulto. Un arca, aunque esté vacía. Cuando tengáis vuestros propios bienes me la devolvéis. No hay nada que provoque más respeto que un arca muy pesada cerrada con llave. —Me hizo gracia la observación de Yaya, y en cierto modo tenía razón, así que acepté su oferta. Ella misma se encargó de mandar con un recadero un arca fuerte y bien cerrada al mesón para que me la entregaran. Cuando llegué a mi cuarto después de un día de trabajo al aire libre, allí encontré, en medio de la habitación, el envío de la generosa Yaya. La empujé hacia un rincón y luego me olvidé de ella.

Los días transcurrían muy parecidos unos a otros, mi supervivencia estaba asegurada. Inclusive algunos tenderos me rogaron que sentase mis reales enfrente de sus negocios pues al calor de mis cuentos y relatos se congregaba una multitud que era beneficiosa para ellos. A cambio me ofrecían algo de lo que ellos vendían: unas manzanas, paño para unas mantas, unas sandalias, un manto. Lo que era de comer lo llevaba a la fonda y me lo agradecían ambas hermanas con timidez. Poco a poco fui atesorando pequeñas cosas de los presentes de las tiendas: un pasador de metal para asegurar el manto, un sombrero cónico, una cajita de sándalo. Eran minucias comparadas con todo lo que había tenido en el pasado sin darle ningún mérito, pero eran cosas mías, ganadas por mí. Me sentía absorto mirándolas. Como un niño a sus tesoros.

Cambiaba de lugar de vez en cuando para no agotar la paciencia de los mismos clientes. Los días que no trabajaba los invertía en pasear por la ciudad. Llegué a conocer muy bien el zoco. Todo el mundo sabe que el *suq* es el lugar en que se desarrollan las actividades de panaderos, vendedores de queso, buñoleros, freidores, especieros, perfumistas, carpinteros, herreros, alfareros, tejedores, ropavejeros y representantes de otros mil y mil oficios. Los artesanos tenían allí sus talleres y muchos exhibían sus productos en una habitación a la entrada que les servía de almacén. Todo esto era muy distinto de la ciudad cristiana en donde apenas si había tiendas y las ventas se realizaban en los mercados y ferias. Es decir, de manera esporádica y no de manera continuada como lo hacían los moros.

Cuidaba del orden del *suq* el *Sahib as-suq*, el zabazoque, cuyo cargo era asimilable al de un juez. Todos los días salía el honrado funcionario y visitaba las calles del zoco y los establecimientos con especial cuidado en cuanto a las tiendas de alimentación. Casi siempre iba él mismo en persona, pero de vez en cuando enviaba a un niño, un mendigo, un esclavo o una mujer velada para que comprase una cantidad determinada de pan, queso, aceite o carne. Luego, con su juego de pesas y medidas maestras, comprobaba el peso o medida de lo dado. Si el vendedor se había atrevido a vender menos de lo pedido, el castigo variaba con la infracción, desde una multa, unos latigazos, unos días en la cárcel, hasta la retirada del permiso de vendedor.

Era el zabazoque de la zona en que yo vivía un hombre de pelo cano y barba rala. Muy cuidadoso de su oficio era bien querido en el vecindario. Tenía un cierto mal genio atemperado por su sentido de la justicia. Muchas veces, cuando daba por terminada su ronda diaria venía a escucharme y creo que a fuerza de vernos empezó a surgir entre nosotros una cierta simpatía y complicidad. Un día vino más tarde que de costumbre, por lo que cuando él llegó, terminaba yo con mis relatos. Enseguida se dispersaron los oyentes y yo me quedé un poco más a recoger las monedas que los clientes generosos me habían dejado en el suelo.

—Siento mucho, Relator de Cuentos, el haberme perdido las historias de hoy. —Oí una voz anciana que así me hablaba. Al mirar hacia arriba vi la faz venerable del zabazoque.

—Si ellas os agradan, *Sahib as-suq,* más siento yo el haber terminado tan temprano. —Era una respuesta cortés para un anciano de respeto. Me levanté del suelo y me dispuse a abandonar el lugar.

—¿Sabéis, Relator de Cuentos, que yo también he ido a la madrasa?

—No hay madrasa en Talavera —dije, por decir algo.

—Oh, no, no es en Talavera, en donde yo fui a la madrasa, fue en Almería, hace mucho tiempo. Luego volví, tenía aquí a mi prometida y a mi familia. —Insensiblemente nos habíamos puesto al paso y caminábamos juntos charlando amigablemente.

—¿Y cómo sabéis, *Sahib as-suq*, que yo he ido a la madrasa? —Se rió un poco el viejo.

—Oh, hijo mío, cuando tengáis mi edad sabréis muchas cosas. Pero no es ningún misterio. Todo el mundo lo comenta. No es posible saber tantos idiomas y tantos poemas en distintas lenguas si no se ha ido a la madrasa. Además, vuestro amigo y mío, el muecín, me lo ha reconfirmado.

—¿Habéis hablado de mí con el venerable *Sahib* Hayyi Muley?

—Ciertamente. También está entre mis atribuciones velar por el vecindario y saber quién se aposenta entre nosotros. El orden público depende de mí, debo saber quién es cada vecino, pues si bien todo buen musulmán es libre de vivir donde mejor le convenga, no es menos cierto que a veces hay personas huidas de la justicia que quieren hacerse pasar por honrados ciudadanos. En la fonda me dieron buenos informes también. Sois piadoso, no escamoteáis las oraciones y los ayunos. E inclusive me han dicho que sois murabito. Aunque aún no sé exactamente de qué rama son.

—Unos muy observantes, *Sahib as-suq*, nos dedicamos completamente a Alá. No tenemos comercio carnal con nadie y lo hacemos todo por el bien de nuestra alma y la del prójimo —dije piadosamente.

—Bien —dijo el zabazoque—, bien. —Y luego, con cierto sentido del humor añadió—: Espero, no obstante, que no haya muchos como vos, si no se terminará la religión de Alá.

—Oh, no temáis, venerable *Sahib*. Somos pocos, como pocos son los monjes cristianos...

Frunció él el ceño.

—¿Conocéis algún monje cristiano?

Vi que pisaba terreno resbaladizo, pero fingiendo gran aplomo dije:

—Claro, venerable. Soy, o era, *al-fakkak*, viajé a tierras de cristianos y tuve mucho que ver con el rescate de cautivos en coordinación con los monjes cristianos. Ellos también, aunque equivocados, son piadosos y compasivos. A veces intercambiamos cautivos.

—Verdad, verdad, lo había olvidado. Perdonadme. —Habíamos llegado a la puerta de mi alojamiento, allí nos despedimos amigablemente. Entonces dijo algo que hizo que se abriese una sima a mis pies—. Os traigo también un encargo de alguien que cree que os conoce de tiempos pasados, que en alguno de vuestros viajes os conoció en tierra de cristianos. Es un buen amigo mío. Os ruego que esta tarde me acompañéis a verle. Vendré a recogeros, él nos esperará con algunos dulces. Adiós, Contador de Cuentos. —Fuese sin más. ¿Me habían descubierto? ¿Sería ese amigo el verdugo? ¿Me esperaría la alfombrilla sangrienta?

Mientras esto me sucedía a mí, Doroteo, una embajada, lujosamente ataviada, perfumada y cargada de regalos suntuosos, llegaba desde Zaragoza, de parte de Suleymán ben Hud, quien ahora se hacía llamar Al-Muctádir, a visitar a los reyes-emperadores. Vestían todos ricas ropas y joyas de gran precio. Mantos forrados de armiño o marta y otras pieles preciosas. Hasta los esclavos iban ataviados como hombres ricos. Pero don Fernando no se dejó conturbar o conmover por ello. Sospechaba que el rey moro sólo quería impresionarle con su riqueza y su previsible poderío.

De acuerdo a la mentalidad del rey de Zaragoza, su enviado especial era el moro más alto y hermoso de todos los que venían en el cortejo. El canciller le preguntó su nombre a fin de presentarle debidamente al *Imperator*, y para emitir los documentos en debida forma. Él contestó altivamente que sólo se debían referir a él como Katib.

—Pero mi señor —arguyó el funcionario—, Katib no es propiamente un nombre, sino un cargo.

—Cierto, soy el Katib, secretario de mi señor el rey Suleymán. Su hombre de confianza, su escribiente y consejero, en lo que en mi humildad puedo aconsejar al heredero del Profeta.

—Perdonad, alto señor, pero entre nosotros entendemos como Katib al escribiente, término harto más humilde que el que habéis enunciado. No quisiéramos desvirtuar ni desmerecer vuestra alcurnia.

—No importa. Se me conoce en todo el reino de Zaragoza como Katib. Lo firmado por Katib es lo firmado por el rey. A mi nombre se abren todas las puertas y se humillan todas las cabezas. El rey os ha hecho honor enviándome hasta esta tierra bárbara a parlamentar. —Estas palabras molestan al anciano canciller del reino.

—Alto señor, si os sentís rebajado en vuestra alcurnia y merecimientos, tenéis permiso del rey mi señor para abandonar hoy mismo el palacio y el reino de León. Se os dará escolta hasta la frontera con hombres armados a expensas del rey-emperador. Se os retornarán los presentes y daremos la embajada por no recibida. ¡Llevad nuestros deseos de paz y prosperidad al rey de Zaragoza, a quien por cierto conocí cuando era un chico rebelde y ambicioso y la reina viuda, doña

Maior, tuvo que sacar a escondidas del reino! —Calla un momento Katib y luego cambiando el tono de voz dice a su interlocutor.

—No creo que debamos discutir por nimiedades. Si os he ofendido, pido perdón. Aunque hablo vuestro idioma, los matices a veces se me escapan. Vengo con una embajada importante y mi señor no se explicaría que volviese sin una respuesta. La oferta que traigo es ventajosa. ¿Cuándo puedo ver a su alteza?

—Tan pronto como arreglemos las cuestiones de protocolo. ¿Quién de vuestro séquito nos puede asesorar en cuanto a las necesidades de un creyente como vos, Katib?

—Vamos a dejarnos de juegos y de sutilezas, don Tadeo, pues sé vuestro nombre como vos el mío. Acomodadnos como hayáis dispuesto, de la mejor manera posible. Ya sabéis qué alimentos son vedados a los creyentes. Al resto no le haremos ascos, aunque no estemos acostumbrados. Ropa y equipo, ya traemos. Inclusive nuestros propios poetas y cuenta-cuentos para distraernos y porque sabemos que el rey-emperador aprecia las artes y la poesía. También en nuestra tierra se aprecian las jarchas y hemos traído con nosotros algunos poetas populares que las cantan por los mercados.

Se acomodan sin más los embajadores. La guardia personal del embajador, armados con sus alfanjes damasquinados y sus puñales curvos, no pierden de vista al altivo Katib, éste se aloja en el palacio de los reyes con su escolta. El resto del grupo se alojó en el palacio de Suso, convenientemente adornado y calentado. Se llenó el lugar de servidores, de ayudantes de cocina, de leñeros, de cazadores, así como de músicos y poetas. Se colgaron las cortinas, guardadas hacía tiempo en los almacenes reales; antes se cubrieron las paredes con preciosos *panneos laneos*, o paños de lana, pues el frío lo pide así. Se saca la ropa de cama: *lectuarias grecíscas* y *plumaceos*, las almohadas. Los *galnapes* o cobertores, las *culcitras*, para sentarse en el suelo, como acostumbran los visitantes. Los *plumatios* o colchones de pluma de oca, en honor a los recién llegados moros, son *plumatios digniores*, de lujo, hechos de *baztrís*, es decir, tejido de Basora, que admira aun a los refinados islamitas. No falta de nada en León. Las alfombras son de nudo tejidas en Spania, algunas con la lana que viene de Pola de Santa María. Se adorna el lugar con candelas, hachones y lámparas de mil clases. Inclusive se cuidan de echar resinas olorosas en las chimeneas para cubrir el leve olor a moho que destilan las paredes después de haber estado cerradas esas habitaciones de palacio durante tanto tiempo.

El lujo de León es proverbial; no quieren dar la impresión de que necesitan el oro de las taifas. Todo es de lo mejor: el servicio de *mensa* con sus manteles o *mantillia letrata*, de rayas de seda, o manteles *litrones*, con cenefas; las mudas de la ropa de lecho, *mutas de lecto*, son de seda *antemana*, rojiza, en señal de lujo y respeto. Como hace frío se ha dispuesto que los lechos tengan dosel: son *percopectos*, pero percopectos de *serico*: seda sírica. Los suelos de los dormitorios se cubren de paños y alfombras para evitar el frío en los pies. Se ponen braseros en los pasillos.

Todo es de lo mejor. Los invitados no demuestran admiración, como si ellos estuviesen acostumbrados al lujo más refinado, y probablemente lo están. Una hora antes de la cena se afanan los cocineros para tener todo a punto, corren los siervos presurosos en todas direcciones llevando y trayendo cosas y adornos, aves y frutos, cestos y bandejas. Mientras tanto, los reyes, los infantes y la Curia Regia así como la embajada mora se han acicalado convenientemente.

Se ha ventilado el salón del trono que en invierno casi no se usa pues sus paredes son de piedra y a veces la humedad resbala por los muros; testigo de ello es el musgo que se ha rascado precipitadamente. Aquí también el olor acre de musgos y hongos se ha cubierto quemando abundante incienso y lavando la pared con agua perfumada. Se extienden las más ricas alfombras, se vuelven a colgar los tapices que se quitan del salón en invierno para protegerlos de la humedad, se pulen las lámparas y lucernarias, se pone aceite en ellas y en los candiles, se encienden los ciriales. Todo ha quedado listo al fin. Como si el salón frío e inhóspito de hace unas horas fuese una habitación comúnmente usada, en donde nunca hace frío y siempre oliese a rosas. Como es costumbre cuando se recibe a una embajada mora, detrás de unas celosías de cedro calado y labrado a la moda de Bagdad, invisibles músicos interpretan dulce música.

Cuando la clepsidra deja caer sus últimas gotas, sale el cortejo real de sus habitaciones. Pide la etiqueta que los reyes esperen a los embajadores. Es la única ocasión en que los reyes esperan. En cuanto llegan los reyes al salón del trono, el cuerno sonoro indica que los embajadores también han salido de sus habitaciones y que van hacia donde se les espera, son guiados por un emisario vestido con todas sus galas, acompañado a derecha e izquierda por dos donceles «de excelente hermosura». El de la derecha es Santiago. El canciller finge no darse cuenta de que el moro ha mirado al joven con mirada codiciosa. El chico, o no se ha dado cuenta, o también disimula mirando sólo al suelo. No hay que ofender a los visitantes, por rara que sea su conducta.

Por fin entran todos, el canciller presenta a don Fernando y doña Sancha al embajador del rey de Zaragoza y a sus acompañantes. El moro hace las reverencias de rigor y pronuncia un breve discurso en árabe y luego en latín. Katib habla un latín perfecto al igual que el romance. También el rey se dirige a él en árabe en primer lugar y luego en latín y en romance para que todos los circunstantes, sea cual sea la preferencia de su lenguaje, queden igualmente entrados. Amigablemente, el *Imperator* se dirige al moro.

—Mi señor Katib, ahora que hemos cumplido con los rigores de la etiqueta, pasemos al comedor en donde tendremos ocasión de hablar más largamente. —Se ponen en pie los reyes y todos van en dirección al comedor—. Propongo —va diciendo el rey— que dejemos para otro día el comienzo de las conversaciones, hoy estaréis muy cansado y os damos permiso para retiraros después de la comida a descansar.

—Os agradezco esa gentileza, señor, pero cuanto antes empecemos nuestras conversaciones, antes cumpliré con el mandato de mi señor Suleymán ben Hud, bendito del Profeta.

—Bendito, bendito —asiente el rey. ¿Hay una nota de diversión en su voz? Propone el rey que todos recen al Todopoderoso para agradecerle el que estén todos vivos y en buena compañía—. Digo, mi señor Katib, que lo hagamos cada uno en silencio, en nuestro propio idioma y a nuestro propio Dios, Él nos entenderá. —Así lo hacen, para fastidio del capellán de palacio que ya se imaginaba obligando a los infieles a rezar al verdadero Dios—. No os molestéis por ello, don Tobías, que todos rezamos al único Dios —dice don Fernando. El sacerdote, enfurruñado, no contesta.

Se trae para los comensales agua perfumada portada en aguamaniles de plata maciza. Después de lavarse, se secan las manos con toallas perfumadas, las llamadas *facelelias*. La etiqueta pide que toallas y servilletas sean escarlata.

La comida transcurre amigablemente. Para no ofender a los visitantes se sirve comida sin rastros o sospecha de cerdo. Las *arrotomas* o botellas pequeñas, están llenas de aceite refinado. Nada de manteca. La cena consta de sopa de verduras con alitas de aves. Hay volatería de varias especies, con pimienta, sal o canela. Del río hay peces varios, asados, hervidos o al vapor. Rellenos o en gelatina. Corderitos lechales en salsa de pasas o de aceitunas. No falta de nada. Hay queso, pan, tortas y bizcochos y bebidas que son zumos de frutas, pues el vino fermentado está prohibido a los musulmanes.

—Don Fernando —dice cortésmente el moro—, el que nosotros

no bebamos vino no quiere decir que vos no lo bebáis. Por favor, no os privéis de hacerlo.

—No tiene importancia, alto señor. En vuestro honor me he de privar de lo que os desagrade. Aunque sea su vista. Los zumos de fruta son también buenos.

Al terminar, entran unos juglares y entretienen a los comensales con algunos juegos de manos. Recitan luego unos poemas que parecen agradar a todos. Unos músicos tocan la cítara y el arpa entonando unas canciones de amor profano.

—Don Fernando, todo esto es muy hermoso, pero os propongo algo más animado; es decir, si mi señora la reina lo permite. —Esto dijo el moro. La reina siente curiosidad.

—¿Qué es ello, señor embajador?

—Desde Zaragoza, para distraeros, hemos traído algunas danzarinas excelentes. Si los reyes lo permiten, pueden danzar para nosotros algunos bailes de la tierra. Están ya preparadas y lo harán gustosas. —Es normal en estas reuniones que los anfitriones y los invitados rivalicen en ofrecer distraimiento. Asienten de buena gana los reyes y al instante entran unas moras vestidas con trajes de colorines tocando panderetas y zambombas. Algunas llevan unos crótalos de madera que sacuden rítmicamente. El baile es vibrante, muy diferente de los sobrios bailes y danzas de León. Las danzarinas, aunque parecen muy recatadas, tienen ojos atrevidos. Al terminar su baile, salen todas, empujándose unas a otras y riéndose, como niños que salen de clase. Los reyes manifiestan su agrado y piden permiso para enviar presentes a las danzantes. Obtenido éste, se les presentará con ajorcas de finísimo trabajo.

—Mi señor don Fernando —dice como dubitativo el llamado Katib—, se oye en todos los reinos que sois la voz más hermosa de Spania. No pensaréis que nos vamos a ir de vuestro reino sin oírla. Si hoy no puede ser, esperaremos lo que sea necesario. Estamos dispuestos a no regresar, aunque pase un año, sin escucharos. —Es un halago y una cortesía. Así lo entiende el rey y sin hacerse vanamente de rogar le responde:

—Mi señor Katib, hace tiempo que vengo coleccionando los cantares populares que cada día son más cantados en todo el reino. Tengo entendido que también se entonan en vuestras tierras islámicas. Las llamadas jarchas, las canciones de amigo. —Se ilumina el rostro del moro.

—¿Pero cómo, mi señor y rey, conocéis de esas canciones?

—¿No os digo que las colecciono? Tengo ya tres docenas transcritas no sólo las letras, sino la música en la nueva notación, que quizá conocéis...

—Sí, claro que sí, la del maestro Guido d'Arezzo ¿Pero acaso lo decís porque pensáis ofrecernos alguna jarcha? ¿Cuál de ellas?

—¿Conocéis la que empieza: «*Vaise mio corayôn de mib...*»?

—«... *ya Rab, ¿si me tornarád?*» —termina el moro—. Claro que la conozco, alteza. Aún más, me atrevo a cantarla con vos, si no os importa que una voz más humilde que la vuestra os acompañe. —Se convoca al momento a los músicos y se les pide que acompañen al rey y al embajador. Así lo hacen después de ensayar unos momentos. Al punto empiezan a cantar ambos con sus voces varoniles. El rey con la suya que es torrente maravilloso, no en vano se extiende su fama por tierra de moros y de cristianos, y el moro con una voz hermosa bronca y profunda que es como si cantase una trompa de bronce:

> *Vaise mio corayôn de mib;*
> *ya Rab, ¿si me tornarád?*
> *¡tal malmio doler li-l-habib!*
> *enfermo yed, ¿cuand sanarád?*

Aplauden todos encantados de la diversión que les ofrecen ambos señores. Más encantados están los cantantes que indican a los músicos que les acompañen una vez más.

> *Vayades ad Isbilya*
> *fy zayy tayir*
> *ca veré an engannos*
> *de Ibn Muhayir.*

Así va pasando la velada. Todos se divierten y, al fin, con sentimiento, están de acuerdo en que hay que irse a descansar. Se despiden cortésmente deseándose felices sueños y buen descanso. El canciller acompaña a los moros a sus habitaciones, los reyes se van a las suyas.

—Doña Sancha, mi querida mujer —dice el rey mientras se despoja de su túnica bordada de oro que pesa tanto que le molesta—, ¿se os ocurre alguna razón por la que Suleymán se hace pasar por Katib? ¡No pensaría que no le iba a reconocer! Sigue siendo el moro más hermoso de la morería. Es inconfundible.

—Cierto, hasta yo le he reconocido enseguida. Creo que no trata de engañaros a vos, sí que quiera hacer creer a los suyos que está aquí de incógnito. ¿Sabéis lo que creo? Que firmará una cosa delante de los suyos, y otra con vos solamente, ya lo veréis...

No dejó de tener razón doña Sancha; a la vista de todos, el rey Suleymán, como Katib, firmó un tratado de buena amistad y protección del emperador para con el reino de Zaragoza. A solas se trató de otra cosa: un compromiso de sumisión y obediencia al príncipe cristiano. Formalmente dejaba de ser tributario del rey Ramiro y se sometía al rey-emperador, a él obedecería y a él pagaría parias. De todos modos, en mente, Suleymán se reservaba el derecho a cumplirlo o no según le conviniese.

22

Una breve visita a doña Maior.
El amigo de Talavera

> *Nunca lo había visto así,*
> *Que es joven ni lo creyera,*
> *Es sombra de lo que fuera*
> *Cuando yo le conocí.*
>
> El marqués de Casa Real. 1945

Sin permitirse ni un día de demora, ni un respiro, el judío Aarón hizo precipitadamente el camino hasta el monasterio de Oña, lugar en el que doña Maior aguardaba su última hora. Allí, junto a los restos de sus queridos muertos, la reina viuda rezaba y esperaba, al parecer ajena a la vida de ambiciones y poder de que había disfrutado. Bien sabía el Maestro de Esclavos de la decisión y los recursos de la reina. Esperaba que ella sabría solucionar el grave problema sin agitar los reinos. Temían los judíos más que nada a las revueltas, siempre terminaban con un saqueo de la judería. ¿Le tomaría en serio la señora? ¿Le despediría con cajas destempladas?

Sospechaba el judío que la reina no había desmantelado su red de espías y confidentes, ésta, se decía, había sido mejor y más fiel que la que mantenían los reyes moros en la cristiandad. Inclusive se rumoreaba que era la única que había llegado a tener espías aun dentro de la aljama. Nunca hubo evidencia de esta red, pero era de común conocimiento que la reina lo sabía todo. Como un buen jugador de ajedrez, preparaba sus movimientos antes de que el contrario hubiese movido sus piezas. ¿Conservaría la reina sus buenos reflejos? ¿Se habría convertido en una mujer orante, una contemplativa despegada para siempre de la política?

El convento de Oña era un monasterio dúplice, por lo que había un monasterio de hombres y otro de mujeres albergados en edificios distintos. Arribó Aarón a la puerta de la Abadía de las Señoras, como se la conocía popularmente, y llegándose a la puerta llamó con fuerza sobre la sólida hoja que cerraba el acceso al recinto.

—Vengo para ver a mi señora, doña Maior —dijo el judío a la portera que le miró con desconfianza a través de una ventanita en la puerta reforzada con clavos y piezas de hierro.

—Doña Maior no recibe visitas —dijo desabrida la guardiana.

—No es ésa la noticia que tengo —dijo tranquilamente el judío, acostumbrado a las desconfianzas de los sirvientes—. Ella me recibirá. Lo sé. Nos conocemos de hace mucho tiempo.

—Todos conocen a doña Maior desde hace mucho tiempo. No hay hombre ni mujer en el reino que no haya conocido a doña Maior. En su nombre se os dará el pan del peregrino. Adiós. —Intentó cerrar el ventanuco.

—No os atreváis a cerrarme la ventana —dijo el judío con voz amenazadora—. Os puede costar caro. La reina querrá saber por qué se me negó una vista con ella de parte de una portera. —Quizás al oír llamar «reina» a doña Maior hizo a la lega sospechar que el recado podría ser importante. Lo cierto es que de mala gana dijo:

—Está bien, sea bajo vuestra responsabilidad. Doña Maior está, como todos los días a esta hora, en el huerto. Le gusta alimentar a las aves de Dios. Allí reza y medita a solas. Dad la vuelta al edificio y la encontraréis sentada bajo los árboles. Esperad un momento, que envío a una acompañante con vos. Está prohibido que las monjas reciban visitas a solas. —Al cabo de un momento salió una joven con el rostro tapado con un velo y le hizo señas de que la siguiera, cosa que hizo impaciente el hombre. Nada más dar la vuelta al edificio divisó un hermoso huerto y jardín, recorridos por un río pequeño y cristalino. Se divisaban líneas y líneas de nabos, coles y acelgas. Todas bien cuidadas y regadas. Gentes varias se afanaban en limpiar y regar los surcos de la huerta, eran los oblatos del monasterio. Constituía un gozo a la vista la visión de los manojos verdes y los árboles frutales. A lo lejos se veían colmenas alineadas en filas rectas y largas. Era una estampa de doméstica abundancia y felicidad. Un poco más allá, unos hermosos árboles daban sombra y recogimiento. Por fin llegaron a un sitio en el que una mujer de buena estatura y rostro surcado por algunas arrugas, aunque todavía hermoso, leía un Libro de Horas mientras paseaba lentamente.

—Doña Maior, doña Maior —llamó la joven con voz cantarina—, disculpad la interrupción, este viajero demanda veros con ahínco. —Dio media vuelta doña Maior y vio al judío Aarón.

—¡Bendito sea Dios! ¡Pero si es Aarón! —Se dirigió a él con los brazos abiertos y sin ningún reparo le dio un abrazo, como el que se da a un viejo amigo. Se conmovió el anciano pues nunca la reina fue dada a las extravagantes demostraciones de afecto.

—Señora —balbució—, señora, dejadme besar el borde de vuestro vestido. —Así lo hizo y la reina no se opuso.

—Doña Tigridia —dijo la reina dirigiéndose a la joven que le había acompañado—, ya sé que no es posible recibir visitas a solas, pero una reina tiene obligaciones que no tienen el común de los mortales. Os ruego que os retiréis un tanto, de modo que nos veáis pero que no nos oigáis. Yo os llamaré con la mano cuando sea necesario.

Asintió doña Tigridia *la Joven* y se alejó.

—Decidme qué os ha traído hasta esta recoleta umbría; colijo que sólo algo importante os pudo alejar de Navarra y de vuestro negocio. ¿Cómo habéis dejado a mío hijo, don García? ¿Está ya recuperado? Tengo mucho rezado por su salud... —Se alegra el judío de esta pregunta, ello le hace ver que la reina sigue manteniendo su información al día. Su interés por las cosas del mundo no ha muerto. Ella solucionará el problema que le trae aquí.

—Me alegro, señora reina... —Mueve ella la mano.

—Dispensad ese tratamiento.

—Es la costumbre, señora, no os podría tratar de otro modo.

—En ese caso, seguid como os acomode.

—Me alegro, señora reina, como os decía, de que estéis enterada de que vuestro hijo don García, nuestro buen rey, estuvo enfermo. También, quizá ya sabéis que está fuera de peligro. —La reina no dice nada—. Yo mismo le curé y atendí durante su enfermedad. Se envenenó con agua impura bebida en el monte. —No sabe cómo seguir sin parecer una vieja chismosa. No desea que la reina crea que sólo viene a contarle la enfermedad de su hijo.

—¿Y bien? —le anima doña Maior cuando ve que él duda.

—Señora, en sus delirios el rey habló mucho, demasiado. —Duda de nuevo; ¿no estará firmando su sentencia de muerte? No sabe cómo continuar. La reina le mira como animándole; al fin decide ayudarle a descargar lo que tiene su pecho, colige que esconde un grave secreto.

—No temáis, a vuestro modo sé que sois un súbdito fiel. Presiento que sabéis un secreto que os pesa y que no lo revelaréis a nadie si no es a mí. Yo os prometo no desvelar la fuente de información a nadie, y menos que nadie a don García. —Ello termina de decidir al judío.

—Pues bien, señora, durante su delirio habló el rey de deshacerse de su hermano don Fernando para solucionar el asunto de Castilla la Vieja. Todo el reino sabe que hay un litigio entre Castilla y Navarra por las tierras colindantes, la paz firmada es sólo por unos años. También atormenta al rey el asunto del Sobrarbe y la Ribagorza.

Con voz absolutamente impersonal la reina pregunta al judío:

—Decidme, ¿habló también de deshacerse de don Ramiro? —Reconoce el judío a la reina, a la esposa de Sancho el Mayor, la creadora de reinos.

—No, alteza. —Inconscientemente le da el tratamiento que siempre le diera; ella ahora lo acepta de la misma manera, sin negarlo ni confirmarlo, como algo natural—. Nunca habló de matar a don Ramiro, sin embargo, agradecía a la Virgen el haberle inspirado la idea de matar a don Fernando.

—¿La Virgen? —se extraña la reina.

—Señora, de un tiempo a esta parte el rey es extremadamente piadoso. Ya sabéis que está en la creencia de que se le ha aparecido la Señora Virgen María, que a ésta la vio en una cuevecita en donde la adoraban un azor y una perdiz...

—Sí, sí, algo he oído de ello y que a raíz de esto está edificando una iglesia grande y lujosa como no se ha visto otra. También don Fernando está edificando una iglesia en León que según me han dicho es la maravilla de los ojos. Ambos reyes me han solicitado que cuando sus respectivas iglesias estén terminadas, ceda para su descanso eterno los restos de mío marido y padre de ellos: don Sancho, uno lo quiere en León y otro en Navarra. Hoy por hoy lo tengo aquí, conmigo, como siempre estuvo en vida. Pero sigamos con nuestro asunto. ¿No creéis que sólo fue un mal sueño?

—Alteza, estoy seguro de que piensa y desea atentar contra don Fernando; dónde y cuándo, no lo sé.

—Y decidme, por curiosidad, ¿por qué os atemoriza esta posibilidad? Vuestro negocio está bien asentado, seguiréis vendiendo esclavos a los moros, haciendo la ruta de los germanos y de los eslavos. Los reyes pasarán, pero el comercio de los esclavos aún durará mucho tiempo.

—Señora, bien sabéis que cada vez que hay una guerra, un levantamiento, un cambio de dinastía, una revuelta, ello significa que los revoltosos entran en las aljamas, sea en tierra de moros o de cristianos, es igual, se sabe que hay riquezas en ellas, dinero, oro, joyas, sedas, muebles, y entran al saqueo. La excusa es que los judíos chupan la sangre de los pobres, pero en verdad entran a robar lo que pueden al menor pretexto. Es mejor tener reyes fuertes, aunque sean tiranos, que reyes débiles y revueltas en las ciudades.

—Es bien cierto lo que decís. Los judíos son «hombres del rey»; si éste falta o fallece, cualquier tropelía parece estar justificada. Perded cuidado, estaré atenta a ello. Mientras yo viva haré lo posible para que, al menos por lo que me habéis contado, las aljamas no sufran persecución. Todavía me queda algún resto de influencia y poder.

Se alegra el judío de oír a la reina, ahora sabe que ha hecho lo mejor por los suyos. Se arrodilla para besar de nuevo el borde del vestido de la reina, con ello se despide. Pero ella tiene otra idea.

—Esperad aún un momento, no os vayáis tan pronto. ¡Recibo tan pocas visitas!— Suspira doña Maior—. Deseaba preguntaros algunas cosas, si no os molesta.

—No, alteza, de ninguna manera. Preguntad, pues.

—¿Se llegó a saber algo del eunuco Doroteo? ¿Se sabe de él en Navarra? Contadme lo que sepáis de ello.

—Nada sé, alteza, nadie sabe nada. Desapareció como si se lo hubiese tragado la tierra.

—¿Y vos no sabéis nada de él? —Le mira con ojos inquisitivos.

—Señora, con pesar, no os puedo decir nada. Perdonadme, pero aun si lo supiese, no lo haría.

—Sois un buen amigo, ahora veo que siempre hice bien confiando en vos. No se puede creer en nadie que traiciona a un amigo. Vos, perdonadme si os lo digo crudamente, os habéis sentido siempre culpable de haber emasculado a Doroteo.

—Culpable no es la palabra, alteza. Mi oficio es hacer servidores perfectos. Él debía ser un eunuco para llegar a su máximo potencial. Pero no pensé en otros compradores, debí haber considerado a los reyes cristianos, vos misma o vuestro esposo, o don Bermudo de León, antes de castrarlo. No pensé que también en una cancillería cristiana podía ser útil, y entonces se habría ahorrado mucho sufrimiento. —Se disculpa—. Como vuestras cancillerías son tan primitivas, no se me ocurrió. —La reina pasa por alto la observación.

—¿Qué fue de la familia que había formado Doroteo?

—No os puedo decir nada, alteza. Ellos también desaparecieron de Nájera.

—Yo tuve una vez un servidor de nombre Said ben Said, quien tenía una vivienda en Toledo, una vivienda que adquirió a través de un judío de nombre Abraham. ¿Le conocéis?

—Quizás, alteza, es un nombre común.

—Bien, en esta vivienda vive ahora una familia cristiana. ¿Creéis que Said ben Said pueda aparecer por allí?

—Quién sabe lo que piensan los hombres, alteza, dicen que el destino está escrito en los astros. Quizás ellos saben dónde está ahora ese Said ben Said, yo lo ignoro, señora. No sabría cuáles pueden ser sus intenciones, ni aunque lo conociera, que no lo conozco. Pero volviendo a Doroteo, nadie sabe dónde está. Quizás ha muerto.

—En cierto modo, creo que sí. Lo siento también por don García, ahora se ha quedado solo y aunque su esposa lo ama mucho, no puede ayudarlo. Él tiene un natural violento y egoísta que puede llevarlo a la destrucción. Doroteo le era fidelísimo pero tenía un gran sentido común; aunque hubiese llegado el caso de que lo hubiese ayudado a hacer algo terrible, lo habría hecho de tal manera que no se destruyese él mismo y al reino al mismo tiempo. Si sabéis algo de Doroteo, hacédmelo saber, me preocupa ese hombre. No en vano también lo crié a él como si fuese mi hijo. Siempre le deseé lo mejor. No quiero que sea desgraciado. Yo ya lo estoy buscando, creo que lo hallaré tarde o temprano, si vive. —Sonríe con sonrisa misteriosa—. Nadie puede escaparse de doña Maior, si está vivo. Le busco y le he mandado un recado; él, si vive, aparecerá. —Cambia de tono—. Ya habéis cumplido con vuestro propósito, yo quedo avisada; permaneced un día o dos para descansar y volveos enhorabuena a vuestros quehaceres.

Tañen las campanas llamando a oración.

—Perdonadme, amigo Aarón, me llaman a la capilla. Cuando salga os espero a comer. No acepto ninguna excusa. —Seguida de doña Tigridia, se va con un revuelo de faldas.

«¡Qué mujer —piensa el judío—, qué mujer más notable!»

Cuando el *Sahib as-suq* me anunció que alguien que me conocía deseaba verme, deseé hundirme en el suelo. ¿Era el mundo demasiado pequeño para escapar? Pensé en huir. Aún tenía algunas horas antes de que el zabazoque viniese a por mí. ¿Vendría acaso con los guardias del zoco? Su invitación, ¿había sido una advertencia? No pude comer la buena sopa que Nadir me sirvió, ni el guiso, ni las natillas. Cada hora caía en la clepsidra como una piedra. No me atrevía a irme, a pie no llegaría lejos y en una persecución a caballo me alcanzarían en menos de una hora aunque yo llevase dos de ventaja. Por fin, mediada la tarde, vino el anciano *Sahib*.

—¿Estáis ya preparado? —me preguntó alegremente. Su buen humor me hizo recuperar alguna esperanza. ¿Y si me hubiesen confundido con otro hombre? ¿Y si yo pudiese probar que no era el otro? ¿Y si en realidad el desconocido que me esperaba no me había visto nunca?

—Estoy listo, mi señor zabazoque, y siento gran curiosidad por saber quién me conoce en tierras de Talavera. ¿Me podéis adelantar algo?

—Oh, no, no debo hacerlo, es una sorpresa. Mi amigo me pidió que no os dijese su nombre. —Así que salimos. Anduvimos por el zoco dando vueltas y revueltas. Tan pronto avanzábamos en línea recta como volvíamos aparentemente sobre nuestros pasos. Yo había creído que conocía ya la ciudad y el zoco a la perfección y me di cuenta de que apenas sabía ir a unos cuantos sitios. De vez en cuando las callejas se estrechaban hasta convertirse en meros callejones por donde con dificultad pasaba un hombre delgado, para luego abrirse de modo que una carreta podría circular por ella, si hubiese paso de entrada. La mayoría de las calles terminaba abruptamente contra una pared o una puerta y para salir de aquel dédalo había que tener un conocimiento nacido de muchos años de circular por allí. A veces el final de la calle era falso. Un muro con una puerta no significaba necesariamente que se había acabado y que detrás había una casa, sino que, abriendo la puerta, se pasaba al otro lado y continuaba la calle. Pero no se podía impunemente abrir una puerta, si por casualidad diese a una vivienda, podía uno encontrarse en primer lugar con un garrotazo o una cuchillada por romper la intimidad del hogar. Pero el *Sahib assuq* conocía el lugar como la palma de su mano, mejor que a los pelos de su barba rala, y me llevó hacia mi destino a toda velocidad por el camino más corto.

Por fin nos encontramos en una plazuela recoleta con una fuentecilla en medio, de cuyo caño surgía un agua rumorosa y al parecer fresca. Estaba embellecida la placita y la fontana con unas baldosas o baldosines, cada uno con un dibujo, rodeado todo de una cenefa ancha. Predominaba el color azul, haciendo así el agua más azulosa en su caer.

No había más que una puerta que abriese a la plaza o patiecillo, pues quizás era ya el patio de una morada particular. Sobre la puerta había una invocación pía a Alá y un cartellillo con buena letra que anunciaba que se escribían cartas y mensajes. Sentado al solecito de la tarde un hombre ya no joven, con los ojos cerrados, dormitaba al sol. Dormía o descansaba, sentado en un banco con la espalda apoyada en la pared y con un bastón entre las manos y me pareció que tenía un aspecto noble y sufrido. Indagué entre mis recuerdos y a pesar de mi buena memoria no lo pude situar en ningún sitio. De todos modos me pareció que quizá lo hubiese visto sin prestarle mucha atención.

—Alá os dé buenos sueños, amigo Yusuf, y aún un mejor despertar. Ya estamos aquí, el Contador de Cuentos y yo mismo. —Un nombre corriente, pensé: Yusuf.

—No dormía, Hayyi Zaynad. Os esperaba tranquilamente —dijo el hombre sentado. Para decir esto no abrió los ojos; me di cuenta con sorpresa y alivio de que era ciego. Sus cuencas estaban vacías. ¡Entonces no podía haberme visto jamás! Confiado me dirigí a él respetuosamente, como se merecía un amigo del *Sahib* y un hombre ya mayor.

—Mi señor, el Hayyi Zaynad me ha manifestado que deseabais... —Dudé si decir «verme», notó él mi duda y se rió con regocijo.

—¿Ibais a decir «verme», no es así?

—Cierto, mi señor.

—Pues bien, sea. Deseaba veros. Oíros, conoceros más de cerca.

—Pero mi señor Yusuf, no puede haberme conocido antes, como entendí al Hayyi.

—¡Oh, sí, por cierto! No siempre fui ciego. —Me alarmé de nuevo, él continuó tranquilamente—. Yo, como vos, también anduve por tierra de cristianos. Coincidimos en Oviedo, a la muerte de Sancho el Mayor. —Se me paró el corazón, el *Sahib as-suq* asistía interesado a estas primeras palabras que cruzábamos su amigo y yo. Era cierto que yo había estado en Oviedo representando a mi amo y rey, don García, por entonces en Roma.

—No recuerdo, venerable, el haberos visto... —balbucí lleno de pavor—. Ni siquiera el haber estado allí en esos días. —Él pareció cambiar de conversación.

—Me ha contado mi amigo el Hayyi que os ganáis bien la vida contando cuentos y recitando en el zoco, que tenéis mucho público. ¡De seguro que fuisteis buen alumno en la madrasa!

Quedé desconcertado, ¿adónde quería llevarme el ciego? Sin embargo fingí un aplomo que no sentía y dije:

—Cierto, venerable, la ciudad de Talavera gusta de mis cuentos, y yo de ella.

—Y habéis sido *al-fakkak*, me lo contó el Hayyi Zaynad. Cuando yo os conocí estabais en Oviedo, en el desempeño de vuestra benemérita misión, buscando musulmanes para traerlos otra vez a tierras del Profeta. También entonces os ganabais la vida con este quehacer. Ya entonces se hacían todos lenguas de vuestra memoria y vuestro conocimiento de los idiomas. —Mentía, mentía deliberadamente. Le miré fijamente por ver si se estaba burlando de mí, si lo decía para descubrirme a continuación y entregarme en manos del *Sahib as-suq* que también era jefe de la policía. Quizá dentro de la casa esperaban los esbirros. Pero su faz era plácida y su expresión serena. En lugar de esbirros, salió de la morada una chiquilla, una criadita, que trajo una mesilla portátil. Enseguida volvió con refrescos y dulces y nos sentamos todos con la intención aparente de mantener una amable conversación de reminiscencias del pasado.

—Pues si yo estaba en Oviedo, venerable, cosa que ahora no recuerdo, ¿qué hacíais vos por allí? —Me atreví a preguntar para desviar la conversación—. Hace ya muchos años de ello. Fue en 1035 de la era de los cristianos, o sea, 1073 de la era romana, cuando murió ese rey cristiano. Hace ya casi diez años de ello. O sea, en nuestros años...

—Cierto —interrumpió él—, yo llegué allí en la comitiva de don Alvito, en mi camino a las Asturias, yo era médico y tenía que curar a un magnate de la casa de los Castro. Entonces no era ciego y aún vivía don Bermudo de León. ¡Cuántos amigos han muerto desde entonces!

Entonces me di cuenta de que el ciego era el príncipe moro, hermano del sultán de Almería. Recordaba claramente como don Fernando y don Alvito le habían dado por muerto. ¿Qué hacía aquí, ciego y desamparado, tan lejos de su ciudad? —Él se confiaba en que yo no le vendería pronunciando su nombre. Él me había reconocido por mi fama, seguramente. Debía de preguntarse: ¿qué hace aquí el famoso Doroteo de la cancillería de don García? Igual que yo me preguntaba: ¿qué hace aquí el príncipe Yusuf?

—Según habláis, venerable Yusuf, me parece recordarlo todo. Yo era demasiado humilde para tener tratos con médicos famosos, y menos si venían en compañía de don Alvito, monje poderoso y del tronco real. Pero sí recuerdo haber oído hablar de vos, por más que no creo que asistieseis a los funerales de don Sancho. Ahora, haciendo memoria, recuerdo que estuve de mirón.

—Ya sabía yo que terminaríais por acordaros. Estaban todos los príncipes herederos de don Sancho, excepto el hermano mayor, don García, que se hizo representar por su canciller. —¡Lo sabía todo! Estaba en sus manos, pero él no parecía dispuesto a descubrirme; me preguntaba por qué. La visita transcurrió apacible y ambos hicimos memoria de sitios y personas. El *Sahib as-suq*, Hayyi Zaynad, parecía complacido de habernos juntado.

—Sacadme de una curiosidad, venerable Yusuf. ¿Cómo es que a la puerta de vuestra morada hay un cartel que dice «se escriben cartas y recados»?

—En mi juventud fui un gran lector y aun escritor. Ahora, aunque ciego, puedo seguir escribiendo. Uso una regleta para no salirme del renglón, por lo demás para mí es fácil y hasta agradable escribir cartas para otros, me entero de cosas y ayudo a los que no saben. Es un quehacer sencillo que me hace sentir útil. En mi tiempo libre, que es mucho, escribo algo para mí mismo, pero lo que echo mucho de menos es no poder leer. Me pregunto si vos, que sabéis leer, podéis venir y leer para mí alguna vez. Mi amigo el *Sahib* nos proporcionaría algunos libros, ¿verdad?

—Cierto, maestro —asintió al parecer complacido el Hayyi—, si os place mañana mismo enviaré algunos, esto es si el Relator consiente en venir a leeros... —Me percaté de que ahora que habíamos establecido alguna confianza, el *Sahib* había llamado «maestro» al anciano Príncipe Ciego. Empezaba a entender algo.

—Perded cuidado, venerable, vendré mañana por la tarde; si puedo encontrar el camino que me ha parecido harto complicado.

—Cierto, amigo Said ben Said —Yusuf ben Yusuf sabía mi nombre falso—, no temáis, os enviaré a la joven que habéis visto a recogeros al zoco. Dondequiera que estéis contando vuestros cuentos, ella os encontrará.

Al día siguiente esperé con impaciencia el momento de ver de nuevo a Yusuf ben Yusuf, sin duda me contaría su historia. Recité con cierta impaciencia los poemas amorosos y de amigo, conté los cuentos de Samarkanda y de Bagdad, y el de la niña que se convirtió en pájaro. Los feluses cayeron por el polvo y por fin llegó la hora de recogerse. Puntual como el sol, la morita de Yusuf me esperaba de pie entre la gente que había venido a oírme.

—Cuando queráis, amo y señor, nos vamos —dijo, mientras me ayudaba a recoger mis monedas del suelo.

—Bien, pequeña, tan pronto hayamos alzado nuestro botín, nos ponemos en camino. —Nos pusimos en pie y sacudimos de nuestros vestidos el polvo recogido con el óbolo—. ¿Cómo os llamáis, niña?

—Amo, Relator de Cuentos, me llaman Alondra.

—¿Alondra? Es un nombre hermoso, pero un tanto extraño. —Así hablando nos pusimos en camino.

—Oh, en realidad ése no es mi verdadero nombre, pero me llaman así desde pequeña, porque canto cuando trabajo. Me gusta. No hay nadie que se llame Alondra en todo Talavera. —Aunque aparentemente distraído y charlando, iba yo fijándome en el camino, de tal manera que pudiera aprender las complicadas revueltas que llevaban a la morada de Yusuf ben Yusuf. Al llegar a la casita del escritor de cartas y recados, ella me condujo a una estancia interior, que aparentemente, era donde el ciego escribía sus billetes. Había pilas de papel cuidadosamente cortado y arreglado en montoncitos por tamaño. Las plumas de ave, convenientemente cortadas y afiladas, estaban colocadas en vasos de barro. Los tinteros en filas sobre un estante. Cada tinta estaba en un receptáculo de distinta forma: tinta negra en botella cuadrada, tinta roja en botella redonda, tinta verde en botella de tres lados. Así, colegí, le era fácil distinguir lo que necesitaba en cada caso. La regleta, como él la había llamado, era ni más ni menos que una especie de marco que se podía hacer más grande y más chico corriendo los márgenes, y en donde se encajaba el papel, de tal manera que ya no se movía. Sobre su superficie se deslizaba sin tocarla, una regla que servía para no desviarse de la horizontalidad. Todo muy sencillo pero muy efectivo. Un recipiente chato contenía la arenilla para secar el documento ya escrito, antes de manipularlo.

Estaba mirando los pertrechos, cuando oí una voz agradable que me hablaba.

—¿Admiráis mi equipo, Doroteo?

—Cierto, príncipe. Es sencillo pero muy efectivo. Además sopesaba la calidad de las plumas. Demasiado buenas para escribir cartas de gente zafia. —Suspiró él y buscó asiento junto a la ventana.

—Sentaos junto a mí, amigo. Aquí me veréis mejor, si deseáis mirarme y ver el estrago del tiempo y de la incuria de los hombres. —Me senté en donde él me indicaba y tuve la curiosa sensación de que él me estudiaba a mí en lugar de hacerlo yo con él—. Supongo que ayer no osaríais mirarme a vuestro placer en presencia de nuestro amigo, el bondadoso *Sahib as-suq*.

—Príncipe, no deseo miraros más que como a un noble señor caído en desgracia. —Dirigió su faz hacia mí y sus ojos vacíos parecieron verme.

—Siempre supe de vos que fuisteis muy cortesano, y de buen corazón, cosas que no siempre van juntas. Decidme, pues ardo en curiosidad, ¿cómo habéis venido en terminar de Relator de Cuentos e historias nada menos que en Talavera? Pero, no, no me contéis nada. Primero os contaré mi historia para que veáis que confío plenamente en vos. Me tendréis en vuestra mano y así os fiaréis de que, aunque yo también sepa vuestro secreto, estará siempre a salvo.

—Nunca desconfiaría de vos, príncipe. Os contaré mi triste historia, aunque juré no hacerlo jamás. Sólo os pido que nunca la repitáis a nadie. Algunos la saben, pero deseo que nadie más hable de ella, a ser posible.

—Luego, Doroteo. Quizá mi historia es más larga y dejaremos para mañana la vuestra, si hoy no tenemos tiempo. Para mejor protegernos, amigo Doroteo, es mejor que siempre hablemos entre nosotros en idiomas ininteligibles para esta buena gente. Unas veces en arameo, otras en griego, si os parece.

—Lo que digáis, mi señor. —Él empezó así su relato:

—Supongo que estáis bien enterado de cómo mi hermano, el sultán de Almería, de nombre Zuhair, fue depuesto por Abd al-Aziz al-Mansur, rey de Valencia. Incidentalmente, ya sabréis que Abd al-Aziz ha sido también muerto por Man ben Muhammad ibn Sumadih, de los Banu Tugib. En fin, que cuando los hombres de Abd al-Aziz entraron en Almería, hicieron una verdadera matanza. Sobre todo entre los fieles al rey y su familia directa. No deseaban que sobreviviese ningún varón, ni tan siquiera mujer, que pudiese luego reclamar el trono.

»No con suficiente antelación para salvarse todos, pero sí con la necesaria para salvar a alguien, se enteró el rey de que entraban los rebeldes y los descontentos en la capital, así que mandó a su sultana, la bienamada Perla, doña María de Castro, fuera de la ciudad encargándome que la embarcase en un velero que para tales ocasiones y huidas siempre tenía listo en el puerto. Él se quedó en palacio para ver de resistir si posible fuese y al mismo tiempo entretener a las tropas hasta que el barco con su sultana estuviese a salvo. Salió así la cristiana doña María, llorando de abandonar su reino y a su marido el sultán, pero su amor le hacía cumplir las órdenes recibidas. Desgraciadamente no había tenido hijos que justificasen una resistencia junto a sus hijos y toda la familia real. Yo, siguiendo las órdenes de mi hermano, la llevé al puerto y la vi partir. Regresaba con los pocos hombres armados que me habían acompañado al puerto, cuando ya la capital hervía de hombres de armas que violaban y saqueaban lo que no habían incendiado.

»No sé si estáis enterado de que durante largos períodos, cuando no me encontraba de viaje ni en misiones y embajadas, fui profesor de la madrasa de Almería, una de las más famosas del reino del islam. Los maestros de la madrasa viajábamos cada tres años a Bagdad para enterarnos de las novedades que en artes y ciencias se producían en el resto del mundo. Tampoco desdeñábamos el acudir a Toledo, famoso por sus estudios astronómicos y astrológicos y por el desarrollo de las matemáticas. Por todo ello y por ser maestro en la madrasa, era muy conocido, y si por unos era amado como maestro y preceptor, por otros era odiado como contrincante y competidor.

»En este día terrible, volviendo a palacio, vi que todo estaba perdido. La cabeza de mi hermano estaba sobre una pica en la muralla. Caído el trono, carente de ambiciones como rey, decidí en aquel momento ver de salvar mi vida, si aún era posible, y si no, morir con la dignidad que se puede esperar de alguien que siempre la enseñó en la madrasa. Cuando me retiraba, oí una voz que gritaba: «¡Allá va el perro del sultán, su hermano!» Al momento me apresaron. Sin juicio ni nada que se le parezca, me apalearon y dándome por muerto, decidieron que no había de entrar en la vida eterna con los ojos, pues sabían que lo que más me había gustado en la vida era el leer y el escribir. Muerto como me creían, aun así me vaciaron los ojos.

»El Misericordioso, alabado sea su Nombre, no me dejó morir; a pesar de que me abandonaron en un descampado en donde me habrían comido las rapaces, los bichos pequeños o los lobos. Todavía no sé por qué Alá no me dejó morir —vi un punto de amargura en la voz del príncipe—, pero nos hemos de plegar a su decisión. En Almería corrió la voz de que habían muerto al maestro principal de la madrasa y ello consternó a mis antiguos alumnos.

»Piadosos, en cuanto se calmó el pillaje y el saqueo, salieron algunos a buscar mi cuerpo, hallándome vivo pero casi muerto y en la condición que podéis imaginar. Llenas las cuencas vacías de hormigas, deshecho el cuerpo, pero vivo. En secreto me ocultaron en casa de uno de los discípulos, en cuyo sótano me cuidaron con mimo y acierto, como podéis ver, haciendo patente que las enseñanzas de la madrasa no habían sido vanas. Yo, que tanta medicina había explicado, fui el beneficiario directo de mis propias enseñanzas.

»Todos en Almería me dieron por muerto. Mi cuerpo no apareció, pero ello no llamó la atención a nadie ya que después de tanta sangre se quemaron cientos de cuerpos sin identificar. Por otro lado, los que me apalearon, dieron testimonio de que me había muerto. Nadie me buscó.

—Príncipe —interrumpí, sin poderme contener—, oí a don Fernando, rey de Castilla y emperador de León, hablar de vos con don Alvito, vuestro amigo, y hoy abad de Sahagún...

—¿Abad de Sahagún? ¡Alabado sea el Misericordioso! Pero seguid, seguid.

—Como os decía, ambos comentaban que debíais de haber muerto, pues que valiosos libros de vuestra colección llegaron a las manos de don Alvito con un mensaje, un tanto apresurado, de vuestro puño y letra.

—Así que me dan por muerto. Y con fundamento. Al salir hacia el puerto para poner a salvo a la sultana, sospeché que quizá no podría volver. Hice el esfuerzo de salvar unos cuantos libros y encargar que los llevasen a don Alvito. Me alegro de que al fin no fuesen destruidos y de que don Alvito los tenga en su poder. Aparte de vos y de Hayyi Zaynad, nadie sabe quién soy. En Almería sólo los que me cuidaron. Aunque hay otros hombres piadosos que saben y que nunca hablarán.

—¿Han muerto?

—No, son monjes. Monjes cristianos.

—¿Monjes cristianos, Hayyi? —Él aceptó el título con naturalidad.

—Sí, para esconderme mis alumnos acudieron a los monjes del monasterio cristiano de los Santos Niños Justo y Pastor, en las montañas de Almería. Conocía bien a los monjes, y éstos a mis alumnos, pues en una epidemia de cólera que se declaró allí acudió la madrasa en su ayuda. Su abad, don Unifredo, aceptó ocultarme en su monasterio tan pronto me pudiesen llevar allí y luego se comprometió a sacarme. Atravesé luego el país ayudado por los mozárabes. Con ellos fue viajando siempre hacia el Bóreas, disfrazado de viejo ciego que iba a otro lugar. Gradualmente fui alejándome de mi tierra, o quizá mejor dicho, fueron alejándome hasta llegar aquí, a Talavera. Mi identidad fue disolviéndose por el camino, salí como un médico perseguido por el nuevo sultán, luego fui un pobre prófugo, y poco a poco nadie supo quién era, o quién había sido, sólo sabían que tenían que llevarme, por promesa de don Unifredo, hacia el norte. Sabía que aquí contaba con un amigo fiel: el Hayyi Zaynad. Fue mi alumno, en la madrasa. Llevado de su devoción, decidió hacer estudios en edad madura. Cuando fue mi alumno me llamó la atención su piedad y sentido de la justicia y del bien, por ello, aunque no fue nunca un gran sabio, ni se distinguió por saberes médicos o matemáticos o astrológicos, fue un buen amigo. Amó mucho a su maestro, y éste a su alumno. Y aquí estoy. Él me ha protegido haciéndome pasar casi desapercibido, que es lo que necesito. —Se levantó el príncipe e hizo como si mirase por la ventana—. No sé por qué Alá me libró de la muerte rápida para darme esta muerte lenta. Me enseñó las maravillas del mundo y los tesoros de los libros, para quitármelo todo de una sola vez. Si al menos hubiese perdido la memoria... —Se volvió hacia donde él creía que yo estaba—: ¡Ah, Doroteo, si yo tuviese vuestra memoria! Si pudiese levantarme cada día y decirme a mí mismo los poemas de la *Odisea*, las *Pandectas*, el Herbolario de Dioscórides. Sólo me acuerdo de Aristóteles. Me sabía de memoria sus palabras y no las he olvidado, pero lo demás, como el rostro de un ser amado que ha muerto hace tiempo, se me va borrando. No su sentido, sino su enunciado. Y con ello, Doroteo, me voy vaciando por dentro y me voy convirtiendo en un cascarón huero.

Había caído la tarde y las sombras nos envolvían. La criadita no había venido a encender las candelas pues sabía que su amo no las necesitaba, pero yo estaba totalmente a oscuras. Ello me hizo comprender mejor la situación del Príncipe Ciego. Deseaba consolarle, distraerlo. De pronto tuve una inspiración.

—Yusuf ben Yusuf, no hace mucho estuve en el monasterio de Cluny, allá en tierra de francos. ¿No os gustaría oír algo que allí leí? Es un libro que el Basileus de Bizancio había enviado al monje Odilón, obra de un griego antiguo llamado Esquilo; se intitula *Prometeo encadenado*. Creo que nos conviene a vos y a mí, y tengo para mí que lo escribió para gente como nosotros.

Llevado de un inexplicable impulso me atreví a coger la mano del príncipe y empecé, como lo había hecho don Arcángel. «Ya estamos en el postrer confín de la tierra, en la región escita, en un yermo inaccesible. Impórtate pues, Hefestos...»

No hacía falta luz alguna para recordar. Palabra por palabra toda la luz cegadora del viejo griego nos traspasó, hasta llegar a la última invocación: «Viéndome estáis cuán sin justicia padezco.» Las manos del médico ciego estrecharon con calor las mías. No nos habíamos soltado en todo el tiempo.

—¡Ay, Doroteo! Ahora veo con claridad, otra vez más, cómo todos los seres humanos estamos hechos de la misma materia, que nuestras penas ya han sido sufridas por ríos incontenibles de otros hombres. Prometeos encadenados a la vida. ¡Qué importa que sean griegos, cristianos o númidas, árabes, francos o africanos! ¡Paréceme ahora que mi pena se ha recortado, caído a su justa medida! —Se soltó de mí y preguntó—. ¿Han encendido la luz?

—No, aún no, príncipe.

Llamó él, tirando de un cordón invisible para mí. Al punto acudió sofocada la jovencita. Se excusó por no haber encendido las lucernarias y lo hizo sin dilación, luego fuese. Continuó Yusuf ben Yusuf, como si hubiésemos estado hablando aún:

—¡Qué bien hice, amigo Doroteo, haciéndoos venir, aunque engañado! En cuanto me dijeron que un Contador de Cuentos repetía al derecho y al revés lo escuchado, supe que erais vos. ¡Sois muy imprudente si pretendéis pasar desapercibido! ¿Sabéis que no hay en Spania nadie que sea capaz de hacer lo que vos? En las cancillerías de las tierras del Profeta se comenta con admiración la increíble memoria del hombre del rey García de Nájera. Dad gracias porque Talavera es un lugar comparativamente pequeño, si no la policía ya os habría llevado a presencia del sultán. Y no digo yo que no haya llegado ya noticia de vos a lugares que no os convienen... —Cambió repentinamente de conversación—: Y perdonadme, amigo Doroteo, os he contado mi desgracia, pero no os he dado ocasión de contar la vuestra, que sin duda no es menor que la mía, pues que os veo desprovisto de todo como un mendigo en tierra extraña, escondido y prófugo de vos mismo. Decidme: ¿qué os ha sucedido?

El resto de la noche pasó mientras contaba mi aventura al príncipe moro; él me escuchó sin interrumpirme. Toda mi vida desfiló como un relato interminable. Me volví del revés como un guante o una bolsa que se vacía. Le conté, mientras me lo contaba a mí mismo, mi niñez, mi juventud, mi fidelidad a don García, nuestra amistad, mi amor por Julita, le hablé de mi familia de adopción, de Quirico, Santiago y María. Llevado de mis recuerdos, le hablé de los reyes, cuando príncipes mis hermanos de educación: don García, don Fernando, don Ramiro y don Gonzalo. De cómo ellos me habían aceptado como un amigo, y de cómo, el que yo más había amado, me despreció hasta el punto de seducir a mi mujer, a la que yo consideraba un regalo del cielo, la compensación de todas mis penas, sufrimientos y humillaciones. La que me hizo olvidar todo a lo que tuve que renunciar, porque ella era todo eso y mucho más.

Amanecía ya cuando me quedé sin palabras. El príncipe, sin hacer ningún comentario, me tomó de la mano y me llevó a una estancia.

—Es muy tarde —dijo— para que deambuléis por ahí. Además, no conocéis bien el camino de vuelta. Dormid aquí, luego os llevarán a vuestra morada. —Estaba mortalmente cansado. Yusuf ben Yusuf me cubrió con una manta—. Dormid todo lo que queráis. ¡Pobre Prometeo! —Antes de salir dijo algo, o creí oírlo antes de caer en un sueño pesado e inquieto—: Os sentiréis mejor cuando la perdonéis, al fin ella no tuvo la culpa.

Caí dormido sin tiempo de contestar:

«¡Nunca, nunca la perdonaré! Me había jurado amor eterno y me fue infiel. No puedo ni podré consolarme.» Me quedé dormido como muerto. Soñé que estrangulaba con mis manos a don García y ello me alegró.

A partir de ese día iba cada día a casa del príncipe a leerle o a recitarle libros leídos hacía tiempo. Él escuchaba encantado y pareció que rejuvenecía. Su rostro pareció alisarse un tanto, se difuminaron las arrugas que circundaban su boca y de vez en cuando reía con alegría. A veces hablábamos hasta muy entrada la noche comentando pasajes o conceptos. Nos hicimos muy amigos, compartimos nuestros recuerdos, nuestras experiencias y nuestras dudas. Compartir las dudas es la más pura muestra de amistad. Así me enteré de que el príncipe era sunnita. Para los sunnitas el califa no es más que el soberano temporal encargado de salvaguardar la religión, mientras que el imán es el que posee la ciencia infusa y sobrehumana y conoce lo oculto. Los sunnitas desconfían de los excesos doctrinales, prefieren la aceptación de unos hechos, puesto que todo hecho consumado es en sí mismo signo de la voluntad de Dios.

—Y vos, Doroteo, ¿qué sois? ¿Sois acaso cristiano? —No supe qué contestarle así de improviso. ¿Era cristiano? Nunca me consideré obligado a los dioses. Es más, a veces creía firmemente que no existían, al menos para mí. Pero también era cierto que de vez en cuando creí con la misma firmeza en un Dios de la perfección, la ciencia y la belleza. Un Dios que sostenía en su mano las esferas celestes para que no cayesen en el caos. Creí, cuando oí la voz potente y maravillosa de don Fernando cantando en la cripta un himno de esperanza y resurrección al enterrar a su padre, don Sancho, llamado El Mayor; cuando amé a Julita creí. Curiosamente creía en Dios cuando era feliz, nunca acudí a él en la desgracia o la aflicción. Yo sentía que era Él el que había de acudir a mí cuando yo lo necesitaba, sin esperar a que yo le llamase. ¿No hacen así los padres terrenales? ¿Pues por qué el Padre Celeste era tan distinto?

Hablábamos de todo: de la ciencia, de la belleza, del dolor, de la alegría, del amor. Estuvimos de acuerdo que lo que más duele es la duda.

—¿Sabéis? —dijo el príncipe—. Creo que es la duda, es la *mihna*, lo que los cristianos llaman la prueba, el sufrimiento, la aflicción. Tratar de aclararla es perseguir la verdad. —Así pasábamos el tiempo entretenidos en discusiones eruditas o filosóficas. Creo que en esos días probé una cierta clase de felicidad. Nunca había tenido un amigo tan entregado y desinteresado como el príncipe. Los reales hermanos me habían apreciado, ciertamente, y doña Maior, pero todos ellos habían intentado sacar algún beneficio de mí. Trabajé para ellos y nunca me consideraron a su altura. Pero ahora este hombre no dudaba en discutir conmigo asuntos que le inquietaban. Me oía como a un igual. Ante él no era un mediohombre, sino un hombre como los demás, aunque él había sido un sabio de la madrasa más famosa.

Mi vida transcurría pacíficamente. Recorría los caminos del zoco recitando y luego recogía los feluses que me arrojaban en el polvo. Tenía lo suficiente para vivir y aun para darme algunos lujos. Vivía en la posada en donde nadie me preguntaba nada. Algunas veces la bella Nadir me miraba con mirada pensativa. Por las tardes, cuando ya había concluido la jornada, después de rezar tras la llamada del muecín, enrollaba mi alfombrilla y me iba a casa del príncipe, allí me esperaba para unas horas de tertulia.

A través del *Sahib as-suq* intenté conseguir algún libro que leer a mi amigo. De esta manera me fue ofrecida en innúmeras hojas sueltas una copia de las *Efesíacas* de Jenofonte de Éfeso. Era una especie de historia de viajes y aventuras, en donde los protagonistas Ancia y Habrócomes son separados al ser cautivos por unos piratas y no se vuelven a reunir hasta que no han recorrido todo el Mediterráneo. No era un libro profundo, pero es todo lo que pude conseguir. A mi amigo le encantó, pues no lo conocía y estaba siempre dispuesto a saber algo más. Lo leímos, mejor dicho, yo se lo leí y disfrutamos de nuestro descubrimiento como dos chicos con un juguete nuevo.

—No vayáis por ahí pidiendo libros —me aconsejó el ciego—. No sea que empiecen a sospechar de vos. Un Relator de Historias no es un erudito ni un inveterado colector de libros. Cuenta lo que sabe. Unos cuantos cuentos y relatos que repite una y mil veces. A la gente no le importa. Es más, les gusta lo que conocen. Sé que lo que más agrada a vuestro público es que no olvidáis ninguna palabra. Contáis las cosas siempre igual. Eso les gusta. Les da seguridad.

A través de Yusuf ben Yusuf también hice más amistad con el *Sahib as-suq*; era un buen hombre, amigo de sus amigos, como lo había demostrado siendo fiel a su antiguo maestro de la madrasa.

—Me alegro, Said ben Said, de haberos encontrado y haber hablado de vos con mi maestro. Él parece otro hombre desde que le visitáis. ¿Qué hacéis para que tenga tan buen aspecto? —Él, por amor a su maestro, me apreciaba.

—Yo, nada, Hayyi, le relato historias de mi vida anterior, cuando ambos éramos jóvenes. Eso le anima mucho.

—Eso debe de ser. ¿Estuvisteis en Almería? ¿Acaso en su madrasa? —Me asusté mucho al ver su interés. Mi historia no resistiría mucha indagación, y menos la de un hombre acostumbrado a preguntar, como el *Sahib as-suq*. Pero Yusuf ben Yusuf vino en mi ayuda.

—No, amigo Zaynad, él estudió en Braga y luego abandonó los estudios para ser *al-fakkak*. ¿No os acordáis?

—Sí, sí, ahora me acuerdo bien. Coincidisteis en Oviedo. Por cierto, cambiando de conversación, ¿no habéis sentido alguna inquietud en la ciudad?

—¿Inquietud? —dije dubitativamente—. Sólo he notado que había menos gente en la calle.

—En la alcaicería había corrillos de personas hablando en voz baja. Se dice que el sultán de Valencia, o el de Zaragoza, que en eso discrepan, se ha levantado contra nuestro señor, el nuevo príncipe reinante, por la voluntad de Alá, alabado sea su Nombre, y que se dirige hacia la capital. —Me pregunté si sería verdad que Suleymán ben Hud había decidido atacar a su pariente el de Toledo, aprovechando la ocasión de que éste era novato en las lides del gobierno. Si lograba unir a los dos reinos, su poder se podría comparar al de los califas.

—Nadie me ha dicho nada de eso, *Sahib as-suq* —dije respetuosamente.

—La noticia es muy reciente. Quizá sólo sea un rumor. Pero lo que me alarma es que alrededor de palacio hay un movimiento inusitado. Los guardias negros están todos reunidos a la puerta y no sale ni entra nadie más que los príncipes y los militares. Algo sucede. A menos que haya muerto el heredero. Pero entonces yo lo sabría.

Así pasaban los días, los rumores de guerra se iban haciendo cada vez más consistentes, más espesos. Las opiniones se decantaban porque era Suleymán ben Hud, de Zaragoza, quien venía contra el nuevo rey de Toledo: el Banu Zenun Yahya ben Ismail, conocido como Al-Mamún. Precipitadamente comenzaron a reclutarse tropas que reforzasen a las fuerzas regulares. Desde los alminares se hizo una llamada a la guerra. Se corrió la voz, sin saberse de dónde había surgido tal información, de que el de Zaragoza había prometido a quien le apoyase *fay* y *ganima*, esto es: botín, saqueo, robo, matanza y despojo. Cundió el pavor entre los habitantes del reino de Toledo. Podían ser muertos o desposeídos de todo lo que tenían. A la vista de tan funestos presagios se armaron todos como pudieron y acudieron a la llamada de Al-Mamún, pero se rumoreaba que los guerreros de Suleymán eran como las arenas del mar o las estrellas del cielo. El pánico empezó a cundir entre la población y no faltaron los que de la noche a la mañana tomaron lo que pudieron y huyeron en dirección desconocida.

Fui a ver a mi primer benefactor, el ciego muecín.

—Hayyi —le dije—, si necesitáis de mí, soy vuestro. ¿Hay algo que pueda hacer por vos?

—Nada, hijo —dijo moviendo la cabeza con tristeza—, lo que ha de ser, será, que se cumpla lo que Alá tiene escrito para mí. Si el rey Suleymán es hombre piadoso, no matará a un ciego que llama a la oración, pues ello va contra las enseñanzas del Corán.

—Buen padre —insistí—, quizás el rey Suleymán no lo haga, pero la soldadesca es violenta. Dejadme que os lleve a un escondite donde podáis estar al menos durante los primeros días que es cuando se llevan a cabo todas las violencias.

—Si yo me oculto, ¿no creéis que cundirá el pánico entre los creyentes? Si nadie llama a oración creerán que ha llegado el fin. Todos tenemos un deber y un momento que debe ser el último. Quizás el mío ha llegado. No temáis. —Pensó un momento y luego me preguntó—: ¿Y vos, qué haréis? Sois extranjero y como tal sospechoso de espía.

No había pensado en ello, pero la reflexión del anciano Hayyi me hizo caer en cuenta de que tenía toda la razón. Tenía algo que hacer enseguida, por ello de casa del Hayyi me fui a ver al jefe de reclutamiento. En una larga fila, hombres de toda edad se enrolaban para la segura batalla, pero antes de que llegara mi turno un gentío nos empujó en todas direcciones. Corrían hacia el palacio del gobernador. Llevado de la curiosidad y, por qué no decirlo, de una cierta alarma, los seguí hasta la casa fortificada que albergaba al gobernador. Una muchedumbre de soldados y guerreros de todas clases la rodeaban ocupando la plaza y todas las calles adyacentes, hasta la alcaicería y el zoco.

—Yahya —repetían una y otra vez—, Yahya ben Ismail ha huido de Toledo por no quedar atrapado allí y ha venido a refugiarse en Talavera. Los hombres de Suleymán se acercan y no parece preparado para resistirle. —Lloraban los hombres y mujeres, sintiendo que la desgracia que se cernía era cierta, ya que el mismísimo Al-Mamún había abandonado su regio palacio para refugiarse en el de Talavera. La guardia dispersó a la multitud y cada uno fuese a su casa a esperar noticias. Los añafiles anunciaban con triste insistencia que se preparaba la guerra total. Se atrancaron puertas y ventanas y la ciudad quedó como muerta mientras un silencio ominoso y desolado contrastaba con el bullicio de los días normales. Por la noche empezaron a batir los atambores anunciando la llegada de tropas de todas las ciudades cercanas. No pude ir a ver a mi amigo el príncipe Yusuf ben Yusuf, así que me dirigí a la posada y me acosté después de tranquilizar a Nadir y a su familia. Dormía con un sueño profundo y preocupado, cuando repentinamente me desperté rodeado de hachones que irradiaban una luz rojiza y temblorosa. Una mano ruda me sacudía.

—¡Arriba, *fakkak*, despertad! Tenéis que acompañarme. Orden del rey. —El que hablaba era un alto funcionario del estamento militar al que acompañaban unos soldados portando las enseñas de su rango. Con él estaba el *Sahib as-suq* actuando como jefe de la policía.

—Es él —dijo lacónicamente; enseguida el Hayyi fue invitado a abandonar la estancia. El funcionario militar hizo señas a dos fornidos negros que vestían gregüescos negros, camisa y babuchas doradas y un rojo tahalí, de donde colgaba amenazador el alfanje. Me di cuenta de que eran miembros de los *Jurs*, los Silenciosos, la guardia real formada por negros nubios a los que se les había cortado la lengua para que no hablasen. Los Silenciosos me hicieron señas de que me vistiese, cosa que por otro lado ya había empezado a hacer. Tan pronto me hube cubierto y calzado, me llevaron casi en volandas hacia el palacio del gobernador.

23

El nacimiento de la Orden de los Lirios. La guerra de Suleymán ben Hud

> *Y las sus armas serán, una teraza con lirios*
> *a cuyos lados están, un azor y una perdiz.*
> *Real paladín: don García, su segundo el de Gavín...*
>
> De una hoja suelta encontrada
en Nájera. Siglo XII

Desde que Doroteo se fue, y una vez que salió don García de su grave enfermedad, se vio el monarca cada vez más acometido por accesos de melancolía. Para consolarse, ora se entregaba con frenética actividad a la construcción de Santa María la Real de Nájera, en donde pasaba largas horas rezando, o bien se dedicaba a perseguir mujeres mozas o casadas. Ya no se conformaba con visitar a la dama Sunifreda, de quien ya tenía dos hijas, o a las otras mujeres más o menos conocidas con quienes mantenía relaciones, sino que se dedicó a perseguir mujerzuelas de ínfima calidad, buscando, al parecer, olvido de algo que le atormentaba el alma.

De sus arrebatos de piedad le ha surgido una idea. Promete a la Virgen, su Señora, fundar una hermandad o cofradía de caballeros, se llamarán los Caballeros de la Teraza, o los Caballeros de los Lirios, rememorando el ramo de flores que estaba a los pies de María. Él mismo será el primer caballero servidor de la Virgen, por la Señora irán a la guerra y entrarán en batalla invocando su dulce nombre. Ya está haciendo una lista de los caballeros y donceles más nobles de sus reinos. Don García sería el primer paladín, detrás de él todos los demás. Se le ocurre que el señor de Gavín, su deudo, puede ser el segundo paladín de la orden. Ellos, los Caballeros de la Teraza, tomarán, por amor a María y en su santo nombre, la ciudad de Calahorra, que hoy gime y pena bajo el dominio de los moros.

No sólo don García estaba empeñado en construir una iglesia, sino que también don Fernando y doña Sancha, reyes de Castilla, habían comenzado con gran ímpetu la edificación de un templo en León y éste avanza con celeridad. Consta de tres naves, de las cuales la central termina en un pórtico, en el cual se ha dejado espacio para los enterramientos de los reyes, presentes, pasados y futuros, un panteón real y un lugar de meditación.

El rey-emperador ha vuelto esta mañana de visitar las obras, está complacido. De su paseo viene a hablar con la reina. Ésta borda un paño para el altar con seda y torzal de oro.

—¿Sabéis que esta mañana me han anunciado que un embajador del de Zaragoza llegará en breve? —pregunta a la reina—. Espero que no sea Suleymán ben Hud en persona, como hizo la última vez. ¿Qué creéis que querrá tan pronto? No es de esperar que proponga cambiar las cláusulas de nuestro acuerdo.

—No me gusta, don Fernando. —Hace la reina un nudo que luego corta por el revés de su tapiz con gran cuidado—. Es demasiado pronto. Debe de estar tramando algo. ¿Qué creéis vos?

El rey medita su respuesta.

—No lo sé, doña Sancha. Como vos, opino que no es normal. He recibido algunas noticias confusas desde Zaragoza, parece que el rey se prepara para alguna campaña, y se prepara con precipitación. Que yo sepa nadie le ha declarado la guerra, por lo que será él, supongo, el agresor... Creo que vendrá a pedir ayuda para algo. El que ofrece, por lo general, convoca; el que viene con prisa, viene a pedir.

Esa misma noche llegó el emisario, y aunque manifestó tener urgencia por ver al soberano, la etiqueta imponía que durmiese primero y que se anunciase luego su presencia al *Rex-Imperator* y a la *Regina-Emperatrice*. Muy temprano acude el portaestandarte real a anunciar al rey que el embajador moro se consume, ya vestido con todas sus galas, esperando audiencia. Como es costumbre, ha traído presentes para la real familia. Aparentemente ha salido con gran urgencia de su reino, por lo que los regalos son pequeños y fáciles de llevar, mas no por ello menos principescos y costosos. La mayoría son telas: sedas, brocados y *greciscos*. El resto son joyas, colgantes, broches y arquetas.

Demostrando que también Suleymán ben Hud es padre de familia, envía una selección de juguetes de materiales preciosos, de marfil, plata y oro. Muñecas, casitas, añafiles, flautas y atambores, primorosamente trabajados en su pequeña escala.

Sin prisa se visten los reyes para recibir al enviado de Zaragoza. Ponen gran cuidado en su atuendo pues saben que el emisario irá vestido como si fuera el mismo califa heredero del Profeta. La reina, sobre una larga veste de raso amarillo, de cuyo borde cuelgan hilillos de perlas; se coloca una sobreveste más corta que deja ver el rico borde de la anterior. Es de terciopelo marrón bordado pesadamente con hojas de oro y frutos de piedras preciosas. Por encima viste su manto de estar por casa. Por fuera es de terciopelo marrón, al igual que la sobreveste, pero por dentro, para abrigar a su alteza, está forrado de zorros amarillos; son pieles que les llegaron de la estepa oriental, donde según dicen, están los cazaderos más grandes y ricos del mundo conocido. El rey, por su parte, opta por un atuendo austero, viste de guerrero, con la túnica hendida y el mofarrex. No viste armadura ni cota alguna pues está dentro de casa, pero se adorna con un collar de oro y gemas que le cubre todo el pecho. Trae consigo una espada al uso, cuya empuñadura vale un reino y ciñe el puñal que le regaló el rey de Zaragoza la vez anterior. Cual corona lleva un simple cintillo en donde lucen doce brillantes y doce esmeraldas. La reina, a guisa de corona, lleva sólo una finísima diadema con piedras como estrelluelas. La fíbula que sostiene su manto está adornada con tres cabujones sobre oro martillado.

Da orden el soberano de que sirvan colación al emisario, mientras ellos mismos lo hacen en sus habitaciones. Desea el rey, sin ser descortés, hacer esperar al embajador cuanto se pueda, para así cortar sus ínfulas lo más posible. Es aún temprano y no puede ofenderse el emisario, por mucha prisa que tenga, porque los reyes deseen desayunar antes de verle. Ya se ha levantado el sol en el cielo, cuando por fin, con gran pompa, es traído el embajador al salón del trono. La reina, con toda su gracia y majestad, está sentada en el suyo. El rey ha preferido estar de pie y aparentemente mira por la ventana abierta el verdor del jardín. El maestro de ceremonias anuncia con voz campanuda al embajador de su alteza el rey de Zaragoza.

Al oír la llamada, se dirige el rey hacia él y se saludan ceremoniosamente. Continúa el rey su camino y se sienta en el trono junto a la reina. El introductor de embajadores está junto al rey. A él se dirige don Fernando:

—Mi señor don Nuño, si os place, acercad un asiento al embajador; los de cortesía están muy lejos y no nos entenderemos. Aquí, cerca de nos, estará mejor, y nosotros también. —Es una prueba de confianza y el moro lo agradece con una profunda inclinación.

—Señor —inquiere don Nuño—, ¿he de quedarme, o preferís hablar a solas con el embajador?

—Quedaos en los asientos de respeto, don Nuño, vuestra compañía nos place. —No sabe el embajador moro que el bueno de don Nuño es sordo como una tapia si está a más de tres codos del interlocutor. Se siente incómodo por la compañía, pero no se atreve a decir nada. Él habría preferido hablar a solas, de hecho ésas son las instrucciones de su rey y señor, pero tendrá que conformarse con la decisión del de León y Castilla. La reina, que ha comprendido el subterfugio de su marido para hacer sentir incómodo al moro, pone cara seria, pero tiene ganas de reír. El protocolo pide que sea el rey el que inicie la conversación.

—Desde que nos enteramos de vuestro viaje, ilustre embajador, la reina y yo estamos en ascuas deseando saber qué recado nos envía el rey de Zaragoza, vuestro señor y amigo de León y Castilla. —A propósito el rey ha evitado ningún otro título como «protegido», «aliado» o similar que entrañe ninguna obligación del *Rex-Imperator* hacia el de Zaragoza.

—Señor —inicia su discurso el de Zaragoza, que no osa ponerse en pie, como le gustaría. El trono de los reyes está más alto que su escabel y le es incómodo mirar de abajo hacia arriba a los reyes—. Señor, tengo noticias urgentes y graves que compartir con vos y vuestros reinos.

—¿Noticias graves? —El rey finge ignorar toda novedad. En realidad por sus espías sabe algo de lo que está sucediendo. Pero por los desórdenes se han cortado las comunicaciones hace unos días y teme el rey lo peor.

—Alteza, ya sabéis que mi señor Suleymán ben Hud tiene el firme propósito de servir al rey de Castilla y León, siempre que éste le apoye, cuando fuere necesario para el bien del reino. —Espera una palabra de simpatía o de aquiescencia, pero el rey lo mira con atención, absorto al parecer en su discurso, y no pronuncia ni una palabra. Contrariado, el embajador continúa su exposición—: El caso es, señor, que ya sabéis que ha muerto el príncipe de Toledo, y que ha heredado el gobierno el Banu Zenun Yahya ben Ismail. —Se interrumpe de nuevo el embajador por si el *rex* desea hacer algún comentario. Al ver que no es así, continúa—: Este joven rey, Al-Mamún, no merece gobernar por ser hombre poco pío. Su vida desvergonzada y sus costumbres depravadas le hacen indigno del trono.

El rey y la reina escuchan con atención. En su rostro no se refleja más que una gentil preocupación por lo que dice el embajador. De pronto el rey, cuidadosamente, dice, como pensándolo para sí mismo.

—No veo qué podemos hacer en Castilla y León para mejorar las costumbres de vuestro hermano musulmán, el nuevo rey de Toledo, a quien Alá guarde.

—No es eso lo que os queremos rogar, alteza. Este joven impío no se va a convertir porque se lo diga nadie. El caso es que en las diferentes ciudades del reino de Toledo se están levantando las gentes contra su tiranía, y la guerra civil, la *fitna*, es inevitable.

—¡No sabíamos nada de ello! —susurra la reina. La verdad es que no hay ninguna noticia de insurrecciones en el vecino y poderoso reino de Toledo. Si hay indicio de *fitna*, como asegura el embajador, será inducida y pagada por alguien. Es fácil decir por quién.

—Por el bien de todos los hijos de Alá, mi señor don Fernando, Suleymán ben Hud, vuestro amigo y encomendado, os suplica ayuda para evitar un derramamiento de sangre en Toledo.

—¿Qué clase de ayuda? —inquiere el rey mirando directamente a los ojos al embajador.

—Si pudiera ser, tropas. Los castellanos son guerreros de primera. ¡Bien que lo sabemos los musulmanes! Si no, al menos una promesa de no-intervención. Nosotros mismos estamos en condiciones de sacudir el yugo que atenaza a Toledo y liberarlos de los tumultos, la opresión y la revolución sangrienta.

—Y luego, ¿qué pensáis hacer?

—Después de muerto Al-Mamún...

—¿Va a morir? —inquiere con suavidad el rey. Incómodo el embajador piensa que quizá se ha precipitado con la palabra.

—No lo sabemos, alteza, depende de su *baraka* y del destino. En las guerras, señor, los reyes de pueblos derrotados casi siempre mueren. Nosotros contamos con ganar la guerra.

—Está bien, muerto Al-Mamún. ¿Qué va a hacer Suleymán con el reino de Toledo?

—Reorganizarlo, darle leyes pías, hacer respetar la mezquita, y la oración de los viernes.

—Todo eso me place en grado sumo, pero ¿quién será entonces el rey? ¿Hay algún heredero legítimo a quien darle el trono una vez purificado?

—Desgraciadamente no, señor. Los presuntos herederos son niños pequeños, sin capacidad para tomar el trono.

—Entonces, ¿colijo bien si pienso que el rey ideal sería el rey de Zaragoza, Suleymán ben Hud? —Satisfecho de la conclusión del rey don Fernando, asiente con la cabeza el embajador. Le parece que su mediación está llegando a buen término.

—Quizás, alteza, si es la voluntad de Alá el Misericordioso. —Un largo silencio sigue a la piadosa frase. El rey y la reina piensan, al parecer, sobre lo que han escuchado.

—¿Y qué beneficio sacaríamos de la ayuda que pedís?

—Extender, señor, el tratado de sumisión al reino de Toledo. Seríamos vuestra taifa, pagaríamos con oro y fidelidad vuestra ayuda. Y si alguna vez os podíamos ser útiles, en el caso, ¡Dios no lo quiera!, de que vuestros hermanos se levantaran contra vos...

—Comprendo —interrumpe el rey—. No os podemos dar una respuesta inmediata; la reina y yo hemos de pensar sobre vuestra proposición.

—Cierto, alteza, pero el tiempo urge. Nuestras tropas ya van camino de Toledo. —No dice nada don Fernando, eso era lo que esperaba oír. Cuán adelantados iban los preparativos. Han de mover sus peones con celeridad si quieren sacar provecho de la jugada antes de que sea demasiado tarde. Se levanta dando por terminada la audiencia.

—Os agradecemos la prontitud con que habéis venido a informarnos, aunque en verdad, más habríamos agradecido que se nos preguntase antes nuestra opinión. Nuestro tratado estipulaba claramente que Suleymán no tomaría ninguna iniciativa sin hacérnoslo saber antes. —El embajador se apresura a levantarse. Sin saber por qué, colige que el rey está disgustado, pero no ha dicho nada directamente. Se atreve a preguntar.

—¿Vuestras altezas me harán saber su respuesta en breve?

—Sin duda, embajador. Tan pronto hayamos tomado una resolución, se os hará saber, sea de día o de noche. —El bueno de don Nuño ve cómo todos se han levantado y comprende que la audiencia ha terminado. Acompaña al moro hasta la puerta en donde le aguarda la escolta de honor. Los reyes, por su parte, desaparecen por una puerta privada que lleva a sus habitaciones.

—¿Qué os parece, doña Sancha? —pregunta don Fernando tan pronto como se encuentran a solas.

—Mucha ambición por parte de Suleymán. Creo que se ha precipitado, debe de verlo todo muy fácil para él.

—Cierto, aprovecha el período de ajuste que sigue a todos los cambios de rey y pretende reunificar gran parte del imperio califal. Sería terrible que un tan gran reino cayese en manos de un hombre tan capacitado para tramar estrategias como Suleymán.

—Cierto, cierto. ¿Qué podemos hacer para evitarlo? —Se aflige doña Sancha.

—No nos ha dejado mucho margen. —Contesta pensativo el rey—. Las cosas están así: si lo ayudamos, nos quiere hacer creer que se someterá a nosotros. Pero se convertiría en un enemigo peligroso, sobre todo si triunfa en su plan de unir Toledo y Zaragoza. Entretendré al embajador un par de días, mientras tanto yo también haré mis planes. ¿Se habrá dado cuenta el de Toledo del peligro que corre? —Responde con convicción la reina:

—Tonto será si no ha empezado a hacer algo al respecto. Lo que interesa saber es qué. ¿Tenéis algún indicio?

—No —mueve la cabeza negando el rey—, pero espero noticias de un momento a otro. Quizás estos dos días que puedo entretener al embajador nos den la respuesta. En el ínterin preparé un ejército con los hombres que pueda reunir en tan corto espacio. El embajador puede creer que es para ayudarlos, y aunque sospeche que es para otra cosa, no puede estar seguro de cuáles son nuestras intenciones. Y ahora, señora mía: ¿queréis dar una vuelta por el jardín? Os puedo contar lo último que se ha hecho en nuestra iglesia y panteón real. —El rey señala significativamente a las paredes de la habitación.

Fuera de la vista del moro y de sus acompañantes del alcázar, el rey hace llamar sigilosamente a sus hombres. Han de venir cuanto antes a recibir órdenes y dar *consilium*. Como en los antiguos tiempos, han de entrar en palacio desde fuera de la muralla. Por una puertecilla secreta, ésta lleva directamente a un caserón de piedra en el jardín, aparentemente desocupado y lleno de trastos viejos. Se reunirá allí en esa escondida estancia con los suyos y tomarán medidas para salvar al reino de Toledo.

Empiezan a llegar los nobles, algunos tardan hasta la noche. Llegan los Luaces, el viejo señor de Omaña, el anciano Vivián Márquez de Castropol con sus hijos; Diego Laínez con los suyos; tardaron más Rodrigo de las Asturias, Fernando Gundemáriz: hijo del difunto Gundemaro Pinioliz y de doña Mummadona. Asisten también los donceles del rey: Fulgencio, el antaño protegido de don Alvito, que ahora por disposición real se llama Fulgencio Fernández y Santiago, el de Doroteo, a quien todos llaman Santiago de Nájera.

—Os he llamado para poneros, con todo sigilo, al corriente de sucesos urgentes que demandan acción inmediata. —Díceles el rey sin entrar en preparativos. Les cuenta seguidamente lo sucedido y la demanda del embajador del rey de Zaragoza. Los más jóvenes escuchan en silencio esperando a que se pronuncien los que por su edad y experiencia pueden juzgar mejor la situación. El viejo de Las Omañas ha venido desde una apreciable distancia pues el rey le ha mandado un recado imperioso por medio de uno de sus donceles. Avisado el viejo, el emisario siguió camino hacia Pola de Santa María para convocar también al joven Nuño, su hijo y hombre del rey en Pola. Los que han llegado lo han hecho a uña de caballo y se ven cansados. Sin dilación se decide levantar un ejército con los hombres que se puedan reunir y dirigirse inmediatamente hacia el sur. Cada señor reunirá sus tropas, que han de juntarse con la *militia regis*. Se reunirán a las orillas del Tajo, en un lugar a ser determinado, que estará río arriba a partir de Toledo. Ese lugar se juzga estratégicamente el más fácil para su penetración, siempre que el enemigo no esté sobre aviso. Un segundo grupo ha de dirigirse ostensiblemente hacia la zona de Talavera para distraer a las fuerzas de vigilancia, si las hubiera, sobre otro lugar.

Tanto los Gundemáriz como los Omañas pueden aportar un número apreciable de lanzas. También los Luaces, y los Castropol, pero sus territorios están más al norte y por ello tardarán en traerlos. El tiempo apremia, las tropas del de Zaragoza pueden ya estar llegando a Toledo.

En modo alguno conviene a los cristianos que el moro rehaga su poder. Un inmenso reino musulmán es *omen* cierto de desgracias próximas. Don Fernando hace poner enseguida sobre aviso a sus hermanos, los de Navarra y Aragón, para que estén prevenidos. Mientras tanto, él intentará desbaratar el plan del moro. Hay que hacerlo en principio con sigilo, pero el secreto no lo será más que por unos días. El movimiento de tropas no pasará desapercibido, y más aún si es necesario llamar al fonsado general. Se dirige el rey a los dos jóvenes donceles.

—Vos, mío doncel, Fulgencio, iréis a toda prisa a Sahagún a explicar nuestra situación a don Alvito, vuestro protector. Él manda sobre muchos pueblos y hombres. Conminadle en mío nombre que haga levas urgentemente y las envíe como hemos dispuesto. Don Alvito fue soldado en su juventud y sabrá cómo organizarlos. Seguro que sus hombres vendrán bien armados, bastidos y dispuestos. —Asiente el joven satisfecho de la misión, además verá al que en su corazón toma como su padre. Quizás inclusive pueda ver a su madre, si ésta se ha mudado desde San Pacomio a Sahagún con el séquito del monje—. Partiréis esta misma madrugada llevando caballos de refresco, de tal manera que podáis hacer jornadas largas. —Luego mira al otro joven—. Vos, Santiago, a quien allá en Navarra y aquí en León se os ha preparado para la guerra adiestrándoos en sus artes, llevaréis el mando de la partida de diversión asesorado por uno de mis capitanes de mayor edad. Si triunfáis, os podremos armar caballero a vuestra vuelta. Ya sé que podéis ser Caballero a Fuero de León, pero quiero mayor honra para vos. Si cumplís, seréis alcaide de un castillo o guarnición de frontera, donde podéis atestiguar vuestro valor todos los días. ¿Os conviene?

El joven hinca la rodilla en tierra y besa la mano del rey de Castilla y emperador.

—Señor, os prometo que como los espartanos, volveré con mi escudo y el triunfo o sobre él muerto. —Se percata el rey de que ahora Fulgencio está mohíno, ya no le parece tan importante su misión en retaguardia.

—Vos, Fulgencio, no tengáis envidia de vuestro amigo. En cuanto volváis de la importante misión que os he confiado, y si don Alvito no dispone otra cosa para vos, iréis a reuniros con Santiago. La victoria y el honor pueden ser de muchos. Diego Laínez se encargará de organizar a los hombres de palacio y de las cercanías de León. El de las Asturias enviará palomas mensajeras para adelantar noticias y él mismo irá hasta sus tierras para traer hombres bien pertrechados y bastidos. —El de Álvarez de las Asturias sabe que cuando llegue, sus hijos le tendrán todo dispuesto. El de Castropol cuenta en mente a los hombres que puede traer de su señorío. A pesar de estar agotados, salen esa misma noche hacia sus tierras, la guerra no espera.

—¡Hasta el Tajo! —se despiden al salir.

Los Silenciosos me sacaron apenas mal vestido de mi habitación y en volandas me montaron sobre un hermoso caballo. «Por lo menos —pensé— no me llevan sobre una mula, como un reo.» Raudos atravesamos la ciudad y llegamos al palacio del gobernador de Talavera, a la *byt al-hakem*. El gobernador era, según voz popular, deudo del rey de Toledo. ¿Qué querría de mí el cadí? ¿Se habría descubierto mi superchería? ¿Era ahora acusado de alta traición? Si sabían que yo no era un fiel musulmán, y al haber peligro de guerra, quizá me iban a ajusticiar. ¿Me esperaba en palacio el verdugo, el torturador? ¿Habrían extendido ya para mi cabeza la terrible alfombrilla, el *siaf*?

No tenía ninguna respuesta. Era la fatalidad, lo que tiene que ser será, el destino, la Fata Morgana. Al llegar junto a la muralla de palacio se abrió la guardia sin necesidad de ninguna identificación. El negro que nos guiaba sólo levantó su mano y se retiraron todos, como si esperasen su vuelta. El rastrillo, cosa inusitada dada la alarma de guerra, estaba levantado y el puente, tendido. Tan pronto entramos en el patio vimos a unos hombres provistos de hachones que nos esperaban. El Silencioso que me había subido al caballo casi en volandas me bajó del mismo modo sin ningún miramiento, aunque sin hacerme daño. Se adelantó un funcionario lujosamente vestido y enjoyado a pesar de la hora intempestiva. Con cortesía, me pareció, señaló la oscura entrada de una escalera:

—Por aquí, Relator de Cuentos. —Subimos la escalera y tan pronto nos encontramos en el piso superior vi una estancia refulgente, adornada y perfumada como en los cuentos de Bagdad. Atravesamos esa estancia y algunas más, adentrándonos en la intimidad de palacio. En cada puerta había otros Silenciosos haciendo guardia. Para no perder la costumbre nos miraban con gesto amenazador, como si fuésemos reos que van a morir a sus manos. Y quizás era así, los curvos alfanjes refulgían con su luz pálida de muerte fría. Tontamente me pregunté si no les importaría manchar las bellas alfombras con la sangre de las cabezas cortadas.

Por fin el funcionario me llevó a la puerta de una estancia, estaba cerrada y ante ella se detuvo el guía. Apenas había pasado un minuto o dos desde que llegué. De hecho, hacía poco aún había estado durmiendo en mi habitación. Mi acompañante tiró de un cordón de seda y un gong o similar se escuchó, ahogado, a través de la puerta. No se había apagado aún su eco, cuando ya se abría ésta. Vi una habitación grande, lujosamente adornada con tapices por las paredes y cojines de raso, seda y terciopelo alrededor de mesitas bajas. Relucía como un joyel por la cantidad de candelas y lucernas que se prodigaban en todas partes. Algunas estaban colocadas enfrente de piezas pulidas de plata a modo de espejos, de tal modo que su luz se multiplicaba; otras velas o cirios estaban encerradas en unas cajas hechas de vidrios de colores, lo que aumentaba la sensación de irrealidad y lujo en la habitación. Noté que en algún lugar de la habitación se quemaba sándalo. Sus vapores dulces y pesados anegaban el lugar.

—Pasad, venid hacia aquí —me invitó una voz culta y casi afectuosa. A pesar de ello tenía un tono de mando. Haciendo acopio de lo que me enseñaron en la Escuela de Esclavos de Pamplona, intenté identificar a los hombres por sus vestiduras. De una ojeada dejé de lado a los acompañantes, hombres de importancia, pero no los que en realidad mandaban. Nunca lo había visto, pero allí estaba el cadí y, junto a él, el rey de la taifa de Toledo, la más poderosa de la Spania musulmana: el señor de la vida y de la suerte de miles y aun decenas de millares de personas. Las otras *tawaif* o taifas no podían compararse a ésta, ni aun la de Sevilla, que pretendía ser mayor y más importante. El cadí, a pesar de ser hombre de mucha relevancia y respeto, pues no estando el rey era la máxima autoridad en Talavera, estaba modestamente vestido, como se espera de un hombre justo y humilde. Para un ignorante parecería una figura sin relieve. Las funciones del cadí se consideran de carácter religioso y han de ser no remuneradas. En símbolo de esa riqueza de espíritu y sobriedad de cuerpo, ha de vestir sencillamente. Ellos tienen prohibido aceptar regalos, acudir a convites, manifestar parcialidad por ninguna de las partes en que actuaren y dictar sentencia sin tener el ánimo sereno. La fastuosidad de la casa que ocupa dice de su poder y prestigio, pero su persona es humilde, recatada y sobria.

Por contraste, el rey puede y debe mostrar todo el lujo y boato que le sea posible, dice así de la majestad que representa. El soberano era un hombre joven, aunque no demasiado, refulgía de joyas sobre su ropa de guerrero, no llevaba aún la coraza ni las armas, que yacían abandonadas en un lugar cercano. Se tocaba la cabeza con un turbante blanco rematado con un penacho verde, símbolo del Profeta, engarzado de rubíes que rutilaban en la noche. Su ropa es de sedas y brocados al estilo de Bagdad. Babuchas de tafilete púrpura cubren sus pies. Arrollada alrededor de la cintura viste faja carmesí en donde se cruza el puñal de oro damasquinado.

Era un hombre alto, musculoso y delgado, acostumbrado al ejercicio de las armas, pensé, pero aun así tenía en sus movimientos perezosos y suaves algo del gato y la serpiente al tiempo. Una mezcla de fuerza y astucia. Me miró directamente como un halcón a su presa. Sus ojos, bajo cejas negras y rectas, eran extrañamente azules. Con un ademán, lánguido e imperioso al tiempo, me invitó o conminó a acercarme. Yo estaba demasiado acostumbrado a la vida cortesana para dejarme intimidar, así que fingiendo una entereza que no sentía, me acerqué con firmeza al rey y a los siete pasos de rigor me detuve a hacerle las tres zalemas debidas.

—En nombre de Alá el Misericordioso os doy la bienvenida y os pido disculpas por haberos traído tan rudamente —dijo él. Me pareció que era una disculpa sin sentido. Desde los siete pasos que establece el protocolo, me dirigí a él en el mismo idioma que él había usado, el árabe más refinado.

—Comendador de los Creyentes —le dije. Sabía que estaba usando una fórmula mucho más alta de la que merecía el rey de Toledo, pero no vi que le desagradase, así que seguí tranquilamente, al menos en apariencia—: Comendador de los Creyentes, si hubiese pensado que me necesitabais, hubiese venido tan raudo como hubiese podido a vuestra sagrada presencia. —Era una frase cortés, no deseaba comprometerme a nada hasta que el rey se descubriese. Los cortesanos nos miraban de hito en hito, ora a uno ora a otro, según iba la conversación. Reconocí a algunos personajes de alcurnia que en el zoco o en la alcaicería me habían sido señalados. Otros, la mayor parte, me eran desconocidos; probablemente venían con el rey desde Toledo.

—Deseo hablar con vos en privado —manifestó sin más rodeos el rey—, aunque la mayoría de los que aquí están saben mis intenciones, prefiero hablar en privado con el *al-fakkak*. —Oyendo esta petición, se levantaron los señores que estaban sentados y los que no, se pusieron en marcha, andando hacia atrás, como requiere la etiqueta palatina—. No, vos, Muhammad ben Alí, quedaos un momento aún. —Un individuo alto y delgado, con cara de padecer de la bilis, se quedó rezagado. Yo sabía quién era, el *barid*, jefe de correos y, se decía, de la información secreta y reservada. En teoría un humilde funcionario real no tenía que estar aquí entre los altos señores del reino. Me pareció que ello reforzaba los rumores de que el *barid* era el temido jefe de la policía secreta, conocida como la Invisible. Habiendo salido todos los demás, nos quedamos solos los tres, el rey se quitó el turbante y vi que tenía la cabeza coronada de rizos color cobrizo, como un rayo me vino a la memoria de La Bermeja y mi corazón se retorció como un sarmiento al arder. El rey de Toledo sacudió su cabeza de león y dijo como un chico liberado de una odiosa atadura—: ¡Por las barbas de Mahoma, qué turbante más incómodo! —Ni el *barid* ni yo hicimos ningún comentario ante la irrespetuosa exclamación del rey; él siguió—: Bien, vamos a lo nuestro. Sin duda, Said ben Said, habéis notado una gran conmoción en Talavera. —Asentí sin decir palabra, no deseaba comprometerme, él siguió su discurso—: Hay riesgo inmediato para el reino, la temida *fitna* está por estallar. Cientos y aun miles de inocentes pueden ser muertos, sus mujeres robadas, violadas o vendidas, sus niños huérfanos, los campos quemados, las casas demolidas. Casi no nos queda tiempo. —Yo esperaba el fin de su discurso, seguramente me diría para qué me había hecho traer de manera tan perentoria. De momento no me lo imaginaba. Él siguió con un deje de amargura—. Durante muchos años esperé heredar de mi padre el reino de Toledo, al que deseaba dar prosperidad y un buen rey, un reinado largo en paz con los cristianos. Muerto mi padre Ismail pensé que era llegada la hora de Yahya ben Ismail, pero antes de tomar sólidamente las riendas del reino, hete aquí que mi deudo Suleymán ben Hud viene en son de guerra a disputarme el trono, so pretexto de un libertinaje y malas costumbres de mi parte. Sus tropas, armadas y pertrechadas para una campaña larga, se acercan a marchas forzadas. Su primera intención es tomar Toledo, creyendo que si cae la capital, caerá el reino con facilidad. —Pensó un momento, como para retomar el hilo de sus ideas—. Os preguntaréis qué hacéis vos en todo esto. —Aquí llegaba el meollo de la cuestión, callé y esperé—. Me han llegado noticias de vos, Relator de Cuentos. La gente se hace lenguas de vuestras facultades. De parte del muecín sé que sois piadoso musulmán. —¿Se reía de mí? Sus ojos decían otra cosa. ¿O era una ilusión mía?—. Vuestro amigo el *Sahib as-suq* es hombre de buen criterio y ha sido llamado a declarar, lo ha hecho a vuestro favor, habéis sido un misericordioso *al-fakkak*, redimidor de cautivos en tierras de los infieles reinos cristianos. Habláis su lengua y conocéis sus caminos. Alguna vez habréis tenido que discutir libertades y rescates con sus reyes... ¿quizá...? —Me miró inquisitivo, no hice ningún gesto y esperé. Se me antojó que estaba contrariado por mi silencio.

»Sin embargo —continuó—, hay otras informaciones, se os confunde con otra persona que se os parece mucho. No físicamente —se apresuró a aclarar— sino en vuestras habilidades. Tenéis los conocimientos y la memoria del hombre del rey don García de Navarra, su eunuco Doroteo. ¿Habéis oído hablar de él? —De modo que me había descubierto. Recordaba las advertencias del príncipe Yusuf. Me di por muerto; sin embargo, la curiosidad me atenazaba.

—¿Y quién lo dice, alteza?

—¡Oh, este hombre aquí presente, el *barid*! —Lo miró, y el aludido inclinó la cabeza en señal de respeto—. Dice que lo puede probar. —Se dirigió a él—. ¡Vamos, decidnos cómo!

—Es fácil, mi señor, el llamado Doroteo, como bien dijísteis, es eunuco, el llamado Said, no lo es. Veamos sus atributos y ya está. Os lo propuse ya hace días, señor, no me lo habéis permitido... —¿Se lamentaba el *barid* de que el rey no le hubiese dado autorización? ¿Era acaso un reproche?

—¡Bien, si es necesario lo haremos! Sabremos entonces la verdad —dijo el rey. Se animó la cara del *barid*.

—¡Por fin! Doroteo o Said, mostradnos lo que tenéis que mostrar. —Era el *barid* el que así me hablaba. Me sentí vejado y deseé estar muerto. Nadie me había hablado con tanta crudeza. Además me iba la vida en ello. Sin poder dar crédito a lo que oía, escuché decir al rey.

—Salid, jefe de correos, vuestro papel ha terminado. El resto lo decidirá el rey. —Salió, contrariado, pero sin rechistar el *barid*—. Ya veis, Said, que os tengo en mis manos, pero os ofrezco a cambio la libertad y la vida, os necesito. ¿Me podríais ayudar?

—¿Qué puede hacer un oscuro Contador de Cuentos por un rey tan poderoso? —Pareció pensar un momento el rey moro, y luego, como si cambiase de conversación, inquirió súbitamente:

—¿Os habéis preguntado, amigo, por ventura, qué es lo que hace a los reyes conservar su trono y su poder? —A eso hacía tiempo que había encontrado respuesta.

—Sí, mi señor, y la respuesta es sencilla: conservarán el trono si saben calibrar bien a los hombres. Si se engañan: lo perderán. Nunca hay que menoscabar a los hombres, sobre todo a los aparentemente pequeños.

—No me he equivocado, sois un hombre notable. He ahí la respuesta a vuestra pregunta. Son las briznas las que hacen los hilos, y éstos a su vez los tejidos, que luego harán las ropas. Cuando me llegaron rumores de que el hombre de confianza del rey don García podía estar como un oscuro Contador de Cuentos en Talavera, ordené dejaros en paz. Nada de acosaros y meteros en prisión. Quizás algún día me podríais ser útil. Afortunadamente el *Sahib as-suq* os tomó aprecio; ignorante de vuestra identidad os ha protegido, y ello me convino. Pero pasemos a lo nuestro: vos sois, además del *alter ego*, como se dice en vuestro latín, de don García, medio hermano de los otros reyes cristianos. Haréis un servicio a don Fernando y a mí mismo, a los cristianos y a los musulmanes, si lleváis un recado para él.

—¿Para don Fernando?

—Exactamente. Es el único que puede en estos momentos salvar el trono de Toledo. A él no le conviene que la mayor parte de la península caiga en manos de Suleymán. Zaragoza y Toledo unidos formarían un reino formidable. Por otra parte es rey poderoso de dos reinos: Castilla y León, y el que más cerca está de nosotros. De poder llegar alguien a tiempo es él. Os dictaré los términos de mi compromiso y oferta.

—No hace falta, buen rey. Si me los decís lo recordaré fielmente.

—Es cierto, olvidaba vuestras cualidades. Bien, escuchad entonces atentamente. —Durante un buen rato el rey me puso al corriente de su plan. Urgía sobre todo la velocidad. Cada hora era un nudo apretándose a la garganta del reino de Toledo. El rey moro se comprometía a pagar tributo, parias, al de Castilla en la cantidad que él, don Fernando, estimase justa. El reino de Toledo se consideraría sujeto al de Castilla y en cuestiones de guerra no actuaría con independencia sino que se obligaba a consultar con don Fernando. Asimismo le acompañaría a la guerra que el cristiano librase contra otros, ya fuesen cristianos o musulmanes. En verdad era una oferta generosa, obligada por la necesidad, pero muy tentadora para el rey cristiano.

—Vos conocéis bien los reinos cristianos, y una vez allí sois persona de influencia. Usadla en mi favor y no os arrepentiréis —terminó el rey de Toledo—. Tenéis que partir, ya. Ahora mismo os espera un grupo de fieles que os llevarán hasta la Frontera Media. Iréis como el viento, todo está preparado. En el último puesto os darán dos caballos más de repuesto para que podáis seguir sin pausa hasta donde esté el rey Fernando. ¿Lo podréis encontrar a tiempo? Si todo sale bien, cuando sepa que Suleymán se acerca a Toledo iré hacia allí con los hombres que pueda conseguir e intentaré darle batalla antes de que entre en la ciudad. Si don Fernando puede venir a ayudarme, lo cogeremos entre dos frentes. Si no, Alá el Misericordioso salvará mi alma, pues mi cuerpo lo doy por perdido.

—Creo, señor, que me enteraré enseguida de dónde está el rey Fernando. —Sabía que en cualquier sitio en donde hubiese un monasterio de la obediencia de Sahagún, sabrían dónde estaba el rey. Y éstos se contaban por centenares.

—Adiós, entonces. El Silencioso que os trajo ante mí os llevará hasta la frontera, es fidelísimo y os llevará con velocidad y seguridad. —Se levantó y tomó de nuevo su turbante abandonado sobre unos cojines, suspiró y se lo puso.

—¡Señor, una cosa! —dije. Se volvió sorprendido el rey.

—¿Qué deseáis, *al-fakkak*? —Me hablaba como si yo fuese quien pretendía ser. Se lo agradecí.

—Deseo llevarme a alguien conmigo. —Levantó las cejas con curiosidad, pero sólo dijo:

—¿Hombre o mujer?

—Hombre, señor. —Me miró y supe lo que estaba pensando.

—¿Irá voluntariamente?

—Espero que sí, señor.

—¿Es niño? No me gustan los pederastas...

—Es de edad de conocimiento.

—Sea, pues. —Tomó un papel, garabateó unas palabras y lo entregó al Silencioso que ya había entrado. Se dirigió luego a mí y me habló con respeto—. ¿Nos volveremos a ver, *al-fakkak*? ¿Volveréis por vuestra recompensa?

—Será lo que Alá tenga dispuesto. En cuanto a la recompensa, no necesito nada, alteza.

—Entonces, hágase la voluntad del Misericordioso. —Salió y pensé que quizá ya no lo volvería a ver. Dependía de Dios o del destino. El Silencioso estaba dispuesto, al parecer, a cumplir mis deseos antes de abandonar Talavera. Le dije que quería visitar a un amigo, el escritor de cartas y recados, Yusuf ben Yusuf. Asintió y sin pérdida de tiempo nos hallamos ante su puerta. Precipitadamente lo levanté de su sueño y le puse en antecedentes de lo sucedido. Sus cuencas vacías parecían mirarme desde el fondo de su negrura.

—Eso es lo que ha sucedido, y ahora, príncipe, ¿deseáis venir conmigo a tierra de cristianos? Sé de alguien que estaría más que encantado de teneros siempre cerca, en un lugar en donde no os faltarán lectores para leeros o escritores para lo que quisierais poner por escrito. Podréis inclusive dar clase, transmitir lo que sabéis a otros con deseos de aprender. Conociendo a esa persona os puedo asegurar que se os respetará en vuestra religión. Príncipe, tenemos permiso del rey de Toledo y el tiempo apremia, pronto romperá el alba. ¿Qué decís?

—¿Por qué esta decisión vuestra, amigo Doroteo?

—El *barid* sabía que yo era Doroteo y ha seguido mis pasos, no me extrañaría que se volviese contra vos, ya que no ha podido hacerlo contra mí. El *barid* no es como vuestro amigo, el *Sahib as-suq*. Por este último no temo, él tiene su propio estatuto y se defiende solo. Pero vos os quedaríais en precario.

—¿Quién es ese protector que me ofrecéis tan libérrimamente?

—El abad de Sahagún, vuestro amigo don Alvito. Su abadía es de las más importantes de la cristiandad, tiene cientos de libros. Siempre necesita sabios. Hay alumnos: aprendices, novicios y oblatos que necesitan de enseñanzas. No sólo enseñanzas religiosas, también filosofía, canto, astronomía, gramática, música, agricultura, medicina, idiomas. Yo me voy ahora mismo, príncipe, el Silencioso se impacienta. ¿Venís conmigo? —Desesperado, le dije algo que me salió impulsivamente del corazón—. Seré vuestro amigo de por vida, aunque no esté en Sahagún os escribiré, y cuando pueda iré a veros. ¿Os complace? —Despaciosamente contestó:

—Nada me ataba a Talavera, más que la amistad del *Sahib as-suq*. Él comprenderá. Dejadme unos segundos. —Se dirigió adonde tenía el recado de escribir y llenó una hojilla de palabras que no leí. Luego llamó con el cordón a su sirvienta. Llegó la jovencita con los ojos llenos de sueño.

»Adiós, niña, no me preguntéis nada. Me voy, aquí os dejo la escritura de la casa y de lo poco que contiene, todo es vuestro por haberme cuidado. Si lo administráis bien sois una mujer independiente, llegado el momento podréis escoger marido. —Cogió una bolsita con lo que colegí serían sus magras ganancias, se puso ropa de viaje, una capa abrigada y unos zapatos aptos para montar a caballo—. Soy vuestro —dijo, y añadió con tristeza—: totalmente vuestro, pues que no tengo ojos, hasta que lleguemos a un sitio en que me pueda mover con confianza seré una carga para vos, pero puesto que os habéis comprometido como mi amigo, partamos sin dilación, no sea que se enfade el Silencioso.

De allí fuimos a toda prisa a mi fonda. Nadir me esperaba espantada de ver tantos hombres de armas. Creía la pobre mujer que me llevaban preso o a la muerte. Le tranquilicé como pude.

—No temáis, Nadir, tengo algo que hacer en tierras lejanas. Os mandaré recado de que estoy bien cuando llegue. Voy a recoger mi ropa más necesaria y saldré enseguida.

—¡Ay, Relator de Cuentos —sollozó ella—, me temo que no podréis hacer tal. Se han llevado todas vuestras cosas, excepto por dos mudas de viaje y vuestra bolsa con los feluses, que la tomó uno de los Silenciosos. No sé cuál... ¡Os lo han robado! —El Silencioso que me acompañaba la miró con desprecio, como si fuese una rata. Dio dos palmadas e hizo señas que no comprendí, pero que me recordaron el idioma de signos de los monjes de Cluny. No estaba equivocado, al instante apareció mi bolsa con el dinero que contenía. Surgió de algún sitio un hombrecito casi enano que se me presentó haciéndome infinidad de zalemas y reverencias:

—Señor, soy vuestro traductor. Hablo el lenguaje de signos de los Silenciosos, cualquier cosa que ellos os quieran decir, me la dirán a mí y yo a vos. Por vuestra cuenta les podéis hablar directamente, ellos os oyen y entienden, no son sordos, sino mudos, ya sabéis que se les ha cortado la lengua. Por lo demás podéis decir y hacer lo que queráis mientras viajamos. Nos despediremos en la frontera, el *tugur*. Allí empieza vuestro verdadero viaje. He sido advertido de que lleváis un hombre en vuestra compañía. Tengo salvoconducto para vosotros dos, sólo hay que poner el nombre del segundo hombre, vuestro acompañante. —Me dirigí al príncipe y le expuse lo que me había dicho el traductor.

—¿Importa el nombre? —preguntó el Príncipe Ciego.

El traductor, que escuchaba, negó con la cabeza al tiempo que decía:

—No importa, el salvoconducto es para cualquiera, aunque sea un huido de la justicia o un renegado, da igual, el rey en persona lo manda.

—Traed entonces ese papel, lo escribiré personalmente si ponéis mi mano en el sitio correcto en donde debe figurar el nombre. ¿Hay bastante espacio?

—Lo hay, buen hombre —dijo el traductor. Sin añadir palabra, Yusuf ben Yusuf puso su nombre completo, con mención de su genealogía, padre, abuelo y bisabuelo, como los nobles hacen. Príncipe Hudail ben Muhammad ibn Sumadih ibn Almoatí. Hasta ese momento jamás había sabido el verdadero nombre del príncipe, siempre fue para mí Yusuf ben Yusuf. En todo caso como un medio hermano del sultán de Almería. El traductor lo leyó y sus labios cambiaron de color y se tornaron azules.

—¡Perdón, alteza! —farfulló caminando hacia atrás como si el ciego pudiese verle. Yo también había descubierto algo. De siempre sabía que el príncipe de Almería era medio hermano, o así se decía, del rey de ese lugar, el difunto Man ben Muhammad ibn Sumadih. Se decía que hubo otro hermano mayor que desapareció, debió de haber muerto, por lo que heredó el trono el segundo hermano. Ahora veía que ese hermano mayor, que no fue rey, era mi protegido Yusuf ben Yusuf, o lo que es lo mismo Hudail ben Muhammad ibn Sumadih ibn Almoatí. Comprendí que el rey de derecho había renunciado al trono por el estudio y la sabiduría y hoy, ciego y sin hogar, vagaba por el mundo sin poder leer.

—Alteza —le dije—, me honro en compartir este secreto, que nunca saldrá de mí. —Suspiró el de Almería.

—He firmado con mi nombre verdadero por última vez. En realidad el rey murió hace mucho, mucho tiempo, sólo sufro porque mi hermano murió en mi lugar. Si yo hubiese ocupado el trono, yo estaría muerto y él, quizá, vivo.

—¿Y por qué habéis descubierto vuestro secreto, alteza?

—Por vos, buen amigo.

—¿Por mí? —Me extrañó su explicación y de momento no encontraba sentido a sus palabras. Mientras tanto ya habíamos montado a caballo y yo mismo tomé las riendas del corcel de Yusuf ben Yusuf.

—Sí, buen amigo, conozco bien a los Silenciosos. Son religiosos hasta la exasperación. Si solamente sospechasen que sois un infiel, y no sabemos hasta dónde llega su información pues lo saben todo, podíais sufrir un nefasto accidente en el camino. Pero al igual que son religiosos, son fieles a los reyes y príncipes de una manera casi enfermiza. Ahora que saben que soy casi un rey, no osarán ni pensar mal de vos, ya que vais conmigo. —Se rió calladamente, con un suave sentido del humor—. ¿Sabéis, buen amigo, que vais protegido por mí?

Cabalgamos sin descanso. Aunque los Silenciosos eran corteses con nosotros, les hicimos saber que era mejor que no se acercasen. El Gran Silencioso, como llamaba en mente al que parecía ser el jefe, me hizo saber por medio del traductor que cualquier cosa que estuviese en su mano para hacer cómodo el viaje a mí o mi amigo, sería hecha con el mayor placer. Inclusive se brindó a llevar, respetuosamente, al príncipe en su propia cabalgadura para que fuese con más seguridad. Pedía perdón por el atrevimiento, pero quizás el Príncipe Ciego estaría más seguro de esa guisa.

Avisado del recado del Gran Silencioso, preguntó Yusuf ben Yusuf al traductor si el negro era, como él creía, el Silencioso Mayor. Asintió el pequeño traductor.

—Decidle que aunque rechazo su ofrecimiento, quiero cambiar unas palabras con él. —Al punto, llamado por el hombrecito, se acercó el Silencioso.

—¿Me habéis convocado, señor? —Hablaba por medio del pequeño traductor.

—Efectivamente, Silencioso Mayor. —Se erguía el ciego en su silla como una figura digna y magnífica aun en su ceguera—. No tendremos muchas ocasiones de hablar, ni ahora ni en el futuro, quiero que sepáis que aprecio vuestro pensamiento. Os agradezco que hayáis pensado en mi seguridad tanto como para ofreceros a llevarme con vos. Pero no hace falta, al menos de momento. Cuidad a mi amigo tan bien como lo haríais conmigo. —El enorme negro se inclinó sobre el caballo lo más profundamente que le permitía la postura, sin acordarse de que el príncipe no veía su cortesía.

—Podéis retiraros, Silencioso Mayor, pero en prenda de mi reconocimiento os permito besarme la mano. —Extendió su mano al vacío pero el Silencioso se apresuró a tomarla y besarla devotamente. Era la primera vez que se le permitía besar una mano real. Su expresión era de arrobamiento. Se alejó conduciendo su caballo hacia atrás para no dar la espalda al príncipe.

Rodeados por la impresionante escolta, no tuvimos ningún problema; éstos llegarían cuando nos dejasen en tierras de cristianos: un hombre desarmado y un ciego en una frontera revuelta. Empecé a ver los peligros de la empresa. Por fin llegamos al punto en que los Silenciosos no podían avanzar más.

—Sólo podemos llevaros hasta aquí —dijo el pequeño traductor, apeándose de su caballo—. Si cruzamos nos podría costar la vida a todos. Sabemos que hay movimiento en la frontera, en cualquier momento pueden aparecer soldados, no sabemos de quién. Que Alá os acompañe y os lleve con bien, *al-fakkak*, y a vos, que Él os bendiga, príncipe. —Se dirigió a una acémila bien cargada y de ella tomó un paquete o hato—. Aquí hallaréis ropa y el equipo de los cristianos que podéis necesitar, tal y como lo ordenó el rey. Podéis, asimismo, conservar el caballo, y otro de refresco para cada uno, para facilitaros el relevo de los mismos. Por último, pedid armas, se os darán las que pidáis.

Esto último me alegró. Empecé a ver ciertas posibilidades si íbamos armados pues aunque el ciego no pudiese usarlas, yo sí podía, y muy bien, por cierto. No en vano había consumido cientos de horas en la palestra con los príncipes. Si aparecían bandidos y no eran muchos, creí poder con ellos.

—Dadme una espada al estilo cristiano, una lanza y un escudo. Un puñal bien afilado. Y si tenéis, una honda. —Todo me fue dado puntualmente. Sorprendido oí al príncipe:

—Y un alfanje curvo para mí, que sea bien filoso.

—Señor —arguyó tímidamente el traductor—, no creo que...

—Dadme lo que pido y no creáis nada. —Molesto, el traductor le puso en la mano lo pedido. Era en verdad una bellísima arma mortal. Su belleza surgía de la adecuación del objeto con el fin. El alfanje, *al-fanyar*, es una especie de sable corto y corvo, cuyo cuerpo tiene filo solamente por un lado, mientras que en la punta está inverosímilmente afilado por ambos lados. La muerte sonreía en sus reflejos blancos. Se lo acomodó el príncipe a la cintura y luego lo palpó varias veces como para asegurarse de su posición exacta. Llegó el momento de separarnos, antes de hacerlo nos dejaron, como habían dicho, otros dos *alfanas* o caballos fuertes y briosos, sobre los que se colocó el magro equipaje; un paquete y algo de comida seca; una tienda embreada o *alfaneque*, por si llovía y nada más.

—Adiós, señor príncipe, adiós, *al-fakkak*, que Alá os acompañe. —Puso en mi mano con cierto misterio algo duro y pequeño. El traductor y los Silenciosos dieron media vuelta y desaparecieron. Cuando el cortejo se hubo ido abrí la mano y vi tres monedas de oro y algo que me llenó de admiración: la cadenilla que Alexania me había dado y que yo había vendido en el zoco. Me estremecí. Ahora sabía que vivía de milagro. La Invisible me había seguido todo el tiempo. Me juré no volver nunca más haciéndome pasar por musulmán.

—¡Qué buen día hace, amigo Doroteo! —Me sacó de mis pensamientos la voz de mi acompañante. Era desacostumbradamente alegre para la situación en que nos encontrábamos:

—Cierto, mi señor príncipe.

—¡Basta de tratamientos y cortesías! ¿No somos acaso dos amigos metidos en una aventura harto azarosa? ¡Por las barbas de...! —Se interrumpió en su exclamación para seguir como antes—: Estoy contento, contento de veras. Cuando tuve que salir huyendo de Almería, convaleciente como estaba, aún no había aceptado mi condición de ciego. Además iba disfrazado de monje cristiano, con la capucha echada sobre la cara, siempre con temor a ser descubierto, doliente y enfermo. Anduve de aquí para allá adonde la compasión de los cristianos me iba llevando, un juguete del destino, un desecho humano, un infeliz sin voluntad. En cambio hoy... —lo pensó un momento e inspiró aire profundamente como si fuese perfume—, hoy voy adonde quiero, lo he escogido, voy con un amigo y espero encontrar otro. Quizá libros y aun tengo esperanzas de ser maestro. ¿Qué más se puede pedir? ¡En verdad la vida es muy hermosa y Dios ha sido bueno conmigo! —Esto dijo el ciego; yo, Doroteo, me guardé mi comentario ácido. ¿Acaso no habría sido más bueno guardándole la vista e inclusive permitiéndole ser rey? En lugar de ello le pregunté, mientras guiaba a los caballos con todo cuidado por la áspera senda montañesa:

—¿Vais pues a gusto?

—Sí, por cierto. Ahora debemos concentrarnos en hacer el camino lo más corto que podamos, si no os sirvo de lastre. —Concluyó con un deje de pesar—. Pero no os preocupéis mucho por mi seguridad, el caballo y yo nos entendemos como si hubiésemos nacido juntos. ¿Habéis oído hablar del centauro? —Asentí con la cabeza, olvidando que él no me veía—. Pues bien, tanto he cabalgado que me siento renacer al sentir un caballo entre las piernas. Desde que me establecí en Talavera, no deseando llamar la atención, apenas si abandoné la casa en donde me encontrasteis. No había vuelto a montar en una de estas hermosas e inteligentes bestias. ¡Nunca abandonarán al hombre y él tampoco las podrá abandonar jamás! —Palmeó el cuello del animal, que pareció apreciar la caricia piafando suavemente.

—Decidme, sin ánimo de ofenderos, Yusuf ben Yusuf, ¿para qué queríais un alfanje? —Desde que lo pidió, la curiosidad me impulsaba a hacer esta pregunta algo indiscreta. Él no pareció molestarse.

—Los que aún gozan de la vista no saben cómo se agudizan los sentidos restantes cuando uno falta. El oído y el tacto suplen en gran parte la vista. El tacto sirve para lo inmediatamente próximo, pero el oído nos dice lo que se acerca y dónde está. Estoy seguro de que si alguien se me acercase con aviesas intenciones lo sabría. El alfanje es el arma ideal para una distancia corta, la que necesito para calibrar su presencia y la distancia. —Rápido como el relámpago sacó el arma y la colocó cerca de mi cuello, di un respingo de temor.

—¡Basta de bromas, por poco me cercenáis el gaznate!

—No, amigo Doroteo, os lo he aproximado por el lado romo. Es la clase de bromas que hacíamos de chiquillos en el patio de armas.

—Os agradeceré que no broméeis más con las armas. —Se rió él y asintió:

—Tenéis razón. No lo volveré a hacer. —De pronto pareció pensar un poco y me preguntó:

—Por la posición del sol, ¿creéis que es hora de los rezos? —Miré y calculé la hora.

—Sí, buen amigo.

—Alá no se ofenderá si lo hacemos mientras cabalgamos. Nuestra prisa no nos permite demora. —Rezó devotamente sin parar el camino. Cuando terminó me preguntó, como si fuese cosa sin importancia—: ¿Os importaría rezar conmigo? Ya, ya sé que no sois muy creyente, tampoco ateo. ¡Qué más os da! Los rezos, en todas las religiones, son tan hermosos… Escuchadlos, son poesía, el alma se esponja buscando la trascendencia. Os digo lo que haremos. Rezaremos alternativamente los rezos musulmanes y cristianos, vos conmigo y yo con vos, así compartiremos más cosas, como buenos amigos que somos.

Así hicimos el camino, rezando de vez en cuando «Alá es el más grande» o bien las Horas: «Señor, ven en mi auxilio, apresúrate en socorrerme.» La verdad es que el rezo en compañía siempre me agradó, independientemente de mi piedad.

Íbamos a toda velocidad, pensábamos en las vidas que dependían de nuestro mensaje y en el interés que podría tener para el rey Fernando la petición del de Toledo. A pesar de que nos habían dicho que había soldados patrullando la frontera, no vimos a nadie, remontamos los Montes de Toledo y empezamos a bajar por el otro lado. Enormes piedras nos ocultaban casi todo el camino; una vegetación salvaje y cerrada, constituida por encinas y carrascas, hacía nuestro viaje penoso pues las ramas bajas nos rascaban la cara y el cuerpo. Por consideración a mi amigo ciego, y a pesar de la prisa, tenía que buscar caminos o trochas por donde él pudiese razonablemente pasar sin dejarse la piel en las ramas espinosas. A veces eran los juncos que crecían en manojos apretados los que nos dificultaban la marcha. De pronto, al coronar un montículo, vimos no demasiado lejos lo que parecía ser un pequeño monasterio amurallado. Aún había una apreciable distancia pero se lo comuniqué a Yusuf ben Yusuf. Él opinó que debíamos ir hacia el edificio.

—Creo que sería prudente el acerarnos a él. Decidme: ¿parecemos moros? —Era algo en lo que no había caído. En efecto, aún no nos habíamos cambiado de atuendo y nuestro aspecto no podía ser más extranjero. Allí mismo sacamos el equipaje que nos había dado el traductor y prescindimos de tocados, zapatos, tahalí y demás prendas moras, cambiándolas por calzones de lino, mofarrex o túnica y todo lo que hace falta a un caballero cristiano para montar a caballo. Una vez más me sorprendí de la previsión del de Toledo: un juego completo de ropa era de color blanco, tal y como era conocido en todo el reino y gustaba de vestir el llamado Doroteo. Con ella me sentí otra vez yo mismo, recuperé mi persona y otra vez sentí mi pena. Esa pena blanca y penetrante, como el reflejo del alfanje de mi amigo Yusuf. No bien habíamos reanudado nuestro camino con el monasterio en mente, cuando de unos arbustos surgieron dos hombres armados que sin mediar palabra ni aviso alguno se precipitaron contra nosotros. Arremetieron con velocidad, uno a caballo y otro a pie. El del caballo me escogió a mí, que iba abriendo la marcha, y el peón cargó contra mi amigo ciego. No tuve tiempo de decir nada, más que emitir un sonido gutural de sorpresa, mientras que con toda mi fuerza hacía frente al jinete. No en vano yo estaba entrenado como un caballero y podía ser considerado como un guerrero experto. Demasiado para el infeliz ladrón. Se abalanzó sobre mí sin cubrirse; confiado en la sorpresa, todavía tenía cara de acometer con fiereza cuando caía muerto. Había encontrado de lleno la punta de mi espada. Con propiedad puede decirse que se mató él mismo.

Enseguida me di la vuelta para proteger a mi amigo, rogando a Dios que no fuese tarde, dada la celeridad de los bellacos. El peón había tardado una fracción más que el de a caballo, por ello todavía pude ver como si muy lentamente diese un salto cual gato montés, con un puñal en la mano. Lo que siguió pareció suceder en un lapso de tiempo alargado como en una pesadilla. Todo sucedía despacio, muy, muy despacio. El Príncipe Ciego, ante mis ojos atónitos, ni se movió de la silla: en un instante angustiosamente largo, sacó su alfanje plateado, que brilló como si una sarta de diamantes corriesen por su filo. Con la misma lentitud le cercenó de un tajo la cabeza haciendo molinete con su arma. La cabeza, como una pelota, saltó por los aires, también muy despaciosamente fue a caer en el campo, no lejos de allí. A partir de ese momento todo recuperó su velocidad normal.

—¡Amigo Doroteo! —gritó angustiado el ciego—. ¿Estáis bien? —No pude contestar, tal era mi impresión ante la reacción fulminante del que pensaba un indefenso ser. Pero él al parecer me oyó respirar pues que al momento se alegró—. ¡Ya os oigo resoplar! ¡Pardiez, amigo, qué aventura! ¡Menos mal que no nos cogieron desprevenidos! —Después de esto nos apresuramos a llegar al edificio sagrado. A su puerta, bien cuidada y reforzada por hierros y cadenas, nos anunciamos. No era tan pequeño como a distancia nos había parecido, más bien se asemejaba a un fuerte de proporciones medianas. Un monje, algo temeroso, se asomó a una mirilla minúscula.

—¿Quién sois? —indagó el buen hombre.

—Abridnos, hermano, somos cristianos. Yo soy Doroteo, de la cancillería del rey de Navarra. Traigo de Talavera un recado para el rey don Fernando de parte del rey de Toledo, Yahya ben Ismail, conocido como Al-Mamún. Me acompaña un ciego, amigo del abad de Sahagún, el venerable don Alvito, a quien yo también conozco por haber viajado hace no mucho a Cluny en su compañía.

—Esperad un momento, que aviso al abad, no os ofendáis, pero anda esta tierra muy revuelta. Y por ahora no abrimos a nadie a menos que lo sepa el abad. —Fuese; al rato regresó al parecer con el susodicho abad. No le vimos, pues él no nos mostró sino un solo un ojo escrutador a través de la mirilla.

—¡Es verdad! Creí que era una mentira de alguien que se hacía pasar por vos, Doroteo. —Se abrió la puerta rechinando sobre sus goznes de hierro—. ¡Pasad, pasad! ¿Qué diablos...? Perdón por la expresión poco pía. —Al entrar, de una ojeada vi que la fortificación encerraba unos cuantos edificios y en medio un patio. La muralla estaba bien abastecida y ocultos a todos los ojos había un gran número de hombres acostados en el contrafuerte, mirando al exterior con ojos de halcón. Estaban provistos de saetas y venablos y vi que hicimos bien en cambiarnos de ropa pues si no, seríamos ahora un acerico. El abad me abrazó con afecto. Enseguida reconocí en él a uno de los monjes jóvenes que acompañaba a don Alvito y a mí mismo en el viaje a Cluny, era el llamado Inocentino, a quien no pocas bromas le gastaban por su nombre.

—¿Quiénes son todos estos hombres, don Inocentino? No me parecen todos monjes.

—Es que no lo son, sólo algunos. Son hombres de don Fernando, un destacamento; al parecer hay peligro de una incursión mora. Este punto es monasterio en la paz y fuerte en la guerra, como podéis ver. Aquí el abad es a la vez abad y guerrero, como yo mismo. La frontera hierve. Nos preparamos para lo peor...

—Comprendo, sabemos lo que pasa, don Inocentino. Pero la situación puede no ser tan terrible como parece. —Mientras hablábamos, habíamos desmontado y dejado los caballos en manos de un oblato. Tomé de la mano a mi amigo sin ojos y le guié. Mientras, hablando con el joven abad, nos acercábamos hacia el edificio principal.

—¿Sabéis algo que nosotros ignoramos? —preguntó él, curioso por mis palabras anteriores.

—Sí, don Inocentino, traigo recado del rey Yahya. Afortunadamente quiere unir sus tropas con las del rey Fernando. Si se hace a tiempo, ello bastará para sofocar a los de Zaragoza. A pesar de lo que pueda parecer, los de Toledo bastante tienen con acudir a su propia necesidad como para atacarnos a nosotros. El único ataque previsible sería luego con Suleymán, crecido y victorioso.

—Dios os oiga, Doroteo. Tenemos aquí palomas mensajeras para enviar noticias de la frontera a León. Claro que sólo son útiles cuando no hay guerreros a la vista. Si hay tropas, ya saben que las palomas llevan mensajes. Un azor soltado a tiempo intercepta cualquier carta.

—No os preocupéis por ello, mandad vuestra paloma, yo escribiré el mensaje para el rey. No hemos visto soldados ni a este ni al otro lado de la frontera. Además, Suleymán se acerca por el oriente de Toledo, hay un gran trecho. —Nos sentamos en un refectorio grande y fresco y el joven monje dio orden de que nos trajesen tajadas de melón y pan. Mi amigo Yusuf escuchaba en silencio. Después de haber comido con fruición la fresca fruta, pedimos aún de beber, teníamos sed pues en las largas jornadas casi no habíamos tenido tiempo de detenernos y buscar agua y la que llevábamos había que estirarla.

—¿Vino o agua? —preguntó el monje.

—Mejor agua —dije recordando que el Profeta prohíbe el vino a los Creyentes.

—Por mí, Doroteo y señor abad, no lo hagáis —dijo el ciego—. Con moderación todo es bueno, y si el vino es de crianza, mejor. Lo que Alá creó es para el hombre y bien está que el hombre lo tome. —Pareció sorprendido el abad, quizá creía que por ser ciego era también mudo.

—Amigo ciego, cuyo nombre aún no sé; habláis con sabiduría, si bien aprecio que sois musulmán. ¿Quién sois? Digo, si puede saberse. ¿Acaso un emisario secreto de Yahya ben Ismail?

—No, no, buen abad, menos que eso. Sólo un amigo de Doroteo y del abad de Sahagún, a quien conocí en circunstancias harto más felices. Voy a Sahagún por si mi amigo juzga procedente que pueda enseñar en su scriptorio. Quizá tiene escuela de *trivium* y *quadrivium*, o mejor aún de medicina y filosofía.

—Entonces sois un sabio. Ciego, como dicen que fue Esquilo. ¿Habéis enseñado en la mezquita? —Lo preguntaba reticentemente, como si por haber enseñado en la mezquita fuese contagioso de algún mal.

—No, amigo Inocentino, en la mezquita enseña el cadí o su representante. Hombres religiosos, conocedores profundos del Corán. Yo, aunque he tratado de bucear en el saber, sólo puedo presumir de médico y aficionado a la astronomía. He enseñado en la madrasa y trabajado en la Casa de Salud. También he estudiado lenguas, religiones y filosofías.

—Me dejáis perplejo, amigo ciego. ¿Cómo puede un ciego estudiar, si el leer le está vedado?

—No siempre fui ciego. He visto el sol, las estrellas y las olas del mar. He leído y escrito libros. Son los hombres los que me han puesto así. Pero antes de seguir debo deciros que mi nombre es Yusuf ben Yusuf, de Almería.

—Pues bien, Yusuf ben Yusuf, os digo que yo soy un hombre que aunque sabe leer y escribir con su propia mano, sólo leo el Libro de Horas y los Evangelios. Sólo conozco la Obra de Dios; por lo demás soy un monje guerrero, que sostiene las fronteras contra vuestros hermanos, los infieles, si se me permite decirlo sin faltar a la cortesía. —Se entabló entre ellos una animada charla y yo me fui en busca del scriptorio del monasterio para proporcionarme las plumas y el recado de escribir que necesitaba para enviar un mensaje urgente al rey don Fernando. Un hombre armado me detuvo en la puerta misma del lugar al que iba.

—¿Adónde vais?

—Al scriptorio, naturalmente. ¿Adónde más puedo ir a través de esa puerta?

—No iréis a ninguna parte —me miró avieso el hombre— sin autorización del alférez del rey.

—¿Por qué?

—Porque lo digo yo. Nadie os conoce más que el abad, y él no ha dicho que podíais venir aquí. Limitaos a su compañía y a la del ciego y todo irá bien.

—¿No me dejáis entrar, entonces?

—Las órdenes son que nadie se mueva del sitio asignado.

—¿Puedo ver al alférez? —Me miró sopesando mi petición, de mala gana contestó:

—Podéis, pero él se va a enfadar. No se le puede molestar porque cualquier recién llegado quiera hablar con él.

Fuese a llamar al susodicho, no sin antes asegurarse de que la puerta estaba bien cerrada. No tardé en oír unos pasos decididos sobre las losas del piso, y enseguida una voz atónita:

—¡Doroteo —y luego—, mío aitán! ¡Por Dios! ¿Qué hacéis aquí? —Era mi hijo adoptivo, Santiago. Yo también me quedé de una pieza. Hubiese podido suponerlo, pero no lo hice ni por asomo. El encargado de la defensa de ese punto de la frontera era Santiago. Había crecido. Una nueva seguridad brillaba en sus ojos. A pesar de que el tiempo transcurrido desde que lo vi por última vez no era excesivo, el doncel había crecido y madurado. Estaba en esa edad en que de pronto se acuestan niños y se despiertan hombres. Aunque había decidido romper con todo mi pasado, no pude contener un estremecimiento de orgullo. Este joven guerrero era obra mía. Gracias a mí no era un bujarrón en alguna corte de los reyezuelos de taifas. El soldado vio con estupor cómo el joven alférez se dirigía a mí y me besaba la mano. Después de esto no esperó más y desapareció después de abrir prudentemente la puerta del scriptorio.

Santiago y yo conferenciamos largo tiempo. Como representante que era de don Fernando, le transmití la propuesta de Yahya ben Ismail. Juntos cavilamos la mejor manera de hacer llegar la noticia al rey y cómo organizar la tropa a la vista de los acontecimientos. Se decidió que Yusuf ben Yusuf esperaría en el monasterio hasta que hubiese seguridad suficiente como para mandarle a Sahagún. Santiago me relató la visita del embajador enviado por el rey de Zaragoza, y cómo el rey Fernando le había entretenido al emisario para poder organizar una apresurada defensa, no sólo del reino cristiano, sino del mismo reino de Toledo, porque no deseaba que Suleymán tomase este territorio.

—Entonces, la propuesta de Yahya es justo lo que necesitaba don Fernando —dije satisfecho.

—Cierto. El rey mismo está cerca, apenas a una jornada de aquí. Vienen refuerzos de Asturias, Cantabria y Galicia. Suleymán entrará por Toledo, nosotros haremos ver que vamos por Talavera, pero otro cuerpo avanza por Alcalá, sin encontrar resistencia. Van hacia Toledo para coger a Suleymán en una pinza, ahora también con la ayuda del rey de Toledo. En un par de días nos encontraremos en batalla. Sa-

biendo que Yahya no se ha rendido, todo parece augurar un triunfo.
—Hablaba con seguridad, como un soldado. Sus bellos ojos brillaban de entusiasmo.

Así pues, como el rey se encontraba cerca, lo primero era hacerle llegar las noticias que yo traía. Me despedí de Santiago deseándole paz y victorias y con un guía, montando un caballo de refresco, corrí al encuentro de su alteza, el rey-emperador.

Estaba el rey tomando colación cuando le anunciaron que un hombre y un guía del monasterio-fortaleza de San Marcelo venían con urgencia y deseaban verlo al instante. Temiose el rey que hubiese malas noticias en la frontera y al instante hízolos llamar interrumpiendo su almuerzo. Esperó impaciente y al ver entrar al hombre vestido de blanco, se quedó atónito.

—¡Alabado sea Jesucristo! ¿No es Doroteo? ¿Qué hacéis vos, amigo y hermano, en este fregado? Os hacía entregado a vuestros viajes o meditaciones o como queráis llamarlos. Pero perdonad, sentaos, que estaréis cansado. —Se dirigió a los guardianes y a los escribientes y funcionarios que llenaban la tienda—: Os doy licencia con gusto para que abandonéis la tienda. Podéis descansar un momento a solas, o con vuestros amigos y compañeros. El rey desea hablar en privado con Doroteo. —Tan sucintamente como pude, relaté al rey lo sucedido y cómo el rey Yahya ben Ismail me había encarecido que llevase un mensaje para él, el rey-emperador, ofreciéndole sumisión a cambio de ayuda. Le plugo al rey la propuesta y me agradeció vivamente el esfuerzo realizado para encontrarle tan rápidamente.

—¿Cuánto tiempo hace que salisteis de Talavera?

—El sol se ha puesto dos veces, hoy será la tercera vez, señor.

—Bien, yo sólo llegué ayer a este campamento. Según mis noticias Suleymán tardará un día y medio en llegar a Toledo. Hasta ahora no ha encontrado resistencia. Tengo algunos destacamentos cerca de él, pediré que lo hostilicen sin entrar en combate. Diego Laínez y los Luaces están no lejos de él. Ellos le detendrán las horas que necesitamos para encontrarnos con Yahya y hacer pinza por el occidente mientras mis hombres se acercan con mas refuerzos por el oriente. Don Alvito viene a marchas forzadas desde sus territorios con dos mil infantes y sus peones armados y bastidos.

—¿Me necesitáis para algo, señor? Puedo ir a combate con vos. —Me miró con afecto el rey.

—No, Doroteo, me habéis hecho ya un gran servicio. Mi plan era impedir que Suleymán se apoderase del reino de Toledo, la posición de Yahya me preocupaba mucho, sabe que está en gran aprieto y me place su oferta de sumisión a cambio de algo que iba a hacer en todo caso.

—Señor, me informó —dudé la palabra, iba a decir Santiago pero dije— el alférez de que en mi ausencia el rey de Zaragoza ha pedido ser vuestro súbdito, que habéis firmado un tratado con él, ¿cómo podéis ir a la guerra contra vuestro aliado con el que tenéis compromiso de ayuda mutua? Vuestra palabra ya no tendrá valor en el futuro. No se fiarán de vos. No podréis contar con otros aliados que huirán de vuestras promesas. —Él se rió de buena gana.

—¡Ay, Doroteo, no se puede hablar con vos, sois muy sutil! ¿Nunca perderéis esas mañas de canciller real?

—Perdonad, alteza, sólo me preguntaba cómo salvaguardaréis vuestra fiabilidad e iréis a la guerra contra vuestro aliado.

—Mantuve al embajador dos largos días conmigo en León, durante ese tiempo trabajaba por las noches en enviar mis tropas y hombres a los lugares clave, y por el día estudiaba con el embajador la documentación firmada por mí mismo y por su señor el rey Suleymán ben Hud. Él se había comprometido por escrito a no guerrear contra cristianos ni musulmanes sin consultarme antes. Por ello mi mensaje ha sido claro: debía cesar inmediatamente todo movimiento de tropas hasta que no hubiese estudiado y meditado conmigo la conveniencia o no de la guerra. Caso de no hacerlo, consideraría roto el tratado que él no había cumplido. Además, ya han salido mensajeros a todos los reyezuelos de las *tawaif*, las taifas, pidiendo que no ayuden al hermano levantisco, so pena de incurrir en el desagrado de Castilla y León. Todos se enterarán de que yo espero que cumplan al pie de la letra lo firmado por cualquiera de ellos. —Tras estas palabras vi que el rey había pensado en todo.

—Me alegro, señor, de que hayáis conservado vuestra credibilidad. Es un patrimonio importante para un rey. Hay que cuidar las apariencias. En fin, señor, os repito: ¿deseáis algo de mí? —Lo pensó un momento.

—Quizá sí, Doroteo. Esta misma tarde saldremos todos hacia Talavera, ya no hay tiempo para avisar a Yahya ben Ismail, pero nos encontrará allí enseguida. Santiago mandará recado a los Laínez y Luaces. Vos podréis ir hacia el norte por el camino que os llevaría a León; pronto os encontraréis a don Alvito, quizás esté ya llegando en este preciso momento. Si os lo encontráis, le contáis lo que a mí me habéis dicho y lo que hemos comentado. Él debe caer desde el norte sobre Toledo. Si Yahya nos espera, todo será más fácil. —Pensó un rato el rey, como trayendo a su mente algo que le había quedado como olvidado. Por fin me dijo:

—¿No me habéis dicho que habéis venido con otro hombre? ¿Acaso un emisario? ¿Un guía?

—Nada de eso, alteza. Un hombre que fue buen amigo del difunto don Bermudo, de buena memoria.

—¿De mi cuñado? ¿Y vivía en Talavera?

—Vivía en Talavera, accidentalmente. Es un amigo muy apreciado de don Alvito.

—No me tengáis en ascuas y dejaros de charadas. Don Alvito tuvo un amigo, un sabio, hermano del sultán de Almería, un hombre que se hacía llamar Yusuf ben Yusuf, para tapar su nombre de rey. Fue el rey de derecho de Almería y no quiso reinar. Murió en las revueltas de Almería al cambiar la dinastía. Pero dejemos reposar a los muertos. ¿Quién es este amigo que vino con vos, y cómo convencisteis a un musulmán a venir a reinos cristianos?

—Señor, el amigo es el muerto.

—¿Cómo, os habéis traído un muerto?

—No, no me he explicado bien. El amigo que traigo es precisamente Yusuf ben Yusuf.

—¡No es posible, Doroteo! —dijo atónito el rey—. Murió. Nuestros espías así lo confirmaron. Hace años que nadie ha oído hablar de él, porque estaba muerto. Un sabio no pasa desapercibido. Más tarde o más temprano aparece en una madrasa, en una cancillería, aparecen sus escritos, se habla de su escuela o de sus alumnos. Es así como tenía esperanza de saber de vos cuando os buscaba. Vos también desaparecisteis pero sabía que tarde o temprano oiría hablar de alguien que sabía lenguas, decoraba pergaminos o escribía música. Los vivos palpitan, amigo Doroteo.

—Os aseguro, señor, que es Yusuf ben Yusuf.

—¿Y cómo vino a estar en Talavera?

Le relaté como supe y pude lo que el Príncipe Ciego me había contado. Maravillose el rey y le pareció bien la idea de que se fuese a vivir a Sahagún.

—Tenéis razón, Doroteo, el abad don Alvito tendrá gran alegría de volver a ver a su amigo moro. Ambos disfrutarán de la mutua compañía, y además, si el príncipe quiere impartir enseñanza en Sahagún, eso que habremos adelantado. No es fácil encontrar buenos maestros, sobre todo en medicina y filosofía. Además he oído decir que es gran matemático, he de ir a escucharle...

Así terminó nuestra entrevista. Partió enseguida el rey hacia Talavera. A Santiago se le encargó organizar la retaguardia, mandar víveres o refuerzos, según lo pidiese la ocasión. Cuando fuesen llegando los otros hombres que se esperaban, enviarlos adonde el rey había dispuesto y, por último, hacer previsión para el cuidado de los heridos que se esperaba se producirían por la guerra. Enterado Yusuf ben Yusuf de que don Alvito venía de camino, se alegró mucho, pero mientras aguardaba en el monasterio, con ayuda del monje herbolario, fue dando indicaciones sobre medicinas y emplastos que serían útiles. Era el médico que siempre fue. Ciego y todo, una nueva luz le envolvía. Una actividad febril le hacía olvidar su desgracia.

La campaña fue un éxito para don Fernando y, por ende, para Yahya. Suleymán no logró entrar en Toledo sino que fue derrotado antes de entrar en la ciudad. Según la estrategia de Yahya y del mismo don Fernando fue cogido por sorpresa en una pinza que se cerró por tres lados y lo trituró. La taifa de Toledo quedó como tributaria de Castilla-León, y Zaragoza, como derrotada, también. Se le perdonó la vida a Suleymán y él prometió lo que quiso el rey-emperador, seguramente sin ánimo de cumplirlo. Yo, mientras tanto, sin saber qué hacer, me dirigí al monasterio de Oña a visitar a la reina doña Maior, esperando el regreso de don Fernando para cumplir entonces la promesa que le había hecho a través de Alexania de proclamar en todo el reino el fuero de León.

24

De cómo Doroteo, doña Maior y doña Estefanía estorbaron la muerte de don Fernando

> *El rey don Fernando de Dios sea amado,*
> *Commo lo fuera siempre, fó muy bien esennado,*
> *Non lo enbió solo mas bien acompannado,*
> *Ca enbió con elli, mucho omme onrrado*
>
> *Vida de Santo Domingo de Silos.*
GONZALO DE BERCEO

Cuando por fin llegué al monasterio de Oña, mi aspecto era cualquier cosa menos recomendable. Desde que salí de Talavera apenas había dormido bajo techo ni tomado un baño de agua caliente. Mis ropas blancas eran de un color pardo y necesitaba raparme y darme un pediluvio largo y salitroso. Había un llamador de bronce y con él golpeé la puerta. Una mujer me miró a través de la mirilla de la puerta y sin más me envió a la ventana por donde daban de comer a los mendigos.

—No es limosna lo que necesito, señora, vengo a ver a doña Maior. —Ella me miró con más desconfianza si cabe—. No temáis, decidle mi nombre, Doroteo, ella me conoce, y me atrevo a decir que me recibirá con agrado. —Mis palabras no convencieron a la portera.

—¡Doroteo! —refunfuñó, y cerró la mirilla. Volvió al cabo de unos momentos—. Entrad, Doroteo, la señora acaba de entrar en la capilla. Esperadla en el jardín, al terminar sus oraciones le agrada dar de comer a los pájaros —añadió.

Esperé durante un largo rato, pero no fue la espera ingrata. La huerta estaba regada por infinidad de hilos de agua que corrían rumorosos y no hay sonido más grato al oído que el correr, manso, del agua.

Me senté en un banco y por poco me quedé dormido. De pronto una mano me tocó el hombro al tiempo que una voz conocida me decía:

—¡Doroteo! ¡Bendito sea Dios que os ha traído hasta aquí, he rezado tanto por vos...! —Era la reina. Contenta como una chiquilla me levantó y me abrazó sin ceremonia. Luego me dio su mano a besar, lo que hice de buena gana. Ella, inmediatamente, me miró, como evaluando mi aspecto. No hizo ningún comentario, pero se dirigió a una monja que había venido con ella y le habló en voz baja. Tenía la acompañante la faz tapada con un espeso velo, por ello no le vi la cara y no sabría decir si era joven o vieja. Asintió con la cabeza a las palabras de doña Maior y fuese casi corriendo.

»¡Venid, venid aquí, Doroteo, hijo! Ya desesperaba de veros. Os mandé buscar cuando me enteré... —Se interrumpió como si no quisiese despertar en mí recuerdos tristes.

—No temáis, reina y señora, ya sé a lo que os referís. Alexania me dijo que me mandabais recado. He venido a agradeceros vuestro interés por éste vuestro esclavo.

—Nunca fuisteis esclavo —dijo contrariada—, y menos para mí, Doroteo. Al igual que Ramiro fue mi hijo adoptivo, así lo fuisteis vos. Si la maldad de los hombres no os hubiesen privado de ser un hombre completo, ahora seríais un noble alcaide, con un castillo en alodio o algo similar. Os habría casado bien con doncella buena y honesta. Pero en fin, no estamos para hablar de lo que pudo ser, sino de lo que es. Contadme vuestra vida. ¿Qué ha sido de vos? —Animado por su amable interés le relaté mi historia, desde la traición de don García hasta mi aventura en Talavera. No le conté todo, pero creo que ella suplió los silencios y lo entendió más de lo que yo le relaté.

—Mi hijo, el rey don García, es un hombre impulsivo y a veces egoísta, pero es un gran rey y a vos os ama sinceramente. —Y repitió algo que siempre me extrañaba—: Él os necesita más que vos a él.

—Quizá, señora, pero gracias a vos soy hombre libre y me he desnaturado de él porque me fizo entuerto. Se atrevió con mi sirvienta habiéndole yo advertido que era de mi propiedad. Esperó que yo me ausentase en su servicio y como un traidor entró en mi casa con malas intenciones.

—Ya le conocéis. Le pierde su afición a las mujeres. Además, seguramente sólo pensó que era una sirvienta, nada más. No puedo reprocharos, pero vos mismo le habéis ayudado en otras ocasiones similares.

Me avergoncé un tanto, era verdad lo que decía la reina.

—Eso fue hace mucho tiempo —protesté—, cuando ambos éramos jóvenes y atolondrados. Desde que casó con mi señora doña Estefanía no he aprobado sus escarceos. —La acompañante de doña Maior ya había vuelto y le hizo una señal. Asintió la reina y continuó la conversación conmigo.

—Lo sé, Doroteo. A vuestro estilo sois un buen hombre. Relatadme más de vuestras peripecias en Talavera, algo tengo ya oído, aparte de lo que me habéis contado.

Me maravilló que la reina supiese algo. Apenas acababa de llegar yo mismo y las noticias me habían precedido. De todos modos no tenía ningún inconveniente, así que le conté en detalle mi vida en esa ciudad, provocando gran admiración en la soberana.

—¿Y el rey Yahya ben Ismail sabía ya quién erais vos?

—Sí, señora, lo sabía y me había seguido los pasos desde que llegué.

—¿Y por qué os dejó fingir que erais mahometano? Eso es el mayor delito en esa tierra. Desde que lo supo erais hombre muerto y no de cualquier manera, sino en medio de atroces tormentos.

—Lo hizo, señora, según me explicó, porque sabía que podía serle útil. Si era Doroteo, conocía a los reyes. Podía pedirme un servicio a cambio de mi vida. Para ejecutarme, siempre había tiempo.

—Cierto. —Meditó un momento—. Será un gran rey ese Yahya. Matar por matar es un error. Siempre se debe hacer por algo útil. Me gustaría conocer a ese sarraceno. En fin. Yo también os puedo contar algo.

—¿Sí, señora? ¿Y qué sería ello?

—Oh, varias cosas. En primer lugar, Doroteo: ¿querríais hacerme un favor?

—¿Un favor, señora reina? Ya no tengo nada ni soy nadie. Apenas tengo lo que veis encima, sucio y gastado y unas monedas que me dio el rey de Toledo. Y ellas aun me sobran. También tengo el caballo, os lo cedo para el monasterio.

—No es nada de eso, generoso Doroteo. Oña es muy rico. Venid más cerca. —Así lo hice, intrigado por el misterio con que me hablaba la reina. Por ella supe que el Maestro de Esclavos, Aarón, estaba convencido de que mi antiguo señor, don García, tramaba matar a su hermano, don Fernando, entendiendo que era una inspiración de la Santísima Virgen para no tener que devolver a Castilla los territorios de Castilla la Vieja—. ¿Creéis que el rey García abriga de verdad esos propósitos? —me preguntó, como dubitativa, la reina.

—Señora, cabe en lo posible. Nunca se paró en mientes para asegurar sus fines, y más aún si cree que la Virgen, de quien he oído se ha tornado muy devoto, lo aprueba. —La reina se quedó pensativa.

—Pienso lo mismo que vos. Es difícil anticiparse a los pensamientos. Tenemos que estar preparados para impedírselo. No podemos dejar descabezados a Castilla y a León con los infantes en minoridad. La guerra civil duraría años. No creo que en ninguno de esos dos reinos aceptasen a don García por rey si fuese conocido su crimen. Inclusive podrían levantarse en Navarra y perderse todos los reinos. Sólo sobreviviría Aragón, Ramiro vendría a ser el rey de toda Spania y todos mis hijos muertos. —Agitó su cabeza como para alejar el funesto pensamiento—. No, no dejaré que suceda. Otra cosa es que en acción de noble guerra maten o mueran. La traición y el asesinato traen su propio castigo. ¡Ayudadme, Doroteo!

—¡Señora, qué puedo hacer por vos! —dije con desmayo—. Ni siquiera estoy ya en Nájera, en donde podría vigilar al rey. —Me miró ella, como si hubiese entendido que estaba de acuerdo en ayudarle.

—Eso lo hace más difícil, pero no imposible. Inclusive puede ser que ello nos facilite las cosas. —Vi que la reina tenía ya un plan, siempre fue una estratega de primera—. Por hoy hemos hablado bastante. Mañana más. He mandado recado al monasterio de monjes para que os den acomodo como si fueseis un peregrino de sangre real. Tenéis agua caliente esperando en una tuba, y ropas limpias, aunque de monje, mientras lavan y remiendan las vuestras. Es mi deseo que os quedéis algún tiempo, no demasiado; el necesario para mis planes. Ahora idos. —Estaba cansado así que no insistí en saber los planes de doña Maior. Me fui al monasterio de los hombres de San Salvador de Oña, a bañarme y a comer algo antes de caer dormido como un tronco. Por primera vez en mucho tiempo no soñé con La Bermeja.

La reina parecía tenerlo todo pensado, como si hubiese sabido que yo llegaría. Cosa que no podía ser cierta, pues ni yo mismo lo supe hasta que no estuve en camino. Pronto me desveló su proyecto.

—A fin de evitar sospechas por vuestra presencia en el monasterio, he enviado a León por un ejemplar del fuero.

—¿Un ejemplar del fuero de León? ¿Para qué señora? Yo lo conozco de memoria...

—Ya lo sé —dijo ella impaciente—, es para que todos sepan que estáis aquí por algo sin importancia. Os lo traerán, pues se sabe que el rey Fernando lo va a hacer proclamar en todo el reino y que está preparando copias. He enviado noticias a doña Sancha, la emperatriz, que estáis aquí y que vamos a preparar en el scriptorio de Oña unos ejemplares para la proclamación del fuero y que vos dirigiréis a los copistas, cosa que podéis hacer de todos modos.

—¿Y, mientras tanto, cuál será mi verdadero papel, señora?

—Esperar, Doroteo. Pronto se olvidarán de que estáis aquí. Si os necesitan los de Castilla, ya os enviarán a buscar. Mientras, nosotros aguardaremos nuestro momento. —No me dijo más, pero yo sabía que la reina era de fiar; si tenía un plan, era bueno. Otro día me dijo repentinamente:

—Os voy a contar algo que he oído y que quizás os pueda interesar. —No dije nada y esperé sus palabras, ella prosiguió—. Bien sabéis que tengo algunos contactos en Toledo. Alguien de la aljama me contó que una cristiana ha llegado y ha tomado posesión de una casa que era de un tal Said ben Said... ¿Sabéis algo de ello? —No contesté—. Al parecer era una viuda con familia, a quien su amo envió allí. Causando gran admiración a todos, ha tomado maestros para aprender las letras hebreas y cúficas. La llaman La Evangelista pues es cristiana y pasa el día escribiendo. Se ha hecho de cierta fama como escribidora e iluminadora de cartas y papeles varios. Por cierto, recibí una carta de Toledo, para satisfacer mi curiosidad le hicieron escribir esta carta a esa Evangelista.

—No deseo verla, señora —interrumpí a la reina. Ella me miró tristemente.

—Deberíais. Es notable, y eso que no es para persona de sangre real ni documento importante. Como escribiente creo que os interesará. —Sacó un papel de una gaveta. Yo no estiré la mano.

—Pido licencia para retirarme, señora. —La reina guardó el papel cuidadosamente.

—Está firmado, con letra muy chica. Dentro de un adorno se lee: «Dorotea, *pinctrix*.» —Di media vuelta y me fui. Esa noche no pude dormir. De nuevo pensé en matar a don García.

Pasó el tiempo tranquilamente. Mi estancia en San Salvador de Oña me sirvió de descanso y al tiempo me volví a encontrar con un scriptorio como los que conocía. Al principio de mala gana, pero luego con cierto placer, empecé a escribir, copiar e iluminar otra vez y ello pareció llevar cierta paz a mi atormentado espíritu. No era este *scriptorium* tan grande y bueno como el catedralicio de Nájera. Inclusive podría decir que era del tipo antiguo, de los que no se renovaban ni creaban, sino que repetían incansablemente los mismos motivos, los mismos libros, misales, antifonarios y cánticos. Pero ello también proporcionaba una paz que surge de lo conocido y mil veces repetido, sin la desazón propia de la creación, que da dolor y da placer.

Recordé cómo mi señor don García, y yo mismo, habíamos intentado sacar el saber de los monasterios y llevarlo a las catedrales. Arrebatar el poder a los monjes y llevarlo al del rey. Renovar la sabiduría sin que se dieran cuenta los clérigos enseñando a jóvenes laicos en las escuelas catedralicias. Ahora todo eso era un experimento fallido. Don García no podía hacerlo sin mí, pero yo tampoco podría hacerlo sin él.

Llegó el texto del fuero de León y con él, el papel de Játiva. Me puse manos a la obra para sacar varias copias del mismo. No era necesario iluminarlo, ni hacer letras de adorno, ni márgenes hermosos. Con autorización del abad, don Íñigo, puse a todos los monjes capaces de tomar el cálamo a copiar las palabras del fuero. Todas y cada una, con mucho cuidado. Yo mismo supervisaba cada línea. Un día se me ocurrió un experimento y se lo comuniqué a doña Maior.

—Señora, con vuestra voluntad, quisiera avanzar más rápidamente en la copia de los ejemplares del fuero.

—Mi voluntad la tenéis. ¿Pero cómo podemos acelerar lo que debe ser hecho con calma y paciencia?

—Cierto, señora, sólo necesitamos más escribientes.

—Siempre hacen falta más escribientes. —Se lamentó la reina—. En los reinos todos, siempre se oye lo mismo. Las órdenes tardan porque no hay gente que las escriba, las recomendaciones se pierden en el camino si van de boca a boca. No todos quieren aprender, y de los que quieren, muchos no son capaces, y de los que son capaces, sólo algunos sirven luego a los reyes. En los monasterios se escribe lo mismo una y mil veces y por contraste se desprecia lo desconocido...

—Cierto, señora, pero tenemos gente capacitada, la desperdiciamos por nuestra propia ignorancia.

—¿Gente capacitada? ¿En dónde, Doroteo?

—Aquí, señora reina.

—¿Aquí? —se extrañó la reina—. No sé a quién os referís. ¿Sabios secretos?

—Podéis decirlo así. Gente que sabe tanto o más que los monjes. Capaces de aprender y mejorar lo que ya saben.

—¡Decidme quién! Ya tengo curiosidad. ¡Ay, Doroteo, siempre revolucionando todo...!

—Las señoras. Las monjas, alteza.

—¡Pero cómo! Nunca se oyó que las señoras hiciesen copias. —Su voz sonaba casi escandalizada.

—¿Y por qué no, alteza? Las señoras de alta cuna, como las que están en este monasterio, saben todas escribir y leer. ¿No leéis vos?

No sabe la reina si ofenderse ante la pregunta o contestar. Al fin, con un cándido orgullo responde:

—Por cierto que sí, en latín, árabe y romance.

—He ahí la respuesta, señora. ¿Por qué no organizamos un *scriptorium* de damas? Ellas, igual que tienen buen gusto y finura para bordar, pueden manejar el cálamo. No es tan distinto de la aguja. Los colores son los mismos, que más da que sean hilos y torzales que pigmentos y tintas. —Meditó la reina por un momento, y su expresión fue cambiando.

—Lo comentaré con doña Tigridia, mi hermana y abadesa. Quizá sea llegado el momento de que las damas no dependan de la caridad de los monjes para sus devocionarios. —Fue así como las monjas de San Salvador de Oña tuvieron el primer *scriptorium* de Spania llevado totalmente por damas. Ahora sé que cuando los temidos Monjes Negros lleguen y obliguen a las monjas a tener sus conventos independientes de los de los monjes, las religiosas de San Salvador podrán sobrevivir. Son mujeres capaces, inclusive, de escribir al Papa pidiendo justicia y protección. Ahora saben cómo hacerlo.

Así pasó el tiempo. Supimos que el rey don Fernando había vuelto triunfante de su guerra y doña Maior me contó en el mayor de los sigilos que el rey-emperador preparaba otras campañas para agrandar el reino a expensas de los infieles. Parecía que los temores de que don García quisiese asesinar a don Fernando se habían olvidado. Hasta que un día, una persona a quien no vi, vino a visitar a doña Maior. Cuando yo me enteré, ya se había ido y nadie me pudo dar razón de su identidad. Unos decían que fue un mendigo, otros aseguraban que fue un leproso, un gafo. Ni tan siquiera pude saber con seguridad si el mensajero había sido hombre o mujer, tan arropado iba que su cuerpo era invisible. Sólo notaron que se deslizaba por el suelo con pasos menudos. Recordé a Alexania. ¿Sería ella los ojos de doña Maior en la corte de León?

Pronto la reina viuda me hizo llamar:

—Doroteo —dijo sin preámbulo alguno—, me temo que lo que esperábamos ha sucedido o está a punto de suceder. Ahora es cuando hemos de tomar cartas en el asunto o se nos irá de las manos. Si don García tiene éxito en eliminar a don Fernando, los reinos irán inexorablemente a una guerra sin cuartel durante años.

—¿Cómo podemos evitarlo, señora reina? —Sabía que si doña Maior me había retenido era porque tenía un plan. Ya he dicho que era una formidable estratega. Sin duda había meditado mucho qué se podía hacer.

—García —le apeó el tratamiento, cosa que nunca hacía— se finge enfermo y ha llamado a Fernando para hacerle saber su última voluntad. —No la interrumpí, ésta era seguramente la noticia que le trajo el mensajero—. Tenemos que actuar enseguida. Vos conocéis perfectamente el palacio de Nájera. —Asentí con la cabeza, ella siguió—. Y sabéis cómo usar las pociones. —Hablamos largo rato y al fin quedó todo dicho—: Hoy mismo os dirigiréis a Nájera; para justificar vuestra presencia, iréis de mi parte a visitar a don García. Decidle que he oído de su enfermedad y deseo saber qué sucede. Fingid que os interesáis en mi nombre. Vos podéis simular por mi amor que vuestra querella ya os importa menos. En todo caso, es de la mayor importancia que no muera ninguno de mis hijos, ello sumiría a los reinos en guerras civiles, y esto es lo que tenemos que evitar a toda costa. —Me miró largamente—. Ya no tengo nada más que deciros. Sólo añadiré que cerca de Nájera hay un pequeño lugar conocido como Los Tres Robles.

—Lo conozco, doña Maior. —Ella siguió sin hacer caso de mi interrupción.

—Allí hay una diminuta ermita en donde moran dos ancianos ermitaños. Allí irán en peregrinación unos caballeros que harán oración y penitencia. Ellos esperarán a don Fernando y le darán escolta hasta León... si lográis salvarle de este peligro. Ved de hacer todo lo que podáis, sois mi última esperanza. —Se acercó a mí, me bendijo y trazó una cruz en mi frente, como si fuese su hijo que partía hacia un peligro cierto. Luego, salió majestuosamente, como acostumbraba.

Viajé tan raudo como pude, cada minuto era precioso, el rey-emperador podía morir mientras yo llegaba. El campo olía a espliego y a romero, pero también a desolación para mí. Tras fatigosas jornadas avisté las murallas de la ciudad. En la montaña de Santa María ya destacaba claramente la mole del monasterio de Santa María la Real de Nájera.

Las puertas de la ciudad estaban abiertas y no vi especial movimiento, nada que hiciera suponer que el rey estaba en sus últimos momentos. Como yo era muy conocido en la ciudad y se sabía de mi abandono, enseguida se formaron corrillos de gente que comentaban en voz baja mi presencia, pero nadie se atrevió a preguntar. Seguramente imaginaron que había recuperado la amistad del rey. No es bueno interpelar a los poderosos. Al llegar a palacio dije al vigilante:

—Anunciad a Doroteo, de parte de la reina madre de don García, la viuda de don Sancho el Mayor. —El guardia, que me conocía bien, permitiose sonreír amistosamente. Fuese y volvió al punto.

—Los reyes os recibirán ahora mismo, micer Doroteo. Seguidme.

—No hace falta que me mostréis el camino. ¿Dónde están?

—En sus habitaciones.

—Bien, registradme como es vuestra obligación y cuando veáis que voy desarmado, yo mismo iré al encuentro de sus altezas. —Así lo hizo, algo extrañado por mi petición. Eché a andar por aquellos corredores tan familiares. Estaba en Nájera, abandonado a mis propios medios, sólo mi astucia podía sacarme de este asunto. Era tal el rencor que sentía por mi antiguo señor, que el solo pensamiento de poder burlarlo en sus intenciones ya me era grato. Con paso firme atravesé los lugares que tan bien conocía. La guardia real me saludaba con respeto y creo yo que con agrado. Por lo que pudieran serme útiles en el futuro, tuve unas palabras cortas pero corteses con cada uno. Por fin llegué ante las habitaciones reales.

—¿Os he de anunciar? —preguntó incrédulo el vigilante. Estaba acostumbrado a que entrase a todas horas sin llamar, a menos que supiese que la reina estaba con el rey. Si sospechaba que estaba doña Estefanía, observaba escrupulosamente la más exquisita cortesía.

—Anunciad a Doroteo, creo que mi señora está con el rey. —No hizo falta, al punto oí la voz autoritaria del rey:

—¡Por todos los diablos, que entre de una vez ese engendro de Satanás! —En otros tiempos, ello habría sido un cumplido; ahora me molestó. Todo lo que venía de don García me molestaba. Disimulé mi malestar. Vestía de nuevo como siempre lo hice, con mi túnica blanca y manto a juego, llegaba como si el tiempo no hubiese pasado. El rey estaba vestido y acostado encima de la cama y doña Estefanía, para no perder la costumbre, estaba otra vez embarazada. Me miró con su mirada dulce y triste al mismo tiempo. Pero el rey no nos dejó tiempo para más. Sin levantarse de su lecho gritó:

—¡Por fin habéis vuelto, bergante! ¡Ya sabía yo que no podríais vivir sin vuestro rey y hermano, el tosco y bruto don García! —Se levantó y vino hacia mí, me puso ambas manos en los hombros y me miró a los ojos. Esperaba ver quizás una mirada de alegría o de perdón, pero eso era más de lo que yo podía hacer en ese momento. Sentía ganas de estrangularlo. Sólo el pensamiento de hacer un favor a la reina doña Maior y al tiempo arruinar los planes del rey García hicieron que me contuviese.

—Señor, vengo de parte de vuestra madre, doña Maior.

—¿De mi madre? —Se extrañó el rey—. ¿Está mala, necesita algo?

—No, señor, corre la voz de que sois vos el que está enfermo. De que vuestra vida peligra. De que inclusive vuestros hermanos vienen a veros antes de que muráis. Ya veo que la noticia es falsa... —Miré al rey con mirada apreciativa. Él no notó burla alguna. Le vi sorprendido y contento.

—¿Eso se dice? Pues es verdad y mentira al tiempo. Pero sentaos y decidme el verdadero significado de vuestra llegada. —Doña Estefanía parecía querer decir alguna cosa, pero optó por callarse. Por su expresión supe que tenía preocupaciones. Decidí hablarle y tener un intercambio de palabras sin que el rey sospechase. Quizá pudiese sacar alguna pista sin que don García notase nada. Había que aprovechar todas las ayudas. Sabía que tenía poco tiempo.

—Mi señora doña Estefanía, os veo en buen estado. Siempre tan hermosa y serena. ¿Puedo preguntar cómo os encontráis? —Resplandeció el rostro de la reina.

—Bien, muy bien, siempre que estoy embarazada me encuentro bien y feliz, pero ahora que os he visto inclusive estoy mucho mejor. Os necesitamos. —Entendí bien: «Os necesito.»

—Señora, soy todo de vuestras altezas... al menos mientras me encuentre en Nájera. ¿Están bien los infantes?

—Los infantes muy bien, inclusive el pequeño, al que aún no conocéis, ¿querríais verlo luego?

—Ciertamente, señora, si el rey me da su venia.

—¡Cuánta tontería! —refunfuñó el rey—. ¡Desde cuándo necesitáis venias para ver a los infantes! Id luego, cuando queráis, a verlos enhorabuena. —Sin que el rey lo supiese habíamos concertado una cita—. Y ahora, Doroteo —dijo él—, como os pregunté antes: ¿para qué habéis venido, en realidad? ¿Vais a pedirme perdón? Si es así, concedido. Todo olvidado. Podéis volver a vuestra casa, todo está igual que cuando la ocupabais, inclusive podéis traer a vuestra... criada o lo que fuese. No se ha tocado nada. Os esperaba, más tarde o más pronto, sabía que vendríais con el rabo entre las piernas. —Lo pensó un momento y pronunció una de sus groserías—: ¡Pero qué digo, si no tenéis rabo!

Sentí hervir la sangre en mis venas y si no hubiese sido por los ojos de doña Estefanía le habría matado allí mismo. ¡Que él me perdonaba a mí! Respiré hondo y dije con cuidado:

—No lo tengo todo muy claro aún, alteza. De momento vengo trayendo preguntas de parte de doña Maior. Cuando haya cumplido con mi cometido veremos de hablar entre nosotros.

—¿Y qué quiere saber doña Maior? —Noté algo como un fastidio en la respuesta del rey.

—Nuevas de vuestra salud. —Se dirigió el rey a doña Estefanía.

—Amadísima, podéis retiraros. Lo que tengo que hablar con Doroteo son cosas aburridas del gobierno de los pueblos, no os interesan, al menos de momento. Iré a visitaros luego. —Se levantó, se puso una bata acolchada y le besó la mano. La reina también se levantó, con cierta dificultad dado su estado, y se fue. Antes de salir se dirigió a mí:

—No olvidéis de venir a ver al infante chico.

—En cuanto pueda lo haré, señora. —Así reconfirmamos nuestra cita. Conocía bien a don García, por ello supe que él deseaba compartir conmigo sus ideas, suponiendo que eran buenas y que a mí me gustaría también el conocerlas. Pero todavía abrigaba algunas dudas respecto a mi aprobación, así que por unos momentos guardó silencio.

Decidí empezar yo.

—¿Y bien, señor? —Él se hizo el desentendido.

—¿Bien, qué?

—Qué me queréis decir, participar.

—¡Qué bien me conocéis! Me hacéis falta. Sea pues. Hice llegar a don Fernando la especie de que deseaba hablar con él pues estaba muy enfermo. El plazo de las paces con Castilla está a punto de expirar, no deseo de ningún modo devolver los territorios de Castilla la Vieja, que él reivindica como suyos.

—No veo el modo de solucionar ese asunto, alteza, a menos que haya guerra. El único modo de ganarlos definitivamente es en el campo de batalla.

—¡Oh, no, el único no! Si muere don Fernando ya no habrá guerra ni reclamación.

—Eso no pasa de ser un deseo. ¿Y cómo haréis que se cumpla?

—Ya está todo ultimado. Ayer mismo llegó el rey de Castilla. —Me asusté un poco. ¿Habría llegado tarde?

—¿Está aquí? ¿Dónde? No he visto rastro de presencia de vuestro hermano. —Bajó la voz y me dijo casi al oído.

—Está preso en una mazmorra. Vive, pero es como si estuviese muerto. Luego diremos que murió repentinamente. Lo enviaremos con todos los honores a su tierra. Doña Sancha, su viuda, será la tutora del joven Sancho Fernández. Ella no puede llevar a sus hombres a la guerra. Yo le ofreceré ayuda, reinaré a través de ella.

—Veo que lo tenéis todo bien pensado. Lo habéis atraído con engaños...

—Cierto —dijo él orgullosamente—, pero no fue mía la idea, la Santísima Virgen me lo inspiró.

—Siendo así —dije—, no puede fallar. ¿Cuándo ha de morir? —Se revolvió incómodo en su asiento—. No lo sé exactamente. Pronto, pero no demasiado pronto. Tiene que parecer que se ha puesto enfermo. Esperaré aún unos días. Está a buen recaudo. Sus hombres no saben nada. Vino con una pequeña escolta que está acampada fuera de la cuidad, ya se les dará la noticia de la enfermedad y del rápido desenlace en el mismo momento en que se les entregue el cuerpo. Por ahora, lógicamente, no saben nada...

—Una idea muy astuta, alteza. ¿No os remuerde la conciencia?

—No, la Virgen me prometió para él un trono mejor que el mortal...

—Siendo así, no tengo nada que objetar. Ahora os ruego que me dispenséis. Estoy muy cansado. Me voy a descansar, han sido demasiadas emociones. Os veré a la hora de la cena. —Él se quedó algo despagado, esperaba quizá que me opusiese, que hiciese esfuerzos por convencerle de lo descabellado de su acción. Se quedó sorprendido, alegre quizá de no tener que discutir conmigo.

—Hasta luego, pues, Doroteo. —Pareció pensarlo y repentinamente me abrazó—. ¡No sabéis cuánto deseaba veros!

—¡Yo también, señor! —Deseaba verlo, sí, pero muerto o burlado, o ambas cosas. Me levanté y me fui, pero no a mis habitaciones, sino a ver a doña Estefanía. Ella me esperaba impaciente, de pie detrás de la puerta del cuarto del pequeño, que dormía tranquilo. Mandó salir al aya.

—¡Doroteo —dijo sin esperar a nada—, Doroteo, estamos en un grave aprieto! —Se echó a llorar secándose las lágrimas con el borde del manto.

—¡Vamos, vamos, señora, no lloréis, ya veréis cómo salimos con bien! —Me miró ella esperanzada.

—¡Va a matar a Fernando! Cuando recupere el buen juicio no podrá vivir del remordimiento. Ahora se le antoja que la Virgen se lo ha autorizado. No quiere comprender que los pueblos no aceptan reyes parricidas. Es posible que hasta el Papa lo excomulgue y pierda su reino y su alma... —Volvió a llorar desconsolada.

—Tranquilidad, señora doña Estefanía. ¿Vos no queréis que muera vuestro cuñado?

—¡Cómo voy a desear tamaño disparate! —Unas lágrimas rodaron por su rostro pálido.

—Entonces, señora, confiad en mí. He venido a evitarlo. —Supe que tenía una ayuda inestimable y me confié a ella. La reina comprendió la gravedad del momento y no me interrumpió—. No tenemos mucho tiempo; sabed, en todo caso, que no deseo hacer ningún daño a don García. Escuchadme y contestad con brevedad. ¿Sabéis dónde está el rey Fernando? ¿En qué mazmorra está? —Ella secó sus lágrimas con la punta de su manto.

—En la torre Sur, en la más fuerte y segura, la que llaman Alta Señora.

—Es suficiente, ya sé cuál es. ¿Estáis segura? Sólo tendremos una oportunidad. No podemos equivocarnos.

—Oh, sí, está allí. El rey presume de que de ese lugar no puede salir ni una paloma sin que se sepa.

—Bien, lo veremos. Ahora escuchad bien... —Le participé mis planes—... Y sobre todo no bebáis. —Ella se asustó.

—¡Doroteo, es demasiado peligroso para vos! Si se da cuenta antes de lo previsto, no sé qué puede pasaros.

—Da igual lo que me pueda suceder, alteza, hay que arriesgarse para liberar a don Fernando.

—Está bien, tal y como habéis pedido seréis invitado a cenar, eso será fácil, el rey lo está deseando.

—Os lo recuerdo, doña Estefanía, no bebáis nada de mi mano. ¿Entendido?

Ella asintió:

—Nada, no beber nada de vuestra mano. —Me despedí de la esperanzada reina y me fui a hacer mis preparativos.

No había escogido mal la mazmorra el rey García. Era la más segura... hasta cierto punto, pues al estar muy solitaria y retirada y llegándose a ella solamente por un estrecho pasaje, no admitía mucha guardia en él. Apenas cabía un hombre de pie en cada recodo. Existía en el mismo pasillo una celda pequeña, un antiguo evacuatorio abandonado, que chorreaba humedad y estaba llena de musgo, en la que yo sabía que había una salida que iba a desembocar dentro del agua del foso. Cuando niños, todos habíamos jugado allí algunas veces, sin que lo supieran los *nutritios* o aitanes. Ya crecidos, dejamos tales juegos pues el desagüe estaba infestado de seres repulsivos: ratas, babosas, sapos, culebras de agua y otros no menos repelentes. Para salir de esa celda, bastaba con nadar a través del estrecho desagüe y luego hacerlo bajo el agua pútrida hasta salir a la superficie del foso. Sólo vi un problema evidente: ¿cabríamos ahora que éramos hombres por tan estrecha abertura? Si no era así, moriríamos ahogados, atorados en el desaguadero. Filosóficamente pensé que era una muerte horrible, pero ¿existe alguna muerte bella? En ese momento no pude pensar en ninguna. De todos modos, la vida me importaba muy poco, pero había hecho una promesa a doña Maior y me sentiría mal, aun muerto, si no la cumplía.

Al caer la noche me acicalé, me puse los mejores zapatos de tafilete blanco que pude encontrar y cumpliendo mis planes, llevé otro par escondido. También vestí dos túnicas, una encima de la otra. Era imprescindible tener una muda impoluta. Escondí un puñal entre la ropa y el cuerpo, compuse mi rostro para que pareciese plácido y esperé con paciencia a que la reina me mandase llamar. No tuve que esperar mucho. A la hora calculada vino un pajecillo de parte de los reyes para que viniese a compartir colación con ellos. Seguí al mozalbete por los pasillos que tan bien conocía, me alegré de ver que la comida era en las habitaciones privadas de los reyes. Mejor así, cuanto menos servicio, soldados, guardias y testigos, más fácil resultaría llevar a cabo mi plan.

—Buenas noches nos dé Dios —saludé a los reyes con fingida alegría—. Agradezco a vuestras altezas que me hayan invitado a compartir colación en privado.

—No hay nada que agradecer —dijo el rey, que parecía notablemente alegre—. Si habéis vuelto, todo es como antes. Porque os quedaréis, ¿verdad? Olvidaremos lo malo del tiempo pasado y os haremos la vida tan agradable que ya no querréis iros de aquí. ¡Que nos sirvan ya la cena! —y añadió dirigiéndose al sirviente—: Y que nos dejen luego solos —añadió dirigiéndose a mí—, tenemos mucho que contarnos. —¡Era perfecto para mi plan! Estaba interesado en que el rey no sospechase nada, así que durante la cena hablé animadamente y dejé entrever que quizá me quedaría en Nájera. Él, como yo esperaba, se alegró sobremanera.

Por fin llegó mi momento:

—¡Hagamos un brindis! —dije con ojos alegres y cogí una jarra de vino.

—¡Bebamos un buen vaso de vino por los amigos hallados! —dijo el rey. Estábamos todos un poco ébrios, en mi plan era importante que el rey estuviese algo embotado—. ¿Brindaréis con nosotros, alteza, mi amada esposa? —preguntó con voz algo estropajosa don García.

Mientras yo serví unas copas, a la pregunta del rey ella sonrió y se llevó la copa a los labios, pero según le había ordenado, no bebió.

—¡Por los buenos amigos bien hallados! —dijo, mirándonos con su sonrisa resplandeciente. Todos alzamos los vasos.

En ese momento el rey tuvo una ocurrencia:

—Doroteo, deseo cambiar mi vaso con el vuestro en señal de amistad. —Previsoramente había vertido la pócima en toda la jarra de vino, así que no tuve inconveniente en cambiar mi vaso con el suyo.

—¡Claro, señor, me place! —Le alargué mi copa. Pero yo estaba preparado, había tomado el antídoto apropiado, así que cuando el rey cayó pesadamente al suelo, yo sólo sentí un mareo y unas náuseas pasajeras.

Ahora tenía un tiempo muy breve para llevar a cabo mis designios. Con rapidez puse al rey en su cama e hice señal a doña Estefanía para que hablase en alta voz, como si éste estuviese despierto y hablase con ella. Salí a la puerta del aposento y me fui directamente hacia el centinela. Llevaba en la mano un vaso de vino. Fingí una borrachera alegre:

—¡De parte del rey, que os toméis un vaso de su buen vino! —Si se extrañó, el buen hombre no lo demostró. Tomó el vaso y como cumpliendo una orden real, de un solo trago se lo bebió. Al instante cayó al suelo sumido en un profundo sopor. Le acomodé lo mejor que pude contra la pared, bien sabía que a veces los centinelas se duermen en su puesto.

La reina ya sabía qué hacer, se sentó junto al rey y me miró esperanzada y asustada al tiempo. Precipitadamente me quité la ropa exterior y me quedé con la otra muda que llevaba debajo. Corrí escaleras abajo hasta un antiguo almacén de muebles, en él yo sabía que había un pasadizo secreto que me llevaría hasta la Alta Señora, la sombría prisión de don Fernando. Aparté un armario y detrás se hizo patente la oscura boca del pasadizo.

Un fuerte olor a moho me acompañó todo tiempo y ello me hizo revivir mi infancia cuando con los príncipes nos dedicábamos a recorrer las mazmorras burlando a los guardianes. La oscuridad era espesa, no tenía modo alguno de iluminar mi camino, maldije mi imprevisión por no haber colocado en algún escondrijo una antorcha o lucerna, pero era demasiado tarde para retroceder, tuve que confiar en mi memoria. A tientas, a través de la espesa oscuridad, llegué al final y con sigilo empujé la piedra que cerraba la galería, temí que hubiese quedado encajada, fácilmente haría más de diez años que nadie la había movido de su sitio, pero los canteros que prepararon estas salidas hicieron una obra maestra. Como si estuviese aceitada, cedió casi sin hacer ningún ruido, mostrando un pasillo tenebroso, alumbrado apenas por un tembloroso hachón de resina que ardía trémulo en la esquina misma del pasadizo.

No vi a nadie en el trecho que abarcaba mi vista. Bien sabía yo en qué lugares se situaban los centinelas: aquéllos desde donde veían dos pasillos al mismo tiempo, justo en las esquinas. El centinela no era visible ahora, de seguro estaba paseando y pronto aparecería dando la vuelta al recodo. Escuché agazapado en la penumbra. Efectivamente, se oían sus pasos regulares resonando sobre la piedra. Supe que iba a verlo de un momento a otro y retrocedí casi dentro de mi escondrijo rogando por que la oscuridad no le permitiese ver que una piedra se había movido de su sitio en la pared. Avanzó sumido en sus pensamientos, miró distraídamente en la semioscuridad y no notó nada que le llamase la atención. Anduvo un trecho por el pasillo acercándose a mí, pero debía de estar absorto en sus cavilaciones porque como un autómata dio media vuelta y empezó a caminar en sentido contrario sin notar nada extraño. Tan pronto como él empezó a andar de espaldas a mí, salí como un gato de mi agujero y empecé a andar detrás de él silenciosamente. Como había tenido la precaución de vestir mis zapatos de tafilete sin suela de cuero, sino blanda como el algodón, me deslicé silenciosamente sobre la piedra y avancé sin que el centinela notase de mi presencia hasta que fue demasiado tarde.

Llegué justo detrás del hombre cuando éste daba la vuelta a la esquina. Velozmente, como el aitán nos había enseñado, le pasé los brazos por debajo de los suyos y enlacé mis manos detrás de su nuca; luego, con fuerza, tiré hacia abajo, con un crujido seco le partí el cuello. Cayó en mis brazos como un saco. No sentí nada, ni pena, ni arrepentimiento, ni nada semejante. Al contrario, una cierta satisfacción por el trabajo bien hecho. Arrastré el cuerpo hacia la pared y busqué las llaves. Si no las tenía consigo todo habría sido en vano. Pero no tuve que sufrir mucho tiempo, las llaves le colgaban de un aro en la cintura. Las tomé y corrí hacia delante. Esperaba que los informes de la reina fuesen correctos, si el prisionero no estaba en la mazmorra que yo esperaba, no podríamos intentarlo otra vez, ni tenía tiempo para buscarlo, y aunque lo tuviese, no podía correr por los lóbregos pasillos buscando al rey Fernando. Estaban plagados de soldados y guardias, inclusive aunque me había deshecho de uno, podía venir el relevo en cualquier momento.

Mientras tales pensamientos me llegaban a la mente, corría hacia delante. La celda no estaba lejos pero la oscuridad no me dejó al principio ver si en ella había alguien o no.

—Señor —dije en un suspiro—, señor, ¿estáis ahí? —Esperé, y la espera se me antojó una eternidad.

—¡Aquí estoy! Os conozco, ¿sois Doroteo? —Era la voz cautelosa del rey de Castilla.

—Silencio, señor, apenas tenemos algunos segundos. Si tenéis con vos algo que os importe llevar, tomadlo al instante. Vamos a intentar fugarnos ahora mismo. —Abrí por fin la puerta, tardé más de lo que hubiese deseado pero no quería hacer ruido con un girar precipitado de las llaves metálicas en la cerradura oxidada. Tampoco quería que las otras llaves que colgaban pegasen en los barrotes. El ruido metálico se esparce por los pasillos solitarios como un ladrido. Enseguida salió el rey de Castilla y León; aparte de estar algo barbado y demacrado, quizá por efecto de la poca luz, no me pareció que tuviese mal aspecto. Le hice una seña que él comprendió al instante, me ayudó a traer el muerto que yacía apoyado contra la pared. Precipitadamente lo pusimos en el camastro que había ocupado el rey y lo tapamos bien con los harapos que hacían las veces de manta. Cerramos la celda y nos fuimos llevándonos las llaves con nosotros. Entramos por donde yo había salido, colocamos la piedra clave en su sitio e iniciamos la fuga.

El tiempo transcurría inexorablemente. Don Fernando, sin preguntar nada, me seguía por el dédalo oscuro de pasillos tenebrosos. Agradecí a todos los dioses que de jóvenes hubiésemos corrido tantas veces por esos pasillos burlándonos de los guardianes. Hice con la mano una seña a mi protegido, asintió, él también conocía la salida que daba al foso y entendió que ésa era la elegida. Abrimos con las llaves la celda que buscábamos y con algún esfuerzo retiramos la losa que cubría la entrada de nuestra salida. Yo entré primero para guiar, en lo posible, a don Fernando, y por si había algún peligro ser el primero en detectarlo. Con gran riesgo de ser descubiertos, dejamos la losa levantada, pero yo tenía que volver a terminar mi misión y no podía levantarla desde dentro. Nos deslizamos por la lóbrega salida tan rápidos como pudimos, oíamos el ruido de seres que huían a nuestro paso: ratas, serpientes, sapos. No teníamos tiempo de sentir repugnancia. Si alguien descubría nuestra huida y sabía de la salida secreta, nos esperaría allí, en el foso, para darnos muerte. Casi sin poder respirar por la fetidez y la humedad del aire, al cabo llegamos a un punto en que el conducto terminaba en el agua. Yo primero, y después el rey, nos sumergimos y buceamos un trecho. Por la estrechez del pasadizo o desagüe casi no pasábamos a través de él. Por fin, con el pecho reventando por el esfuerzo, salimos al aire libre. Era el foso de la prisión. Al salir a la superficie el agua no parecía tan pútrida, al contrario, casi olía bien. Era el légamo del fondo, el que estaba tan podrido y hediondo.

Nadamos sin hacer apenas ningún ruido y llegamos al lado contrario, al otro lado de la prisión. La Alta Señora, con su silueta amenazante, quedó a nuestras espaldas.

—Señor, escuchadme bien, no tengo tiempo para poneros al corriente de todo. —El rey-emperador me oía sin decir palabra—. He venido de parte de doña Maior a sacaros de aquí. El rey García está trastornado y tiene malas intenciones. En cuanto hayamos salido de la prisión, habéis de ir a la ermita llamada de Los Tres Robles. ¿Sabéis cuál es? —Él asintió con la cabeza—. Allí os esperan unos caballeros con fuertes bridones que os escoltarán hasta veros fuera de peligro. Ahora tengo que volver para cubrir vuestra huida. Lo siento, señor, sólo os puedo dar este puñal. —Lo saqué de entre mis ropas—. No pude conseguir nada más. —Él no dijo nada, pero me abrazó y desapareció en la oscuridad.

Enseguida me lancé al agua y en la tenebrosidad de la noche deshice el camino. Nadé bajo la superficie y volví a entrar por la oquedad que daba paso al corredor. Me costó algún trabajo encontrarla en la negrura del légamo, pero me acordaba bien de las veces que lo había intentado en mi infancia con los príncipes. Por fin salí a la pequeña celda, subí desde el hueco en el suelo y tapé el lugar con la losa. Con cuidado cerré su puerta y como una sombra me fui por los pasillos. Puse la llave en la celda del muerto. Al parecer no había alarma, nadie había detectado nuestra huida ni al soldado fallecido. Volví a entrar por la oquedad del pasillo y coloqué otra vez la piedra que la cerraba. Repté hasta el almacén, tapé de nuevo la entrada secreta poniendo el viejo armario en su sitio. Con unos trapos me sequé lo mejor que pude para no dejar rastros de agua por los suelos. Con toda cautela corrí hacia las habitaciones de los reyes. Nadie me vio. Entré y respiré como si hubiese salvado la vida. Doña Estefanía estaba como la dejé, sentada junto al dormido don García.

—¿Ya estáis aquí? —preguntó, como sorprendida—. ¿Está a salvo el rey Fernando? —Asentí al tiempo que me escondía en un rincón y precipitadamente me quitaba mis ropas mojadas y llenas de barro y suciedad. Arrojé los zapatos a la chimenea. Como eran delgados, enseguida ardieron sin dejar rastro, hice lo mismo con la ropa. La reina se hizo cargo y sin melindres se cuidó de que todo ardiese totalmente mientras yo me vestía con ropas secas. Pronto no quedó ningún rastro. Me sequé concienzudamente la cabeza, arreglando mis rizos lo mejor que pude. Era lo único que podía traicionarme. Me había vestido con la muda que previsoramente había traído debajo de las ropas exteriores. También había traído, escondidos en una pequeña bolsa, zapatos de tafilete para sustituir a los que había quemado. Ahora nadie diría que había estado mojado y enlodado.

Fuera de la habitación oí al centinela reanudar sus paseos. Ya se le había pasado el efecto de la pócima. Sin duda creería que se había quedado traspuesto. También el rey despertaría de un momento a otro. Pero él, además de drogado, estaba borracho de verdad, se le pasaría el sopor de la pócima, no el de la borrachera.

—¡Don García! ¡Eh, don García! —dije al ver que empezaba a moverse—. ¿Qué os ha pasado? Ya no tenéis buen vino, como antes. —Al oír mi voz él intentó levantarse pero no pudo, estaba verdaderamente borracho.

—He sido descortés con la reina. ¿Me perdonáis, doña Estefanía? Me estoy durmiendo. Debo irme a dormir la mona en mis propias habitaciones. ¡Perdón, señora, perdón!

—No tiene importancia, don García —dijo ella amablemente—, todos hemos bebido un poquito más de lo aconsejable. Llamaré al centinela para que os ayude a ir a vuestros aposentos privados. —Pero el rey la interrumpió.

—No hace falta, señora, creo que puedo yo solo si me ayuda Doroteo. —Asentí y la reina no insistió. Llevando como pude a don García me fui a sus habitaciones. El centinela me vio salir y miró hacia otro lado. Cuando la reina estaba avanzada en su embarazo, el rey muy a menudo dormía en otro cuarto. Estando borracho, era obligado que durmiese aparte. Yo fingí que también estaba tan bebido como don García e iba cantando canciones obscenas por el camino, canciones que él coreaba alegremente. Al llegar a su cuarto cayó como un tronco en su cama.

—No os vayáis, Doroteo —masculló—, quedaos esta noche conmigo, como cuando éramos chicos...

—Está bien, señor. Avisaré al centinela. —Me convenía y mucho esta repentina idea de don García. Fui hacia la puerta y dije al guardia con voz estropajosa—: El rey está algo bebido, no quiere que me vaya; sin embargo, yo también estoy bajo el vino, llamad a alguien que ponga paños de agua en la cabeza del rey y que lo vele esta noche. Puede vomitar y necesita que alguien esté avisado a su lado. —Yo me tendí en el suelo fingiendo una gran borrachera. Allí estaba aún, aunque arropado con una manta que alguien había colocado sobre mí, cuando al amanecer vino un azorado guerrero con una noticia increíble: el prisionero había desaparecido. El hombre que lo vigilaba apareció muerto dentro de la celda. Al oír la noticia al rey don García se le fue la borrachera y sufrió un acceso de ira.

—¡Que ajusticien al que lo cuidaba! —El mensajero se encogió.

—Señor, no es posible, os digo que alguien o algo ya lo ha muerto. No tiene señales pero está bien muerto. —El rey rugió de ira. Luego pareció calmarse y me miró con desconfianza:

—¿Habéis sido vos, Doroteo?

—¿Yo? ¡Qué idea! Si no me he separado de vos ni un momento en toda la noche. Cené con vos y he dormido en el suelo de vuestro cuarto, como puede atestiguar el guardián. Además, aún tengo sueño. Dejadme dormir un poco más, luego me culpáis otra vez de lo que queráis... —Di media vuelta en el suelo y me tapé con la manta.

Pero a pesar de que nunca pudo probarlo, el rey estaba convencido de que el culpable y autor de la huida había sido yo. Pasada la primera rabia, me miró pensativamente.

—De todos modos sé que fuisteis vos, quizá fue mejor así. Ahora ya no estoy tan seguro de que fuese la Virgen la que me inspiró la idea. Quizá me habéis salvado de un fratricidio. —Lo pensó un momento y se echó a reír—. Sois malvado conmigo, pero os perdono, sé que lo hacéis por mi bien.

Ya había cumplido mi propósito y la promesa que le había hecho a doña Maior. No podía soportar a don García.

—Os repito que no tuve nada que ver. No me separé de vos y tengo testigos. En fin, ya debo irme. Vine comisionado por mi señora, la reina doña Maior, vuestra madre. Debo volver a informarle que vuestra salud es buena, ella está preocupada. —El rey me miró y vi que empezaba a ponerse furioso. A mí no me importaba, sólo deseaba otra ocasión para matarlo sin sentirme traidor. Deseaba herirlo, darle muerte.

—¡Mi madre sabe bien que no me pasa nada! ¡Y vos intentáis burlaros de mí! ¿Os vais a quedar, sí o no?

—No, don García. No podría vivir más con vos. Sois vil y traidor. Sólo deseo vuestra muerte, de hecho desearía mataros yo mismo. —Él me miró absolutamente sorprendido. Creí que se lanzaría sobre mí, en lugar de ello preguntó como con incredulidad:

—¿Y todo eso por el asunto de la sucia pelirroja? —Recordé violentamente a mi Julita, a la que había amado y que me amó, aun a sabiendas de que yo no podría ser nunca para ella un verdadero marido. Supe que aún la amaba y que la amaría siempre, muerta o viva, cercana o lejana. ¡Una sucia pelirroja, ella que era tan limpia como las hojas lavadas por la lluvia de primavera!

—No os mato ahora mismo porque le prometí a doña Maior no hacerlo. Pero algún día lo haré. ¡Cuidaos de mí! —Di media vuelta y me fui. Volví a verlo en Atapuerca, donde perdió la vida.

25

Don García, el de Nájera, toma Calahorra

> *Fizo, sin otras muchas una caballería.*
> *Conquistó Calaforra, siella de (o)bispalía,*
> *Ganóle la su eglesia a la Virgen María,*
> *Dióle un gran serviçio a Dios en ese día.*
>
> Vida de Santo Domingo de Silos.
> GONZALO DE BERCEO

Al habérsele aparecido la Virgen María, don García se sentía en deuda con la Reina de los Ángeles. No contento con dedicarle la hermosa iglesia de Santa María la Real de Nájera, ha decidido reconquistar Calahorra y ofrecérsela como un lirio para su altar celestial. Para ello le ayudarían los Caballeros de la Orden de la Teraza o de los Lirios. Ha llegado por fin el momento apropiado. Don García estaba exultante. A su convocatoria regia habían acudido todos como un solo hombre. El primero su hermano Ramiro, con sus aragoneses. Los nobles de la *militia regis*. Los pamploneses con sus adalides, los bravos de las montañas con sus arcos y sus hondas temibles en todo el reino. Como soldados escogidos y en los que confiaba más que nadie, estaban los de Gavín con su alegre señor a la cabeza. Ellos venían armados con sus grandes arcos, cuyas flechas de largo astil alcanzaban distancias inverosímiles. Contaba con ellos para barrer de defensores las murallas de Calahorra.

Una vez que se decidió la acción, a marchas forzadas se dirigieron hacia la antigua ciudad episcopal. Contaban con la sorpresa como una de sus armas. Por el camino se les unieron tropas de pago. Musulmanes que alquilaban sus servicios al mejor postor, hombres bravos y avezados de cuya fidelidad no había duda, siempre y cuando los pagos fuesen puntuales y generosos.

Los cristianos atravesaron la tierra enemiga sin darles tiempo a reaccionar ni a preparar una defensa en regla. No en vano los pamploneses contaban con un ejército que había conocido grandes glorias bajo Sancho el Mayor. Los nobles no estaban dispuestos a que bajo su joven señor, fueran menores los éxitos. Por fin llegaron bajo las murallas de Calahorra e inmediatamente pusieron sitio a la ciudad. Era la única manera de rendirla. Las altas y poderosas murallas evitaban un ataque casa por casa. Para abatir el ánimo de los sitiados, los socios musulmanes empezaron a redoblar tambores noche y día al tiempo que soldados moros se movían todo el tiempo llevando inmumerables teas en la madrugada para hacerles ver que su número era como el de las estrellas en el cielo y que velaban, que la muerte acechaba en cada minuto mientras los añafiles ululaban de vez en cuando con su voz áspera y metálica.

Los sitiados, por su parte, no se amilanaron. En la muralla se encendieron miles de pequeños fuegos, y ello hacía obvio que estaba todo preparado y que los defensores esperaban a los cristianos con fuego, pez y brea, si es que osaban arrimar sus escalas a la alta muralla. Por no ser menos, también los calagurritanos batieron sus atambores y lanzaron sus gritos escalofriantes desde la barbacana.

A la hora del *adan*, la oración, se interrumpía todo sonido y en el silencio de la ciudad se escuchaba prístino como un cristal el llamado del muecín desde la mezquita: «*Allahú akbar...*» [«No hay más dios que Alá.»] Entonces, los cristianos gritaban: «¡Santiago, Santiago!»

Los hombres de don García adoptaron un sistema de ataque que intentaba romper los nervios de los defensores de la plaza. Una y otra vez se dio la señal de ataque, pero éste no se materializó. Los defensores se aprestaron una y otra vez a rechazar al enemigo, pero éste no llegó hasta la muralla.

Estos repetidos amagos terminaron por hacer que los sitiados ya no acudiesen con tanto entusiasmo a la defensa del muro. Al principio, cada vez que se oía el ominoso llamado, se reavivaban los fuegos de la fortificación y asomaba una fila de hombres con sus flechas en mano. Los ballesteros inclusive disparaban algunas saetas y lanzaban algunas piedras. Pero nadie se acercaba lo suficiente como para caer bajo el radio de los defensores, el esfuerzo de éstos resultaba del todo fallido. Luego todo volvía a una calma comparativa, mientras los atambores seguían batiendo constantemente. Al fin los sitiados cesaron de hacer caso a la señal de ataque. Una madrugada, aprovechando que aún había una espesa oscuridad, los hombres de don García y don Ramiro tomaron sus posiciones así como los arqueros del señor de Gavín. Buscaron el mejor lugar los honderos del Sobrarbe y los especialistas en flechas incendiarias de Ribagorza, que ya habían estudiado sigilosamente durante el día los puntos débiles o factibles de ser atacados con algún éxito. También habían calculado hasta dónde tendrían que avanzar para que sus disparos fueran eficaces.

Una vez más se dio la señal de ataque. Sólo algunos calagurritanos se asomaron a las almenas y ningún disparo surgió de las ballestas. Pero los Caballeros de la Teraza y sus adalides y todos los demás coaligados estaban listos y el ataque se materializó. Aprovechando el descorazonamiento y cansancio que había producido en los defensores de Calahorra tanta señal falsa, los cristianos, cubiertos por ramón y hojarasca, se habían arrastrado sigilosos hasta donde su ataque podía ser efectivo.

Una vez más los atambores, ahora en retaguardia, atronaron el aire al tiempo que los añafiles llamaban a guerra sin cuartel. Repentinamente el bosque pareció volverse vivo y una multitud de cristianos y moros corrieron hacia la muralla al tiempo que, desde una prudente distancia, una lluvia incendiaria se abatía contra los guerreros que se guarecían tras las almenas. Nadie osaba asomarse, sólo se podía contestar por las estrechas aspilleras, tal era la lluvia de saetas que caía sobre la muralla.

Don García, al galope de su caballo *Azahar*, corría por todos lados dando instrucciones. El de Gavín coordinaba el lanzamiento de flechas de sus arqueros y los de los honderos de Ribagorza amén de la actuación de los saeteros incendiarios. Don Ramiro guiaba a sus hombres y a los moros mercenarios. Las flechas de fuego se concentraron sobre las puertas de la ciudad. Aunque éstas estaban reforzadas con barras y cerraduras de bronce, el cuerpo era de madera de cedro y éste pronto comenzó a arder por varios lugares. Si se extinguía en un sitio, siempre llegaba otra flecha con fuego dispuesta a no permitir que se apagase el incendio. Cuando los defensores hacían su aparición en lo alto de la muralla, los saeteros de Gavín los alcanzaban sin fallar el blanco; si no bastaba con los saeteros, los honderos del Sobrarbe suplían con creces el número necesario para mantener a los defensores a raya.

Todos los guerreros saben que en los patios, inmediatamente debajo de la muralla y en el pasillo elevado que la recorre por detrás, se guardan muchos elementos que en principio son para la defensa de la misma y para la supervivencia de los sitiados. Hay pacas de paja, leña, calderos con aceites y otros elementos susceptibles de arder. Por fin las flechas incendiarias cayeron en sitios apropiados y a pesar de los esfuerzos de los ocupantes de la fortaleza, el fuego empezó a apoderarse primero de la muralla, luego de los patios y por fin la urbe empezó a humear por varios sitios. Los animales de la ciudad, oliendo el humo, empezaron a correr despavoridos, aumentando la confusión entre los habitantes de Calahorra.

Obligados por todos estos sucesos, los defensores no vieron otra salida que hacer una carga desesperada e intentar batir al enemigo en la explanada que rodea a la ciudad. Repentinamente se abrieron todas las puertas humeantes y un río incontenible de túnicas multicolores pareció inundar la llanura. Iban montando corceles ligeros y resistentes, habituados a la lucha. Ésos tan valiosos e inteligentes que permiten dirigirlos con las rodillas mientras las manos se dedican a la clava, la maza o el alfanje. Los moros calagurritanos eran una masa feroz y vociferante que intentaba con sus gritos y alaridos darse ánimos al tiempo que asustar a los cristianos.

Tan pronto como éstos vieron que los moros iban a presentar batalla, corrieron a los puestos que se había determinado para tal ocasión. En el orden preestablecido, esperaron a pie firme el embate de la ola atacante. Pero las fuerzas llegadas eran más numerosas que las esperadas, y al primer encuentro se desarreglaron las filas de los cristianos; sin tiempo de reagruparse, pasaron inmediatamente al desorden del cuerpo a cuerpo.

Se oyen alaridos por todas partes. Los combatientes gritan, los moribundos sollozan, los heridos se quejan. Relinchan aterrados los caballos en la oscuridad alumbrada sólo por el resplandor de los incendios. Los animales sin dueño corren despavoridos entre los caídos y los combatientes sembrando el desorden. Al rato, indiferente a todo, sube el sol hacia su cenit. Como de costumbre, vienen unos horribles convidados: arriba, muy arriba, aparecen en el cielo los buitres, describiendo lentamente sus majestuosos círculos.

—*Allahú akbar* —gritan unos.

—¡Santiago, Santiago! —gritan otros.

En el campo, el adalid de la Orden de la Teraza invoca a la Virgen y acomete con feroz energía a cuanto moro se atraviesa en su camino. En medio de la batalla, don García ve cómo su hermano Ramiro se acerca a toda velocidad hacia él señalando algo. No tiene el de Navarra tiempo de mirar a su espalda, lucha contra un atacante que requiere toda su atención y no puede volverse. Intuye que alguien se le acerca por detrás y que va a morir. Intenta cambiar de posición para al menos ver con qué peligro se enfrenta, pero su contrincante adivina su pensamiento y se lo estorba. Él sí ha visto al que viene a galope tendido por la retaguardia del rey y cuenta con que acabe con el cristiano. Sabe que el hombre con el que está luchado es uno de los reyes, pues lleva una delgada corona labrada en la celada. Además, de su pecho cuelga una hermosísima joya hecha con oro y diamantes. «Será mi presea», piensa. En ese mismo momento rueda su cabeza cercenada por el rey Ramiro, que ha acudido en ayuda de su hermano.

El otro atacante llega a toda velocidad con el arma desenvainada en la mano y, gritando con toda la fuerza de sus pulmones, se lanza sobre el rey García con ánimo de quitarle la vida. Pero es tal la fuerza de su acometida, que pasa de largo marrando el blanco. Al pasar raudo como una estrella fugaz, se cruzan las miradas de ambos: atacado y atacante. El rey tiene tiempo, cree, de reconocerlo, pero ya es tarde para comprobarlo. El moro vestido de blanco se ha perdido entre la multitud de combatientes.

—¡Doroteo! —dice el rey con los ojos desorbitados. Acude a su lado *En* Ramiro.

—¡Por poco no lo contáis, hermano! ¡Menudo loco! Menos mal que su rabia le hizo errar el golpe. —Ve el de Aragón que el rey García mira con mirada extraviada a la multitud que mata y muere. Sabe que a veces los guerreros se ven acometidos de accesos de locura momentánea. Es lo que llaman «la locura de la sangre» y teme que eso pueda ser la perdición del rey de Navarra. Se pone a su lado dispuesto a defenderlo y hace señas desesperadas a algunos navarros para que acudan en ayuda del rey. Pero don García agita la cabeza y comprende que tiene que ser una ilusión, un fantasma, un delirio. Hace tiempo que sabe que Doroteo está proclamando el fuero de León en tierras de Castilla. ¿Qué podía estar haciendo en Calahorra, vestido como un moro?

La batalla no se decidió durante todo el día. Cubiertos de sangre y polvo los caballeros lucharon invocando a Santiago con altas voces. Pero no era suficiente. De pronto se le ocurre a don García que hay que invocar a San Millán, el santo monje de la Cogolla. Se pasa la consigna a los cristianos.

—¡Hay que invocar a San Millán! —No por eso dejan de lado a Santiago, de más larga tradición. Siguiendo órdenes gritan mientras cercenan cabezas y brazos.

—¡Santiago, San Millán, acudid a nosotros! —¡Oh, milagro de los milagros! Se vio a San Millán, en la figura de un anciano venerable, cabalgar al costado de don García y al otro lado a Santiago, patrón de las Spanias. Con la ayuda de esos dos santos y con el valor de los cristianos de Cameros, Álava, Vizcaya, Jaca, Nájera, Uncastillo, Nocito, Perarrúa, el Sobrarbe, Ribagorza, y con la ayuda de los moros de pago, se tomó en nombre de la Virgen María la ciudad de Calahorra, venciendo a los sarracenos que la poseían desde hacía mucho tiempo. Se repuso al obispo en su sede y se expulsó de la iglesia a los moros que la habían convertido en mezquita. Era el 31 de mayo del año de 1045 de la era del Señor, o 1083 de la era romana. Ese día se entró en Calahorra. En filas interminables los moros y moras, aterrados, fueron traídos ante la presencia de los reyes don García y don Ramiro, y del señor de Gavín, quienes en nombre de la Santísima Virgen, Miriam para los moros, les perdonaron la vida. Pagarían una capitación, igual que habían hecho los cristianos hasta entonces, pero podrían permanecer en sus casas y en sus tierras. Los que quisieran irse podrían hacerlo libremente en los treinta días siguientes, sus bienes serían entonces del rey. Si pudiesen vender sus bienes antes de partir, un tercio quedaría así mismo para el rey, igual que si hubiese heredado. De los hombres que fueron a batalla, uno de cada diez sería vendido como esclavo, pero antes de llevarlo lejos se daría opción de compra a los familiares. En agradecimiento a san Millán, que había venido en persona y en su carne mortal a ayudar a los cuitados cristianos, se le otorgó unas casas en Calahorra, y en su nombre se le entregaron al abad de San Millán de la Cogolla: don Gómez. El obispo de Nájera fue confirmado obispo calagurritano, y así terminó la conquista que hicieron los cristianos de la ciudad de Calahorra para honrar a la Virgen María.

Después de haber fallado tan lastimosamente en mi ataque a don García, abandoné el campo de batalla. Ya no tenía nada que hacer en él. ¡Que se arreglasen sin mí los de Calahorra! Yo tenía mucho trabajo que realizar, mis informadores me habían hecho saber que don García intentaba una conquista sobre Calahorra, me había ausentado de mi obligación para enrolarme como voluntario entre los defensores de la ciudad con intención de batirme con el rey García y de matarle, si ello fuese posible. Ahora, despechado por mi fracaso, volví a mi trabajo en tierras de don Fernando, seguiría proclamando el fuero de León. Durante mucho tiempo me maldije. ¿Para qué me había servido tanto ejercicio y tanto aitán en el patio de palacio? ¡Por una vez que intenté matar a alguien en el campo de batalla, fallé!

¿Sería, me pregunté, el bendito San Millán el que había desviado mi brazo? —Sólo tenía un consuelo. Sabía que don García me había reconocido. Ahora sabría que me podía encontrar en cualquier sitio y que mi presencia significaba la muerte.

26

El reencuentro con don Alvito y Yusuf ben Yusuf. La vida sigue para todos, menos para la reina Ermesinda

> *Amigo, ¿dónde vas con tu breviario,*
> *Por el atrio y la huerta del convento?*
> *Hay en tu faz un algo del tormento,*
> *De Aquel a quien invoca tu rosario.*
>
> «Al padre Gonzalo de Córdoba».
> El marqués de Casa Real, 1946

Animado por el éxito que había alcanzado junto con su hermano don García en la victoriosa Arrancada de Calahorra, el piadoso don Ramiro alumbró una idea que se antojó genial. Si don García había recuperado para Cristo el lugar de Calahorra, ¿por qué él, don Ramiro, no podría arrancar una joya semejante para la corona de la Virgen? El lugar de Barbastro le pareció el más apropiado. Ahora ya no debía fidelidad y protección al rey de Barbastro, Suleymán ben Hud, quien ahora, supuestamente, obedecía al rey-emperador. Llegado el momento, ya vería Ramiro de convencer a Fernando de que no protegiese a Suleymán. Pero el rey de Aragón no era un insensato, sabía que no tenía fondos para acometer en solitario tamaña empresa. Además de Zaragoza y Lérida, la poderosa sombra del Waliato de Huesca se cernía protectora sobre Barbastro. Enfrentarse a tantos enemigos, era, al menos, una aventura arriesgada y muy cara. Don Ramiro dio muchas vueltas al asunto y el problema parecía insoluble; por fin creyó haber hallado la solución y a raíz de ello escribió a todos sus hermanos y a su madre adoptiva. En la misiva les explicaba sus intenciones y la salida que había encontrado.

... tomar Barbastro es una empresa que haría necesario un ejército bien nutrido. La guerra, en nombre de Cristo, necesitaría de todos los cristianos. No sólo de los nuestros, de la Península, sino de los de todas las tierras extranjeras. Combatirían los creyentes del reino de Aragón, el Sobrarbe y la Ribagorza, Castilla, León y Navarra, y espero que acudan con nosotros para rescatar Barbastro, caballeros francos, borgoñones, itálicos y aun anglos.

Quizás os preguntéis cómo podríamos pagar a tantos hombres y a nobles extranjeros y a sus tropas, y os digo que aun sin oro, es posible. Los infieles creen en que los muertos en la Guerra Santa van al Paraíso de Alá. Y no deja de tener su lógica. Muertos por su dios, es justo que éste les espere con una recompensa eterna. Su dios, empero, es falso y su esperanza también. Pero el Nuestro Señor es verdadero y nuestro cielo, cierto. Hace tiempo que se viene sopesando en toda la cristiandad la posibilidad de realizar una magna campaña con soldados de Cristo, que partirían hacia Palestina, para recobrar el lugar en que nació y murió el señor Jesús. ¿Por qué no recobrar antes nuestra tierra? ¿Por qué no intentar una especie de ensayo antes de partir hacia Oriente? La toma de Barbastro sería un ensayo general para otra batalla futura para reconquistar Palestina y el Santo Sepulcro.

El Papa puede ayudarnos a realizar esa empresa ordenando que se predique en toda la cristiandad y explicando su finalidad. Al tiempo, prometiendo a los que mueran en la batalla, si están en la Gracia de Dios, una bula, la remisión de las penas del Purgatorio...

La respuesta de sus hermanos y de doña Maior no se hizo esperar, ellos estaban dispuestos a apoyarle con tropas y dineros si el Papa lo hacía en los términos que don Ramiro mencionaba. El perdón de los pecados y la seguridad de alcanzar el cielo era recompensa suficiente para un cristiano. Seguramente el Pontífice no se negaría a convocar a la *militia christi* y a ofrecer a los combatientes el perdón generoso de sus culpas y el Cielo Eterno. A este fin empezó el rey de Aragón a escribir sus misivas dirigidas al Papa y a los príncipes cristianos explicándoles sus intenciones, cuando una noticia pasmosa le hizo interrumpir su correspondencia. Suleymán ben Hud, el rey de Lérida y Zaragoza, había sido asesinado. Las cartas que hablaban sobre la posible cruzada se vieron reemplazadas por otras que llevaban y traían noticias sobre la muerte del rey moro y sobre sus herederos. De momento dos madres y dos herederos se repartían el reino del difunto. El hijo mayor, Abu Chafar Ahmed, y su madre la *Sayyida Kubra*, se había quedado con el reino principal: Zaragoza, y con sus ciudades de Huesca y Barbastro, y el segundo: Yusuf al-Mudafar, junto con su madre, la segunda concubina, con el acapto de Lérida. Todos sabían que esta situación duraría hasta que uno de los dos se sintiese fuerte como para matar al otro hermano y reunir de nuevo el reino. Fue por esta causa que don Ramiro abandonó de momento la idea de reconquistar Barbastro para la Reina de las Vírgenes y se dedicó a espiar la situación recién surgida.

Mientras todo esto sucedía, yo, Doroteo, tras algunos años de viajar, había terminado la proclamación del fuero de León y aunque don Fernando y doña Sancha me insistieron para que me quedase con ellos, decliné.

—Si alguna vez me necesitáis para algo, llamadme, alteza, pero no quiero servir a ningún señor. Os haré saber dónde estoy. —Así, sin más, liberado de todo encargo y deber, partí.

Andando sin interrupción, un día, casi sin esperarlo, llegué a las puertas de Sahagún. Un gran conglomerado de edificios se unían unos a otros por bien cuidados caminos. El edificio principal era el monasterio mismo: una gran nave, o mejor dicho naves, que constituían casi un cuadrado, formado por la gran iglesia, dos naves perpendiculares y una pared que cerraba el cuadrilátero. A un lado de la entrada principal de la iglesia, una alta torre con sus campanas de bronce que, en número de tres, hablaban de la riqueza y el poder de ese cenobio. Cada campana valía un reino. Otros edificios colindantes albergaban dependencias varias. A más del cenobio propiamente dicho había trojes, lugares para los aperos, cuadras y hórreos, y, más alla, casitas en donde seguramente vivían los seglares, los oblatos y los donados. Multitud de hombres atareados se movían incesantemente de un lado a otro: llevando caballerías, trayendo carretas con fardos y bultos. Me llamó la atención el sonido claro y amable de la forja, acompasadamente el herrero batía alguna pieza y su sonido llegaba hasta muy lejos. Un joven, desnudo de torso para arriba, movía un fuelle enorme con el que se mantenía el fuego necesario, unos recipientes de agua estaban preparados para templar el hierro. Era una estampa de prosperidad, riqueza y humano trabajo. Inmediatamente me pregunté cómo sería el scriptorio de este lugar tan rico, si los monjes se dedicarían con el mismo afán y aplicación a leer, copiar y coleccionar libros y sabiduría. Conociendo a don Alvito, lo que externamente se veía debía de ser sólo un pálido reflejo de la actividad intelectual de ese lugar.

A pesar de que el monasterio contaba con capilla propia, como demostraba la existencia del campanario, otra iglesia se levantaba apenas a unos trescientos o cuatrocientos codos de distancia. Y no era iglesia pobre ni ensombrecida por la magnificencia de la monacal, era hermosa y tan grande que podría, ella sola, albergar a la multitud que dejaban adivinar los edificios. Estaba claro que el monasterio no llamaba a los pueblerinos a misa ni a oficios.

Había llegado en día de feriado, pues se veía a muchas mujeres con cestos de mimbre llevar verduras y aves y un trasiego considerable de mulas y pollinos con su carga de ollas, hoces, botijos, ruecas, y otros utensilios, en una actividad que no era la de días ordinarios en un pueblo.

Dirigime a la puerta del monasterio, que a esas horas estaba abierta, si bien el monje portero vigilaba la entrada con mirada de halcón. Nadie que no estuviese autorizado y que no tuviese negocio en el lugar debía entrar a disturbar la paz monacal.

—*Pax tibi* —saludé al monje, gratamente sorprendido él contestó enseguida.

—*Et cum spiritu tuo.*

—¿Sois el monje portero?

—Lo soy por la Gracia de Dios —respondió él lleno de la importancia de su cargo—. ¿Qué os trae por aquí, buen hombre? Si sois peregrino o viajero, habéis equivocado la entrada. Si dais la vuelta al edificio, y salís fuera veréis...

—No, no. No me he equivocado —interrumpí—. Si éste es el monasterio de Sant Facund y Don Alvito Bermúdez es el abad, éste es el sitio adonde voy.

—¿Sois acaso monje o penitente? —preguntó el portero mirándome con más atención.

—Soy un buen amigo del venerable abad. Quizás hayáis oído hablar de mí, en tiempo fui de la cancillería del reino de Navarra, soy Doroteo. Tengo, o tenía, una modesta fama como escritor, copista e iluminador de manuscritos...

—¡Ah —dijo él satisfecho por fin de haber hallado una respuesta—, ya veo, venís a uniros a nuestro scriptorio! Y añadió con cándido orgullo, como un niño que habla de sus juguetes—: La fama de nuestro lugar sabio atrae a todos los que quieren aprender. Y más desde que tenemos como Máster de los Libros a don Ioseph ben Yusuf.

—¿Yusuf ben Yusuf es el Máster de los Libros? —Aunque esperaba algo de este jaez, la noticia me sorprendió y me alegró al tiempo.

Ahora ya sabía con certeza que había hecho bien trayendo al Príncipe Ciego a tierra de cristianos.

—Micer Doroteo, ¿conocéis a don Ioseph? —El oír el tratamiento de «don» aplicado al príncipe, y oírle llamar Ioseph, en lugar de Yusuf, se me hizo extraño, nunca le había oído nombrar de tal manera, pero era correcto. Si vivía y era respetado en tierras cristianas un príncipe, aunque moro, al menos era «don».

—Le conozco bien. ¿Podéis anunciarme al abad don Alvito?

—Esperad, micer Doroteo, un momento, que yo no he de abandonar la puerta. Hemos de esperar a que llegue el monje recadero. —Llamó con una campanilla o batintín y al momento apareció un joven con la mirada baja, modestamente vestido y las manos ocultas en las mangas. Iba tonsurado, señal de que ya había recibido las órdenes sagradas y me admiró que un joven consagrado llevase a cabo tan modesto menester.

—¿Tenéis algún recado, micer Albino? —preguntó en voz baja el recién llegado.

—¿Sabéis si nuestro señor abad está en el scriptorio?

—Allí lo vi entrar como de costumbre a esta hora. ¿Deseáis un recado para él? —Pensó un momento el portero.

—Creo que tengo una idea mejor, por esta vez no creo que el abad se enfade conmigo. Hijo, llevad a este hombre sabio al lugar en que se encuentra don Alvito. Ahora bien, si no está en la sala de libros, traedme aquí de nuevo al visitante. —Complacido de su hallazgo, añadió—: Es micer Doroteo, de la cancillería de Navarra, amigo de nuestro santo abad y de don Ioseph. —El joven monje se atrevió a mirarme levantando sus ojos por primera vez. Pero en ellos vi que jamás había oído hablar de mí. Me sentí viejo. No obstante, no tengo queja del joven, con mucho respeto se dirigió a mí:

—Seguidme, por favor, alto señor. —Al oír el tratamiento por poco me echo a reír.

—Con micer Doroteo bastará, hijo. —Me miró otra vez y vi que le molestaba ser llamado «hijo». Fue mi pequeñísima venganza.

—Seguidme, entonces, micer Doroteo. —Atravesamos primero el patio, que era amplio y hermoso. En su centro crecían algunos árboles y si no fuese por el eco lejano del herrero batiendo su fragua, no se habría escuchado sonido alguno sino el de los pájaros. El cuadrado del exterior se correspondía al interior con tres filas de columnas. El lado de la iglesia carecía de ellas y aunque el cuarto lado correspondía a una alta tapia, también junto a ella se había construido un techo soportado por columnas conjuntando así a la vista un agradable paseo interior. Eran éstas no muy altas de fustes, más bien cortas y robustas, sus capiteles eran gruesos y representaban vegetales y animales fabulosos como grifos y gorgonas y aun seres humanos retorcidos o en posiciones extrañas. Mas no todas eran iguales; ni las arcadas tampoco: un tramo era de columnas que sustentaban arcos semicirculares, de medio punto, otro tramo era con columnas visigóticas con un aspecto de herradura y por último las restantes eran levemente trilobuladas, recordando a las islámicas. En conjunto entendí que ellas representaban la historia del mundo romano, visigótico y musulmán: a todos los hombres, cada cual en su civilización.

No se veía un alma ni se escuchaba sonido alguno, sólo nuestros pasos resonaban sobre el suelo enlosado con piedra pulida. Por fin llegamos a nuestro destino. Encima de la puerta alguien, con caracteres más bien toscos, había escrito hacía mucho tiempo, por lo que estaba casi borrada, la leyenda «*Ora et Labora*». El joven monje puso un dedo en sus labios en señal de que debíamos guardar silencio.

—Aquí es —dijo casi en un susurro; enseguida abrió y me dejó pasar ante él. Penetré en el lugar y me sentí en casa. Reconocía en este scriptorio a cualquier otro de los muchos que había visto en mi vida, pero éste era en verdad muy importante. Como en una *scola*, había lugares destinados al estudio, pero aquí, en lugar de haber dos o tres cátedras había, en filas, infinidad de ellas. Muchos monjes con sus atriles y sus mesas auxiliares se afanaban en su labor, bien aprovechando la luz natural que penetraba por las ventanas o bien ayudándose de lucernarios para mejor ver su trabajo. Un olor conocido esponjó mi ánimo, era el de las tintas y pinturas, los barnices y colas. Eran olores sutiles pero inconfundibles. En alguna mesa vi hojillas de oro batido para los miniados, y las había también de plata y aun de auricalco, todas cubiertas por un finísimo paño que dejaba ver a través de él. Sólo estaba descubierta la hoja con la que trabajaban en ese momento los artistas, cubiertas las bocas por paños sutiles para que el pneuma no hiciese volar las delgadas fojas. No me dio tiempo a ver más, de entre los monjes, se levantó uno que corrió, más que se acercó a mí. Me tornó de cara a la luz hermosa y dorada que penetraba por los ventanales y me miró al rostro. Era don Alvito.

—¡Sois vos! ¡Por fin —dijo—, por fin habéis llegado! Siempre os he esperado, Doroteo. —Me abrazó como se hace con un pariente querido a quien no se ha visto hace mucho tiempo y a quien se ha dado por perdido—. He rezado mucho para que nos volviésemos a encontrar. —Dio una palmada sobresaltando a los estudiosos monjes. Seguramente tal sonido no se había escuchado nunca en el scriptorio, levantaron ellos la mirada, sorprendidos de lo que acababa de hacer el abad—. Queridos hermanos —dijo—, por hoy os doy permiso para hablar, inclusive podéis salir a gozar del sol y la naturaleza. Habrá cena de celebración. Este buen amigo y hombre sabio ha venido a visitarnos. Es micer Doroteo, de quien tanto me habéis oído hablar. Podréis, luego, departir con mi amigo, a quien llamaréis maestro, pues lo es. —Y dirigiéndose a mí, me tomó de la mano y me dijo—. Vayámonos fuera, tenemos mucho que contarnos. —No me había dejado decir ni una palabra.

Salimos y él me condujo por el jardín a un rincón recoleto y umbroso en donde había un pequeño surtidor de agua. Nos sentamos uno junto a otro y nos miramos un tiempo en silencio, quizá pensábamos lo mismo. Él había envejecido, ya no era aquel hombre florido que yo conocí hacía muchos años. Ahora era un monje, fuerte aún, pero venerable. Conservaba el pelo espeso y rizado que siempre tuvo pero ahora la tonsura estaba nimbada de rizos grises y una espesa y luenga barba le adornaba el rostro surcado de arrugas. Parecía más viejo de lo que era en realidad y me pregunté si las privaciones o las penitencias le daban ese aire austero y noble, pero todo él respiraba fortaleza y sabiduría.

—¿Me encontráis muy viejo? —dijo él al cabo, divertido de mi observación.

—¡Oh, no, don Alvito —dije yo sin mucha convicción—, sólo intento aceptar que habéis envejecido a mis ojos varios años repentinamente. La última vez que nos topamos llevabais casco guerrero... no os vi la faz. Fue cuando llevabais a vuestros hombres a la frontera de Toledo, cuando el alzamiento de Suleymán ben Hud contra Yahya. Os recordaba de otra guisa, sin barba, quiero decir —añadí con precipitación.

—Sí —dijo él riéndose—, sin barba, sin tantas arrugas, menos encorvado y creo que más alto. Que hasta en estatura se merma en nuestro camino hacia la eternidad. Pero no hablemos de mí, amigo, habladme de vos. ¿Qué habéis hecho? Algo supe de vuestras andanzas por León. ¿Habéis terminado de proclamar el fuero?

—Hace mucho, don Alvito. Luego estuve remoloneando en la corte sin hacer nada útil.

—No deseabais reanudar una vida que os dio a la postre tanto dolor —dijo él pensativamente—. Si al fin habéis venido, es señal de que estáis empezando a curar. ¿Lleváis mucho tiempo de camino?

—No lo sé en verdad, no he contado los días. ¿Por qué lo decís?

—Simple curiosidad. Pero decidme, Doroteo, ¿venís para quedaros?

—No lo sé aún, don Alvito, mi idea primitiva era simplemente visitar a un amigo; bueno, a dos, que sé que el príncipe Yusuf está aquí y me complacería verlo, si puedo.

—¡Pero claro que sí! ¡Qué egoísta soy! Me había olvidado de don Yusuf, enseguida iremos a él; está, como siempre, ordenando sus amados libros.

Hablamos mucho tiempo hasta que la campana llamó a Vísperas. Se levantó don Alvito:

—Estoy seguro de que Dios Nuestro Señor pasaría por alto el que hoy no fuese a rezar, pero debo hacerlo, amigo Doroteo. Soy el abad —como si yo no lo supiese— y soy el que guía los rezos. Si no fuese, pensarían que estoy muerto o agonizante. —De pie me miró dubitativamente—. ¿Queréis acompañarnos o preferís gozar de los últimos rayos del sol? —Me puse de pie y de todo corazón le contesté:

—Iré con vos, abad, y rezaré, tengo que dar gracias a Dios por haberos hallado, por haber hallado a un amigo que me esperaba.

Cuando llegamos a la gran capilla del monasterio, ya encontramos a todos los monjes inquietos porque su abad no estaba allí. Enseguida se iniciaron los cánticos en la hermosa melodía tranquila y majestuosa que trajo el papa Gregorio, el llamado canto gregoriano:

«*Deus in adjutorium meum intende*», dicen unos; contestan los otros: «*Domine adjuvandum me festina.*» [«Dios mío, ven en mi auxilio. Señor, apresúrate a ayudarme.»]

Repentinamente me vi transportado a los días en que juntos, don Alvito, los otros monjes y yo mismo habíamos hecho el largo viaje a Cluny, cuando rezábamos bajo el sol, el viento y la lluvia. Cuando éramos más jóvenes y, sin saberlo, completamente felices. Don Alvito había sido recién nombrado abad de este monasterio y aún no se había presentado a sus monjes, él era joven, animoso y fuerte y a mí me esperaba en casa la hermosa mujer conocida por La Bermeja, mi Julita. Ahora su recuerdo no era doloroso sino más bien nostálgico, como si con la edad viniese una cierta aceptación y un algo de olvido, una tristeza cada vez más lejana. Decidí quedarme en Sahagún por un tiempo indefinido. Al finalizar el rezo los monjes se levantaron de sus asientos y entonaron: «*Amen.*» Yo también, sin darme cuenta, entoné lo mismo: «*Amen, amen.*»

Salimos todos del oratorio y en uso del permiso que don Alvito les había dado, los monjes se arremolinaron a mi alrededor mirándome y haciéndome preguntas. Me sentí algo agobiado pero complacido, contesté como pude a sus amables preguntas y les prometí quedarme con ellos mientras tuviesen algo que preguntar.

Sí, les descubriría el misterio del color azul.

Sí, les enseñaría la letra carolina.

Sí, les contaría cómo se organiza una cancillería.

Sí, les describiría en detalle cómo era el *Libro de Horas de los Emperadores*.

¿Era cierto que había enseñado a una *pinctrix*? ¿Había aprendido ella sin dificultad? ¿Se notaba en las letras que era una mano de mujer la que lo había escrito? Me eché a reír de buena gana y les aseguré que las mujeres escriben tan bien como los hombres, una vez que han aprendido, cosa que pareció no convencerlos del todo. Para reforzar mi historia les dije que en el monasterio dúplice de San Salvador de Oña había un scriptorio llevado totalmente por damas. Algunos se santiguaron y decidieron que los tiempos cambian con demasiada celeridad.

Cuando pude me libré de los amables monjes y en un aparte pedí a don Alvito que me llevase a ver al príncipe; así lo hizo él pidiendo disculpas a los monjes por llevarse al visitante con el que tanto deseaban hablar.

—Venid conmigo y procurad no hacer ruido, tiene nuestro amigo un oído muy fino y quiero darle una sorpresa. —Una vez más atravesamos pasillos y corredores pues la habitación o habitaciones del Príncipe Ciego no abrían al patio central, sino a una huerta, como pude ver luego, situada en la parte posterior del monasterio. La razón, se me explicó, es que en la huerta había multitud de pajarillos, más que en el patio principal en donde a veces el paso de los monjes los espantaba. Al parecer, en sus contados ratos libres, el ciego gustaba de oír el canto de los pájaros y los identificaba perfectamente por sus trinos. Por fin llegamos al final del pasillo y una puerta pesada y maciza se presentó ante nosotros. En el suelo, cosa nunca vista en un monasterio, había una alfombrilla como las que usan los moros para la oración. Debió de haber visto mi cara de sorpresa el buen abad pues asintió sonriendo al mismo tiempo, como si dijese «es justo lo que pensáis». Caía ya el crepúsculo y la hermosa luz dorada de hacía algunos momentos se iba tornando primero violeta, luego azulosa y por fin grisácea confundiendo las sombras y las presencias. Llamó a la puerta el monje y desde adentro una voz varonil contestó con presteza:

—¡Quienesquiera que seáis, entrad, la puerta está abierta! —Entramos, y al punto vi al príncipe Yusuf, sentado junto a la ventana por donde entraba la suave penumbra, como si hubiese estado mirando el jardín, aunque sabía que era imposible pues sus ojos eran cuencas vacías.

—Os reconozco, don Alvito, y os agradezco la visita, pero os he oído llegar en compañía, de ahí que dijese «quienesquiera que seáis». ¿Quién está con vos? —Hablaba el ciego en buen romance, como hijo del pueblo. Una charla entre amigos entrañables que hablan un idioma de andar por casa.

—El visitante soy yo —dije en voz alta y clara—, os saludo, príncipe Hudail ben Muhammad ibn Sumadih ibn Almoatí.

—¡Doroteo! —exclamó, sorprendido y complacido, como me pareció por su tono—. ¡Venid aquí que os vea bien! —Me acerqué al príncipe y él me «miró», es decir, puso sus manos en mi rostro y lo recorrió con detenimiento—. ¡Sois el mismo, no habéis cambiado nada! Si acaso algunas arrugas. ¿Tenéis el pelo de aquel rubio con reflejos cobrizos que tanto llamaba la atención en Talavera?

Me sorprendió su pregunta, no sabía que mi pelo hubiese sido motivo de comentarios en la ciudad de Talavera. De todas maneras hube de decirle con cierto pesar:

—El pelo, como habréis notado, lo conservo, príncipe, pero en cuanto a los reflejos de cobre, ahora son más valiosos, son reflejos de plata. —Nos sentamos todos alrededor de una mesa que a modo de escritorio tenía Yusuf ben Yusuf en su parca habitación. El perfume de la huerta florida entraba por la ventana y una algarabía de pajarillos anunciaba que se iban a dormir, pero antes, al parecer, se peleaban por las mejores ramas.

—¿Y cómo os habéis decidido a venir, amigo Doroteo? Os esperamos hace años, y al ver que tardabais tanto, empezamos a creer que nunca vendríais. —Eso dijo el ciego dirigiéndose a mí, con cierta escondida reconvención. Pero era reconvención amable, nacida del deseo de verme, así que inclusive le agradecí ese sentimiento.

—Estuve varios años proclamado el fuero de León, amigo Yusuf. —Él no se dejó engañar.

—Ahora que estamos a solas, decidnos la verdad. ¡Qué vida aventurera la vuestra! ¿No os podéis estar tranquilo? Bien sabemos que ibais por esos pueblos de Dios cumpliendo el deseo de don Fernando, pero también supimos que estuvisteis en Nájera sacando a un príncipe de manos de otro... y quizás en Calahorra... —No dejó de maravillarme que un ciego retirado en todo del mundanal ajetreo estuviese tan informado, pero luego pensé que Sahagún era el primer monasterio de las Spanias y seguramente la información fluía a raudales por todas partes. Más pronto o más tarde, los monjes se enteran de todo, los monjes viajan, los monjes comentan. Al final las noticias se esparcen como polen al viento.

—¿Qué tal vuestra vida aquí, príncipe? —pregunté para cambiar de conversación. Ellos comprendieron que yo no quería hablar de esos avatares de mi vida y prudentemente no insistieron.

—Me va bien, muy bien, amigo Doroteo. Pero, por favor, antes de seguir adelante, os ruego que no me llaméis príncipe. Llamadme sólo Yusuf o si preferís don Yusuf, que así me llaman los monjes. Inclusive ya empiezan a cristianizar el nombre y de vez en cuando soy don Ioseph. —Me hizo gracia el pensar que Hudail ben Muhammad ibn Sumadih ibn Almoatí era ahora don Ioseph. Departimos un tiempo y el abad pidió que trajesen para nosotros una colación en ese mismo lugar, fuese él a cenar con los monjes. Antes de que hubiese vuelto don Alvito, las campanas de bronce llamaron a Completas. No sabía cómo despedirme de don Ioseph sin pecar de brusco, pero él se levantó y me dijo:

—Tengo por costumbre acudir a Completas, ¿queréis acompañarme? —Sin esperar mi aquiescencia, empezó a andar con toda seguridad por los oscuros pasillos. Como sus ojos eran ciegos no necesitaba luz, se sabía cada paso. Me llevó al oratorio y buscó un sitio que adiviné era el suyo de antiguo. En un rincón alejado, fuera de la vista directa de los monjes, se puso el príncipe como uno más y cantó lo mismo que los otros. Igual hice yo. Me pregunté si alguno de los dos éramos ortodoxos en nuestras respectivas religiones. Recordaba que el príncipe me había hablado de su fe, pero yo creía que me había hablado de Alá; ahora empecé a comprender que me había hablado de Dios, el Único, el Inconmensurable, el Eterno. El Innombrable, el que tiene todos los Nombres y ninguno. Ahora vi que lo adoraba lo mismo en la mezquita que en el oratorio y me pareció que si había algún Dios, su oración le sería grata, aunque Yusuf fuese musulmán.

Esa noche se me dio posada como a un peregrino pero al día siguiente se me buscó un acomodo distinto. Muy temprano vino el ciego en mi busca.

—Buenos días tengáis, amigo Doroteo. Rompiendo mi costumbre no he acudido a Prima para empezar el día con vos. Prima y Completas son las dos veces que voy a la capilla con los monjes. El resto de mis oraciones las rezo a solas sobre mi alfombrilla. —Salimos de la habitación que me había servido de celda por esa noche y fuimos a dar un paseo por la huerta—. Mirad —dijo—, ya que según he creído entender vais a quedaros un tiempo con nosotros, Alá sea alabado, supongo que querréis trabajar en el scriptorio, dar algunas clases y leer nuestros libros. ¿Sabíais que soy el Máster de los Libros? —Asentí con la cabeza, pero recordé que él no podía verme, así que le dije en voz alta:

—Eso me pareció oír al monje portero cuando pregunté por vos ayer. ¿Cómo lo hacéis?

—Oh, no fue demasiado difícil. Me costó un poco acostumbrarme, pero el abad me facilitó un guía y lazarillo. Un joven cuyos ojos suplen los míos en algunas cosas. Al principio fue algo difícil acostumbrarme al lugar, pero ahora que conozco todos sus rincones no tengo problema para ir de un sitio a otro sin molestar a mi guía, él aprovecha así mejor el tiempo. En cuanto a los libros, tengo las llaves de todas las alacenas donde se guardan. Los conozco uno por uno como si fuesen mis hijos. Casi los sé de memoria... —lo pensó un poco y dijo—: sólo echo de menos el tener una memoria como la vuestra, amigo Doroteo. El joven que es mis ojos me lee las nuevas adquisiciones, que no son pocas. Me pregunto si durante vuestra estancia, cuando no estéis en el taller o en la *scola*, podríais leer para mí, ser mis ojos. ¡Venid, venid conmigo, he de abrir la biblioteca para los estudiantes y lectores! ¿Os interesa ver qué libros tenemos? —Así fuimos conversando animadamente por el camino, hacia el reino de Yusuf ben Yusuf. Al llegar, antes de entrar en la biblioteca, lo hicimos en una pequeña habitación. Vi sobre una mesa unos trozos de pan, un recipiente con leche fresca que aún humeaba, tan recientemente había sido ordeñada, y un pequeño cestillo con fruta.

—Tomo aquí la primera colación del día antes de que se abra la biblioteca. Por lo general está conmigo mi ayudante y hacemos el plan de trabajo para los estudiosos. Mientras estéis aquí, vos seréis mi ayudante, si queréis. —Nos sentamos a la mesa y tomamos de lo que se nos ofrecía. Al cabo de un rato vino un servidor y se llevó los restos, pasó un paño por la mesa y le colocó encima un tapete. Parecía que nunca jamás se había comido sobre ella.

—¿Vamos a ver qué tenemos?

Repentinamente sentí urgencia por ver todos los libros y tesoros que seguramente encerraba tal biblioteca. Como si despertase de un sueño recuperé de un golpe mi antigua curiosidad que tanto tiempo había estado dormida. Ahora me parecía que tardábamos una eternidad en abrir la cerradura de la sala de lectura, del scriptorio y de la *sco-*

la. Mi amigo, sin prisa alguna al parecer, abrió los portalones; estaba todo oscuro, habiéndose cerrado la noche anterior los postigos de las ventanas como se debe hacer para proteger las fojas y los volúmenes. Él, sin embargo, entró con gran seguridad sorteando certeramente los obstáculos y se dirigió a abrir las ventanas. Un raudal de luz entro en la habitación, que olía levemente a moho y a libros viejos. Aspiré ese perfume como si fuese el de la más linda damisela. A nuestra vista apareció una habitación o salón de grandes dimensiones, a un extremo se agrupaban las cátedras de los lectores con sus lectoriles sobre mesas robustas. A un lado se veía un facistol o faldistorio, de cuatro lados, apto para sostener a la vez cuatro libros de gran tamaño. En el otro extremo estaban las banquetas de los copistas con sus mesitas, cuya tabla de superficie se podía inclinar más o menos, según las necesidades o la comodidad del escribiente o copista. Todo esto me era maravillosamente familiar, al punto que estuve por llamar en alta voz a mis ayudantes de Nájera y aun a Julita. Coligió el ciego mi recogimiento y mi alborozo.

—¿Os agrada? —preguntó por decir algo; bien sabía él que sí.

—¡Oh, sí, mi señor y amigo! ¿De cuántos libros disponéis, son todos vuestros?

—¡Poco a poco, Doroteo! Os responderé a todo, pues es mi obligación como Máster de los Libros, pero haced las preguntas una por una. Tenemos unos quinientos libros, unos trescientos originales, poco más o menos, y el resto copias. Casi todas hechas desde que don Alvito llegó a este monasterio. Es él el que tiene el mérito. No cesa de pedir préstamos para copiarlos, ofreciendo al tiempo copias de otros libros que nosotros tenemos. Siempre estamos copiando libros de los nuestros que luego usamos como moneda de cambio para otros. Hay un maestro de copistas. Hoy desgraciadamente no podréis conocerlo. Tiene paperas, como los niños.

—¿Paperas? —Me extrañó ese mal de niño chico en un monje.

—Sí, no os extrañéis, don Dimas profesó como monje de muy joven. Había entrado en el convento cuando aún era lactante. Lo educaron los monjes y así no tuvo roce con chicos, que es donde se fragua la enfermedad. Ésta estaba dentro de él, cansada de esperar; al fin se ha hecho patente en unas espléndidas bolas como manzanas que le duelen y le mortifican. Tiene mucha fiebre y casi no puede tragar ni caldo, pero creo que sobrevivirá. Cuando vuelva ya le conoceréis, es un buen hombre y un enamorado de las copias. —Se acercó a mí y me susurró al oído—: Pero nada creativo, copia y copia... muy bien, eso sí, según me aseguran los que ven. —Me arrastró hasta el centro de la biblioteca e hizo un amplio gesto con las manos—: ¡Mirad! —Los grandes volúmenes estaban en hileras ordenadas uno detrás de otro y tenían un aspecto magnífico. Ni una mota de polvo. Sus lomos bien tratados, sin raspaduras ni roturas. Todos bien cosidos. Reconocí la piel de becerro y el cabritillo.

—¿Son de pergamino? —pregunté.

—Y de fojas ascaptabais. El llamado vulgarmente papel de Játiva por los cristianos, y sativí por los moros.

—¡Cuánto lujo!

—Sí, el monasterio, que en otras cosas ahorra hasta la mezquindad, en esto no repara en gastos. «Es alimento para los espíritus que vendrán después de nosotros», dice don Alvito. «Hay que dejarles la despensa llena», y en eso estamos.

Los libros y códices estaban cómodamente colocados en robustos estantes de madera oscura. Vi cubos de arena por todas partes.

—¿Qué son estos cubos con arena, don Yusuf?

—Son para cualquier amago de incendio. Es mejor arrojar arena que agua y al menos hay alguna esperanza de no estropear los libros a la primera. Como a veces se manipulan fuegos para quemar el oro... —Me pareció una buena idea y en mente me hice el propósito de copiarlo en cuanto volviese a Nájera, pero enseguida me percaté de que no iba a volver nunca.

—Decidme, amigo Yusuf, ¿qué libros nuevos habéis conseguido? Quiero decir, que no conociésemos de antes. —Él sabía lo que quería decir, en Talavera habíamos tenido tiempo de comentar los libros que conocíamos y era como si continuásemos una conversación interrumpida.

—Venid —dijo radiante—, venid, ¿os acordáis del obispo de Utrecht, don Aldebaldo, cuyo libro *Diámetro de las Esferas* tanto nos había agradado?

—Lo recuerdo, sí.

—Pues bien, del mismo he conseguido las *Vidas de San Enrique y Santa Wolburga*. —Sentí que ese libro precisamente no me iba a interesar nada. Pero era tal la pasión que el bueno de Yusuf ponía en sus libros, fuesen del tema que fuese, que no quise desilusionarlo. Él siguió enumerando sus preciados tesoros, sus novedades—: El abad don Alvito ha escrito a Cluny pidiendo copias y nos han enviado unos himnos muy hermosos, entre ellos un *Himno de Maitines para la fiesta de San Martín*. De Olberto, un benedictino, recibimos una copia de su *Historia del Antiguo Testamento*. —Pensó un rato y luego dijo—: Yo naturalmente no lo he podido ver, pero me han dicho que son imposibles de leer, nadie conoce la letra carolina.

—¡Estamos salvados, don Yusuf! ¡Yo la conozco bien, la enseñaremos en Sahagún! —Ambos nos alegramos, como si hubiésemos hecho un hallazgo inesperado. Me mudé junto a las habitaciones del príncipe y pasábamos juntos casi todo el día. Ayudé al maestro copista con nuevas ideas en cuanto a la iluminación: no era necesario repetir siempre lo que otros habían pintado. Por la mañana daba clase en la *scola* y los escolares se afanaban en aprender las letras, la música, las matemáticas, la filosofía. Los monjes aceptaban, no sé si de buen grado, que el ciego y yo no dedicásemos nuestras vidas a la oración y a la contemplación como ellos, pero por obediencia a don Alvito, supongo, nunca nos hicieron el menor reproche. Nosotros por nuestra parte, manifestábamos nuestra buena voluntad asistiendo por la mañana y por la noche al oficio divino y los domingos a misa. Cuando estaba a solas con mi amigo y llegaba la hora del *salat* u oración, lo hacíamos juntos. Recuperé el gusto poético de la oración en compañía.

La primera oración de la mañana debía ser la plegaria del alba: *salat as-sub* o *al-fayr*, pero ésa la rezábamos con los monjes en forma de Prima. Luego, a mediodía, mientras los monjes rezaban su Sexta, nosotros rezábamos el *salat az-zuhr*, por la tarde los monjes rezaban Nonas y nosotros *salat-al-asr*; al ocaso era tiempo cristiano de Vísperas y para nosotros de *salat-al-magrib*; a última hora nuestra oración debería haber sido *salat-al-isa*, pero entonces íbamos al oratorio y rezábamos Completas. Al fin llegué al convencimiento de que todas las oraciones son parecidas. Si hay Dios, seguro que o bien le gustan todas o le son igualmente indiferentes.

Un día llegó un mensaje del rey-emperador; el obispo de León había muerto, don Alvito era ahora abad de Sahagún y obispo primero del reino: era deseo del rey-emperador el que don Alvito fuese, además, el obispo de León. Sin entusiasmo, pero con santa paciencia, se dirigió don Alvito a la corte a ver qué tenía dispuesto para él don Fernando Sánchez. Por el camino debió de cruzarse con un mensajero de Jaca que nos trajo noticias funestas: la reina Ermesinda había muerto.

Yo me había quedado en el monasterio, para proseguir el trabajo de la *scola*, pero al enterarme de la luctuosa nueva, tomé mi cayado de caminante e inicié andadura para visitar a don Ramiro. Sentía no haberlo hecho antes, ahora ya no vería nunca más a la apasionada Ermesinda. Pensé en don Ramiro, tan enamorado como estaba de su esposa. Si alguien podía darle algún consuelo, era yo, yo sabía lo que es perder al más amado. Aunque ella ya estuviese enterrada cuando yo llegase, aunque las hojas del otoño ya cubriesen su tumba, como si fuese antigua, yo iría a rendir homenaje a la reina Ermesinda, de piadosa memoria.

Libro V

EL LAGO TRANQUILO

27

El cascabelillo de oro y otra guerra en el horizonte

Por verdat, quisieram'adormir
mas una palomela vi; tan blanca era como la niev del puerto
volando viene por medio del huerto.
un cascabiello dorado,
trae al pie atado.

De *La Razón de Amor* o *Siesta de Abril*.
Anónimo. Circa 1205

    Jaca estaba muy lejos de Sahagún, así que hasta principios del año siguiente no llegué a mi destino. Además, al pasar no lejos de Oña decidí ir a presentar saludos a doña Maior. Allí me esperaba otra mala noticia: la joven doña Tigridia había muerto repentinamente. Doña Maior, con la entereza de una religiosa pero con la tristeza de una madre, había hecho labrar una losa y colocarla junto a las otras que se iban reuniendo en San Salvador de Oña. Todo era muy austero, como corresponde a unas mujeres entregadas a la oración y lejos de las ambiciones del mundo: «Descansa en Paz, Tigridia Sánchez, Hija de Reyes.» Eso era todo, toda la historia de la hija de Sancho el Mayor de Navarra y de doña Maior de Castilla.
    Encontré a la reina viuda más pálida que de costumbre, más introvertida, más lejana. Nada parecía interesarle. Su figura se me antojó más alta al estar más delgada, sus ojos eran pensativos, como si viese o adivinase algo muy lejano. Su orgullosa cabeza, coronada por su trenza de pelo, ahora gris, se erguía como siempre, pero un peso invisible hacía que ese orgullo fuese como una carga difícil de llevar.
    Creo que dentro de su pena se alegró de verme.
    —¡En qué hora llegáis, buen Doroteo! Si alguno de mis hijos se acordase de mí, como lo hacéis vos, la soledad sería mucho más lleva-

dera. —Eso me dijo a modo de salutación y me pareció que en su comentario había una reconvención hacia sus hijos, los reyes. Besé el halda de su vestido color violeta y por consolarla, dije:

—Señora, yo vengo más porque soy sólo un vagabundo. Los reyes están llenos de graves asuntos. Son altos y poderosos monarcas, de vos aprendieron las obligaciones de la realeza.

—Todo eso es cierto. ¡Pero me complacería tanto verlos! —Cambió de tema—: ¿Os han dicho que he enterrado a doña Tigridia?

—Sí, doña Maior, nada más preguntar por vos. Y creedme que lo siento.

—Sé que lo decís de corazón. ¿Y cómo llegáis tan a tiempo por aquí?

—Voy de camino a visitar a don Ramiro. Sé que él apreciará la visita de un amigo.

—¿Le pasa algo a don Ramiro?

—¡Pero cómo, señora! —No pude contener mi sorpresa—. ¿No lo sabéis?

—Saber, ¿el qué?

—Doña Ermesinda ha muerto.

Se quedó atónita. Ella, que estuvo siempre enterada de todo, no sabía que don Ramiro había perdido a su esposa.

—No sabía nada —dijo pesarosa—, y es por mi culpa. La última noticia que tuve de él fue una carta pidiéndome ayuda para una cruzada contra el infiel. Pensaba tomar Barbastro. Desde que murió mi hija no he querido saber nada ni ver a nadie, y la abadesa dio órdenes de que no me molestasen. Seguramente todas estaban al tanto de esa muerte, menos yo. Me voy haciendo vieja. ¿Y cómo fue?

—No lo sé, alteza, al llegar la noticia estaba en Sahagún y dejándolo todo me puse en camino.

—Va para cinco años que vino a visitarme, después de la toma de Calahorra. Sufrió mucho antes de tener familia, pero ahora parecía que todo iba bien para ellos. Ya tenía cuatro hijos. Dios la tenga en su seno. —Suspiró y preguntó seguidamente—: ¿Queréis venir a rezar en la tumba de doña Tigridia? —Me pareció que no podía negarme sin herir a la madre, así que asentí. La capilla en donde estaban los miembros difuntos de la familia de Sancho Garcés Abarca era lóbrega y fría. Allí reposaban todos juntos esperando la resurrección del último día, cuando Cristo vendría con todo su poder y majestad a juzgar a vivos y muertos. Salimos luego al pálido sol de un día frío pero luminoso. Por romper el silencio le dije:

—No me puedo quedar mucho, señora, un día o dos a lo sumo. Como os dije, voy de camino a visitar a don Ramiro.

—Os doy autorización para partir cuando queráis. —No había abandonado sus modales de reina. Todavía creía que nadie podía moverse de donde ella estaba si ella no lo autorizaba previamente. Pero para mí era aún doña Maior, reina y madre, así que le agradecí el permiso como si lo necesitase. Sentí que ella quería hablar de la joven difunta, por ello le pregunté con gentileza:

—¿Cómo murió mi hermana adoptiva, doña Tigridia? —La reina entendió que al nombrar así a la infanta, sólo quería rendirle un tributo de cariño, y sus ojos oscuros me lo agradecieron.

—Fue repentinamente. En unos día empezó a ponerse lánguida y como ida. Como si pensase en algo distante que sólo ella podía ver. Se sentaba frente a la comida y se olvidaba de comer. Ella, que nunca había sentido ningún interés por los pájaros, empezó a salir al huerto sólo por verlos. Curiosamente, no estaba triste, al contrario, en su ensimismamiento había algo de felicidad, como si supiese un secreto muy hermoso y no pudiese contárselo a nadie. Un día me dijo algo sumamente curioso, no le di importancia, pero ahora no hago más que pensar en ello. Dijo: «¿Madre, por qué ponen cascabeles de oro a las palomas?» Yo le aseguré qué no era costumbre, que nunca había visto tal cosa, pero ella insistió en que una tal con cascabelillo de oro venía a visitarla. Cuando la hallaron muerta tenía en la mano esto. —Abrió la mano doña Maior y me mostró un cascabelillo primoroso pero muy pequeño.

—Probablemente, señora, la princesa tenía ya el cascabel. Al ponerse enferma creyó en la historia de la paloma que venía trayéndolo. Era una confusión del espíritu. —Pero doña Maior movió la cabeza.

—Quizá tengáis razón, pero yo sé que ella no tenía nada que yo no conociese. Os aseguro que un cascabel tan diminuto y primoroso no es objeto normal. Yo lo habría sabido.

—Entonces, ¿qué creéis, señora?

—Nada, simplemente no lo entiendo. ¿Sería la paloma un ángel que la visitaba para llevársela? Entonces, ¿para qué necesita un ángel un cascabel? —No supe qué decirle. Me quedé dos días con doña Maior y dejándola un poco más consolada, seguí camino a Jaca. Prometí a la reina que volvería con noticias, aunque no sabía cuándo.

—La reina doña Ermesinda estaba otra vez preñada. —Tal me decía pesaroso don Ramiro. Desde que llegué no hacía sino contarme su historia una y otra vez, como si al contarla tratase de entenderla y aceptarla. Él no había dejado de amar a doña Ermesinda y su vida en común, ahora cortada tan abruptamente, se le antojaba un suspiro. Según cómo se mirase era poco o mucho; habían compartido trece años de matrimonio. La vida de las reinas solía ser a veces muy breve, muchas morían de parto o de sobreparto. Si no eran amadas por sus esposos y sus padres no eran personajes importantes, a veces las reinas fallecían misteriosamente. Pero no había duda de que doña Ermesinda había sido amada por su marido desde el primer día en que la vio dentro del agua, nadando como una ondina y desnuda como un pez. Ni siquiera la juventud y la vehemencia de la barragana real, Amuña de Barbenuta, hicieron que Ramiro olvidase ni un instante, a doña Ermesinda.

Había encontrado al rey de Aragón tal y como me supuse, no sólo muy entristecido por la muerte de la reina, sino también abrumado y sin saber cómo retomar sus obligaciones rutinarias. Él no pareció sorprendido de verme, como si esperase que todo el mundo cumpliese con la obligación de acudir en su auxilio. Le parecía que todos debían de estar tan dolidos como él por la muerte de la bella doña Ermesinda.

—No sé por qué la reina deseaba tener más hijos —se lamentaba el rey—. Teníamos ya a Sancho, a Urraca, a Sancha y al pequeño García. Tenía ilusión por traer al mundo a otra niña, que se llamaría Endregoto. Como mi tatarabuela, Endregoto Galíndez, hija de Galindo Aznárez, por donde vino a los Abarca el condado de Aragón. —Suspiró el rey y añadió—: Ya no habrá ninguna más Endregoto.

—¿Así que era niña, la infanta difunta? —pregunté para seguirle la corriente, pues vi que hablando de su pena tenía una especie de triste consuelo. Más tarde intentaría llevar su atención a otros asuntos, ahora era demasiado pronto para pensar en algo que no fuese su reciente desgracia.

—Sí, nació muerta, o parecía muerta, fue bautizada por el obispo de Jaca que estaba presente, por si un hálito de vida le salvaba de ir al limbo y la llevaba al cielo. Quizás hay en el cielo un ángel llamado Endregoto.

—No os atormentéis, mi señor *En* Ramiro. Os aseguro que por muy duro que sea y por muy imposible que os parezca ahora, el Señor Jesús os enviará consuelo pronto. —Le hablé así porque sabía que el rey era piadoso y el nombre de Jesús bastaba para otorgarle un bálsamo y un lenitivo a su pena. No estaba muy seguro de decir verdad porque mi pena, la que me acompañaba desde que perdí a mi Bermeja, no se había difuminado a pesar de haber transcurrido varios años. Al contrario, se había enquistado como una herida mal cerrada y ahora era una manera de ser y de existir. Pero si don Ramiro era más bueno que yo, si en su dolor había una aceptación sin resentimiento, entonces quizás el recuerdo de su amada le acompañaría como un perfume o como una melodía que se va olvidando poco a poco. Mi caso era distinto. Yo no podía olvidar, don García me había robado mi único bien, ella no había muerto ni era cuestión del ciego destino el haberla perdido.

El rey seguía hablando y en mis reflexiones había perdido algo de sus palabras. Puse atención pues había venido a oír sus penas, no a revivir las mías.

—Desde el principio de su embarazo se vio que algo no andaba bien. Empezó a sangrar, poco al principio y más y más según avanzaba en su estado. Ella recordó a la vieja partera Alexania, la servidora de mi hermano Fernando que tan bien le cuidara con su primer embarazo allá en el Sobrarbe. Me rogó que enviase por ella y así lo hice. Mandé un carruaje para que la vieja pudiese venir cuanto antes. No se hizo esperar y tan pronto como el vehículo pudo hacer el camino, estuvo con nosotros. —Me sorprendió la noticia, así que mientras yo estaba en Sahagún, la vieja Alexania estaba en Jaca.

—¿Estuvo La Coruxa con doña Ermesinda?

—Oh, sí, hasta el final. Fue ella quien la vistió para ser enterrada. Con esos vestidos la veré en el Juicio Final.

Intenté cambiar la triste conversación:

—Al ver a la reina, ¿os dio La Coruxa alguna esperanza?

—A la reina le dio muchas, pero a mí me dijo la verdad, que la condición de la reina era muy peligrosa. Según me explicó, doña Ermesinda tenía algo que las parteras llaman *placenta praevia*; el peligro máximo se da durante el parto, al dilatar el paso para que salga el niño, se rompe la placenta y una hemorragia termina con la vida de la madre. Esa pequeña sangría que se produce durante el embarazo es sólo el anuncio de una gran hemorragia inevitable.

—¿Sufrió la reina?

—No, al menos nos queda ese consuelo. La vieja madre le dio una pócima para dormir en cuanto se anunció el parto. Sólo abrió los ojos para decir: «¡Qué hermoso el cielo blanco, blanco como las palomas!» Sonrió tranquilamente y se quedó dormida para siempre...

Así se terminaron los días de la hermosa doña Ermesinda. Durante los primeros años de su matrimonio no había tenido hijos. Al fin los tuvo y llevada por su amor a don Ramiro, deseaba llenar la casa de niños, posibles herederos, y sobre todo, borrar el estigma de mujer estéril que tanto había amargado su vida y avergonzado a la condesita venida de Bigorre. El rey, después de contarme innumerables veces la muerte, inevitable, por otro lado, de su esposa, empezó a caer en accesos de melancolía. Se retiraba durante horas interminables a la capilla de palacio. Se sentaba allá con los ojos extraviados, fijos en un punto lejano. No sé si rezaba o simplemente se retiraba allí para no ser molestado. Los monjes entraban y salían a las horas canónicas y el rey parecía no darse cuenta de los rezos. A las horas de comer y dormir, su antiguo amigo, *En* Íñigo de Barbenuta, entraba en la capilla y le tomaba del brazo conduciéndolo al refectorio o a la cama. Él, tranquilamente, se dejaba llevar a un lado u otro, pero su espíritu estaba enfermo y todos temimos que de no interesarse por algo, terminaría muriendo él también, pues si bien se dejaba llevar al refectorio, se sentaba frente a la comida y no la tocaba.

En Íñigo, quizá con una secreta esperanza, hizo venir a doña Amuña, desde Ciella, en donde se encontraba a la sazón. La joven, que aparentemente aún amaba al soberano, intentó hablar con él. Don Ramiro la saludó cortésmente pero ninguna otra emoción pareció despertar en él a la vista de su antigua esposa temporal: la barragana real. Parecía como si el rey de Aragón hubiese olvidado todo lo que no fuese su pena. Entonces recordé que doña Maior me había contado que don Ramiro había hecho planes para una gran campaña contra los moros a fin de expulsarlos de la Spania cristiana. Que se había hablado de implicar al Papa y a toda la cristiandad en esa guerra. Yo, en ese momento, no sabía si efectivamente se había iniciado algún movimiento en esa dirección. Con mucha cautela inicié una aproximación a su cancillería.

A pesar del tiempo transcurrido desde que abandoné la cancillería de Navarra, todavía perduraba mi fama en las otras cancillerías. El Primer Escribiente de Aragón se llamaba Riculfo y a él acudí, en teoría para que me mostrase cómo funcionaba el scriptorio de Jaca, cosa que hizo de buen grado. A su vez, tímidamente, me preguntó cómo era el Libro de Horas de los reyes-emperadores. Había oído hablar mucho de él y deseaba le describiese las ilustraciones de las hojas primera y última, que son las que más se recuerdan y las más elaboradas. Lo hice de buen grado y hasta le tracé con carboncillo sobre una foja un discreto esbozo de la distribución de las figuras. Él quedó encantado y me pidió permiso para copiar, no las figuras sino esa distribución, cosa que hice de buen grado. Después de esto fue como si *En* Riculfo y yo mismo fuésemos amigos de toda la vida. Llevé la conversación adonde me interesaba.

—El rey, nuestro amado *En* Ramiro, está muy triste, ¿no lo habéis notado, *En* Riculfo? —Así le hablé al escribiente, esperando abrir entre nosotros un camino a las confidencias. Mi esperanza no fue vana.

—¡Cómo no he de haberlo notado, micer Doroteo, si no se habla de otra cosa en todo el reino! Vos, que gozáis de su confianza, ¿no podéis hacer nada para animarlo? —Continué la conversación por el camino elegido.

—¡Ay, *En* Riculfo! ¡Qué más quisiera yo que animarle! Mientras quiso hablar conmigo, le alenté a hacerlo. ¡Y quizás hice mal! Hablábamos siempre de la reina, me temo que ello terminó por ser demasiado para el rey... —Cambié mi tono para llevar al amable *En* Riculfo a un punto en que fuera él mismo el que me dijese lo que me interesaba—. De pequeños tuvimos una infancia feliz juntos en Pamplona. Como bien sabréis, *En* Riculfo, me crié con los príncipes. Confiaba en hablarle de cosas que le interesasen, pero no me había percatado de que hace mucho tiempo que estamos separados y que ahora no sé qué es lo que le interesa. Desearía estar al tanto de algo que le importase mucho, justo antes del embarazo de doña Ermesinda. Si lo supiese, intentaría reanudar ese hilo roto... interesarle por la vida.

Esperé casi sin aliento, había echado un tenue anzuelo al escribiente. Él no debía revelar lo que supiese a través de la cancillería, pero yo, cuidadosamente, lo había revestido de conocimiento común: «Algo que hubiese importado mucho al rey.» Nuestra conversación rezumaba una especie de confidencialidad amistosa entre dos escribientes de importantes cancillerías. Además, *En* Riculfo me consideraba como un hermano de *En* Ramiro, un hermano que había venido a visitarle y que le deseaba bien.

—¡Oh —dijo él—, ojalá el rey se interesase nuevamente por sus proyectadas campañas, estaba tan entusiasmado con la idea de recuperar Barbastro! Proyectaba con entusiasmo una campaña contra el infiel. De hecho iba muy bien en sus conversaciones con el papado. Su Santidad no era contrario a la idea de coaligar a todos los príncipes cristianos para una acción común contra los moros. Además, ello aportaría un bien secundario, cual sería que la belicosidad de los cristianos estuviese dirigida a un fin bueno y no a hacerse la guerra entre ellos mismos. Parece ser que el Papa estaba dispuesto a prometer que las almas de los muertos en combate irían directamente al cielo.

—Así que tenía ya contestación del Papa. —Mi comentario parecía inocuo. En realidad lo que quería saber era si había él, *En* Ramiro, escrito al Papa en ese sentido.

—Bueno, la cuestión es más complicada que todo eso —dijo pensativamente *En* Riculfo—, no se mandó carta desde aquí a Roma, se intentó una aproximación al asunto a través del abad Odilón de Cluny, pues el anciano parecía tener mucha influencia sobre el Papa. A través de Cluny recibimos esperanzas de que el Santo Padre nos ayudaría con las bulas solicitadas. Siempre que las aproximaciones a los príncipes cristianos se hicieran desde aquí, al parecer el Papa estaba dispuesto a enviar a cluniacenses que reforzaran la petición con su oferta de bendición papal a cada uno de los señores laicos a quienes nosotros nombráramos como posibles coligados. Esto fue lo que supimos a través de Cluny.

¡Eureka! He aquí la contestación a mis preguntas no formuladas, ya tenía en mis manos la trama toda de la guerra. Enseguida seguí la conversación como si ya lo hubiese sabido todo, haciendo mis propias elucubraciones sobre el caso.

—Claro, era mejor así, no arriesgarse a una negativa directamente. Una negativa a través de Cluny podía revocarse con otro emisario. Bien sabéis que ahora algo grave ha sucedido en Cluny. Quizá ya no podamos contar con el nuevo abad.

—Sí, al morir Odilón —convino *En* Riculfo con cierto disgusto— se interrumpió el hilo de las cosas; luego vino lo de doña Ermesinda...

—El nuevo abad, don Hugo —dije yo—, tendrá que imponerse en su nueva responsabilidad antes de intentar influir en el Papa, inclusive puede ser que ello no entre en sus planes por ahora. Además, no sabemos si el buen Odilón habló de la idea de *En* Ramiro a Gregorio VI, a Clemente II o a Dámaso II, ya que todos ellos apenas llegaron a un año de papado. El nuevo, León IX, no sabemos qué ideas tiene. —Nos quedamos algo pensativos los dos. Parecía que hubiésemos llegado a un punto muerto—. De todos modos, *En* Riculfo, convendréis conmigo en que merece la pena intentar que el rey se interese por este asunto, quizás así salvemos al reino y a él mismo.

Charlamos sobre las posibilidades de interesar al rey en sus antiguos proyectos. Yo lo intentaría con la ayuda de *En* Riculfo. Él me proporcionaría la correspondencia habida con Cluny y yo, ya informado, hablaría de ello con *En* Ramiro.

En Ramiro era un hombre piadoso, y cuando le hablé de la posibilidad de recuperar para Cristo aquella plaza de Barbastro que tanto le había interesado, me prestó atención. Me ofrecí para reanudar los interrumpidos contactos entre Aragón y los príncipes cristianos, e inclusive a tantear la actitud del abad Hugo.

Cuando vi que *En* Ramiro llamó a su hijo mayor, *En* Sancho Ramírez, para también poner al niño al corriente de esos proyectos para el futuro, supe que el rey había empezado a recobrar su sentido común. Sus planes eran a largo plazo y quizás habrían de pasar de generación en generación. Su interés no decaería, su vida tenía ahora un sentido y una dirección.

Para acuciarle, yo empecé enseguida a enviar misivas de parte del rey de Aragón y los otros condes y príncipes cristianos. Partieron cartas y mensajeros hacia muchos lugares: se mandaron cartas al condado de Poitiers, al ducado de Aquitania, a los normandos de la Baja Normandía, intentando interesar a los francos en la idea de salvar las tierras cristianas de manos de los sarracenos. Al tiempo se les adelantaba que el Papa no era contrario a la idea de otorgar una absolución de las penas temporales que se habían de sufrir en el Purgatorio. Éstas serían perdonadas y las almas de los que falleciesen irían directamente al cielo.

También se enviaron misivas a los príncipes cristianos de los anglos, jutos y sajones, pero de ellos nunca se supo nada. En cuanto a los príncipes y condes cristianos de la Península, se mostraron interesados pero, juiciosamente, pidieron que se les convocase cuando la acción estuviese más cercana.

Me quedé en Aragón todo el tiempo necesario para volver al que consideraba mi hermano, *En* Ramiro, a la vida de los vivos. Él, de vez en cuando, se acercaba a la tumba de doña Ermesinda, y colijo que, en silencio, le contaba sus planes. Quizás ello le servía de consuelo. Su pena ya no le llevaría a la locura.

Tiempo después llegó a Aragón una invitación de parte de los reyes de Navarra para que el monarca asistiese a la solemne consagración de Santa María la Real. Para entonces Doroteo no se hallaba ya en Jaca. Seguramente estaba, como había sido su deseo, peregrinando por las tierras cristianas, como un vagabundo que de vez en cuando se detenía en algún monasterio o posada, e inclusive a contar cuentos en pueblos y villas recónditas. De todos modos Doroteo no hubiese acudido a Nájera. Los que sí acudieron fueron los hermanos del de Navarra: don Fernando, el rey-emperador y su esposa, doña Sancha, la *Regina-Emperatice*; también acudió el viudo don Ramiro. El documento emitido con esa ocasión el 12 de diciembre de 1052, empezaba así:

«*Ego Garsi. Dei gratia rex Sancii regis filius... communi cinsilio dilecte coniugis Stephanie...*» [«Yo, García. Por la gracia de Dios hijo del rey Sancho, conjuntamente con mi dilecta esposa Estefanía...»]

Seguía un largo protocolo en medio del cual intercalaba don García estas piadosas palabras que resultaron ser como una premonición: «Sé muy bien que la muerte amarga, y a ninguna edad perdona, sino que por la necesidad misma de la naturaleza todo lo roe con voraz mordedura...» Llegado el final del texto, confirmaban los hechos y donaciones hechas al nuevo monasterio tanto el rey García como la reina Estefanía así como sus hermanos «*Ferdinandus rex, confirmavit. Ranimirus rex, confirmavit.*» Y los condes: «*Raimundus comes, confirmat.*» Y los abades: «*Enneco Abbas confirmat.*» Y los obispos: «*Sancius Episcopus. Garsia Episcopus...*», y todos los optimates del reino cuyos nombres sería largo enumerar. Todos estaban allí dando fe y testimonio de lo sucedido a mayor honra de la Santa Iglesia y de la Virgen Madre.

Un personaje pequeño también acudió a la consagración, la vieja Alexania, que ha venido en la comitiva del rey de Castilla. No firma ni robora nada, llevada de su piedad, según expresó al rey-emperador, ha acudido a orar en Santa María la Real de Nájera. También ha suplicado a doña Estefanía que, en su nombre, haga entronizar en esta iglesia a la santa de su devoción: Santa Comba de Bande. Santa María la Real es una iglesia enorme. En sus paredes laterales hay infinidad de capillas dedicadas a devociones diversas. A nadie le parece mal que se rece también a Santa Comba. En un nicho minúsculo se pone una efigie de la santa, en cuyo hombro se posa una angelical paloma. Desde ese día en adelante nunca le faltará una candela encendida, sus devotas le son fieles y la lamparilla de aceite alterna con pequeñas velas de cera.

Detrás del altar mayor se ha conservado la cueva santa en la que se apareció la Virgen María al rey García. Una imagen de madera policromada representa a la Señora, a sus pies una jarra de plata llena de azucenas, tal y como la vio el rey y, a ambos lados de la imagen, un azor y una perdiz de oro fino están en actitud de manso recogimiento.

El acto de la consagración fue como correspondía a la gloria del reino de Nájera. Dentro de la iglesia una procesión rutilante de joyas y cirios dio tres vueltas al recinto en señal de las tres Personas de la Santísima Trinidad. Uno tras otro, los obispos encabezaban la procesión. Cada uno llevando delante de sí un monago que porta la cruz de plata. Las vestiduras episcopales habían sido confeccionadas para la ocasión con cargo al rey de Navarra. Eran lujosas, con capas largas que los obispos arrastraban barriendo el suelo santo. Como las pagaba el rey, no se había escatimado ni el hilo de oro, ni la plata, ni las perlas, ni piedras de todas clases. Cada vestidura valía un pequeño reino. Se había bordado sobre brocado, sedas y *greciscos*. El obispo Sancho se había hecho poner muchas campanillas minúsculas a lo largo de todo su cayado, de modo que al andar apoyando éste en el suelo, con cada paso una ráfaga sonora, dulce y armoniosa, se escuchaba en todo el templo. Los obispos rivalizaban entre sí en lujo y pompa. El obispo Gómez, o Gomesano, que de ambos modos se dice, había optado por poner, colgando del borde de su mitra, multitud de perlas que hacían su atuendo semejante al del Basileus de Constantinopla. El de Jaca, que acompañaba a don Ramiro, había escogido vestirse todo él de recamado de planchuelas de oro batido. Los nobles rivalizaban en lujo para destacar su poder frente a los hombres de Iglesia. Pero sobre todos destacan el rey y la reina de Navarra: haciendo gala de su piedad, para esta ocasión vestían como penitentes y la humildad de su traje destacaba vívidamente sobre la riqueza y los destellos de los demás. Por eso mismo ni siquiera ceñían corona o empuñaban el cetro, símbolo de su poder. Cetro y corona eran llevados por sus hijos sobre cojines de raso púrpura. Marchan los infantes, Sancho y Ramiro Garcés detrás de los soberanos, van vestidos como donceles con capellinas cortas bordeadas de martas cibelinas. Cerraban la procesión los Caballeros de la Orden de la Teraza, aquellos que se habían comprometido a batallar por amor y en servicio de María; entre ellos, claro está, destaca el segundo paladín: el señor de Gavín, de la prosapia de los Abarca, que ha venido con su esposa, doña Isidorina, y su prole a tan magno acto.

El olor del incienso, traído expresamente desde el lejano Oriente, sofocaba con su fuerte aroma. Los coros entonaban antífonas y salterios y por fin se rezó la Salve, a la que tan devoto era don García. El hermano de don García, el rey-emperador, iba completamente de negro, negra es su túnica y su manto negro, pero sus adornos y cinturón están todos bordados en brillantes, al igual que la ropa de la emperatriz Sancha. Por respeto al Rey Eterno, tampoco llevaban sus coronas, sino que se ceñían las sienes con un cintillo de brillantes haciendo juego con los bordados de sus trajes. Don Ramiro vestía a la moda de las tierras de Provenza, como un homenaje, suponemos, a su difunta esposa la reina Ermesinda, que tanto gustaba vestirse de esa guisa: jubón corto, calzas apretadas y zapatos de hebilla, todo en verde y rojo. Causó gran sensación pues no eran de tejido alguno sino que todo era hecho de piel finísima, que de lejos parecía de terciopelo, tan suave y flexible como era.

Detrás de todos los personajes, marchan encapuchados seis monjes vestidos de negro. Son cluniacenses que, por petición de don García, serían los que habrían de regir el monasterio. El nuevo abad de Cluny, don Hugo, ha presionado para que sus monjes entren en Nájera. Luego, más adelante, se hablará del cambio de rito, si Dios quiere.

Terminadas las liturgias y las procesiones, hubo una gran cena en palacio. Fuera, el pueblo llano también estaba convidado, de parte de los reyes, a un ágape, en donde no faltaba la carne, el pescado y toda suerte de dulces y bebidas.

—Verdaderamente, hermano García —decía Don Ramiro mientras cenaban en el comedor de palacio—, vuestra obra, aunque sin terminar, es digna, casi, de la Reina de los Cielos.

—Nada es digno de Nuestra Señora —dijo piadosamente el rey de Navarra—, pero la reina Estefanía y yo hemos intentado darle lo mejor del reino, para ello trajimos a Nájera a los mejores constructores, escultores, carpinteros, artistas, joyeros y orfebres. —Cambió de tema—. ¡Qué lástima que doña Maior no se haya sentido con fuerzas para venir, sin duda ella habría disfrutado con tanta gloria y tanto boato!

—Quizás es por ello que no vino —opinó don Fernando—, en su vida ha tenido de sobra gloria, fasto y boato. Ahora es una humilde monja, que reza por nosotros y los reinos que de ella recibimos.

—Está muy bien que nos reunamos de vez en cuando —interrumpe el de Aragón—, no nos vemos demasiado y estas celebraciones nos convienen para intercambiar, no sólo saludos, sino información. Debemos seguir con atención el tejer y destejer de los reyezuelos árabes. —El rey-emperador se dirige a don Ramiro y se interesa por sus palabras.

—¿Tenéis acaso alguna noticia que debamos saber?

—Nada particularmente notable —responde Ramiro—. Ya sabéis que a veces firman paces entre ellos, pero con la misma facilidad rompen sus tratados. El reyezuelo de Córdoba ha conseguido mediar entre los dos belicosos reyezuelos Al-Muzaffar de Badajoz y Al-Mutádid de Sevilla. Pero creo que este último, el de Sevilla, sólo ha firmado paz con el de Badajoz para mejor entregarse a saquear y conquistar a los pequeños reyezuelos andalusíes y beréberes... —Durante algún tiempo el de Aragón relató lo que sabía de los moros. Todos se quedan sorprendidos, no le creían tan bien enterado de los negocios de Andalucía.

Así, como es su costumbre cuando se hallan juntos, los reyes discuten temas de política. Por fin don Ramiro recuerda a don García la conversación que tuvieron años antes sobre la conveniencia de una liga cristiana contra el infiel dirigida por Aragón para tomar Barbastro con la ayuda del Papa y de los príncipes cristianos de toda Europa. Se interesa el de Navarra por saber cómo van los asuntos de esta coalición general. Don García reitera su oferta.

—¿Y vos, señor de Gavín —interroga el rey de Navarra a su deudo—, estaríais dispuesto a ir a la lucha en nombre de Pamplona-Nájera para conquistar Barbastro para la Santísima Virgen?

—Claro que sí, con mis arqueros —confirma con fruición el de Gavín—, todo por la Santísima Virgen y por el mayor honor de la Orden de la Teraza. —No añade que como es de naturaleza aventurera y peleona, también iría por otras muchas causas a la guerra. Como quien no quiere la cosa, pregunta descuidadamente—: ¿Habrá botín...?

—No sería ésa la intención ni el propósito de esa guerra —aclara don Ramiro—. No vamos al pillaje ni a saquear sus bienes, más bien queremos conquistar una nueva Jerusalén Celeste, convertir a los moros en cristianos, a ser posible y si no, dejarles con vida para que hablen de la benevolencia de los cristianos... claro que pagando, igual que nuestros mozárabes pagan por vivir en tierra de moros... —De pronto don Ramiro se vuelve hacia don Fernando, que no ha hablado de este asunto.

—¿Contamos con vos, señor emperador? —Así preguntado directamente el rey de Castilla y emperador de León, responde mirando a sus hermanos los reyes a la cara.

—No tengo muy claro cuál es el propósito de esa posible guerra. Expulsar, o convertir al moro, ha sido finalidad que se ha probado más que difícil. Los nuestros pasados de gloriosa memoria lo han intentado, pronto hará ya cuatrocientos años. Sinceramente, por mucho entusiasmo que se ponga, no creo que se pueda hacer en una sola campaña.

—¡Sólo deseamos tomar Barbastro, como camino para avanzar más al sur! No pensamos en tomar toda Spania.

—Pero para tomar Barbastro sería necesario pasar antes por Graus, éste a su vez depende del fortísimo Waliato de Huesca, y éste de Zaragoza. —El de Castilla menea la cabeza no muy convencido—. Creo que habrá muchas dificultades por ese lado. Además, tendría dificultades para ayudaros, precisamente el rey de Zaragoza es mi tributario y le debo defensa y amparo. Si entrase en guerra, no por su gusto, sino atacado, como sería el caso, debería combatir a su lado. ¿Por qué no empezar por otro punto más débil, algún lugar al que no estuviésemos obligados por tratado alguno? —Se dirige al rey de Nájera-Pamplona—: De todos modos, hermano, no combatiría voluntariamente a vuestro lado. —Un silencio incómodo y tenso sigue a las palabras de don Fernando. Don García se siente menoscabado en su dignidad y como anfitrión.

—¿Tenéis algo contra mí? ¿No creéis que sea un buen capitán y estratega?

—Nada tiene que ver mi observación en cuanto a vuestras cualidades como guerrero, son vuestras cualidades como hermano las que dejan mucho que desear... —La tensión crece con cada palabra. Callan todos los demás y se encogen los ánimos. El tono no presagia nada bueno. Se levanta violentamente el rey García y ya perdida toda mesura se acerca al rey-emperador y le pregunta en un siseo, apretando los dientes:

—¿Qué derecho tenéis a dudar de mí...?

—El que me da la experiencia. Hace años me indujisteis con engaños a visitaros pretextando una inexistente enfermedad. Aprovechando mi piedad filial intentasteis una emboscada. Si no hubiese sido porque alguien velaba por mí desde la oscuridad, hubiese terminado muerto en vuestras mazmorras. No quiero nombrar a las personas que me salvaron por no concitar vuestra venganza. Desde entonces he esperado en vano una explicación. Todos podemos tener un momento de ceguera o una tentación. Pero ha pasado el tiempo y nada he oído de vos, por lo que colijo que no hay arrepentimiento. ¿Cómo queréis que me fíe de alguien que tramó engaños para matarme? Además, don García, os informaré de que no sólo he venido a honrar a la Santísima Virgen, sino también a recordaros públicamente que nuestro tratado de paz caduca en el año 1054. Apenas os queda un año y algo más de tregua. Se ha de renovar, o solucionar por las armas la querella que sostenemos en cuanto a las tierras de Castilla la Vieja que Navarra, injustamente, detenta.

—¡Injustamente, no! Fue el testamento de don Sancho, nuestro padre, el que me las dio.

—Sin ningún derecho pues no era su patrimonio sino un expolio que se hizo a Castilla para favorecer a Navarra. Nunca renunciaremos a nuestras tierras, don García. Pensadlo.

—No hay nada que pensar, creí que durante estos años habríais recapacitado y comprendido que esas tierras que pedís eran navarras.

—También creí yo que habríais constatado que Castilla nunca retrocede y que era mejor para vos y vuestros hombres el no entrar en guerra con nosotros.

—La guerra no nos hace retroceder. De hecho hemos entrado varias veces, con éxito por cierto, en batallas que nos trajeron territorios y gloria. Más de lo que vos podéis decir.

—El Señor tiene su tiempo. Las edades venideras hablarán más de Castilla que de Navarra. Durante estos años hemos atendido no sólo a mejorar la vida de nuestras gentes, sino a preparapnos para agrandar nuestros reinos con tierras del infiel. Si Dios lo permite pronto empezaremos y ya nada nos detendrá.

—¿No pensáis renovar nuestro pacto de paz? —inquirió García, mirándole a los ojos. Fernando sostuvo su mirada.

—¿Tenéis algo que ofrecer? Si no todo se reduciría a un compás de espera, nunca una renuncia *sine die*.

Parece pensar un momento don García.

—Por el momento no tengo nada que ofreceros, es decir, nada me obliga a esperar. ¿Cuándo habríamos de romper las hostilidades?

—Dentro de dos semanas se terminará este año de 1052, es decir, queda todo el 53. Luego estamos en libertad, tanto vos como yo, de empezar nuestra particular guerra por las tierras de la Bureba cuando mejor nos convenga. De todos modos, hermano —una nota cálida asoma en la voz del rey-emperador—, no deseo una guerra por mor de la guerra en sí. Pensadlo bien y si cambiáis de idea, enviadme a vuestros hombres buenos y les oiré. Quizás haya alguna razón para no luchar.

—No enviaré a nadie, mi resolución es firme. O cedéis en vuestras intenciones o habrá guerra hasta que uno de los dos muera.

—Tampoco es ésa mi intención; aunque me habéis traicionado, sois mi hermano, y eso no puedo olvidarlo, sobre todo por doña Maior. La derrota puede no significar muerte. No es necesario morir o matar. Es más, soy de la opinión de que para ahorrar miserias y bajas cuantiosas a los nuestros, sería más honorable que nosotros nos batiésemos a primera sangre. Con ello me contentaría, y si me vencéis, la Bureba para vos; si queda mío el campo, la Bureba para mí. Es más razonable, puesto que es un pleito casi personal entre nosotros dos.

—No. —La negativa de don García es tajante—. Los hombres deben participar de las penas y las glorias de sus príncipes. Lucharemos con nuestros ejércitos, nuestros aliados y si es necesario, con hombres de pago: cristianos o musulmanes y nuestros propios hombres al completo. Una guerra en toda línea, un fonsado general. —Luego añadió con una sonrisa cruel—: Si tenéis mala conciencia por ello, hermano, tendréis que llevar vos solo el peso de las muertes. Para mí son naturales, son consustanciales a los guerreros y a los reyes. No contéis conmigo para que haga de Cirineo y os ayude a cargar vuestra cruz.

Así terminó ese día que empezó todo regocijo y recogimiento. Sin embargo, una vez que estaba arrojado el guante, los reyes parecieron llegar a un acuerdo siquiera momentáneo y el resto de las celebraciones se llevaron a cabo sin que surgiese ningún otro incidente.

Hubieron justas, torneos, danzas y trovas. Durante una semana convivieron como si fuesen una familia bien avenida que celebraba una importante fiesta. Nada parecía presagiar que la próxima vez que los dos hermanos se viesen, sería en el campo de batalla, y que uno de ellos, habría de matar al otro. Antes de despedirse se fijó un lugar para el encuentro: a tres millas de Burgos, en Atapuerca, en un año y una semana.

Naturalmente, entre los acompañantes y asistentes a la reunión familiar todo eran comentarios y cábalas. El señor de Gavín se alegraba porque entonces se vería en acción con sus arqueros. Con don Fernando había venido su portaestandarte, su armiger real, el hidalgo Diego Laínez, señor de Vivar. Tenía este noble un hijo nacido en el año 1043, de nombre Rodrigo, y se criaba el doncel en casa de don Fernando junto con otros jóvenes. Para entonces tendría el mocito diez años, buena edad para ir a su primera batalla junto con su maestro de armas, lo que los navarros llamaban aitán. Satisfecho, Diego Laínez vio ocasión de instruir a su hijo, acrecentar la gloria de su casa al tiempo de recuperar las tierras de la Bureba. Él apresuraría la guerra cuanto pudiese. Dios les bendeciría. Amén.

28

La batalla de Atapuerca y el destino del rey García

> *El rey don Fernando, de Dios sea amado,*
> *commo lo fuera siempre, fo muy bien esennado,*
> *Non lo enbió solo, mas bien acompannado,*
> *Ca enbió con elli, mucho ome onrrado.*
>
> Vida de Santo Domingo de Silos.
GONZALO DE BERCEO

Aunque la guerra parecía inevitable, aún envió don Fernando algunos mensajeros al reino de Navarra por ver si don García se avenía a un reto entre ambos, como le había propuesto, o accedía a intercambiar unos territorios equivalentes para evitar un encuentro entre ambos reinos con todos sus ejércitos. Con esa intención encomendó al santo hombre de Dios, de nombre Domingo, quien antiguamente había sido abad de San Millán de la Cogolla, y hoy de Silos, el cual por un tiempo había disfrutado de la amistad del rey García. Le rogó encarecidamente que tratase de intervenir, en nombre de Dios, para evitar un copioso derramamiento de sangre.

—Señor —dijo el abad de Silos, al ser requerido por el rey Fernando—, ya no soy santo de la devoción del rey García. Él me hizo expulsar del reino, cuando me opuse a que se llevara las reliquias de San Millán del monasterio de la Cogolla a Santa María la Real de Nájera.

—Eso he oído —repuso don Fernando—; no obstante, él fue vuestro protector muchos años. Quizá le quede aún algo de ese afecto que sintió por vos. —El monje manifestó que lo dudaba, pero por amor a Dios y a los hombres que habrían de morir, cumpliría el deseo de don Fernando y trataría de que don García entrase en razón. Partió ese mismo día.

Mientras, los sones de guerra llegan a todas partes. En los campos, en los mesones, en los burdeles, en los mercados, en villas y ciudades. En los hospitales de peregrinos, en los baños públicos y en las barberías y cualquier lugar donde dos hombres se juntan, se comenta que la paz entre Navarra y Castilla está a punto de romperse. Se sabe que los dos hermanos se han desafiado. Con Castilla irá León y sus coligados árabes de Toledo y Zaragoza, mientras que con Navarra harán causa común La Rioja, los Cameros, Castilla Vétula, las Siete Merindades o Asturias de Laredo. Y con ellos: Aragón, que lleva consigo el Sobrarbe y la Ribagorza. Mercenarios de todas clases y calañas, islámicos o cristianos, preparan sus armas y reclutan hombres para sus partidas. Inclusive vienen a ofrecerse a uno y otro rey hombres venidos de más allá del estrecho. No es raro que Doroteo oiga también las noticias, pues no se habla de otra cosa en toda la tierra. Inmediatamente recoge sus magras pertenencias y se dirige a León a ponerse bajo el pendón de don Fernando.

Es así como hice mi camino con bastante precipitación casi sin detenerme, ya que las nuevas de la posible o inevitable guerra me interesaban en grado sumo por la posibilidad que ello me ofrecía de cumplir mi particular venganza. Por fin mi hora había llegado, ya lo había intentado en la toma de Calahorra yéndome como mercenario con los moros. Ahora iría con las huestes de don Fernando y empeñaría mi vida en encontrarme con mi antiguo dueño y señor en el campo de batalla, iría directamente contra el que yo había considerado mi amigo y mi hermano. Mi corazón y todo mi ser pedían su muerte. A cambio de La Bermeja se me antojaba aún una recompensa miserable. Tan raudo como pude, por no llegar demasiado tarde, me dirigí a León.

Don García recibió de mala gana al antiguo abad de San Millán de la Cogolla, y el santo varón transmitió las palabras de don Fernando.

—Y en todo caso, alteza —terminó el abad—, el rey-emperador reitera su ofrecimiento de batirse en combate singular con vos para resolver los problemas personalmente entre ambos, sin más muertes y sin suspender por la guerra la vida de los reinos. —El rey de Navarra se mostró impaciente e interrumpió al enviado de don Fernando.

—Decid a mi hermano que se ahorre el esfuerzo de mandarme más mensajeros y que se apresure en organizar a sus hombres. Yo ya estoy reuniendo a los míos y le advierto en buena lid que irán muchos miles pues a más de los míos propios, irán moros y gascones. Que reúna él a los que pueda. Castilla Vétula quedará para mí o moriré en el intento. Idos, en buena hora. —Y diciendo esto, salió violentamente de la habitación.

Al oír hablar de guerra, los hombres de armas se alegraban tanto en Castilla como en Navarra, pero en ese reino no todos estaban del lado de don García. Unos caballeros originarios de los territorios en disputa, Martín Peres y Dia Peres de Barsinia y otro caballero de Navarra de nombre Sancho Fortuñones, se reunieron clandestinamente para hablar de la guerra. Tenían los tres algo en común que les había causado no poco pesar y vergüenza: sus mujeres habían pasado por amantes de don García. No habían podido hasta ahora tomar cumplida venganza del seductor, pero en esta contienda veían su oportunidad. En verdad había muchos más hombres, nobles y llanos y aun moros o judíos ofendidos por el rey. Nunca supo, o quiso, dominar sus impulsos amorosos. Al contrario: llevaba a gala tener gran cantidad de amigas y amantes y no le importaba que se supiese. Al parecer pensaba que sus atenciones honraban y distinguían a las mujeres, fueran éstas casadas o doncella, blancas, rubias o bermejas, moras, judías o del Senegal. Todo lo había probado: tanto mujeres honestas como suripantas deleznables. Ahora, después de haber sembrado vientos, estaba a punto de recoger tempestades.

—Así pues —decía Sancho Fortuñones—, quedamos solemnemente juramentados para acudir a Atapuerca junto con los hombres del rey García, a ser posible con la *militia regis*, que son los que más cerca están del rey. Entonces buscaremos, en el tumulto del combate, la ocasión de acercarnos a él y darle muerte.

—Quizá sea más fácil ofrecernos a ser su guardia de corps y en la confusión no protegerlo, dejando que sea el enemigo quien haga el trabajo, así nadie podrá acusarnos de regicidio —dijo dubitativamente Dia Peres de Barsinia.

—No, don Dia —responde Sancho Fortuñones—, tenemos que tomar venganza por nuestra propia mano, otra cosa no sería venganza. Tiene que morir por nuestra mano, aunque nos vaya la vida en ello; hay que lavar la infamia con la sangre del que la causó. Y lavarla personalmente, como debe ser entre caballeros, otra cosa sería indigna de un infanzón. Sería más fácil envenenarle, pero eso no sería digno de nosotros. Debe morir cara a cara y si puede ser, sabiendo por qué muere. —Al fin todos parecen estar de acuerdo. Tomando el pomo de una espada por cruz, juran tomar cumplida venganza en la persona de don García. Cualquiera de ellos que lo mate, lo hará en nombre y mancomunadamente con los otros dos.

Sin haber podido llegar a ningún acuerdo entre los reinos, ni siquiera parcial, se proclamó el fonsado general. Una vez más salieron los voceros del rey y al son de trompetas, cuernos y bocinas pasearon su llamada por todos los reinos. No quedó ciudad, pueblo o villa en donde no se proclamase la *expedicione regis*. Los sayones reales con voces estentóreas proclaman el derecho del señor rey a convocar al fonsado. Peligra el reino y todos los hombres, llanos e infanzones, ricos y pobres, libres y serviles, han de acudir en su ayuda. Como era costumbre, los señores de vasallos y los señores de behetría convocan a los suyos. Revisan las armas, hacen acopio de harina para la galleta y el *companagium*. Los herreros de todos los reinos no descansan ni de noche ni de día fabricando espadas, picas, arietes, flechas, cadenas, hebillas, bocados, ruedas, clavos, mazas, clavas, armaduras, yelmos, celadas, guanteletes, corseletes, calderas, lanzas y tantas y tantas cosas necesarias para dotar a un buen ejército.

El movimiento es general en todas partes, hay entusiasmo, miedo, deseos de gloria, aflicción, un mar de encontradas sensaciones y pasiones se agita violentamente. Cada hombre es un piélago de sentimientos a favor o en contra de la guerra. También los hay que han ido muchas veces a combate, son hombres ya de edad madura que fueron a la guerra en los tiempos de don Sancho y don Bermudo; ellos lo ven como una fatalidad, una obligación tan insoslayable como la vejez o la muerte. Pero ellos no tienen miedo, han sobrevivido y piensan que sobrevivirán una vez más. Temen más los que aún no han sufrido su bautismo de sangre y no saben qué esperar. Como una mujer primeriza, temen lo desconocido, temen al temor y, además de la muerte, temen ser cobardes.

Otros se duelen por cosas más terrenales: no estarán aquí cuando vaya a parir la vaca. Cuando se va el hombre de la casa, sólo quedan mujeres para arar los campos, ¿quién recogerá la cosecha si se prolonga la guerra? Todas estas preguntas son casi más importantes para los labradores que quién ganará esa guerra. Todos dejan a sus esposas, sus mujeres, sus hijos o padres y no saben si volverán. Muchos, no sin razón, murmuran por tener que ir al fonsado.

Los hombres de Castilla son los que con más entusiasmo acogen el fonsado. Esas tierras de Castilla la Vieja sólo llevan unos veinte años en poder del reino de Nájera-Pamplona y no las han olvidado aún. Sabedores de que los reyes necesitarán todos los hombres de que puedan disponer, vienen a ofrecerse los hombres de pago, moros y cristianos, que por un estipendio lucharán, con sus propios hombres, a las órdenes del mejor postor.

De los de Castilla, el más impaciente es Diego Laínez, el señor de Vivar. Se ha traído a su hijo el doncel Rodrigo, de la corte de León, en donde se educaba con otros jóvenes en palacio como criado del rey. Orgulloso de ver con qué gracia y galanura monta a caballo su hijo, le lleva consigo a todas partes. Pronto, demasiado pronto, inicia por su cuenta un acoso a la frontera del de Navarra. No pasa día sin que penetre a matar, quemar cosechas o asustar a los súbditos de don García. Casi sin resistencia se apoderó de los castillos de Ubierna y de Urbel e inclusive derrotó en una batalla campal a un grupo de vascones que salieron a enfrentársele. Envalentonado con esta victoria, en un golpe afortunado tomó el pueblo de Piedra. Iba con él el joven de diez años Rodrigo Díaz de Vivar, a quien todos conocen como Rui Díaz.

Se acercaba el día señalado para la batalla. En Burgos se reúnen los que han venido de todo el imperio de don Fernando y doña Sancha: los de Castilla y los de León y sus aliados árabes ricamente dotados y vestidos de modo colorista. Van estos últimos montando sus corceles rápidos como el viento, de largas crines y pies raudos. Llevan armas ligeras, no usan armaduras para pesar menos sobre el caballo y sobre todo se empinan sobre los estribos armados con su clava y si aciertan su golpe es mortal siempre. Para el cuerpo a cuerpo usan el alfanje o la cimitarra. Los castellanos y leoneses se cuentan por miles. No hay en la memoria de las gentes, ni en los más viejos, recuerdo de tan grande ejército. Es el campamento como un mar infinito de tiendas y hogueras.

No se ha pensado en una guerra larga. Se ha proyectado como un encuentro o choque brutal, un solo golpe mortal, por ello no se ha traído demasiada impedimenta. Los reyes han acordado una acometida que dure lo que duren ellos dos; muerto uno, se terminará el caso, quedando el campo y la victoria para el que sobreviva.

También don García se ha preparado. Con él vienen muchos y variados reinos y señoríos, así como aliados: su *militia regis*, los navarros, pamploneses y najerenses, hombres del territorio de La Rioja, hoy en disputa; del señorío de Cameros, del reino de Viguera, de Álava, de Guipúzcoa, del señorío de Vizcaya, hombres de Castilla Vétula, de las Siete Merindades, de Asturias de Laredo... Y otros importantes aliados: su hermano Ramiro, obligado por el documento que se firmó después de la Arrancada de Tafalla, y con Aragón vienen el Sobrarbe y la Ribagorza. Esta vez vienen también hombres del condado de Bigorre, de don Bernardo, padre de las reinas Estefanía y Ermesinda, la de piadosa memoria. Y muchos moros de pago. Entre los caballeros cristianos, destaca, como siempre, el buen humor y la alegría del señor de Gavín y sus ballesteros. Sabe que puede destacarse y aun llenarse de gloria. Acaso matar al mismo rey Fernando, su deudo. ¡Mucha gloria sería ésa!

Pero el de Navarra tiene muchos enemigos que desean verle muerto, el que menos, su hermano don Fernando, que hasta último momento le envía mensajeros para que lo piense mejor o que se avenga a luchar sólo con él. Todo es en vano. Los ejércitos se acercan a Atapuerca, cruza el de Navarra la línea de la frontera y planta sus reales frente a los ejércitos de su hermano. En ambas tiendas ondea el pendón real atestiguando que el rey está allí.

Vienen con don Fernando dos hombres santos: don Domingo, abad de Silos, y don Íñigo, que lo es de Oña. No está presente el abad de Sahagún, don Alvito. Ya está mayor para estos alardes y aunque ha convocado a sus huestes como señor de vasallos, ha rogado al rey que ponga sus tropas bajo un adalid; el rey ha escogido a Santiago, su criado, que ya está fogueado en escaramuzas de la frontera. Ahora es hombre de confianza del rey y sabe que responderá bien. También viene Doroteo, que insistió en ir a la batalla con las mesnadas del de Castilla.

—Os lo debo, don Fernando, vos me habéis protegido en mi desgracia. Pondré mi vida en juego por vos, con gusto. —No dice que tiene otras intenciones, que su vida la pone en juego, no por don Fernando, aunque le pueda estar agradecido, sino por venganza. Por La Bermeja, por Quirico, por su odio y su desesperación. También ha venido Alexania.

—Deseo ir, mi señor. Habrá heridos que necesiten de mis servicios, y muertos a los que lavar y vestir, gente que consolar. Siempre he ido adonde ha habido guerra. No temáis, no molestaré. —El rey piensa que la curandera tiene razón. Ella lleva consigo sus ungüentos y yerbas. Recuerda el rey-emperador cuán útil le fue su ayuda después de Campomanes. Se estremece ante el recuerdo y siente frío.

—Venid pues, pero sabed que no podré ocuparme de vos. Escoged a alguien de palacio que os traiga y os lleve.

—No es necesario, alteza —niega La Coruxa— yo misma me llevaré y me traeré de vuelta. Partiré antes y cuando lleguéis a Atapuerca ya estaré allí bien instalada, seguro que hay alguna cueva en las cercanías, no necesito más.

Ya está todo listo, sólo hay que bendecir los ejércitos. Tanto en León como en Burgos se habían reunido en las explanadas frente a las iglesias y allí se les había aspergiado con agua bendita. Los sochantres cantaron con voz campanuda:

—*Sanctus, Sanctus, Sanctus, Dominus Deus Sabaoth. Pleni sunt caeli et terra gloria tua.* —[«Santo, Santo, Santo es el Señor, Dios de los ejércitos, llenos están el cielo y la tierra de Tu Gloria.»] Esto lo conocen todos los cristianos y lo rezan a coro. Y luego, más solemnemente, sólo los hombres consagrados, el salmo 126:

—*... sicut sagitae in manu potentis, ita filii excussorum* —[«... como las flechas en mano de un hombre robusto, así son los hijos de los justos atribulados.»]— *... Beatus vir qui implevit desiderium suum ex ipsis: non confundetur cun loquetur inimicis sius in porta. Gloria patri* —[«... Dichoso el varón que con ellos ve su deseo cumplido, no será avergonzado cuando hable con sus adversarios en la puerta. Gloria al Padre.»]

Lo mismo, o algo similar, se rezó y cantó en Nájera y en Pamplona y en Jaca y en Pola de Santa María y en Gavín. En todos los lugares se bendijeron a los hombres y se rezó por ellos en todas las iglesias y monasterios. Se usaron grandes cantidades de agua bendita y se les aspergió con escobillas de hojas de laurel o con hisopos de plata.

Por fin, los ejércitos han llegado a Atapuerca, tres millas al este de Burgos. La fecha elegida es la del 15 de septiembre de 1053 de la era del Señor, 1091 de la era romana, o sea el año 431 de la hégira.

Aún en el día anterior don Fernando hizo un llamamiento al de Navarra para que cambiase de idea. El viejo aitán de don García, experimentado en lides y combates, el anciano Fortún Sánchez, le hacía estas reflexiones:

—Ved de no hacer oídos sordos a los llamamientos de don Fernando, alteza. Vuestro honor está a salvo, ceded en algo y salvemos la vida.

—¿Salvemos? —se extraña el navarro—. No seáis pusilánime, viejo aitán. Dios está con nosotros, y la Virgen María.

—Seguramente están, hijo mío. Pero también con ellos. Son también hijos de Dios y habrán rezado igual que nosotros. Pero no es eso, siempre os he dicho que un buen capitán ha de calcular el poder de su tropa y su número, a menos que sea un caso desesperado en donde sólo quepa perder la vida vendiéndola cara. Creedme, hijo y señor, no tenemos ninguna probabilidad de ganar esta batalla. Ellos son muchos más que nosotros. No hace falta contarlos, a la vista está el mar de tiendas y hogueras, en el primer encuentro moriremos muchos en ambos lados, pero mientras que nosotros quedaremos casi diezmados y con pocos supervivientes, ellos tendrán gente que ni tan siquiera habrá participado en el primer encuentro. Ved que tienen hombres del imperio para reemplazar a sus muertos y seguir siendo muchos más que nosotros.

Pero don García no atiende a razones. Está seguro de que la Virgen le dará la victoria. Llegada la hora, se plantan haces en la plana y al sonar desaforadas las bocinas, empieza la batalla de Atapuerca. Los cristianos de don Fernando, tal y como había previsto el viejo aitán de don García, no se presentan en pleno. Sólo una parte del ejército castellano empieza a correr en tumulto hacia el enemigo navarro. El resto permanece en retaguardia esperando a que se les llame. Tantos son, que de presentarse todos, ellos mismos se estorbarían unos a otros.

El primero en morir es el viejo aitán, Fortún Sánchez, cuyo nombre ha quedado para siempre en la historia como espejo de hombres fieles. Visto que su pupilo no renunciaba a la batalla y seguro de que su señor rey iba a morir, se lanzó al combate sin peto, ni celada ni escudo. Antes de haber corrido veinte yardas ya estaba muerto. Las flechas entraron en su flaco cuerpo sin encontrar resistencia.

Los caballeros burlados, Dia Peres de Barsinia, Martín Peres y Sancho Fortuñones, comienzan con todos su loca cabalgada y poco a poco se van acercando al rey con las armas en la mano. Aunque sea por la espalda están dispuestos a que no salga con vida. De cara a don García viene don Fernando, que busca a su hermano para derribarlo del caballo. Rey caído es rey muerto, o al menos derrotado, pues enseguida cunde el pánico y el desaliento entre sus seguidores y súbditos. Adelantando a don Fernando, se pone en cabeza Doroteo, que monta uno de los descendientes de aquel mítico *Pelagiolo*, corre más que nadie y parece que él va a llegar a don García antes que lo haga ningún otro. Embraza la lanza de punta de hierro con fiera decisión y avanza veloz hacia su enemigo. ¡Esta vez no se le escapa! Va directamente hacia él. Embriagado en su carrera oye el griterío de los hombres y un sordo redoble, es el galope de cientos de caballos desenfrenados.

De pronto, atónito, Doroteo ve que don García cabalga, raudo, con los brazos abiertos, como si fuese a abrazar a alguien en lugar de ir a una batalla a vida o muerte. No lleva las bridas a su caballo que corre desbocado y empavorecido.

El día amaneció hermoso y fresco, un día maravilloso para una batalla, pensó el rey García. Se vistió con su más lujoso traje de campaña, pues iba a ser un día grande. Tomaría definitivamente las tierras de Castilla Vétula y Rioja para la Virgen y le levantaría monumentos e iglesias. No en vano venían todos los Caballeros de la Orden de la Teraza. Vio complacido cómo su viejo aitán se engalanaba con una hermosa capa carmesí cubriendo lo que él pensó ser su armadura. No sabía que iba a cuerpo descubierto.

Al sonar la bocina y el cuerno, el rey de Navarra tomó su sitio y empuñó su lanza con una mano y el escudo bien asido con la otra, lanzó un alarido e inició una carrera hacia delante, hacia la gloria y la fortuna.

Pronto vio cómo sus huestes arrollaban a los contrarios que caían como las espigas ante las hoces. Por un milagro, caían sin hacer ruido, silenciosamente. No le llamó la atención que ni tan siquiera los caballos hiciesen ruido al galopar frenéticamente hacia delante. Supo que había triunfado, que la batalla había terminado y que el campo quedaba para Navarra. Entonces, para su mayor satisfacción, vio que su hermano Fernando no había muerto, ni tampoco Doroteo, ambos venían hacia él cabalgando tranquilamente. En su rostro no había rencor alguno, más bien tranquilidad y aceptación. Entonces él apresuró su caballo para darles encuentro, soltó las bridas y corrió hacia delante, al llegar junto a Doroteo se cayó al suelo.

Yo, Doroteo, salté del caballo y vi que don García estaba prácticamente muerto, un gran boquete le había traspasado el cuerpo y se veía sangre a través de la armadura. Me pregunté qué clase de arma sería la que tal agujero había abierto en el rey. Le habían atravesado limpiamente.

—¡Ah —dijo él, con los ojos ya vidriosos—, por fin os he encontrado, temía que estuvieseis aún enfadado por lo de La Bermeja!

Sin dar crédito a lo que yo mismo decía me oí pronunciar:

—Pero cómo, don García, ¿dudabais que me encontrase aquí? Nos juramos estar juntos hasta la muerte...

—Sí, siempre juntos hasta la muerte. Pero, ¿de dónde salen estas palomas? —Sobre un cielo blanco, infinitamente plácido e infinitamente tranquilo, volaron las hermosas palomas de Santa Comba de Bande. Don García estaba muerto.

Todo sucedió tan rápidamente que apenas tuvo tiempo don Fernando de saltar de su caballo y tomar la cabeza de su hermano de mi regazo.

—¿Lo habéis matado vos? —se dirigió a mí con tono de reproche. Pero yo moví la cabeza negando.

—No, don Fernando, deseaba hacerlo, pero no tuve oportunidad. Ahora me pregunto si no ha sido mejor así.

El rey-emperador levantó la mano haciendo señas a los trompeteros y bucinadores que llamasen a interrumpir la lucha. Era señal de muerte o de rendición. No habían llegado aún los últimos jinetes y ya había tocado a su fin. Todos se enteraron de que don García había muerto, pero nadie se hizo responsable, ni amigo ni enemigo. Jamás se supo quién mató al atrevido e impulsivo rey de Navarra. Tampoco Dia Peres de Barsinia, ni Martín Peres, ni Sancho Fortuñones, que tanto desearon matarlo. Ni Doroteo, que deseaba venganza sobre todas las cosas. Nadie. Como en el caso de don Gonzalo, y de don Bermudo, jamás se supo quién lo mató. Por si aún había un hálito de vida, el abad de Oña, don Íñigo, le dio la Extremaunción. Los hombres de Pamplona y sus coligados estaban bajo una fuerte impresión. Habían perdido a su rey aun antes de empezar la batalla. ¿Se proclamaría don Fernando rey de Pamplona-Nájera, además de recuperar los territorios en disputa? Pero él pronto los sacó de dudas.

—Traedme al príncipe, mi sobrino, don Sancho Garcés.

El joven príncipe, que hacía dos días había cumplido dieciséis años, mandaba un ala del ejército; con buen criterio se le había puesto en un sitio no demasiado peligroso. Por el camino le informaron de la desgraciada muerte del rey, su padre. El joven sintió que el mundo se hundía bajo sus pies, temió que su tío y vencedor le hiciese matar sobre el campo para redondear su victoria, pero recordó la dignidad de su linaje y levantando la juvenil cabeza llegó hasta donde le esperaba don Fernando. Éste hizo un gesto y al instante le trajeron un escudo. Se preguntó el infante si pensaría batirse con él.

—Levantad al rey sobre el escudo —dijo lacónico el rey-emperador. Como en los tiempos antiguos, se dijo el nombre del que era proclamado rey.

—¡Sancho, Sancho, rey, rey! —Eso fue todo, sobre la tierra donde yacía muerto el rey de Nájera-Pamplona, se levantó por soberano a su hijo.

—Alteza —dijo don Fernando a su sobrino—, haré con vos el mismo tratado que ofrecí a mi difunto hermano, sólo tomaré la tierra en donde está enclavado el monasterio de Oña, de las restantes tierras en litigio hablaremos dentro de ocho años, cuando seáis todo un hombre y sepáis defenderos como tal. Sois aún muy joven y no quiero aprovecharme de la muerte de mi hermano para haceros una mala acción. Ahora, señor rey, preparemos a vuestro padre para que descanse en Santa María la Real de Nájera, en el panteón que él mismo escogió. Yo, personalmente, os daré escolta.

Se llamó a la vieja Alexania y ella amortajó al infortunado don García. Tenía treinta y ocho años cuando murió. Hacía dieciocho años del suceso de Campomanes.

29

Doroteo, otra vez en Nájera,
recibe unos «zapatines de León».
Las guerras de don Fernando

> *Un moro tras una almena, comenzóle a fablar:*
> *Vete, el rey don Fernando, non querrás aquí envernar,*
> *Que los fríos desta tierra, no los podrás comportar.*
> *¡Pan tenemos por diez años, mil vacas para salar;*
> *Veinte mil moros hay dentro, todos de armas tomar!*
>
> Anónimo, *del romancero viejo*

El rey don Fernando no volvió inmediatamente a León. Tal y como había anunciado a su sobrino, decidió dar escolta al cuerpo de don García hasta dejarlo aposentado en el monasterio de Santa María la Real de Nájera. El soberano envió a la mayoría de sus hombres de regreso a casa, encargando a uno de su confianza que llevase personalmente a La Coruxa con él. La familia real apreciaba a la anciana por los muchos servicios prestados y don Fernando sabía que doña Sancha estaba preocupada por la vieja. Al fin sólo quedamos el rey-emperador, los hombres de Nájera-Pamplona, la guardia personal de don Fernando y yo mismo, que tampoco abandoné al de Castilla-León y juntos nos fuimos dando compañía y escolta al cuerpo del infortunado don García. Yo tenía sentimientos entremezclados: por un lado quería alegrarme de la desaparición de mi enemigo; con él muerto, mi venganza llegaba a su fin. No podía perseguirlo más allá de la muerte. El asunto de La Bermeja quedaba definitivamente zanjado. Ya no viviría deseando verlo muerto. Ahora, quizá, podría rehacer mi vida, pensar en otra cosa, verme libre, ¡por fin!, de ese deseo que me había atormentado. Por otro lado, sentía una sensación de vacío y de inutilidad, como si me hubiesen quitado todo sentido a la vida, sin un propósito, aunque fuese el de la venganza, que me empujase a seguir adelante. En algún lugar presentía que al morir mi enemigo, también había muerto el único amigo que tuve.

¡Qué pronto se habían hecho realidad las palabras que él había pronunciado en la consagración de su iglesia! «Sé muy bien que la muerte amarga, y a ninguna edad perdona, sino que por la necesidad misma de la naturaleza, todo lo roe con voraz mordedura.» Pensativo, el emperador, cuando no marchaba junto al carruaje mortuorio, rezaba con los monjes todos los oficios, no desdeñando el cantar con ellos las liturgias de difuntos.

Una jornada antes de llegar a Nájera nos encontramos con que la reina viuda, la hermosa y triste doña Estefanía, venía al encuentro de la comitiva funeral. Con ella venían monjes de todas clases, de los monasterios de Santa María del Puerto, Santoña, el de Valpuesta; el de San Felices de Oca y San Esteban de Salcedo y otros muchos que no menciono por no hacer la lista interminable. Todos venían con vestiduras blancas en señal de duelo, menos los Monjes Negros de la Orden de Cluny de Santa María la Real, que venían a hacerse cargo del cuerpo del difunto rey y que según su regla vestían invariablemente de negro. Con doña Estefanía venían sus hijos al encuentro de la comitiva, a rendir homenaje al rey muerto, su esposo, y al nuevo rey, que ahora era su hijo el mayor, de escasos dieciséis años, Sancho Garcés, que viene investido ya de la realeza. Los infantes que acompañan a la reina son los otros tres varones: Ramiro, Fernando y Ramón, y las cuatro hijas: Urraca, Ermesinda, Jimena y Mayor. En su matrimonio ha tenido ocho hijos. Generosa como siempre, la reina ha traído a las jóvenes doña Sancha y doña Mencía, las dos hijas de don García con la bella Sunifreda. Ella, Sunifreda, sin embargo, no ha sido invitada a venir.

Se llevaron a cabo fastuosos funerales y por fin se depositó el cuerpo del rey en la tumba que él mismo había hecho construir. Sobre la piedra que cubría su tumba se grabó una alusión al milagro del azor y la perdiz:

        El rey don García — De caza salió.
        La Virgen María — Se le apareció.

Pronto nadie apareció junto a la tumba de don García. Sólo los Monjes Negros le rezaban mañana y tarde, y la reina Estefanía que venía a misa todos los días. Los demás se dedicaban a hacerse un lugar junto al nuevo rey al que auguraban larga vida y reinado feliz.

Doña Estefanía, a pesar de la ruptura amarga que tuve con su esposo, nunca me había retirado su aprecio. En su dulce corazón, comprendía mis sentimientos, pues ella había sido también burlada por don García. Sólo que a la primera vez que él me traicionó, yo le odié, y ella no dejó nunca de amarlo. A poco de haber enterrado a su esposo, estábamos juntos doña Estefanía, don Fernando, el nuevo rey don Sancho IV Garcés y yo mismo.

—Señora, debo irme, me esperan en Castilla y en León. Los funerales han acabado y no hago nada aquí —decía don Fernando—. Tengo que presidir, antes de que termine el año, un concilio en Castrocoyança. Ha sido sólo la urgencia de la guerra la que me ha distraído de él. Y luego la muerte de mi hermano —añade con pesar el emperador—. Tened por seguro, señora, que de haberlo podido evitar, él no habría muerto. No había órdenes de matarlo, al contrario, de apresarlo para hacerle recapacitar. Pero Dios le tuvo reservado otro destino. No hemos logrado saber quién lo mató, ni siquiera con qué medios le produjeron tan atroz herida. —La reina asiente tristemente.

—La guerra es el destino de los reyes. Quizá mi esposo vio que era mejor dilucidar el asunto de la Bureba de una vez por todas. Él sabía que se arriesgaba a morir. Mi hijo, el rey Sancho, y yo misma, os agradecemos que aprovechando vuestra victoria no hayáis desmembrado el reino de Navarra. ¿Cuándo os vais, don Fernando?

—Pasado mañana, alteza, con vuestra licencia. Nada me retiene. Si necesitáis mi ayuda para sostener al joven rey, hacédmelo saber.

—Algo sí quiero pediros, alteza. —Le mira el rey de Castilla con ojos interrogantes.

—Si está en mi mano el concederlo, dadlo por hecho.

Ella dirigió sus ojos a mí con mirada de súplica. No atreviéndose a decírmelo a mí se lo dice al de Castilla:

—Dejadme aquí a Doroteo. Él es el que mejor conoce la real cancillería. Hay que organizarla al gusto del nuevo rey. Desde que Doroteo se fue, se cerraron las escuelas y el scriptorio de la catedral anda sin rumbo. Se secaron las tintas y se echaron a perder los costosos colores. Además, por su trabajo con mi difunto esposo, sabe muchos asuntos que vendrán bien conocer al nuevo rey. En una palabra: le necesitamos en Nájera. —Comprende el rey la maniobra de doña Estefanía. Ella desea que perdone y olvide, que me quede en Nájera, donde estuvo mi casa y donde tan útil le fui al reino. Desea que ayude a su hijo; él, aunque preparado para ser rey, es tan joven que aún necesita mucha supervisión. Ella la pide, a su modo, por él. En una ráfaga viene a mi memoria la amistad que ella siempre me mostrara, su fidelidad a mí, a pesar de su amor a don García y sin querer me encuentro asintiendo. Sin esperar la respuesta del rey, yo mismo le respondo.

—Sea, doña Estefanía, al menos por un tiempo, me quedaré con el rey... si él me acepta y quiere que me quede. —Miro al joven rey pidiendo su aquiescencia. El adolescente está encantado. Me conoce desde que nació, y aunque he estado ausente mucho tiempo, sabe que soy capaz de muchas cosas.

—Sí, por favor, Doroteo, quedaos con nosotros, conmigo y con la reina. —Dice, impulsivo, y luego, con un pensamiento poco propio de su edad, añadió—: Quedaos, la reina también necesitará un amigo. —Y es así como, sin haberlo proyectado ni lejanamente, volví a vivir en Nájera. Una vez más me mudé a palacio pues aunque aún estaba intacta mi casa y cerrada con todo lo que contenía cuando me fui, era incapaz de vivir solo en esa *curtes* que había compartido con Julita. Esa misma noche, cuando me retiré a mis aposentos, vino el joven Sancho y echándome los brazos al cuello me dijo:

—¡Cuánto me alegro de que os quedéis con nosotros, aitán! —Por un momento recordé a su padre, a don García, cuando ambos éramos felices y la más sincera amistad nos unía. Me pareció recobrar al menos la sombra de una felicidad.

—Yo también me alegro de estar con vos, alteza.

Al día siguiente don Fernando se marchó. Tenía prisa y muchas cosas que hacer, debía acudir para abrir el concilio de Castrocoyança. Está este lugar en el obispado de Oviedo. Allí ya le esperaba el obispo don Froylano. Y don Dídaco, de Astorga; Miro, de Palencia; el obispo Gomesano, de Calahorra y Nájera; Juan, de Pamplona; Pedro, de Lugo; Payo Cresconio, de Compostela y don Alvito, que asistía en su doble condición de obispo de León y abad de Sant Facund o Sahagún. El rey-emperador tenía mucha prisa, así que lo dejamos ocupado en asuntos de la iglesia.

Muerto el rey García, con quien tenía firmado un documento de paz y amistad, el rey Ramiro decide atraerse a su sobrino y ver de solucionar de una vez para siempre el asunto de Rueste y Petilla. Apenas dos meses después de la muerte de García, *En* Ramiro ha llegado a visitar al joven rey de Navarra. Se entrevistaron ambos en Pamplona y yo, como en tiempos del difunto rey, asistí para escuchar lo que allí se dijese a fin de levantar luego acta de ello. A resultas de las conversaciones, se suscribió un pacto por el cual Sancho IV no sólo cedía de buen grado a su tío las plazas de Rueste y Petilla sino que además le cedía el castillo de Sangüesa con su término jurisdiccional y la villa de Undués de Lerda. Por su parte, el rey aragonés juraba «amistad, fidelidad, ayuda y consejo» a su sobrino. Los augurios no podían ser mejores.

Mientras Navarra y Aragón estaban en tratos y conversaciones, se había terminado el concilio de Castrocoyança. Todo era paz y concordia. Había llegado el momento esperado largamente por don Fernando para realizar un viejo sueño suyo: volver a iniciar la lucha para reconquistar la Spania perdida a manos del infiel. Tan pronto como se clausuraron las sesiones y se dispersaron los obispos, el rey se dirigió a Burgos a reunirse con las tropas que mandaban Munio Munion Can y su sobrino Fernando Gundemáriz. Pero antes de partir de Castrocoyança, hace llamar a uno de sus donceles.

—Fulgencio —dícele el emperador—, es mi deseo que os acerquéis a Vivar y digáis a mío Armiger, Diego Laínez, que le encomiendo la vigilancia de la frontera con Navarra. No me extrañaría que los navarros, deseosos de vengar la muerte de su rey, penetrasen nuestra raya para soliviantar y matar a nuestros hombres de Castilla. Decid asimismo a mío Armiger, que el año que viene, si por la primavera todo está tranquilo, debe venir con su hijo Rui Díaz, para que él y otros jóvenes sean armados caballeros. Tengo decidido que sea mi hijo, el infante Sancho Fernández, quien les ciña la espada. —El joven Fulgencio no dice nada, pero se le ve cierto desencanto en el semblante. Es ya un hombre hecho y derecho y aún se ve tratado como doncel pues todavía no se le ha ceñido la espada. Ha servido al rey en cualesquiera sitio en que fue necesario. De enlace o en la frontera, de mensajero o en la corte. ¿Se habrá el rey olvidado de él? Pero el rey sigue hablando—. Los negocios del reino me han hecho demorar algunos asuntos. Pero no los he olvidado. No deseo que salgáis hoy mismo hacia Vivar, todavía habéis de quedaros unas horas. Saldréis mañana después de misa, si os place.

—Como digáis, alteza. —Se extraña un tanto el joven—. ¿Habéis dispuesto algo para antes de la hora de partida?

—Sí, y es algo que espero os complazca. —Como cambiando de conversación—: ¿Recordáis a vuestro amigo y compañero, Santiago Fernández de Navarra?

Al oír nombrar al joven que trajo a la corte el eunuco Doroteo, se le alegra la cara a Fulgencio. Ellos dos habían hecho muy buenas migas. Como estaban solos en el mundo, y ninguno tenía padre sino sólo un protector poderoso, pronto tuvieron mucho de que hablar. Se educaron juntos en los patios de palacio compartiendo los ejercicios y los latines. Luego, Santiago fue destinado a una guarnición de frontera, en los montes de Toledo, en donde se había hecho de cierto nombre como valiente y prudente al tiempo. En cambio, él, Fulgencio, iba detrás del rey como su mensajero. Él ambicionaba un destino como Santiago. ¿Cómo se podía hacer famoso un joven que no se despegaba de la corte? Se dio cuenta de que el rey le hablaba y de que él no se había enterado de sus palabras.

—¿No me oís, Fulgencio? —era el rey, extrañado del silencio del joven.

—Perdonad, alteza. Pensaba en Santiago. Hace mucho tiempo que no lo veo. ¿Qué me decíais de él?

—Os digo que llegará esta tarde.

—¿De veras? —Se alegra el joven. Verá a su amigo y quizá, si él se lo pide al rey, pueda irse con él a la frontera.

—Sí, ambos pasaréis la noche en la capilla de palacio, velando vuestras armas. Deberéis confesar hoy y mañana comulgar en la misa. La reina y yo atenderemos a ella, antes de empezar os armaremos caballero, a vos y a Santiago. Hace tiempo que os lo debemos a los dos. En la primera ocasión, vos al volver de mi recado y Santiago antes de hacer lo que le mandaré, deseo que vayáis a visitar a vuestros protectores, don Alvito y Doroteo respectivamente, y les hagáis partícipes de vuestra fortuna. Deseo que ellos sepan que sus desvelos no han sido en vano. Se alegrarán como verdaderos padres vuestros, o quizás aún más. Además, aún hay otro asunto...

—¿Otro, alteza?

—Sí, otro. Ya estáis ambos en edad más que sobrada de contraer matrimonio. También la reina y yo hemos pensado en eso. Ambos tenéis dote de vuestros protectores, pero la reina y yo proveeremos con lo que aún haga falta. —Siente el joven un agudo dolor. Tiene sus ojos puestos en una joven dama y ella no parece ser insensible a sus requerimientos. Ahora, el rey mismo le ha buscado esposa. Tendrá que renunciar a doña Mencía, que tal es el nombre de la bella.

—Señor, no hay prisa —arguye débilmente.

—Sí que la hay. Cuando volváis de Vivar y de visitar a vuestro bienhechor, tengo ya un destino para vos y será mejor que vayáis casado. No es lugar para un hombre soltero, solo y sin familia.

—¿Y quién será mi...?

—¿Vuestra esposa, queréis decir? —Se da la vuelta el rey para que el joven no vea su cara. Siente un cierto regocijo—. ¿Os he mandado alguna vez a Burgos con mensajes? No recuerdo...

—Sí, alteza, varias veces.

—Bien, he pensado en una joven hijodalga burgalesa. No es una gran boda, quizá, pero su padre es de rancia prosapia, no muy rico, pero bienamado por mí. La joven es juiciosa y de buenas costumbres. Ya lo hemos hablado y él está de acuerdo, la joven también. Así que, salvo que queráis ingresar en un convento, la boda está concertada. —El corazón del joven late con mucha emoción, parece que de un momento a otro hasta el rey podrá oírlo, tal es la fuerza de su palpitar, corre desbocado como un potro lanzado a la carrera. Su amada también es de Burgos, su pena crece como la espuma del mar. Deberá ir a recoger a su esposa a ese lugar, y ella, doña Mencía, se enterará.

—¿Y cómo se llama, señor?

—Es la hija del alcaide del castillo y guardián de las murallas de mía ciudad. —Faustino se ha quedado atónito—. Se llama doña Mencía. ¿Habéis oído hablar de ella?

—¿Doña Mencía, señor, doña Mencía Álvarez, por fortuna?

—Doña Mencía Álvarez, sí. Hija de Álvaro Pinióliz. —Socarrón, el rey pregunta—: ¿Acaso habéis oído hablar de ella? No es famosa, ninguna doncella discreta lo es... —Se sonroja el joven. Ahora sabe que el rey está enterado de sus visitas a doña Mencía y de que, al parecer, no está disgustado.

—Sí, señor, la conozco y ella a mí, y es más —duda antes de decirlo—, creo que la boda placerá a la dama, igual que a mí.

—¡Estupendo, pues! Habrá boda en Burgos, pediremos a don Alvito que luego bendiga la unión. Viajaréis con vuestra esposa a Sahagún a pedir bendiciones del cielo. Don Alvito ya está informado. —Queda maravillado el mozo, todos estaban enterados, todos menos él.

Así, en túnica alba como el Cordero Divino, esa noche los dos amigos velaron las armas en la capilla de palacio. Por la mañana, antes de misa, el mismo rey les dio la pescozada con la espada en señal verdadera de que ambos eran armados Caballeros a Fuero de León. Quedaban obligados a «mantener armas y caballo» para siempre y a acudir a «hueste y cabalgada, siempre que los reyes así lo soliciten de nos» y así lo juran, en una ceremonia emocionante para ambos jóvenes.

Terminada ésta, fuese Fulgencio a contraer matrimonio con doña Mencía, luego los cónyuges irían a Sahagún a visitar a don Alvito y solicitar su bendición y la de la Iglesia; después, por deseo del rey había de ir a reemplazar a Santiago en su puesto de la frontera. Durante todo el camino sólo pensó en su amada y en la gloria que le esperaba.

En cuanto se fue Fulgencio, el rey hace llamar a Santiago.

—Vos, Santiago, habéis probado vuestro valor y discreción en el puesto que os encargué. Ahora tengo otros pensamientos para vos.

—Soy vuestro servidor —dice Santiago, que se pregunta cuál será su nuevo destino.

—Respondedme cándidamente: ¿habéis tenido ocasión de tratar a alguna doncella que os agrade?

—No, alteza. Bien sabéis que el monasterio-fortaleza no es lugar propio de señoras. Las únicas mujeres son las servidoras del monasterio, pocas y viejas.

—Bien, hijo mío, tengo obligación de proporcionaros buen casamiento. —Le mira el rey y piensa que este joven tan buen mozo debe de despertar pasiones entre las damas. Las pocas veces que le vio cuando había mujeres alrededor, se percató de muchas miradas y oyó muchos suspiros. Tampoco los padres de las damiselas le miraban mal pues era sabido que Santiago era criado del rey, cosa de gran honor. Además se decía en voz baja, en mucho secreto, que era de la rama real, hijo ilegítimo de don García de Navarra, y por lo tanto sobrino de don Fernando, el rey-emperador. No era un mal pretendiente para nadie. Por segundo nombre había sido agraciado con el del rey Fernández: hijo de Fernando, señal de que el rey lo honraba con su amor, y por último «de Navarra» porque de allí vino (¿hijo del rey de Navarra?)—. Bien, entonces —dice el soberano— os buscaré pronto una esposa que os convenga, mejor os ofreceré dos o tres candidatas, de ellas escogeréis con la máxima discreción una y yo hablaré con los padres. ¿Os conviene?

—Señor, lo que tengáis dispuesto me conviene.

—Bien contestado, pero en cuestiones de matrimonio es mejor que haya amor, la vida es muy larga y una buena compañía es lo mejor que puede tener un hombre, además de honra y prestigio. Ahora quiero deciros mis propósitos para con vos. En primer lugar os iréis a Navarra a ver a vuestro aitán, el eunuco Doroteo. Él está allí ayudando a la reina doña Estefanía y a mi sobrino don Sancho IV Garcés a organizar la cancillería y el nuevo reino de don Sancho. Participaréis a Doroteo vuestra suerte, de cómo habéis sido armado Caballero a Fuero de León y asimismo de nuestros proyectos matrimoniales. Él se alegrará, pues os tenía como el hijo que no pudo ser. Luego vendréis a reuniros conmigo.

—¿Adónde, señor?

—A Portu Cale. Parto hoy mismo hacia esas tierras. Es aún un secreto, pero vos sabréis guardarlo. Por el camino iremos haciendo leva de los Caballeros Pardos. Cuando lleguemos a Portu Cale tendremos suficientes hombres para lo que tengo en mente. Si necesito refuerzos, os dejaré mensaje en San Pacomio de Dosatalayas. Pasad por allá antes de buscarme. Si así se os pide, llevadme hombres, yo os diré cuántos y de dónde habréis de sacarlos. ¿Habéis entendido?

—Perfectamente, señor. ¿Algún recado para Doroteo?

—Aquí tengo este pliego escrito de mi puño y letra. Dádselo en mano. Que os acompañe un destacamento de hombres. Quedaos al menos dos días con Doroteo. —Le dio el rey su mano a besar—. Adiós, hijo. —Fuese enseguida.

Estaba yo, Doroteo, como de costumbre, trabajando en la cancillería regia, cuando un hombre del servicio de guaytes vino a interrumpir mi trabajo.

—Micer Doroteo, un joven acaba de llegar y desea veros.

—¿Un joven? ¿Qué clase de joven?

—Un joven leonés, según creo, pues viene de parte del rey-emperador. —Tuve un pálpito, pero no, no podía ser.

—¿Ha dicho su nombre?

—Sí, ha dicho que se llama Santiago; Santiago, sin más. —Luego mi premonición resultaba ser verdad. Me levanté y eché a correr por los pasillos, sin esperar a que aquel joven fuese conducido hasta mi presencia. Allí estaba, de pie a la entrada de palacio, acompañado de unos soldados. Sin duda era él, aunque resultaba difícil creer que este hombre joven y hermoso fuese el mismo muchacho tímido que hace años había llevado a ver al rey-emperador. Estaba más alto, más atezado, más fuerte y con aire de sereno poder. Todo un hombre. Sentí que mi corazón se esponjaba de satisfacción. Mi existencia no había sido del todo inútil. Alguien había triunfado en la vida gracias a mí. Lo único que quedaba de aquel jovenzuelo de antaño era aquella extraña hermosura que tan cerca estuvo de llevarle a la ruina y a la humillación más extrema que un hombre pueda soportar. Al verme, él tampoco esperó a que yo me acercase a él.

—¡Doroteo! —exclamó, tendiendo sus brazos a mí—. ¡Doroteo, cuánto tiempo sin veros! —Yo también le abracé, ante la sorpresa de los guardianes de la puerta que sabían cuán poco era yo dado a las exteriorizaciones de mis sentimientos. Los más antiguos comenzaron a recordar al niño que yo protegiese años ha.

Pasamos un par de días inolvidables. Santiago me contó sus aventuras en la frontera y la amistad que el rey le profesaba. Sus proyectos inmediatos de acompañar al rey en sus desplazamientos y de cómo se proyectaba una boda para él. Todo ello me llenó de orgullo y satisfacción, igual que si se tratase de mi hijo. En realidad era mi hijo. Yo también le conté mis viajes por toda la tierra, en lo que pude, sin decirle que el motivo era mi desarraigo y mi dolor por haber perdido a mi familia. Sobre todo, como el rey don Fernando bien pensó, me produjo alegría el saber que por fin Santiago era noble. ¡Hidalgo a fuero de León! Decidí escribir al judío que le administraba sus caudales para que le hiciese entrega de ellos. No sabía Santiago que era rico; gracias a mí, pensaba el mozo que disponía de un modesto peculio, no pasaría vergüenza con sus futuros suegros ni tendría dificultad alguna para dar una buena vida a su esposa e hijos. Eso, a más de lo que él por sí mismo pudiese conquistar, pero mientras tanto, mientras llegase o no su suerte, él sería un caballero rico. No tendría nunca dificultades en mantener armas y caballo.

Por fin hubo de irse, no me explicó demasiado bien lo que iba a hacer. Yo, acostumbrado como estaba a tratar con los reyes, supe enseguida que tenía órdenes concretas de hacer algo para don Fernando y también de que el rey le había pedido que no lo divulgase. Antes de irse me entregó dos paquetitos:

—Tengo esto para vos, Doroteo, os los entrego antes de irme, vedlos cuando yo me haya ido. No espero respuesta, así que es mejor que los veáis a solas. —Cuando ya el joven hubo desaparecido, abrí primero el más pequeño: era una carta del rey don Fernando, en ella me hacía patente su satisfacción por el comportamiento de Santiago y me prometía seguir otorgándole su patronazgo, una buena boda era el siguiente paso. «Sépades, hermano, que no dejaré de mi mano a vuestro hijo adoptivo.» Así terminaba la carta el buen rey. ¡Dios mío!, pensé. ¿Por qué no había sido él mi señor, en lugar de serlo don García? Sin duda hubiese sufrido menos.

El segundo paquete era un poco más grande y antes de abrirlo me pregunté qué podía ser. ¿Sería un regalo de parte de Santiago? Estaba cuidadosamente envuelto y cosido en un paño, algo descolorido ya, como si hubiese estado envuelto mucho tiempo. Lo abrí y enseguida lo solté como si hubiese encontrado un escorpión. Cayó al suelo con un sonido sordo y suave y allí se quedó por un tiempo, hasta que me decidí a levantarlo. Lo tomé con cuidado y lo llevé a mi cama y allí lo miré con detenimiento: era efectivamente lo que me había parecido: un par de zapatines de León, como los que hacía La Bermeja. Seguramente estaban hechos por Julita. Sentí que Santiago se hubiese ido, le habría preguntado cómo habían llegado a sus manos. ¿Quién los enviaba? ¡Pero qué más daba! Era una carta, tan clara como si hubiese estado escrita. No pensaba contestarla. Decidí tirarlos a la basura. Lo haría mañana, hoy los dejaría por ahí, mañana los tiraría. Los puse en una estantería y allí permanecieron mucho, mucho tiempo.

Un día estaba en mi scriptorio, en la ciudad de Pamplona, embebido en la iluminación de unos cartularios. Tenía en mis manos el volumen III del Libro Becerro del Tumbo de la catedral de Pamplona. Para los que no estéis familiarizados con esta terminología de escribientes y eruditos, os digo que un Tumbo es un libro grande, de pergamino, en donde las iglesias, monasterios y concejos copian a la letra las escrituras y demás privilegios de sus pertenencias. Pueden ser simples listas de ordenanzas y bienes, pero las diócesis ricas o famosas se ocupan de que sus cartularios sean, además, hermosos, con bellas ilustraciones que a veces depictan el bien enumerado. Así, si se dice, por ejemplo: «Una cátedra, de madera de caoba, en donde aparece retratado en altorrelieve, el abad don Genaro», no es raro que en la hoja aparezca una reproducción de la tal cátedra e inclusive que se refleje fielmente a don Genaro. En tal menester estaba yo, pintando con contentamiento algo tan simple como un rebaño de blancos y nudosos corderos, pues se hablaba de los animales que pertenecían a la iglesia, cuando un monjecillo, uno de mis alumnos, vino a distraer mi atención anunciándome que el viejo Maestro de Esclavos me esperaba en el cuarto de visitas. El viejo maestro ya no podía andar, se hacía llevar en angarillas de un lado para otro, y salvo esa imposibilidad para moverse, conservaba su lucidez, y aún diría que su ambición. Ya no era el maestro, pues de ese trabajo se le había dispensado por su mucha edad, pero aún tenía gran autoridad y era el primer consejero de maestros. Se decía en Pamplona que una parte de las ganancias de la Escuela eran para él, en una palabra, que era prácticamente el dueño. Aunque él era la persona que me había convertido en un eunuco, no le tenía especial animadversión. Yo reconocía que no lo había hecho llevado por la maldad o por ningún sentimiento negativo hacia mí, simplemente vio en mí un negocio y procedió como debía... según él.

Me extrañó que el viejo judío viniese a verme, hacía tiempo que no teníamos contacto, aunque conservábamos un mutuo respeto. Durante varios años me había prestado servicios muy secretos, como era el llevar dinero a Toledo de mi parte para la aljama, e inclusive había trasladado a Julita y los niños a esa casa que yo poseí en aquella ciudad. Desde entonces, ningún otro contacto habíamos tenido, aunque de vez en cuando lo veía por la calle en sus angarillas. Por respeto a su edad, me apresuré a dejar mi trabajo. Tal como esperaba, lo encontré medio reclinado en su transporte.

—¡Paz y bien, Doroteo! —Me dirigió su usual saludo.

—Dios os bendiga. ¿Cómo vos por aquí? —hizo el judío una expresiva señal con la mano y los acompañantes salieron de la habitación dejándonos solos.

—Ya sabéis que os tengo especial simpatía —dijo. Yo permanecí en silencio esperando que se explicase. Al ver que yo no hacía comentario alguno, él prosiguió—: En cierto modo me siento responsable por vuestra vida. No es que ella haya sido mala, pero siento que la hubieseis preferido vivir de otro modo. Siempre pensé que habríais hecho vuestra fortuna si hubieseis terminado en el mundo árabe. Allí los eunucos son mucho mejor considerados y tratados que entre los cristianos. Habríais podido aspirar a todo, inclusive a ocupar el trono de uno de sus reinecillos —fantaseó el viejo—. En fin, lo que os quiero decir es que desde que se fue la hermosa Bermeja, no habéis sido el mismo. No hace falta ser ningún Séneca para verlo y saberlo. Habéis viajado y peregrinado por todas partes, inclusive hicisteis una tentativa de vivir entre los moros. —Yo esperé pacientemente y con cierta curiosidad por ver en dónde terminaban sus elucubraciones. Repentinamente me dijo—: ¿Podéis sentarme en una silla? Prefiero no llamar a los ayudantes, no sea que nos interrumpan. —Sin decir nada tomé en mis brazos el cuerpecillo del judío y lo senté como me había pedido. Consté que apenas pesaba lo que un suspiro, una brizna—. Gracias, así se habla mejor. El caso es que bien sabéis cómo la Escuela mantiene buenas, excelentes relaciones con todos los reyes moros y con sus cortes palaciegas. Todos se abastecen de los mejores y más perfectos esclavos en nuestra escuela. A nosotros no nos importa quién o quiénes sean los reyezuelos. Hacemos negocio y ello les conviene. Nosotros, por nuestra oferta, que es muy cara, no nos relacionamos con las clases populares, la *amma*, sino sólo con las clases superiores, la *jassa*, y entre ellos los oficiales de palacio. Tenemos inmejorables relaciones con la nobleza de sangre de los grandes linajes, y con la nobleza palatina y de cargo. La mayor parte de los cargos palatinos están desempeñados por eunucos, como vos. Disfrutan de poder, riquezas e influencia. Estos servidores de palacio, o *gilman*, son a veces más inteligentes y sofisticados que el mismo rey. Los hay estudiosos, que conocen lenguas, poesía, música y ciencias. Pero qué os voy a contar, son como vos mismo, que fuisteis educado para ser uno de ellos. Estos *fytian* llegan muy lejos. Cada *fatá* es dueño de su destino de acuerdo a sus posibilidades.

»Os traigo un recado y una oferta desde Sevilla. El Gran Eunuco, que es mil veces más inteligente y capacitado que el rey Al-Mutádid, que a mi entender es tosco y brutal, pues bien, este *Sahib al-jail,* el *fatá* de nombre Al-Hurr, el jefe de las dependencias palatinas, ha oído hablar de vos desde que era un niño y ambiciona sobre todas las cosas que vayáis a vivir en Sevilla, bajo su protección. Me ha mandado, pagando al mensajero con largueza, un mensaje para vos, rogándome que interceda y os asegure que seréis recibido y considerado como un príncipe, cosa que creo. Sólo me resta deciros que si deseáis huir de vuestra vida pasada, aquí tenéis la oportunidad. Creo que ya habéis pagado vuestro pan a los reyes cristianos. Vuestro amigo, que tan mal os trató, ha muerto. La nueva cancillería de Navarra está ya en marcha, dentro de poco el joven rey os ignorará, o se deshará de vos, que sabéis demasiadas cosas, y ni la reina Estefanía, que os aprecia, podrá hacer nada pues que el rey tomará otra reina y habrá otra mujer para tener celos de vos. Idos, Doroteo, idos y sed todo lo feliz que podáis. En Sevilla hay todavía mucho que ver, que aprender, que estudiar y escribir. Al-Hurr es un sabio y un erudito, sólo quiere tener un compañero de su altura con quien compartir el saber y la curiosidad, alguien que se interese como él por las últimas preguntas, que cultive la duda, la filosofía y la religión. Encontraréis un hombre tolerante y un erudito. Si habéis pensado en volver a la Spania mora, es vuestra oportunidad. Por último, es un reino rico en donde no os faltará el oro, la plata ni el auricalco para vuestros libros, con pergaminos inigualables, papel de Xátiva, pinturas y colores como no soñáis. —Calló el viejo. Supe que me apreciaba y admiraba a su manera. Quizá pensaba que un cambio radical podía ser bueno para mí, y quizá lo fuese. Quedamos callados un buen rato. Luego él me pidió—: Ponedme otra vez en mis andas y llamad a los porteadores. —Sacó de un bolsillo un pliego bien sellado—. Aquí os entrego la misiva de Al-Hurr. Haced lo que queráis, pero si decidís ir, nuestras caravanas pueden llevaros, tenemos carta salva para atravesar todos los reinos y no necesitaréis organizar una comitiva vos mismo. Adiós, Doroteo. —Hice lo que viejo maestro me pedía, le volví a colocar en su transporte e iba a llamar a los porteadores cuando de pronto tuve un impulso, pensé que el viejo tampoco tenía familia, se había dedicado a su escuela y a sus alumnos. De él, salvo por haberme hecho eunuco, sólo había recibido bienes.

—Antes de que entren los porteadores, viejo padre, deseadme las bendiciones de Abraham. —Sabía que ésas son las bendiciones que dan los judíos a sus hijos antes de morir. El maestro dijo las palabras rituales y puso su mano flaca y casi transparente sobre mi cabeza. «Que el Dios de Abraham, de Isaac y de Jacob os guarde y os lleve hasta el seno de Abraham, en donde os regocijaréis con vuestros padres, vuestros hijos y los hijos de vuestros hijos.» Pensé que todas las palabras rituales, en todas las religiones, eran bellas y consoladoras. ¿Por qué entonces los dioses eran tan crueles? ¿Por qué eran ellos mismos tan incomprensibles? Se marchó el viejo maestro; en cuanto hubo salido abrí con curiosidad la carta de Al-Hurr. Decía así:

>De Al-Hurr, Gran Eunuco de la corte de Al-Mutádid, señor de Sevilla, al maestro Doroteo, Eunuco Cristiano de Navarra, en el nombre de Alá el Misericordioso, por quien todo es dicho y escrito: salud.
>
>Sépades, maestro, que desde mi niñez he oído hablar de vos a los eruditos de la morería. No sólo de vuestras dotes como escribiente e iluminador de esos documentos y libros sagrados que tanto apreciáis los cristianos, y de vuestra portentosa memoria, sino como hombre de muchos saberes e espíritu curioso e inquisitivo.
>
>Me he hecho relatar por los que de alguna manera os han conocido a lo largo de vuestra vida, toda vuestra historia, por ver si en ella encontraba las razones de tan excelente conocimiento.
>
>Maestro, nada he encontrado que os diera más oportunidades que a otros eunucos bien educados, por lo que colijo que sólo hay dos razones posibles: vuestro propio esfuerzo y un don especial del Misericordioso Alá.
>
>Por las averiguaciones que he hecho he llegado a saber que vuestra vida no ha sido siempre lo que debiera, que la infelicidad ha sido también vuestra compañera y que inclusive habéis mendigado y contado cuentos por los caminos para poder sobrevivir.
>
>Yo, maestro, indigno como soy de ofreceros nada pues sois superior a mí, desearía no obstante ofreceros un cambio. Venid a Sevilla, en donde tendréis un cargo oficial en la corte de nuestro señor Al-Mutádid, que aunque él mismo no es tan refinado como fueron otros reyes, sí gusta de la poesía y me permite toda clase de escuelas y certámenes cultos. Tendréis vuestra propia casa y servicio acorde a vuestra dignidad palaciega, vivienda en palacio y una propia junto al Guadalquivir, con salida especial y secreta, como es aconsejable en

estos días de revueltas. Un barco siempre dispuesto para vos y toda la ayuda que necesitéis para recabar textos, libros y documentos que os hagan falta.

No habría ninguna dificultad por parte del príncipe para que mandásemos gente a comprar libros de las ciencias aplicadas en Toledo y aun en Damasco. Hoy por hoy, los griegos y los bizantinos venden libros originales de filosofía, de geografía y de medicina; os ofrezco esforzarme para conseguirlos para vos, lo único que os pediría, maestro, es que los estudiásemos juntos, y que dejásemos a otros el trabajo de traducirlos y copiarlos.

Sabemos que sois cristiano, al menos nominalmente. Podríais, si es vuestro gusto, estar en contacto con los mozárabes, que son aquí numerosos. No se os prohibiría vuestra religión, antes al contrario, con los mozárabes podríais acudir a vuestros ritos. Sé que conocéis los nuestros y si lo deseáis y queréis alguna vez adoptar la religión de Alá, seréis bienvenido, tanto como si queréis permanecer fiel a lo que habéis conocido hasta ahora.

Es difícil encontrar maestros que verdaderamente amen el saber por sí, sin ambición ni orgullo. Aceptad a un humilde discípulo, vos que habéis enseñado a tantos. En todo caso, si decidís no aceptar mi ofrecimiento, sabed que tenéis un amigo y un admirador en el Gran Eunuco de Sevilla, de nombre Al-Hurr.

Así terminaba la misiva que este moro me envió desde esas lejanas tierras. Me impresionó favorablemente su evidente amor por el conocimiento y deseé de corazón el haberlo conocido antes. Si hubiese sabido de él, quizá no hubiese ido a Talavera, sino a Sevilla, en busca de Al-Hurr. A lo mejor, pensé, podría ir a visitarle, si vivíamos lo suficiente, tanto él como yo. Decidí enviarle una carta sin negar ni acceder a nada. Cabía en lo posible que algún día aceptase y así se lo comuniqué. De todos modos fue un inesperado regalo el saber que alguien, tan lejano, era tan devoto de mi persona. La vida tiene a veces compensaciones inesperadas.

30

El enigma del cristiano Sadada y la visita del eunuco Al-Hurr

Entre almena y almena, quedado se había un morico
Con una ballesta armada, y en ella puesta un cuadrillo,
En altas voces decía, que la gente lo había oído:
¡Tregua, tregua, adelantado, por tuyo se da el castillo!
Alza la visera arriba por ver al que tal le dijo,
Asestárale en la frente, salido le ha el colodrillo...

De los «Romances Históricos Fronterizos».
Romance de Álora, la Bien Cercada

Desde que murió doña Ermesinda, el rey don Ramiro ha venido preparando cuidadosamente la toma de Barbastro. Para ello ha escrito a todos los príncipes y potestades de la cristiandad. Muchos, aunque dispuestos a ayudar, no ven la urgencia de la acción y la posponen para más adelante. A *En* Ramiro no le importa esperar, antes de Barbastro, ha de tomar Graus.

A fin de tener las manos libres para sus planes, ha dejado el gobierno de su reino en manos de su hijo Sancho Ramírez, quien es ya corregente. Pensando en la conquista que tanto le interesa, ha viajado a la Baja Ribagorza. Desde allí busca información, cuenta con buenos amigos. Está *En* Ramiro en su tienda de campaña, cuando un sirviente viene a comunicarle que un conocido, el mercader moro Ayyub, ha llegado con unas lórigas y yelmos de excepcional calidad. ¿Desearía el rey recibir al comerciante?

—¿Habéis visto la mercancía? —pregunta desganado el soberano.
—No, mi señor, dice que es muy preciada y secreta. Y como ya es conocido de vuestra alteza... —No termina la frase.

—Bien, que entre. Es cierto que siempre trae mercancía de valor, lo veremos. No tengo nada mejor que hacer. —Añade. Enseguida entra un moro humilde y respetuoso.

—¡Que Alá os bendiga, alto señor! —dice haciendo una profunda zalema.

—¡Que él os acompañe, amigo Ayyub! —El rey hace una señal al guarda para quedarse a solas con el moro. Tan pronto como el soldado ha salido de la habitación, el rey se levanta de su asiento, y abandonando su aire indolente, abraza al moro.

»¿Qué os trae por aquí, mi señor Abiminia ibn-Lubb? —añade preocupado—. Os he aconsejado muchas veces que no os prodiguéis tanto en las visitas, puede llegar a oídos del Wali, o de Al-Muctádir. Sabéis que hay ojos en los matorrales.

—¡Oh, mi señor *En* Ramiro! —se ríe el moro, mostrando unos dientes tan blancos que parecen pintados sobre su rostro moreno—. ¡No hay peligro! Todos saben que tengo amores con una bella cristiana en la frontera y que vengo a visitarla. ¡Voy de excursión galante! —añade con astucia—. Como es público que no puedo convencer a la cristiana de que venga al harem... no tengo más remedio que cumplimentarla en su tierra de vez en cuando.

—¿Y es hermosa la cristiana? —inquiere con curiosidad el rey.

—Tanto como una hurí del paraíso. —Bajando la voz añade—: Como soy cristiano, es mi verdadera esposa. Las otras, las del harem, son sólo concubinas. Guardadme este secreto. Sólo lo sabemos vos y yo, y mi hermosa señora, doña Gaudia.

—¿Es así como se llama?

—Así es, señor rey. Todo en ella es alegría. El nombre de Gaudia le estaba esperando desde el principio de los tiempos —añade poético y ensoñador el moro.

—Bien, pero decidme ahora qué os ha hecho venir. ¡Y por favor, no corráis peligros innecesarios, pueden seguiros!

—Pueden, pero no lo harán, el castigo es la muerte. Voy sólo con unos pocos fieles, y ni ellos saben con exactitud adónde voy cuando paso la frontera. Os traigo mensaje de mi primo Abd Allah, del castillo de Puibolea. Él y yo estamos ya listos para vuestra entrada, os entregaremos: él, la plaza fuerte de Puibolea y yo, la mía del castillo de Bolea. Tiene que ser todo muy rápido, de suerte que el Wali no pueda mandar refuerzos desde Huesca, si lo hace estamos perdidos. Tenemos ganada la voluntad de muchos moros cristianos, y de otros que no lo son, pues la hemos pagado con oro y con la oferta de que vivirán exentos de peligro e impuestos en vuestro reino con toda su familia. ¿Qué me decís?

—Llegáis a tiempo Abiminia ibn-Lubb, precisamente había venido, en teoría, a parlamentar con los seniores de la Baja Ribagorza, pero en verdad para evaluar la situación. ¿Estáis ambos preparados?

—Lo estamos, *En* Ramiro.

—Volveos pues a vuestro castillo y estad atentos para dentro de nueve días. Así os doy tiempo de llegar y de que no coincida mi ataque con vuestra visita, no sea que sospechen. Decid a los que se van a refugiar con nosotros que tengan todo preparado, que sea cuanto menos mejor. No les faltará de nada, os lo aseguro. Se les dará tenencias y honores. Que lleven, a ser posible, sólo armas y joyas que aprecien. Haremos una veloz cabalgada, ni hueste ni fonsado. Un golpe rápido, que si es de éxito nos hará avanzar la línea de la frontera arrancando a Al-Muctádir un buen pedazo de su frontera. Ahora enseñadme la mercancía; si no compro nada, mis hombres pueden sospechar.

Aún permanecieron un buen rato el rey y el mercader. Al fin, agradeciendo la bondad del rey en recibirle, el vendedor Ayyub se despidió de *En* Ramiro con muchas zalemas y bendiciones.

Nueve días más tarde las fuerzas de *En* Ramiro penetraron en tromba en las tierras de Al-Muctádir, no hallando resistencia ni en Bolea ni en Puibolea. Se colocaron fuertes guarniciones cristianas con abundancia de hombres bien armados y bastidos. Tanto Abd Allah como Abiminia ibn-Lubb han preparado sus castillos de manera que al tomarlos *En* Ramiro encuentre en ellos armas, comida, pozos bien limpios y hasta buenos caballos en las cuadras. *En* Ramiro prepara concienzudamente el camino de Barbastro. Primero camino de Graus; luego, de la gloria.

El rey de Zaragoza, Al-Muctádir, vistas las continuas agresiones recibidas de parte de *En* Ramiro, acudió con urgencia a su protector, a quien paga parias: el rey don Fernando. Cercado por todos los lados, necesitaba su ayuda desesperadamente y así se lo hizo saber. En cumplimiento del pacto firmado, Fernando se ve obligado a ayudar al rey moro. Eso, o declararle la guerra negándose a acudir. Pero en el extremo opuesto de la Península, don Fernando estaba empeñado en unas campañas que le drenaban todos sus hombres y medios. Financiaba parte de sus campañas con el oro del de Zaragoza; si prescinde de esos dineros, debe detener su propia guerra.

—Hijo —dice el rey Fernando a su heredero—, han llegado emisarios de Al-Muctádir, reclama la ayuda a que tiene derecho según los términos de nuestro tratado. —Están padre e hijo en el campamento, cenando bajo las estrellas. Con ellos está uno de sus vasallos de criazón o criados, el joven Rui Díaz, el de Vivar, hijo del Armiger Real. El infante don Sancho Fernández es todo un hombre, tiene ya casi veintitrés años, menor es don Rodrigo, que apenas cuenta con diecinueve o veinte. Su padre, Diego Laínez, sigue hostigando las tierras de los navarros para arrancarles plaza tras plaza de lo que fue Castilla la Vieja. Él, Rodrigo, ha preferido venir a luchar contra el moro en lugar de hacerlo contra otros cristianos. El príncipe heredero está pensativo.

—Entonces, rey y padre, ¿qué hemos de hacer?

—Cumplir la palabra empeñada. Además no podemos hacer otra cosa. En puridad debería ir yo mismo al frente de las huestes de apoyo, pero será suficiente con que vayáis vos, don Sancho. Podéis llevaros a un hombre de confianza, que haga el oficio de Armiger, y una parte del ejército, mientras yo, con el resto, sujetaré lo conquistado y esperaré vuestro regreso para poder seguir avanzando. —En eso quedan; el tiempo apremia pues la llamada es angustiosa.

Una parte del ejército de don Fernando se dirige hacia Levante para ayudar a su aliado y feudatario: el moro Al-Muctádir de Zaragoza. Lleva el joven heredero, don Sancho, como Armiger Real, a su amigo Rui Díaz de Vivar.

Las noticias de la guerra en la raya de Zaragoza se extienden por los confines de la tierra. Hacia allí acuden los vendedores de ungüentos, de espadas, de encantamientos y curas milagrosas para las heridas. A las noticias de guerra, se dirigen hacia allí las mujeres de pago, en los campamentos de soldados suele haber mucho trabajo y corre el dinero y los regalos, los hombres son generosos cuando piensan que puede ser lo último que paguen. Viajan, asimismo, enterradores, curanderos, sacerdotes y soldados de fortuna a ofrecerse a cambio de una paga, como es costumbre. Vendedores de comida, salazones, tortas y galleta. Echadores de cartas, nigromantes que leen en la palma de la mano el destino de los hombres. Y una mujer que siempre va: Alexania. Ella, con sus redomas de pócimas para el dolor y sus hierbas para amortajar, no falta a las batallas si es posible. Con ella va un hombre joven y apuesto que la ayuda a andar, pues la edad la ha tornado torpe.

—Daos prisa, Sadada —dice la vieja—, o no llegaremos a tiempo.

—¡Oh, sí, llegaremos a tiempo; no pueden empezar sin nosotros! —bromea el joven. Piensa un rato Alexania.

—Quizá tengáis razón, el destino espera todo lo que haga falta. Si está de Dios y de Santa Comba que seamos útiles, lo seremos cuando lleguemos, sea el primer día o el último. —Andan ambos constantemente, sin detenerse más que lo imprescindible para comer o dormir. Cerca del monasterio de San Juan de Pano, paran un momento a cambiar impresiones.

—Sadada, ya sé que no pensabais venir conmigo hasta donde están las huestes de *En* Ramiro. Pero os lo vuelvo a preguntar: ¿no deseáis acompañarme? —Mueve el joven la cabeza.

—Imposible, buena madre, mi lugar está entre los de Al-Muctádir, al menos de momento. Nos volveremos a ver.

—Sea entonces, tomad vuestro camino, mi sitio está junto al rey don Ramiro. —Suspira La Coruxa—. ¿Tardaremos mucho en reunirnos otra vez?

—No os lo puedo decir, buena madre, eso pertenece a los arcanos. Algún día, no lo dudéis, pero no os puedo decir cuándo. Como habéis dicho: cuando Dios y santa Comba lo tengan previsto.

—Adiós pues, Sadada.

—Adiós, Alexania.

Estaba el rey Ramiro entregado a sus oraciones, cuando se escuchó un cuerno que anunciaba una presencia en el campamento. No es normal que lleguen hasta allí extraños. Sin duda alguien ha llegado a verlo, pero si alguien desea audiencia, no llega de improviso. Antes ha de pedirla a su Armiger. Curioso, una vez que ha terminado sus devociones, se acerca a la guardia y pregunta a qué se debió la señal.

—Rutina, alteza, una vieja ha conseguido llegar hasta el campamento. No sabemos cómo pues está muy bien custodiado —añade avergonzado el hombre. Si una vieja puede penetrar sus filas, ¡qué podía pensarse de su vigilancia!—. No temáis nada, la hemos tomado presa, pero es sólo una anciana curandera que insiste en veros. Es una loca benévola.

—¿Ha dicho su nombre? —pregunta *En* Ramiro, súbitamente interesado; tiene un presentimiento:

—Sí, lo ha dicho, *En* Ramiro.

Se impacienta el monarca.

—¿Y cuál es ese nombre?

—Alexania, alteza. Ha dicho que se llama Alexania, pero que comúnmente la llaman Vieja Madre o La Coruxa.

—¿Pero vive todavía esa mujer? —Se maravilla el rey. El centinela no comprende nada, él no ha conocido a la vieja y no sabe por qué se sorprende el soberano.

—Parece ser que sí, mi señor, al menos a mí me parece muy viva, si bien es vieja, muy vieja... —La curiosidad le puede e inquiere tímidamente—. ¿Acaso la conocéis, *En* Ramiro? —La etiqueta es muy estricta y no permite interrogar a los reyes, pero el monarca no parece molestarse, tan sorprendido está que no se percata de que la pregunta es improcedente viniendo de un soldado.

—Sí, por cierto. Es persona de confianza de mi hermano el rey-emperador. Le ha servido bien y fielmente, y por su amor a todos nosotros desde hace mucho tiempo. —Recapacita un rato—. Mucho, desde que se declaró propiedad de don Fernando el día de Campomanes, cuando mi padre fue muerto en el Paso de Pajares.

—¡Pero, alteza, no puede ser la misma persona, de eso hace casi treinta años!

—Por eso me extraña que aún ande por la vida. Pero quizás es que no era tan vieja como creíamos cuando la vimos por primera vez. —Se calla el rey. Recuerda cómo la buena madre vino a cuidar a su amada doña Ermesinda. Fue toda bondad para ella, y para él. Por último fue La Coruxa la que amortajó a su adorada esposa. También había sido ella la que, años antes, le había ayudado a parir al príncipe heredero *En* Sancho Ramírez. Hacía ya más de diez años que no había sabido nada de ella. Pensó que habría muerto, pero obviamente no era así—. Veamos qué quiere —dice el rey repentinamente—. ¡Que la traigan a mi presencia!

En Ramiro se siente joven y fuerte, pero tiene ya cincuenta años; otros hombres a su edad son considerados ancianos; él, por el contrario, tiene mucha energía y espíritu. Sin embargo, tiene prisa, cualquier día el Altísimo puede decidir llamarle junto a Ermesinda. A su recuerdo se entristece el rey: ¡hace ya catorce años que murió! Quiere dejar la plaza de Barbastro en poder de los cristianos: de su hijo. Sabe que es un punto crucial en la estrategia de la reconquista del norte y no cejará hasta haberla ofrendado a la Virgen Santísima y al Salvador. Cumplida esa misión, *En* Ramiro quiere retirarse a un monasterio dejando el trono a Sancho Ramírez. Siente el rey que ha cumplido su propósito en la vida. Ha organizado un reino fuerte y poderoso, lo ha agrandado con las tierras del Sobrarbe y la Ribagorza. ¡Aragón ya nunca más será condado: reino para siempre! Su estirpe será de reyes. Amó a su reina, la hermosa y vivaz doña Ermesinda, desde el día que la vio desnuda como un pez nadando en el mar, hasta el día de la muerte de la reina. Tuvo hijos e hijas. Ya no desea nada más sobre la tierra, sólo retirarse a rezar y a esperar la muerte en paz y soledad. Como doña Maior en Oña.

—Dios os guarde, *En* Ramiro. —Reconoce la voz al punto. Se levanta de su escabel y mira a la pequeña y enjuta figura. La encuentra igual que siempre. Quizás un poco más encorvada, más consumida. Por lo demás, como no se aprecia su cuerpo ni su cara, oculta como siempre por sus tocas y andrajos, no sabe si parece más vieja o no. Su voz le trae a la memoria unos días más felices y otros más dolorosos. Es como si el pasado volviese en un torrente tumultuoso, como si se rompiese un dique y los recuerdos irrumpiesen cual río poderoso. Se vio en tierras de su difunto hermano Gonzalo, visitando a su esposa cuando ella le notificó que estaba embarazada de su primer hijo. Allí estaba la vieja Alexania, como también estaba cuando murió Ermesinda y la infanta Endregoto. Revivió el placer y el dolor como si fuesen presente.

—¡Que Dios os bendiga, Alexania! ¿Cómo vos por aquí? —Sin esperar respuesta la toma de la mano y con cuidado, como si fuese algo muy frágil, la sienta en un escaño—. No acierto en salir de mi asombro, buena madre. —Recuerda cómo la llamaba años ha—. Un campamento guerrero no es lugar para mujeres, menos aún para ancianas.

—No temáis por mí, buen rey —dice la vieja divertida al ver los cuidados del soberano—, estoy perfectamente, como vos —añade al ver el buen aspecto de *En* Ramiro—, y no creáis que sois mucho más joven que yo. —Se amosca el rey, no se ofende pero se irrita algo. Él cree que es infinitamente más joven que Alexania.

—¡Tampoco presumáis tanto, buena madre! Cuando yo os conocí era un muchacho y vos erais... ¿cómo diría?, toda una mujer. Pero en fin, no discutamos sobre edades. ¿Qué hacéis por aquí?

—Sencillamente vengo a cumplir mi promesa.

—¿Qué promesa? No recuerdo que me hayáis hecho ninguna...

—No, a vos no, *En* Ramiro. A Santa Comba y a don Fernando.

—¿A don Fernando? —se extraña el rey. Hoy mismo ha sabido que su hermano el rey-emperador envía tropas en ayuda de Al-Muctádir. Eso complica las cosas. Su sobrino Sancho Fernández viene con su amigo Rui Díaz de Vivar quemando etapas para presentarle batalla junto con el rey moro—. ¿Os manda mi hermano el rey con algún recado?

—No, mi señor. El rey está en tierras de Portu Cale, empeñado en sus propias guerras. Hace mucho tiempo que no le veo. A veces veo a la emperatriz doña Sancha, pero ella me deja hacer.

—¿Entonces? —interroga, curioso, el soberano.

—Entonces, como sabéis, soy devota y cofrade de Santa Comba de Bande. —Asiente el rey con la cabeza, recuerda la chifladura de la vieja, siempre haciéndose lenguas de su santa patrona—. Nosotras —continúa ella— prometemos a la santa hacer el bien donde más nos necesiten, por ello vamos siempre adonde hay batallas previstas, con nuestros ungüentos, pociones y polvos. Remedios para el dolor, las heridas, el miedo y la humedad. También recogemos a los muertos y si nos lo piden, y hay oportunidad, los preparamos y lavamos o los amortajamos, todo como obra de misericordia. Sin pedir pago ni recompensa. Vengo pues en cumplimiento de las reglas de nuestra Cofradía.

—Eso lo comprendo. Pero, ¿y la promesa hecha a don Fernando?

—Le prometí no abandonarle, ni a él ni a su familia. No hasta que se cumpliese el destino de todos, inclusive el mío, unido para siempre al suyo y al de doña Maior.

—No entiendo nada, Alexania, ¿qué tiene que ver mi madre adoptiva en todo esto?

—Mucho, sois también hijo de doña Maior, por el cariño que siempre os tuvo. —El rey se arrepiente de haber entrado en esta conversación tan intrincada con la vieja. Siempre estuvo chiflada y ahora, por lo visto, aún más.

—Bien, bien —asiente por no entrar en más explicaciones—, ¿qué puedo hacer por vos?

—Nada, *En* Ramiro, sólo permitidme que me quede a cumplir mi destino.

—Sea pues, os asignaré un soldado que os cuide y os mantenga cerca pero a salvo. Os debo mucho agradecimiento, nunca tuve oportunidad de hacéroslo saber, cuando murió doña Ermesinda fuisteis un ángel para ella, y para mí, pero os fuisteis tan pronto y era tal mi estado de confusión, que no os di siquiera las gracias. —Toma el caballero las manos de la vieja y se las besa gentilmente—. Os las doy ahora, buena madre.

—No tenéis por qué hacer eso, alteza —protesta la anciana—, doña Ermesinda era una buena persona y os amaba mucho. Por vos quiso tener muchos hijos y ello le costó la vida. En fin, el destino de las reinas es casi siempre morir de parto o de sobreparto. Os agradezco —dijo cambiando de conversación— que me permitáis quedarme cerca. Os daré aún un consejo, si me lo permitís. —Alza las cejas el rey esperando cualquier cosa de La Coruxa.

—¿Ello es?

—¡Que levantéis el campo, alteza!

—¡Pero Alexania, qué cosas me decís! Hace años que vengo preparando este momento, todo está a punto. Tengo aliados, hombres y fuerzas suficientes. He rezado mucho y no me volveré atrás. Os diré aún más, y guardadme el secreto; si tomamos Graus, allí esperaré a mi yerno y nos dirigiremos hacia Barbastro dentro de poco. Vendrán los aliados francos, borgoñones y hasta el gonfalonero del Papa. Si se apresuran, pueden aún ayudarnos. ¿Por qué habría de levantar el campo?

—Porque tuve un sueño, alteza, que me dejó preocupada. Un milano se convertía en un león e intentaba devoraros.

—¿Y lo consiguió? —La mira divertido—. Sueños de todas clases suceden todos los días, los hombres esforzados no se dejan guiar por ellos. —Pero La Coruxa no se ríe. Contesta seriamente.

—No lo sé, alteza, desperté y no vi el final.

—Muy bien, Alexania, si veo un milano, aunque sea a una milla, tendré cuidado de los leones. ¿Estáis contenta?

—No tomáis mi advertencia en cuenta —dice ella, seria—. Alguien no es lo que parece. ¡Tened cuidado, *En* Ramiro!

En el campamento de Al-Muctádir todo es movimiento. Bien sabían que Ramio el Tirano venía con muchos hombres con intención de tomar Graus. La población civil ha huido despavorida. Los que tenían parientes o deudos en algún lugar, hace tiempo que se fueron con sus hijos llevando consigo los pocos o muchos bienes que pudieron tomar, los lomos de las acémilas rompiéndose con el peso de muebles y colchones. Otros, los más pobres, cargando ellos mismos con lo que pudieron. Sus mujeres llevaron a los niños, unos en brazos, otros casi a rastras, de la mano. No obstante, aún hay una gran masa de población. Muchos de los habitantes de Graus no tienen adónde ir. La gente dispersa por el campo es presa fácil de asaltantes, ladrones y cazadores de esclavos. Fatalistas, se avienen a su destino, sea éste cual fuere. La presencia de su rey, el amado Al-Muctádir, el grande, joven y magnífico Al-Muctádir, les da cierta confianza. Alá no dejará de su mano a su siervo, hijo de Suleymán ben Hud, descendiente del Profeta. Además se sabe que vienen quemando etapas ejércitos de refuerzos: los mismos cristianos, por inspiración de Alá, van a combatir con ellos, contra Ramio el Tirano.

Graus había sido una ciudadela bien defendida, pero a lo largo de muchos años de paz se había descuidado, ahora todo se ha reparado y se ha puesto a punto. En los patios interiores de la fortaleza, y en los corredores de la muralla, se afana una muchedumbre. Una larga fila de calderos de bronce y cobre se alinean no lejos de montones de leña preparados para hacer grandes hogueras. Por encima de ellos se han pergeñado unos ganchos con poleas que permitirán izar las calderas con aceite o agua hirviendo, ello se usa para disuadir a los escaladores de las murallas. También se han preparado catapultas que se cargan de piedras, y en caso de que el enemigo venga en formación cerrada, la piedra hace grandes estragos en los enjambres de hombres.

El rey de Zaragoza ha ordenado que se restituyan todos los fosos en las antiguas fortalezas, estén o no amenazadas. Gracias a ello se llevó a cabo una labor de reparación y limpieza de los fosos. Se sacaron muchos, muchísimos sacos de tierra floja y basuras de todas clases así como plantas y malezas. Ante la iniciación de los trabajos, huyeron todos los animales que habían aprovechado lo inaccesible del lugar para hacer allí sus nidos. Cuando no estaban haciendo sus ejercicios marciales, los soldados de Al-Muctádir y los del Wali de Huesca fueron obligados a ayudar en el desescombro y limpieza del foso: ahora se veía el resultado final. Un brazo de agua rodeaba la plaza, agua que se había obtenido desviando las acequias de regadío y cerrando todas las compuertas que distribuían la misma por los campos, al tiempo que se abrían las que la traerían a la ciudad. El otrora herrumbroso puente levadizo fue reparado y ahora se alzaba y bajaba con toda facilidad dejando la ciudadela aislada de la tierra circundante.

Se puede decir que Al-Muctádir había tomado todas las precauciones posibles, pero sabía que si el enemigo era muy superior en número, toda resistencia era vana. Un asedio bien llevado era una derrota tras largos sufrimientos. Temía el hijo de Suleymán ben Hud, Ahmed ben Suleymán, conocido como Al-Muctádir, que si el rey Ramiro llegaba antes de que lo hiciese su aliado, el rey-emperador don Fernando, Ramio el Tirano cortaría el paso de las tropas que venían a auxiliarle. En ese caso no contaba con hombres suficientes para sostener la resistencia. Ellos, los hijos de Alá, se verían constreñidos a encerrarse en su fortaleza de Graus, donde quedarían atrapados como en una trampa mortal. Cada día temía y esperaba a los enemigos y a los aliados respectivamente.

Como a todos los acantonamientos guerreros, llegan de vez en cuando al campamento moro los soldados de fortuna, que por una paga más o menos generosa se comprometen a luchar. A veces se aceptan grupos numerosos para evitar que puedan ir a ofrecerse al enemigo y aumentar así sus posibilidades de éxito; otras veces son personas que a título individual se contratan para una determinada función. Hay especialistas en apagar fuegos, en tramar añagazas que desorienten al contrario haciéndole suponer cosas falsas, honderos, arqueros...

—Mi señor Al-Muctádir —dice el guardia de la puerta de la tienda del háchib—, un hombre desea hablaros. —Se fastidia el rey moro, no está de ánimos para escuchar a iluminados que le ofrecen garantizar la victoria o hacer encantamientos para que el enemigo muera de terror o cosas similares.

—¿Qué desea?

—Hablaros, mi señor —se inclina el mensajero temeroso de haber incurrido en el disgusto de su amo—. Solamente hablaros. Dice que es un cristiano y que sabe mucho de los usos y costumbres de los politeístas.

—¿Lo conozco?

—Lo ignoro, Emir. —Le da el tratamiento que sabe agrada al joven, aunque no le corresponde. Quizás halagado o porque el recién llegado es un cristiano y esto es una novedad, repentinamente se decide Al-Muctádir.

—Hacedlo pasar, pero que le sea bien patente que a la puerta hay guardias y que si incurre en alguna descortesía, se le cortará la cabeza sin más. —Se inclina profundamente el hombre y sale andando hacia atrás como pide la etiqueta—. Al cabo de unos minutos entra un hombre elegantemente vestido. Va armado de punta en blanco de pies a cabeza y su aspecto es distinguido. Lleva el cuerpo cubierto por una pulida armadura. Por debajo asoman sus pies bien guarnidos de calzas de la mejor calidad y por encima de éstas se ve el borde del mofarrex o túnica hendida. Se ha quitado los guanteletes que lleva bajo el brazo junto con el casco. Entra con paso firme y no parece impresionarse con la magnificencia de la tienda del rey.

—¡Que Alá sea con vos, príncipe! —saluda inclinándose cortésmente pero sin servilismo. Aprecia el matiz el rey moro; no en vano ha nacido y crecido entre zalemas y reverencias.

—Si sois cristiano, como se me ha dicho, que Jesús el Salvador os acompañe. ¿Deseabais verme? —Asiente con la cabeza el recién llegado—. Tomad asiento e id brevemente a vuestro negocio. —Con cierto sentido del humor, añade el rey—: Ya veis que estoy muy ocupado, espero a los vuestros de un momento a otro. —El cristiano lo toma seriamente como si fuese una explicación dicha de corazón.

—Comprendo, Sidi. El caso es éste, vengo a ayudaros.

—¿A mí? —se sorprende verdaderamente el rey. En cierto modo

es un atrevimiento del cristiano, pero parece decirlo en serio. Antes de decidir si el guerrero es un chiflado decide oírle, si es un loco a tiempo está de despedirlo o de hacerle cortar la cabeza—. ¿Y cuál sería esa ayuda?

—Supongo, Sidi, que me tomáis por un aventurero, pero os aseguro que no es así. Deseo combatir a vuestro lado.

—¿Cómo os llaman?

—En este momento, para vos soy Sadada. No es ése mi nombre, pero os bastará.

—Y bien, Sadada, ¿cuál es vuestra oferta?

—Fui señor de vasallos, un guerrero bien entrenado. Con la cuadrilla soy imbatible. Me pongo a vuestra disposición para dirigir la defensa de la muralla.

—Así que con la cuadrilla. No usamos esas flechas aquí. Nosotros usamos las de astil redondo.

—Lo sé, Sidi, pero ésas, aunque muy certeras, sólo tienen un alcance muy limitado, como sabéis. Tiene que estar el enemigo muy cerca para acertar con seguridad; si no es así, hace falta disparar verdaderas nubes de flechas para que caigan algunos hombres, más bien por casualidad que por puntería. En cambio la cuadrilla alcanza más lejos...

—Sí, cierto, Sadada, pero requiere de una vista de azor el hacer puntería a larga distancia con esas flechas. No hay muchos hombres que las dominen.

—Yo soy ese hombre, rey. Podía ser de gran utilidad. Aunque las flechas normales no alcanzan a mucha distancia, los asaltantes no se acercan lo suficiente como para ponerse a tiro, pero de todas maneras, no están lejos. Si entonces un hombre hábil con la cuadrilla estuviese en situación de disparar, podía ser de gran valor. Una sola flecha y un enemigo importante podría caer. —Evalúa el rey la oferta. De ser verdad, el cristiano podía ser un arma secreta. Y aunque fuese un enemigo infiltrado, un solo hombre no podría hacer nada.

—¿Habéis venido solo?

—No, Sidi. Vine solo hasta el *tugur*, entonces contraté a unos soldados de pago, mercenarios, con mi propio dinero. Ya os imaginaréis que yo solo, vestido como cristiano, no habría podido avanzar por tierras de moros. Tengo cincuenta hombres acampados fuera de las murallas, dispuestos a combatir por quien yo les diga. —No se fía el moro, cincuenta hombres son una fuerza muy considerable.

—¿Les habéis pagado ya?

—No es la costumbre, Sidi. Como obedecen al mejor postor, se paga la mitad antes del combate y la mitad después.

—Si os conviene, yo los contrataré. Serán mis hombres, os devolveré lo que les hayáis pagado y correré con lo que les hayáis prometido, más una prima por cambiar de señor. Si estáis de acuerdo, podéis quedaros y ajustaremos vuestra paga aparte. Si no estáis de acuerdo, sois mi prisionero; y los hombres, de todos modos, aceptarán mi paga ya que han llegado hasta aquí y se quedan sin señor. —No parece impresionado el cristiano.

—Como gustéis, Sidi. Sólo deseo estar en la muralla. Lo demás es accesorio. —Tiene aún una curiosidad el rey.

—¿Por qué queréis combatir con nosotros?

—Es una promesa, Sidi. Tengo que cumplirla para ser libre de ella. Tengo una querella con los hijos de doña Maior. Ya sólo quedan Ramiro y Fernando. No os puedo decir más. —Comprende el rey. Hay venganzas que pasan de generación en generación. Quizás es una venganza de linaje a resultas de un antiguo riepto entre caballeros, sean moros o cristianos, ello se entiende bien.

—¿No os serviría mejor un combate cuerpo a cuerpo? Nunca he oído decir que *En* Ramiro rehuyese un riepto.

—Es una antigua querella por una matanza sangrienta. El cuerpo a cuerpo no es adecuado. Si deseáis mi ayuda ha de ser en mis términos; si no, no hay nada de lo dicho.

—Sea pues, vuestros hombres pasan a ser míos, vos dirigiréis la defensa de la muralla principal. Pero os lo advierto, un arquero escogido os vigilará todo el tiempo desde una alta almena; a la primera sospecha de traición se os dará muerte y vuestra cabeza se pondrá en una pica en la puerta. Si os comportáis como espero, seréis rico y honrado. —Pero el cristiano mueve la cabeza.

—Sidi, la venganza es su propia recompensa, no necesito ni pido nada. Cumplida ésta, me daréis escolta hasta la frontera y no volveréis a oír hablar de mí. —En eso quedaron ambos guerreros.

Las huestes de don Sancho Fernández llegaron a Graus antes que las de *En* Ramiro, apenas tuvieron tiempo de penetrar tras los altos muros de la ciudadela, cuando ya los primeros hombres de Aragón hacían su aparición en el horizonte. Estuvieron en un tris ambas huestes cristianas de llegar a un enfrentamiento armado sin participación de los moros. Tan pronto como llegaron los de *En* Ramiro, plantaron campo muy ostentosamente a la vista de los moros, pero fuera del alcance de sus armas. Ambas partes estudiaban cautelosamente al enemigo, tratando de calcular sus fuerzas y su disposición guerrera. Tanto unos como otros enviaron espías sigilosos a merodear por los alrededores por saber si había refuerzos escondidos en algún lugar cercano, capaces de alterar repentinamente la proporción de las fuerzas.

A cualquiera parecería que *En* Ramiro debía de estar peor informado que Al-Muctádir, ya que éste sabía, en primer lugar, los hombres con los que él mismo contaba, los que aportaba don Sancho y tenía a la vista el campamento de su enemigo. No le era difícil hacer un cálculo aproximado de los hombres acantonados bajo las murallas. Por el contrario, Ramiro tenía mucha menos información, al menos aparentemente. Pero él también se había preparado con esmero y conocía el número de habitantes de la ciudadela, y que muchos de ellos se habían marchado con los viejos, mujeres y niños. Por Sancho de Puibolea (converso, que antes se llamaba Abd Allah) y su primo el cristiano Ramiro de Bolea (aquel que vimos hablando con don Ramiro y que como moro entonces se llamaba Abinimia ibn-Lubb) conocía los posibles efectivos de Al-Muctádir, aun con la inestimable ayuda del Wali de Huesca. Por último, sus exploradores le han informado del número de cristianos aportados por el joven Sancho Fernández. Cuenta el rey Ramiro con que el de Zaragoza no conoce su estrategia. Con astucia no ha traído todas sus tropas para el primer encontronazo. Los hombres que trae son suficientes para entrar en combate y sostener el asedio. Cree el moro que el de Aragón en la retaguardia sólo tiene como refuerzo a los castillos de Pano y Panillo en tierra de cristianos, pero no sabe que el conde Ermengol está a punto para entrar en combate desde Levante con sus hombres acantonados sigilosamente en Benabarre y si fuese necesario, aún hay hombres en Purroy y Pizan. Seguro de sí, Ramiro envía a la ciudadela un ultimátum: rendición y conversión o muerte. Naturalmente, no es una opción que pueda ser aceptada por los moros. La presencia de Sancho Fernández los ha enardecido. Se sienten bien preparados y ansían llegar a la batalla y por fin librarse del tábano en que se ha convertido el rey de Aragón: Ramio el Tirano. Dos emisarios, ricamente vestidos, se encuentran en la plana y llevan al contrario la palabra de sus respectivos señores. Cortésmente se separan prometiendo volver con las respuestas, sean éstas las que sean. A poco retornan y en vez de hablarse soplan sus bocinas de guerra. Ésa es la respuesta: guerra sin cuartel. Un griterío inmenso se alza sobre el mundo. En la ciudadela y en la plana se lanzan alaridos y gritos de guerra que invocan a sus protectores.

—*Allahú akbar...* —«¡No hay más dios que Alá!»

—¡Santiago, Santiago!

Ambas impetraciones se repiten estentóreamente y con ahínco, hasta que las gargantas quedan roncas y los pechos enfebrecidos. Luego se hacen sonar las armas contra los escudos atronando el espacio con el horrísono ruido de las mortales espadas contra las blocas de hierro. Por fin, cansados y casi exhaustos, cesan en sus demostraciones de hostilidad y un silencio espeso se abate sobre los campamentos. Ya no se oye nada. Hasta las avecillas, asustadas, se han ido y no se escucha ni aun a las cigarras. Mañana, al romper el día, con el primer rayo de sol empezará la guerra. Esa noche, los pendones de ambos reyes ondean en la plana.

Al día siguiente, como se había previsto, las tropas estaban listas antes de romper el alba. Los cristianos se habían preparado no sólo militarmente, sino espiritualmente; muchos no llegarían a ver la noche. Ese mismo día conocerían la respuesta a todas las preguntas que se ha hecho el hombre a lo largo de la historia. Se prepararon consecuentemente para el encuentro con el Hacedor, confesando y comulgando. Como van de camino hacia Barbastro, consideran que las bulas de perdón de las penas del Purgatorio ya les alcanza. Irán directamente a la Gloria del Señor Jesús y a los brazos de su Santísima Madre María, consoladora de los afligidos y Madre Nuestra. Los moros, por su parte, saben que los que mueren en batalla contra los infieles, van directamente al Paraíso, con las divinas y bellísimas huríes. ¿Qué mejor fin puede pedir un devoto musulmán?

Don Ramiro ha plantado sus haces en la plana, justo enfrente de las tres salidas que tiene la ciudad; ello le ha obligado a dividir sus fuerzas, pero es más fácil el controlar la salida, momento en que son muy vulnerables por la concentración de hombres, que permitirles que salgan libremente por alguna puerta y se extiendan sobre el campo de batalla, con peligro de ser envueltos por ellos. La batalla se desarrolla como se había esperado: salen los moros en tropel, siendo cruelmente diezmados por los cristianos, pero los que logran escapar a la matanza vengan duramente a los suyos. En un momento dado, los Jinetes Raudos hacen su aparición, pero los caballeros cristianos en esta ocasión los neutralizan esperándolos en círculos cerrados con sus corceles bien acorazados y ellos mismos no presentando flancos desprotegidos. Se combate todo el día. A los gritos de ¡Alá, Alá!, contestan otros no menos altos de ¡Santiago, Santiago!, y el más corriente de ¡Santa María, detén tu día! Pero a pesar de la súplica, el día no se detiene y llega la noche. Al caer la tarde, los asediados se retiran detrás de sus muros protectores sin que los cristianos puedan evitarlo. Las fuerzas han estado muy igualadas. No queda el campo para nadie, mañana habrá que probar otra vez, esto es, si los moros vuelven a presentar batalla.

Pero al día siguiente el moro no aparece. Probablemente está contando sus bajas y haciendo planes para la próxima salida. A mediodía, cuando ya los de *En* Ramiro han perdido la esperanza de llegar a las armas con los asediados, impensadamente salen en tropel los ejércitos de Al-Muctádir. El mismo soberano, con coraza negra pavonada y vestido de verde, el color del Profeta se lanza hacia delante. Ha visto que el día anterior su rival y enemigo combatía como el primero de sus hombres y no quiere ser inferior a él en valor ni en correr los mismos peligros que sus soldados. Ello enardece a los hombres. Por otra puerta hace su aparición don Sancho acompañado de su Armiger Real y seguido de sus tropas, bien entrenadas por las largas campañas de Portu Cale. Una vez más se lanzan los hombres hacia delante, el combate se hace cuerpo a cuerpo. Los de a caballo se enzarzan también en sus particulares duelos. Pronto queda el campo cubierto de cadáveres, de miembros amputados y de sangre. Los caballos sin dueño piafan y relinchan aterrados y corren entre los hombres que pelean. Por fin, sin vencedores ni vencidos, regresan a la ciudadela los de Graus y los de Sancho Fernández.

Los cristianos recogen a sus muertos y heridos. Los médicos y curanderos tienen mucho trabajo. La Coruxa también se afana en calmar los dolores de los heridos y en curarlos o aliviarlos con sus ungüentos y pomadas. Desde la muralla llega por tres veces el toque de una aguda bocina. Piden los sitiados permiso para retirar a los suyos de donde yacen en el campo, muertos o heridos. Tras una corta deliberación se les concede. Ellos tienen a sus médicos tras las murallas y desean curar a los que puedan aún salvar la vida. Los cristianos comprenden que los moros deseen recuperar a sus muertos para darles sepultura. Se otorga toda la noche para estos menesteres, sólo deben salir hombres visiblemente desarmados. Hasta que salga el sol se hace una tregua para buscar a los heridos y a los muertos.

Por la mañana ya se ha terminado la piadosa acción y todos se aprestan a un nuevo combate. Los hombres empiezan a estar cansados. *En* Ramiro considera la posibilidad de mandar por los refuerzos del conde Ermengol de Urgell. No está lejos y en un par de días pueden llegar, antes de que sus hombres estén exhaustos. En esos pensamientos está el rey de Aragón, cuando se oye una vez más el sonido metálico de las trompas desde la muralla. Atiende el rey cristiano deseando saber qué quieren ahora los sitiados. ¿Se habrán dado cuenta de su inferioridad y desearán rendirse? Pero no, lo que desean es parlamentar con el rey. Quizá van a ofrecer sus condiciones para la rendición. El rey debe acudir a la convocatoria, pero desconfía de una traición, por ello se hace acompañar de una escolta de cien lanzas fuertes y, por lo que pudiera suceder, se coloca fuera del previsible alcance de las flechas y venablos. Se acerca hasta que puede ser oído:

—¿Qué deseáis? —grita con voz estentórea. Nadie contesta. Sorprendido, escucha pero no oye nada. Al cabo de un tiempo oye algo, pero la distancia es tan grande que la voz se pierde. Lleva la celada calada y el acero impide que la tenue voz le llegue a los oídos, por ello se quita el casco y cubriéndose los ojos con la mano para impedir que el sol le ciegue, grita de nuevo—: ¿Qué deseáis? —Pero no llega a oír la respuesta, surgidas del cielo hermoso y nacarado, una inmensa bandada de palomas blancas y silenciosas como si fuesen ingrávidas le han arrebatado y se lo han llevado con ellas, volando por el cielo inmenso. Se olvida don Ramiro de la batalla y comprende que va a ver a la hermosa doña Ermesinda, a la que tanto amó, y siente una gran felicidad mientras se aleja por el cielo rumbo al infinito.

Los soldados que acompañaban a *En* Ramiro se han quedado sin habla, a pesar de la gran distancia que hay entre ellos y la muralla, un cuadradillo disparado desde ese sitio le ha atravesado la cabeza en cuanto se quitó el yelmo. Ni siquiera ha terminado de quitárselo, cuando ya cae muerto. Le oyen decir algo ininteligible:

—¡Qué bellas las palomas! —Quizá, piensan luego sus hombres, lo que vio eran ángeles alados.

De las murallas de Graus se levanta un clamor inmenso. Nadie creyó que la añagaza tramada por el llamado Sadada diera ningún resultado. Pero él insistió y hete aquí que Ramio el Tirano ha caído muerto. Sus huestes le recogen del suelo y se retiran hacia la retaguardia. Ese mismo día levantan tiendas y abandonan el campo, consternados por la repentina y alevosa muerte de su rey. Mas no se dan por vencidos, simplemente abandonan el campo para enterrar a su rey en tierra de cristianos. Volverán, volverán con su nuevo rey Sancho Ramírez, así se lo hacen saber con las bocinas. Las espadas han quedado en alto. Lo juran, tomarán Graus y luego Barbastro, lo harán por su rey muerto.

Tan pronto como los de Aragón retrocedieron tras su línea fronteriza, el infante Sancho Fernández, de León, hace saber al rey moro su intención de volver con su padre. Antes de partir desea hablar con el portentoso cuadrillero que tan limpiamente les ha librado del rey don Ramiro sin derramar más sangre.

—¿Sabéis quién soy? —le interroga cuando le tiene ante sí.

—Ciertamente: don Sancho Fernández, hijo del rey-emperador.

—He visto vuestro portentoso disparo y os pregunto si eso puede enseñarse y aprenderse.

—No, mi señor. Es como tener buena voz, o ser alto y rubio. Se nace así. Se puede practicar y mejorar, pero lo que yo hago, lo hago sólo yo. —El príncipe desearía contar con tal arquero.

—Quienquiera que seáis, venid conmigo y seréis rico y famoso. ¿Cómo os llamáis?

—Sadada, alteza.

—Si sois cristiano, no puede ser vuestro nombre. Sadada no es nombre cristiano. ¿Sois mozárabe?

—No, alteza.

—¿Sois muladí?

—Tampoco.

—Entonces, ¿quién sois? —Lo piensa un rato el joven cuadrillero y por fin responde lentamente.

—Acaso soy el último recuerdo, el fantasma de unos fieles vasallos de Bermudo III, conocidos como los Valdés. Pero todos ellos murieron hace mucho tiempo. Pensad mejor que soy una aparición. —Y dando media vuelta, fuese. Esa tarde se despidió de Al-Muctádir y nadie lo volvió a ver.

El infante Sancho Fernández abandonó la ciudadela de Graus tan pronto se aseguró de que los cristianos de su tío, el difunto *En* Ramiro, no volverían. No se va disgustado el joven príncipe. Por un lado ha cumplido bien y con brevedad el encargo de su padre el rey-emperador, por el otro le complace el no haber tenido que ser él mismo ni sus hombres los que diesen muerte a su tío don Ramiro. Deja a Al-Muctádir satisfecho y puede volver con su padre, que seguramente le espera con impaciencia, pues sin los hombres que ha tenido que distraer para la campaña del de Zaragoza, no puede continuar su marcha triunfal por los territorios moros de Poniente. Don Sancho y sus hombres han venido a marchas forzadas para llegar a tiempo de salvar la situación apurada en que se encontraba Ahmed ben Suleymán, Al-Muctádir. Han luchado bravamente durante dos o tres días y ahora regresan casi con precipitación de vuelta adonde el rey Fernando les espera.

El rey-emperador ha quedado consternado al conocer el desenlace de la batalla de Graus. Recuerda siempre a su medio hermano Ramiro llevándole a él, Fernando, a hombros cuando él era aún un chiquillo y Ramiro era ya un mozalbete. Su madre, doña Maior, lo crió como a su hijo y siente el emperador que cuando se entere la reina viuda, ya tan anciana, de la muerte de su protegido Ramiro, sentirá un profundo dolor. Le duele a don Fernando, sobre todo, haber tenido que mandar sus huestes a luchar contra su hermano, y se alegra de que su hijo no sea quien ha matado al rey de Aragón, pero ve con tristeza que esa muerte no ha apesadumbrado demasiado a su hijo. Ahora comprende que hay una parte de su vida y de sus vivencias y amores que su hijo no conoce y que nunca entenderá. Por primera vez ve que con sus sentimientos está completamente solo. Se estremece el rey y siente frío. También recuerda la muerte de su hermano don García. ¿Han de morir todos sus hermanos a sus manos? No lo entiende, ¿por qué Dios le coloca en estos dilemas? Los hombres nunca entenderemos a los dioses.

Es quizá por ello, para no pensar y para medio olvidar, que se entrega a una actividad frenética. Para ello comienza enseguida una serie de correrías por territorio enemigo adentrándose cada vez más en tierra de moros. Como va triunfante, se le une una muchedumbre de moros que desertan de sus señores, y también mozárabes ansiosos de liberarse del yugo musulmán. Corre el mes de mayo e inicios de junio. Don Fernando va quemando las cosechas de los moros y ellos ven con harta pesadumbre cómo el año próximo carecerán de pan. No es ésta novedad alguna. Durante cientos de años los moros han quemado las cosechas de los cristianos. Ésta es la hora de la venganza. Hace cientos de años que ningún príncipe cristiano ha pisado esta tierra. Al-Andalus se sentía segura. Era una tierra muy distante y muy difícil de alcanzar. Defendida por montañas poderosas y pasos flanqueados por abismos sin fondo que podían cuidarse con sólo unos pocos guerreros, parecía inexpugnable. Pero he aquí que el rey-emperador de León y Castilla ha violado ese territorio y, sin ningún miedo y sin encontrar resistencia, arrasa los suelos por los que pasa tomando prisioneros a los empavorecidos habitantes del reino de Al-Mutádid. Por fin, un día, incapaz el rey de Sevilla de ver tanta miseria y soportar tanta campaña adversa, decidió parlamentar con el rey-emperador. Una embajada del moro solicitó del rey-emperador una entrevista a solas.

—Mi señor Al-Mutádid, a quien Alá guarde muchos años, os manda sus mejores deseos. —Así empieza a hablar con mucha retórica el enviado de Abbad ben Abu-al-Quasim Muhammad ben Abbad, más conocido como Al-Mutádid. El recién llegado es un príncipe de la casa real acompañado de un alto funcionario, el *fatá* de palacio: Al-Hurr, el Gran Eunuco, hombre de gran poder y autoridad pues no sólo tiene cargos importantes y conoce de todos los asuntos del reino, sino que goza de un merecido prestigio como hombre sabio. Vienen ambos, el príncipe y el eunuco, aunque con lujosa escolta, desarmados y en visible son de paz. Les recibe el rey-emperador displicentemente sentado en su tienda, como si no le interesase lo que tienen que decir estos altos personajes.

—Con toda cortesía, os hago saber que yo no deseo lo mejor para vuestro señor. Antes al contrario, deseo combatirlo, vencerlo y reconquistar las tierras de la Spania Visigoda e Hispanorromana. Dicho esto, os saludo y os ofrezco hospitalidad de caballero mientras estéis en nuestro campamento. —Los moros hacen como que no han oído nada. Se inclinan y agradecen la hospitalidad. Han venido con una pequeña escolta de honor. Dispone el rey cristiano que se les atienda como mejor se pueda en el campamento. Ante todo brindándoles sombra y agua fresca, reposo y comida al estilo árabe. Después de haber compartido mesa con el emperador y su hijo, los emisarios manifiestan su deseo de trasladar las propuestas de su señor Abbad ben Abu-al-Quasim, Al-Mutádid, a don Fernando, pero éste cortésmente se lo impide.

—Altos señores, vuestro rey no está en condiciones de pactar conmigo nada más que en mis términos. O acepta o será la guerra total hasta el exterminio del reino moro de Sevilla. Mi propuesta es la siguiente: Sidi Al-Mutádid se avendrá a rendirme homenaje de pleitesía, y me reconocerá como emperador, no podrá declarar la guerra ni firmar la paz sin mi consentimiento. Conservará su puesto y rango mientras me sea fiel y tenga mi confianza. Se permitirá a los mozárabes practicar sus cultos sin persecución alguna en sus propias iglesias. Las que hayan sido tomadas para cultos islámicos se devolverán inmediatamente a sus dueños. Si algún, o muchos mozárabes, desean salir del reino y encaminarse a tierras cristianas, no se les estorbará y no se les cobrará tasa ni capitación para salir.

—¿Nada más? —inquieren los enviados. Las peticiones les parecen razonables y hasta blandas.

—No, aún algo. Como otros reinos moros, me pagará parias en una cantidad a ser determinada más adelante, pero que nunca será menos que lo que paga Zaragoza, que lo hace en cantidad de mil monedas al mes. Id y decídselo así a vuestro señor. —Parecen azorados los emisarios.

—Señor —dicen—, señor, nuestro rey nos encargó que a cualquier precio os pidiéramos que os retirárais de Al-Andalus. —No parece sorprenderse el rey Fernando.

—¿Y qué ofrece por esa prueba de confianza antes de que hayamos llegado a ningún acuerdo?

—Oro, señor, lo que pidáis, dentro de un límite posible. Joyas, vasos de auricalco, telas y sedas, perfumes, incienso y papel de Xátiva.

—No es suficiente.

—Ciertamente, don Fernando, y rehenes.

—¿Qué rehenes?

—La princesa Fátima, hermana del rey y mi esposa, yo mismo y el más valioso personaje de la corte del rey, Al-Hurr, aquí presente. Nosotros tres responderemos con nuestra vida del cumplimiento del compromiso.

Se levanta el rey y pasea por la tienda. Afuera luce un sol cegador. Piensa el rey en su hermana Tigridia ya muerta. ¡Qué duro debe de ser el enviar a los parientes al exilio como rehenes! Ahora la princesa Fátima es enviada como rehén por su hermano el rey. Y el esposo de ésta y el eunuco Al-Hurr...

—No llevaré ni tomaré rehenes. Deseo que el rey venga a mi campamento y me reconozca como emperador ante su gente. Tomaré el oro y los presentes, y esperaré aquí un tiempo prudencial a que venga Al-Mutádid. Id y decídselo así. Sois libres. Quedaos con los vuestros. Ni el Salvador ni el Profeta gustan separar a las personas de su familia.

—Quedan maravillados los presuntos rehenes. Ya se habían hecho a la idea de vivir y tal vez morir en tierra de cristianos, en el duro y frío León, de donde dicen que por las paredes las piedras lloran agua sobre barbas de oscuro musgo. Afuera, no muy lejos, estaba cubierta de lágrimas la princesa Fátima lista para irse con su marido camino del exilio. Ahora le dirá que por la decisión del cristiano, volverán con sus hijos.

—¿Deseáis algo más, generoso rey? —pregunta solícito el moro.

—Sí, una última petición. Deseo que se devuelvan las reliquias de las Santas Justa y Rufina, para ser llevadas a León. —El moro se ha quedado atónito. Nunca ha oído hablar de las tales Justa y Rufina. Quizá ni siquiera existieron.

—Señor, se intentará cumplir vuestro piadoso deseo, pero debo deciros que no sé nada de esas mujeres.

—Permitidme, don Fernando, que tome parte en esta conversación entre personas reales. —Es Al-Hurr el que así habla—. Es cierto que mi amo aquí presente no sabe nada de esas santas pues es hombre devoto del Profeta y de Alá el Misericordioso, por ello jamás se dedicó a otras devociones ni investigaciones que no fueran las que favorece y bendice Mahoma. —El rey escucha divertido la perorata del eunuco. Parece un hombre educado y desea el rey saber si en realidad es persona de tantos conocimientos como su fama dice que posee. Recuerda a Doroteo, su medio hermano, y piensa que nadie en el mundo puede compararse con él, ni en memoria ni en inteligencia ni en habilidad. ¡Qué lástima que el brutal trato que se le dio en la Escuela de Esclavos le privase para siempre de la posibilidad de ser un hombre, un guerrero y un caudillo!—. Señor, ¿me escucháis? —La voz algo aflautada del eunuco Al-Hurr le llega de muy lejos.

—Perdonad, Al-Hurr, estaba pensando. En nuestra familia tuvimos también un servidor como vos, casi un hermano. Pensaba en él.

—Comprendo, alteza, pensabais en Doroteo. Si yo hubiese tenido un amigo como ése, también pensaría en él cuando viese a otro de su linaje, otro eunuco.

—¿Pero cómo? ¿Conocéis a Doroteo? —El rey mira con interés al eunuco Al-Hurr.

—Sí y no, alteza. Sé de su fama y de sus hechos. He oído sus aventuras y desventuras, que os ha escrito un libro de devociones como jamás se vio ni se verá otro igual, que ama la sabiduría y el conocimiento y que jamás hizo mal a nadie. Si es verdad, no hay hermano ni amigo comparable. —El rey don Fernando recuerda cómo el eunuco Doroteo, hace tiempo, mató limpiamente a un hombre en las mazmorras de Nájera. Por él, Fernando, para que escapase vivo de esa prisión. «Que jamás ha hecho mal a nadie.» Sacude la cabeza el rey, pero no contradice a Al-Hurr.

—No sé si todo lo que decís puede aplicarse a Doroteo, pero es bien cierto que se aproxima bastante a la realidad. Pero seguramente no ibais a hablarme de él. ¿Qué me decíais?

—Deseaba saber, alto señor, si las Santas Justa y Rufina a las que os referís, pues hay varias Rufinas y algunas Justas, si son, decía, dos hermanas nacidas en la Bética. Estas que yo digo eran alfareras y vendían el producto de su trabajo para sobrevivir. Eran piadosas cristianas y de lo poco que les sobraba hacían limosnas entre los pobres. Sabida su generosidad, unas damas que no eran cristianas les pidieron limosna para levantar un ídolo a Sambrón, una deidad que Justa y Rufina consideraban pagana. Al negarse por razón de adorar al Señor Jesús, fueron atadas a las colas de sendos caballos y arrastradas por Sierra Morena. Cuando volvieron de ese paseo, viendo sus verdugos que aún estaban vivas, se les aplastó la cabeza. Sucedió esto bajo el gobierno de Genciano en el año 287. ¿Son esas Justa y Rufina las que buscáis?

El rey don Fernando se ha quedado atónito. Nunca pensó que un islamita supiese tales historias y menos que las relatase con respeto. Se preguntó si los eunucos tendrían un sentimiento especial para las emociones de otras personas. Quizás este Al-Hurr era también un hombre estudioso como Doroteo e inclusive un cristiano en secreto.

—Ésas son, amigo Al-Hurr, ésas precisamente. Querríamos honrarlas en León en nuestra nueva iglesia que pronto consagraremos. La queremos llenar de reliquias de todos los mejores santos y mártires. —De pronto tuvo una inspiración—. Como he de enviar a una comisión para recoger los santos cuerpos, pediré a Doroteo que vaya con ellos. ¡Así lo podréis conocer! —El moro se arrodilló y besó el borde del traje del rey don Fernando.

—¡Que Alá os bendiga, señor! Siempre deseé conocer a mi colega Doroteo, precisamente iba a pedíroslo.

Así fue como, sin saberlo ni desearlo, el eunuco Doroteo había de ponerse en camino a las tierras de Al-Andalus.

31

El viaje hacia Al-Andalus.
El amor del eunuco Al-Hurr

> *En amor, censuras*
> *no encuentran recibo.*
> *¿Tiene amor, acaso,*
> *linde conocido?*
>
> «Canciones mozárabes».
> MUHAMMAD IBN UBADA AL-MALAGU. Siglo XI

A partir de aquel mes de septiembre de 1064, en que murió don García en los campos de Atapuerca, me había quedado en Nájera reconstruyendo la cancillería para el nuevo rey, don Sancho IV Garcés. Pasó el tiempo sin darme cuenta. Os tengo que decir que ya murió doña Estefanía. Si ella estuviese aún aquí, tal vez me quedaría a hacerle compañía, porque ella fue siempre una amiga fiel, pero ahora que el reino está bien encauzado, creo que hasta molesto al rey pues le recuerdo el tiempo en que no era capaz de reinar sin mi ayuda. Doña Estefanía fue como un ángel que pasó por la vida sin hacer ruido, como una mariposa. Fue hermosa, discreta y enamorada. Nunca comprendí que ella aceptase los amoríos de don García sin decir ni una palabra de reproche, fue de una naturaleza completamente distinta a la de la fogosa y vehemente doña Ermesinda, su hermana y reina de Aragón.

Viuda de don García, vivió para sus hijos, pero cuando vio que su hijo mayor ya estaba en condiciones de reinar con sabiduría, comenzó a languidecer. Adoptó las tocas monjiles y pasaba el tiempo rezando en Santa María la Real de Nájera, la que ambos habían proyectado y construido, y en donde reposaba su real esposo. Miraba durante horas sin fin la modesta leyenda.

El rey de Navarra — De caza salió,
La Virgen María — Se le apareció.

Encima del altar mayor estaba pintado con vivos colores el milagro del azor y la perdiz. Ello parecía cautivarla. Por fin pareció descubrir que había otro animal manso y pacífico entronizado en la iglesia, en el hombro de Santa Columba, una paloma, imagen que a petición de Alexania se pusiese en un nicho pequeño y escondido. Nunca le faltaba una candela y la reina tomó la costumbre de ponerle también una luminaria cada vez que iba a rezar a la iglesia. Por fin, terminó yendo todos los días a visitar a la pequeña Santa Comba. Le ponía flores y le rezaba en silencio. ¿Qué le pedía?, eso nunca lo supimos. Me atrevo a aventurar que impetraba encontrarse con su amado don García. Por fin una tarde en que no volvió a la hora acostumbrada, fue una dama a llamarle a la iglesia. La encontró sentada en su banco de costumbre con una brazada de flores, muerta. Con gran pesar se le enterró junto a su amado en una tumba de mármol blanco en la que se hicieron labrar unas azucenas y una paloma, inocente y dulce como ella. «Es también por ello que deseo partir, me entristece ver a la reina Estefanía bajo esa losa. ¡Hace tanto frío en esa iglesia! Estuvo casada veinte años con mi señor, y tenía unos quince años cuando se casó, así que tenía treinta y cinco años cuando vino la muerte a llevársela, pero parecía mucho más joven, casi una adolescente. Su dulzura hacía su expresión siempre tranquila y hermosa.»

En estos pensamientos estaba, sin saber cómo abandonar el reino de Navarra sin ofender a su rey, cuando llegó un emisario con nuevas para mí y para don Sancho Garcés; venía de León y portaba sendas cartas; la mía decía así:

> De Fernando *Rex-Imperator* a Doroteo, salud y gracia. Sépades, amigo y hermano, que durante todos estos años en que vos habéis estado ayudando a mi sobrino el rey de Navarra, yo, con el asentimiento y el permiso de la *Regina-Emperatrice*, mi amada esposa, he estado en guerra con el moro, al que he logrado arrebatar importantes territorios.
>
> En la última campaña he conseguido que el rey Al-Mutádid de Sevilla me tome por su señor, me preste homenaje y me pague parias. La escasez de hombres me obliga a no conquistar más de lo que puedo buenamente repoblar y mantener. Ahora estoy en León donde he convocado una Curia Regia para establecer mi herencia entre

mis hijos. Pero no es de eso de lo que os quiero hablar. De mi tributario, el de Sevilla, conseguí su compromiso de devolver los cuerpos santos y gloriosos de las Santas Justa y Rufina. Hay que enviar a un grupo de gente capacitada y devota a recoger esas reliquias tan preciadas. Es mi voluntad que vayan los venerables monjes y abades don Íñigo, de Oña; don García, de Arlanza; don Sisebuto, de Cardeña; don Domingo, de Silos y don Fagildo, de Antealtares. Todos ellos bajo la autoridad espiritual de nuestro bendito amigo obispo de León y abad de Sahagún: don Alvito.

Para proteger a todos ellos irá, con gente esforzada, el conde Munio Munion Can, en quien tengo grande confianza pues ha estado conmigo en mis campañas de Viseo, Lamego, en Mérida y en la Andalucía. Deseo, si os es posible, y así se lo ruego a mi sobrino en otra carta, que vos me representéis, ya que sois políglota y hombre del entorno real. También porque hay un hombre poderoso en Sevilla, el eunuco Al-Hurr, quien desea fervientemente conoceros. Ya sabréis que es quien tiene realmente el poder pues el rey de Sevilla desvaría desde que mató a su propio hijo. Si han de tener lugar conversaciones sobre esos santos cuerpos, deseo que tratéis vos con Al-Hurr.

Veníos con el portador de la carta. Os espero cuanto antes.
Ferdinandus: Rex Imperator.

Era una carta intermedia entre una orden y un ruego. Mentiría si digo que no me tentó la oferta, la posibilidad de volver a ver al anciano don Alvito, y saber qué había sido del Príncipe Ciego, Yusuf ben Yusuf. No tuve oposición de parte de don Sancho, y con la promesa vaga de volver cuando hubiese terminado mi misión, me despedí. Creo que él también se alegró de librarse de mí sin hacerme un desprecio.

—¡Tomaos el tiempo que necesitéis, buen Doroteo! —me dijo—. Volved cuando queráis, mañana o dentro de diez años. —Comprendí la alusión: «procurad no volver». Partí, pues, con el corazón ligero. Sentí que había recuperado mi libertad. Quería ir a Al-Andalus y me sentía contento de visitar a Al-Hurr. Don Sancho fue generoso conmigo y a más de dos caballos de regia estampa, me concedió buena paga, en realidad una dote para el resto de mi vida en cualquier otro reino. Antes de salir para siempre de Navarra, visité a los difuntos reyes en su panteón de Santa María. Ya no odiaba a don García, aunque el recuerdo de lo que me había hecho todavía me dolía como una quemadura, pero él estaba fuera de todo alcance y más allá de toda venganza. Me despedí:

—Adiós, don García. Adiós, doña Estefanía. —Ahora sabía con

seguridad que nunca más tornaría a esa tierra en donde tan feliz y tan desgraciado había sido. Dejé atrás, y supe que para siempre, a esas sombras del pasado y montando a caballo me dirigí rumbo al sur.

Con toda felicidad llegué a León, en donde, tal y como me había advertido don Fernando, todavía estaba reunida la Curia Regia. Tan pronto como llegamos hube de incorporarme a ella por deseo de los emperadores. Se leyó el testamento de los soberanos. Por él se distribuía el reino entre sus hijos. Se repetía el error cometido por Sancho el Mayor.

Cuando se levantó la Curia Regia quise ver enseguida a don Alvito, ya que sabía que él también iba a Sevilla y deseaba hablar con él antes de nuestra partida. Envié un mensajero pidiéndole audiencia a solas cuando a él le fuese posible. Mi emisario se cruzó con otro de su parte.

—El venerable don Alvito, obispo de León y abad de Sahagún, os ruega que, tan pronto como podáis, vayáis a visitarlo. Cualquier día y cualquier hora es buena para él. —Reconocí en esas palabras amables al don Alvito de siempre.

—¿Si vamos ahora, podremos verle? —pregunté. Se le iluminó el rostro al mensajero.

—Me instó a tratar de convenceros de que fueseis enseguida, hoy mismo, si fuese factible, así que si podéis él se alegrará. Él y alguien más. —Me picó la curiosidad.

—¿Alguien que yo conozco? —Pero el mensajero no me pudo aclarar nada.

No sé a quién se refería el venerable don Alvito. Sólo me dijo esas palabras: «Alguien más.» Partimos con prisa y por el camino me sentí veinte años más joven. Iba a ver a un viejo y querido amigo con quien había compartido muchas aventuras. Ahora estábamos ambos en puertas de hacer otro viaje juntos. Anduvimos por las calles empedradas y al cabo de un tiempo llegamos al palacio de doña Sancha. Hombres de la *militia regis* hacían la guardia a la puerta. Al ver al mensajero de don Alvito no nos hicieron preguntas y nos dejaron pasar, mi acompañante me llevó a través de corredores fríos y largos hasta la zona más interior y retirada de la casa. Al llegar a una puerta vimos a dos monjes sentados en sendos escabeles. Al parecer rezaban sus devociones ensimismados en su devoción. No debían de estar tan concentrados como parecía, pues en cuanto llegamos hasta ellos se pusieron de pie y nos vedaron la entrada. Vi entonces que monjes y todo, eran fornidos y de aventajada estatura. Me pregunté si debajo de sus trajes humildes y casi raídos no llevarían unas cotas pulidas y lujosas, como podía costear el monasterio de Sahagún.

—Me ha llamado el obispo —dije. Deseaba entrar en la habitación. Hacía años que no veía a don Alvito, pero ahora que apenas faltaban minutos para verlo, no podía esperar—. Dejadme pasar.

—No dudamos que os haya convocado el obispo, pero tenéis que darnos vuestro nombre y nosotros se lo diremos al abad-obispo. Luego él os trasmitirá su deseo.

—¿Está ahí dentro? —pregunté. Cometió un error el monje, pero nunca creyó que yo actuaría de tal modo.

—Sí, buen hombre —contestó con suficiencia—, entregado a su mucho trabajo. —De un empellón lo aparté, corriendo el peligro, ahora lo veo, de que me atacase creyendo que podía agredir al hombre santo. Entré violentamente en la habitación casi gritando.

—¡Eh, don Alvito, ya ha llegado vuestro Doroteo! —Y añadí recordando su saludo favorito—: *Pax tibi*. —No bien hube terminado mi frase, cuando vi que mi amigo se levantaba de un sillón y se dirigía hacia mí con pasos apresurados. Los monjes porteros habían entrado detrás de nosotros por si hubieran de intervenir pero el abad les tranquilizó con voz alegre.

—Idos, hijos, este hombre es un amigo de toda la vida. Es Doroteo, de quien me habéis oído hablar muchas veces. Tendréis ocasión de tratarlo en nuestro viaje a Sevilla. —Haciendo reverencias se retiraron los dos monjes-soldados, que no tenía duda que tales eran ambos mozos. Sin decir palabra me abrazó y yo a él. Éramos ambos ya dos personas cuya vida ha pasado, hacía largo tiempo ya, la línea que la divide en dos mitades. Si yo tenía unos cincuenta y cinco años, él bien podía tener sesenta o sesenta y cinco. Reconocí al instante su porte noble y sus ojos bondadosos. La edad y las privaciones habían hecho sus estragos en su cuerpo antaño fuerte y fino, pero aún conservaba su porte majestuoso al par que amable y bondadoso. Sus cabellos eran blancos como la más pura nieve y sus cejas hirsutas le prestaban un aire de buen humor, como si estuviese a punto de sonreír a cada instante. La barba, que la última vez que le vi era de apretados rizos canos, era ahora blanca, rizada y sedosa, larga y bien recortada, como las del viejo Moisés, pensé.

—Pero sentaos aquí, Doroteo, cerca de la luz, en donde pueda veros con comodidad. —Añadió despaciosamente—. Ya no veo tan bien como antaño. ¡He pedido tanto a Dios que no me dejase morir sin volver a veros...! El Señor me ha complacido porque mi hora debe de estar cerca. —Me miró con afecto, como sólo él sabía hacerlo—. ¡Contadme, contadme, hombre aventurero y apasionado! El más libre de los hombres. ¿Qué ha sido de vuestra vida en todos estos años?

Durante mucho tiempo hablamos como lo que éramos: dos personas que habían pasado por la vida cumpliendo su destino. Él, como monje al servicio de Dios y de los hombres. Yo, en una búsqueda aún no terminada de algo llamado libertad. En realidad aún no sabía en qué consistía. Por un tiempo había creído que siendo liberto, ya la tenía; luego que no teniendo señor alguno, más tarde creyendo que era el poder escoger el lugar adonde ir sin concomitancias para con nadie. También tuve la ilusión de que el conocimiento daba la libertad. La única vez que dejé de pensar en ello fue el tiempo en que conviví con La Bermeja, mi Julita. Con ella todo era perfecto. No había que buscar nada, ni que desear nada ni que esperar otra cosa alguna. Me encontré diciendo todo esto a don Alvito. Él me escuchaba pacientemente.

—Amigo Doroteo, siempre habéis sido libre, sin saberlo.

—¡Pero qué decís, don Alvito! No sé mi origen, me arrebataron de los brazos de mi madre, de la cual apenas si recuerdo algo, ni tan siquiera sé mi nombre verdadero. He sido esclavo, eunuco, forzado a vivir una vida distinta de la que hubiese vivido si, en fin, no fuese como soy —dije mortificado, como siempre que surgía la conversación sobre mí mismo—. Nunca tuve nada que pudiese llamar mío hasta que no fui un hombre de mucha edad y aun entonces sólo fueron cosas pequeñas y sin importancia. Dispusieron de mí como de un muñeco o un esclavo. Me quitaron lo que más amaba sin pensar siquiera en que yo tuviese derecho a ofenderme. ¡Ni tan siquiera pude vengarme! El rey murió segundos antes de que yo le matase. —Llegado a este punto, le conté cómo don García apareció muerto ante mis propios ojos en la batalla de Atapuerca.

—¿Y entonces le dijisteis que estaríais con él «hasta la muerte»?

—Sí, él ya no estaba casi en este mundo. Algo tenía que decirle.

—También podíais haberle maldecido.

—No es ése mi estilo. Quería matarlo en buena lid, no rematarlo como se hace con un conejo herido. En cuanto a las palabras hirientes a destiempo, las considero propias de dueñas deslenguadas.

—¡Ah, Doroteo, qué mal os conocéis! De ahí derivan muchos de vuestros males y muchas de vuestras penas, os empeñáis en creer que sois de una manera cuando sois de otra. En fin, ya despertaréis algún día y entonces todo será tan sencillo y hermoso para vos.

—Don Alvito, dejemos de hablar de mí. Es estupendo el veros y oíros otra vez, hablemos de otras cosas que me interesan más. Tengo grandes deseos de saber de nuestro común amigo el Príncipe Ciego, al que vi la última vez como Máster de los Libros en Sahagún. Decidme, ¿ha muerto?

—Deseáis saber todo al mismo tiempo. ¡Hay tanta pasión en vos que no se cómo no habéis ardido de ansias, de deseos y de frustración! Se os atropella la amistad con los recuerdos. No, no ha muerto el príncipe Yusuf ben Yusuf, os traigo algo de su parte. Venid, seguidme, creo que os gustará. —Se levantó y a pesar de que su paso era algo más pesado de lo que solía ser, aún caminaba con presteza, con ligereza diría, vista su edad. Sin embargo, vi que llevaba un bastón, aunque no lo usó en ese momento. Avanzamos a lo largo de varios corredores, yo me preguntaba qué me había traído el buen abad para que fuese necesario haberlo guardado en un lugar distante. ¿Sería acaso un animal e iríamos camino de su cuadra? Pero no abandonamos las habitaciones del palacio, así que colegí sería quizás un bello libro o un arma que estaba expuesta en algún lugar en donde luciría su excelencia y su belleza. Por fin llegamos, al parecer, al fin de nuestro periplo. El obispo de León llamó a la puerta y sin esperar respuesta entró. Yo le seguí. Al momento vi algo que ya había visto en otras ocasiones. El Príncipe Ciego estaba sentado junto a la ventana escuchado el canto de los pájaros.

—¡Salud, príncipe Hudail ben Muhammad ibn Sumadih ibn Almoatí! —dije.

El ciego giró la cabeza en mi dirección y preguntó con voz clara:

—¿Aún os acordáis de mi nombre, Doroteo? ¡Sólo lo oísteis una vez, hace ya veinte años! —Él también me había reconocido al instante y una vez más los tres amigos nos sentimos felices de reencontrarnos. Esa tarde tomamos colación juntos y nos sentimos rejuvenecer hablando de aquellas aventuras compartidas y contándonos mutuas peripecias y sucesos.

—¿Y cómo es que os habéis decidido a venir, mi señor príncipe? —inquirí curioso.

—Al saber que vos también iríais no pude quedarme en el monasterio. Quería volver a veros. Ya soy hombre viejo y deseo despedirme de todos mis amigos, mientras aún pueda. Además hay otra razón. Hace años que no hago un viaje de verdad y tenía el capricho de hacerlo. Ahora ya estoy tan acostumbrado a ser ciego, que no me da miedo. Sé que mientras vaya en vuestra caravana iré seguro y hasta divertido.

—Pero, mi señor príncipe, es un camino muy largo y peligroso, aun para los que ven bien.

—No lo creo, Doroteo, somos unos emisarios del rey-emperador que atravesarán territorios que están todos bajo su patronazgo y que dependen de él para su defensa. No se atreverán a nada sino a prestarnos toda clase de ayuda y sumisión. ¡Ya lo veréis! Entiendo que atravesaremos Toledo.

—Cierto —dijo don Alvito—, Doroteo no sabe aún el camino que hemos de seguir, pero por un trecho atravesaremos el reino de Toledo. Don Fernando ha mandado emisarios a todos los lugares por los que habremos de pasar. Nos esperan con fuerzas locales para velar por nuestra seguridad cuando pasemos de un reino a otro y a la vuelta para escoltarnos hacia casa. Donde nos abandonen unos nos esperarán otros, hasta nuestro regreso.

Pronto partimos a cumplir con el encargo del rey-emperador. Los reyes nos despidieron poniéndonos bajo la protección de Munio Munion Can y de sus hombres. Como enviados de los reyes-emperadores íbamos con carta franca no sólo de nuestros soberanos sino de todos los reyes moros. La comitiva que se había organizado para traer los cuerpos de las Santas Justa y Rufina no carecía de nada. Era lujosa y poderosa como no se había visto otra igual por muchos, muchos años. Toda la riqueza de los reinos parecía no ser suficiente para dar el necesario lustre y boato a los que habían de traer las reliquias. Por otro lado era una manera de hacer saber a los moros qué clase de reinos eran los de Castilla y León. Vista la fuerza que acompañaba a una misión piadosa, ¿qué podían esperar si ésta fuese una misión guerrera?

Sin duda Munio Munion Can era el guerrero de más categoría entre los que allí marchaban en perfecta y cerrada formación, pero aparte de él, los adalides más importantes eran los abades y obispos. Aunque por ser personas pacíficas y pías no montaban sino en blancas hacaneas, llevaban junto a sí, en un alarde de riqueza y poder, un caballo de batalla y un palafrén. En éste iba el equipo completo de un guerrero, advirtiendo con eso que si se terciaba ellos también podían y lucharían. De todos modos, por lo que pudiese suceder, y sólo por si nos atacaban bandidos o gente incontrolada, todos llevábamos debajo de nuestros elegantes y hermosos trajes unas cotas de malla de fino trabajo germano, tejido en metal con armellas pequeñas, fuertes y flexibles.

Como los moros gustan y aprecian y hasta calibran a las personas por su lujo y el colorido de sus vestiduras, se nos proporcionó, a expensas de los reyes, trajes de muchas clases y colores, todo en los mejores tejidos, bordados o recamados, para todas las ocasiones así de viaje como de ceremonia. El tren de nuestros vestidos y equipo era tan impresionante como el de una princesa que va a casarse. También las tiendas de campaña eran de lo mejor. Las había para la lluvia, para el viento, para el sol y el calor y para el frío, por si acaso habíamos de volver en invierno.

Yo llevé los dos caballos que me había regalado el rey de Navarra, pero de parte de los de Castilla también fui dotado de caballería. Don Alvito y Yusuf ben Yusuf montaban a unos descendientes de los hijos de *Pelagiolo*, caballo como no ha habido otro igual.

—¿Recordáis, Doroteo, cuánto le gustó el caballo *Pelagiolo II*, a aquel bárbaro conde franco? —preguntó don Alvito mientras montaba en el suyo.

—Lo recuerdo bien, don Alvito, y cómo os lo ganasteis a nuestra amistad dejándoselo para cría mientras estábamos con los monjes de Cluny. Gracias a eso nos escoltó el camino de regreso a Spania... —Rememorábamos nuestras aventuras juveniles y al tiempo se las contábamos al príncipe Yusuf, que gozaba grandemente de nuestra charla. Don Alvito era el único obispo que no había renunciado a montar a caballo—. Soy viejo —dijo— y puedo morir en cualquier momento. A Dios no le importará que monte un animal digno y orgulloso, aunque sea por última vez. —Nosotros tres montábamos a la moda árabe con estribos y silla corta. Todo ello nos facilitaba la vida e íbamos mucho más cómodos que los que habían adoptado la silla de altos borrenes. Pero ellos también iban de gran lujo pues al ser sillas de paseo, no de guerra, estaban adornadas con incrustaciones de colores y con plata y cuando se podía, adornadas de campanillas diminutas y ristras de perlas cosidas a las bridas. No obstante, también se llevaban, bien visibles, sillas de guerra, recias y protegidas.

A más de los abades Íñigo de Oña, García de Arlanza, Sisebuto de Cardeña, Domingo de Silos y Fagildo de Antealtares, marchaban con nosotros no menos de doscientos monjes con sus trajes de ceremonia. Monjes guerreros, se sobreentiende, pues si rezaban con devoción sus Horas, con no menos agrado habrían empuñado las armas si se hubiese presentado la ocasión. Los guerreros del rey eran al menos cuatrocientos y los sirvientes, innumerables. A todos los ojos éramos una fuerza formidable desperdiciada en una misión piadosa. Tal era el poder de los cristianos, el del rey-emperador don Fernando Sánchez de Castilla-León, que podía darse el lujo de enviar tal embajada. Monjes y caballeros y aun los sirvientes, recios mozos, ceñían espadas cortas y puñales al cinto. Difícil era que se atreviesen con nosotros, como no fuese en una bien preparada emboscada.

No íbamos con prisa. Siguiendo las indicaciones del rey nos mostrábamos en todas partes sin intentar, aunque ello no hubiese sido posible, ocultar nuestra presencia. Cuando llegamos a la frontera recordé las otras oportunidades en que hube de atravesarla escondido, temeroso y haciéndome invisible; ahora, por el contrario, nos mostrábamos a la luz como un poder casi invencible, lujoso y tranquilo. No bien hubimos entrado en el *tugur* de Toledo, cuando en el primer altozano vimos no lejos un grupo multicolor que visiblemente nos esperaba. Deseamos que fuesen una fuerza pacífica pues eran tantos que a pesar de ser nosotros un grupo numeroso, en caso de ser un ejército con intenciones agresivas, nos hubiésemos visto en un brete. No era así afortunadamente; enseguida, tan pronto nos hicimos visibles levantaron ellos sus escudos y sus armas y con un gran griterío nos vitorearon. Naturalmente no nos creímos que era porque nos amaban, sino más bien que ésas eran las órdenes recibidas de su señor moro. Desde la distancia que nos separaba apreciamos que el grupo iba vestido con todo lujo, tanto es así que sus colores nos deslumbraban y sus armas chispeaban heridas por el sol. Seguramente sabían de nuestro buen aspecto y no querían ser menos.

De todos modos, siguiendo la costumbre, nos detuvimos y cortésmente enviamos a un emisario a saludar al capitán o príncipe moro que condujese esas tropas, y como eran los dueños del territorio, les hicimos saber que pedíamos permiso para atravesar su tierra, haciendo patente que teníamos carta franca del rey de Toledo: Yahya ben Ismail ben Yahya, más conocido como Al-Mamún. Como era el primer encuentro que teníamos con los moros en nuestro viaje, no quiso nuestro capitán arriesgar la vida de nadie y más aún, deseando honrar al ejército que nos había salido al encuentro, el mismísimo Munio Munion Can, acompañado solamente de un doncel y de un escribiente, se adelantó a saludar a los recién hallados. Anunciando que nuestro capitán era el embajador elegido, resonaron las trompas y bocinas, alzó el conde don Munio el pendón del rey de Castilla para anunciar que venía en su nombre y representación y sin más se dirigió al encuentro del grupo moro. Se encontraron a medio camino nuestro don Munio y el moro que representaba a Al-Mamún. No sé qué se dijeron, no pudo ser mucho pues los saludos fueron breves y enseguida nos hicieron señas de que nos acercásemos, lo que hicimos con alguna curiosidad.

El príncipe Yusuf ben Yusuf, como ya he dicho antes, iba con nosotros. Montaba un hermoso caballo y para mi sorpresa iba vestido a la moda de Bagdad: gregüescos verdes y túnica flotante de color de la canela con bordados ricos y pesados de oro y plata, turbante verde, como los gregüescos, con broche de perlas y brillantes que sostenía una especie de racimo de plumas de exótica avestruz. Tanto los gregüescos como el turbante tenían finas listas carmesíes. Haciéndose eco de ese color, llevaba al cuello un collar de rubíes. No sé de dónde sacó tanta riqueza y lujo mi amigo Ben Yusuf, pues desde que vivía en tierra de cristianos su modo de vida había sido el de los monjes de Sahagún, un modo austero y casi pobre. Vestía, siempre que lo vi, como los monjes: túnica de sarga y cordón en lugar de cinturón, sandalias de cuero crudo en lugar de zapatos y nunca, en el monasterio, usó de joyas, anillos, collares o broches. Intenté sutilmente enterarme de dónde había salido tanta riqueza pero tanto él como don Alvito se rieron amablemente de mí y no consintieron en satisfacer mi curiosidad.

—Doroteo, ya veréis cómo esto paga bien lo que costó. Conozco a mi gente y un buen traje y modales refinados abren más puertas que la exhibición de la fuerza, si no lo han muerto a uno antes.

Nos juntamos ambos ejércitos y durante la travesía del reino de Toledo nos acompañaron en todo momento. Ellos nos abrían camino y nos llevaban por los senderos y trochas más convenientes para nosotros. Torcieron un tanto el gesto cuando les comunicamos que, como cortesía del rey para con sus otros vasallos islamitas, debíamos desviarnos un tanto del mejor camino y atravesar, siquiera en parte, el reino de Badajoz.

No debo dejar de consignar, como cosa notable, que el rey Yahya, como máxima prueba de respeto, nos envió un destacamento de su guardia personal: a los temidos Silenciosos, los *Jurs*. Así, durante todo el tiempo en que estuvimos en Toledo, «disfrutamos» de su presencia. Nos rodeaban como para aislarnos de algún peligro sólo conocido por ellos y no nos dejaban ni a sol ni a sombra. Inclusive se sentaban a nuestro lado mientras dormíamos con el alfanje descansando entre sus piernas, desnudo y brillante, como si lo fuesen a usar de un momento a otro. ¿Dormían alguna vez los Silenciosos? No llegué a saberlo. Nunca lo vi, quizá lo hacían mientras iban a caballo, sin cerrar los ojos.

Años atrás, uno de los mudos había prestado homenaje a mi amigo Yusuf ben Yusuf, y él, en agradecimiento, le había permitido besar su mano. Ahora este mismo negro, gigantesco, venía a la cabeza de los que nos habían destacado. No traía a su traductor de antaño. Quizá se había muerto ya. No obstante, en cuanto llegó hasta nosotros buscó con los ojos y cuando vio al príncipe moro sobre su caballo, nos indicó por señas que deseaba acercarse a él y que se lo comunicásemos, cosa que hicimos.

—Príncipe, uno de los Silenciosos desea acercarse a vos.

—¿Lleva una pulsera ancha, con piedras verdes en su muñeca izquierda?

—Sí, don Yusuf.

—Entonces es el Gran Silencioso, decidle que venga. Él os oye, no lo olvidéis, no puede hablar porque no tiene lengua, por lo demás oye y entiende y puede ser tan inteligente como el que más, y seguramente lo será, no se llega en balde a esa posición.

Se acercó el Silencioso al príncipe, y descabalgando de su animal, se acercó andando. Como sabía que Yusuf ben Yusuf era ciego, hacía un cierto ruido para indicarle su presencia. Cuando llegó hasta él, tomó la mano de Yusuf ben Yusuf y se la colocó sobre su cabeza. Acto seguido besó el zapato del príncipe.

Yusuf ben Yusuf se dirigió al Silencioso.

—Gran Silencioso, os agradezco este saludo. Es la voluntad de Alá el Misericordioso que no tenga ojos para veros, pero con los ojos de mi alma os veo. —Se quitó uno de los ricos anillos que usaba y se lo entregó diciendo—: Como voy de viaje no tengo nada de mucho valor, pero en recuerdo del príncipe Hudail ben Muhammad ibn Sumadih ibn Almoatí, tomad esta pequeñez y usadla por mí. No os he olvidado desde la última vez que estuvimos juntos, veo con placer que estáis bien y que conserváis vuestro importante puesto. ¡Quiera Alá que sea por muchos años! —Con estas palabras dio por terminado el saludo y se dirigió a otro lado como si el Silencioso ya no existiera. Pero el hombre se arrodilló en el polvo y tocó por tres veces el suelo con la frente mientras el príncipe se alejaba.

El hombre humilde, el estudioso de los libros, el amigo de don Alvito, aquel a quien llamé «el amigo de Talavera», era sin duda un gran príncipe entre los islamitas. Era su misma importancia la que le había buscado la ruina, la ceguera y casi la muerte. No quiso ser el rey de Almería, pero aun a pesar del tiempo transcurrido uno de los Silenciosos, los hombres más fieles a la nobleza mora, besaba el polvo por donde pisaba su caballo, y aunque hacía años, muchos años, que lo vio partir casi como un fugitivo, bajo la protección de un humilde Contador de Cuentos, todavía lo recordaba. Entonces le había dado a besar su mano, en señal de honor, hoy le había dado un anillo que tocaba su cuerpo. El Silencioso sentía que podía morir en paz; Hudail ben Muhammad ibn Sumadih ibn Almoatí era un descendiente del Profeta. Su presente era una reliquia.

Cuando llegamos a la raya de Badajoz, nos despidieron los de Toledo, pero nos aseguraron que nos esperarían hasta nuestro regreso. Pondrían, nos dijeron, mensajeros en todos los lugares de paso, para que nos sintiésemos libres de volver por donde quisiéramos, y cuando penetrásemos de nuevo su frontera, se acercarían a nosotros para darnos guardia hasta el límite con los cristianos.

No sé qué idea de lo que es una caravana que se dirige a buscar unas reliquias tenían los de Badajoz, o quizá lo hicieran aposta para fastidiarnos un poco, por lo menos a los monjes, pues sus enviados, si bien eran aún más lujosos que los anteriores, no puede decirse que en un apuro nos hubiesen servido de gran cosa ya que eran mayormente poetas, danzarines, músicos, recitadores, echadores de cartas, magos, cantantes, domadores de serpientes, amaestradores de pájaros, eunucos, pajes, enanos, jorobados y otros seres no menos raros y disformes, considerados entonces como maravillas por su extrañeza. En todo caso podría pensarse que era como la corte de un rey algo decadente a quien había que entretener como a una princesa aburrida. También había algunos guerreros, pero eran un pequeño grupo que casi no se hablaba con nosotros, nos daban escolta en silencio, displicentemente. Luego nos enteramos de que los verdaderos vigilantes de nuestra integridad iban no lejos de nosotros sin hacerse ver, pero fuertemente armados.

En el más puro estilo esclavo, servían sin ser vistos ni molestar al convidado. Los de Badajoz nos hicieron saber que su rey, de la Casa de los Banu al-Aftas, de nombre Muhammad ben Abdallah, más conocido como Al-Muzaffar, se sentía muy honrado de que unos enviados del rey-emperador, su señor, atravesasen sus tierras en son de paz. En prueba de su aprecio nos enviaba un presente. Lo tomó don Alvito de sus manos; sin abrirlo, agradeció su gentileza. Ya sabíamos que el de Badajoz tenía por costumbre agasajar a sus invitados con ricos presentes, así que habíamos traído desde León alguna cosa para corresponderle. Era conocido su gusto por la música, así que se le trajo un libro ricamente decorado con música y canciones de regiones leonesas, canciones en las que se hablaba de tierras moras y amores o amoríos entre cristianos y moras, o entre moros y cristianas, que de todo había. Era un regalo gentil y que no tenía precio pues no se vendía ni se compraba ni podía ser adquirido por nadie ya que se recopiló especialmente para él.

Aunque he de reconocer que hicieron todo lo que estaba en su mano para distraernos y para que el viaje nos fuese ameno, también debo confesar que fue muy cargante tener a todas horas gente que nos cantaba, nos recitaba y hacía mil y una monadas para que no tuviésemos ocasión de estar tranquilos. El rey, para mejor complacernos, además había mandado a un equipo de cocineros y reposteros de todas clases que nos agobiaban con sus platos delicados y condimentados. No podíamos rechazarlos porque en cualquier sitio al que llegábamos para acampar ya estaban allí los de la comida con las viandas listas. Cuando nos despedimos de ellos en la raya de Al-Andalus, nos presentaron muy cortésmente una serie de paquetes que contenían dulces y caramelos y golosinas para el viaje. Hicimos acopio de polvorones, garrapiñados, pastelillos de miel y canela y cosas dulces y pegajosas envueltas en azúcar molida, semillas de sésamo u hojas de parra.

Por fin llegamos a la tercera y última etapa del viaje. No bien cruzamos el Arroyo Guijarro, que era la línea oficial que marcaba los límites entre uno y otro reino, como venía a ser costumbre, ya encontramos a la última embajada que nos esperaba. Un destacamento de moros vestidos con trajes de listas verdes y amarillas fueron los primeros en recibirnos. Como signo distintivo todos usaban en la cabeza, no turbante, sino el fez, sombrero cónico de color rojo y con un gran borlón colgando. Era ésta una moda extranjera y algo exótica importada de Turquía. Uno de los recién llegados, quizás el de mayor categoría, a juzgar por sus joyas y collares, nos deseó paz y felicidad. En nuestro honor se soltaron mil pajarillos de unas jaulas de mimbre dorado que habían traído hasta el lugar. Tan pronto se abrieron las puertas de la dorada prisión, las aves se arremolinaron a la salida buscando la libertad todas a la vez, piando y gorjeando a porfía. No fue un espectáculo desagradable y el vuelo de las aves nos distrajo durante unos minutos, hasta que la última se perdió en la lejanía. El embajador dijo llamarse Adbalá y nos manifestó que estaba a nuestra disposición. Su señor, el Gran Eunuco, le había encarecido que nos llevase con celeridad, pero sin forzarnos, hasta donde él se encontraba, no muy lejos de allí, en un lugar ameno y sombreado en donde, dijo el embajador, podríamos descansar, pues el Gran Eunuco, Al-Hurr, colegía que estaríamos ya cansados de nuestro largo viaje.

Don Alvito agradeció al moro Abdalá su atención y le aseguró que no estábamos demasiado cansados y que deseábamos cuanto antes ver al *fatá* Gran Señor de los Eunucos, Brazo del Poder y ayudante del rey de Sevilla. Como éstos eran los títulos que ostentaba Al-Hurr, su embajador se manifestó muy complacido de que se supiese entre los cristianos el nombre apropiado de su señor. Durante el viaje, don Alvito había manifestado una resistencia impropia de un anciano. Cabalgatas de sol a sol, comidas realizadas entre nubes de tábanos, a veces a caballo, y a pesar de ser una comitiva pacífica y lujosa, nos castigó no sólo lo quebrado del camino, sino el viento ardiente que nos robaba la humedad hasta de la lengua, el polvo que nos cegaba y enrojecía los ojos, el rocío de la noche que humedecía nuestros cobertores, las hormigas y los mosquitos que se cebaban en nosotros como si fuésemos un impensado festín. A todo esto había hecho frente el anciano don Alvito como si aún fuese el mozo que de joven había atravesado muchas veces tierras inhóspitas al servicio del Señor Jesús y de sus ovejas. En cuanto al Príncipe Ciego, Yusuf ben Yusuf, como se hacía llamar de ordinario, inclusive parecía que el viaje le había sentado bien. Estaba más delgado y ello había afilado sus facciones dándole un aspecto renovadamente juvenil. Quemado por el sol, había recobrado el hermoso color cobrizo propio de la gente de su tierra. Vestido de moro, como viajaba, ahora se veía con nitidez que era un noble señor, hijo del Profeta. Me pregunté si al fin regresaría con nosotros o si optaría por quedarse en su tierra. Ciego o no, él pertenecía a esta civilización y no a la cristiana.

Por fin, después de cabalgar hasta la puesta del sol, llegamos a un bosquecillo. Enseguida nos salió a recibir un grupo de moritos y moritas con refrescos de limón y frutas frescas. Agradecimos el detalle pues aunque bebíamos agua, el sabor ácido de los refrescos nos atenuaba la sed mejor que el agua sola.

—Mi señor don Munio Munion Can, don Alvito y el resto de la noble compañía, de parte del Gran Eunuco, haced el favor de seguirnos. No hace falta que planteis tiendas, mi señor ha levantado ya el campamento para todos, guerreros inclusive. —Tal dijo un jovencísimo doncel que parecía ser el que llevaba la voz cantante entre los niños que nos recibieron. Le seguimos agradecidos de no tener que poner nuestras tiendas pues aunque estábamos acostumbrados, nos ahorraba un trabajo y en verdad hacía mucho calor.

El Gran Eunuco había preparado una especie de ciudad de tela y madera. No faltaban alojamientos ni aun para la nutrida escolta guerrera. Las tiendas estaban todas colocadas a la sombra y lujosamente guarnecidas de sedas y pinturas, pues aunque su religión les prohíbe el representar seres vivos, son maestros en combinar las figuras geométricas haciendo intrincados enlaces entre ellas. Nos cautivaron y admiraron las combinaciones de estrellas de muchas puntas que encajaban unas con otras con maravillosa precisión. Los hombres estaban alojados en tiendas o edificaciones, suficientes cada una para veinte personas, perfectamente alineadas unas enfrente de otras. Supe quién lo había diseñado, no tenía una mentalidad mora, sino más bien romana pues en el «castro» se apreciaba el *cardus* y el *decumanus* en armonioso y rígido orden.

Nuestras tiendas eran otra cosa, lujosas, grandes y ventiladas, aprovechando el sentido del débil viento para lograr un frescor añadido al de la sombra, constaba cada una de dos partes: una que era el dormitorio propiamente dicho y otra que tenía diván, mesitas y cojines, que colegí era como una especie de salón para descansar charlando o comer en solitario. Además, en un rincón, velado por telas de colores, se veía una tinaja y útiles para el baño. Ello terminó por maravillarme. Tales lujos en medio de la nada, en una ciudadela de tela y madera, era como de cuentos orientales, en donde suceden cosas inverosímiles. Pero no era cuento alguno, tan pronto como entramos en nuestras tiendas, los moritos y moritas que nos habían recibido se afanaron en llenar las tinajas con agua tibia y perfumada con esencia de rosas. Nos dejaron unas pastillas de aquello que ellos llaman jabón, que es una sustancia de consistencia pastosa pero que frotado en el cuerpo tiene la cualidad de limpiarlo y suavizarlo. Insistieron los jovencitos y jovencitas en darnos masaje y lavarnos las espaldas y los cabellos. Yo, de mi estancia en Talavera, tenía conocimiento de estas costumbres y les dejé hacer, sintiéndome casi adormecer de placer. Luego nos trajeron babuchas finas y albornoces ligeros; sin embargo, nos advirtieron que si lo deseábamos, también tenían vestidos a la guisa de los cristianos.

En cada tienda se sirvió una ligera colación y se dejó a los invitados, que así nos llamaban, para que descansasen un rato. El Gran Eunuco se honraría en cenar con todos nosotros en un plazo de dos horas. Cuando ya no apretase tanto el calor. Podíamos asistir con atuendos a la moda mora o a la cristiana. Con reverencias y zalemas, los jóvenes salieron de las estancias y nos dejaron solos; al dejar caer las telas que cerraban las entradas de las tiendas, ni un solo ruido nos molestó. Sólo se escuchaba fuera el perezoso volar de los moscones y abejorros. Cansado y aflojado el cuerpo por el baño y el masaje, caí dormido. Soñé que Julita y yo dormíamos en esa tienda juntos y felices.

Cuando me desperté no sentí dolor, el sueño había sido tan placentero que era como si hubiese sido verdad. Mientras me vestía para asistir a la cena con Al-Hurr, me pregunté si Julita viviría aún, si sería ya demasiado tarde para nosotros dos. De pronto tuve un pensamiento: ¿por qué no iba a buscarla a Toledo? Pero sabía que era un pensamiento vano. Debía ya de hacer veinte años que la había perdido. Una voz me sacó de mis divagaciones:

—¡Maese Doroteo, maestro! —Alguien me llamaba desde afuera. Me había vestido como siempre me había gustado: túnica blanca, manto blanco y por hacer honor a la coquetería de los moros, un cintillo blanco al pelo para mejor sujetar mis rizos de color cobre. Bueno, que fueron de cobre, pues hoy ya tenían hartas hebras de plata. Vi con sorpresa que, sin pensarlo conscientemente, me había calzado aquellos «zapatines de León» que La Bermeja me había enviado con Santiago, hacía muchos años. Siempre tuve intención de deshacerme de ellos, pero nunca lo hice, y cuando dejé Navarra para acompañar a don Alvito en este viaje, los llevé conmigo, como un recuerdo, una hoja seca entre las hojas de un libro. Vi ahora que no hacían juego con lo que llevaba, pero no me los quité, por primera vez en muchos años podía tocarlos sin sentir rabia y desesperación. Al contrario, me sentí bien con ellos y muy cómodo.

—¡Maese Doroteo, maestro! —La voz insistió.

—Entrad, ya estoy preparado. —No sabía quién era, la voz era queda y educada.

—Maestro —dijo un obsequioso sirviente desde la puerta—, mi señor Al-Hurr me envía a que os pregunte si queréis tomar un refresco granizado con él antes de que vengan los otros cristianos.

—¿Me espera ya?

—Sí, maestro.

—Vamos, pues. —Salimos y me pregunté cómo sería el Gran Eunuco. Nunca había visto un eunuco como yo, de categoría, ni tuve ocasión de hablar con ninguno de ellos. Sabía que eran altos personajes, poderosos, como hubiese sido yo si hubiese terminado en la morería en lugar de vivir entre los cristianos. Aunque a decir verdad, también yo había sido importante en la Spania de Sancho el Mayor, y en la de sus hijos. No me podía quejar, mi destino había sido de cercanía a las fuentes de poder y de la realeza, había sido amigo y consejero de reyes y príncipes, más aún: hermano adoptivo de todos los reyes cristianos. Aun así... Por su parte, Al-Hurr era muy famoso como hombre sabio y estudioso, recordé la carta que me había enviado convidándome a venir a Sevilla e inclusive a vivir allí, con ofertas tentadoras para alguien que como yo, amaba los libros y el conocimiento. ¿Se sentiría decepcionado al verme en persona? ¿Me decepcionaría él?

En unos cuantos pasos nos encontramos a la puerta de la tienda del Gran Eunuco.

—¡*Fatá* —llamó desde fuera el sirviente—, *fatá*, ya estamos aquí! —Al punto salió de dentro de la tienda, que por cierto era idéntica a las que nos habían asignado a los cristianos, salió, decía, un hombre joven, de aventajada estatura, fuerte de complexión, aunque mis ojos, que conocían los músculos que se logran con el ejercicio guerrero, detectaron que era una fortaleza natural, no producto de ejercicio ni de la dureza de la vida en el exterior y la guerra. Era un hombre de una edad que rondaría entre los treinta años y treinta y cinco, vestido elegantemente, sin ostentación. Llevaba una sola joya sosteniendo el manto en su sitio, pero la tal joya valía un reino. Era del tamaño de la palma de la mano de una joven, toda ella con piedras preciosas entre las que vi diamantes, rubíes y esmeraldas. La túnica del *fatá* era de rayas verdes y azules, copiando los tonos del pavo real y su manto azul noche. Aunque tal descripción os pueda parecer de una riqueza inigualable, os aseguro que la variedad de lujo y riqueza, en Al-Andalus, es casi infinita. Este atuendo era muy moderado.

Nunca me ha gustado el vestir abigarrado, ni aun en los tiempos en que tuve a mi disposición todas las riquezas, todos los tejidos y pieles y todos los artesanos que me hubiesen podido cubrir como a un príncipe. Me alegré de ir vestido casi como un senador romano. El blanco, ese color puro y desolado, era el que me gustaba y, creo, el que mejor me sentaba. Por el viaje tenía la piel morena y los músculos duros. Mi cuerpo, ya no tan joven como el del *fatá*, resistía bien la comparación, y me alegré. Me sorprendió que el Gran Eunuco, pues adiviné que era él, llevase la cabeza rapada de tal manera que el cráneo le brillaba sin asomo alguno de pelo. Pero vi que no era calvo, si no que llevaba la cabeza cuidadosamente afeitada. Su rostro era algo chato y sus labios quizás algo gruesos, pero no dejaban de ser agradables a la vista. Me pareció que sus ojos me miraban con curiosidad y que eran del color de la miel. Fijándose mucho, podríamos decir que en conjunto, aunque muy elegante y lleno de dignidad, era algo fofo. Comparado con él yo era más enteco y mi vestido, severo. Me alegré del contraste y creo que mi severidad le hizo sentirse algo incómodo a pesar de su aparente sencillez. Me hizo un gesto de bienvenida y se inclinó profundamente tres veces:

—Seáis bienvenido, maestro. ¡Hace mucho que suspiraba por veros! Me habló en romance puro y bien timbrado. Adiviné que él también había pasado por una Escuela de Esclavos, como yo. Es allí en donde desde niños se enseñan a hablar los idiomas sin asomo de acento extranjero. Por hacerle cortesía, le contesté en el mismo idioma, dejando para luego hacerle ver cuán hermoso era mi árabe clásico.

—Por la gracia de Alá el Misericordioso, nos hemos podido encontrar, mi *fatá* Al-Hurr, Brazo del Poder, alto señor de Al-Andalus —contesté cortésmente.

—Me cohíbe tal tratamiento viniendo de un maestro, maese Doroteo, para vos sólo Al-Hurr.

—Entonces, poderoso señor, apeadme también el tratamiento, ganaremos tiempo si me llamáis sólo Doroteo, vuestro amigo. Ni maese, ni maestro.

—Pero, maestro —dijo él dubitativo—, en mis pensamientos, y siempre que hablé de vos, os he llamado maestro, se me haría extraño llamaros de otra manera. —Me sentí halagado de que este hombre joven, rico, instruido y poderoso no supiera, o quisiera, llamarme por mi nombre.

—Haced entonces como gustéis y os sea más cómodo, ya sabéis que tenéis licencia para llamarme como a un amigo. —Entramos en la tienda y detecté un tenue olor a jazmín. En una esquina, de pie, estaba un servidor con una bandeja en la mano. En ella se veían unos vasos de cristal llenos de nieve. A su lado, una jícara de plata que debía contener algo frío, pues por su superficie se deslizaban unas gotas que se condensaban por el calor de la tarde. Un platillo contenía azúcar en polvo, una golosina muy preciada entre los cristianos. Hizo mi anfitrión una señal casi imperceptible al sirviente y al instante se acercó a nosotros que ya tomábamos asiento en los bajos cojines dispuestos al efecto sobre las alfombras de Esmirna y Damasco. Escanció algo como zumo de limón sobre la nieve contenida en los vasos y nos ofreció el platillo con azúcar.

—A mí me gusta con mucho azúcar —dijo sirviéndosela con una pequeña coclea sobre la nieve. A continuación lo agitó con un cifo—. Probad con un poco e id añadiéndola según vuestro gusto. Ya sabéis que el limón es muy ácido, pero muy refrescante para estas tierras mordidas por el sol —comentó amablemente—, sin endulzarlo no hay quien se lo pueda beber. ¡Esperad! —dijo repentinamente. De una pequeña maceta arrancó unas hojitas verdes y puso una en cada vaso—. Así está más hermoso. No se comen pero adornan tanto. Es yerbabuena, la usamos mucho, nos gusta su perfume cuando hace calor y, además, nos hace el favor de espantar la insolencia de las moscas. —Con la ayuda del cifo o cañita hueca, en este caso de cristal, empezamos a beber nuestros refrescos; en verdad estaban deliciosos. El sirviente se fue dejándonos solos. Con cierta curiosidad esperé a ver qué tenía que decirme el Gran Eunuco en éste nuestro primer encuentro.

—¿Recibisteis mi carta? —preguntó algo dubitativo Al-Hurr. Era una pregunta con una sola respuesta posible, ya que yo le había contestado.

—Sí, Al-Hurr. La recibí en su día y ella me complació en extremo. Os contesté. —Ahora me tocaba a mí hacer la misma pregunta inútil—. ¿Os llegó la mía? —Asintió él con la cabeza.

—Sí, maestro —sin notarlo volvía a darme tratamiento—, la recibí y me contristó mucho el no haber podido convenceros. Cuando el rey de los cristianos, el tirano Ferdinandus... perdón, Su Alteza don Fernando, puso por condición a mi amo para firmar unas paces, harto onerosas por otra parte, que se le devolviesen los cuerpos de las santas Justa y Rufina, yo deseé mucho que fueseis vos el encargado de conducir las negociaciones. Vuestro rey se adelantó a mis deseos.

Cuando don Fernando me encargó este cometido, ya me imaginé algo de esta guisa, inclusive antes de que el rey me lo confirmase. Ahora quizá llegaría a saber por qué el Gran Eunuco tenía esa ansia de conocerme. Él continuó:

—¿Os extrañó ser llamado?

—Sí y no, alto señor; digo, amigo Al-Hurr. He crecido y vivido con los poderosos y sé que cualquier cosa tiene una explicación.

—Ya os dije que deseaba que vinierais a Sevilla a estudiar conmigo. Que tenemos libros de todos los saberes.

—Sí, y os expliqué que por el momento no era posible...

—He ahí el quid de la cuestión. Entonces no era posible, estabais en Navarra con vuestro pupilo. Pero ahora ese pajaruelo es ya un águila con espolones. No os necesita para nada. Os he hecho venir, algo forzado, por ver si os convenzo.

—Tengo gran placer en conoceros, mas os digo que no tengo pensado terminar mis días en la morería...

—¡Quién piensa en eso! Sois aún joven. —«Aún» había dicho, «aún». Me sentí más viejo que nunca. Él se levantó de su asiento—. No es posible mostraros nuestros tesoros aquí, en medio del campo, aun así, para tentaros, he hecho transportar alguna cosa. —Se dirigió al fondo de la tienda y descorrió una cortina. Vi unos estantes de hermosa madera oscura, sólidos y bien trabajados, y en ellos, acomodados con primor, filas de libros y códices de varias clases. Cuadrifolios y rollos. Pliegos y librillos. De todo había. Me sentí maravillado. Tales tesoros no se transportan de un sitio para otro, su lugar está en edificios sólidos y bien construidos, a salvo del polvo y de la lluvia, de incendios y de la insolencia de la cruda luz del sol.

—¿Cómo habéis osado traer esto a un campamento? —pregunté sin poderme contener. Él se rió quedamente.

—Ya sabía que diríais algo semejante. Perdonad, maestro, sólo son copias, valiosas, pero copias.

—Copias y todo, merecen el mayor respeto. En cualquier lugar serán como un regalo caído del cielo.

—Escuchadme, buen Doroteo, no es lo mismo en Sevilla, Córdoba o Toledo, que en vuestros mezquinos reinos cristianos, y perdonad que os hable así. Nosotros recibimos constantemente libros de Oriente, regalos de los sultanes, de los reinos vencidos en Irán, o de amigos de la India y de las tierras que fueron antaño de Justiniano. De los griegos y de Bizancio. Obras originales, de saberes perdidos, obras de imaginación o de ciencias. Poesía o astrología, medicina o matemáticas. Tenemos en Sevilla un inmenso scriptorio en donde docenas y aun cientos de esclavos pasan su vida haciendo copias de los libros antiguos o de los nuevos. Nosotros, a su vez, enviamos éstas a reyes y poderes extranjeros que los aprecian grandemente. Ya veis, unos cuantos no significan nada para nuestra capacidad.

Me acerqué al estante y vi que, efectivamente, eran copias primorosas. Buenas copias, pero se veía que el papel y el becerro sobre el que estaban escritas era nuevo e inmaculado, sin manchas ni salpicaduras, sin picaduras ni roturas. No los habían atacado aún las voraces larvas que se comen los libros como si fuesen de manteca. Olvidé al buen Al-Hurr y tomé uno de los ejemplares, con curiosidad miré su nombre: *Prometeo encadenado*. Los recuerdos acudieron a mí como una súbita corriente, algo olvidado que se recuerda con violencia. Los caracteres griegos me hicieron recordar a don Arcángel, aquel monje de Cluny que me había leído el libro hacía ya toda una vida. Yo era joven y despreocupado, hermoso y atolondrado. Aventurero e inquieto. Había dejado a mi Julita sola en Navarra por correr una aventura, por conocer a los monjes de Cluny, y a la vuelta mi mundo se había destruido.

—¿Os pasa algo? —oí, lejana, la voz preocupada del Gran Eunuco. Negué con la cabeza.

—No, sólo recordaba.

—¿Recordabais este libro? ¿Acaso lo habéis visto alguna vez? No hace mucho que nos mandaron una copia de Bizancio... ¿También la enviaron a los cristianos?

—¡Oh, sí, Al-Hurr! A los Monjes Negros de Cluny. En tierras francas, hace ya veinte años.

—¿Y os acordáis de haberlo visto? Ya me dijeron que vuestra memoria era algo que Alá el Misericordioso sólo creó una vez...

—No sólo lo vi, un monje de nombre Arcángel me lo leyó para hacer un ejercicio de memoria. Lo escuché íntegro y me pareció que el poeta había cantado la historia de mi vida. Sentaos, amigo Al-Hurr, y dejadme recordar. —Él se sentó no sin antes hablar en voz baja con el guardián de la puerta.

Empecé recordar en voz alta:

—«Ya estamos en el postrer confín de la tierra, la región escita, en un yermo inaccesible, impórtate pues, Hefestos, cuidar las órdenes que te dio padre, amarrar a este alborotador del pueblo...» —Las palabras, frescas como si las acabase de leer, volvían a mí y me hacían la misma impresión que me hicieron la primera vez que las escuché. Afuera se mecían blandas las hojas en la calurosa tarde mientras yo recordaba palabra por palabra, una historia que sentía ser la mía—: «... sino que después de abrumado con males y tormentos infinitos, entonces escaparé de estas prisiones...». —Hasta el fin—: «¡Oh, deidad veneranda de mi madre!, ¡oh, éter, que haces girar la luz común para todos, viéndome estáis cuán sin justicia padezco!»

Cuando terminé de recitar mis recuerdos, sonaban fuera los sonidos del calor; los grillos y las chicharras cantaban a porfía. Cansadas y somnolientas se mecían las hojas y Al-Hurr, de rodillas junto a mí, me miraba embelesado. Ahora adiviné su secreto, pero él lo dijo sencillamente.

—Ya os amaba antes de oíros, Doroteo.

32

La Sevilla de Al-Mutádid. La bendita muerte de don Alvito y de cómo jamás encontramos a las Santas Justa y Rufina

> *Mas como fuesse mortal,*
> *metióle la Muerte luego*
> *en su fragua.*
>
> *Coplas a la Muerte de su padre,*
> JORGE MANRIQUE 1440-1479

El último tramo del viaje lo hicimos acompañados de un rico cortejo. Al-Hurr, prudentemente, no insistió ni manifestó ninguna pretensión, ni me agobió en modo alguno. Cuando teníamos tiempo hablábamos de saberes y filosofías y comprobé que el Gran Eunuco tenía talento suficiente como para ser un buen maestro para la madrasa. Siempre creeré que Al-Hurr hubiese sido mucho más feliz en la enseñanza que en el poder, pero los dioses disponen nuestros destinos sin preguntarnos si el que nos deparan es el que más nos conviene y si nos hace o no felices. De todos modos, para evitarnos a los dos situaciones incómodas, siempre que charlábamos por el camino, tenía yo cuidado de invitar con nosotros a don Alvito y a Yusuf ben Yusuf. Ambos ignoraban el enamoramiento del Gran Eunuco y disfrutaban enormemente de su charla culta y de sus atenciones. Pero yo sé que Al-Hurr se dio cuenta de mi maniobra para no estar a solas con él y a veces capté una mirada de dolor en sus ojos.

En pequeñas jornadas nos fuimos acercando a Sevilla, admirando por el camino los logros de los moros en lo que a la agricultura y el regadío se refiere. Por fin llegamos a la vista de la ciudad.

Como era lugar de gran actividad y muchos caminos confluían a ella, tenían varias puertas de entrada. Así se abrían al mundo exterior: la *Bab Maqarana*, conocida por los mozárabes como Puerta Macarena; la *Bab Qurtuba*, o Puerta de Córdoba; la *Bab Qarmuna* o puerta de Carmona; la *Bab Sharis* o Puerta de Jerez, y la *Bab Taryana* o Puerta Real. Ésas eran las principales. Hubo hace tiempo otras más pequeñas, hoy desaparecidas y cuyo nombre no ha pervivido.

En un altozano nos detuvimos para admirar la urbe que se avistaba en la lejanía. Desde donde nos encontrábamos, la medina y algunos de sus minaretes se reflejaban en el verdiazul de un anchuroso río. Largas filas de álamos se miraban también en la corriente ayudando a dar esas tonalidades verdes a las plácidas aguas del Guadalquivir. Era en verdad una ciudad de ensoñación. Como en un cuento, se nos antojó que era más grande y más hermosa que Samarkanda, más populosa que Bagdad, más interesante que Alejandría y más prometedora que la mismísima Jerusalén Celeste. Cuando nos acercamos a ella, y ya a la vista y sombra de sus murallas, nuestra escolta hizo sonar sus atambores y trompetas para que se supiese que los hombres de don Fernando, rey-emperador de los cristianos, acompañados por el señor Al-Hurr, Gran Eunuco y Brazo del Poder, estaba a las puertas de la ciudad. Desde las almenas de la muralla, asomaron los añafileros y contestaron con las metálicas voces al saludo de los nuestros. Yo había ya oído en hartas ocasiones soplar añafiles, pero nunca había visto a estos instrumentos, que son de madera y metal y que miden más de ocho varas, ser totalmente doradas. Luego constaté que la madera estaba cubierta de hojillas de finísimo oro como el que usamos para iluminar pergaminos y que a este arte lo llaman «estofar la madera».

Al sonido metálico y enérgico de los añafiles, se alzaron en todas las torres de defensa las insignias del Profeta: un pendón verde, con la leyenda «Alá es el más grande». Volvieron a sonar los añafiles y otro pendón, más chico esta vez, apareció con los colores del rey don Fernando: un pendón amarillo sin ningún otro distintivo. Al ver la señal del rey-emperador, nuestra comitiva descabalgó en señal de sumisión y respeto. Después de una breve conversación, decidimos entrar desmontados en la ciudad, mostrando así nuestra intención pacífica y como reconocimiento al rey de Sevilla: Abbad ben Abu-al-Qasim Muhammad ben Abbad, más conocido como Al-Mutádid, bajo cuya protección estábamos. Debo confesar que por un momento sentí que aunque nuestra comitiva era fuerte y con hombres aguerridos, de haberlo querido el rey moro, no habríamos sobrevivido más que unos instantes. Solamente en la muralla centelleaban miles de lanzas y cimitarras. No quise ni pensar las que habría detrás.

Entramos por la Puerta Macarena, atravesando antes el *ar-rrabal* de los marroquineros. La razón de que estos artesanos estuviesen fuera de la fortificación era que la curtiembre de los cueros y su tratamiento despedía olores pestíferos y los ciudadanos de Sevilla se negaban a albergar tales trabajos dentro de la medina. Para rendirnos honores y, creo yo, para amedrentarnos un poco, centenares y aun miles de guerreros eslavones y beréberes nos hicieron guardia de honor hasta nuestro alojamiento. Mientras atravesábamos la ciudad notamos que se habían cerrado todas las puertas y ventanas en nuestro camino, aunque sospecho que desde los pequeños y altos ventanucos y miradores provistos de celosías, miles de ojos inquisitivos nos escrutaban con curiosidad. Los guerreros vestían según su tribu, así había grupos ataviados con colores distintos, armas diferentes y tocados de cabeza muy diferenciados. Los había con calzones o con túnicas, con mantos y sin ellos, con plumas o diademas, con bonetes, turbantes o con el cónico sombrero llamado fez. Todos los colores del arco iris tenían su hermano en esta parada, además del oro, la plata y el auricalco. También el negro se usaba con abundancia, y el azul añil. Muchos hombres de aspecto fiero lo vestían de pies a cabeza tapándose inclusive la cara, al estilo de castas matronas, pero sus ojos feroces hacían que no se confundiesen nada más que con lo que eran: los temidos *tuaregs* u hombres de desierto, que me han dicho son habilidosos con la soga y el látigo y temibles estranguladores.

La ciudad se nos antojó mucho más grande de lo que desde la distancia habíamos apreciado. Las calles, siguiendo la costumbre, eran estrechas y retorcidas con giros repentinos y cortadas de vez en cuando por murallas interiores, que en caso necesario se podían cerrar aislando unas zonas de otras. Los barrios se separaban de esa manera, lo mismo que las distintas poblaciones. Así, los mozárabes o cristianos estaban separados de los moros. Los judíos, en la aljama. Las distintas clases sociales: la *jassa* (nobleza), y la *umma* (pueblo), vivían en distintos cuarteles, y así sucesivamente. Pero eso no quiere decir que fuesen zonas estancas, por el contrario, parecía haber más puertas y puertecillas que calles y murallas, y la gente, con sus vestidos distintos y multicolores, se mezclaba en los callejones, las tiendas y los mesones. Las murallas interiores no tenían otro fin que desconcertar a posibles invasores de la ciudad, cerrándose, en caso de necesidad, por todas partes y actuando así como una trampa para los agresores.

Por fin llegamos al palacio que la cortesía real nos había asignado para que allí nos alojásemos durante nuestra estancia en Sevilla: se llamaba el palacio de *An-Naw-Rha*, es decir el de la Noria. Este nombre se debía a que hacía muchísimos años allí tuvo su emplazamiento una noria de riego. Luego se construyó un palacio para las damas de la corte que por ser ya de edad de respeto no se esperaba que rindiesen ningún servicio en el harem. Aunque también al parecer allí se «jubilaba» o retiraba a jóvenes díscolas que habían incurrido en el desagrado del rey. También se llevaban a ese lugar a las damas, que al cambiar de rey, no se consideraban atractivas o necesarias al nuevo soberano. En este palacio, al hacerse mayores, las señoras retiradas vegetaban en una vida inútil y sin horizontes hasta su muerte honorable. Solamente la princesa madre, madre del heredero, se libraba de este fin, especialmente la madre del hijo mayor. Ésa recibía el título de la Gran Dama: *Sayyida Kubra*, y al ser la madre del rey, por lo general seguía viviendo en palacio con su hijo, o en uno propio si lo deseaba. Al presente, nuestro *An-Naw-Rha*, ya no era el Palacio de Eterno Descanso, como le llamaba el pueblo (porque las esposas jubiladas salían sólo muertas de allí), sino un lugar de recreo por estar junto al río y contar con bellísimos jardines. Como veis, era un lugar con su propia historia.

Como deferencia se había escogido este alojamiento porque teníamos muy cerca el barrio mozárabe, en donde, pensaba el rey Al-Mutádid, tendríamos interés por visitar a los otros cristianos de Sevilla, sobre todo para pedirles que nos cedieran las reliquias de las santas Justa y Rufina. Por Al-Hurr supimos que imaginaba el soberano que los cristianos sabrían el sitio en que se escondían las preciadas reliquias que él, Al-Mutádid, había prometido a don Fernando. El soberano no tenía ni la más remota idea de dónde podían estar, ni nunca le habían interesado, y que si bien Al-Hurr sabía de estas santas, el rey de Sevilla nunca había oído hablar de ellas.

Durante dos días esperamos a ser convocados por Al-Mutádid. Supongo que se nos hizo esperar para que nos diésemos cuenta de nuestra pequeñez en comparación a su magnificencia y poder. A los dos días llegó una rica embajada del rey moro citándonos para el día siguiente. De todos modos nos sirvió ese lapso para poder descansar un poco de los rigores y fatigas del largo viaje, pues aunque acompañados por huestes moras que velaban por nuestra seguridad y comodidad, el viaje había sido una larga y polvorienta odisea.

Mientras tanto, Al-Hurr nos visitaba a todas horas, regalándonos con delicadezas y exquisiteces. Me parecía un gato rondando el plato de leche. Yo intuía que venía por verme, pero hice como que no lo notaba. Para nuestra tranquilidad, se permitió que los guerreros que nos acompañaban se alojasen cerca de nosotros. Así, se les dejó que levantasen tiendas en los mismos jardines del palacio que ocupábamos. Pusimos como vigilantes en las puertas de acceso a nuestros propios hombres, sin que los moros objetasen nada. Solamente los sirvientes domésticos eran proporcionados por la gente de Al-Hurr. Limpiadores, músicos, jardineros, peluqueros, manicuros, pedicuros, masajistas, servidores de todo orden, inclusive especialistas en el cuidado de los caballos, nos rodeaban a todas horas y fue preciso rogarle al Gran Eunuco que nos dispensase de parte del servicio, pues que tanto Munio Munion Can y los condes, como los obispos, monjes y otros hombres de Dios, eran duros y parcos y no necesitan de tanto mimo y tantas suavidades, tantas músicas y recitaciones, tantos perfumes y abanicos. Desaparecieron al punto los tañedores de cítaras, los artistas del crótalo, los danzarines, los cantantes, los masajistas y siervos de los baños, y lo que es mejor aún, los mancebos afeminados que constantemente nos rodeaban con ojos lánguidos «por si necesitábamos algo». También se nos hizo saber que había un hermoso, limpio y agradable «Harem de Cortesía» por si alguno de los condes deseaba visitarlo. Sé que se les hicieron ofertas similares a nuestros guerreros, los que acampaban en los jardines; no sé de su respuesta, aunque me la imagino.

El día de la entrevista con el soberano, vino Al-Hurr como honroso introductor de los cristianos a la presencia del Emir. En verdad Al-Mutádid no era Emir en modo alguno, pero por cortesía así lo llamaban. Deseábamos entrevistarnos cuanto antes con el rey moro pues hasta no haberlo visto no estábamos en libertad de visitar a nadie más, ni siquiera a los mozárabes de Sevilla, que ya estaban enterados de nuestra presencia y que nos habían hecho llegar su ferviente deseo de ver cristianos de Castilla y de León, y a tantos obispos y al santo don Alvito, cuya fama llenaba Spania toda.

—Vamos, altos señores —dijo el Gran Eunuco, que venía acompañado de toda una corte de servidores y acólitos—, mi señor Al-Mutádid os espera lleno de impaciencia. —A la puerta de nuestro palacio nos esperaba una guardia de honor, vestida con sus flotantes túnicas bordadas con letras de adorno que repetían suras del Corán. También vi a un destacamento de *Jurs*, los Silenciosos, negros nubios, como solían ser éstos en todas partes. Con nosotros iba Munio Munion Can, en representación de don Fernando, don Alvito y los obispos y abades, así como el Príncipe Ciego, a quien llamábamos Yusuf ben Yusuf.

Yo, Doroteo, también iba con los «Honrados y Señalados», es decir, los que iban a ser recibidos en audiencia por Al-Mutádid. Yo era Doroteo: la Voz. Sí, ése era allí mi título, la Voz de don Fernando, pues si bien Munio Munion Can le representaba como persona, yo, en cambio, hablaría por él.

—Vamos, altos señores. Vos, Doroteo, que sois el que primero hablará con el rey, debéis poneros inmediatamente detrás de mí. —Así lo hice y enseguida iniciamos la salida hacia el jardín, montamos en nuestros caballos enjaezados con primor por los moros y salimos rumbo a la entrevista. No debo dejar de consignar que los monjes y obispos, descansados, habían logrado recobrar su elegancia, lujo y prestancia. Las mitras, báculos y capas brillaban al sol como si fuesen de oro y plata; a decir verdad algunos lo eran.

Llegamos a un pequeño palacio, uno que sólo se utilizaba para recibir a parientes y amigos. Por expreso deseo del rey atravesamos los jardines entrando en ellos por la puerta principal: *Bal-al-Akuba*, o sea Puerta de las Cúpulas, nombre harto pretencioso pues lo debía a unas cupulillas que adornaban su dintel. He dicho «pequeño palacio» pues ésa era la descripción que nos había hecho del mismo nuestro amigo Al-Hurr, palacio que resultó ser uno con cientos de habitaciones a lo que pudimos ver mientras atravesábamos sus intrincados pasillos, corredores, patios y estancias. De vez en cuando detectábamos como unas sombras que nos observaban entre los macizos de flores o detrás de las columnas que abundaban por doquier. No supimos si eran hombres o mujeres, servidores u hombres de armas. Sólo les vimos moverse de vez en cuando, los adivinábamos como se adivina la presencia de un pájaro por el súbito temblor de las ramas.

Por fin llegamos a nuestro destino. Penetramos en un amplio y fresco salón y nos vimos súbitamente cegados por la penumbra. El sol, fuera de la estancia, era como de oro derretido y de momento la sombra se nos antojó espesa. Tuvimos que detenernos hasta que nuestros ojos pudieron acomodarse a ver de nuevo. Escuchamos un sonido suave, como unas campanillas lejanas, muy lejanas, con sones de cristal o de plata, o de ambos al tiempo. De golpe, pareció que luces impensadas se rompían contra las paredes, como si rayos y centellas mil pudiesen ser creados dentro de una habitación, y todo ello sin ruido, silenciosamente. Las luces y destellos corrían por la habitación, rompiéndose en reflejos sobre los azulejos verdes, dorados y rojos. Al fondo, sentado en un montón de cojines de seda y terciopelo, divisé al rey Abbad ben Abu-al-Qasim Muhammad ben Abbad, conocido como Al-Mutádid.

Nos miraba con sorna y algo de desprecio, supuse que creía que aún no podíamos verlo, y se divertía adivinando nuestro estupor. «Ya me pagarás esta pequeña burla», pensé para mis adentros, y seguí, fingiendo que no veía bien mi camino. Cuando estuvimos relativamente cerca, oí una voz cálida si bien fingida, que hablaba un maravilloso latín:

—Amigos de mi amigo, el rey-emperador don Fernando de Castilla y León, a quien el Señor Jesús bien guarde, sed bienvenidos a mi humilde morada.

Al-Hurr se inclinó hasta tocar el suelo con la frente y pidió permiso a su señor para hablar; concedido éste, nos presentó con gran ceremonia, de uno en uno:

—Y éste, Emir de los Creyentes, este que he dejado para mi última presentación es la Voz de don Fernando, pues aunque todos, por vuestra munificencia, podrán dirigiros la palabra, el único que habla en nombre del rey es Doroteo, amigo y casi hermano de todos los reyes cristianos, escribiente principal de la real cancillería de Navarra bajo el rey don García, de piadosa memoria, hombre de muchos saberes y muchas lenguas, de gran experiencia y sabiduría, y que además ha viajado por muchas tierras. —Todo esto dijo, muy pomposamente el Gran Eunuco. El Emir me miró con cierta curiosidad no exenta de displicencia. Vestía una túnica de brocado blanco y azul bordada con turquesas. Nos sorprendió a todos pues su vestido era de manufactura cristiana y enseguida entendimos que nos hacía gran honor al vestir así en su tierra. La capa con que se cubría era toda azul forrada de seda blanca y con pequeñas borlas en los bordes. Esto no se estila entre los cristianos y vimos que era una concesión que él mismo se había hecho para enriquecer la pieza. Lo que me había parecido una montaña de cojines era una alta tarima cubierta con una pieza de tela de plata, por encima y a los lados, desperdigados, estaban los cojines. Ahora que nuestros ojos se habían acostumbrado a la luz, vimos que junto a las paredes de la gran habitación había infinidad de personajes observando la escena, unos de pie y otros sentados con las piernas dobladas debajo del cuerpo, como hacía el rey. Luego me enteré de que eran parientes, visires, magistrados, ulemas, teólogos, secretarios y algún que otro poeta. Todos estaban espléndidamente vestidos y llevaban consigo a sus servidores que les abanicaban con una especie de hojas de palmera hechas de plumas o telas. Un suavísimo aroma y un frescor agradable flotaba en el salón. Los lugares que ocupaban los miembros de la corte, pues por tal la tomé, eran todos al estilo del de su señor, todos alhajados con alfombra y cojines y aun con pequeños muebles en donde reposaban cosas varias y exquisitas.

—Así que sois vos la Voz de don Fernando... —No sé si lo preguntó o lo afirmó. Esperé a que se expresase más claramente y me incliné en asentimiento. Seguramente esperaba una respuesta y se molestó por no recibirla—. ¿Sabéis hablar, buen Doroteo, o necesitáis traductor? —Era grosero a propósito, me hablaba como a uno de los esclavos, de los *Jurs*, los Silenciosos, que necesitan de intérprete.

—Oh, no, príncipe, por la gracia de Alá, sé hablar. Necesito de un intérprete tanto como vos. —Me incliné hasta el suelo como pide la cortesía cuando se habla con un príncipe, pero no lo toqué como se hace con un rey—. Y debo deciros, señor, que me honráis tratándome con tanta confianza, como lo haría mi padre confesor, pero para vos, prefiero ser maese Doroteo, la Voz del rey-emperador, don Fernando de Castilla y León y de doña Sancha, la emperatriz, su virtuosa esposa. Os traigo sus condiciones de paz y espero de vuestra benevolencia que estéis libre para escucharlas inmediatamente. —Un fuerte murmullo se extendió por el salón del trono; sin duda no esperaban tanta dureza de la Voz de don Fernando. Estaba seguro de que nunca nadie había osado hablar así a Al-Mutádid. Pero yo había sido educado para actuar en estos lugares y me encontraba como pez en el agua. En mi corazón agradecía al maestro de Pamplona, el viejo judío que me había bendecido como un hijo—. ¡Qué amable sois con nosotros, señor —continué con toda tranquilidad—, que enseguida nos habéis hecho ver la magnificencia del azogue!

—¿Qué sabéis del azogue... maese Doroteo? —preguntó, curioso, el rey de Sevilla. Debía de imaginarse que los cristianos éramos totalmente incultos y que nunca habíamos oído hablar de los trucos de los islamitas.

—No demasiado, príncipe. Es muy venenoso si se ingiere, es un metal frío y líquido al tiempo. Muy costoso de obtener, se escapa de entre los dedos, forma bolas y huye de quien quiere sujetarlo. Los vuestros pasados de gloriosa memoria ya intentaron impresionar a las visitas apaleando el azogue en un estanque y haciéndolo reflejarse en las paredes con espejos de plata pulida. ¿Dónde está el estanque del azogue? Señor, me agradaría mucho verlo... —El rey me miró con desconcierto, había calculado mal su posición y sólo había logrado ponerse en evidencia jugando con nosotros a juegos de niños. Se levantó de su asiento y dio dos palmadas.

—¡Fuera todo el mundo, me quedaré sólo con los visitantes y con algún sirviente que nos atienda, los demás fuera! Vos, Al-Hurr, quedaos, creo que sólo vos conocéis bien a nuestro amigo maese Doroteo, no deseo calcular mal otra vez. —Salieron todos andando hacia atrás—. ¡Qué molesta debe ser la etiqueta algunas veces! —bromeó el Emir, viendo cómo salían los cortesanos.

Cuando todos hubieron abandonado el salón, inclusive los parientes y guardianes, Al-Mutádid volvió a sentarse, esta vez con menos boato, simplemente sobre un cojín en el suelo de la sala. Nosotros le imitamos sentándonos a su alrededor, Al-Hurr se colocó junto a su amo.

—¡Bien, ahora que estamos solos, hablemos de nuestras cosas! —Tal dijo con voz desenfadada el rey de Sevilla—. ¿Qué es exactamente lo que desea de nos mi hermano don Fernando? —Me pareció una falta de respeto de parte del moro el que se refiriera al rey-emperador como «mi hermano». No estaríamos aquí si el tal «hermano» no le hubiese derrotado en toda línea en todas y cada una de las batallas que últimamente habían sostenido las huestes de uno y otro monarca. Al-Mutádid había perdido parte de su territorio a manos del de León-Castilla, debía darse por muy satisfecho con que don Fernando se contentase con cobrarle parias por la paz y tan sólo unas reliquias en lugar de otros regalos y preseas.

—Mi señor Al-Mutádid —dije yo—, nuestro rey ya ha hecho saber a vuestra alteza cuáles son sus condiciones. —Me miró él interrogante, como si no supiese de lo que le hablaba—. A cambio de la paz, que vos no podéis imponer —ahora me miró con fastidio, continué—, pagaréis parias. Los hijos de Suleymán ben Hud, reyes de Zaragoza y Lérida, reinos menos ricos y más pequeños que el vuestro, pagan mil monedas de oro. Vos bien podéis pagar mil doscientas cincuenta.

—¿Al año?

—¡Quia, mi señor, os burláis! Al mes.

—¡Pero eso es un equivalente a cuarenta libras romanas de oro! —Quiso aparecer escandalizado, pero yo sabía que él sabía que era un precio módico.

—Cierto, quizás un poco más de cuarenta libras, alteza. No es demasiado para un rey que sostiene casi mil concubinas y trescientas esposas. Cien palacios...

—No me hagáis recuento de mis gastos, que de ellos no puedo librarme. ¿Adónde mandaría a todas esas mujeres que me envían por cortesía de mis territorios? En cuanto a los palacios, no los hice construir yo, los he heredado. Ya estaban allí antes de que yo naciese...

—Si os falta dinero, señor, vended alguno. Quizá mi mismo señor don Fernando se aviniese a comprar uno o dos.

—Dejaos de bromas, maese Doroteo. Sean las mil doscientas cincuenta monedas. Pero para eso no ha enviado don Fernando a tal séquito. Sé que desea fervientemente los restos de unas santas. ¿Justa y Rufina?

—Justa y Rufina, mi señor.

—Habladme de ello. Nada sé de tal reliquia.

Pensé que lo mejor era dejar hablar a don Alvito, él también había tenido siempre el don de la elocuencia y era persona importante en nuestra embajada, así que le dije al rey:

—De cosas santas dejaremos que hable por el rey-emperador mi señor obispo de León y abad de Sahagún y de otros doscientos monasterios en tierras de cristianos, mi señor don Alvito, aquí presente.

Miró el rey a don Alvito y sintió su dignidad, así que con respeto le dijo:

—Ilustradme pues, Sabio Ulema de los Cristianos. —Tranquilamente, como quien está hablando de algo bien sabido por todos, así le dijo el ulema de los cristianos al rey Al-Mutádid:

—Alteza, nuestro rey y nosotros apreciamos más que todo el oro del mundo las reliquias de nuestros mártires. No hay en esta petición desdoro alguno para vosotros. No debieron su muerte y martirio estas mujeres a la crueldad de los vuestros pasados, sino que fueron víctimas de los romanos, quienes dominaron estas tierras antes que vos. Así que no veáis en esta petición una reconvención silenciosa para con vos o los vuestros. Fueron Justa y Rufina, durante cuatrocientos años, muy honradas por los cristianos de estas tierras y del resto de Spania, hasta que la llegada de Muza y los suyos hizo que, por temor a que fuesen destruidas, se ocultasen. Deseamos ahora recuperarlas para entronizarlas en un templo que don Fernando y doña Sancha están construyendo en León. Este templo será su sepultura y la de los reyes por venir.

Escuchaba el rey con gran atención, no sé si verdadera o fingida. A él no le costaba nada y era bueno que demostrase generosidad y magnanimidad.

—Santo obispo don Alvito, no tengo nada que objetar a que os llevéis esas reliquias que me pedís, pero ya os habrán informado de que desconozco totalmente su paradero. Quizá vuestros colegas cristianos de la mozarabía sepan daros mejor razón que yo. —Con cierto sentido del humor añadió—: Si los protocristianos deseaban que nosotros, los creyentes de Alá, no supiésemos en dónde se ocultaban, os juro que consiguieron su propósito.

—Nuestro señor, el Gran Eunuco aquí presente, el *fatá* Al-Hurr —dijo don Alvito— ya nos ha informado en vuestro nombre de ese particular. Una vez que hemos manifestado nuestro propósito y nuestra súplica, estaremos en libertad de hablar con nuestros hermanos mozárabes y hacer averiguaciones en cuanto al paradero de los cuerpos de las santas Justa y Rufina.

—Hacedlo, pues, Ulema de los Cristianos. Se lo prometí a don Fernando y mantendré mi palabra; es más, se os rendirá homenaje a la salida de nuestros reinos como si las reliquias que os lleváis fuesen las del mismísimo suegro de Mahoma. —Y con súbita generosidad añadió—: Cualquier otra reliquia que deseéis llevaros, si los vuestros consienten, pueden salir, por esta vez, del reino con mis bendiciones.

—Que Alá el Misericordioso os bendiga por vuestra generosidad y benevolencia, mi señor Al-Mutádid —dijo fervorosamente don Alvito.

—Y que el Señor Jesús bendiga asimismo vuestra piedad que os ha impulsado a venir tan lejos de vuestra tierra sin escatimar esfuerzos a pesar de vuestra edad —replicó cortésmente el rey.

—Una cosa más, mi señor. Una vez cada dos años un emisario del rey don Fernando vendrá a Sevilla por ver a los mozárabes. Si alguno desea volver con él, debe ser libre de hacerlo. —Lo pensó el rey, no pagaban gran capitación los mozárabes, así que perder alguno no le resultaba gravoso.

—Si se va alguno —contestó—, ¿estaría de acuerdo el rey don Fernando en que sus bienes raíces fuesen para el rey de Sevilla? —No era inusual la oferta. Si un súbdito moría sin sucesión, en todos los reinos, moros y cristianos, el heredero forzoso era el rey. Uno que se fuese del reino, a todos los efectos podía darse por muerto y el rey heredaría.

—Me parece justo, mi señor Al-Mutádid. —Así se zanjó la cuestión. Ya estaba todo dicho. Nos quedamos aún un poco más intercambiando noticias sin importancia sobre uno y otro lado de la frontera, y por fin partimos muy satisfechos del resultado de nuestras gestiones. Seguramente el estado de debilidad del reino de Sevilla había impulsado al rey a ser tan benevolente y generoso, de otro modo habría intentado regatear el oro a cambio de las reliquias. Quizá sus repetidas derrotas habían debilitado su trono. ¡Quién sabe!

Al día siguiente, muy temprano, ya estaba una delegación de los mozárabes esperando para ser recibidos en el palacio *An-Naw-Rha*. Don Orbita, en nombre del obispo de Sevilla, nos traía saludos y una petición para que los visitásemos cuanto antes. La mozarabía andaba alborotada pues sabía que ya habíamos visitado al rey moro y querían saber de qué habíamos hablado y si ello les afectaría en modo alguno.

Los obispos y yo mismo anduvimos largo rato a través de las callejas hacia el barrio mozárabe. Íbamos bien guiados por don Orbita pues de otro modo nunca habríamos llegado. Entramos en la ciudad cristiana por la Puerta del Señor Jesús e hicimos nuestro camino por las intrincadas callejuelas hacia el templo que hacía las veces de catedral. Allí nos esperaban ya reunidos los hombres principales de la cristiandad sevillana. El obispo, hombre muy anciano, de todos modos, no se hallaba en Sevilla, sino en visita pastoral en Mérida. A todos los efectos, don Orbita era la máxima autoridad, de ello nos enteramos a nuestra llegada. Humildemente, el hombre santo que había venido a recogernos en nuestra lujosa residencia era la autoridad más alta en ausencia del obispo. A nuestra llegada las campanas de la mozarabía toda repicaron alegremente. Hacía muchos años que no llegaban hombres de tierras cristianas hasta estos lejanos lugares de Spania. Las guerras y la desconfianza mutua entre los reinos no habían propiciado estos encuentros.

Hicimos nuestra entrada en la iglesia. A pesar del calor exterior, dentro de ella hacía un frescor agradable. La luz, tamizada por los cristales de las ventanas, era menos cegadora y por ende más soportable. Era hermosa la iglesia: de grandes proporciones, estaba techada por dentro con maderas primorosamente talladas y decoradas siguiendo la moda árabe, con entrelazados y figuras geométricas que coincidían con pasmosa exactitud en todas sus aristas y ángulos. Estaban las figuras rectilíneas pintadas o sobredoradas de tal manera que parecían trenzadas por los propios ángeles más que por artesanos terrenales. Los colores predominantes eran el azul cielo, el rojo oscuro y el dorado en perfecta y agradable sinfonía. Se habían retirado los bancos y se habían puesto alrededor y junto a las paredes propiciando una especie de círculo en donde todos podían ver y ser vistos. Al momento se produjo una pequeña discusión en cuanto a quién se sentaría en la cátedra principal para presidir la reunión. Al fin, consintió don Alvito en ser él el que presidiese la asamblea.

—Amadísimos hermanos, sólo consiento por no perder más tiempo del poco que tenemos discutiendo esta nimiedad, pero que conste que sé que el hombre principal y de más respeto y autoridad es nuestro hermano en el Señor, don Orbita. —Entró don Alvito en materia y habló largo rato—... Y por fin, así es como nuestro rey don Fernando, después de haber derrotado en todos los frentes al rey Al-Mutádid, le ha solicitado no sólo parias, sino autorización para llevarse de Sevilla las reliquias de las Santas Justa y Rufina. —Con estas palabras terminó don Alvito el relato de cómo nuestra comitiva había llegado hasta Sevilla y qué pretendíamos—. Además —añadió el anciano don Alvito—, hemos hecho prometer al rey Abbad ben Abu-al-Qasim, conocido por Al-Mutádid, que cada dos años, cuando venga un enviado del rey don Fernando a visitar la mozarabía, cualquiera de vosotros mozárabes que desee abandonar tierras islámicas podrá irse con él libremente. —Un murmullo se levantó entre los asistentes al acto. Hacía años que no era posible emigrar de tierras moras a las cristianas si no era tras largas penalidades entre las cuales las confiscaciones eran las más livianas. Había veces en que a cambio del permiso para emigrar, se proponía al cristiano que todos sus familiares fuesen vendidos en el mercado como esclavos para que con lo que de ellos se obtuviese engrosar las arcas del rey. Naturalmente, eso disuadía a la mayoría del pensamiento de abandonar su residencia.

Cuando se aseguraron que habían entendido bien, se alegraron en grado sumo. Muchos mozárabes deseaban abandonar Al-Andalus y retirarse a las tierras de León, de Castilla o de algún otro reino cristiano. Todos o casi todos tenían parientes o conocidos o relaciones al norte de la Península, y aunque gozaban de una cierta tolerancia, de vez en cuando sufrían duras persecuciones. En tiempo de hambre, peste o necesidad, como sucedía en otras partes con otras minorías, se les culpaba de todos los males y se les daba muerte o se les prohibía ejercer su culto. También es cierto que muchos se encontraban muy integrados e inclusive tenían hijos o hijas casados con los moros y gozaban de posición y prestigio. Un hombre, al parecer de respeto, se levantó y nos habló así:

—Todo lo que nos habéis dicho, don Alvito, nos complace y bendecimos a don Fernando, que en su triunfo pensó también en el interés de los cristianos, pero hay un punto más. Aunque quisiésemos ayudaros, no podemos. Es cierto que en Sevilla se rinde culto a las santas hermanas Justa y Rufina, vírgenes y mártires, pero no sabemos dónde están su cuerpos. Es por ello que no os los podemos ceder para que los llevéis a León.

—¿Pero cómo, don Orbita, entonces a quién rezáis? —tal preguntó don Ordoño.

—No os acaloréis, don Ordoño —dijo tranquilamente don Alvito—, rezan a las santas, naturalmente, no a sus restos tangibles. —Y volviéndose al azorado anciano—. Y decidme, don Orbita, ¿andan perdidas desde hace mucho tiempo?

—¡Ay, sí, don Alvito! Desde que los moros entraron en esta ciudad, desde el mismo siglo octavo, nadie sabe en dónde están. Se quitaron los santos y mártires de sus enterramientos, no fuesen a ser profanados como lo fueron otros lugares y es leyenda que yacen en una tumba sin nombre entre las de los cementerios de los siervos de Dios. Algún día, cuando convenga a Dios Nuestro Señor, se hará patente el sitio en donde reposan.

—Cierto, en este caso sólo el Señor lo sabe —dijo pensativo el abad de Sahagún y obispo de León—. ¿Entonces, qué hacemos, don Orbita? El rey don Fernando se verá desencantado si volvemos sin los cuerpos de las que deseaba honrar.

—No sé qué deciros, don Alvito. Rezaremos para ver qué nos inspira el Altísimo. ¿Cuándo tenéis pensado volver a León y a vuestro Sahagún?

—Tan pronto tenga en mi poder las reliquias... al menos ésa era mi intención. Rezaré, como aconsejáis, durante una semana, si al cabo de ésta no se me ocurre nada, volveremos todos y diremos al rey que fracasamos en nuestra misión.

—Pediré a todos los mozárabes que durante esa semana, a partir de hoy, nos acompañen en sus rezos por si Dios se digna darnos una señal de dónde pueden estar los cuerpos que buscáis. —Dijo el bueno de don Orbita.

—Bien —dijo, repentinamente animado don Alvito—, Dios: mi Señor Jesús, Dios Padre y el Bendito Espíritu, no me pueden abandonar en esta tesitura. Pediremos con fe y humildemente que nos haga saber Su Voluntad. Si Él quiere que nos llevemos a sus siervas, nos lo manifestará, si por el contrario quiere que sigan aquí, también nos dará alguna señal. Nunca dejó de hablarme en mi necesidad. —Lo dijo con tal convencimiento y tan sencillamente, como si hablase de algo tan seguro como el día y la noche, que todos los circunstantes supieron entonces que el hombre que les hablaba tenía una fe grande como una montaña y sencilla como la de un niño. Tomaron por cierto que Dios le hablaría al oído y le diría dónde estaban los cuerpos de las Santas Justa y Rufina—. Entonces idos todos, buenos hermanos —indicó el abad de Sahagún—. Vos también Doroteo, contad al príncipe Yusuf lo que me detiene. Yo me quedaré aquí en este templo recogido y silencioso, que es la casa de Cristo Perseguido y Cristo Cercado, oraré toda la noche y ayunaré hasta que el Señor me dé alguna señal. Las oraciones de todos los creyentes de Sevilla me apoyarán, Dios nos escuchará.

Así fue como todos salimos en silencio dejando allí al anciano Alvito Bermúdez. Tras nosotros se cerraron las puertas del templo y sólo quedó allí el monje y su Dios, si es que Él existía en algún sitio. Rápido como el rayo se extendió la noticia de que el monje y obispo de León se había quedado en la iglesia a orar por el feliz hallazgo de las reliquias de Santa Justa y Santa Rufina, no tardando en congregarse una multitud de personas alrededor del edificio. Los mozárabes sevillanos, de rodillas con gran devoción, pedían también a Dios que las preciadas reliquias aparecieran. Hombres, mujeres y niños se unieron a las oraciones del monje. Pero al parecer nada sucedió. Poco a poco, según avanzaba la noche y las sombras envolvían a la populosa urbe, las gentes fueron regresando a sus moradas hasta que al fin, de madrugada, ya no quedaba nadie en el exterior.

Dentro, don Alvito, cuando todos hubieron salido, se sentó en un banco y suspiró. «¿Cuál es vuestra divina Voluntad, mi señor Jesús? No deseamos más que cumplirla, hacédnosla saber, Rey del mundo y Amado de las Vírgenes y de los Santos.» Así, poco más o menos, dialogaba don Alvito con su Señor Jesús. En la iglesia empezaba a hacer frío, pero él no se percató de ello. Por fin se arrodilló en el gélido suelo y se recogió dentro de sí mismo hasta que se convirtió en un punto, un fervor, una súplica. El tiempo pasó lentamente sin que el santo se diera cuenta. Ofreció su vida por una respuesta que consolase a los fieles, que trajese paz y contento a los devotos de las santas y que, si era posible, complaciese al rey don Fernando en su buen deseo de dar honra a las reliquias de Justa y Rufina. La noche fue avanzando y el frío era muy notable, las manos y los pies del anciano eran como de hielo, pero él estaba muy lejos de donde se siente frío y calor. Sus ojos veían una luz lejana y celestial que le consolaba de toda su vida dura y de los dolores de la edad. Empezó a tiritar y por fin cayó al suelo. Pero él no se enteró de nada, en su inconsciencia seguía rezando a su Señor Jesús. Parecía muerto, pero dentro de sí, su alma estaba en total felicidad y arrobamiento. Creía ver a su Señor, el Amado Jesús. Él le habló, tal y como el santo le había pedido.

Cuando muy temprano, a la mañana siguiente, el acólito vino a abrir la puerta para preparar el altar para la primera misa de la aurora, encontró a don Alvito tendido en el suelo, yerto y frío como un muerto. Alarmado el buen hombre se acercó a él y le puso la mano en el pecho. «Todavía late», murmuró con un suspiro de alivio, pero ese corazón era como un pájaro herido de muerte, apenas si latía, aleteaba débilmente. Con toda urgencia se levantó del suelo a don Alvito y se le envolvió en mantas para atemperar el frío que parecía exhalar el cuerpo del monje. Don Orbita, asustado por lo que podría significar la muerte del enviado de don Fernando en su iglesia, lo despachó con toda celeridad hacia el palacio de *An-Naw-Rha* sobre unas angarillas que portaron corriendo por las calles los mismos mozárabes. Gran revuelo provocó la llegada de don Alvito en tal estado de postración. Yo mismo, que sabía algo de cuidados, le di enérgicos masajes y friegas con alcanfor de romero intentando que volviese a él algo de calor, al tiempo que le hacía poner unas piedras calientes junto a su cuerpo, que ahora veía cuán flaco y enteco era.

—¡Id volando a decir a nuestro amigo Al-Hurr que necesitamos un médico enseguida, y avisad al príncipe Yusuf ben Yusuf. Él, mejor que nadie, sabrá qué hacer mientras llega otra ayuda! —Ésa fue la orden que di tan pronto como tuve tiempo para pensar en algo que no fuese en dar calor al yerto don Alvito. A poco vino el amigo de don Alvito, el Príncipe Ciego. Si no fuese porque sus cuencas estaban vacías, diría que venía llorando por el camino. Creo, no obstante, que los sollozos secos de ese recio varón eran más tristes que los llantos visibles de otro hombre.

—¡Alvito, Alvito, amigo mío! ¿Qué habéis hecho? —Así le habló, como si el enfermo pudiese oírle. Nos hizo señas de que callásemos todos y cuando el más absoluto silencio se hubo logrado, con sus manos buscó el pecho de su amigo, le quitó el vestido como pudo y apoyó el oído sobre su pecho desnudo. Escuchó varias veces en varios lugares y luego sus manos sabias buscaron los pulsos en el cuello y en los brazos. Lo volvió a cubrir con cuidado, como si lo hiciese con un hijo muy querido.

—¿Habéis sido vos, Doroteo, quien le ha abrigado? —preguntó dirigiendo su atención al sitio en donde él creía que estaba yo.

—Sí, he sido yo, príncipe. ¿He hecho mal? También le he frotado con la sustancia que llaman alcanfor.

—Lo he notado por el olor —dijo él—, habéis hecho bien, pero me temo que nuestro don Alvito ya no vivirá mucho. Vuestros cuidados le han sacado de la tumba, al menos por unas horas, pero su corazón ya no resistirá mucho tiempo, corre desbocado y se detiene exhausto, para y sigue. Mala señal. Estaba muy fatigado por el viaje y por los ayunos y penitencias. Doroteo, decid a todos que salgan. Que nos avisen cuando llegue el médico moro. —Así lo hice. Entonces el príncipe Yusuf, casi con dolor, me hizo una confidencia:

—Él no querría que se supiese, pero yo lo sé, y ahora vos también.

Con cuidado quitadle el cilicio y la camisola corta de estameña. Él ha usado siempre debajo de sus trajes lujosos o sagrados, de lana o de seda, de guerrero o de sacerdote, hábitos de penitencia. No querría que se supiese y se comentase. Sin que se enfríe innecesariamente quitádselos y guardadlos. Si muere, para los cristianos, serán reliquias.

—Príncipe, ya lo noté cuando le di masaje, y se los he quitado del todo, los he ocultado. Ahora estará más cómodo.

—Tiene poca vida y conviene concentrarla en la cabeza y el corazón; subid con algo los pies de la cama, de modo que sus pies estén más altos que su cabeza; eso hará fluir su sangre a la parte superior del cuerpo, quizá logremos que se reanime... —Mientras tal hablábamos, llegó Al-Hurr acompañado del médico real; un hombre con aspecto de sabio, elegantemente vestido pero con faz bondadosa y cabellos blancos. Yusuf ben Yusuf pidió hablar con él tan pronto nos avisaron de su presencia.

—Sabio médico del rey, os rogamos que hagáis lo que mejor podáis por nuestro amigo y emisario del rey don Fernando. —Así le habló Yusuf ben Yusuf al médico moro que traía, portada por un esclavo, una gran maleta de algo que supuse instrumentos y pócimas.

—Mi señor, cuyo nombre ignoro, haré todo lo que pueda. He oído que el Venerable Ulema de los Cristianos está muy enfermo. —Fuimos mientras andando hasta la habitación de don Alvito.

—Lo está, sabio, creo que está a las puertas del paraíso. Pero debemos ver si detenemos a la Parca. —Al llegar junto al enfermo, al momento el moro hizo lo mismo que había hecho ya mi amigo Ben Yusuf, escuchar el corazón del moribundo. Movió la cabeza de un lado a otro.

—¿Sabéis cuán enfermo está? —preguntó el médico.

—Lo sabemos, *fatá*. Yo mismo fui médico cuando no era ciego y era aún joven.

—¿Fuisteis médico, mi señor?

—Lo fui. Pero dejemos eso, *fatá*. ¿Habéis traído entre vuestras medicinas algo de la yerba llamada comúnmente Guante del Lobo, la que los cristianos denominan *Digitalis folia*? —Al oír al Príncipe Ciego, al punto, sin decir palabra, sacó el médico de su bolso una caja y de ésta unas plantas desecadas. Eran de tamaño como de una mano, con hojas alternas, peludas por encima y atormentadas por debajo; de su penacho superior pendían unas flores arracimadas, y aunque secas, se veía que habían sido de un color púrpura. Tenían una forma como de dedales con una como uña, de ahí su nombre de «guante del lobo».

—¿Os referís a éstas? —preguntó con satisfacción el médico. Mi amigo no podía verlas así que las tocó y luego aspiró su tenue olor.

—¡Sí, éstas! —dijo con alegría—. Si esto no logra un buen resultado, nada lo hará. —Enseguida se pusieron ambos a hablar de cosas para mí ininteligibles al tiempo que el médico y su ayudante procedían a preparar la poción. Pronto tuvieron la medicina lista y luego, gota a gota, la introdujeron entre los labios azulados del monje. Mientras esperaban expectantes su resultado, que colegí sería inmediato, ambos hablaban en voz baja.

—Mi señor, me dijisteis que erais médico. ¿Cuándo y dónde fue eso? Vuestros conocimientos son grandes, debéis de haber sido un médico famoso por entonces.

Pensó un rato el ciego y luego contestó lentamente:

—Sé que puedo confiar en vos, pues desde Hipócrates los médicos no pueden revelar lo que conocen en el transcurso de su oficio.

—Cierto, mío Sidi. ¿Sois alguien conocido?

Suspiró el ciego y dijo:

—Era, ya no lo soy. Como habréis colegido soy de vuestra raza y religión. Mi nombre verdadero es Hudail ben Muhammad ibn Sumadih ibn Almoatí. —Al terminar la enumeración de sus nombres se hizo una larga pausa.

—Entonces, mío Sidi —dijo el médico arrodillándose y tocando el suelo con la frente—, sois el rey de Almería.

—¡No, no! Nunca fui rey de Almería. No quise serlo ni lo fui, ni siquiera en mi corazón lo deseé nunca. Fue mi hermano el rey. Yo le cedí mi puesto y mi primogenitura. Yo quise ser médico y estudioso, y eso fui.

—Pero alteza, ese nombre...

—Fue el de un príncipe que no quiso reinar y que por esa causa provocó que su hermano muriese en su lugar. Yo soy un superviviente de mí mismo. No lo olvidéis, no debéis contarle a nadie que estoy vivo, quizás aún quieran matarme.

—Contad con mi silencio, señor. Todos sabemos la historia de cómo murió el rey de Almería y cómo su hermano fue cegado y muerto luego. Para mí, si lo deseáis, estáis muerto hace muchos años. —El ciego le apretó la mano en simple complicidad. Mientras, los labios azules de don Alvito habían cambiado de color y su respiración irregular empezó a ser más tranquila. Pronto pareció dormir pacíficamente. El médico recogió sus instrumentos y medicinas y las guardó. Por último dijo:

»Sidi, no temáis, mi criado me es fiel y no dirá nada de lo que ha oído. Aquí os dejo la medicina del Venerable Ulema de los Cristianos. Veinte gotas dos veces al día. Cuidad vos mismo de que se le administre puntualmente. Yo vendré cada dos o tres horas a vigilar su desenlace. —Suspiró—. Creo que sabéis bien que esta mejoría es temporal. Si el Profeta así lo ha decidido, sus días o aun sus horas, están contadas. —Asintió el Príncipe Ciego.

—Yo mismo le velaré hasta que Alá nos diga qué tiene reservado para él. Id en paz. —A partir de ese momento el ciego y yo mismo nos sentamos junto a don Alvito velando su sueño. Éste parecía tranquilo y sosegado. A media tarde abrió los ojos y me miró.

—No os veo bien. ¿Sois Doroteo?

—Sí, don Alvito, soy yo, os hago compañía hasta que estéis bien. ¿Deseáis algo? Está aquí con nosotros Yusuf ben Yusuf. —Sonrió trabajosamente el enfermo.

—Nombradle don Ioseph. Es así como le llamo yo.

—Está bien, no os preocupéis. Don Ioseph está aquí. —Volvió un poco la cabeza el monje y vio al príncipe sentado al otro lado de la cama. Extendió su mano buscando la del moro y yo tomé la del ciego y la puse en la del enfermo, sabía que eran dos amigos que deseaban despedirse.

—¡Ah, querido amigo, creo que abandono la ruta en este punto!

—¡No digáis eso, don Alvito, aún nos quedan muchos libros por archivar! —Movió la cabeza el obispo de León.

—Me temo que tengáis que hacerlo vos sólo. Yo ya no volveré a León.

—¿Por qué decís eso? ¿Os sentís peor?

—No, al contrario, me siento bien y muy feliz. En mi oración vi al Señor Jesús y Él me habló. —Miró hacia mí—. Doroteo, tomad nota o recordadlo para escribirlo después. —Asentí sin poder decir palabra, sabía que estaba dándome su última voluntad—. Es voluntad del Altísimo que las reliquias de las Santas Justa y Rufina no sean llevadas de Sevilla, en su lugar hemos de llevar a León, por indicación expresa del Señor, el cuerpo de San Isidoro.

—Pero, don Alvito —intervine yo—, creo que tampoco se sabe dónde están sus reliquias. En Sevilla sí, pero como el cuerpo de las santas, en una fosa innominada. Eso se sabe en toda la cristiandad, que están perdidas. Las suyas y las de sus hermanos Leandro, Fulgencio y Florentina. Todos yacen juntos en algún lugar.

—No os preocupéis por cosas pequeñas, Doroteo, amigo, el Señor me ha dicho que moriré dentro de siete días, pero no antes de que hayan encontrado las reliquias de esos santos. —Empezó a respirar trabajosamente y por un momento pensé que no viviría para ver esas reliquias, ni siquiera para terminar su conversación conmigo. El ciego don Ioseph, que escuchaba atentamente, me dijo:

—¡Rápido, Doroteo, contad diez gotas de la medicina que nos dejó el médico! Ya no pueden hacerle mal. —Puse agua en una copa y conté las gotas; se las hice tragar al enfermo, él torció el gesto al notar su amargor, pero se las tomó sin protestar.

—Ya no me quedan muchas fuerzas, amigos míos, escuchad y no me interrumpáis ni preguntéis, el Señor me ha hecho merced y no puedo explicaros por qué. Decid a don Orbita que celebre una misa por las ánimas y luego vaya al camposanto. Una vieja tumba cubierta de yedra, a cuyo lado crecen tres palmeras, es la de san Isidoro. Junto a él están Fulgencio, Leandro y Florentina. Debajo de cada uno está su lápida con su nombre labrado en una piedra. Sólo Isidoro ha de ir a León y la nueva iglesia que construyó el rey-emperador ha de llamarse de San Isidoro de Sevilla. Eso es todo. —Se le cerraban los ojos de fatiga—. Ahora dadme algo de agua y dejadme dormir. —Así lo hicimos, luego yo salí apresuradamente con un guía que me llevase a la mozarabía, a transmitir el recado de don Alvito al venerable Orbita.

En verdad no creía que el presentimiento o la visión de don Alvito fuese cierta, aunque a veces los que van a morir conocen de manera imprevista cosas que nos son vedadas al resto de los mortales. Don Orbita tomó muy en serio el recado y al instante hizo celebrar una misa solemne por el alma de los santos difuntos y enseguida fuese con otros cristianos al cementerio. Yo no esperé a ver el resultado de la búsqueda, me urgía ver de nuevo a don Alvito, sabía que podía morir de un momento a otro y deseaba estar con él y con don Ioseph, su amigo ciego que ahora se quedaba completamente solo. Encontré al paciente durmiendo pacíficamente. No sólo no había muerto sino que despertó al anochecer y pidió de comer con voz débil pero tranquila. Se le trajo comida y yo mismo se la di poco a poco. Mientras tanto el ciego no soltaba su mano, como si quisiese estar junto a él cada segundo. El tiempo, los instantes, como las cuentas de un ábaco fatal, iban pasando inexorablemente y el médico que había sido Hudail ben Muhammad ibn Sumadih ibn Almoatí sabía que ya no quedaba mucho. Terminada la comida, el monje dijo algo con voz casi inaudible. El moro se inclinó hasta él y le preguntó al oído:

—Amigo, hermano Alvito, ¿hay algo que pueda hacer por vos?

¿Algo os complacería? —Don Alvito sonrió débilmente, aún con aquel gesto suyo tan particular.

—Oh, sí, Ioseph, hermano querido, que me habéis acompañado tantos años. Hay algo que me complacería más que nada en el mundo. —Sus labios se tornaban azules por momentos, el esfuerzo de hablar era demasiado para el agonizante—. Quisiera encontraros en el Cielo. Dios será misericordioso y nos reunirá allí. —De pronto el ciego se incorporó y con voz clara y serena preguntó al amigo:

—¿Querréis bautizarme antes de morir?

—Sí —dijo igualmente claro el enfermo—, sí, si lo deseáis. —Yo sabía qué hay que hacer. Traje la jarra de agua y vertí un poco en una copa, la puse en la mano del obispo. El ciego se arrodilló al lado de la cama e inclinó la cabeza. Sobre ella cayó el agua.

—Ioseph, yo te bautizo, en el nombre del Padre, del Hijo y del Espíritu Santo. —Se le cayó la preciosa copa de las manos y se estrelló contra el suelo rompiéndose en mil añicos. Aún dijo con claridad—. Ahora muero feliz, Ioseph, sé que nos veremos en el cielo. Y vos, Doroteo, sé que encontraréis la paz, lo he pedido a Dios. —Me acerqué a él y puse su mano en mi cabeza, no sé si lo notó, cayó inconsciente y ya no recuperó los sentidos hasta su muerte una semana después. Era ya muy tarde cuando vinieron los mozárabes a contarnos gozosamente que las santas reliquias de San Isidoro y sus hermanos habían sido halladas tal y como lo indicó don Alvito, pero él no pudo saberlo.

Al-Hurr se ocupó de que los funerales y exequias que los moros rindieron a don Alvito fuesen las de un príncipe, aunque les dijimos que siendo un obispo cristiano no podía recibir oraciones mahometanas.

—¡Ni lo he pensado tampoco! —dijo con dignidad el Gran Eunuco—. Sólo se le rendirán honores como a un príncipe muerto en tierra extraña. Un difunto que fue un enviado de un rey-emperador es, a todos los efectos, un rey-emperador muerto. No haríamos otra cosa si hubiese muerto don Fernando de Castilla y León. —En lugar de oraciones, contaremos su historia.

Se le preparó un catafalco en el salón del trono del Gran Palacio, no el pequeño en que habíamos sido recibidos por el rey Al-Mutádid. La sala del trono o Gran Sala era un lugar enorme. Resplandecía de columnas de mármol y pórfidos preciosos. Las puertas estaban incrustadas de pedrería y el oro brillaba por todas partes. Recordé las descripciones que había leído del palacio de Ciro el Grande, y el de Alejandro el Magno en Alejandría, el del Basileus en Bizancio, y me dije que éstos estaban construidos a tal semejanza. Enormes hachones quemaban en todas partes a pesar de que era de día y aromas pesados perfumaban el ambiente. Pude distinguir el almizcle, el jazmín y el incienso. En esa sala se colocó la caja de cedro conteniendo el cuerpo, ahora pequeño y consumido del santo Alvito, sobre una especie de mesa cubierta de paños blancos bordados con piedras preciosas y plumas de garza y avestruz.

Llegado el momento de rendir honores al difunto, subió al trono Al-Mutádid e hizo seña de que se procediese. Yo había sido comisionado por los otros monjes y obispos para dar una versión piadosa de la vida de don Alvito, así que me puse de pie y en mi mejor árabe relaté la vida del hombre que yacía en su caja. Olvidé las recomendaciones que me habían hecho de hablar de él como un santo sin cuerpo ni necesidades nada más que las del espíritu, y hablé del hombre que había conocido, con la emoción que sentía al ver que lo había perdido para no verlo nunca más. Conté cómo había entrado en mi vida y en la de todos los que le conocieron, un infanzón de sangre real, todo un hombre, todo un caballero y un santo por añadidura.

Allí estaban los hermanos y los hijos del rey moro, escuchando mi relato, y los visires, y los ministros con sus hijos y hermanos. Se usaba el ceremonial de las grandes solemnidades: en fila, a derecha e izquierda, los nobles sin cargos, luego los eunucos presididos por el Gran Eunuco que ocupaba una tarima dorada, todos ellos vestidos de duelo, de seda blanca, con una túnica que les dejaba libre y descubierto un brazo lleno de ajorcas. Los nobles igualmente de blanco, con las túnicas ceñidas y las armas de plata adornadas de pedrería y cotas de malla también de plata recién pulida que brillaban como la luna sobre el lago.

En los pórticos contiguos se apiñaban los cargos de la ciudad, los almotacenes, los zabazoques, ulemas, maestros de la madrasa, almuecines, todos ellos con sus familias y las mujeres veladas, también de blanco. Observé, no obstante, que ellas dirigían miradas curiosas a todas partes, por lo que colegí que no venían con frecuencia a palacio. Como corresponde a los honores que se rinden a un rey muerto, el ejército se unía a la celebración. En la parte central del salón estaban los arqueros, con sus arcos y carcajes negros y dorados a la espalda; detrás de ellos, hombres cubiertos de límpidas armaduras, portando un equipo completo de guerra. Estaban estos guerreros organizados por tribus y cada *chund* guardaba el mismo orden: primero los siervos de infantería, luego los esclavos negros, armados éstos de corazas de cuero reluciente y cubiertos de blancas *cabazas*, con cascos eslavos en sus cabezas, y en sus manos escudos de varios colores y adornadas armas. Estos guerreros llegaban hasta el pórtico, por su gran número atravesaban los patios y salían luego hasta la calle. Allí continuaba la formación. Los centinelas a caballo, luego jinetes de diversas clases con armas variadas por cuerpos. Continuaban las distintas armas del *chund* o tribu, rodeando el palacio y la explanada enfrente de él. Detrás los siervos y los arqueros ligeros, luego los arqueros pesados, luego los honderos, los incendiarios y así iban formando fila tras fila hasta que se perdían de vista por todas las callejas. Fuera ya de la vista estaban los carros de combate, las bestias de carga y otros seres.

En verdad se había preparado para el difunto don Alvito una parada como quizá jamás había presenciado. Mientras hablaba de mi amigo pensaba cómo era posible que don Fernando hubiese vencido repetidamente a esta inmensa y organizada multitud y que el rey Al-Mutádid le temiese hasta el punto de rendir tal homenaje a su enviado.

Cuando pensé que ya había hablado bastante de don Alvito, terminé mi alocución diciendo simplemente:

—Así era el hombre que conocí, unos dicen que era un santo, otros que era de familia real, yo sólo sé que era un hombre a quien todos amaron y a quien nadie odió jamás. Quiera el buen Jesús, y Alá el Misericordioso, acordarse siempre de su siervo. Amén.

Se pusieron todos en pie, las mujeres lanzaron sus alaridos de duelo como gorgeos feroces y los guerreros hicieron sonar sus armas y escudos entrechocándolos unos contra otros. Un rumor como el de un río tempestuoso se levantó por toda Sevilla. Al acallarse se fueron todos dejándonos solos para llevar a nuestro amigo de vuelta con nosotros. Al día siguiente salíamos de Sevilla al romper el alba. Esa noche aún vino Al-Hurr a verme, pensé que para despedirse.

—¿Habéis sido feliz entre nosotros, Doroteo?

—Relativamente, Al-Hurr, si bien me ha maravillado la ciudad, los palacios, vuestra hospitalidad, la madrasa, las bibliotecas y escuelas, la muerte de mi amigo ha borrado toda alegría de nuestros corazones.

—Pero vos, amigo Doroteo, ¿no podríais quedaros con nosotros, o volver luego? —Vi una esperanza en sus ojos acuosos y algo saltones. Sentí pena por él, no hay dolor igual al dolor del amor despreciado. Con cuidado contesté mirándole a la cara.

—Gran Eunuco Al-Hurr, *fatá*, yo no os amo, si eso es lo que deseáis saber. Nunca he amado a nadie como yo. Sólo amo al conocimiento y a los libros, pero en cierto modo sois alguien muy querido para mí. Nunca nadie como vos se había enamorado de mí, y sé que sois de gran corazón y preclara inteligencia. Me hacéis mucho favor. —Él inclinó la cabeza y yo miré a otro lado por no ver alguna lágrima caer al suelo.

—Doroteo, no puedo remediarlo. Mi corazón será siempre vuestro; ahora que os he conocido, sé lo que pierdo. Ya no querré compañías insulsas, ni jovencitos jactanciosos. ¡Me hubiese consolado con vuestra sola compañía! Al fin, Doroteo, si somos eunucos poco más podemos hacer uno con el otro.

Me dolió su observación y más aún porque tenía razón. Con rabia súbita le dije:

—Yo amé a una mujer y ella a mí, a pesar de todo. Yo le acaricié y ella a mí. ¡Maldito castrado, yo no soy como vos! —Salí de la habitación dejándolo solo y con la boca abierta.

Salimos temprano con el cuerpo de don Alvito bien acondicionado para el viaje y con las reliquias de San Isidoro. Cuando fui a recoger al príncipe Hudail ben Muhammad ibn Sumadih ibn Almoatí, hoy Ioseph, después de su bautismo, se negó a ir conmigo.

—No, Doroteo —dijo, moviendo la cabeza—, siempre he molestado a unos y otros con mi ceguera. He vivido entre algodones y no como un hombre, cuidándose a sí mismo. Desde mañana viviré una nueva vida y seré responsable de mí.

—¡Pero, señor —me afligí—, no sois de esta ciudad, no conocéis los caminos ni tenéis amigos! ¿Cómo podréis sobrevivir?

—No os preocupéis, ahora soy cristiano, los mozárabes me darán limosna a la puerta de la iglesia. Viviré como viven los otros ciegos y mendigos, se lo debo a don Alvito, él me deseaba cristiano y ahora que he consentido debo cumplir hasta el fin. ¡El Señor Jesús no será menos Misericordioso que Alá! —No pude hacerle cambiar de idea y el tiempo apremiaba, así que le envié con un guía hasta la ciudad mozárabe. Al guía le encargué que entregase a don Orbita un paquetito y unas palabras que escribí precipitadamente: «Venerable don Orbita, salud. Sépades que el Príncipe Ciego es Hudail ben Muhammad ibn Sumadih ibn Almoatí, conocido como nuestro amigo Yusuf ben Yusuf, ha sido bautizado como Ioseph, por amor a don Alvito, y es su deseo ser un cristiano mendigo con los mozárabes de Sevilla. A nadie hagáis saber su identidad pues él no lo quiere. Cuidadlo como a un hermano en el Señor. Os envío todo lo que poseo, creo será suficiente como para que nunca falte una moneda en su escudilla ni en la de ningún mendigo de esta ciudad. Os lo confío, como a un amigo querido, en nombre del difunto Alvito, que lo amó bien, y por el Señor Jesús que todo lo ve. Os ruego que lo vigiléis y no le dejéis jamás pasar miseria. Doroteo.» Envolví los dos mancusos de oro que eran todo lo que poseía en el mundo y los encerré en un paquetillo. El guía se fue llevándose al ciego de la mano. Ya nunca lo volví a ver.

Cuando abandonábamos las tierras de Sevilla para entrar en las de Badajoz, recibimos una triste noticia: el Gran Eunuco Al-Hurr se había suicidado. Sentí remordimientos por haberle hablado de aquella manera. No sabía que me amaba tan desesperadamente. Sentí un escalofrío. ¿Se habría suicidado también La Bermeja? Luego me acordé de que me había enviado unos «zapatines de León» y me sentí feliz. Ella vivía.

33 y Epílogo

El asedio a Valencia y la muerte del rey Fernando.
La última decisión de Doroteo

> *Doliente se siente el rey, el Magno rey don Fernando*
> *Los pies tiene hazia oriente, y la candela en la mano*
> *A su cebeçera tiene arçobispos y perlados*
> *en su man derecha tiene, a sus fijos, todos cuatro.*
>
> Del Cancionero de 1550,
> «Romance del rey don Fernando Primero»

Don Fernando nos esperaba impacientemente en León. Era allí adonde debíamos conducir las reliquias de las Santas Justa y Rufina, tal y como nos había encomendado el monarca. No sabía aún que en su lugar llevábamos, por imperativo divino, las del Santo Isidoro de Sevilla, el santo y sabio muerto hacía ahora unos cuatrocientos cincuenta años. Supuse que al piadoso don Fernando le causaría emoción el pensar que se podría celebrar el quingentésimo aniversario de la muerte del santo con sus reliquias entre los cristianos y no perdidas o escondidas en tierra de moros. Para prevenir al monarca sobre lo sucedido, enviamos hacia León a unos jinetes ligeros que no debían descansar por el camino más que lo imprescindible. Llevaban carta franca de todos los reyes moros cuyas tierras tenían que atravesar e iban con el único encargo de prevenir al rey-emperador de nuestra llegada con reliquias distintas de las esperadas y para informarle, asimismo, de que viajábamos con el cadáver embalsamado del hombre santo, don Alvito, el que había sido obispo de León y abad de Sahagún y de otros muchos monasterios y monasteriolos de la tierra. Los monjes de Spania toda debían ser informados de la muerte de tan importante persona.

Con duelo y aflicción atravesamos en sentido inverso aquellos territorios que con tanto gozo habíamos visto en nuestro viaje de ida en busca de las reliquias. Nuestra pena no sólo se debía a que portábamos el cuerpo de nuestro amigo y señor, don Alvito Bermúdez, sino porque habíamos dejado atrás al Máster de los Libros de Sahagún, cargo de la mayor importancia. Pero para mí, el ciego era mucho más que eso. Había perdido casi en un solo día a los dos amigos que más había amado y admirado en el mundo. Ellos me habían tratado como a un igual y mi condición de eunuco no fue óbice ni obstáculo en su amistad. Para ellos siempre fui un hombre, con sus penas y sus alegrías, con sus defectos y virtudes: un hombre más entre los infinitos que hay en el mundo.

Casi nadie, fuera del monasterio de Sahagún, sabía que el moro converso había sido un príncipe de sangre real, un rey por derecho de nacimiento, que tuvo la generosidad de renunciar al poder y la gloria por el conocimiento: por los libros, la medicina, la filosofía y la religión. Un hombre que vivió con dignidad la desgracia y que hasta el último momento honró la amistad que le había ofrecido Alvito Bermúdez. En lo íntimo de mi corazón me preguntaba si el príncipe no se habría hecho bautizar para alegrar el último momento del monje. Pero entonces: ¿por qué había decidido quedarse como un mendigo en Sevilla? Con toda seguridad, en su corazón había llegado al convencimiento de que los pobres del Señor Jesús son los ricos del cielo. En esos y otros pensamientos divagaba mi espíritu. Lo que sí era cierto es que ya jamás volvería a ver a ninguno de los dos amigos.

Don Alvito era conducido en una caja sobre una carreta y ello hacía nuestro camino necesariamente lento pues habíamos de buscar lugares por donde ésta pudiera pasar. Aun así, hubimos de desarmar el carruaje más de una vez para pasar por parajes difíciles o empinados. Entonces nosotros mismos cargábamos con el santo cuerpo en su caja y lo llevábamos hasta donde pudiésemos armar de nuevo la carreta. Gracias a Dios la guardia que nos proporcionaban los reyes moros nos fue de mucha ayuda y si era necesario reemplazar carreta o animales, ellos lo hacían sin que nosotros tuviésemos que solicitarlo. Me temo que para nuestro servicio, más de un buey, carro o rueda, fue requisado por el camino en nombre del Emir, visir o cadí, según el caso.

Marchaba chirriante el carro sobre el campo agostado por el calor del estío y, flanqueándolo, iban los abades: Íñigo, de Oña; García, de Arlanza; Sisebuto, de Cardeña; Domingo, de Silos y Fagildo de Antealtares. La comitiva de sacerdotes, guerreros, acompañantes y moros de honor y respeto se estiraba en una larga fila silenciosa detrás del cortejo fúnebre. Si bien los abades, a la venida, cumpliendo órdenes de don Fernando, habían viajado vestidos de gala con ropajes sagrados completos, ahora vestían de duelo: todos de blanco, con el cabello rapado y cubierta la cabeza de ceniza. Para mayor penitencia iban descalzos, bien que montados en sus caballos. Pasaba el tiempo lentamente. Si lo normal yendo a caballo eran jornadas que cubriesen unas seis o siete millas por día, ahora apenas hacíamos unas dos. León, por lo tanto, estaba unas tres veces más lejos ahora al volver que cuando lo dejamos.

—Vos, Fulgencio, y vos, Santiago, partid inmediatamente a dar encuentro y escolta a los cristianos que vuelven de Sevilla. —Tal fue la orden que dio el rey-emperador en cuanto recibió el mensaje que le enviamos—. Llevad una escolta de honor, tanto para honrar al santo Isidoro como para dar importancia a la llegada del cuerpo de don Alvito. Cuando os aproximéis a nuestra tierra, mandadnos aviso, saldremos a vuestro encuentro con toda solemnidad. —La orden del rey se cumplió al momento. Tanto Fulgencio como Santiago, aunque el motivo era triste, se alegraron de la orden recibida. Fulgencio deseaba escoltar al cuerpo de su bienhechor, don Alvito, a quien siempre consideró como un padre, que no sólo le había educado, llevado a la corte propiciando con esto que fuese criado del rey, sino que había velado porque él, Fulgencio, fuese armado Caballero a Fuero de León, y no contento con eso le había dotado para que tuviese un buen pasar. Por su parte, Santiago se enteró de que Doroteo venía con la comitiva y se alegró de la ocasión de poder ver a su padre adoptivo. Él también le debía a su protector todo lo que era en la vida. Gracias a él no era Santiago un bujarrón en tierra de moros, un esclavo, un ser sin voluntad, usado y vendido cuando fuese inútil o simplemente ya no fuese atractivo o deseable para su dueño. Ahora, en cambio, era un guerrero, un soldado, un noble, un hombre feliz, bien casado y con un futuro prometedor. Y todo porque Doroteo, el poderoso Primer Escribiente de la cancillería de Navarra, se apiadó de él cuando le vio tan joven y tan indefenso aquel día que llegó hasta su presencia enviado con un recado por el Maestro de Esclavos.

Santiago, pensaba, conoció unos padres y un hogar en el de Doroteo. Lo recuerda con nostalgia ahora que es hombre y que tiene sus propios hijos. ¡Qué feliz fue su vida entre la familia de Doroteo! Tuvo, por un breve tiempo, un hermano: Quirico; una hermana: la morita muda y una madre que le besaba por las noches cuando creía que él dormía: La Bermeja, Julita, tan hermosa y tan tierna. Pasó mucho tiempo antes de que Santiago supiese qué había pasado para que su familia, que parecía tan sólida, fuese esparcida como el polvo ante un huracán. No quedó de esta familia piedra sobre piedra. Ni rastro. Doroteo se había desnaturado del rey de Navarra e ido por el mundo; sus hermanos y madre: desaparecidos, como si se los hubiese tragado la tierra. Nadie sabía si habían muerto o habían sido vendidos en tierra de moros. Nada: sólo el más absoluto silencio.

Sin embargo, por casualidad, cuando estaba en la guarnición entre la frontera de Toledo y la tierra del rey Fernando, y cuando ya el rey de Toledo, Al-Mamún, era tributario del rey-emperador, le habían llegado curiosos rumores de que en Toledo vivía una mujer que sabía leer y escribir en varios idiomas. Por fin llegó a sus oídos que se hacía llamar «Dorotea, *pinctrix*». Supo entonces quién era y no perdió tiempo en acercarse a Toledo a visitarla. Desde entonces, para su satisfacción, recuperó a la que llamaba «su madre». Es cierto que la veía poco, pero sabía de ella, y le era suficiente. Fue en una de esas visitas cuando La Bermeja le dio los zapatines para Doroteo. Una señal de perdón. Pero Doroteo no había contestado. Seguramente, pensaba Santiago, los habría arrojado al fuego o a la basura.

Desde que le dio ese paquete, hacía años, no lo había vuelto a ver. Ahora, por encargo del rey, iba a encontrarse con él. Deseaba hacerle un bien en retorno del que Doroteo le había hecho, pero el eunuco era obstinado y vengativo, quizá no le dejase inmiscuirse en sus asuntos.

A medio camino entre León y Sevilla se encontraron ambas comitivas y uniéndose formaron una sola. Fulgencio pidió permiso para hacer el camino a pie descalzo detrás de su benefactor, cosa que complació a todos. Por las noches, separándose los moros de los cristianos, se celebraba un oficio de difuntos por el alma de don Alvito, ahora su hijo adoptivo parecía dar más significado a esas oraciones. Un testimonio vivo de la compasión y la piedad del monje. Santiago se unió a mí, poniendo sus hombros bajo mis ordenes directas, pues que yo había representado al rey ante los moros, justo era, dijo, que siguiese haciéndolo en esta tesitura.

La presencia de mi protegido hacía más llevadera mi tristeza. De todos modos yo sabía que él tenía su vida y yo la mía, ahora más vacía si cabe, pues mis dos únicos amigos verdaderos habían desaparecido. Si al principio la estancia de Santiago me agradó, poco a poco logró irritarme vagamente. Me hablaba constantemente de su felicidad sin darse cuenta de mi desventura. Me hablaba de sus hijos, de su casa y de su mujer, esos placeres sencillos pero tan lejanos e irreales para un eunuco. Hasta que un día, cuando él me hablaba de cómo «su madre», mi perdida Bermeja, le preparaba golosinas en la cocina a escondidas de los demás, lo recordé todo violentamente. Toda la paz que había ido adquiriendo poco a poco a costa de olvidar casi a la fuerza, vagabundeando por el mundo como un miserable y un proscrito, se rompió y volvió el dolor. Volvió arrasando todos los diques. Por un momento sentí que La Bermeja acababa de engañarme con el rey don García y entonces la volví a odiar como lo hice en el momento en que me enteré.

Supe entonces una verdad: que nunca podría olvidar a Julita, que aunque supiese que había muerto, ella seguiría en mi recuerdo y en mi corazón. Pero a pesar de todo la odiaba y no podía ni podría jamás perdonarla. No deseaba herir al joven caballero que con tanto cariño me hablaba de sus recuerdos, pero tampoco podía soportarlo.

—Vamos cerca de León, Santiago, ¿no dijisteis que el rey deseaba saber de nosotros cuando nos acercáramos?

—Cierto, aitán.

—¿No creéis que es hora de mandar un mensajero? Quizá para recibir reliquias y prelado, deba el rey hacer algunos arreglos que requieran varios días.

—Aún es pronto, pero si así lo creéis, así se hará. ¿Cuándo deberá partir ese mensajero?

—Enseguida, Santiago, enseguida. Debéis ir vos mismo. Quedamos bien protegidos y además está Fulgencio con los suyos y el resto de la comitiva. Los moros nos acompañarán hasta la frontera, y desde allí iremos por tierra amiga, así que no hay peligro.

—¿Aitán, debo ir yo mismo? —pregunta dubitativo el joven.

—Sí, es más, os lo ordeno. Dad noticia al rey de todo lo que ha acaecido tal y como os lo he contado. —Así fue como Santiago hubo de partir y abandonar la comitiva por expreso deseo de Doroteo. Se fue de mala gana, pero el eunuco no podía soportar más su charla y sus recuerdos sobre el pasado conjunto, remembranzas que al fin habían desenterrado otros sentimientos que dolían y rasgaban y que habían traído a Doroteo toda la infelicidad del mundo.

Me quedé solo sin él, acompañando a mi amigo muerto. Me sentía tan abandonado, como si el mundo se hubiese despoblado de pronto. Había perdido hasta a mi hijo, y ni siquiera estaban mis amigos, el monje y el Príncipe Ciego, para compartir mi vida y mis penas. Pensé que si me caía de un precipicio, terminarían mis penas. Quizá, cuando enterrase a don Alvito...

Seguimos nuestro pausado camino. Los calores ya habían pasado y el otoño era entrado cuando llegamos cerca de León. Gracias a que el cuerpo del don Alvito había sido bien preparado pudo soportar los grandes calores y el tiempo invertido en el viaje. Sabía que venía envuelto en vendas que rezumaban mirra y que sus vísceras habían sido retiradas. Venían éstas, secas ya, selladas con cera en unas vasijas con sal e incienso, pero aun así me parecía casi magia que no se descompusiese el hombre santo. De su caja sólo salía un agradable olor como de flores mustias.

Unas jornadas antes de llegar a León nos encontramos una comitiva encabezada por el rey don Fernando y la Curia Regia: la familia del rey al completo, los infantes y la reina con los obispos del reino y los condes y consejeros que se habían podido desplazar hasta León. Galicia, Asturias, Castilla, todas las tierras estaban representadas. Vestían de blanco, y aunque llevaban sus caballos y palafrenes, iban a pie en señal de respeto y de duelo. No iban solos sino acompañados de comitiva armada; ésta, siguiendo una costumbre inmemorial, llevaba las armas apuntando al suelo. Tan pronto nos encontramos, se detuvo nuestra comitiva para saludar a los reyes, pero éstos no permitieron mayores efusiones ni saludos.

—Hemos venido a honrar a San Isidoro y a San Alvito —dijo el rey.

—¿San Alvito, señor? —pregunté atónito.

—Sí, Doroteo. ¿Qué otra cosa creíais que era un santo? Uno que jamás hizo el mal y que nunca dejó de hacer el bien, que no se creyó distinto ni mejor que nadie y que obedeció la llamada del Señor sin descuidar a las ovejas. —Me quedé pensativo. Entonces no era sólo mi amigo, como había pensado, sino que había sido el amigo de todos. Se dio a todos y cada uno por entero y ahora todos y cada uno sentían su ausencia. Supe con certeza que había sido amigo de un santo. Alguien que se podía codear con el apóstol Santiago, San Pedro y San Pablo, las Santas Justa y Rufina y el mismísimo San Isidoro de Sevilla. El rey interrumpió mis meditaciones.

—¿Qué pensáis, Doroteo? Os veo como ido...

—No, alteza, no estoy ido, ahora que lo decís veo que he tratado a un santo y ello me sorprende, eso es todo. Nunca pensé en don Alvito como santo, sólo como en un sabio, un guerrero, un estudioso, un hombre compasivo. En resumen: todo un hombre.

—Todo un hombre, sí, ya veis que los santos no están hechos de otra madera. Para vuestra información, y es aún un secreto, os diré que he enviado noticias al Papa para que lo declare santo en público y en una solemne ceremonia que termine con su elevación a los altares. Pero el pueblo lo llama ya en toda Spania San Alvito. —Después de esta confidencia, el rey y sus hijos, Sancho, Alfonso y García, tomaron sobre sus hombros la caja con los restos de don Alvito y la portearon, descalzos y con la cabeza cubierta de ceniza, hasta la iglesia catedral de León. Tras el rey y los infantes caminaban doña Sancha y sus hijas Urraca y Elvira. Por ser mujeres no podían trasladar el cuerpo santo, pero se pusieron unos cordones atados a la caja y se dio a cada una un extremo, de modo que también tenían el sentimiento de ayudar a su traslado. Llegados a la puerta de la catedral, tras un camino largo y dificultoso, se depositó el cuerpo del monje en el suelo y se procedió a cantar el primer responso. Como era costumbre antes de entrar en el sagrado recinto, se cantó el salmo 50, el que inspiró el Señor al profeta David después de su pecado. Una vez más la voz del rey-emperador se elevó sobre todas las otras. Cantaban como una sola voz los clérigos y respondía el rey como una voz solitaria. Era el pueblo de Dios que imploraba y el espíritu de Dios que contestaba, tal era la calidad, pureza y sonoridad de esa voz.

—*Miserere mei, Deus, secundum magnam misericordiam tuam.* —«Ten piedad de mí, oh, Dios, según tu gran misericordia.» Cantaron los clérigos.

—*Et secundum multitudinem miserationum tuarum dele iniquitatem.* —[«Y según la multitud de tus piedades borra mi iniquidad.»] Respondió la Voz. No era un mensaje terrorífico como de costumbre suele ser el que da este salmo, la voz de don Fernando conducía a otro lugar benigno y diáfano en donde todo era olvidado y perdonado, a un lugar en donde seríamos amados y consolados por alguien que era Amor y Consolación. Así, sonaba más como un Gloria que como un Requiem—: *Domine labia mea aparece: et eoos meum annuntiabit laudem tuam.* —[«Señor, abre mis labios, y mi boca pregonará tus alabanzas.»] El pueblo que también acudía a estos oficios, en parte para distraerse y en parte por piedad, se quedó ensimismado sin saber si el rey cantaba con su voz o era una voz celestial en el cuerpo de su señor natural. Tan acostumbrados estaban a pensar en los reyes y príncipes como portadores de todas las gracias y todos los dones, que no se extrañarían de que el mismísimo Espíritu Santo viniese a cantar en su boca.

Se introdujo al santo Alvito en la catedral y se procedió a enterrarlo en la cripta. Seguidamente se llevaron, ahora con gran júbilo, los restos de San Isidoro; fuimos todos a la iglesia de San Juan Bautista, la que con tanto afán y devoción habían hecho levantar don Fernando y doña Sancha y allí se entronizó a San Isidoro como el patrón del lugar: de ahora en adelante sería conocida por los siglos venideros como la iglesia de San Isidoro de León.

En San Isidoro ese día todo fue alegría y lujo. Nada se había escatimado para honrar al santo. Las paredes de piedra y ladrillo se cubrieron de tapices y terciopelos. Las columnas se adornaron con ramas de olivo y los pasillos por donde había de discurrir la procesión que portaba las reliquias se cubrieron de romero y pétalos de flores. Musicantes venidos de todas las tierras circundantes entonaban, acompañados por el rey, tanto cantos sagrados como canciones de la tierra en señal de alegría y regocijo. Como si fuese una boda real o la entronización de un nuevo soberano, el pueblo fue invitado a comer a expensas de los reyes en las plazas y en las calles. Se repartieron vestidos y limosnas a los más pobres, a los huérfanos y a las viudas y la reina dotó de su peculio a las doncellas pobres de León.

Para aposentar hasta el final de los tiempos las reliquias, había hecho preparar el rey-emperador un arca de oro que contendría en su interior otra caja de madera en donde reposaría el santo. Se puso el precioso cofre encima del altar mayor. Medía el arca de oro casi dos varas, así que os podéis imaginar su valor. Estaba toda ella sembrada de piedras preciosas de múltiples colores. El altar se cubría con finísimos cendales bordados con perlas y cuentas de oro y plata. Se introdujo la caja con el cuerpo de San Isidoro en el lugar preparado a este efecto y por fin el arca se depositó, sellada, en un nicho donde quedaría a la vista de los fieles. De ahora en adelante, ahí se le rendiría toda devoción y todo honor. No había muerto en vano don Alvito. Dios, por su mediación, había enviado a León al santo Isidoro como una preciosa muestra de su bondad y su predilección; al menos eso sentían los creyentes.

Pero el rey no se contentó con estas muestras externas y en agradecimiento por la merced recibida decidió salir en nueva expedición de conquista. Debía expulsar a los infieles del suelo otrora cristiano. Esta vez fijó su atención en Levante. El resto de la Spania mora ya le prestaba vasallaje y esperaba el rey que pagándole la paz con oro terminarían por arruinarse, entonces sería el momento adecuado para dar una batalla definitiva, un golpe de gracia. Pueblos empobrecidos y esquilmados no tienen la menor probabilidad de triunfar en una guerra. Yo no partí con él, y bien que lo siento pues aunque no pensé en ello, era don Fernando el último amigo y hermano que me quedaba en el mundo, pero amargado por la pérdida de don Alvito y de Yusuf ben Yusuf, caí sumido en una especie de estupor e inactividad. Me despertaba cada mañana sin ánimos para nada y deseaba morir. A veces dirigía mis pasos a lugares en donde un salto en el vacío me aseguraría una muerte rápida y segura. Por alguna razón no llegaba a decidirme. Me alojaba en palacio y a veces veía una sombra deslizándose junto a las paredes, una mujercita pequeña y enteca que iba y venía por los oscuros corredores sin que yo pudiese jamás llegar a hablar con ella. Pregunté a la reina doña Sancha, pero ella sin darle mayor importancia me contestó que era Alexania.

—Es ya tan vieja que ha perdido la razón. Ya no actúa como partera o curandera, pero sale todos los días al bosque. No hace mal a nadie ni molesta. Se quedará aquí hasta que muera, aunque va y viene adonde quiere.

El rey de Valencia era por entonces Abd al-Malik, más conocido como Al-Mudaffar, hombre débil y al mismo tiempo seguro de sí, mala combinación en un rey. Creía el moro que nada ni nadie podía disputarle el reino de Valencia y vivía tranquilo y en la abundancia. Era el único rey moro que no tenía contacto alguno con el rey Fernando y ello debía de haberle puesto sobre aviso, pero no fue así. Ni siquiera cuando supo que las huestes cristianas se aproximaban a sus territorios tuvo el sentido común de salir al encuentro de los cristianos. Quizá si hubiese ofrecido sumisión y ricas dádivas al siempre triunfante monarca don Fernando, se hubiese salvado de una guerra sangrienta. Pero nadie sabe qué pasa por la mente de los hombres. Estaba Al-Mudaffar casado con una hija del rey de Toledo, al que ya conocemos: Yahya ben Ismail, Al-Mamún, y por ello creía que su suegro acudiría en su ayuda si fuese necesario, así que lo único que se le ocurrió cuando vio que la amenaza se acercaba a su casa, fue pedir auxilio al de Toledo. Éste se puso en camino al recibir la llamada de auxilio, pero don Fernando estaba ya demasiado cerca y de momento la primera batalla fue inevitable.

Sitió el rey Fernando la capital, Valencia, pero viendo que era una ciudad muy poderosa y difícil de tomar, llamó a sus hombres y trató de urdir un plan que hiciese caer el reino moro en sus manos con el menor costo posible.

—Munio Munion Can, y amigos todos —decía el rey a sus hombres una tarde en su tienda—, ha llegado a mis oídos que el rey de Toledo, a pesar de ser nuestro vasallo, acude con un gran ejército a socorrer a la ciudad de Valencia. Por otro lado Al-Mudaffar no nos presenta batalla esperando los refuerzos. Hemos de hacer algo y pronto o nos veremos cogidos entre dos ejércitos y quizá no salgamos con bien de esa confrontación. —Había acabado el otoño y los fríos del invierno se hacían notar y aunque el clima era benigno en esas tierras, no era aconsejable pasar acampados un tiempo que podía ser largo. Los campesinos y los exaricos habían huido, algunos llevándose todos sus animales, otros abandonándolos para salvar la vida. No era tiempo de cosechas por lo que no había nada que arrebatar al enemigo para poder subsistir. Los víveres escaseaban y los cristianos empezaban a comer solamente granos secos de su bastimento y algo de harina que aún les quedaba para el *companagium*, éste se acompañaba de una sopa delgada hecha de ajos y nabos. Era éste un año inusualmente lluvioso y el terreno embarrado hacía que hombres, caballos y carros estuviesen continuamente empantanados. Golpeaba monótona la lluvia sobre las tiendas de campaña y filtrándose por debajo de las lonas cuyo suelo terminaba en un incómodo barrizal. El frío y la humedad mordían los entumecidos miembros de los guerreros.

—Alteza, quizá sería mejor que levantásemos el sitio y volviésemos el año que viene con más hombres y mejor tiempo —opinó Munio Munion Can.

—Ésa es una posibilidad, pero quizás eso hiciese imposible la conquista. Avisado como está Al-Mudaffar, no nos será posible cogerlo entonces por sorpresa como ahora. Al menos aún no ha llegado su suegro, el de Toledo; si unen sus fuerzas, quizá perdamos ambos reinos en lugar de ganar el de Valencia.

—Cierto, mi señor, ¿pero qué otra alternativa nos queda? Al-Mudaffar nos ha rehuido hasta ahora y no podemos vencer si no hay batalla; al tiempo, no podemos sujetar este sitio sin que llegue antes de su desenlace el de Toledo. Hagamos lo que hagamos, alteza, parece que no podemos quedarnos con este campo. —Hacen silencio los hombres, mohínos, sin saber qué decir. Habla de nuevo el rey.

—Hay otra posibilidad, si estáis dispuestos a seguirme en un aventurado plan... —Despierta el interés de los guerreros, el rey ha demostrado repetidas veces ser un buen estratega, quizá tenga una idea salvadora.

—Y bien, alteza. —Es su amigo y compañero, Munio Munion Can, el que pregunta esperanzado—: ¿Cuál sería ese plan?

—Retiraríamos una parte de las fuerzas, de tal manera que se viese claramente que somos pocos. Entonces lanzaríamos un ataque con todos los hombres que tuviésemos, un ataque furioso, cortando también el aprovisionamiento de agua dulce y produciendo incendios en el interior de la ciudad mediante flechas con brea y resina. Podemos lanzar todos los carros que queden con materiales inflamables contra las puertas, de modo que éstas se prendan fuego. En fin, hacer todo lo que podamos para irritar a los sitiados. —Escuchan los hombres con atención. Ello es posible, pero ¿para qué esta provocación? El rey se explica lentamente, como pensándolo al tiempo que lo expone a los suyos—. El éxito de nuestro plan consiste en que los moros, al ver que somos pocos pero molestos como un tábano, salgan a contraatacar. Entonces, sin presentar batalla, huimos al parecer en desbandada. Ellos nos perseguirían por terminar su obra y por ver de darme muerte y así quitarse de encima el peligro para siempre. ¿Estáis de acuerdo? —Asienten pensativos los capitanes. Es un plan arriesgado que puede funcionar o no, según reaccione el rey moro—. Debemos —continúa el rey— estudiar el mejor lugar para nuestra supuesta huida, a medio camino nos reuniríamos con los nuestros, los que se habían ido antes, que nos esperarán convenientemente escondidos, y volviendo sobre nuestros pasos les sorprenderíamos todos juntos presentando batalla. Intentaríamos entonces quedar victoriosos y matar a su rey. Ello dejaría el reino de Valencia en nuestras manos en una sola batalla sin demasiadas pérdidas.

Así se hizo. Asombrados vieron los valencianos desde sus murallas cómo los cristianos comenzaban a menguar de día en día. Compañías enteras levantaban el asedio y reuniendo hombres y bestias se alejaban bajo la lluvia. En todas las mezquitas se elevaron plegarias de agradecimiento al Misericordioso Alá que les libraba de sus enemigos sin tener que librar batalla alguna. Por ello fue grande su sorpresa cuando una noche que prometía ser tranquila, cuando ya quedaba apenas menos de la mitad de los asediadores, una noche fría y clara, en que por fin la lluvia parecía haberse ido al mar, una multitud vociferante de cristianos se dirigió hacia la ciudad después de haber cortado las acequias y los acueductos y haber prendido fuego a las pocas casas que aún quedaban en pie cerca de la citadela. Una lluvia de flechas incendiarias cayó sobre los techos de las casas valencianas, que al ser de paja por la bondad del clima, empezaron a arder enseguida. Para mayor atrevimiento los insensatos cristianos enviaron carros cargados de leña, paja y resina contra sus puertas. Pero los moros sabían que los cristianos no tenían ninguna probabilidad de ganar esta batalla, eran ganas de molestar. Tal y como había calculado el astuto rey Fernando, Al-Mudaffar decidió librarse de su oponente de una vez por todas y convocando a sus hombres salió a presentar batalla a los escasos infelices que tanto daño habían producido en su ciudad en esta acción desesperada.

Huyeron los cristianos tan pronto vieron cómo salían los moros de su ciudad. Huyeron, tan aprisa como sus aterrados caballos podían llevarlos, voces de pavor se escuchaban en la noche y ello animaba más a los perseguidores que, blandiendo sus armas, gritaban exultantes sus amenazas para cuando les dieran alcance. En su atolondramiento los cristianos huyeron hacia el camino de Murcia. Había grandes explanadas por esa zona y no podrían esconderse en ningún sitio. Cuando los alcanzasen no quedarían superviviente. Grande fue la sorpresa de los moros cuando en un momento dado los perseguidos tornaron grupas y dando media vuelta se dirigieron directamente hacia ellos. Parecían ahora ser muchos más, tantos como las arenas del desierto o las hojas de un bosque; cayeron sobre los moros y sin contemplaciones los pasaron a cuchillo. Era noche cerrada y sólo la luz de las estrellas alumbraba la matanza. Al-Mudaffar tuvo la presencia de ánimo de bajar de su magnífico caballo y arrojando su capa que le delataba como el rey, tomar el caballo y la ropa de un caído y a galope tendido desaparecer entre las sombras. Quedó el campo para los cristianos, pero el rey moro había huido. Esa misma noche empezó a llover de nuevo.

A la mañana siguiente, bajo la lluvia, se celebró una misa de acción de gracias en una tienda de campaña. El rey insistió en cantar con los sacerdotes los oficios divinos y pareció que se fatigaba al hacerlo, pero su voz era tan clara como de costumbre. Volvía a llover inmisericordemente. Las nubes plomizas preñadas de agua parecían no tener fin, más que llover se arrastraban dejando agua sobre el mismo suelo. Esa noche el rey empezó a toser y a la madrugada le subió la fiebre. Sus hombres intentaron por todos los medios buscarle un lugar seco pero hasta bien entrada la tarde no hallaron una cabaña con el techo intacto. Se hizo fuego y se arropó al soberano. El rey estaba enfermo, se le practicó una sangría y ello pareció aliviarle, volvió de su sopor y preguntó que de quién había quedado el campo. Se le había olvidado su triunfo. Munio Munion Can intentó parecer alegre y contó a su señor, con pelos y señales, cómo se había desarrollado el combate.

—Hay que dar gracias al Señor Jesús —dijo el rey—, que se celebre una misa, yo cantaré con los sacerdotes.

—Ya se pensó en eso, alteza, vos ya cantasteis.

—¿Lo hice? Lo había olvidado, estoy tan cansado, me cuesta hasta respirar. —Cayó de nuevo en un sopor y se despertó al cabo de seis horas. Los hombres no sabían qué hacer.

—Munio, hijo mío —dijo el rey al despertar—, creo que voy a morir, lo siento en mis huesos. Llevadme a tierras de Spania, no quiero morir en tierra de infieles, el Señor Jesús debe encontrarme en su tierra. No dejaré mi osamenta aquí. —Los de don Fernando empezaron a temer por la vida del rey, respiraba dificultosamente y caía en letargos cada vez más prolongados. Se emprendió una marcha lo más rápida posible pues se barruntaba que el rey podía morir en cualquier momento. Así, en medio de un invierno frío y desapacible, atravesó la comitiva la distancia que separaba Valencia de León.

—Si pierdo el sentido —dijo el rey en uno de sus momentos lúcidos—, llevadme a morir a León, quiero que me llevéis a la catedral, allí quiero devolver al Señor lo que dio para su administración en la tierra. —El camino fue largo y penoso y el rey agonizaba. No cesaba de llover con una lluvia fría, menuda e inmisericorde. Él volvía en sí de vez en cuando.

—Llevadme a la catedral —decía entonces. Así, tan pronto entraron en la ciudad, llevaron al agonizante al lugar que él había pedido, sin siquiera pasar por su palacio. Era el 24 de diciembre de 1065.

La reina y sus hijos, los infantes, avisados del estado y de la voluntad del soberano, acudieron al templo llevándole ropa seca. Unos sirvientes acudieron con braseros, por ver de calentar el edificio en donde yacía el rey. Vano intento. También acudí yo, Doroteo; ahora veía que iba a perder al último hombre que me había amado. Sentí amargura por no haberle acompañado, quizá yo le hubiese podido salvar la vida si hubiese estado con él. Yacía el emperador sobre el suelo en unas modestas angarillas.

—Vestidme con mis galas de coronación —pidió don Fernando con un hilo de voz. Tenía las mejillas rojas como las cerezas y los ojos, brillantes por la fiebre, hundidos en las cuencas. Su rostro, de un color cerúleo, presagiaba la muerte. Mientras se cumplía su voluntad, miraba el rey alrededor como si no conociese la iglesia. Dirigió su mirada hacia la ventanita redonda que estaba encima de la puerta. Se fijó en algo aparentemente sin importancia:

—Está roto el cristal —dijo—, por ahí entrará mucho frío. —Nadie le contestó, pero un hombre le puso otra manta encima, él cerró los ojos. A poco llegó la ropa pedida, con gran trabajo se procedió a vestirlo con sus ropas lujosas, algo deslustradas por el tiempo. Se hizo colocar la corona y tomó el cetro con sus manos ya tan débiles que casi no lo sostenía. Doña Sancha estaba a un lado del enfermo y le tomó de la mano, no sé si él lo notó. Al otro lado se colocaron sus hijos, alrededor se pusieron los monjes sosteniendo sendos cirios, presentí que llegaba la última hora y que los sacerdotes deseaban rezar por el moribundo, pero él pareció recobrarse un poco.

—No tengáis tanta prisa, aún hay algo que debo hacer —dijo, aunque con sudores y respirando trabajosamente, se incorporó rehusando toda ayuda, por fin quedó de rodillas: con voz clara de modo que fue perfectamente audible dijo las siguientes palabras que han pasado a la historia—: Vuestros son, Señor, el Poder y el Reino, Vos sólo sois el Rey de Reyes, Vuestros los reinos del cielo y de la tierra. Os devuelvo, Señor, lo que me disteis y goberné mientras plugo a Vuestra Divina Voluntad, ahora sólo os pido que recibáis en Vuestra Divina Misericordia mi alma arrancada al torbellino del mundo. —Despaciosamente se despojó por su propia mano de todos los símbolos del poder, del cetro, la corona, el manto y el traje, de las joyas y adornos y pidió un sayal tosco, que se puso él mismo. Agotado por el esfuerzo cayó al suelo; aún tuvo ánimo para pedir que le arreglasen un jergón de paja—. Quiero morir como nació el Señor —dijo, y perdió el sentido. Era Nochebuena.

Pasó la noche mientras los presentes rezaban por el alma del rey, pero cada vez que los monjes empezaban a entonar el oficio de difuntos, abría los ojos y musitaba:

—Aún no, todavía no.

Al día siguiente se celebró a puerta cerrada la misa del Niño. El rey recibió la comunión y cerró los ojos. Pasó así todo el día. De su pecho empezaron a salir estertores que anunciaban el desenlace, pero el rey resistió.

—Aún no —dijo más de una vez.

Por fin llegó el día 27, un amanecer frío y gris se coló por el agujero del cristal roto, dentro de la catedral ardían los cirios y se habían encendido algunas lámparas. Los braseros de cobre intentaban en vano atemperar la sensación de invierno. El poco calor que despedían se perdía enseguida en la enorme catedral.

—Ha llegado la hora —dijo el rey don Fernando. La reina comenzó a llorar lo mismo que las infantas—. Dadme ahora la Extremaunción, don Ordoño.

Así se hizo. Rezó el rey devotamente y por fin, reuniendo toda su fuerza, pidió:

—Cantemos el *Benedictus* de Zacarías. —Asombrados los sacerdotes y monjes entonaron.
—*Benedictus Dominus Deus Israel*. —Entonces, para gran sorpresa de todos los asistentes al momento, contestó el rey con su voz plena y firme de siempre:
—*Quia visitavit et fecit redemtionem plebis sua*. —[«Bendito sea el Señor, Dios de Israel. Porque visitó y redimió a su pueblo.»] Lo cantó todo, hasta el final, con su bella voz que ya nunca volveríamos a oír.
»Dios me llama —dijo—, pero dejadme rezar con vosotros mi oficio de difuntos. —Así lo hicieron. Terminado éste, tomó la mano de la reina y miró a sus hijos. Un frío terrible se colaba por todas partes. León es ciudad fría y dentro de la catedral se helaba aun el agua bendita. El rey empezó a tiritar, de pronto se sintió mejor, un rayo de luz blanca entraba por el agujero anunciando que el sol salía por el horizonte. De pronto el agujero en la ventana se ensanchó y todo el cielo, claro y casto como un campo de nieve, se hizo visible. Una bandada de palomas llevó su alma al infinito mientras él cerraba los ojos en paz y tranquilidad. En un rincón una vieja pequeña y encogida se santiguó. Doroteo tapó el rostro del rey.
—Vayámonos a descansar un rato, doña Sancha, hemos pasado aquí tres días y hemos de volver para los funerales. —Tomó Doroteo la mano de la reina y la alzó del suelo. Ella, sin una protesta, se dejó llevar.

Ahora sí que he perdido a todos mis amigos y hermanos. Debí de haber ido con don Fernando a su campaña, en lugar de sentir tanta pena de mí mismo. Pero aún me queda alguien. Una persona que me crió y que fue como una madre para mí: doña Maior. Quizá no sepa aún que su último hijo y el más querido de todos ha muerto. He de ir a verla antes de que muera y despedirme de ella. No sé qué me deparará el destino y no debo dejar la ocasión de darle las gracias. Creo que nunca lo hice y debo hacerlo antes de que sea demasiado tarde.

Con estos pensamientos tomé mi bastón de peregrino e hice camino hasta el monasterio de San Salvador de Oña. Tenía ya tanta costumbre de andar que no noté el frío ni la distancia, llevaba en el corazón solamente el pensamiento de ver a mi madre antes de morir. Antes de que ella muriese o de que muriese yo.

En un recodo del camino vi una figura sentada, al parecer tomando el pálido sol del invierno. Al llegar a su altura me habló:

—¡Que Dios os bendiga, Doroteo! —Reconocí al momento a la vieja Alexania.

—¿Qué hacéis aquí, vieja madre? Hace demasiado frío para alguien tan viejo como vos. ¿Cuántos años tenéis? ¿Cien años? —Se rió ella casi silenciosamente.

—¡Menos, menos, buen Doroteo! ¿Y vos adónde vais? ¿Vais por ventura por mi mismo camino?

—No lo sé, Alexania, ¿adónde vais?

—A cumplir con doña Maior. Todo ha terminado. Me vuelvo a Santa Comba, allá en Bande. Es verdad que soy vieja y no recuerdo ya muchas cosas. De mi pueblo, Campomanes, casi no recuerdo nada, sólo mi cueva y a una niña que se llamaba Columba y que desapareció. ¿Vais también a Oña?

—Sí, Alexania. ¿Puedo pediros que esperéis hasta que yo haya visto a doña Maior? —Temí que la presencia de la vieja alterase a la reina y quería verla tranquila y majestuosa como la recordaba.

—Está bien, esperaré hasta que os hayáis ido —dijo ella como si comprendiese bien mi súplica.

Cuando por fin me vi en presencia de la reina me di cuenta de que había pasado mucho tiempo desde que la había visto por última vez. Ahora era una mujer con el pelo blanco, aunque aún altiva y hermosa, con una dignidad que no la abandonaría nunca. Estaba casi ciega. Me miró sin reconocerme y preguntó:

—¿Quién sois? —Me puse de rodillas junto a ella para que me viese mejor y le hablé.

—Soy Doroteo, señora reina.

Pensó ella un rato, quizá buscando ese nombre entre sus recuerdos. Por fin puso su mano en mi cabeza y como si no se lo creyese preguntó:

—¿Doroteo, mi hijo? —Comprendí que no había sido huérfano, que esta mujer había sido mi madre y sus hijos, mis hermanos, y que yo no lo había sabido hasta que los había perdido a todos. Tan preocupado había estado pensando en lo que no tenía que había dejado pasar lo que sí tuve. Y lo tuve casi todo. Hasta amor. Pensé de nuevo en La Bermeja y supe con certeza que había sido injusto con ella. Que ella me había amado más que yo a ella, porque pudiendo escoger entre todos los hombres del mundo, y hasta a un rey, me había escogido a mí. Había creado para mí, con su esfuerzo, sólo con su esfuerzo, un hogar y una familia. Ahora supe que no era yo quien debía perdonarla, sino ella a mí.

«¿Doroteo, mi hijo?» Esa simple pregunta me lo había aclarado todo.

—Sí, señora, el más humilde de todos —respondí.
—Sabía que vendríais a verme antes de que muriese. Os he esperado mucho tiempo y estoy cansada. Los otros no pueden venir porque, como sabéis, son reyes. —Me pareció que su mente no regía como antaño, pero esto hacía más verdaderas sus palabras—. Debo bendeciros, soy tan vieja... —Me bendijo trazando sobre mi cabeza la señal de la cruz.

Al caer la tarde nos despedimos. Al fin no le dije que don Fernando había muerto.

—Adiós, Doroteo. Cuando vea a los reyes les hablaré de vos. Habéis sido un buen hijo para mí. Idos ahora, ya es hora de que vayáis a lo vuestro. Yo me quedaré aquí fuera para dar de comer a los pájaros.

—Me fui. Desde un recodo del camino, ya lejos, la vi sentada en su asiento de piedra. El sol del atardecer doraba su figura aún alta y delgada, una bandada de palomas volaba alrededor de ella esperando su comida, pero ella no les dio el grano. Por fin ellas levantaron el vuelo y se fueron en dirección a Poniente. Eran las palomas de Santa Comba de Bande. Supe que la reina había muerto.

A pesar de todo me sentí feliz y ligero. Ahora sabía quién era y quién había sido. Todavía me quedaba vida por vivir y algo importante que hacer. Quizás aún vivía en Toledo esa «Dorotea, *pinctrix*», mi Julita, y si vivía me perdonaría. «¿Y si se ha casado? —pensé con un súbito dolor—, ¿y si tiene marido? —Tampoco eso me importó—. Si se ha casado, como soy eunuco, no seré un competidor de su marido, seré su sirviente y viviré cerca de ella y veré crecer a sus hijos y a sus nietos.» Y por primera vez en mi vida encontré ventajas a mi condición. Apresuré el paso, Toledo aún estaba lejos, llegaría a él hacia el comienzo de la primavera. Dios me permitiría vivir hasta verla de nuevo. Él siempre ha cuidado de mí, aunque yo no lo supiese.

Índice

Árbol genealógico de Sancho el Mayor 7

Mapas 8

Dramatis personae 11

Libro I
¡A ENTERRAR AL REY DON SANCHO!

1. Muerte de Sancho el Mayor 15
2. Los que fueron a enterrar al rey don Sancho 29
3. Bermudo III de León también va a Oviedo. Ramiro de Aragón conoce a Ermesinda 57
4. Justicia en la behetría. Suleymán cae al mar 73
5. El testamento de Sancho el Mayor. La huida de Suleymán . 89

Libro II
LAS PALOMAS DE SANTA COMBA DE BANDE

6. Otras conversaciones en Oviedo. El nuevo dueño de Alexania 111
7. Un viaje accidentado y un juicio en la aljama 121
8. Don García de Navarra organiza una Magna Caza 143
9. Una reina para Navarra. Un amor para Doroteo 161
10. Noticias venturosas para todos los reinos. También Doroteo tiene las mejores noticias 187

11. La Coruxa en León y sus palomas blancas 201
12. ¡Al fonsado general! 221

Libro III
La felicidad del mediodía

13. Una boda en Barcelona 243
14. El efebo de Pamplona 255
15. Cortes en León, el viaje a Santa Pola y el Libro de Horas . 263
16. El rey Ramiro decide tomar otra esposa y otro reino . . . 291
17. ¿Quién mató al rey del Sobrarbe y la Ribagorza? Y de cómo encontramos a los supervivientes de la cripta . . . 325
18. El viaje a Cluny y el abad Odilón. El Libro del Perdón de los Pecados 343

Libro IV
Adiós, sombras queridas. Adiós, sombras odiadas

19. ¿Por qué lo hicisteis, rey García? Doroteo tiene un encuentro inesperado 369
20. El dedo de Dios señala a don Ramiro 399
21. Más allá de la frontera. El falso rescatador de cautivos . . 419
22. Una breve visita a doña Maior. El amigo de Talavera . . . 447
23. El nacimiento de la Orden de los Lirios. La guerra de Suleymán ben Hud 469
24. De cómo Doroteo, doña Maior y doña Estefanía estorbaron la muerte de don Fernando 502
25. Don García, el de Nájera, toma Calahorra 521
26. El reencuentro con don Alvito y Yusuf ben Yusuf. La vida sigue para todos, menos para la reina Ermesinda 529

Libro V
El lago tranquilo

27. El cascabellillo de oro y otra guerra en el horizonte 547
28. La batalla de Atapuerca y el destino del rey García 563

29. Doroteo, otra vez en Nájera, recibe unos «zapatines de León». Las guerras de don Fernando .. 575
30. El enigma del cristiano Sadada y la visita del eunuco Al-Hurr 591
31. El viaje hacia Al-Andalus. El amor del eunuco Al-Hurr .. 615
32. La Sevilla de Al-Mutádid. La bendita muerte de don Alvito y de cómo jamás encontramos a las Santas Justa y Rufina 637
33 y Epílogo. El asedio a Valencia y la muerte del rey Fernando. La última decisión de Doroteo 663